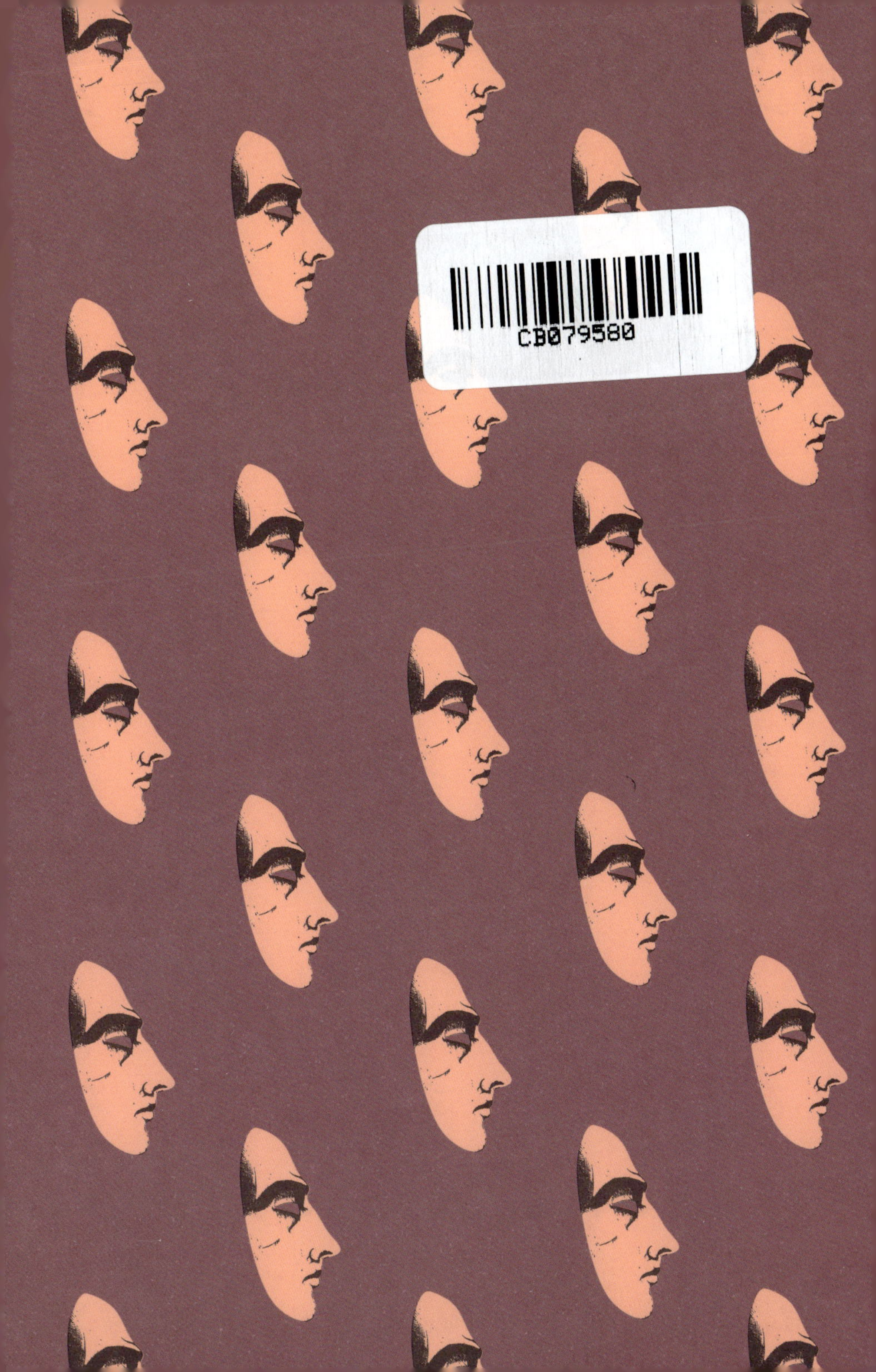

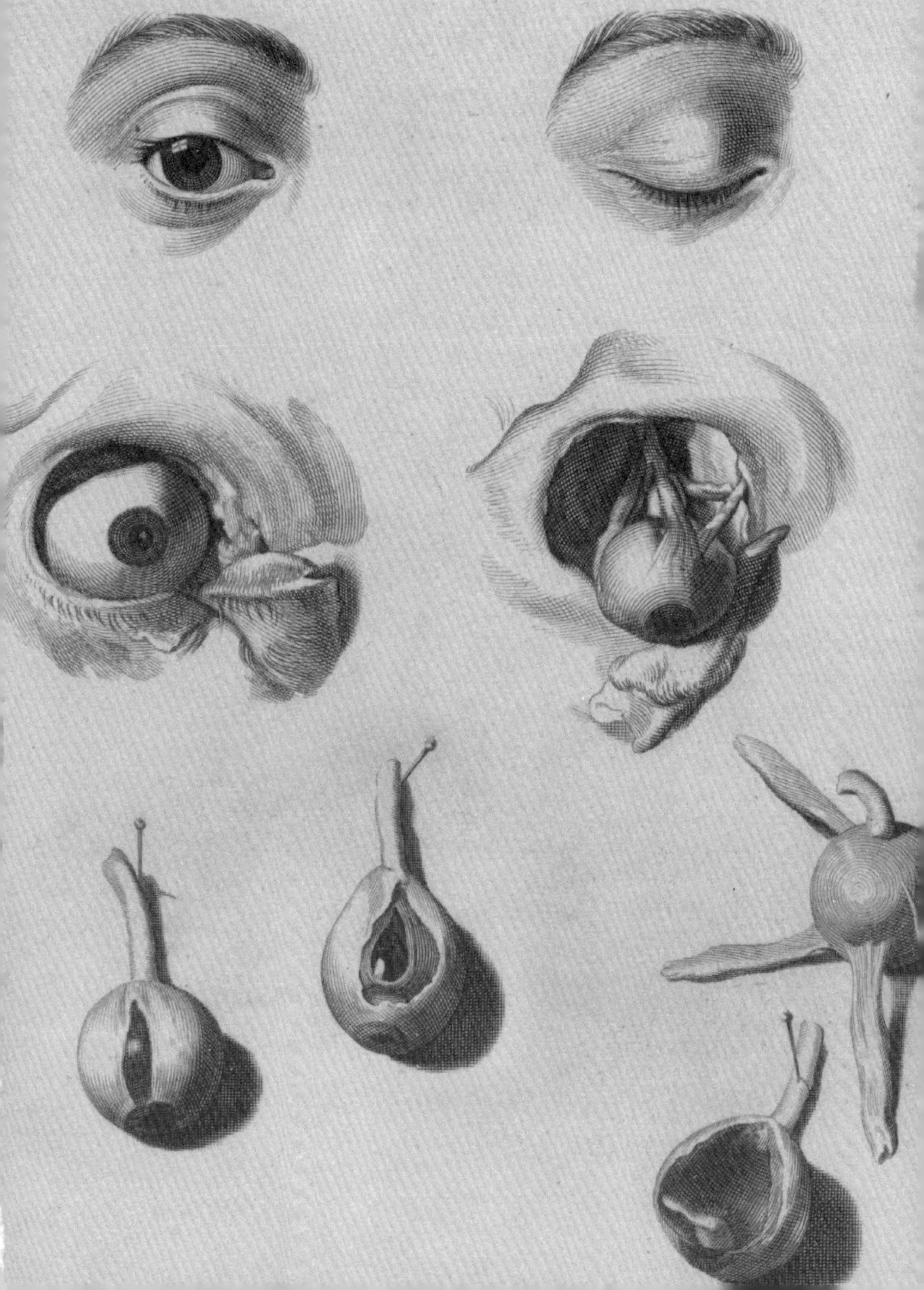

TRADUÇÃO

Rosa Freire d'Aguiar

Sobre heróis e tumbas

Ernesto Sabato

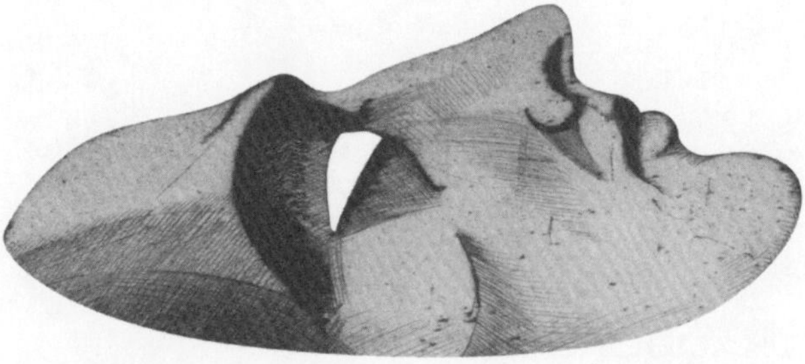

ÍNDICE

Nesta edição, que considero definitiva, os capítulos 36 e 37 do "Relatório sobre os cegos" foram refeitos, espero que para melhor.

Ernesto Sabato, março de 1990

Há certo tipo de ficção mediante a qual o autor tenta se libertar de uma obsessão que não é clara nem para ele mesmo. Mal ou bem, são as únicas que consigo escrever. Mais ainda, são histórias incompreensíveis, que me vi forçado a escrever desde a adolescência. Talvez eu tenha sido sóbrio quanto à sua publicação, e só em 1948 me decidi a publicar uma delas: O túnel. *Nos treze anos seguintes, continuei explorando esse escuro labirinto que leva ao segredo central de nossa vida. Vez por outra, tentei exprimir o resultado de minhas buscas, até que, desalentado com os parcos resultados, terminava destruindo os manuscritos. Agora, amigos que os leram me induziram a publicá-los. A todos eles quero expressar aqui meu reconhecimento por essa fé e confiança que, infelizmente, eu nunca tive.*

Dedico este romance à mulher que tenazmente me encorajou nos momentos de descrença, que são a maioria. Sem ela, nunca teria tido forças para levá-lo a cabo. E, embora merecesse algo melhor, ainda assim, com todas as suas imperfeições, a ela pertence.

Nota da 1ª edição (1961)

Nota preliminar

As primeiras investigações revelaram que o antigo Mirante que servia de quarto para Alejandra foi fechado à chave por dentro pela própria Alejandra. Depois (embora, é claro, não se possa determinar quanto tempo se passou) matou o pai com quatro balas de uma pistola calibre 32. Finalmente, jogou gasolina e ateou fogo.

A tragédia, que abalou Buenos Aires pela importância dessa velha família argentina, pareceu, de início, consequência de um repentino ataque de loucura. Mas agora um novo elemento modificou a suspeita original. Um estranho "Relatório sobre os cegos", que Fernando Vidal terminou de escrever na própria noite de sua morte, foi descoberto no apartamento que, com nome falso, ele ocupava em Villa Devoto. Segundo nossas informações, é o manuscrito de um paranoico. Mas, mesmo assim, dizem que dele é possível inferir certas interpretações que projetam luz sobre o crime e fazem recuar a hipótese do ato de loucura em benefício de uma hipótese mais tenebrosa. Se a inferência está correta, também se explicaria por que Alejandra não se suicidou com uma das duas balas que restavam na pistola, optando por queimar-se viva.

(Trecho de uma crônica policial publicada em 28 de junho de 1955 em La Razón *de Buenos Aires.)*

CAPÍTULO I.

O dragão e a princesa

1.

Num sábado de maio de 1953, dois anos antes dos acontecimentos de Barracas, um rapaz alto e curvado andava por uma alameda do parque Lezama.

Sentou-se num banco, perto da estátua de Ceres, e ficou imóvel, entregue a seus pensamentos. "Como um bote à deriva num grande lago aparentemente tranquilo, mas agitado por correntes profundas", pensou Bruno, quando, após a morte de Alejandra, Martín lhe contou certos episódios confusos e fragmentados sobre aquele relacionamento. E não só pensava isso como o compreendia — e tão bem! —, pois aquele Martín de dezessete anos lhe recordava seu próprio passado, o de um Bruno longínquo que às vezes ele vislumbrava através de um território brumoso de trinta anos, território enriquecido e devastado pelo amor, pela desilusão e pela morte. Melancólico, imaginava-o no velho parque, com a luz crepuscular demorando-se sobre as modestas estátuas, sobre os pensativos leões de bronze, sobre as calçadas cobertas de macias folhas mortas. Nessa hora em que se começam a ouvir os pequenos sussurros, em que os grandes ruídos vão se retirando, assim como no quarto de um moribundo se apagam as conversas barulhentas demais; e então, o rumor da fonte, os passos de um homem que se afasta, o gorjeio dos pássaros que não param de se acomodar em seus ninhos, o grito distante de um menino começam a ser notados com estranha gravidade. Produz-se nesse instante um fato misterioso: anoitece. E tudo é diferente: as árvores, os bancos, os aposentados que acendem uma fogueira com folhas secas, a sirene de um navio na Doca Sul, o eco distante da cidade. É a hora em que tudo entra numa existência mais profunda e enigmática. E também mais inquietante para os seres solitários que nesse momento permanecem calados e pensativos nos bancos das praças e dos parques de Buenos Aires.

Martín apanhou um pedaço de jornal abandonado, um pedaço em forma de país: um país inexistente, mas possível. Mecanicamente leu as palavras que se referiam a Suez, a comerciantes que iam para a cadeia de Villa Devoto, a algo que Gheorghiu disse ao chegar. Do outro lado, meio manchada de lama, via-se uma foto: PERÓN VISITA O TEATRO DISCÉPOLO. Mais embaixo, um ex-combatente matava a mulher e outras quatro pessoas a machadadas.

Jogou fora o jornal: "Quase nunca acontecem coisas", diria-lhe Bruno, anos depois, "embora a peste dizime uma região da Índia". Voltava a ver o rosto exageradamente maquiado de sua mãe dizendo "você existe porque me descuidei". Coragem, sim senhor, coragem é o que lhe havia faltado. Pois, do contrário, ele teria terminado na cloaca.

Mãecloaca.

— Quando de repente — disse Martín — tive a sensação de que havia alguém atrás de mim, olhando-me.

Por instantes ficou rígido, com essa rigidez de expectativa e tensão, quando, na escuridão do quarto, acreditamos ouvir um estalo suspeito. Várias vezes tivera essa sensação na nuca, mas era simplesmente incômoda ou desagradável, já que (explicou) sempre se considerara feio e ridículo, e só a desconfiança de que alguém o estivesse examinando, ou pelo menos o observando pelas costas, já o aborrecia. Por isso sentava-se nos últimos assentos dos bondes e ônibus, ou entrava no cinema quando as luzes estavam apagadas. Por isso, naquele momento sentiu algo diferente. Algo — hesitou, procurando a palavra mais adequada — *inquietante*, algo parecido com esse estalo suspeito que ouvimos, ou acreditamos ouvir, na profundeza da noite.

Fez um esforço para manter os olhos fixos na estátua, mas na verdade já não a enxergava: seus olhos estavam virados para dentro, como quando pensamos em coisas passadas e tentamos reconstituir outras recordações que exigem toda a concentração de nosso espírito.

"Alguém está tentando se comunicar comigo", disse ter pensado agitadamente.

A impressão de se sentir observado agravou, como sempre, sua vergonha: achava-se feio, desproporcional, desajeitado. Até mesmo seus dezessete anos pareciam-lhe grotescos.

"Mas não é nada disso", diria-lhe dois anos depois a moça que naquele momento estava atrás dele; um tempo enorme — Bruno pensou —, porque não se media em meses e nem sequer em anos, mas, como é típico em criaturas desse gênero, em catástrofes espirituais e dias de absoluta solidão e inenarrável tristeza; dias que se esticam e se deformam nas paredes do tempo como tenebrosos fantasmas. "Não é nada disso, de jeito nenhum", e ela o escrutava como um pintor observa seu modelo, tragando nervosamente o eterno cigarro.

"Espere", dizia.

"Você é mais do que um rapaz bonito", dizia.

"Você é um rapaz interessante e profundo, além de ter um tipo muito estranho."

— É, claro — Martín admitia, sorrindo com amargura, enquanto pensava: "você está vendo que eu tenho razão, pois é isso que se diz para um rapaz que não é bonito, e o resto não tem importância".

"Mas espere, já lhe disse", ela respondia irritada. "Você é comprido e delgado, como um personagem de El Greco."

Martín deu um resmungo.

"Cale a boca", ela prosseguiu indignada, como um sábio interrompido ou distraído por banalidades no momento em que está prestes a encontrar a almejada fórmula final. E, voltando a tragar avidamente o cigarro, como era seu costume quando se concentrava, franzindo muito o cenho, acrescentou:

"Mas, sabe, para desfazer de repente esse esboço de asceta espanhol explodem em você os lábios sensuais. E sem falar nos olhos úmidos. Cale a boca, já sei que você não gosta nem um pouco do que estou dizendo, mas deixe eu terminar. Tenho a impressão de que as mulheres devem achá-lo atraente, ao contrário do que você imagina. Sim, sua expressão também. Uma mistura de pureza, melancolia e sensualidade reprimida. Mas, além disso... espere... Uma ansiedade em seus olhos, debaixo dessa testa que parece um balcão proeminente numa fachada. Não sei se é isso que aprecio em você. Acho que é outra coisa... Que o seu espírito domine a carne, como se você estivesse sempre em posição de sentido. Bem, apreciar talvez não seja a palavra, é possível que você me surpreenda, ou me maravilhe ou me irrite, não sei... O seu espírito reinando sobre o corpo como um ditador austero. Como se Pio XII tivesse de vigiar um prostíbulo. Ora, não se zangue, já sei que você é um ser angelical. Além do mais, como estou lhe dizendo, não sei se isso é o que aprecio em você, ou se é o que mais odeio."

Fez um grande esforço para manter os olhos na estátua. Disse que naquele instante sentiu medo e fascínio; medo de se virar e um fascinante desejo de fazê-lo. Lembrou que uma vez, na Quebrada de Humahuaca, à beira da Garganta do Diabo, enquanto contemplava a seus pés o abismo negro, uma força irresistível o impeliu de repente a pular para o outro lado. E naquele momento acontecera-lhe algo parecido: sentiu-se impelido a pular por cima de um abismo escuro, "para o outro lado de sua vida". E então a força inconsciente mas irresistível o obrigou a virar a cabeça.

Mal a entreviu, afastou depressa o olhar, tornando a fixá-lo na estátua. Tinha pavor dos seres humanos: pareciam-lhe imprevisíveis, mas sobretudo perversos e sujos. As estátuas, em compensação, proporcionavam-lhe uma felicidade serena, pertenciam a um mundo ordenado, belo e limpo.

Mas era impossível ver a estátua: ainda conservava a imagem fugaz da desconhecida, a mancha azul de sua saia, o preto de seu cabelo liso e comprido, a palidez de suas faces, seu rosto cravado nele. Eram só manchas, como num rápido esboço de pintor, sem nenhum detalhe que indicasse uma idade exata ou um tipo determinado. Mas *sabia* — enfatizou a palavra — que algo muito importante acabava de acontecer em sua vida: não tanto pelo que tinha visto, mas pela poderosa mensagem que recebeu em silêncio.

— O senhor mesmo me disse isso várias vezes. Que nem sempre acontecem coisas, que quase nunca acontecem coisas. Um homem cruza o estreito de Dardanelo, um cavalheiro assume a presidência da Áustria, a peste dizima uma região da Índia, e para as pessoas nada tem importância. O senhor mesmo me disse que é terrível, mas que é assim. E naquele instante tive a nítida sensação de que acabava de acontecer alguma coisa. Alguma coisa, senhor Bruno, que mudaria o rumo de minha vida.

Não era capaz de dizer quanto tempo se passara, mas lembrava que, após um intervalo que achou longuíssimo, sentiu que a moça se levantava e ia embora. Então, enquanto se afastava, observou-a: era alta, segurava um livro na mão esquerda e caminhava com certa energia nervosa. Sem perceber, Martín se levantou e começou a andar na mesma direção. Mas de repente, ao tomar consciência do que estava acontecendo e imaginar que ela podia virar a cabeça e vê-lo atrás de si, seguindo-a, parou temeroso. Então, viu-a afastar-se para o alto da cidade, pela rua Brasil, indo para a Balcarce.

Logo ela desapareceu.

Lentamente, ele retornou ao banco e se sentou.

— Mas — disse-lhe — eu já não era a mesma pessoa de antes. E nunca voltaria a ser.

2.

Seguiram-se muitos dias de agitação. Porque *sabia* que voltaria a vê-la, tinha certeza de que ela voltaria ao mesmo lugar.

Enquanto isso, não fez outra coisa senão pensar na moça desconhecida, e toda tarde sentava-se no banco, com o mesmo misto de temor e esperança.

Até que um dia, pensando que tudo tinha sido um desvario, resolveu ir a La Boca, em vez de, mais uma vez, ficar ridiculamente no banco do parque Lezama. E já estava na rua Almirante Brown quando deu meia-volta e andou para o lugar de sempre; primeiro, lentamente e como que titubeando, tímido; depois, cada vez mais apressado, até terminar correndo, como se fosse chegar tarde a um encontro marcado.

Sim, ali estava. De longe viu-a caminhando para ele.

Martín parou, enquanto sentia seu coração disparar.

A moça avançou na direção dele e quando chegou a seu lado disse:

— Estava esperando por você.

Martín sentiu as pernas bambearem.

— Por mim? — perguntou, enrubescendo.

Não se atrevia a olhá-la, mas pôde perceber que vestia um suéter preto de gola alta e uma saia preta também, ou talvez azul muito escuro (isso ele não era capaz de precisar, e na verdade não tinha a menor importância). Teve a impressão de que seus olhos eram pretos.

— Olhos pretos? — Bruno retrucou.

Não, é óbvio: teve a impressão. E, ao vê-la pela segunda vez, percebeu surpreso que seus olhos eram verde-escuros. Talvez a primeira impressão se devesse à pouca luz, ou à timidez que o impedia de olhá-la de frente, ou mais provavelmente às duas coisas juntas. Também pôde observar, no segundo encontro, que o cabelo comprido e liso que ele imaginou ser tão preto tinha, na verdade, reflexos avermelhados. Mais adiante, foi completando o retrato: os lábios eram grossos e a boca era grande, talvez grande demais, com dobras para baixo nas comissuras, dando a impressão de amargura e desdém.

"Explicar, a mim, como é Alejandra, Bruno ponderou, como é seu rosto, como são as dobras de sua boca." E pensou que eram justamente essas dobras desdenhosas e um certo brilho tenebroso nos olhos que diferenciavam mais que tudo o rosto de Alejandra do rosto de Georgina, a quem ele amara de verdade. Pois, agora compreendia, a ela é que amara realmente, e quando imaginou estar apaixonado por Alejandra era a mãe de Alejandra que buscava, como esses monges medievais que tentavam decifrar o texto primitivo debaixo das restaurações, debaixo das palavras apagadas e substituídas. E essa insensatez fora a razão de tristes mal-entendidos com Alejandra, tendo às vezes a mesma sensação de quem, após muitíssimos anos de ausência, chega à casa da infância e, ao tentar de noite abrir uma porta, depara com uma parede. Claro que seu rosto era quase o mesmo de Georgina: o mesmo cabelo preto com reflexos avermelhados, os olhos cinza-esverdeados, a boca idêntica e grande, as mesmas faces mongólicas, a mesma pele morena e pálida. Mas o "quase" era atroz, e mais ainda por ser tão sutil e imperceptível, pois assim o equívoco era mais profundo e doloroso. Os ossos e a carne — pensava — não bastam para formar um rosto, e é por isso que ele é infinitamente menos físico do que o corpo: é determinado pelo olhar, pelo ríctus da boca, pelas rugas, por todo esse conjunto de atributos sutis com que a alma se revela por meio da carne. Razão pela qual, no momento exato em que alguém morre, seu corpo se transforma abruptamente numa coisa diferente, tão diferente a ponto de se poder dizer "não parece a mesma pessoa", apesar de ter os mesmos ossos e a mesma matéria de um segundo antes, um segundo antes desse misterioso instante em que a alma se retira do corpo e este fica tão morto como uma casa da qual se retiram para sempre os seres que moram nela, e, sobretudo, que sofreram e se amaram nela. Pois não são as paredes, nem o telhado, nem o soalho que individualiza a casa, mas essas criaturas que lhe dão vida com suas conversas, seus risos, seus amores e ódios; criaturas que impregnam a casa de algo imaterial mas profundo, algo tão pouco material como o sorriso num rosto, embora se manifestando em objetos físicos como tapetes, livros e cores. Pois os quadros que vemos nas paredes, as cores com que foram pintadas as portas e janelas, o desenho dos tapetes, as flores nos quartos, os discos e livros, conquanto objetos materiais, são, porém (assim como os lábios e as sobrancelhas também pertencem à carne), manifestações da alma, já que a alma só pode se manifestar aos nossos olhos materiais por meio da matéria, o que constitui a sua precariedade mas também a sua curiosa sutileza.

— Hein? Hein? — Bruno perguntou.

"Vim ver você", Martín disse que Alejandra disse.

Ela se sentou na grama. E Martín deve ter manifestado um grande espanto em sua expressão, pois a moça acrescentou:

— Será que você não acredita em telepatia? Seria uma surpresa, pois tem todo o jeito. Outro dia, quando o vi no banco, sabia que você acabaria se virando. Não foi assim? Bem, agora também tinha certeza de que se lembraria de mim.

Martín não disse nada. Quantas vezes cenas semelhantes iriam se repetir: ela adivinhando o seu pensamento e ele escutando-a calado! Tinha a nítida impressão de conhecê-la, essa sensação que temos às vezes de haver visto alguém numa vida anterior, sensação que parece a realidade assim como um sonho parece os fatos da véspera. E muito tempo iria se passar até entender por que Alejandra parecia-lhe vagamente conhecida, e *então Bruno tornou a sorrir consigo mesmo*.

Martín a observou, deslumbrado: seu cabelo preto retinto contra a pele morena e pálida, seu corpo alto e anguloso; nela havia algo que lembrava as modelos das revistas de moda, mas ao mesmo tempo revelava uma aspereza e uma profundidade que não se encontram nesse tipo de mulheres. Poucas vezes, quase nunca, a veria com uma expressão de doçura, uma dessas expressões que consideramos típicas das mulheres, e sobretudo das mães. Seu sorriso era duro e sarcástico, seu riso era violento, assim como seus gestos e sua personalidade em geral: "Custei muito a aprender a rir", disse-lhe um dia, "mas jamais rio de dentro para fora".

— Mas — Martín acrescentou olhando Bruno, com essa volúpia que os apaixonados sentem ao fazer com que os outros reconheçam os atributos do ser amado —, mas não é verdade que os homens, e mais ainda as mulheres, viravam a cabeça para olhá-la?

E enquanto Bruno concordava, sorrindo consigo mesmo dessa ingênua manifestação de orgulho, pensou que, de fato, era assim mesmo, e que sempre, e aonde quer que fosse, Alejandra chamava a atenção dos homens e também das mulheres. Se bem que por motivos diferentes, pois não suportava as mulheres, detestava-as, afirmava que elas formavam uma raça desprezível e dizia que só se podia manter amizade com alguns homens; e as mulheres, por sua vez, detestavam-na com a mesma intensidade e por motivos opostos, fenômeno que só provocava em Alejandra a mais desdenhosa indiferença. Mas com toda a certeza detestavam-na sem deixar de admirar secretamente aquela figura que Martín chamava *exótica* e que na verdade era um modo paradoxal de ser argentina, já que esse tipo de rosto é frequente nos países sul-americanos, onde a tez e as feições do branco se juntam com as faces e os olhos mongólicos do índio. E os olhos profundos e ansiosos, a boca larga de desdém, a mistura de sentimentos e paixões contraditórias que se pressentiam em suas feições (de ansiedade e tédio, de violência e certo distraimento, de sensualidade quase feroz e de uma espécie de nojo por algo muito geral e profundo), tudo lhe conferia uma expressão impossível de se esquecer.

Martín também disse que, mesmo se nada tivesse acontecido entre eles, mesmo se só tivesse estado ou falado com ela uma única vez, sobre uma bobagem qualquer, já não conseguiria esquecer seu rosto, pelo resto da vida. E Bruno pensava que era verdade, pois era muito mais que bonita. Ou melhor, não se podia garantir que fosse bonita. Era diferente. E acabava sendo poderosamente atraente para os homens, como se percebia caminhando ao lado dela. Tinha certo ar distraído e ao mesmo tempo concentrado, como se estivesse refletindo sobre uma questão angustiante ou olhando para dentro, e sem a menor dúvida quem cruzasse com ela se perguntaria: quem é essa mulher, o que procura, o que está pensando?

Aquele primeiro encontro foi decisivo para Martín. Até então, as mulheres eram essas virgens puras e heroicas das lendas, ou criaturas superficiais e frívolas, mexeriqueiras e sujas, egocêntricas e faladoras, pérfidas e materialistas ("como a própria mãe de Martín", Bruno pensou que Martín pensava). E de repente ele encontrava uma mulher que não se encaixava em nenhum desses moldes, os quais, até aquele encontro, ele acreditara serem os únicos. Por muito tempo angustiou-se com a novidade, com esse gênero inesperado de mulher que, por um lado, parecia possuir certas virtudes do modelo heroico que tanto o apaixonara em suas leituras adolescentes, e, por outro, revelava essa sensualidade que ele imaginava própria da categoria execrada. E ainda agora, Alejandra já morta, e após ter mantido com ela um relacionamento tão intenso, não conseguia enxergar com clareza o grande enigma; e costumava se perguntar o que teria feito no segundo encontro se tivesse adivinhado o que ela era, o que mais tarde os acontecimentos lhe revelaram. Teria fugido?

Bruno olhou-o em silêncio: "É, o que teria feito?".

Martín também o olhou, com atenção concentrada, e segundos depois disse:

— Sofri tanto com ela que várias vezes estive à beira do suicídio.

"E no entanto, ainda assim, mesmo sabendo de antemão tudo o que depois me aconteceu, teria corrido para junto dela."

"Claro", pensou Bruno. "E que outro homem, adolescente ou adulto, bobo ou sábio, não teria feito o mesmo?"

— Ela me fascinava — Martín prosseguiu — como um abismo tenebroso, e se eu ficava desesperado era justamente por gostar e precisar dela. Como se sentir desesperado por quem nos é indiferente?

Ficou pensativo bastante tempo e depois voltou à sua obsessão: obstinava-se em recordar (em tentar recordar) os momentos com ela, tal como os apaixonados releem a velha carta de amor que guardam no bolso, quando a criatura que a escreveu já se foi para sempre; e, também como na carta, as recordações iam se desmanchando e envelhecendo, perdiam-se frases inteiras nas dobras da alma, a tinta ia se apagando e, com ela, as palavras lindas e mágicas que criavam o sortilégio. E então era preciso forçar a memória como quem força a vista e a aproxima do papel amarelado e amarrotado. Sim, sim: ela lhe perguntara onde vivia, enquanto arrancava um fiapo de capim e começava a mastigar o talo (fato que ele recordava nitidamente). E depois teria lhe perguntado com quem ele vivia. Com o pai, respondeu. E, após um instante de hesitação, acrescentou que também vivia com a mãe. "E o que faz seu pai?", perguntou-lhe então Alejandra, ao que ele não respondeu logo, até que, por fim, disse que era pintor. Mas ao dizer a palavra "pintor" sua voz mudou ligeiramente, como se fosse frágil, e ele temeu que esse tom de voz tivesse chamado a atenção dela, assim como deve chamar a atenção das pessoas o modo de andar de alguém que atravessa um telhado de vidro. E, prova de que Alejandra notou algo estranho na palavra, era o fato de ter se inclinado para ele e o observado.

— Você está ficando vermelho — comentou.

— Eu? — Martín perguntou.

E, como sempre acontece nessas circunstâncias, enrubesceu mais ainda.

— Mas o que está acontecendo com você? — ela insistiu, com o talinho suspenso.

— Nada, o que poderia estar acontecendo comigo?

Fez-se um instante de silêncio, e depois Alejandra voltou a deitar-se de costas na grama, recomeçando a mascar o talinho. E, enquanto acompanhava no céu uma batalha de couraceiros de algodão, Martín refletia que não havia por que envergonhar-se do fracasso do pai.

Ouviu-se uma sirene de navio na Doca e Martín pensou *Coral Sea, Ilhas Marquesas*. Mas disse:

—Alejandra é um nome estranho.

— E sua mãe? — ela perguntou.

Martín se sentou e começou a arrancar uns tufos de capim. Achou uma pedrinha e pareceu estudar sua natureza, como um geólogo.

— Não está me ouvindo?

— Estou.

— Perguntei por sua mãe.

— Minha mãe — Martín respondeu em voz baixa — é uma cloaca.

Alejandra se levantou um pouco, apoiando-se sobre um cotovelo, e olhou-o atentamente. Martín, sem deixar de examinar a pedrinha, mantinha-se calado, com os maxilares bem apertados, pensando *cloaca, mãecloaca*. E depois acrescentou:

— Sempre fui um estorvo. Desde que nasci.

Sentia-se como se gases venenosos e fétidos tivessem sido injetados em sua alma, a milhares de libras de pressão. Sua alma, inchando-se a cada ano mais perigosamente, já não cabia em seu corpo e ameaçava a qualquer momento lançar jatos de imundície pelas fissuras.

— Grita o tempo todo: Por que me descuidei?!

Como se todo o lixo de sua mãe tivesse se acumulado na sua alma, sob pressão, pensava, enquanto Alejandra o olhava, apoiada no cotovelo, de lado. E palavras como *feto, banheiro, cremes, ventre, aborto* pairavam em sua mente, na mente de Martín, como resíduos pegajosos e nauseabundos em águas paradas e pútridas. E então, como se falasse consigo mesmo, acrescentou que por muito tempo acreditara que, por falta de leite, ela não o havia amamentado, até que um dia sua mãe lhe gritou que não o fizera para não se deformar e também explicou que havia feito todo o possível para abortar, menos a curetagem, pois odiava o sofrimento, tanto quanto adorava comer balas e bombons, ler revistas de rádio e escutar música popular. Embora também afirmasse gostar de música séria, as valsas vienenses e o príncipe Kalender. Que, infelizmente, já não existia mais. Portanto, podia imaginar com que alegria ela o recebeu, após lutar meses a fio, pulando corda como um boxeador e dando socos na barriga, razão pela qual (sua mãe lhe explicava aos gritos) ele saíra meio retardado, e era um milagre que não tivesse ido parar nas cloacas.

Calou-se, examinou a pedrinha mais uma vez e depois atirou-a longe.

— Deve ser por isso — acrescentou — que quando penso nela sempre me vem ao espírito a palavra "cloaca".

Voltou a rir com aquele riso.

Alejandra olhou-o assustada pelo fato de Martín ainda ter coragem de rir. Mas ao ver suas lágrimas certamente compreendeu que o que estava ouvindo não era riso e sim (como Bruno afirmava) esse som estranho que em certos seres humanos se produz, em ocasiões muito insólitas, e que, talvez pela precariedade da língua, insistimos em classificar de riso ou choro, pois é o resultado de uma combinação monstruosa de fatos suficientemente dolorosos para produzir lágrimas (e até mesmo lágrimas desconsoladas) e de acontecimentos suficientemente grotescos para ser transformados em riso. Do que resulta, assim, uma espécie de manifestação híbrida e terrível, talvez a mais terrível que um ser humano possa ter, e talvez a mais difícil de consolar, devido à intrincada mistura que a provoca. E diante dela temos muitas vezes a mesma e contraditória sensação que experimentamos diante de certos corcundas e coxos. As dores foram se acumulando em Martín, uma a uma, sobre seus ombros de menino, como uma carga crescente e desproporcional (e também grotesca), de modo que ele sentia ser necessário mexer-se com cuidado, andando sempre como um equilibrista obrigado a cruzar um abismo sobre um fio de arame, mas com uma carga descomunal e malcheirosa, como se levasse enormes fardos de lixo e excrementos, e macacos se esganiçando, e palhacinhos irrequietos e aos berros, que, enquanto ele concentrava toda a sua atenção em cruzar o abismo sem cair, o abismo negro de sua existência, lhe gritassem coisas ofensivas, caçoassem dele e armassem lá no alto, sobre os fardos de lixo e excrementos, uma algaravia infernal de insultos e sarcasmos. Espetáculo que (a seu ver) devia despertar na plateia um misto de pena e imenso e monstruoso regozijo, tão tragicômico era; e por isso ele não se considerava no direito de abandonar-se simplesmente ao choro, nem mesmo diante de uma criatura como Alejandra, criatura que ele parecia ter esperado por um século; e pensava que tinha o dever, dever quase profissional de um palhaço que sofreu a maior desgraça, de transformar o choro numa careta risonha. Mas, à medida que foi confessando essas poucas palavras-chave a Alejandra, sentiu uma libertação e por instantes pensou que sua careta engraçada podia, afinal, se transformar num choro imenso, suave e convulso, e ele enfim desabar sobre Alejandra como se tivesse conseguido cruzar o abismo. E assim teria feito, assim gostaria de ter feito, meu Deus, mas não fez: apenas inclinou a cabeça para o peito, virando-se para esconder as lágrimas.

3.

Mas quando, anos depois, Martín contava a Bruno aquele encontro, só restavam frases soltas, a lembrança de uma expressão, de uma carícia, a sirene melancólica do navio desconhecido: como fragmentos de colunas. E se algo permanecia em sua memória, talvez pelo espanto que lhe causou, era o que ela lhe dissera no encontro, olhando-o atentamente:

— Você e eu temos alguma coisa em comum, alguma coisa muito importante.

Palavras que Martín escutou com surpresa, pois o que podia ter em comum com aquele ser extraordinário?

Alejandra disse, finalmente, que precisava ir embora, mas que em outra ocasião lhe contaria muitas coisas e que — para Martín foi o mais curioso — *precisava* contá-las.

Quando se separaram, olhou-o mais uma vez, como se fosse médico e ele estivesse doente, e acrescentou umas palavras que Martín nunca esqueceu:

— Mas, no fundo, eu acho que jamais deveria revê-lo. Mas verei, pois preciso de você.

Só a ideia, só a possibilidade de que a moça não o visse mais o desesperou. Que lhe importavam os motivos de Alejandra para não querer vê-lo? O que ele desejava era vê-la.

— Sempre, sempre — disse com fervor.

Ela sorriu e respondeu:

— Pois é, por você ser assim é que preciso vê-lo.

E Bruno pensou que Martín ainda levaria muitos anos para captar o significado provável dessas palavras obscuras. E também pensou que, se naquela ocasião tivesse mais idade e mais experiência, teria se espantado com palavras assim, ditas por uma moça de dezoito anos. Mas também muito depressa ele as teria achado naturais, pois Alejandra nascera madura, ou amadurecera na infância, pelo menos em certo sentido, já que de outros pontos de vista dava a impressão de que nunca amadureceria: como se uma menina que ainda brinca de boneca fosse ao mesmo tempo capaz de uma espantosa sabedoria de velho; como se acontecimentos horríveis a tivessem precipitado na maturidade, e depois, na morte, sem terem lhe dado tempo de abandonar de vez os atributos da infância e da adolescência.

Quando se separaram, depois de terem dado uns passos, lembrou ou percebeu que não haviam combinado nada para um novo encontro. E, virando-se, correu até Alejandra para lhe dizer.

— Não se preocupe — ela respondeu. — Sempre saberei como encontrá-lo.

Sem refletir sobre essas palavras inacreditáveis e sem se atrever a insistir, Martín voltou pelo mesmo caminho.

4.

Desde aquele encontro, esperou dia após dia vê-la de novo no parque. Semana após semana. E, por fim, já desesperado, durante longos meses. Que teria acontecido com ela? Por que não ia? Teria adoecido? Nem sequer sabia seu sobrenome. Parecia que a terra a engolira. Mil vezes criticou-se por não ter lhe perguntado nem mesmo seu nome completo. Nada sabia a seu respeito. Era incompreensível tamanho desleixo. Chegou até a desconfiar que tudo tinha sido uma alucinação ou um sonho. Não havia adormecido mais de uma vez no banco do parque Lezama? Podia ter sido um sonho tão intenso que, mais tarde, lhe parecesse autenticamente vivido. Depois descartou a ideia, ao pensar nos dois encontros. Em seguida, refletiu que isso tampouco era um inconveniente para um sonho, já que no próprio sonho ele podia ter sonhado com o duplo encontro. Não guardava nenhum objeto dela que lhe permitisse dissipar a dúvida, mas afinal se convenceu de que tudo acontecera de verdade e que, no fundo, ele havia sido, simplesmente, o imbecil que sempre imaginou ser.

No início sofreu muito, pensando nela dia e noite. Tentou desenhar seu rosto, mas o resultado era um tanto impreciso, porque nos dois encontros não se atrevera a olhá-la bem, só em breves instantes; de modo que seus desenhos acabavam sendo vagos e sem vida, lembrando muito os desenhos anteriores em que retratava as virgens ideais e lendárias por quem vivera apaixonado. Mas, embora seus esboços fossem insípidos e pouco definidos, a lembrança do encontro era vigorosa, e sua sensação era ter estado com alguém muito forte, de traços bem marcados, infeliz e solitário como ele. Contudo, o rosto se perdia numa tênue esfumatura. E o resultado era algo assim como uma sessão de espiritismo em que uma difusa e fantasmagórica materialização dá, de repente, nítidas pancadas em cima da mesa.

E, quando sua esperança estava prestes a se exaurir, lembrava-se das duas ou três frases capitais do encontro: "Mas, no fundo, eu acho que jamais deveria revê-lo. Mas verei, pois preciso de você". E a outra: "Não se preocupe. Sempre saberei como encontrá-lo".

Frases — pensava Bruno — que Martín interpretava por seu aspecto mais favorável, e como fonte de uma felicidade inenarrável, sem perceber, pelo menos na época, tudo o que tinham de egoísmo.

E, é claro — Martín disse que então pensava —, ela era uma moça estranha, e por que uma criatura daquele tipo teria de vê-lo no dia seguinte, ou na semana seguinte? Por que não podiam se passar semanas e até meses sem necessidade de encontrá-lo? Essas reflexões o animavam. Mais tarde, porém, em momentos de depressão, dizia-se: "Não tornarei a vê-la, morreu, talvez tenha se matado, parecia desesperada e aflita". Lembrava-se então de suas próprias ideias de suicídio. Por que Alejandra não podia ter passado por algo semelhante? Não lhe dissera, justamente, que se pareciam, que tinham algo profundo que os assemelhava? Será que não se referia a essa obsessão do suicídio quando falara de semelhança? Mas depois ele refletia que, mesmo desejando se matar, ela teria ido procurá-lo antes, e conjeturava que não ter feito isso era uma espécie de trapaça, o que, nela, soava como inconcebível.

Quantos dias desolados ficou naquele banco do parque! Passou-se todo o outono e chegou o inverno. Terminou o inverno, iniciou-se a primavera (aparecia por momentos, friorenta e fugaz, como quem dá uma olhadinha para ver como vão as coisas, e depois, pouco a pouco, mais decidida e por cada vez mais tempo) e, paulatinamente, a seiva nas árvores começou a correr mais cálida e vigorosa, e as folhas começaram a brotar; até que em poucas semanas os últimos restos do inverno se retiraram do parque Lezama para outras distantes regiões do mundo.

Chegaram depois os primeiros calores de dezembro. Os jacarandás ficaram violeta e as tipas se cobriram de flores alaranjadas. E depois as flores foram secando e caindo, as folhas começaram a ficar douradas e a ser arrastadas pelos primeiros ventos do outono. E então — disse Martín — perdeu definitivamente a esperança de revê-la.

5.

A "esperança" de revê-la (Bruno refletiu com melancólica ironia). E também pensou: não serão todas as esperanças dos homens tão grotescas como esta? De fato, dada a natureza do mundo, temos esperanças em acontecimentos que, caso se produzissem, só nos causariam frustrações e amargura; por isso os pessimistas são recrutados entre os ex-esperançados, pois para ter uma visão negra do mundo há que antes ter acreditado nele e em suas possibilidades. E é ainda mais curioso e paradoxal que os pessimistas, uma vez decepcionados, não estejam constante e sistematicamente desesperançados e que, de certo modo, pareçam dispostos a renovar sua esperança a cada instante, embora o dissimulem sob seu negro invólucro de amargos universais, devido a um certo pudor metafísico, como se o pessimismo, para manter-se forte e sempre vigoroso, precisasse de vez em quando de novo impulso produzido por uma nova e brutal decepção.

E o próprio Martín (pensava ao olhá-lo, ali, na sua frente), o próprio Martín, pessimista em formação, como convém a todo ser puríssimo e preparado para esperar Grandes Coisas dos homens em particular e da Humanidade em geral, já não tentara se suicidar por causa da cloaca que era sua mãe? Isso já não revelaria que ele esperara daquela mulher algo diferente e, com toda a certeza, maravilhoso? Mas (o que era mais espantoso ainda) ele não voltara, após tamanho desastre, a ter confiança nas mulheres ao encontrar-se com Alejandra?

Agora ali estava o pequeno desamparado, um dos tantos nesta cidade de desamparados. Pois Buenos Aires era uma cidade onde eles pululavam, como aliás em todas as gigantescas e pavorosas babilônias.

O que acontece (pensou) é que à primeira vista não os percebemos, pois boa parte deles não parece sê-lo, e outra parte não quer parecer. E também porque, inversamente, uma profusão de criaturas que pretendem sê-lo contribuem para complicar mais ainda o problema, de tal forma que, no final, acredita-se que não há desamparados de verdade.

Pois, é claro, se um homem perdeu as pernas ou os dois braços, todos nós sabemos ou pensamos saber que esse homem é um inválido. E no mesmo instante esse homem começa a sê-lo menos, pois o notamos e temos pena dele, de quem compramos pentes inúteis ou fotos coloridas de Carlos Gardel. E então o mutilado sem pernas ou dois braços deixa de ser parcial ou totalmente o desamparado absoluto em quem estamos pensando, a tal ponto que depois chegamos a ter um obscuro sentimento de rancor, talvez pelos infinitos desamparados absolutos que nesse mesmo instante (por não terem a audácia ou a segurança e nem mesmo a agressividade dos vendedores de pentes e retratos coloridos) sofrem em silêncio e com extrema dignidade sua sorte de autênticos desgraçados.

Como esses homens calados e solitários que não pedem nada a ninguém e não falam com ninguém, sentados e pensativos nos bancos das grandes praças e parques da cidade: alguns, velhos (obviamente os mais desvalidos, a tal ponto que já devem nos preocupar menos, e pelas mesmas razões que os vendedores de pentes), esses velhos com bengalas de aposentados, que veem o mundo passar como uma lembrança, esses velhos que meditam e a sua maneira talvez reexaminem os grandes problemas examinados pelos grandes pensadores sobre o sentido geral da vida, sobre o porquê e o para quê de tudo: casamentos, filhos, navios de guerra, lutas políticas, dinheiro, reis e corridas de cavalos ou de automóveis; esses velhos que olham ou parecem olhar infinitamente as pombas que comem grãozinhos de aveia ou milho, ou os ativíssimos pardais, ou, em geral, os diferentes tipos de pássaros que aparecem na praça ou vivem nas árvores dos grandes parques. Em virtude dessa notável capacidade de independência e justaposição do universo, enquanto isso um banqueiro propõe realizar a mais formidável operação com divisas fortes jamais realizada no Rio da Prata (afundando de passagem o Grupo X ou a terrível Sociedade Anônima Y), um passarinho, a cem passos de distância do Poderoso Escritório, anda aos pulinhos na relva do parque Colón, procurando uma palhinha para seu ninho, um grão perdido de trigo ou aveia, uma minhoquinha de interesse alimentício para ele ou seus filhotes; ao passo que, em outro estrato mais insignificante ainda e em certo sentido mais alheio a tudo (não mais ao Grandioso Banqueiro, mas à pequena bengala de aposentado), seres mais minúsculos, mais anônimos e secretos vivem uma existência independente e às vezes ativíssima: vermes, formigas (não só as grandes e pretas, mas as avermelhadas pequenininhas e inclusive outras menores, quase invisíveis) e uma profusão de outros bichinhos mais insignificantes, de cores variadas e costumes muito diversos. Todos esses seres vivem em mundos distintos, alheios uns aos outros, exceto quando se produzem as Grandes Catástrofes, quando os Homens, armados de Fumígenos e Pás, se lançam na Luta contra as Formigas (luta, diga-se de passagem, absolutamente inútil, já que sempre se conclui com o triunfo das formigas), ou quando os Banqueiros detonam suas Guerras pelo Petróleo; assim, os infinitos bichinhos que até então viviam nos vastos prados verdes ou em sossegados submundos dos parques são aniquilados por bombas e gases; ao passo que outros mais sortudos, da raça invariavelmente vencedora dos Vermes, fazem a festa e se proliferam com enorme rapidez, ao mesmo tempo que medram, lá em cima, os Comerciantes e Fabricantes de Armas.

Mas, a não ser nessas fases de intercâmbio e confusão, é milagroso que seres de tantas espécies possam nascer, desenvolver-se e morrer sem se conhecer, sem se odiar nem estimar, nas mesmas regiões do universo, como essas múltiplas mensagens telefônicas que, dizem, podem ser enviadas por um só cabo sem se misturarem nem se alterarem, graças a engenhosos mecanismos.

Assim (pensava Bruno), temos, em primeiro lugar, os homens sentados e pensativos nas praças e nos parques. Uns olham o chão e se distraem por minutos e até por horas com as inúmeras e anônimas atividades dos bichinhos já mencionados: examinando as formigas, observando suas diversas espécies, calculando a carga que são capazes de transportar, de que maneira colaboram, duas ou três delas, para trabalhos mais difíceis etc. Às vezes, com um pauzinho, com um galhinho seco, desses que facilmente se encontram no chão dos parques, os homens se distraem em desviar as formigas de suas apressadas trajetórias, conseguem que uma delas, mais desorientada, suba pelo pauzinho e corra até a ponta, de onde, depois de pequenas acrobacias cautelosas, ela recua e corre até o extremo oposto; e assim por diante, em inúteis idas e vindas, até que o homem solitário se cansa da brincadeira e, de pena, ou mais comumente de tédio, larga o pauzinho no chão, ocasião em que a formiga se apressa em buscar suas companheiras, mantém uma breve e agitada conversa com as primeiras que encontra a fim de explicar seu atraso ou se inteirar do Andamento Geral do Trabalho durante sua ausência, e em seguida retoma sua tarefa, reincorporando-se à longa e enérgica fila indiana. Enquanto isso, o homem solitário e pensativo retorna à sua meditação geral e meio errática, sem fixar demais sua atenção em alguma coisa: olhando ora uma árvore, ora um menino que brinca por ali, ora rememorando, graças a esse garoto, dias longínquos e agora inacreditáveis na Floresta Negra ou numa ruelinha de Pontevedra; e seus olhos se embaçam um pouco mais, acentuando o brilho lacrimoso que há nos olhos dos anciãos e que nunca se saberá se tem causas puramente fisiológicas ou se, de alguma maneira, é consequência da recordação, da saudade, do sentimento de frustração, da ideia de morte, ou dessa vaga mas irresistível melancolia que sempre provoca nos homens a palavra fim, escrita ao término de uma história que nos apaixonou por seu mistério e sua tristeza. O que é o mesmo que contar a história de qualquer homem, pois qual ser humano não teve uma história, no fundo, triste ou misteriosa?

Mas nem sempre os homens sentados e pensativos são velhos ou aposentados.

Às vezes são homens relativamente moços, indivíduos de trinta ou quarenta anos. E, coisa curiosa e digna de reflexão (pensava Bruno), parecem tão mais patéticos e desvalidos quanto mais jovens são. Pois o que pode haver de mais pavoroso do que um rapaz sentado e pensativo num banco de praça, angustiado por seus pensamentos, calado e alheio ao mundo a seu redor? Às vezes, o homem ou o rapaz é um marinheiro; outras vezes, talvez seja um emigrante que gostaria de regressar à pátria e não pode; volta e meia são criaturas abandonadas pela mulher amada; outras vezes, criaturas incapazes para a vida, ou que deixaram a casa para sempre ou meditam sobre sua solidão e seu futuro. Ou pode ser um rapazinho como o próprio Martín, que começa a ver com horror que o absoluto não existe.

Ou também pode ser um homem que perdeu o filho e que, de volta do cemitério, se encontra sozinho e sente que agora sua existência carece de sentido, refletindo que, enquanto isso, há homens por aí que riem ou são felizes (mesmo sendo apenas momentaneamente felizes), meninos que brincam no parque, ali (está vendo-os), enquanto seu próprio filho está debaixo da terra, num caixão pequeno adequado ao tamanhinho de seu corpo que, quem sabe, finalmente deixará de lutar contra um inimigo atroz e desproporcional. E esse homem sentado e pensativo medita de novo, ou pela primeira vez, sobre o sentido geral do mundo, pois não consegue entender por que seu filho precisou morrer assim, por que teve de pagar por um pecado de outros, com sofrimentos imensos, com seu coraçãozinho torturado pela asfixia ou paralisia, lutando desesperadamente, sem saber por quê, contra as sombras negras que começam a se abater sobre ele.

E este, sim, é um homem desamparado. E, coisa curiosa, pode não ser pobre, é até possível que seja rico, e até poderia ser o Grande Banqueiro que planejava a formidável Operação com divisas fortes, evocada antes com ironia e desdém. Desdém e ironia (agora era fácil entender) que, como sempre, eram excessivos e definitivamente injustos. Não há homem que, em última instância, mereça o desdém e a ironia, já que, cedo ou tarde, com divisas fortes ou não, ele é atingido pelas desgraças, pelas mortes dos filhos, ou irmãos, por sua própria velhice e solidão diante da morte. Terminando, enfim, mais inválido que ninguém, pela mesma razão que é mais indefeso o homem de guerra flagrado sem sua cota de malhas do que o insignificante homem de paz que, por nunca ter tido essa proteção, tampouco sente sua falta.

6.

É verdade, desde os onze anos não entrava em mais nenhuma dependência da casa e muito menos naquela salinha que era meio assim como o santuário de sua mãe: o lugar onde, ao sair do banheiro, ficava horas ouvindo rádio e completava os preparativos para suas saídas. Mas e seu pai? Há alguns anos, ignorava seus costumes e sabia que vivia trancado no ateliê; para ir ao banheiro não era indispensável passar pela salinha, mas tampouco era impossível. Será que ela pensava na possibilidade de o marido vê-la ali? Fazia parte de seu ódio encarniçado a ideia de humilhá-lo a esse ponto?

Tudo era possível.

Aliás, ao não ouvir o rádio ligado, imaginou que ela não estivesse, pois era absolutamente inconcebível que permanecesse calada na salinha.

Na penumbra, em cima do sofá, o monstro duplo se agitava com ansiedade e fúria.

Ele saiu andando pelo bairro, como um sonâmbulo, por pouco mais de uma hora. Depois voltou para o quarto e jogou-se na cama. Ficou olhando o teto e logo seus olhos percorreram as paredes até pararem na ilustração do *Billiken* pregada com tachinhas desde a sua infância: Belgrano fazendo seus soldados jurarem a bandeira azul e branca, na travessia do rio Salado.

A bandeira imaculada, pensou.

E também voltaram à sua mente palavras fundamentais de sua existência: *frio, limpeza, neve, solidão, Patagônia.*

Pensou em navios, em trens, mas de onde tiraria o dinheiro? Então lembrou-se daquele caminhão grande que parava na garagem perto da estação Sola e, magicamente, o fascinara um dia com sua inscrição: TRANSPORTE PATAGÔNICO. E se precisassem de um peão, um ajudante, qualquer coisa?

— Claro que sim, garoto — disse Bucich, com o charuto apagado na boca.

— Tenho oitenta e três pesos — disse Martín.

— Deixa de contar lorota — disse Bucich, tirando o macacão sujo de graxa.

Parecia um gigante de circo, mas meio curvado, de cabelo grisalho. Um gigante com expressão ingênua de criança. Martín olhava o caminhão; na lateral, em letras grandes, lia-se transporte patagônico, e atrás, em letras douradas: se você me visse, mãe!

— Vamo — disse Bucich, sempre com a guimba apagada.

Sobre o chão molhado e escorregadio brilhava por instantes um vermelho leitoso e deliquescente. Depois vinha o relâmpago violáceo, sendo de novo substituído pelo vermelho leitoso: CINZANO-AMERICANO GANCIA. CINZANO-AMERICANO GANCIA.

— O frio tá aí — Bucich comentou.

Chuviscava? Era mais uma neblina, de gotinhas finíssimas impalpáveis e flutuantes. O caminhoneiro andava a passos largos, ao seu lado. Era ingênuo e forte: talvez o símbolo do que Martín procurasse naquele êxodo para o sul. Sentiu-se protegido e abandonou-se a seus pensamentos. É aqui, disse Bucich: CHICHÍN *Pizzas, Fainás, Bebidas*. Oi, disse Bucich. Oi, disse Chichín, colocando na mesa a garrafa de gim LLAVE. Dois copinhos: este moleque é um amigo. Muito prazer, o prazer é todo meu, disse Chichín, que usava boné e suspensórios vermelhos em cima de camisa furta-cor. E tua velha?, perguntou Bucich. Mais ou menos, disse Chichín. Fizeram o exame nela? Fizeram. E daí? Chichín encolheu os ombros.

Essas coisas, sabe como é. *Ir para longe, para o sul frio e límpido*, pensava Martín olhando o retrato de Gardel de fraque, sorrindo com o sorriso meio de banda de garoto malandro mas capaz de gauchadas, e o escudo azul e branco em cima da Masseratti de Fangio, moças nuas cercadas por Leguisamo e Américo Tesorieri, de boné, encostado na trave, "ao amigo Chichín com apreço", e muitas fotos do Boca com a palavra campeões!, e também o Torito de Mataderos com calção de treino em sua clássica defesa. *Pulava corda, que nem os boxeadores, tudo menos curetagem, até dava socos na barriga, por isso você saiu meio retardado, te juro, e ria com rancor e desprezo, fiz de tudo, não ia deformar meu corpo por sua causa, disselhe, e ele teria onze anos.* E o Tito?, perguntou Bucich. Está chegando, disse Chichín, *e resolveu ir viver no sótão.* E o domingo?, perguntou Bucich. E eu sei lá, respondeu Chichín com raiva, te juro que eu não perco mais as estribeira, não *enquanto ela continuava ouvindo boleros, depilandose, comendo balas, largando papéis pegajosos por todo canto*, não perco mais as estribeira, dizia Chichín, por nada neste mundo, nadica de nada *um mundo sujo e pegajoso* enquanto enxugava com raiva calada um copo qualquer e repetia, essa não *fugir para um mundo limpo, frio, cristalino* até que, largando o copo e encarando Bucich, exclamou: perder por causa desse perna de pau aí, enquanto o caminhoneiro piscava os olhos, considerando o problema com a devida atenção e retrucando puxa vida, quem diria *enquanto Martín continuava ouvindo aqueles boleros, sentindo aquele clima pesado de banheiro e cremes desodorantes, ar quente e embaçado, banho quente, corpo quente, cama quente, mãe quente, mãecama, cestocama, pernas leitosas para cima como num circo horroroso quase na mesma posição em que ele tinha saído da cloaca e para a cloaca ou quase* enquanto entrava o homem magrinho e nervoso que dizia Oi, e Chichín dizia: Humberto J. D'Arcángelo, e se cumprimentaram, oi Puchito, o garoto é um amigo, muito prazer o prazer é meu, disse Tito, *escrutandoo com esses olhinhos de pássaro, com aquela expressão de ansiedade que Martín sempre veria nele, como se tivesse perdido algo muito valioso e procurasse por todo lado, observando tudo com vivacidade e inquietação.*

— Esse filho da puta do Diablo Rojo!

— Fala você, fala. Conta pra esse aí.

— Vou te dizer uma coisa: você, com o caminhão, escapa de cada uma!

— Mas eu — Chichín repetia —, eu não perco mais as estribeira. Por nadica de nada. Te juro por minha mãe mortinha. Com esse aleijado. Essa não. Mas fala pra esse aí, fala.

Humberto J. D'Arcángelo, conhecido vulgarmente como Tito, sentenciou:

— Uma bela porcaria.

E então sentou-se numa mesa perto da janela, pegou a *Crítica*, que sempre trazia dobrada na página de esportes, colocou-a indignado sobre a mesinha e, escarafunchando, com o palito que estava sempre em sua boca, os dentes cariados, dirigiu um olhar sombrio para a rua Pinzón. Miúdo e de ombros estreitos, com a roupa surrada, parecia meditar no destino geral do mundo.

Logo em seguida, virou os olhos para o balcão e disse:

— Domingo foi uma tragédia. Perdemo que nem uns cretino, o San Lorenzo ganhou, os ricaço do Racing ganharam, e até o Tigre ganhou. Vocês querem me dizer onde é que nós vamo parar?

Sustentou o olhar em seus amigos como convocando-os para testemunhas, depois virou de novo os olhos para a rua e, palitando os dentes, disse:

—Este país não tem mais jeito não.

7.

Não é possível, pensou, com a mão parada em cima da sacola de marinheiro, *não é possível*. Mas, sim, a tosse, a tosse e esses chiados.

E anos depois, também pensou, recordando aquele momento: *como moradores solitários de duas ilhas próximas, mas separadas por insondáveis abismos*. Sim, anos depois, quando seu pai estava apodrecendo no túmulo, quando compreendeu que o pobre-diabo sofrera no mínimo tanto quanto ele e que, talvez, daquela ilha próxima mas inalcançável onde morava (onde sobrevivia), tivesse lhe feito uma vez um gesto silencioso mas patético pedindo sua ajuda, ou pelo menos sua compreensão e seu carinho. Mas isso, entendeu após suas duras experiências, quando já era tarde, como quase sempre acontece. Assim, agora, neste presente prematuro (como se o tempo se divertisse em apresentar-se antes da hora, para que as pessoas façam encenações tão grotescas e primárias como as de certas trupes de amadores, que ainda não têm experiência: Otelos que ainda não amaram), neste presente que deveria ser futuro, seu pai entrava disfarçadamente, subia as escadas por onde tantos anos não havia transitado. E, de costas para a porta, Martín sentiu-o chegando como um intruso: ouvia seu arquejo de tuberculoso, sua vacilante espera.

E, com deliberada crueldade, fingiu que não o estava notando. *Claro, leu minha mensagem, quer me reter*. Retê-lo para quê? Durante anos e anos mal trocaram uma palavra. Debatia-se entre o ressentimento e a compaixão. Seu ressentimento o incitava a não olhá-lo, a ignorar sua entrada no quarto, e, pior ainda, a fazê-lo entender que queria ignorá-lo. Mas virou a cabeça. Sim, virou, e o viu tal como o havia imaginado: com as duas mãos no corrimão, descansando do esforço, sua mecha de cabelo grisalho caída na testa, seus olhos febris e um pouco saltados, sorrindo suavemente com a expressão de culpa que tanto irritava Martín, dizendo-lhe: "há vinte anos, aqui era o meu ateliê", dando depois uma olhada circular no sótão e talvez com a mesma sensação de um viajante, envelhecido e decepcionado, que volta à aldeia de sua juventude, após ter percorrido países e pessoas que no passado despertaram sua imaginação e seus desejos. E, aproximando-se, sentou-se na beira da cama, como se não se sentisse autorizado a ocupar muito espaço ou ficar excessivamente cômodo. E depois permaneceu bastante tempo calado, respirando com dificuldade, imóvel como uma estátua sem alma. Com voz apagada disse:

— Houve um tempo em que éramos amigos.

Seus olhos, pensativos, se iluminaram, olhando ao longe.

— Lembro uma vez, no parque Retiro... Você teria... deixe eu ver... quatro, talvez cinco anos... é isso... cinco anos... queria andar sozinho nos carrinhos elétricos, mas não deixei, tinha medo de que você se assustasse com as trombadas.

Riu suavemente, com nostalgia.

— Depois, quando voltávamos para casa, você subiu num carrossel que havia num terreno baldio da rua Garay. Não sei por quê, sempre me lembro de você de costas, na hora em que, a cada volta, acabava de passar na minha frente. O vento agitava a sua camisa, uma camisa de listrinhas azuis. Já era tarde, quase não havia luz.

Ficou pensativo e depois confirmou, como se fosse um fato importante:

— Uma camisa de listrinhas azuis, sim. Lembro muito

bem. Martín continuava calado.

— Naquele tempo eu pensava que com os anos chegaríamos a ser companheiros, chegaríamos a ter... uma espécie de amizade...

Tornou a sorrir com o sorrisinho culpado, como se a esperança tivesse sido ridícula, uma esperança à qual não teria nenhum direito. Como se tivesse cometido um pequeno roubo, aproveitando que Martín estava indefeso.

Seu filho o olhou: curvado, os cotovelos sobre os joelhos, o olhar fixo num ponto distante.

— É... agora tudo é diferente...

Pegou um lápis que estava em cima da cama e o examinou com expressão meditativa.

— Não pense que não o compreendo... Como poderíamos ser amigos? Você deve me perdoar, Martincito...

— Não tenho nada a perdoá-lo.

Mas o tom duro de suas palavras contradizia a afirmação.

— Está vendo? Você me odeia. E não pense que não o compreendo.

Martín gostaria de acrescentar: "não é verdade, não o odeio", mas era monstruosamente certo que o odiava. Esse ódio o fazia sentir-se mais infeliz e aumentava sua solidão. Quando via sua mãe se maquiar tanto e ir para a rua cantarolando um bolero, a repugnância por ela se estendia ao pai e finalmente se concentrava nele, como se fosse o seu verdadeiro destinatário.

— Claro, Martín, compreendo que você não possa ter orgulho de um pintor fracassado.

Os olhos de Martín encheram-se de lágrimas.

Mas elas ficaram suspensas em seu grande rancor, como gotas de óleo no vinagre, sem se misturar. Gritou:

— Não diga isso, papai!

Seu pai o olhou comovido, estranhando sua reação. Quase sem saber o que dizia, Martín gritou com raiva:

— Este país é asqueroso! Aqui os únicos que triunfam são os sem-vergonha!

Seu pai o olhou calado, fixo. Depois, negando com a cabeça, comentou:

— Não, Martín, não pense isso.

Contemplou o lápis que segurava nas mãos e um instante depois concluiu:

— Temos de ser justos. Sou um pobre-diabo e um fracassado total e com toda justiça: não tenho talento nem força. Essa é a verdade.

Martín começou a se retirar de novo para a sua ilha. Estava envergonhado do patético da cena, e a resignação de seu pai começava a endurecê-lo de novo.

O silêncio foi tão intenso e incômodo que seu pai se levantou para ir embora. Provavelmente compreendera que a decisão era irrevogável e, também, que o abismo entre eles era grande demais e definitivamente insuperável. Aproximou-se de Martín e, com a mão direita, apertou seu braço: gostaria de abraçá-lo, mas como fazê-lo?

— Pois é... — murmurou.

Martín teria dito algo carinhoso se soubesse que aquelas eram de fato as últimas palavras que ouviria de seu pai?

Alguém seria tão duro com os seres humanos — Bruno dizia — se soubesse de verdade que um dia vão morrer e que nada do que lhes disse já não poderá ser retificado?

Viu o pai se virando e se afastando para a escada. E também o viu, antes de desaparecer, com um olhar que, anos depois de sua morte, Martín recordaria desesperadamente.

E quando ouviu sua tosse, enquanto descia a escada, Martín se jogou na cama e chorou. Só horas depois teve força para terminar de arrumar a sacola. Quando saiu eram duas da madrugada e viu luz no ateliê do pai.

"Está aí", pensou. "Apesar de tudo, vive, ainda vive."

Caminhou até a garagem e pensou que deveria sentir uma grande libertação, mas não sentia; uma surda opressão o impedia. Caminhava cada vez mais devagar. Finalmente parou e hesitou. O que queria?

8.

— Até voltar a vê-la muitas coisas se passaram... na minha casa... Não quis mais viver lá, pensei em ir para a Patagônia, falei com um caminhoneiro que se chama Bucich, nunca lhe falei de Bucich? Mas naquela madrugada... Bem, não fui para o sul. Mas não voltei mais para casa.

Calou-se, rememorando.

— Voltei a vê-la no mesmo lugar do parque, mas já em fevereiro de 1955. Nunca deixei de ir lá, toda vez que me foi possível. No entanto, se a reencontrei não creio que tenha sido por esperá-la no mesmo lugar.

— E sim?

Martín olhou para Bruno e disse:

— E sim porque ela quis me encontrar.

Bruno não parecia entender.

— Bem, se ela foi àquele lugar foi porque quis encontrá-lo.

— Não, não é isso que eu quero dizer. Teria me encontrado da mesma forma em qualquer outro lugar. Entende? Ela sabia onde e como me encontrar, se quisesse. É isso que eu quero dizer. Esperá-la ali, naquele banco, durante tantos meses, foi uma de minhas tantas ingenuidades.

Refletiu e depois acrescentou, olhando Bruno como se lhe pedisse uma explicação.

— Por isso, porque acho que ela me procurou, voluntariamente, deliberadamente, por isso mesmo para mim é mais inexplicável que depois... dessa maneira...

Sustentou o olhar em Bruno e este permaneceu com os olhos fixos no rosto consumido e sofrido.

— Entende?

— Os seres humanos não são lógicos — Bruno retrucou. — Além disso, é quase certo que a mesma razão que a levou a procurá-lo também a incitou a...

Ia dizer "abandoná-lo", quando parou e corrigiu: "a afastar-se".

Martín o olhou mais um momento e depois tornou a afundar em seus pensamentos, ficando calado por um bom tempo. Depois explicou como Alejandra havia reaparecido.

Já era quase noite, e a luz não era suficiente para revisar as provas, de modo que ficara olhando as árvores, recostado no banco. E de repente dormiu.

Sonhava que andava num barco abandonado, com o velame destruído, ao longo de um grande rio aparentemente tranquilo, mas poderoso e repleto de mistério. Navegava no crepúsculo. A paisagem era solitária e silenciosa, mas na selva que se erguia como uma muralha às margens do grande rio adivinhava-se a presença de uma vida secreta e cheia de perigos. Foi quando uma voz parecendo vir da mata cerrada o fez estremecer. Não conseguia entender o que dizia, mas sabia que se dirigia a ele, Martín. Quis se levantar, mas algo o impedia. Lutou, porém, para se levantar porque ouvia cada vez mais intensamente a voz enigmática e distante que o chamava e (agora percebia) o chamava com ansidade, como se corresse um terrível perigo e ele, só ele, fosse capaz de salvá-la. Acordou trêmulo de aflição e quase pulando do banco.

Era ela.

Ficara-o sacudindo e agora lhe dizia, com seu riso áspero:

— Levante-se, vadio.

Assustado, assustado e desconcertado pelo contraste entre a voz aterradora e ofegante do sonho e aquela Alejandra despreocupada que agora estava na frente dele, não conseguiu dizer uma palavra.

Viu-a apanhando umas provas que tinham caído do banco durante seu sono.

— Aposto que o dono dessa empresa não é Molinari — comentou rindo.

— Que empresa?

— A que lhe dá este trabalho, seu bobo.

— É a Gráfica López.

— Seja qual for, aposto que não é de Molinari.

Não entendeu nada. E, como muitas vezes tornaria a acontecer com ela, Alejandra não se deu ao trabalho de explicar. Sentia-se — comentou Martín — como um mau aluno diante de um professor irônico.

Arrumou as provas, e essa tarefa mecânica deu-lhe tempo para se refazer um pouco da emoção do reencontro tão ansiosamente esperado. E também, como em muitas outras ocasiões posteriores, seu silêncio e sua incapacidade para o diálogo eram compensados por Alejandra, que sempre, ou quase sempre, adivinhava seus pensamentos.

Ela passou uma das mãos no cabelo dele, como os adultos costumam fazer com as crianças.

— Expliquei que voltaria a vê-lo, lembra? Mas não lhe disse quando.

Martín a olhou.

— Por acaso eu lhe disse que voltaria a vê-lo breve?

— Não.

E assim (explicou Martín) começou a terrível história. Tudo fora inexplicável. Com ela nunca se sabia, encontravam-se em lugares tão absurdos como o saguão do Banco de la Provincia ou a ponte Avellaneda. E a qualquer hora: às duas da madrugada, às vezes. Tudo era inesperado, nada podia ser previsto ou explicado: nem seus momentos de brincadeira, nem suas fúrias, nem esses dias em que se encontrava com ele e não abria a boca, até que terminava indo embora. Nem seus longos sumiços. "E no entanto", acrescentava, "foi o período mais maravilhoso de minha vida." Mas ele sabia que não podia durar, porque tudo era frenético e — já tinha lhe dito? — como uma sucessão de pequenas explosões de gasolina numa noite de tempestade. Se bem que às vezes, pouquíssimas vezes, ela parecia passar momentos de descanso a seu lado, como se estivesse doente e ele fosse um sanatório ou um lugar ensolarado nas serras para onde afinal ela se retirasse, em silêncio. E também parecia atormentada, e era como se ele pudesse oferecer-lhe água ou um remédio que lhe fosse imprescindível, para voltar mais uma vez ao território escuro e selvagem em que parecia viver.

— E no qual eu nunca pude entrar — concluiu, fitando Bruno nos olhos.

9.

— É aqui — disse.

Sentia-se o intenso perfume de jasmim da região. A grade era muito velha e estava quase toda coberta de glicínias. A porta, enferrujada, mexia-se a duras penas, rangendo.

Na escuridão, brilhavam as poças da chuva recente. Via-se um quarto iluminado, mas o silêncio mais correspondia a uma casa sem quartos. Contornaram um jardim abandonado, coberto de mato, por uma calçadinha que ladeava a galeria lateral, sustentada por colunas de ferro. A casa era velhíssima, suas janelas davam para a galeria e ainda conservavam as grades coloniais; os grandes ladrilhos do piso eram certamente daquele tempo, pois sentia-se que estavam rachados, gastos e quebrados.

Ouviu-se um clarinete: uma frase sem estrutura musical, lânguida, desarticulada e obsessiva.

— E isso? — Martín perguntou.

— Tio Bebe — Alejandra explicou —, o louco.

Cruzaram um corredor estreito entre árvores muito velhas (agora Martín sentia um intenso perfume de magnólia) e seguiram por um caminho de tijolos que terminava numa escada de caracol.

— Agora, cuidado. Siga-me devagarinho.

Martín tropeçou em alguma coisa: uma lata ou um caixote.

— Não lhe disse para andar com cuidado? Espere.

Parou e acendeu um fósforo, que protegeu com a mão e aproximou de Martín.

— Mas Alejandra, não tem uma lâmpada por aqui? Quer dizer... alguma coisa... no quintal...

Ouviu o riso seco e maligno.

— Lâmpadas! Venha, ponha as mãos em meus quadris e me siga.

— Isso aqui é ótimo para os cegos.

Sentiu que Alejandra parara, como paralisada por uma descarga elétrica.

— O que houve, Alejandra? — Martín perguntou, assustado.

— Nada — respondeu, seca —, mas faça-me o favor de nunca me falar de cegos.

Martín voltou a pôr as mãos em seus quadris e a seguiu no breu total. Enquanto subiam devagar, com muitas precauções, a escada metálica, quebrada em vários pontos e bamba em outros por causa da ferrugem, sentia sob suas mãos, pela primeira vez, o corpo de Alejandra, tão perto e ao mesmo tempo tão distante e misterioso. Alguma coisa, um estremecimento, uma hesitação expressaram a sensação sutil, e então ela perguntou o que estava acontecendo, e ele respondeu, com tristeza, "nada". E quando chegaram lá em cima, enquanto Alejandra tentava abrir uma complicada fechadura, disse "este é o antigo Mirante".

— Mirante?

— É, no início do século XIX por aqui não havia mais nada além das quintas. Aqui os Olmos, os Acevedo vinham passar os fins de semana...

Riu.

— Na época em que os Olmos ainda não eram uns mortos de fome... e uns loucos...

— Os Acevedo? — Martín perguntou. — Quais Acevedo? O que foi vice-presidente?

— É, esses.

Com grande esforço, conseguiu enfim abrir a velha porta.

Levantou a mão e acendeu a luz.

— Bem — disse Martín —, pelo menos aqui tem uma lâmpada. Achei que nesta casa só havia iluminação a velas.

— Ah, você não vai acreditar. O vô Pancho só usa lamparinas.

Diz que a eletricidade faz mal à vista.

Martín percorreu com o olhar o quarto, como se percorresse parte da alma desconhecida de Alejandra. O telhado não tinha forro e viam-se as grandes vigas de madeira. Havia uma cama turca coberta com um poncho e um conjunto de móveis que pareciam saídos de um leilão; de diferentes épocas e estilos, mas todos quebrados e prestes a desabar.

— Venha, melhor sentar na cama. Aqui as cadeiras são perigosas.

Numa parede havia um espelho, quase opaco, da época veneziana, com uma pintura na parte superior. Havia também restos de uma cômoda e um móvel cheio de gavetinhas. E ainda uma gravura ou litografia, presa por quatro percevejos nas pontas.

Alejandra pegou um fogareiro de álcool e começou a fazer café. Enquanto esquentava a água, pôs um disco.

— Ouça — disse, abstraída e olhando para o teto, enquanto tragava o cigarro.

Ouviu-se uma música patética e tumultuada.

Depois, abruptamente, tirou o disco.

— Humm — disse —, agora não posso ouvi-la.

Continuou preparando o café.

— Quando foi tocada pela primeira vez, o próprio Brahms estava ao piano. Sabe o que aconteceu?

— Não.

— Vaiaram-no. Veja só o que é a humanidade!

— Bem, talvez...

— Como, talvez! — gritou Alejandra —, será que você acredita que a humanidade não é uma porcaria?

— Mas esse músico também pertence à humanidade...

— Olhe, Martín — comentou enquanto servia o café na xícara, esses são os que sofrem pelo resto. E o resto não passa de uns pentelhos, uns filhos da puta ou uns cretinos, sabe?

Trouxe o café.

Sentou-se na beira da cama e ficou pensativa. Depois tornou a pôr o disco, um minuto:

— Ouça, ouça isso.

Novamente ouviram-se os compassos do primeiro movimento.

— Será que você percebe, Martín, a quantidade de sofrimento que o mundo teve de produzir para que tenha existido uma música assim?

Enquanto tirava o disco, comentou:

— Maravilhoso.

Ficou pensativa, terminando seu café. Depois colocou a xícara no chão.

No silêncio, de repente, pela janela aberta, ouviu-se o clarinete, como se um garoto traçasse garatujas num papel.

— Você disse que ele é louco?

— Não percebe? Esta é uma família de loucos. Sabe quem viveu neste sótão, durante oitenta anos? A menina Escolástica. Você deve saber que antigamente se costumava isolar um louco trancado no quarto dos fundos. O Bebe é na verdade um louco manso, uma espécie de retardado mental, e, de qualquer maneira, ninguém pode fazer mal com um clarinete. Escolástica também era uma louca mansa. Sabe o que aconteceu? Venha.

Levantou-se e foi até a litografia presa na parede com quatro percevejos.

— Olhe: são os restos da Legião de Lavalle, na Quebrada

de Humahuaca[1]. Em cima desse tordilho vai o corpo do general. Este é o coronel Pedernera. O que está ao lado é Pedro Echagüe. E este outro barbudo, à direita, é o coronel Acevedo. Bonifacio Acevedo, tio-avô do vô Pancho. Chamamos Pancho de avô, mas na verdade é bisavô.

Continuou olhando.

— Este outro é o alferes Celedonio Olmos, pai do vô Pancho, quer dizer, meu tataravô. Bonifacio teve de fugir para Montevidéu. Lá se casou com uma uruguaia, uma "oriental", como diz o avô, uma moça que se chamava Encarnación Flores, e ali nasceu Escolástica. Olhe que nome. Antes do nascimento da menina, Bonifacio se juntou à Legião; nunca viu a filha, pois a campanha durou dois anos, e dali, de Humahuaca, passaram para a Bolívia, onde ele ficou vários anos; também esteve um tempo no Chile. Em 1852, no começo de 52, depois de treze anos sem ver a mulher, que vivia aqui nesta quinta, o comandante Bonifacio Acevedo, que estava no Chile com outros exilados, não aguentou mais de tristeza e veio para Buenos Aires, disfarçado de tropeiro: dizia-se que Rosas ia cair a qualquer momento, que Urquiza entraria a ferro e fogo em Buenos Aires. Mas ele não quis esperar e deu no pé. Alguém o denunciou, sem a menor dúvida, do contrário não se explica. Chegou a Buenos Aires, e a Mazorca o agarrou. Degolaram-no e passaram em frente da casa, bateram na janela e, quando alguém abriu, atiraram a cabeça na sala.

1 O general Juan Lavalle (1797-1841) é um dos heróis da Revolução de Maio de 1810, que culminou com a independência da Argentina e abriu um longo período de guerras civis entre os "unitários" — defensores do centralismo exercido a partir de Buenos Aires — e os "federalistas" — caudilhos que pregavam a autonomia das províncias. No fim dos anos 1820, Manuel Dorrego, líder do partido federal e governador da província de Buenos Aires, reconheceu a independência da Banda Oriental (atual Uruguai), motivando um levante dos unitários chefiados por Lavalle, que ordenou o fuzilamento de Dorrego. Reacendeu-se a guerra civil, e o federalista Juan Manuel Rosas passou a governar com plenos poderes e o apoio da temível Mazorca, uma espécie de polícia política. Em 1840, após um longo exílio em Montevidéu, o general Lavalle, à frente de sua famosa Legião, iniciou uma campanha para derrubar o caudilho Rosas. Foram quase dois anos de luta, concluídos com a derrota de Lavalle e sua impressionante retirada por centenas de léguas, rumo à fronteira com a Bolívia. O general morreu no caminho. Para evitar a profanação do cadáver, o coronel Pedernera e os últimos fiéis de Lavalle depositaram seus despojos nas terras do Altiplano. [Todas as notas são da tradutora]

Encarnación morreu com o choque, e Escolástica ficou louca! Poucos dias depois Urquiza entrava em Buenos Aires! Tenha em conta que Escolástica havia se criado ouvindo falar do pai e olhando seu retrato.

De uma gaveta da cômoda tirou uma miniatura colorida.

— Quando ele era tenente dos couraceiros, na campanha do Brasil.

Seu uniforme brilhante, sua juventude, sua graça contrastavam com a figura barbuda e destroçada da velha litografia.

— A Mazorca estava furiosa com a sublevação de Urquiza. Sabe o que fez Escolástica? A mãe desmaiou, mas ela apanhou a cabeça do pai e correu até aqui. Aqui se trancou com a cabeça do pai desde aquele ano até sua morte, em 1932.

— Em 1932!

— É, em 1932. Viveu oitenta anos, aqui, trancada com a cabeça. Aqui tinham de lhe trazer comida e tirar os restos. Nunca saiu nem quis sair. Outra coisa: com essa esperteza que têm os loucos, escondeu a cabeça do pai, de modo que ninguém nunca conseguiu pegá-la. Claro, poderiam ter encontrado se tivessem feito uma busca, mas ela ficava desvairada e não havia jeito de enganá-la. "Tenho de pegar uma coisa na cômoda", diziam-lhe. Mas não havia jeito. E nunca ninguém conseguiu tirar nada da cômoda, nem do móvel de gavetas, nem desta maleta. E até ela morrer, em 1932, tudo ficou como estava em 1852. Você acredita?

— Parece impossível.

— É rigorosamente histórico. Eu também perguntei muitas vezes: como se alimentava? Como limpavam o quarto? Levavam-lhe a comida e conseguiam manter um mínimo de limpeza. Escolástica era uma louca mansa e inclusive falava normalmente sobre quase tudo, exceto sobre a mãe e sobre a cabeça. Durante os oitenta anos em que esteve trancada, nunca, por exemplo, falou do pai como se estivesse morto. Falava no presente, quer dizer, como se estivesse em 1852 e como se tivesse doze anos e o pai morasse no Chile e fosse chegar a qualquer momento. Era uma velha tranquila. Mas sua vida e até sua linguagem pararam em 1852, quando Rosas ainda estava no poder. "Quando esse homem cair", dizia apontando para a rua, onde já havia bondes elétricos e governava Yrigoyen. Parece que sua realidade tinha grandes espaços vazios ou, quem sabe, também trancados à chave, e ela dava pretextos astuciosos como os de uma criança para evitar falar dessas coisas, como se não falando elas não existissem e, portanto, a morte do pai também não existisse. Aboliu tudo o que se referia à degolação de Bonifacio Acevedo.

— E o que aconteceu com a cabeça?

— Em 1932 Escolástica morreu e finalmente puderam examinar a cômoda e a maleta do comandante. Estava enrolada em roupas (parece que a velha a tirava toda noite e a colocava sobre o móvel de gavetinhas e ficava horas olhando para ela ou talvez dormisse com a cabeça ali, como um vaso de flores). Está mumificada e encolhida, claro. E assim ficou.

— Hein?

— É evidente. O que você queria que se fizesse com a cabeça? O que se faz com uma cabeça numa situação dessas?

— Bem, não sei. Toda essa história é tão absurda, não sei.

— E, antes de mais nada, leve em conta o que é a minha família, quer dizer, os Olmos, não os Acevedo.

— O que é a sua família?

— Ainda precisa perguntar? Não ouviu o tio Bebe tocando clarinete? Não vê onde vivemos? Diga-me, você conhece alguém que tenha nome neste país e viva em Barracas, entre cortiços e fábricas? Portanto, compreenda que nada de normal podia acontecer com a cabeça, pois nada do que acontece com uma cabeça sem o corpo correspondente pode ser normal.

— E depois?

— Muito simples: a cabeça ficou em casa. Martín levou um susto.

— O que foi? Está impressionado? Que mais se podia fazer? Fazer um caixãozinho e um enterro pequenininho para a cabeça?

Martín riu nervosamente, mas Alejandra continuava séria.

— E onde está guardada?

— Quem guarda é o vô Pancho, lá embaixo, numa caixa de chapéus. Quer vê-la?

— Pelo amor de Deus! — Martín exclamou.

— O que é que tem de mais? É uma bonita cabeça, e confesso que me faz bem vê-la de vez em quando, no meio de tanta safadeza. Aqueles, pelo menos, eram homens de verdade e arriscavam a vida pelo que acreditavam. Fique sabendo que quase toda a minha família foi unitária, ou *lomos negros*, mas nem Fernando nem eu somos.

— Fernando? Quem é Fernando?

Alejandra calou-se subitamente, como se tivesse falado demais.

Martín estava surpreso. Teve a sensação de que Alejandra dissera algo involuntário. Tinha se levantado, ido até a mesinha onde estava o fogareiro e posto água para ferver, enquanto acendia um cigarro. Depois se debruçou na janela.

—Venha — disse, saindo.

Martín a seguiu. A noite era intensa e luminosa. Alejandra andou pela varanda até a parte da frente e depois se encostou no parapeito.

— Antigamente — disse — via-se daqui a chegada dos navios pelo Riachuelo.

— E agora, quem vive aqui?

— Aqui? Bem, da quinta não resta quase nada. Antes era um quarteirão. Depois começaram a vender. Aí estão essa fábrica e esses galpões, tudo pertencia à quinta. Aqui, neste lado de cá, estão os cortiços. Toda a parte dos fundos da casa também foi vendida. E o que resta está todo hipotecado e a qualquer momento vai a leilão.

— E não lhe dá pena? Alejandra encolheu os ombros.

— Não sei, talvez eu sinta pena pelo meu avô. Ele vive no passado e vai morrer sem entender o que se passou neste país. Sabe o que acontece com o velho? Acontece que ele não sabe o que é essa porcaria, entende? E agora não tem tempo nem vontade de saber. Não sei se é melhor ou pior. Outro dia iam pôr aqui uma tabuleta anunciando o leilão, e tive que ir ver Molinari para que ele desse um jeito.

— Molinari?

Martín ouvia esse nome pela segunda vez.

— É, uma espécie de animal mitológico. Como se um suíno dirigisse uma sociedade anônima.

Martín a olhou e Alejandra acrescentou, sorrindo:

— Temos uma ligação de certo tipo. Imagine se eles põem a tabuleta anunciando o leilão, o velho morre.

— Seu pai?

— Que nada, rapaz: meu avô.

— E seu pai não cuida desse problema?

Alejandra o olhou com uma expressão que podia ser a careta de um explorador a quem perguntam se no Amazonas a indústria automobilística está muito desenvolvida.

— Seu pai — Martín insistiu, mesmo sendo tão tímido, pois, justamente, sentia ter dito um disparate (embora não soubesse por quê), e o melhor era não insistir.

— Meu pai nunca está aqui — Alejandra limitou-se a esclarecer, num tom diferente.

Martín, como quem aprende a andar de bicicleta, tem de ir em frente para não cair e, grande mistério, sempre termina batendo numa árvore ou em qualquer outro obstáculo, perguntou:

— Ele vive em outro lugar?

— Acabo de lhe dizer que não vive aqui! Martín enrubesceu.

Alejandra foi para o outro extremo da varanda e ali ficou um bom tempo. Depois se acotovelou no parapeito, perto de Martín.

— Minha mãe morreu quando eu tinha cinco anos. E quando tinha onze encontrei meu pai aqui com uma mulher. Mas, hoje, eu acho que viviam juntos muito antes de minha mãe morrer.

Com um riso que parecia um riso normal tanto quanto um criminoso corcunda parece um homem saudável, acrescentou:

— Na mesma cama onde eu durmo agora.

Acendeu um cigarro e à luz do isqueiro Martín viu que em seu rosto ainda havia os restos do riso anterior, o cadáver fedorento do corcunda.

Depois, na escuridão, viu a brasa do cigarro mais viva, com as tragadas profundas que dava: fumava, tragava o cigarro com uma avidez ansiosa e concentrada.

—E aí eu fugi de casa — disse ela.

10.

Essa menina sardenta é ela: tem onze anos e seu cabelo é avermelhado. É uma menina magra e pensativa, violenta e duramente pensativa: como se seus pensamentos não fossem abstratos, e sim serpentes enlouquecidas e quentes. Numa obscura região de seu eu a menina ficou intacta e agora ela, a Alejandra de dezoito anos, calada e atenta, tentando não afugentar a aparição, afastase um pouco e a observa com cautela e curiosidade. É um jogo a que se dedica com frequência quando reflete sobre seu destino. Mas é um jogo árduo, permeado de dificuldades, tão delicado e propenso à frustração como, dizem os espíritas, são as materializações: é preciso saber esperar, ter paciência e saber concentrarse com força, longe dos pensamentos secundários ou frívolos. A sombra vai emergindo pouco a pouco e é preciso facilitar sua aparição mantendo um silêncio total e uma grande delicadeza: qualquer coisinha e ela bate em retirada, desaparecendo na região de onde começava a sair. Agora está ali: já saiu e podese vêla com suas tranças ruivas e suas sardas, observando tudo ao redor com aqueles olhos desconfiados e concentrados, pronta para a luta e o insulto. Alejandra olhaa com esse misto de ternura e rancor que se tem pelos irmãos mais moços, em quem descarregamos a raiva acumulada por causa de nossos próprios defeitos, gritando: "Não roa as unhas, seu besta!".

— Na rua Isabel, la Católica, há uma casa em ruínas. Ou melhor, havia, pois faz pouco a demoliram para construir uma fábrica de geladeiras. Fazia anos e anos que estava desocupada, por uma questão judicial ou uma herança. Acho que era dos Miguens, uma quinta que antigamente deve ter sido muito bonita, igual a esta. Lembro que tinha umas paredes verde-claras, verde-mar, todas descascadas, como se tivessem lepra. Eu estava muito excitada, e a ideia de fugir e me esconder numa casa abandonada me dava uma sensação de poder, talvez como a que devem ter os soldados ao se lançarem no ataque, apesar do medo ou por uma espécie de manifestação oposta ao medo. Li algo sobre isso em algum lugar, você não? Digo-lhe isso porque de noite eu sofria grandes terrores, portanto você pode imaginar o que me esperava numa casa abandonada. Eu enlouquecia, via bandidos entrando no meu quarto com lanternas, ou gente da Mazorca com cabeças sangrentas na mão (Justina sempre nos contava histórias da Mazorca). Caía em poços de sangue. Nem sei se via tudo aquilo dormindo ou acordada; acho que eram alucinações, que eu via acordada, pois me lembro delas como se agora mesmo as estivesse vivendo. Então dava gritos, até que a vó Elena corria e me acalmava aos poucos, pois durante bastante tempo eu continuava sacudindo a cama com meus tremores; eram ataques, verdadeiros ataques.

Portanto, planejar o que eu planejava, esconder-me de noite numa casa deserta e em ruínas era um ato de loucura. E agora acho que planejei isso para que minha vingança fosse mais atroz. Sentia que era uma bela vingança e que seria mais bonita e mais violenta ainda quanto mais terríveis fossem os perigos a enfrentar, entende? Como se eu pensasse, e talvez tenha pensado, "vejam o que estou sofrendo por culpa de meu pai!". É curioso, mas desde aquela noite meu pavor noturno se transformou, de uma só vez, numa valentia alucinante. Não acha curioso? Como se explicará esse fenômeno? Era uma espécie de arrogância louca, como lhe disse, diante de qualquer perigo, real ou imaginário. É verdade que eu sempre tinha sido ousada e nas férias que passava na casa de campo das Carrasco, umas solteironas amigas da vó Elena, me acostumara a experiências muito duras: corria por terrenos agrestes e galopava em cima de uma eguinha que tinham me dado e que eu mesma havia batizado com um nome que me agradava: *Desprezo*. E não sentia medo das lebres, embora várias vezes tenha caído por causa das tocas. Tinha uma espingarda calibre 22, para caçar, e um pequeno revólver de uma só bala. Sabia nadar muito bem e, apesar de todas as recomendações e das promessas, saía para nadar mar afora e mais de uma vez tive de lutar contra a correnteza (ia esquecendo de dizer que a casa das velhotas Carrasco dava para a praia, perto de Miramar). Mas, apesar de tudo, de noite eu tremia de medo dos monstros imaginários. Bem, como eu ia dizendo, resolvi fugir e esconder-me na casa da rua Isabel, la Católica. Esperei anoitecer para poder trepar na grade sem ser notada (a porta estava fechada com cadeado). Mas provavelmente alguém me viu, e embora de início não tenha dado importância, pois, como você pode imaginar, mais de um garoto curioso teria feito antes o que eu estava fazendo naquele momento, depois, quando o boato correu pelo bairro e a polícia foi chamada, o homem deve ter se lembrado e dado a informação. Mas, se as coisas se passaram assim, deve ter sido muitas horas depois de minha escapada, pois a polícia apareceu no casarão às onze. Portanto, tive tempo à vontade para enfrentar o terror. Mal pulei a grade, fui até os fundos contornando a casa, pela antiga entrada de automóveis, no meio do mato e das latas velhas, do lixo e de gatos ou cachorros mortos e hediondos. Estava esquecendo de contar que também tinha levado minha lanterna, minha faquinha de acampamento e o revolverzinho que o vô Pancho me deu de presente quando fiz dez anos. Como lhe dizia, contornei a casa pela entrada dos carros e assim cheguei aos fundos. Tinha uma galeria parecida com a daqui. As janelas que davam para essa varanda ou corredor estavam com as persianas fechadas, mas eram persianas podres, algumas quase arrancadas ou arrebentadas. Muito provavelmente a casa tinha sido usada por mendigos ou vagabundos para passar a noite e até uma boa temporada. E quem me garantia que nessa mesma noite alguns deles não fossem dormir lá? Com minha lanterna fui percorrendo as janelas e portas que davam para a parte de trás, até que vi uma porta cuja persiana estava sem uma folha. Empurrei e a porta abriu, embora com dificuldade, rangendo, como se fizesse muito tempo que não fosse aberta. Apavorada, pensei na mesma hora que nem os vagabundos teriam se atrevido a se refugiar naquela casa mal-afamada. Hesitei um instante e achei melhor não entrar na casa e passar a noite no corredor. Mas fazia muito frio. Tinha de entrar e inclusive fazer um fogo, como havia observado em tantas fitas de cinema. Achei que a cozinha seria o lugar mais adequado, pois ali, em cima do piso de cerâmica, poderia fazer uma boa fogueira. Também tinha a esperança de que o fogo afugentasse os ratos, bichos que sempre me deram nojo. Como todo o resto da casa, a cozinha estava caindo aos pedaços. Não tive coragem de me deitar no chão, nem amontoando palha, pois imaginei que ali era mais fácil algum rato se aproximar. Achei melhor deitar em cima do fogão. Era uma cozinha de tipo antigo, parecida com a que nós temos e com essas que a gente ainda encontra em certas chácaras, com fogões de carvão e de lenha. Quanto ao resto da casa, eu exploraria no dia seguinte: naquele momento, de noite, não tinha coragem de percorrê-la, e, pensando bem, isso não fazia o menor sentido. Minha primeira tarefa foi juntar lenha no jardim, quer dizer: pedaços de caixotes, madeiras soltas, palha, papéis, galhos caídos e ramos de uma árvore seca que encontrei. Com tudo isso armei uma fogueira perto da porta da cozinha, para não encher de fumaça o interior. Depois de algumas tentativas, deu tudo certo, e, mal vi as chamas, no meio da escuridão, tive uma sensação de calor físico e espiritual. Em seguida tirei da minha sacola as coisas para comer. Sentei em cima de um caixote, perto da fogueira, e comi com gosto um salaminho e pão com manteiga, e depois doce de batata. Meu relógio acabava de marcar oito horas! Não queria pensar no que me esperava nas longas horas da noite.

A polícia chegou às onze. Não sei se, como lhe disse, alguém teria visto um garoto trepando na grade. Também pode ser que um vizinho tenha visto o fogo ou a fumaça da fogueira, ou meus movimentos ali dentro com a lanterna. O fato é que a polícia chegou, e devo confessar que foi com alegria que a vi chegar. Se eu tivesse de passar lá a noite inteira, quando todos os ruídos de fora vão desaparecendo e você tem de verdade a sensação de que a cidade dorme, acho que talvez tivesse enlouquecido com a corrida dos ratos e gatos, com o assobio do vento e os barulhos que minha imaginação também podia atribuir a fantasmas. Portanto, quando a polícia chegou eu estava acordada, acuada em cima do fogão e tremendo de medo.

Você pode imaginar a cena na minha casa, quando me levaram. O vô Pancho, coitado, estava com os olhos cheios de lágrimas e não parava de me perguntar por que eu tinha feito uma loucura dessas. A vó Elena me repreendia e ao mesmo tempo me acariciava, histérica. Quanto a tia Teresa, na verdade tia-avó, que passava o tempo nos velórios e na sacristia, gritava que deviam me pôr o quanto antes no internato, na escola da avenida Montes de Oca. Os conciliábulos devem ter continuado boa parte da noite, pois eu os ouvia discutirem lá na sala. No dia seguinte eu soube que a vó Elena acabara aceitando o ponto de vista de tia Teresa, em primeiro lugar, agora acredito, por achar que eu poderia repetir a barbaridade a qualquer momento e também por saber que eu gostava muito da irmã Teodolina. Diante disso, é claro, neguei-me a dizer qualquer coisa e fiquei o tempo todo trancada no quarto. Mas, no fundo, não me desagradou a ideia de ir embora desta casa: imaginava que assim meu pai sentiria mais minha vingança.

Não sei se foi minha entrada para o colégio, minha amizade com a irmã Teodolina ou a crise, ou tudo junto. Mas me lancei na religião com a mesma paixão com que nadava ou corria a cavalo: como se jogasse com minha vida. Desde esse momento até completar quinze anos. Foi uma espécie de loucura, *a mesma fúria com que nadava de noite no mar, em noites de tempestade, como se nadasse furiosamente numa grande noite religiosa, no meio de trevas, fascinada pela grande tempestade interior.*

Ali está o padre Antonio: fala da Paixão e descreve com fervor os sofrimentos, a humilhação e o sangrento sacrifício da Cruz. O padre Antonio é alto e, estranho, parece com o pai dela. Alejandra chora, primeiro em silêncio, e depois seu pranto tornase violento e finalmente convulso. Foge. As freiras correm assustadas. Vê diante de si a irmã Teodolina, consolandoa, e depois se aproxima o padre Antonio, que também tenta consolála. O chão começa a se mexer, como se ela estivesse num bote. O chão ondula como um mar, o aposento cresce cada vez mais, e em seguida tudo começa a rodar: primeiro com lentidão e depois vertiginosamente. Transpira. O padre Antonio se aproxima, sua mão agora é gigantesca, sua mão se aproxima de sua face como um morcego quente e asqueroso. Então cai fulminada por uma grande descarga elétrica.

— O que houve, Alejandra? — gritou Martín, atirando-se sobre ela.

Tinha desabado e continuava rígida, no chão, sem respirar, o rosto ficando roxo, e de repente teve convulsões.

— Alejandra! Alejandra!

Mas ela não o ouvia, nem sentia seus braços: gemia e mordia os lábios.

Até que, como uma tempestade no mar que pouco a pouco se acalma, seus gemidos foram espaçando e ficando mais suaves, queixosos, seu corpo foi serenando e finalmente amoleceu, como que morto. Então Martín pegou-a no colo e levou-a para o quarto, pondo-a na cama. Depois de uma hora ou mais Alejandra abriu os olhos, mirou ao redor, meio embriagada. Depois sentou-se, passou as mãos no rosto, como se quisesse se refazer, e ficou bastante tempo calada. Parecia estar imensamente cansada.

Em seguida se levantou, pegou uns comprimidos e tomou. Martín a observava, assustado.

— Não fique com essa cara. Se você vai ser meu amigo terá de se acostumar com tudo isso. Não é nada grave.

Apanhou um cigarro na mesinha e começou a fumar. Por longo tempo descansou em silêncio. Afinal perguntou:

— De que eu estava falando?

Martín recordou.

— Eu perco a memória, sabe.

Ficou pensativa, fumando, e prosseguiu:

— Vamos lá para fora, quero tomar ar. Acotovelaram-se no parapeito da varanda.

— Quer dizer que eu estava falando daquela fuga. Fumou em silêncio.

— Comigo, eles não tinham refresco, dizia a irmã Teodolina. Eu me torturava dias inteiros analisando meus sentimentos, minhas reações. Desde o que me aconteceu com o padre Antonio iniciei uma série de mortificações: ajoelhava-me horas a fio em cima de vidros quebrados, deixava cair a cera ardente dos círios em minhas mãos, até cortei meu braço com uma lâmina de barbear. E quando a irmã Teodolina, chorando, resolveu me obrigar a lhe dizer por que eu tinha me cortado, não abri a boca, e na verdade eu mesma não sabia, e acho que ainda não sei. Mas a irmã Teodolina me dizia que não devia fazer essas coisas, que Deus não gostava desses excessos e que nessas atitudes também havia um enorme orgulho satânico. Bela novidade! Mas aquilo era mais forte, mais invencível que qualquer argumentação. Você vai ver como terminou toda essa loucura.

Ficou pensativa.

— Que curioso — disse um instante depois —, tento lembrar como se passou aquele ano e só consigo recordar cenas soltas, uma ao lado da outra. Acontece o mesmo com você? Agora eu sinto o passar do tempo, como se ele corresse por minhas veias, junto com o sangue e a pulsação. Mas quando tento lembrar o passado não sinto o mesmo: vejo cenas esparsas, paradas como em fotografias.

Sua memória é feita de fragmentos de existência, estáticos e eternos: de fato, o tempo não passa entre eles, e coisas que ocorreram em épocas muito distantes entre si estão umas junto das outras, ligadas ou reunidas por estranhas antipatias e simpatias. Ou talvez venham à tona da consciência unidas por laços absurdos mas poderosos, como uma canção, uma brincadeira ou um ódio *comum. Assim como agora, para ela, o fio que as une e vai fazendoas sair uma após outra é certa fúria na busca de algo absoluto, certa perplexidade, que une palavras como pai, Deus, praia, pecado, pureza, mar, morte.*

— Vejo-me num dia de verão e ouço a vó Elena dizendo: "Alejandra tem de ir para o campo, precisa sair daqui, tomar ar". Curioso: lembro que nesse momento a vó tinha um dedal de prata na mão.

Riu.

— Por que está rindo? — perguntou Martín, intrigado.

— Nada, nada importante. Então me mandaram para a casa das velhotas Carrasco, parentes distantes da vó Elena. Não sei se lhe disse que ela não era da família Olmos, mas se chamava Lafitte. Era uma mulher boníssima e se casou com meu avô Patricio, filho de don Pancho. Um dia vou lhe contar uma coisa do avô Patricio, que morreu. Bem, como eu dizia, as Carrasco eram primas em segundo grau da vó Elena. Eram solteironas, eternas, até seus nomes pareciam absurdos: Ermelinda e Rosalinda. Eram umas santas e na verdade, para mim, tão indiferentes como uma lousa de mármore ou uma caixa de costura; nem as ouvia quando falavam. Eram tão puras que, se conseguissem enxergar um só segundo dentro da minha cabeça, teriam morrido de susto. Então, eu gostava de ir para a casa delas no campo: tinha toda a liberdade que queria e podia correr com minha eguinha até a praia, pois a casa das velhas dava para o oceano, um pouco ao sul de Miramar. Além disso, morria de vontade de ficar sozinha, nadar, correr com a tordilha, sentir-me só diante da imensidão da natureza, bem longe da praia onde se amontoavam todas as pessoas imundas que eu odiava. Fazia um ano que não via Marcos Molina, e essa perspectiva também me interessava. Tinha sido um ano tão importante! Queria contar a ele minhas novas ideias, comunicar-lhe um projeto grandioso, injetar-lhe minha fé ardorosa. Todo o meu corpo estourava de vigor, e, se sempre fui meio selvagem, naquele verão o vigor parecia ter se multiplicado, embora em outra direção. Naquele verão Marcos sofreu um bocado. Tinha quinze anos, um a mais que eu. Era simpático, muito atlético. Na verdade, pensando nisso agora, ele será um excelente pai de família e com toda a certeza dirigirá uma seção da Ação Católica. Não pense que era tímido, mas do tipo bom moço, católico bobalhão: de boa-fé e bastante simples e sossegado. Então, imagine o seguinte: mal cheguei ao campo, agarrei-o e comecei a tentar convencê-lo de irmos para a China ou o Amazonas assim que tivéssemos dezoito anos. Como missionários, entende? Saíamos a cavalo, bem longe, pela praia, para o sul. Às vezes íamos de bicicleta ou andávamos durante horas. E com longos discursos, cheios de entusiasmo, eu tentava convencê-lo da grandeza de uma atitude assim. Falava do padre Damien e de seu trabalho com os leprosos na Polinésia, contava-lhe histórias de missionários na China e na África, e a história das freiras que os índios sacrificaram no Mato Grosso. Para mim, o maior prazer seria morrer dessa forma, martirizada. Eu imaginava como os selvagens nos pegavam, me despiam e me amarravam com cordas numa árvore, e depois, entre gritos e danças, se aproximavam com uma faca de pedra, afiada, me abriam o peito e arrancavam meu coração sangrando.

Alejandra calou-se, reacendeu o cigarro apagado e prosseguiu:

— Marcos era católico, mas me escutava mudo. Até que um dia terminou me confessando que esses sacrifícios de missionários que morriam e sofriam o martírio pela fé eram admiráveis, mas que ele não se sentia capaz de passar por isso. E que, de toda maneira, achava ser possível servir a Deus de outro jeito mais modesto, sendo uma boa pessoa e não fazendo mal a ninguém. Essas palavras me irritaram. "Você é um covarde!", gritei-lhe com raiva. Essas cenas, com ligeiras variantes, se repetiram duas ou três vezes. Ele ficava mortificado, humilhado. Eu, nessa hora, saía de perto dele e, dando um puxão na minha tordilha, retornava num galope desembestado, furiosa e cheia de desprezo por aquele pobre-diabo. Mas no dia seguinte voltava à carga, mais ou menos sobre o mesmo assunto. Até hoje não entendo a razão de minha obstinação, já que Marcos não me despertava nenhum tipo de admiração. Mas a verdade é que eu estava obcecada e não lhe dava trégua.

— Alejandra — me dizia com gentileza, pondo sua mão grande no meu ombro —, agora pare de pregar e vamos cair no mar.

— Não! Um momento! — eu exclamava, como se ele estivesse querendo fugir de um compromisso prévio. E de novo a mesma história.

Às vezes lhe falava de casamento.

— Nunca me casarei — eu lhe explicava. — Quer dizer, nunca terei filhos, se me casar.

Na primeira vez em que eu disse isso, ele me olhou estranhando.

— Você sabe como é que a gente tem filhos? — perguntei.

— Mais ou menos — respondeu, enrubescendo.

— Bem, se sabe, entenderá que é uma safadeza.

Disse essas palavras firmemente, quase com raiva, e como se fossem mais um argumento a favor da minha teoria sobre as missões e o sacrifício.

— Vou-me embora, mas preciso ir embora com alguém, entende? Tenho de me casar com alguém, pois do contrário irão me buscar com a polícia e não poderei sair do país. Por isso pensei que poderia me casar com você. Olhe: agora estou com catorze anos e você com quinze. Quando eu tiver dezoito termino o colégio e nos casamos, com autorização do juiz de menores. Ninguém pode nos proibir esse casamento.

E em último caso nós fugimos e aí terão de aceitar. Então vamos para a China ou para o Amazonas. Que tal? Mas só nos casamos para poder ir embora tranquilos, entende? Viveremos sempre juntos, percorreremos países selvagens mas nem nos tocaremos. Não é lindo?

Olhou-me assombrado.

— Não devemos fugir do perigo — prossegui. — Devemos enfrentá-lo e vencê-lo. Não vá pensar o contrário, tenho tentações, mas sou forte e capaz de dominá-las. Imagine que lindo vivermos juntos anos a fio, deitados na mesma cama, até quem sabe nos vendo nus, e vencer a tentação de nos tocarmos e beijarmos?

Marcos me olhava assustado.

— Acho uma loucura tudo o que você está dizendo — comentou. — Além do mais, Deus não manda ter filhos no casamento?

— Estou lhe dizendo que nunca terei filhos! — gritei. — E fique sabendo que nunca você me tocará e que ninguém, ninguém me tocará!

Tive uma explosão de ódio e comecei a me despir.

— Agora você vai ver! — gritei, como que desafiando-o.

Eu tinha lido que os chineses impedem o crescimento dos pés de suas mulheres metendo-os em fôrmas de ferro e que os sírios, acho, deformam a cabeça de seus filhos, enfaixando-as. Quando meus seios começaram a crescer, passei a usar uma tira larga que cortei de um lençol, de uns três metros de comprimento: dava várias voltas, apertando-me tremendamente. Mas o peito cresceu assim mesmo, como essas plantas que nascem nas frestas das pedras e terminam rachando-as. Portanto, depois de tirar a blusa, a saia e a calcinha, comecei a tirar a faixa. Marcos, horrorizado, não conseguia deixar de olhar meu corpo. Parecia um pássaro fascinado por uma serpente.

Quando fiquei nua, deitei na areia e o desafiei:

— Ande, dispa-se você agora! Prove que é um homem!

— Alejandra! — Marcos balbuciou. — Tudo o que você está fazendo é uma loucura e um pecado!

Repetiu como um gago que era um pecado, várias vezes, sem parar de me olhar, e eu, de meu lado, continuava chamando-o de maricas, aos gritos, com desprezo cada vez maior. Até que, apertando os maxilares e com raiva, começou a se despir. Mas, quando ficou nu, parecia ter perdido toda a sua energia, pois ficou paralisado, olhando-me com medo.

— Deite-se aqui — mandei.

— Alejandra, é uma loucura e um pecado.

— Ande, deite-se aqui! — mandei mais uma vez.

Terminou me obedecendo.

Ficamos os dois olhando o céu, deitados de costas na areia quente, um ao lado do outro. Fez-se um silêncio angustiante, podíamos ouvir o marulho das ondas batendo nas estacas. Senti a respiração de Marcos, que parecia ter corrido um longo percurso.

— Viu como é simples? — comentei. — Poderemos ficar sempre assim.

— Nunca, nunca! — Marcos gritou, enquanto se levantava com violência, como se fugisse de um grande perigo.

Vestiu-se depressa, repetindo "nunca, nunca! Você está maluca, está completamente maluca!".

Eu não disse nada, mas sorria satisfeita. Sentia-me poderosíssima.

E como quem não quer nada, limitei-me a dizer:

— Se você encostasse em mim, eu o mataria com a minha faca.

Marcos ficou paralisado de horror. Depois, de repente, saiu correndo para o lado de Miramar.

Deitada de lado, vi-o se afastando. Depois me levantei e corri para a água. Nadei por muito tempo, sentindo a água salgada envolver meu corpo nu. Cada partícula de minha carne parecia vibrar com o espírito do mundo.

Por vários dias Marcos desapareceu de Piedras Negras. Pensei que estava assustado, ou talvez tivesse adoecido. Mas uma semana depois reapareceu, timidamente. Fingi que nada tinha acontecido e saímos para andar, como outras vezes. Até que de repente lhe disse:

— E aí, Marcos? Pensou no casamento?

Marcos parou, olhou-me seriamente e me disse, com firmeza:

— Casarei com você, Alejandra. Mas não do jeito que você diz.

— Hein? — exclamei. — O que disse?

— Que casarei para ter filhos, como todo mundo faz.

Senti que meus olhos ficavam vermelhos, ou então vi tudo vermelho. Sem me dar conta, lancei-me para cima de Marcos. Caímos no chão, brigando. Ainda que Marcos fosse forte e tivesse um ano a mais que eu, no início lutamos de igual para igual, acho que porque minha fúria multiplicava minha força. Lembro que de repente até consegui botá-lo embaixo de mim e dei-lhe umas joelhadas na barriga. Meu nariz sangrava, grunhíamos como dois inimigos mortais. Marcos finalmente fez um grande esforço e se soltou. De repente estava em cima de mim. Senti que suas mãos me apertavam e que ele torcia meus braços como tenazes. Foi me dominando e senti seu rosto cada vez mais perto do meu. Até que me beijou.

Mordi seus lábios e ele se afastou gritando de dor. Soltou-me e saiu correndo.

Levantei-me, mas, estranho, não o persegui: fiquei petrificada, vendo-o se afastar. Passei a mão na boca e esfreguei os lábios, como querendo limpá-los da sujeira. E aos poucos senti que a fúria voltava a subir em mim como água fervendo na chaleira. Então tirei a roupa e corri para a água. Nadei muito tempo, horas talvez, afastando-me da praia, mar adentro.

Sentia uma estranha volúpia quando as ondas me levantavam. Sentia-me ao mesmo tempo poderosa e solitária, desgraçada e possuída pelos demônios. Nadei. Nadei até sentir que as forças se esgotavam. Então comecei a dar braçadas para a praia.

Fiquei muito tempo descansando, de costas, na areia quente, observando as gaivotas que planavam. Lá no alto, nuvens tranquilas e imóveis davam ao anoitecer uma sensação de calma absoluta, enquanto meu espírito era um torvelinho, e ventos furiosos o agitavam e dilaceravam: olhando para dentro de mim, parecia ver minha consciência como um barquinho sacudido por uma tempestade.

Voltei para casa quando já era noite, com uma raiva indefinida, contra tudo e contra mim mesma. Senti-me cheia de ideias criminosas. Odiava uma coisa: ter tido prazer naquela luta e naquele beijo. Já na cama, de costas, olhando para o teto, continuava dominada por uma sensação indefinida que arrepiava minha pele como se eu tivesse febre. O engraçado é que quase não me lembrava de Marcos como Marcos (na verdade, já lhe disse que o achava bastante sem graça e nunca o admirei): era mais uma confusa sensação na pele e no sangue, a lembrança de braços me apertando, a lembrança de um peso sobre meus seios e minhas coxas. Não sei como explicar, mas era como se lutassem dentro de mim duas forças opostas, e essa luta, que eu não conseguia entender, me angustiava e enchia de ódio. E o ódio parecia alimentado pela mesma febre que arrepiava minha pele e se concentrava no bico de meus seios.

Não conseguia dormir. Olhei o relógio: perto de meia-noite. Quase sem pensar, me vesti e pulei, como outras vezes, pela janela do quarto, para o jardinzinho. Não sei se lhe disse que as Carrasco também tinham uma casinha em Miramar mesmo, onde às vezes passavam semanas ou fins de semana. Nessa época, estávamos ali.

Quase correndo fui até a casa de Marcos (embora tivesse jurado nunca mais vê-lo).

O quarto dele dava para a rua, no andar de cima. Assobiei, como outras vezes, e esperei.

Não respondia. Catei uma pedrinha na rua e joguei-a na janela, que estava aberta, e tornei a assobiar. Finalmente ele apareceu e me perguntou, assustado, o que havia.

— Desça — disse. — Quero falar com você.

Acho que até esse momento eu não havia entendido que queria matá-lo, se bem que, por precaução, tivesse levado minha faca de mato.

— Não posso, Alejandra — respondeu. — Meu pai está muito zangado e se ouvir barulho vai ser pior.

— Se não descer — respondi com rancorosa calma — vai ser muito pior, porque eu é que vou subir.

Hesitou um instante, mediu talvez as consequências que lhe podia trazer minha intenção de subir e então me disse para esperar.

Dali a pouco saiu pela porta dos fundos. Comecei a caminhar na frente dele.

— Aonde você vai? — perguntou alarmado. — O que pretende?

Não respondi e prossegui até chegar a um terreno baldio a meia quadra da casa dele. Marcos continuava andando atrás, como arrastado.

Então me virei bruscamente e disse:

— Por que você me beijou hoje?

Minha voz, minha atitude, sei lá mais o quê, deve tê-lo impressionado, pois quase não conseguia falar.

— Responda — disse-lhe com energia.

— Desculpe — balbuciou —, fiz sem querer...

Talvez tenha conseguido vislumbrar o brilho da lâmina, talvez tenha sido apenas o instinto de sobrevivência, mas quase no mesmo instante lançou-se em cima de mim e, com as duas mãos, agarrou meu braço direito, forçando-me a largar a faquinha. Finalmente conseguiu arrancá-la e jogou-a longe, no meio do mato. Corri e, chorando de raiva, comecei a procurá-la, mas era absurdo tentar encontrá-la naquele matagal, e de noite. Então saí correndo para o mar: tive vontade de sair mar afora e me deixar afogar. Marcos correu atrás, talvez desconfiando de minha intenção, e de repente senti que me dava uma pancada atrás da orelha. Desmaiei. Segundo soube depois, ele me pegou no colo e me levou para a casa das Carrasco, deixando-me na porta e tocando a campainha, até que viu que acendiam as luzes e iam abrir, e nesse momento fugiu. À primeira vista, pode se pensar que isso fosse uma monstruosidade, pelo escândalo que provocaria. Mas o que

Marcos podia fazer? Se tivesse ficado, comigo desmaiada a seu lado, à meia-noite, quando as velhas acreditavam que eu estava na cama dormindo, já imaginou a cena armada? Ao fim e ao cabo, ele fez o mais certo. Seja como for, você pode imaginar o escândalo. Quando voltei a mim, estavam as duas Carrasco, a criada e a cozinheira, todas em cima, com água-de-colônia, leques, sei lá mais o quê. Choravam e se lamentavam como se estivessem diante de uma tragédia abominável. Interrogavam-me, davam gritinhos, faziam o sinal da cruz, diziam meu Deus, davam ordens etc.

Foi uma catástrofe.

Como você pode imaginar, neguei-me a dar explicações.

Veio a vó Elena, consternada, e, em vão, tentou arrancar de mim o que havia por trás de tudo. Tive uma febre que durou quase todo o verão.

Em fins de fevereiro comecei a me levantar.

Mas eu andava quase muda e não falava com ninguém. Neguei-me a ir à igreja, pois só a ideia de confessar meus pensamentos recentes me horrorizava.

Quando voltamos para Buenos Aires, tia Teresa (não sei se já lhe falei dessa velha histérica, que passava a vida entre velórios e missas, sempre falando de doenças e tratamentos), tia Teresa disse, quando me viu na sua frente:

— Você é o retrato de seu pai. Vai ser uma perdida. Alegro-me que não seja minha filha.

Saí feito uma fúria contra a velha louca. Mas, estranho, minha fúria maior não era contra ela, e sim contra meu pai, como se a frase de minha tia-avó tivesse ferido a mim, como se um bumerangue tivesse atingido meu pai e, finalmente, caído novamente em cima de mim.

Disse a vó Elena que queria ir para o colégio, que não dormiria nem um dia naquela casa. Prometeu falar com a irmã Teodolina para conseguir que me recebessem antes do início do ano letivo. Não sei o que as duas terão conversado, mas o fato é que encontraram uma fórmula. Na mesma noite me ajoelhei diante da cama e pedi a Deus que fizesse a tia Teresa morrer. Pedi com uma devoção feroz e repeti o pedido por vários meses, toda noite, ao me deitar e também em minhas longas horas de oração na capela. Enquanto isso, e apesar de toda a insistência da irmã Teodolina, neguei-me a me confessar: minha ideia, bastante astuciosa, era primeiro conseguir a morte da tia, e depois me confessar; pois (pensava) se me confessasse antes teria de dizer o que planejava e seria obrigada a desistir.

Mas tia Teresa não morreu. Ao contrário, quando voltei para casa nas férias a velha parecia mais saudável que nunca. Porque vou lhe avisando que, embora vivesse se queixando e tomando comprimidos de todas as cores, tinha uma saúde de ferro. Vivia falando de doentes e mortos. Entrava na sala de jantar ou no salão dizendo entusiasmada:

— Adivinhem quem morreu.

Ou comentando com um misto de arrogância e ironia:

— Inflamação no fígado...! Quando eu lhes dizia que isso era câncer! Um tumor de três quilos, nada menos!

E corria ao telefone a fim de dar a notícia com esse fervor todo seu para anunciar catástrofes. Discava o número e sem perder tempo, para dar a notícia ao maior número de pessoas no menor tempo possível (pois se outro passasse na sua frente!), dizia telegraficamente "Josefina? Pipo câncer", e assim com Maria Rosa, Beba, Naní, Maria Magdalena, Maria Santísima. Bem, como lhe disse, ao vê-la com tanta saúde, todo o ódio se virou contra Deus. Era como se Ele tivesse me tapeado, e ao senti-Lo, de certo modo, do lado de tia Teresa, dessa velha histérica e de mau coração, achava que os dois se pareciam. De repente, toda a paixão religiosa se inverteu, com força idêntica. Tia Teresa dissera que eu ia ser uma perdida, portanto Deus também pensava isso, e não só pensava mas, com toda certeza, desejava. Comecei a planejar a vingança, e, como se Marcos Molina fosse o representante de Deus na Terra, imaginei o que faria com ele assim que chegasse a Miramar. Enquanto isso, concluí umas tarefas menores: quebrei o crucifixo que havia em cima da minha cama, joguei as gravuras religiosas no vaso sanitário e me limpei com o vestido de primeira comunhão como se fosse papel higiênico, jogando-o no lixo depois.

Soube que os Molina já tinham ido para Miramar e então convenci a vó Elena a telefonar para as velhotas Carrasco. Saí no dia seguinte, cheguei a Miramar quase na hora do almoço e tive de seguir até a fazenda no automóvel que me esperava, sem poder ver Marcos nesse dia.

De noite não consegui dormir.

O calor é insuportável e pesado. A lua, quase cheia, está rodeada por um halo amarelento como pus. O ar está carregado de eletricidade e nem uma folha se mexe: tudo anuncia a tempestade. Alejandra dá voltas e voltas na cama, nua e sufocada, tensa com o calor, a eletricidade e o ódio. A luz do luar é tão intensa que no quarto tudo é visível. Alejandra se aproxima da janela e olha seu reloginho: duas e meia. Então olha para fora: o campo está iluminado como num cenário noturno de teatro; o morro, imóvel e silencioso, parece encerrar grandes segredos; o ar está entranhado de um perfume quase insuportável de jasmins e magnólias. Os cachorros estão nervosos, latem intermitentemente e suas respostas se afastam e se reaproximam, em fluxos e refluxos. Há algo de malsão na luz amarelenta e pesada, algo radiativo e perverso. Alejandra respira com dificuldade e sente que seu quarto a esmaga. Então, num impulso irresistível, pula pela janela. Caminha pela relva do parque, e o Milord sente sua presença e abana o rabo. Sente na planta dos pés o contato úmido e ásperosuave da relva. Afastase para os lados do morro, e quando está longe de casa jogase na grama, abrindo o mais possível braços e pernas. A lua bate em cheio em seu corpo nu e ela sente a pele estremecida pela relva. Assim permanece longo tempo: está como que embriagada e não tem nenhuma ideia precisa na cabeça. Sente o corpo arder e passa as mãos pelos flancos, coxas, ventre. Só ao roçar os seios com as pontas dos dedos sente que toda a sua pele se arrepia e estremece como a pele dos gatos.

No dia seguinte, cedo, encilhei a petiça e corri até Miramar. Não sei se já lhe disse que meus encontros com Marcos eram sempre clandestinos, pois nem sua família podia me ver, nem eu os engolia. Suas irmãs, sobretudo, eram duas debiloides cuja aspiração máxima consistia em se casar com jogadores de polo e aparecer o mais possível em *Atlántida* ou *El Hogar*. Tanto Mónica como Patricia me detestavam, e os mexericos corriam soltos quando me viam com o irmãozinho. Portanto, meu sistema de comunicação com ele era assobiar debaixo da janela, quando imaginava que podia estar no quarto, ou deixar um recado com Lomónaco, o salva-vidas. Nesse dia, quando cheguei à casa dele, tinha saído, pois não respondeu a meus assobios. Então, fui até a praia e perguntei a Lomónaco se o tinha visto: me disse que tinha ido ao Dormy House e só voltaria de tarde. Pensei por instantes em ir buscá-lo, mas desisti porque ele me comunicou que as irmãs e outras amigas também tinham ido. O jeito era esperá-lo. Então lhe disse que o aguardaria em Piedras Negras às seis da tarde.

Bastante mal-humorada, voltei para a fazenda.

Depois da sesta fui com a petiça para Piedras Negras. E lá o esperei.

A tempestade que se anunciava desde a véspera foi se carregando durante o dia: o ar ia se transformando num fluido pesado e pegajoso, nuvens enormes surgiram de manhã a oeste e, durante a sesta, como saídas de um gigantesco e silencioso fervedouro, foram cobrindo todo o céu. Deitada à sombra de pinheiros, suada e irritada, Alejandra sente que o ar está se carregando minuto a minuto com a eletricidade que precede as grandes tempestades.

Meu descontentamento e minha irritação aumentavam à medida que a tarde ia passando, impaciente com a demora de Marcos. Até que afinal ele apareceu, quando a noite já estava chegando, precipitada pelas nuvens imensas que avançavam do oeste. Chegou quase correndo e pensei: está com medo da tempestade. Ainda hoje me pergunto por que descarregava todo meu ódio a Deus em cima daquele pobre infeliz, que mais parecia digno de menosprezo. Não sei se porque era um tipo de católico que sempre achei muito representativo, ou porque era tão bom e portanto a injustiça de maltratá-lo tinha mais sabor. Também é possível que houvesse nele algo puramente animal, que me atraía, algo estritamente físico, é verdade, mas que aquecia o sangue.

— Alejandra — disse —, se vier a tempestade acho melhor voltarmos para Miramar.

Virei de lado e o olhei com desprezo.

Mal chega — disse —, mal me vê, nem tenta saber por que o procurei e já está pensando em voltar para a casinha.

Sentei-me, para tirar minha roupa.

— Tenho muito o que falar com você, mas antes vamos nadar.

— Passei o dia todo na água, Alejandra. E além disso — acrescentou, apontando para o céu —, olhe o que está vindo aí.

— Não faz mal. Vamos nadar assim mesmo.

— Não trouxe o calção.

— Calção? — perguntei com ironia. — Eu também não tenho maiô.

Comecei a tirar o jeans.

Marcos, com uma firmeza que me chamou a atenção, disse:

— Não, Alejandra, vou embora. Não tenho calção e não nadarei nu com você.

Eu havia tirado o jeans. Parei em frente dele com aparente inocência e, como se não entendesse suas razões, disse:

— Por quê? Está com medo? Que tipo de católico é você que precisa estar vestido para não pecar? Quer dizer que nu você é outra pessoa?

Começava a tirar a calcinha, e acrescentei:

— Sempre achei que você fosse covarde, o típico católico covarde.

Sabia que isso ia ser decisivo. Marcos, que afastara os olhos de mim desde o instante em que resolvi tirar a calcinha, olhou-me, roxo de vergonha e raiva, e, apertando os maxilares, começou a se despir.

Crescera muito naquele ano, seu corpo de esportista se avolumara, agora sua voz era de homem e perdera os ridículos restos de criança que ainda tinha no ano anterior: estava com dezesseis anos, mas era muito forte e desenvolvido para a idade. Quanto a mim, eu abandonara a faixa absurda e meus seios tinham crescido livremente; os quadris também tinham alargado, e sentia em todo o meu corpo uma força poderosa que me impelia a realizar atos extraordinários.

Desejando mortificá-lo, olhei-o minuciosamente quando ficou nu.

— Você já não é o pirralho do ano passado, hein?

Marcos, envergonhado, virara o corpo e estava quase de costas para mim.

— Até já faz barba.

— Não vejo nada de mais em fazer barba — comentou com raiva.

— Ninguém lhe disse que é feio. Observo simplesmente que você já faz barba.

Sem me responder, e talvez para não se ver obrigado a me olhar nua e a mostrar sua própria nudez, correu para a água, na hora em que um relâmpago iluminou todo o céu, como uma explosão. Então, como se esse estouro tivesse sido o sinal, raios e trovões começaram a se suceder. O cinza-chumbo do oceano foi escurecendo, ao mesmo tempo que a água se encapelava. O céu, coberto pelas sombrias nuvens imensas, era iluminado a todo instante como por *flashes* de uma imensa máquina fotográfica.

Sobre meu corpo tenso e vibrante começaram a cair os primeiros pingos de água: corri para o mar. As ondas batiam furiosas na costa.

Nadamos mar afora. As ondas me levantavam como uma pluma num vendaval e eu tinha uma prodigiosa sensação de força e ao mesmo tempo de fragilidade. Marcos não se afastava de mim e fiquei na dúvida se era de temor por si mesmo ou por mim.

Então gritou para mim:

— Vamos voltar, Alejandra! Já, já não saberemos nem onde está a praia!

— Sempre cauteloso! — gritei.

— Então volto sozinho!

Nada respondi e, aliás, já era impossível nos ouvirmos. Comecei a nadar para a costa. Agora as nuvens estavam pretas e, rasgadas pelos raios e trovões contínuos, pareciam vir rolando de longe para estourar sobre nossas cabeças.

Chegamos à praia. E corríamos para o lugar onde estava nossa roupa quando a tempestade se desencadeou enfim, em toda a sua fúria: um vento pampeiro selvagem e gelado varria a praia enquanto a chuva começava a cair em torrentes quase horizontais. Era imponente: sozinhos, no meio de uma praia deserta, nus, sentindo sobre nossos corpos a água varrida pelo vendaval enlouquecido, na paisagem rugiente e iluminada por explosões.

Marcos, assustado, tentava se vestir. Caí em cima dele e arranquei sua calça.

E apertando-me contra ele, de pé, sentindo seu corpo musculoso e latejante contra meus seios e ventre, comecei a beijá-lo, a morder seus lábios, suas orelhas, a enfiar as unhas em suas costas. Resistiu e lutamos mortalmente. Toda vez que conseguia afastar a boca da minha, resmungava palavras ininteligíveis, mas com certeza desesperadas. Até que consegui ouvi-lo gritar:

— Largue-me, Alejandra, largue-me pelo amor de Deus! Iremos os dois para o inferno!

— Imbecil! — respondi. — O inferno não existe! É uma história dos padres para enganar os trouxas iguais a você! Deus não existe!

Lutou com desesperada energia e afinal conseguiu arrancar-me de seu corpo.

À luz de um relâmpago vi em seu rosto a expressão de

um horror sagrado. Com os olhos muito abertos, como se estivesse vivendo um pesadelo, gritou:

— Você está louca, Alejandra! Está completamente louca, está possuída pelo demônio!

— Eu rio do inferno, imbecil! Rio do castigo eterno! Invadia-me uma energia atroz e ao mesmo tempo eu sentia um misto de força cósmica, ódio e inefável tristeza. Rindo e chorando, abrindo os braços, com essa teatralidade que temos na adolescência, gritei repetidas vezes para cima, desafiando Deus a me aniquilar com seus raios, se existisse.

Alejandra olha seu corpo nu, fugindo a toda velocidade, iluminado fragmentariamente pelos relâmpagos; grotesco e comovedor, pensa que nunca mais tornará a vêlo.

O rugido do mar e da tempestade parecem pronunciar sobre ela obscuras e temíveis ameaças da Divindade.

11.

Voltaram para o quarto. Alejandra foi até a mesinha de cabeceira e pegou num tubo dois comprimidos vermelhos. Depois sentou-se na beira da cama e, batendo com a palma da mão esquerda a seu lado, disse a Martín:

— Sente-se.

Enquanto ele se sentava, ela, sem água, engolia os dois comprimidos. Depois se deitou na cama, com as pernas encolhidas perto do rapaz.

— Preciso descansar um pouco — explicou, fechando os olhos.

— Bem, então vou embora — disse Martín.

— Não, não vá ainda — ela murmurou, como se estivesse prestes a dormir —; depois continuaremos a conversar... é só um pouco...

E começou a respirar fundo, já adormecida.

Deixara cair os sapatos no chão, e seus pés nus estavam perto de Martín, perplexo e ainda inebriado com o relato de Alejandra no terraço: tudo era absurdo, tudo se passava segundo uma trama disparatada, e qualquer coisa que ele fizesse ou deixasse de fazer parecia inconveniente.

Que fazia ali? Sentia-se estúpido e acanhado. Mas, por alguma razão que não conseguia compreender, ela parecia precisar dele: não tinha ido procurá-lo? Não tinha lhe contado suas experiências com Marcos Molina? A ninguém, pensou com orgulho e perplexidade, a ninguém contara antes, tinha certeza. E não queria que ele fosse embora, e dormira a seu lado, aceitara dormir a seu lado, fizera esse gesto supremo de confiança que é dormir ao lado do outro: como um guerreiro que tira sua armadura. Ali estava, indefesa, mas misteriosa e acessível. Tão perto, mas separada pela muralha do sono; inexistente, mas intransponível e tenebrosa.

Martín a olhou: estava de costas, respirando ofegante pela boca entreaberta, sua grande boca desdenhosa e sensual. O cabelo comprido e liso, preto (com os reflexos avermelhados que indicavam que esta Alejandra era a mesma garotinha ruiva da infância e, ao mesmo tempo, tão diferente, tão diferente!), esparramado sobre o travesseiro, realçava seu rosto anguloso, essas feições que tinham a mesma nitidez, a mesma dureza de seu espírito. Ele tremia e estava cheio de ideias confusas, nunca antes sentidas. A luz da mesa de cabeceira iluminava seu corpo abandonado, seus seios marcados sob a blusa branca, e as pernas compridas e bonitas, encolhidas, que encostavam nele. Aproximou a mão do corpo de Alejandra, mas antes de chegar a tocá-lo retirou-a assustado. Em seguida, depois de muito hesitar, a mão se reaproximou dela e afinal pousou sobre uma de suas coxas. Assim Martín ficou, com o coração sobressaltado, por um longo tempo, como se estivesse cometendo um roubo vergonhoso, como se estivesse aproveitando o sono de um guerreiro para roubar uma pequena lembrança. Mas então ela se virou e ele retirou a mão. Ela encolheu as pernas, levantando os joelhos, e curvou o corpo como se voltasse à posição fetal.

O silêncio era profundo, e ouvia-se a respiração agitada de Alejandra e um apito longínquo no cais.

Jamais a conhecerei totalmente, pensou, como numa repentina e dolorosa revelação.

Estava ali, ao alcance de sua mão e de sua boca. Em certo sentido estava sem defesa, mas tão distante! Tão inacessível! Intuía que grandes abismos a separavam (não só o abismo do sono, mas outros) e que para chegar ao centro dela teria de andar durante dias e dias terríveis, entre gretas tenebrosas, por desfiladeiros perigosíssimos, à beira de vulcões em erupção, entre labaredas e trevas. *Jamais*, pensou, *jamais*.

Mas precisa de mim, escolheu-me, também pensou. De certa maneira o havia buscado e escolhido, a ele, para algo que não conseguia entender. E contara-lhe coisas que, tinha certeza, jamais contara a ninguém, e pressentia que lhe contaria muitas outras, ainda mais terríveis e bonitas que as já confessadas. Mas também intuía que haveria outras que nunca, mas nunca lhe seria dado conhecer. E essas sombras misteriosas e inquietantes não seriam as mais verdadeiras de sua alma, as únicas de verdadeira importância? Sentira um estremecimento quando ele mencionou os *cegos*, por quê? Tinha se arrependido assim que pronunciara o nome Fernando, por quê?

Cegos, pensou, quase com medo. *Cegos, cegos*.

A noite, a infância, as trevas, as trevas, o terror e o sangue, sangue, carne e sangue, os sonhos, abismos, abismos insondáveis, solidão solidão solidão, tocamos mas estamos a distâncias incomensuráveis, tocamos mas estamos sós. Era um garoto sob uma cúpula imensa, no meio da cúpula, no meio de um silêncio aterrador, sozinho no universo gigantesco.

E de repente ouviu Alejandra se agitando, virando para cima e parecendo afastar algo com as mãos. De seus lábios saíam murmúrios ininteligíveis, mas violentos e ofegantes, até que, como se precisando fazer um esforço sobre-humano para articular, gritou "não, não!" e se levantou abruptamente.

— Alejandra! — chamou-a Martín, sacudindo seus ombros, querendo arrancá-la do pesadelo.

Mas ela, de olhos bem abertos, continuava gemendo, rechaçando o inimigo com violência.

— Alejandra! Alejandra! — Martín continuava chamando, sacudindo-a pelos ombros.

Até que ela pareceu acordar como se surgisse de um poço profundíssimo, um poço escuro e cheio de teias de aranha e morcegos.

— Ah — disse com voz sumida.

Ficou muito tempo sentada na cama, com a cabeça encostada nos joelhos e as mãos cruzadas sobre as pernas encolhidas.

Depois desceu da cama, acendeu a luz grande, um cigarro e começou a fazer café.

— Acordei-a porque percebi que você estava tendo um pesadelo — disse Martín, olhando-a ansioso.

— Sempre tenho pesadelo, quando durmo — ela respondeu, sem se virar, enquanto punha a cafeteira no fogareiro.

Quando o café ficou pronto, passou-lhe uma xicarazinha, e ela, sentando-se na beira da cama, tomou o seu, absorta.

Martín pensou: *Fernando, cegos.*

"Menos Fernando e eu", dissera. E, conquanto já conhecesse bastante Alejandra para saber que não devia lhe perguntar nada sobre aquele nome que em seguida ela evitara, uma pressão insensata levava-o, de vez em quando, a contornar perigosamente a região proibida.

— E o seu avô — perguntou — também é unitário?

— Hein? — disse ela, distraída.

— Pergunto se seu avô também é unitário.

Alejandra virou os olhos para ele, meio intrigada.

— Meu avô? Meu avô morreu.

— Como? Achei que você tinha me dito que estava vivo.

— Não, ora essa: meu avô Patricio morreu. Quem está vivo é meu bisavô, Pancho, já não lhe expliquei?

— Bem, é, queria dizer seu avô Pancho; ele também é unitário? Acho engraçado que ainda possa haver no país unitários e federalistas.

— Você não percebe que aqui se viveu tudo isso? Mais ainda: pense que o vô Pancho continua vivendo tudo isso, nasceu pouco depois da queda de Rosas. Não lhe disse que tem noventa e cinco anos?

— Noventa e cinco?

— Nasceu em 1858. Nós podemos falar de unitários e federalistas, mas ele viveu tudo isso, entende? Quando era menino Rosas ainda vivia.

— E lembra-se de coisas daquele tempo?

— Tem uma memória de elefante. E além disso não faz outra coisa senão falar do assunto, o dia todo, quando se está por perto. É natural: é sua única realidade. Nada mais existe.

— Gostaria de escutá-lo um dia.

— Agora mesmo posso apresentá-lo.

— Hein? O que você está dizendo? São três horas da manhã!

— Não seja ingênuo. Você não entende que para o avô não existe três horas da manhã? Não dorme quase nunca. Ou talvez cochile a qualquer hora, sei lá... mas, sobretudo de noite, fica acordado e o tempo todo com a luz acesa, pensando.

— Pensando?

— Bem, vá saber... Quem pode saber o que se passa na cabeça de um velho acordado, de quase cem anos? Talvez só se recorde, sei lá... Dizem que nessa idade a gente só se recorda...

E depois acrescentou, rindo com seu riso seco:

— Vou tomar muito cuidado quando chegar a essa idade.

E saindo com naturalidade, como se se tratasse de fazer uma visita normal a pessoas normais e em horas sensatas, disse:

— Venha, vou apresentá-lo agora. Quem garante que amanhã não estará morto?

Parou.

— Acostume-se um pouco com o escuro para poder descer melhor.

Ficaram um instante encostados no parapeito, olhando a cidade adormecida.

— Olhe a luz na janela, naquela casinha — comentou Alejandra, apontando com a mão. — Eu sempre fico seduzida por essas luzes na noite: será uma mulher prestes a ter um filho? Alguém que morre? Ou talvez seja um estudante pobre lendo Marx. Como o mundo é misterioso. Só as pessoas superficiais não veem. Você conversa com o guarda da esquina, faz com que ele crie confiança e logo descobre que ele também é um mistério.

Um instante depois, disse:

— Bem, vamos.

12.

Desceram e contornaram a casa pelo corredor lateral até chegar a uma porta nos fundos, escondida sob uma treliça. Alejandra tateou com a mão e acendeu a luz. Martín viu uma antiga cozinha, mas cheia de coisas amontoadas, como numa mudança. Depois, ao atravessar o corredor, essa sensação foi crescendo. Pensou que nas sucessivas amputações do casarão não quiseram nem souberam se separar de objetos e móveis: mesas e cadeiras capengas, poltronas douradas sem assentos, um grande espelho encostado na parede, um relógio de pé, parado e com um só ponteiro, consoles. Ao entrar no quarto do velho, lembrou-se de uma dessas casas de leilões da rua Maipú. Uma das velhas salas fora incorporada ao dormitório do velho, como se as peças tivessem se embaralhado. No meio dos trastes, sob a luz mortiça de uma lamparina, entreviu um velho cochilando numa cadeira de rodas. A cadeira estava em frente de uma janela que dava para a rua, a fim de que o avô contemplasse o mundo.

— Está dormindo — murmurou Martín aliviado. — Melhor deixá-lo.

— Já lhe disse que nunca se sabe se está dormindo.

Colocou-se diante do velho e, inclinando-se sobre ele, sacudiu-o um pouco.

— Hein, hein? — o avô gaguejou, entreabrindo os olhinhos. Eram uns olhinhos verdosos, cruzados por estrias vermelhas e pretas, como se estivessem rachados, imersos no fundo das órbitas, cercados pelas pregas apergaminhadas de um rosto mumificado e imortal.

— Estava dormindo, vô? — perguntou Alejandra em seu ouvido, quase aos berros.

— Hein, hein? Não, filha, e eu lá ia dormir! Estava descansando, só isso.

— Este é um amigo meu.

O velho balançou a cabeça, mas num movimento repetido e decrescente, como um joão-teimoso afastado de sua posição de equilíbrio. Estendeu-lhe a mão ossuda, cujas veias enormes pareciam querer sair de uma pele ressecada e transparente como o tímpano de um velho tambor.

— Vô — gritou-lhe —, conte para ele alguma coisa do tenente Patrick.

O joão-teimoso mexeu-se de novo.

— A-hã — murmurava. — Patrick, pois é, Patrick.

— Não se preocupe, dá no mesmo — disse Alejandra a Martín —, dá no mesmo. Qualquer coisa. Vai sempre terminar falando da Legião, até se esquecer e dormir.

— A-hã, o tenente Patrick, pois é. Seus olhinhos lacrimejavam.

— Elmtrees, mocinho, Elmtrees. Tenente Patrick Elmtrees, do famoso 71°. Quem diria que ele morreria na Legião.

Martín olhou para Alejandra.

— Explique para ele, vô, explique — gritou.

O velho punha a mão sarmentosa e enorme perto da orelha, com a cabeça inclinada para Alejandra. Sob a máscara de pergaminho rachado e já avançada no caminho da morte, parecia viver a duras penas um resto de ser humano, pensativo e bondoso. O maxilar inferior estava meio caído, como se não tivesse força para se manter apertado, e eram visíveis as gengivas sem dentes.

— Pois é, Patrick.

— Explique para ele, vô.

Pensava, olhava para tempos longínquos.

— Olmos é a tradução de Elmtrees. Porque o avô estava farto de ser chamado Elemetri, Elemetrio, Lemetrio e até capitão Demetrio.

Pareceu dar um sorriso trêmulo, levando a mão à boca.

— Pois é, até mesmo capitão Demetrio. Estava farto. E porque tinha se adaptado tanto ao país que ficava zangado quando o chamavam "o inglês". E pôs Olmos, só isso. Como os Island tinham virado Isla, e os Queenfaith, Reinafé. Ele ficava muito amolado — espécie de risinho. — Pois era muito resmungão. De modo que isso foi muito sensato, muito sensato. E, além do mais, esta era sua verdadeira pátria. Aqui se casou e aqui nasceram seus filhos. E ninguém, vendo-o no gateado, com seus arreios de prata, poderia desconfiar que ele fosse gringo. E mesmo quem quisesse desconfiar — risinho — não diria "a boca é minha e falo o que quiser", porque aí então, simplesmente, don Patricio o apearia com uma chicotada — risinho. O tenentinho Patrick Elmtrees, sim, senhor. Quem diria. Pois é, o destino é mais enrolado do que negócio de turco. Quem diria que o destino dele seria morrer sob as ordens do general.

Repentinamente pareceu cochilar, com um leve estertor.

— General? Que general? — Martín perguntou a Alejandra.

— Lavalle.

Não entendia nada: um tenente inglês sob as ordens de Lavalle? Quando?

— A guerra civil, tonto.

Cento e setenta e cinco homens, esfarrapados e desesperados, perseguidos pelas lanças de Oribe, fugindo para o norte pelo vale, sempre para o norte. O alferes Celedonio Olmos cavalgava pensando no irmão Panchito, morto em Quebracho Herrado. E também, barbudo e mise-

rável, esfarrapado e desesperado, cavalgava para o norte o coronel Bonifacio Acevedo. E outros cento e setenta e dois homens indecifráveis. E uma mulher. Noite e dia fugindo para o norte, para a fronteira.

O maxilar inferior está caído e trêmulo: "Tio Panchito e o meu avô lanceados em Quebracho Herrado", murmura, como assentindo.

— Não entendo nada — diz Martín.

— No dia 27 de junho de 1806 — disse-lhe Alejandra —, os ingleses avançavam pelas ruas de Buenos Aires. Quando eu era desse tamanhinho — pôs a mão perto do soalho — o vô me contou a história cento e setenta e cinco vezes. A nona companhia fechava a marcha do famoso 71° (por que famoso?). Não sei, mas assim diziam. Acho que nunca tinha sido vencido, em nenhum lugar do mundo, sabe? A nona companhia avançava pela rua da Universidade (da Universidade?). Claro, bobo, a rua Bolívar. Conto igual ao velho, sei de cor. Ao chegar à esquina da Nuestra Señora del Rosario, Venezuela para os retardados, a coisa aconteceu (que coisa?). Espere. Atiravam tudo. Quer dizer, dos terraços do último andar: óleo fervendo, pratos, garrafas, travessas, até móveis. Também baleavam. Todos atiravam: as mulheres, os negros, as crianças. E aí ele foi ferido (quem?). O tenente Patrick, ora, e nessa esquina ficava a casa de Bonifacio Acevedo, avô do velho, irmão do que depois foi o general Cosme Acevedo (o da rua?), é, o da rua: a única coisa que ainda nos resta, nomes de ruas. Esse Bonifacio Acevedo se casou com Trinidad Arias, de Salta — aproximou-se de uma parede e trouxe uma miniatura e, à luz da lamparina, enquanto o velho, maxilar caído e olhos fechados, parecia concordar com um episódio distante, Martín viu o rosto de uma mulher bonita cujos traços mongólicos pareciam o sussurro secreto dos traços de Alejandra, sussurro entre conversas de ingleses e espanhóis. — E essa moça teve um monte de filhos, entre eles María de los Dolores, e Bonifacio, que depois seria o coronel Bonifacio Acevedo, o homem da cabeça.

Mas Martín pensou (e assim disse) que cada vez entendia menos. Pois o que tinha a ver com toda essa confusão o tenente Patrick, e como ele morrera sob as ordens de Lavalle?

— Espere, bobo, agora é que vem a confusão. Não ouviu o velho dizer que a vida é mais enrolada do que negócio de turco? O destino dessa vez era um preto grandão e feroz, um escravo de meu tataratataravô, o negro Benito. Porque o Destino não se manifesta em abstrato: às vezes é a faca de um escravo e outras vezes é o sorriso de uma mulher solteira. O Destino escolhe seus instrumentos, depois encarna-se neles e aí é que vem o mais engraçado. Nesse caso, encarnou-se no negro Benito, que tascou uma facada no tenentinho, um golpe com suficiente falta de sorte (do ponto de vista do negro) para que Elmtrees pudesse se transformar em Olmos e eu pudesse existir. Como se diz, minha vida ficou dependendo de um fio de seda e de circunstâncias muito frágeis, pois se o negro não ouvisse os gritos de María de los Dolores lá no terraço, mandando que ele não o matasse, o negro o liquidaria definitiva e perfeitamente, como era seu desejo, mas não o do Destino, que, embora encarnado em Benito, não pensava exatamente igual a ele, tinha suas pequenas diferenças. Coisa que acontece com muita frequência, pois é óbvio que o Destino não tem tempo de sair escolhendo a dedo as pessoas que vão lhe servir de instrumento. Da mesma maneira que, se você estiver apressado para chegar a um lugar, questão de vida ou morte, não vai ficar olhando muito se o carro tem estofamento verde ou se o cavalo tem um rabo que não lhe agrada. Agarra-se ao que tem mais à mão. Por isso o Destino é um tanto confuso e meio ambíguo: na verdade, sabe bem o que quer, mas as pessoas que o executam, nem tanto. Como esses subalternos meio idiotas que jamais executam com perfeição as ordens que recebem. Portanto, o Destino se sente obrigado a proceder como o presidente Sarmiento: fazer as coisas, embora mal, mas fazê-las. E muitas vezes tem de embriagar ou atordoar seus intermediários. Por isso se diz que o sujeito estava fora de si, não sabia o que fazia, perdeu o controle. É óbvio. Do contrário, em vez de matar Desdêmona ou César, vá saber que confusão poderia arrumar! Portanto, como eu ia dizendo, na hora em que Benito estava prestes a decretar minha inexistência, María de los Dolores gritou lá de cima com tanta força que o negro parou. María de los Dolores. Tinha catorze anos. Estava jogando óleo fervendo, mas gritou a tempo.

— Continuo sem entender; não se tratava de impedir que os ingleses ganhassem?

— Retardado mental, você nunca ouviu falar em *coup de foudre*? Foi o que se produziu, em pleno caos. Para você ver como o Destino funciona. O negro Benito obedeceu de má vontade à patroazinha, mas arrastou o oficialzinho para dentro, como lhe ordenava a avó de meu bisavô Pancho. Ali as mulheres lhe prestaram os primeiros socorros, enquanto o doutor Argerich não chegava. Tiraram-lhe a jaqueta. Mas é um menino!, dizia dona Trinidad, horrorizada. Mas não deve ter nem dezessete anos!, diziam. Mas que temeridade!, lamentavam-se. Enquanto isso, lavavam-no com água limpa e cachaça, e vendavam seus olhos com tiras de lençóis. Depois o deitaram. Durante a noite ele delirou e pronunciou palavras em inglês, enquanto María de los Dolores, rezando e chorando, mudava os panos empapados em vinagre. Pois, como o vô me contava, a moça se apaixonou pelo gringuinho e resolveu que se casaria com ele. E você deve saber, ele me dizia, que, quando uma mulher cisma com essa ideia, não há poder do céu ou da terra que a impeça. Por isso, enquanto o pobre tenente delirava e certamente sonhava com sua pátria, a garota já tinha decidido que aquela pátria deixara de existir e que os descendentes de Patrick nasceriam na Argentina. Depois, quando ele começou a recobrar os sentidos, descobriu-se que era ninguém menos do que o sobrinho do general Beresford em pessoa. Você pode imaginar o que foi a chegada de Beresford à casa e o momento em que beijou a mão de dona Trinidad.

— Cento e setenta e cinco homens — balbuciou o velho, assentindo.

— E isso?

— A Legião. Sempre pensa na mesma coisa: na infância, ou seja, na Legião. Continuo a contar. Beresford lhes agradeceu o que tinham feito com o rapaz e resolveram que ele continuaria em casa até se curar de vez. E assim, enquanto as forças inglesas ocupavam Buenos Aires, Patrick ficava amigo da família, o que não era muito fácil quando se leva em conta que todos, e minha família também, odiavam a ocupação. Mas o pior começou com a reconquista: grandes cenas de choro etc. Claro, Patrick se reincorporou ao seu exército e teve de lutar contra nós. E, quando os ingleses tiveram de se render, Patrick sentiu ao mesmo tempo uma grande alegria e uma grande tristeza. Muitos dos vencidos pediram para ficar aqui e foram confinados no interior. Patrick, é óbvio, quis ficar e foi confinado na fazenda La Horqueta, uma das propriedades de minha família, perto de Pergamino. Isso foi em 1807. Um ano depois se casaram, foram felizes para sempre. Don Bonifacio deu-lhe parte da propriedade, e Patricio começou sua tarefa de se transformar em Elemetri, Elemetrio, don Demetrio, tenente Demetrio e, de repente, Olmos. E quem o chamasse de inglês ou Demetrio, pau nele.

— Teria sido melhor que o matassem em Quebracho Herrado — o velho murmurou.

Martín olhou de novo para Alejandra.

— Ele se refere ao coronel Acevedo, entende? Se o tivessem matado em Quebracho Herrado não o teriam degolado aqui, no momento em que esperava rever a mulher e a filha.

"Melhor teria sido que me matassem em Quebracho Herrado", pensa o coronel Bonifacio Acevedo enquanto foge para o norte, mas por outro motivo, por motivos que ele considera terríveis (essa marcha desesperada, essa desesperança, essa miséria, essa derrota final), mas que são infinitamente menos terríveis do que os de doze anos depois, na hora de sentir a faca na garganta, defronte de sua casa.

Viu que Alejandra se dirigia à vitrine e gritou, mas ela, dizendo "deixe de frescura", pegou a caixa, tirou a tampa e mostrou-lhe a cabeça do coronel, enquanto Martín tapava os olhos e ela ria asperamente, guardando tudo de novo.

— Em Quebracho Herrado — o velho murmurava, balançando a cabeça.

— Portanto — Alejandra explicou —, mais uma vez foi um milagre eu ter nascido.

Pois se o seu tataravô, o alferes Celedonio Olmos, fosse morto em Quebracho Herrado, como o irmão e o pai, ou fosse degolado defronte de casa, como o coronel Acevedo, ela não teria nascido e nesse momento não estaria ali naquele quarto, rememorando o passado. E berrando no ouvido do avô "conte para ele a história da cabeça", e dizendo a Martín que precisava ir embora e desaparecendo antes que ele pensasse em sair correndo atrás dela (talvez porque estivesse embasbacado), deixou-o ao lado do velho, que repetia "a cabeça, pois é, a cabeça", balançando como um joão-teimoso em desequilíbrio. Depois, seu maxilar inferior se agitou, ficou um instante caído, trêmulo, seus lábios mussitaram algo ininteligível (talvez um resumo mental, como crianças que devem dizer a lição) e finalmente disse: "A Mazorca, pois é, jogaram a cabeça aí mesmo, pela janela da sala. Desceram dos cavalos às gargalhadas e, gritando de alegria, aproximaram-se da janela e berraram: melancias, patroa! Melancias fresquinhas! E, quando se abriu a janela, jogaram a cabeça ensanguentada do tio Bonifacio. Teria sido melhor que também o tivessem matado em Quebracho Herrado, como o tio Panchito e o avô Patricio. Eu acho". *Era o que também pensava o coronel Acevedo enquanto fugia para o norte pelo vale de Humahuaca, com cento e setenta e quatro companheiros (e uma mulher), perseguido e esfarrapado, derrotado e tristíssimo, mas ignorando que ainda viveria doze anos, em terras distantes, esperando a hora de rever a mulher e a filha.*

— Gritavam melancias fresquinhas e era a cabeça, rapazinho. E a pobre Encarnación caiu como morta quando a viu, e na verdade morreu poucas horas depois, sem voltar a si.

E a pobre Escolástica, que era uma garotinha de onze anos, perdeu a razão. Pois é.

E, cabeceando, começou a cochilar, enquanto Martín estava paralisado por um terror silencioso e estranho, no meio daquele quarto quase escuro, com o velho centenário, com a cabeça do coronel Acevedo na caixa, com o louco que podia estar rondando por ali. Pensava: é melhor sair. Mas o medo de encontrar o louco o paralisava. E então achou que era preferível esperar a volta de Alejandra, que não demoraria, que não podia demorar, pois sabia que ele não tinha mais nada a fazer com o velho. Sentia como se pouco a pouco estivesse entrando num suave pesadelo em que tudo era irreal e absurdo. Das paredes pareciam observá-lo aquele senhor pintado por Prilidiano Pueyrredón e aquela dama com um grande pente no cabelo. As almas de guerreiros, de conquistadores, de loucos, de conselheiros municipais e de sacerdotes pareciam encher o quarto, invisíveis, e murmurar caladas entre si: histórias de conquista, de batalhas, de lanceamentos e degolações.

— Cento e setenta e cinco homens.

Olhou para o velho: seu maxilar inferior balançava, pendurado, tiritando.

— Cento e setenta e cinco homens, sim senhor.

E uma mulher. Mas o velho não sabe, ou não quer dizer. É isso tudo o que resta da orgulhosa Legião, após oitocentas léguas de retirada e derrota, dois anos de desilusão e morte. Uma coluna de cento e setenta e cinco homens miseráveis e taciturnos (e uma mulher) que galopam para o norte, sempre para o norte. Não chegarão nunca? Existe a terra da Bolívia, mais além da interminável quebrada? O sol de outubro bate a pino e apodrece o corpo do general. O frio da noite congela o pus e detém o exército de vermes. E mais um dia, e os tiros de retaguarda, a ameaça dos lanceiros de Oribe.

O cheiro, o cheiro inacreditável do general apodrecido. A voz que já canta no silêncio da noite:

Palomita blanca,
vidalitá
que cruzas el valle,
vé a decir a todos,
vidalitá,
que ha muerto Lavalle.

— Hornos os abandonou, caramba! Disse "vou me juntar ao exército de Paz". E os deixou. E o comandante Ocampo também. Caramba! E Lavalle viu-os se afastando com seus homens, para o leste, no meio da poeira. E meu pai disse que o general parecia choramingar, enquanto olhava os dois esquadrões que se afastavam. Cento e setenta e cinco homens lhe restavam.

O velho assentiu e ficou pensativo, mexendo sem parar a cabeça.

— Os negros gostavam de Hornos, gostavam muito. E papai terminou recebendo Hornos. Ele vinha aqui, na quinta, e mateavam, rememoravam os episódios da campanha.

Voltou a murmurar algo incompreensível.

— Começaram a sumir, desde a presidência de Roca. Os gringos que foram chegando os deslocaram. Trabalhos humildes, pois é. Eu já não saio, mas até uns anos atrás, quando ainda costumava dar uma voltinha por aí, sobretudo durante a festa de Santa Lucía, apareciam uns negros que trabalhavam de ordenança no Congresso ou em outra repartição nacional. Alguns, velhos, como o pardo Elizalde, que só conseguia andar de gatinhas, coitado, mas aparecia ali, na festa da padroeira. Que fim terão levado tantos negros que havia por estas bandas quando eu era garotinho! Tomasito, Lucía, Benito, o tio Joaquín... Lucía era a cevadora de mate de minha mãe; Tomasito, o cocheiro; havia também a velha Encarnación, que foi ama de leite de meu pai e de meus tios, e a Toribia, famosa por suas empanadas e seus bolos de batata recheados, e eu me lembro dela entrevada ali no quintal dos fundos, bebendo mate e contando histórias.

Balançou a cabeça, seu maxilar caiu e ele murmurou alguma coisa sobre o comandante Hornos e o coronel Pedernera. Depois se calou. Dormia? Pensava? Talvez dentro dele circulasse essa vida latente e silenciosa que circula nos lagartos durante os longos meses de inverno, próxima da eternidade.

* * *

Pedernera pensa: vinte e cinco anos de campanhas, combates, vitórias e derrotas. Mas naquele tempo sabíamos pelo que lutávamos. Lutávamos pela liberdade do continente, pela Pátria Grande. E agora... Correu tanto sangue no solo da América, vimos tantos crepúsculos desesperados, ouvimos tantos clamores de luta entre irmãos... Aí mesmo está vindo Oribe, disposto a nos degolar, a nos lancear, a nos exterminar; não lutou comigo no Exército dos Andes? O bravo, o duro general Oribe. Onde está a verdade? Como eram bonitos aqueles tempos! Como ia Lavalle, arrogante, com seu uniforme de major de granadeiros, quando entramos em Lima! Tudo era mais claro então, tudo era lindo como o uniforme que usávamos...

— Pois é isso, mocinho: houve muitas brigas em nossa família por causa de Rosas, e vem desse tempo a separação dos dois ramos, sobretudo na família de Juan Bautista Acevedo. E entre esses Acevedo houve muitos federalistas autênticos, como Evaristo, que foi membro da Sala de Representantes, e outros como Marianito, Vicente e Rudecindo, que, se não foram federalistas, pelo menos estavam com Rosas durante o bloqueio e nunca nos perdoaram...

Tossiu, pelo visto ia dormir, mas de repente recomeçou a falar:

— Porque de Lavalle, meu filho, pode se dizer tudo, mas ninguém que seja bem-nascido poderá negar sua boa-fé, seu comportamento de homem honrado, seu cavalheirismo, seu desprendimento. Sim, senhor.

Lutei em cento e cinco combates pela liberdade deste continente. Lutei nos campos do Chile a mando do general San Martín, e no Peru sob as ordens do general Bolívar. Depois briguei contra as forças imperiais em território brasileiro. E em seguida, nesses dois anos de infortúnio, de ponta a ponta de nossa pobre pátria. Talvez tenha cometido grandes erros, e o maior de todos foi o fuzilamento de Dorrego. Mas quem é dono da verdade? Já não sei de nada, a não ser que esta terra cruel é minha terra e que aqui eu devia combater e morrer. Meu corpo está apodrecendo em cima de meu tordilho de batalha, é tudo o que sei.

— Sim, senhor — disse o velho, tossindo e pigarreando, pensativo, com os olhos lacrimosos, repetindo "sim, senhor" várias vezes, mexendo a cabeça como se concordasse com um interlocutor invisível.

Pensativo e lacrimoso. Olhando para a realidade, para a única realidade.

Realidade que se organizava segundo leis estranhíssimas.

— Foi por volta de 1832, segundo meu pai contava, é isso. Porque vou lhe avisando que esse negócio de melhora do gado teve seus prós e seus contras. Foi o inglês Miller que iniciou, com o famoso touro Tarquino, por volta de 1830. Pois é, o famoso Tarquino da fazenda La Caledonia. O gringo Miller, excelente sujeito. Trabalhador e econômico como todos os escoceses, isso, sim. Pão-duro, para ser mais claro (risinho e tosses repetidas). Não como nós, os descendentes dos antigos colonos, que somos mãosabertas demais e por isso estamos onde estamos (tosses). Portanto, costumavam criticá-lo, sobretudo don Santiago Calzadilla, que era muito abelhudo e chegado a um mexerico. La Caledonia, é isso. No povoado de Cañuelas. Don Juan Miller tinha se casado com uma Balbastro, dona Dolores Balbastro. Soube ser senhora de muita energia, e várias vezes chefiou a defesa contra a indiada e até dava tiro de carabina, igual a um homem. Igual a minha avó, que também era mestra em armas de cano longo. Eram mulheres de lei, meu amiguinho, e, claro, ficavam assim um pouco por causa da vida dura. De que estava falando?

— Do inglês Miller.

— Do inglês Miller, é isso. Todo mundo fala dele e do famoso Tarquino, e quando vinha em casa don Santiago Calzadilla contava muitas piadas sobre aquele bicho, o Tarquino. Que para fazer caçoada nos foi dado um grande talento, meu filho. Portanto, durante muitos anos o inglês Miller teve de aguentar a zombaria geral. Mas ele sorria, dizia meu pai, e ia em frente. Porque esses escoceses têm a cabeça dura como tronco de nhandu e são muito broncos e teimosos. E o homem cismava em melhorar o gado e ninguém ia conseguir que ele arredasse pé.

Riu de novo e tossiu. Passou, desajeitado, um lenço nos olhos lacrimejantes.

— De que eu estava falando?

— Dos touros de raça, senhor.

— É isso, os touros.

Tossiu e cabeceou um instante. Disse em seguida:

— A família de Evaristo nunca nos perdoou. Nunca. Nem quando degolaram meu tio. A verdade é que nossa família ficou dividida por causa do tirano. Não vá pensar que meu pai não reconhecia os méritos dele. Mas dizia que, nos últimos anos de vida, aquilo era uma abominação, por mais que tivesse defendido o pavilhão nacional. Criticava sua crueldade fria e requintada: seu jeito de velhaco não o levou a assassinar Quiroga? Era um covarde, fugiu em Caseros. Era medroso, sem a menor dúvida. Eu poderia lhe contar mil episódios daquela época, sobretudo de 1840, quando degolaram um jovem Iranzuaga, noivo de uma Isabelita Ortiz, contraparente nossa. Ninguém dormia sossegado. E você pode imaginar as angústias na casa de meus pais, com minha mãe sozinha desde que papai havia se incorporado à Legião. E também tinham ido meu avô don Patricio — contei-lhe a história de don Patricio? — e meu tio-avô Bonifacio e tio Panchito. Portanto, na fazenda só restava tio Saturnino, que era o mais moço, um garotinho. E depois, todas as mulheres. Todas as mulheres.

Passou de novo o lenço nos olhos que lacrimejavam, tossiu, cabeceou e pareceu dormir. Mas disse de repente:

— Sessenta léguas. E com o pessoal de Oribe grudado nos calcanhares deles. E meu pai contava que o sol de outubro era muito forte. O general apodrecia depressa e ninguém suportava o cheiro após dois dias de galope. E ainda faltavam quarenta léguas até a fronteira! Cinco dias e outras quarenta léguas. Só para salvar os ossos e a cabeça de Lavalle. Só para isso, meu filho. Porque estavam perdidos e já não era possível fazer mais nada: nem guerra contra Rosas, nem nada. Cortariam a cabeça do cadáver e a mandariam para Rosas e a espetariam na ponta de uma lança, para desonrá-lo. Com uma tabuleta que dissesse: "Esta é a cabeça do selvagem, do imundo, do asqueroso cachorro unitário Lavalle". Portanto, era preciso salvar o corpo do general a qualquer preço, chegando até a Bolívia, defendendo-se a tiros ao longo de sete dias de fuga. Sessenta léguas de uma retirada alucinante. Quase sem descanso.

Sou o comandante Alejandro Danel, filho do major Danel, do exército napoleônico. Ainda me lembro dele quando voltava com o Grande Exército, no jardim des Tuilleries ou nos Champs-Elysées, a cavalo. Ainda vejo Napoleão seguido por sua escolta de veteranos, com os legendários sabres curvos. E depois, quando, afinal, a França já não era a terra da Liberdade e eu sonhava em lutar pelos povos oprimidos, embarquei para estas terras, junto com Bruix, Viel, Bardel, Brandsen e Rauch, que tinham lutado ao lado de Napoleão. Meu Deus, quanto tempo passou, quantos combates, quantas vitórias e derrotas, quanta morte e quanto sangue! Na tarde de 1825 em que conheci Lavalle ele parecia uma águia imperial, diante do seu regimento de couraceiros. E então marchei com ele para a guerra do Brasil, e, quando caiu em Yerbal, apanheio com meus homens e leveio por oitenta léguas de rios e montes, perseguido pelo inimigo, como agora... E nunca mais me separei dele... E hoje, após oitocen-

tas léguas de tristeza, hoje marcho ao lado de seu corpo apodrecido, rumo ao nada...

Pareceu acordar e disse:

— Algumas coisas, eu mesmo vi, outras ouvi de papai, mas sobretudo de minha mãe, porque papai era calado e raramente falava. Assim, quando o general Hornos ou o coronel Ocampo vinham matear, enquanto rememoravam os velhos tempos e a Legião, papai se limitava a escutar e a dizer, de vez em quando: que coisa, não?, ou: pois é, compadre.

Voltou a cabecear e a dormir um instante, mas logo acordou e disse:

— Pois é, Elisita, pois é. Pobre menina que desceu até o rio, enlouquecida, quando recebeu a notícia da morte do noivo. Da quinta, sim, eu me lembro, porque o almirante não cheguei a conhecer. Acho que eles gostavam do meu avô Patricio e da vó Dolores, embora ele fosse federalista. Um dia vou lhe contar a história curiosa de meu avô, que não se chamava Olmos, mas Elmtrees, e que chegou aqui como tenente do exército inglês, durante as invasões. Curiosa história, eu acho (riu e tossiu).

Cabeceou e, de repente, começou a roncar.

Martín olhou de novo para a porta, mas não escutava nenhum barulho. Onde estava Alejandra? Que fazia em seu quarto? Também pensou que, se ele mesmo não tinha ido embora, tinha sido para não deixar sozinho o velho, que nem o escutava e talvez nem o visse: o velho prosseguia sua existência subterrânea e misteriosa, sem se preocupar com ele nem com ninguém que vivesse no nosso tempo, isolado pelos anos, pela surdez e pelo presbitismo, mas sobretudo pela memória do passado, que se interpunha como uma obscura muralha de sonhos, vivendo no fundo de um poço, recordando-se de negros, cavalgadas, degolações e episódios da Legião. Não ficara ali por consideração ao velho, mas porque o imobilizava uma espécie de temor ao atravessar aquelas regiões da realidade em que pareciam habitar o avô, o louco e até a própria Alejandra. Território misterioso e insano, absurdo e tênue como os sonhos, tão impressionante como os sonhos. No entanto, levantou-se da cadeira onde parecia estar atarraxado e, de mansinho, começou a se afastar do velho, entre os trastes de leilão, observando, vigiado pelos antepassados das paredes, olhando a caixa na vitrine. Assim chegou à porta e plantou-se diante dela, sem se atrever a abri-la. Aproximou-se e encostou a orelha na fresta: tinha a impressão de que o louco estava do outro lado, esperando sua saída, com o clarinete na mão. Até pensou ouvir sua respiração. Então, assustado, voltou devagar para a cadeira e sentou.

— Só trinta e cinco léguas — o velho murmurou de repente.

Sim, faltam trinta e cinco léguas. Três dias de marcha a galope batido pela quebrada, com o cadáver inchado e fedendo a muitas centenas de metros ao redor, destilando os horríveis líquidos da podridão. Sempre em frente, com atiradores na retaguarda. De Jujuy a Huacalera, vinte e quatro léguas. Só mais trinta e cinco, dizem para animarse. Só quatro, talvez cinco dias mais de galope, se tiverem sorte.

Na noite silenciosa podem ouvir os cascos da cavalaria fantasma. Sempre para o norte.

— Pois na quebrada o sol é muito forte, meu filho, porque são terras muito altas e o ar é puríssimo. Portanto, com dois dias de marcha o corpo estava inchado e se sentia o cheiro a várias centenas de metros, dizia meu pai, e no terceiro dia foi preciso descarná-lo, pois é.

O coronel Pedernera ordena fazer alto e fala com os companheiros: o corpo está se desmanchando, o cheiro é pavoroso. Será descarnado e conservarão os ossos. E o coração também, diz alguém.

Mas sobretudo a cabeça: nunca Oribe terá a cabeça, nunca poderá desonrar o general.

Quem quer fazêlo? Quem pode fazêlo?

O coronel Alejandro Danel fará.

Então descem o corpo fedorento do general. Colocamno à beira do arroio Huacalera, enquanto o coronel Danel se ajoelha a seu lado e tira a faca de mato. Através de suas lágrimas contempla o corpo nu e disforme do chefe. Eles também o olham, duros e pensativos, também através de suas lágrimas, homens andrajosos formando um círculo.

Em seguida, lentamente, ele finca a faca na carne podre.

Cabeceou e disse:

— Durante o governo de don Bernardino o nomearam capitão de milícias na Guardia de la Horqueta, que assim se chama o fortim que agora é a aldeia de Capitán Olmos. De que estava lhe falando?

— De quando deixou o cargo de prefeito, senhor (quem?).

— É isso, o cargo de prefeito. Deixou-o quando subiram os federalistas, é isso. E para quem quisesse ouvir, talvez para que suas palavras chegassem até don Juan Manuel, dizia que com as vacas e os índios já tinha trabalho mais que suficiente e que não sobrava tempo para a política (risinho). Mas o Restaurador, que não era bobo, e como ia ser!, jamais acreditou nessas palavras (risinhos). E imagine se tivesse acreditado, pois o meu avô veio a saber que don Juan Manuel mandava cartas ao prefeito de La Horqueta dizendo-lhe que não tirasse o olho de cima do inglês Olmos (risinhos e tosses), porque lhe constava que andava conspirando com outros fazendeiros do Salto e do Pergamino. O malandro não se enganava nunca!, era uma raposa! Porque de fato o avô andava metido em conversas, e assim viu quando o general Lavalle desembarcou em San Pedro, em agosto de 1840. E lá se apresentou com seus cavalos e os dois filhos mais velhos: Celedonio, meu pai, que tinha então dezoito anos, e tio Panchito, que tinha um a mais. Maldita campanha, a de 1840! O avô aguentou em

Quebracho Herrado até a última bala de canhão, cobrindo a retirada de Lavalle. Pôde fugir, mas não quis. E, quando estava tudo perdido, disparou a última bala que restava em seus canhões e rendeu-se às tropas de Oribe. Quando soube da morte de Panchito, o filho que mais amava, disse apenas: "Pelo menos o general se salvou". E assim meu avô don Patricio Olmos terminou sua vida nesta terra.

O velho cabeceou, enquanto murmurava: "Armistrón, é isso, Armistrón", e de súbito dormiu profundamente.

13.

Martín esperou, o tempo passou e o velho não acordou mais. Pensou que, agora, tinha ferrado no sono e então, pé ante pé, tentando não fazer barulho, levantou-se e foi andando até a porta por onde Alejandra havia entrado. Seu receio era grande, pois as luzes da aurora já iluminavam o quarto de don Pancho. Achou que poderia topar com o tio Bebe, ou que a velha Justina, a empregada, pudesse estar acordada. E aí, o que lhes diria?

"Vim com Alejandra, ontem à noite", diria.

Depois pensou que nessa casa nada podia chamar a atenção e que, portanto, não devia recear nada de desagradável. Fora, talvez, um encontrão com o louco, o tio Bebe.

Sentiu, ou teve a impressão de sentir, um estalo, uns passos, no corredor atrás da porta. Já com a mão na maçaneta e o coração em sobressalto, esperou calado. Ouviu o apito distante de um trem. Encostou a orelha na porta e escutou ansioso: não se ouvia nada; e já ia abrir quando ouviu outro estalinho, agora inconfundível: eram passos, cautelosos e espaçados, como alguém que estivesse se aproximando aos poucos da mesma porta, do outro lado.

"O louco", pensou Martín, agitado, e por instantes tirou a orelha da porta, temendo que a abrissem abruptamente do outro lado e o encontrassem numa pose tão suspeita.

Assim, ficou muito tempo sem saber que decisão tomar: por um lado, receava abrir a porta e encontrar o louco; por outro, olhava para onde estava don Pancho temendo que acordasse e o procurasse.

Mas achou que talvez fosse melhor assim, que o velho acordasse. Porque então, se o louco entrasse, veria os dois juntos, e ele poderia se explicar. Ou talvez não se devesse dar nenhum tipo de explicação ao louco.

Lembrou que Alejandra falara que era um louco manso, que se limitava a tocar clarinete: quer dizer, a repetir uma espécie de garatuja, sempiternamente. Mas andaria solto pela casa? Ou estaria trancado num dos quartos, como Escolástica estivera trancada, como era habitual nas velhas casas de família?

Passou um tempo nessas reflexões, sempre escutando. Como não ouviu nada novo, tornou a encostar, mais tranquilo, a orelha na porta e, apurando o ouvido, tentou distinguir o menor ruído ou estalo suspeito: agora não ouviu nada.

Aos poucos foi girando a maçaneta: era uma dessas fechaduras grandes que antigamente se usavam nas portas, com chaves de uns dez centímetros. O barulho da maçaneta ao girar pareceu-lhe imenso. E achou que, se o louco estivesse por ali, não podia deixar de ouvi-lo e ficar à espreita. Mas, nessas alturas, que fazer? Portanto, já mais sossegado diante do fato quase consumado, abriu a porta, resoluto.

Quase gritou.

Diante dele, hierático, estava o louco. Era um homem de mais de quarenta anos, com barba de muitos dias e roupa bastante surrada, sem gravata, com o cabelo despenteado. Usava um paletó esporte que em algum momento teria sido azul-marinho e uma calça de flanela cinza. A camisa estava para fora e todo o conjunto estava amarrotado e sujo. Na mão direita, pendendo ao longo do corpo, segurava o famoso clarinete. Tinha esse rosto absorto e macerado de olhos fixos e alucinados, frequente nos loucos; era um rosto chupado e anguloso, com os olhos cinza-esverdeados dos Olmos e nariz grande e aquilino, mas a cabeça era enorme e alongada como um dirigível.

Martín estava paralisado de medo e não conseguiu dizer uma única palavra.

O louco olhou-o um bom tempo, calado, e depois se virou fazendo umas suaves contorções (semelhantes às das crianças quando seguem um bloco carnavalesco, mas apenas perceptíveis) e se afastou corredor adentro, certamente para o seu quarto.

Martín quase correu na direção oposta, para o pátio que já estava bem iluminado pelo dia nascendo.

Uma velha índia de idade avançadíssima lavava louça numa pia. "Justina", pensou Martín, levando outro susto.

— Bom dia — disse, tentando aparentar calma e como se tudo aquilo fosse natural.

A velha não deu uma palavra. "Talvez seja surda, como don Pancho", Martín pensou.

Entretanto, seguiu-o com o olhar misterioso e inescrutável de índia, por uns poucos segundos que Martín achou intermináveis. Depois prosseguiu a lavagem.

Martín, que parara num momento de indecisão, compreendeu que devia agir com naturalidade, e assim se dirigiu para a escada de caracol e subiu ao Mirante.

Chegou diante da porta e bateu.

Instantes depois, como ninguém atendia, bateu de novo. Tampouco obteve resposta. Então, aproximando a boca da fresta da porta, chamou Alejandra em voz alta. Mas passou o tempo e ninguém respondeu.

Imaginou que estava dormindo.

Pensou que o melhor seria ir embora. Mas viu-se andando para a janela do Mirante. As cortinas estavam abertas. Então olhou para dentro e tentou distinguir Alejandra na semiescuridão ali dentro; mas, quando sua vista se acostumou, percebeu, surpreso, que ela não estava.

Por instantes não conseguiu fazer nada nem pensar algo coerente. Depois se dirigiu para a escada e começou a descer com cuidado, enquanto sua cabeça tentava ordenar alguma reflexão.

Atravessou o pátio dos fundos, contornou a velha casa pelo jardim lateral em ruínas e finalmente foi parar na rua.

Andou indeciso pela calçada, para o lado da rua Montes de Oca, a fim de pegar o ônibus. Mas deu poucos passos, parou e olhou para trás, para a casa dos Olmos. Estava imerso na maior confusão e não conseguia fazer nada.

Recuou em direção da casa e logo parou de novo. Olhou o muro mofado, como se esperasse algo. O quê? À luz do dia o casarão era ainda mais absurdo que de noite, pois suas paredes descascadas e desabando, o mato crescendo livremente no jardim, sua grade enferrujada e o portão quase caindo formavam um contraste mais forte que de noite com as fábricas e chaminés que se destacavam atrás. Tal como um fantasma é mais absurdo de dia.

Os olhos de Martín pararam finalmente no Mirante: lá no alto, parecia-lhe solitário e misterioso como a própria Alejandra. Meu Deus — disse —, o que é isso?

Agora, à luz do dia, a noite que ele passara na casa surgia-lhe como um sonho: o velho quase imortal; a cabeça do comandante Acevedo metida naquela caixa de chapéus; o tio louco com seu clarinete e seus olhos alucinados; a velha índia, surda ou indiferente a tudo, a ponto de não se preocupar em querer saber quem era ele e o que fazia um estranho saindo dos quartos e depois subindo ao Mirante; a história do capitão Elmtrees; a inacreditável história de Escolástica e sua loucura; e, sobretudo, a própria Alejandra.

Começou a refletir lentamente: era impossível ir à rua Montes de Oca e pegar um ônibus, parecia brutal demais. Portanto, resolveu ir andando, pela Isabel, la Católica, para o lado da Martín García; a velha rua permitiu que ele ordenasse aos poucos os pensamentos desencontrados.

O que mais o intrigava e preocupava era a ausência de Alejandra. Onde passara a noite? Levara-o para ver o avô a fim de se livrar dele? Não, pois nesse caso o teria deixado ir embora, simplesmente, quando ele quis ir embora, após o relato de Marcos Molina, de toda aquela história da praia e das missões no Amazonas. Por que não o deixou ir naquele momento?

Não, talvez tudo fosse imprevisível, talvez para ela mesma. Era provável que houvesse ido embora enquanto ele estava com don Pancho. Mas, nesse caso, por que não lhe dissera? Enfim, pouco importava. O que importava é que Alejandra não tivesse passado a noite em seu Mirante. Então, era de imaginar que tinha algum canto onde passá-la. E onde habitualmente a passava, já que não havia por que pensar que naquela noite tivesse acontecido algo fora do comum.

Ou teria saído tranquilamente andando pelas ruas?

Sim, sim, pensou com súbito alívio, quase com entusiasmo: saíra andando por aí, para refletir, pensar na vida. Ela era assim: imprevisível e atormentada, estranha, capaz de vagar à noite pelas ruas desertas do subúrbio. Por que não? Não tinham se conhecido num parque? Ela não ia com frequência sentar-se nesses bancos de parques onde haviam se encontrado pela primeira vez?

Sim, tudo era possível.

Aliviado, andou umas duas quadras. Até que, de repente, lembrou-se de duas coisas que, na hora, chamaram a sua atenção e agora começaram a preocupá-lo: Fernando, o nome que ela pronunciou uma só vez e que logo pareceu arrependida de ter pronunciado; e a violenta reação de Alejandra quando ele fez a referência aos cegos. Que acontecia com os cegos? Algo importante, disso não duvidava, pois ela ficara paralisada. O misterioso Fernando seria cego? E, aliás, quem era o tal Fernando que ela parecia não querer designar, com essa espécie de temor de certos povos que não designam a divindade?

Triste, voltou a pensar nos abismos escuros que o separavam dela, e provavelmente sempre separariam.

Mas então, refletia com renovada esperança: por que ela se aproximara dele no parque? E não dissera que precisava dele, que ambos tinham algo muito importante em comum?

Deu uns passos, indeciso, e depois, parando, olhando o calçamento, como interrogando a si mesmo, disse: mas para que ela pode precisar de mim?

Sentia um amor vertiginoso por Alejandra. Com tristeza pensou que ela, de seu lado, não sentia. E que, se precisava dele, Martín, não era, em todo caso, impelida pelo mesmo sentimento que ele.

Sua cabeça era um caos.

14.

Ficou vários dias sem notícias. Andou rondando a casa de Barracas e em diversas oportunidades observou de longe o portão da grade enferrujada.

Seu desânimo culminou ao perder o emprego na gráfica: por algum tempo não haveria serviço, disseram-lhe. Mas ele bem sabia que a razão era outra.

15.

Não foi consciente, mas ali estava, diante da vidraça da rua Pinzón, imaginando que poderia desmaiar a qualquer momento. As palavras PIZZAS, FAINÁS pareciam bater, não em sua cabeça, mas diretamente em seu estômago, como nos cachorros de Pavlov. Se ao menos Bucich estivesse lá. Mas não se atrevia. Aliás, devia estar no sul, vá saber quando voltaria. Chichín estava lá, com seu boné e seus suspensórios vermelhos, e Humberto J. D'Arcángelo, mais conhecido como Tito, com seus palitos de dentes à guisa de cigarro e a *Crítica* enrolada na mão direita, como quem anuncia "sinais particulares", já que só um mistificador grosseiro poderia pretender ser Humberto J. D'Arcángelo sem o palito de dente e a *Crítica* enrolada na mão direita. Tinha algo de pássaro, com seu nariz ganchudo e afilado e seus olhinhos meio afastados nos dois lados de uma cara achatada e ossuda. Nervosíssimo e irrequieto como sempre: palitando os dentes, arrumando a gravata molambenta. Com o gogó proeminente subindo e descendo.

Martín o olhava fascinado, até que Tito o viu e, com sua memória infalível, o reconheceu. E fazendo-lhe sinais com a *Crítica* enrolada, como um guarda de trânsito, disse-lhe que entrasse, o fez sentar e pediu para ele um Cinzano com *bitter*; enquanto isso, desenrolava o jornal, que já estava aberto na página de esportes, batia em cima dele com a mão quase desprovida de carne e, aproximando-se de Martín por cima da mesinha de mármore, com o palito de dentes se mexendo, encostado no lábio inferior, disse-lhe, *sabe quanto pagaram por esse homem aí?*, pergunta diante da qual Martín fez uma cara de susto, como se não soubesse a lição, e embora seus lábios se mexessem, não conseguiu articular uma palavra, enquanto D'Arcángelo, com os olhinhos brilhando de indignação, o gogó parado no meio da garganta, esperava a resposta: com um sorriso irônico, com a amarga ironia apriorística diante do inevitável erro, já não do rapaz, mas de *qualquer um que tivesse dois tostões de juízo*. Mas felizmente, enquanto o gogó permanecia em suspenso, chegou Chichín com as garrafas, e então Tito, virando para ele seu rosto afilado, batendo com as costas da mão ossuda em cima da página de esportes, disse-lhe: *ei, Chichín, diz aí, dá um palpite, quanto pagaram por esse pernadepau do Cincotta*, e enquanto servia o Cinzano o outro respondeu *e eu sei lá, quinhento*, ao que Tito respondeu sorrindo de banda, com amargura e relativa felicidade (pois demonstrava até que ponto ele, Humberto J. D'Arcángelo, tinha razão), *pois sim*, e dobrando de novo a *Crítica*, como um professor que guarda na vitrine o aparelho após a demonstração, acrescentou: *Oitocentas milha*, e, depois de um silêncio proporcional ao enorme absurdo, continuou: *e agora tu me diz se neste país a gente não está tudo maluco*. Sustentou o olhar fixo em Chichín, espreitando o menor sinal de oposição, e por uns segundos tudo ficou como que paralisado: o gogó de D'Arcángelo, seus olhinhos irônicos, a expressão atenta de Martín e Chichín com seu boné e seus suspensórios vermelhos mantendo a garrafa de vermute no ar.

O estranho instantâneo durou talvez um ou dois segundos. Tito jogou soda no vermute, deu uns goles e mergulhou num silêncio sombrio, olhando, como era de praxe em tais momentos, para a rua Pinzón: olhar absorto e, de certo modo, totalmente simbólico, que em nenhuma hipótese transigiria com a visão real do que se passava lá fora. Depois voltou ao seu tema predileto: *agora já não tem futebol. O que é que a gente pode esperar desses jogador que é tudo comprado e vendido?* Fez um olhar sonhador e começou a rememorar, mais uma vez, a Grande Época, quando ele era um gurizinho assim. E enquanto Martín, por pura timidez, tomava o vermute que, sabia, após dois dias de jejum lhe faria muito mal, Humberto J. D'Arcángelo lhe dizia: *Tem que fazer um pé-de-meia, garoto. Vai por mim. É a única lei da vida: juntar muita gaita, rifar o coração* enquanto arrumava a gravata puída e puxava as mangas do paletó andrajoso, gravata e terno a confirmarem que ele, Humberto J. D'Arcángelo, era a rigorosa negação da filosofia que pregava. E enquanto, muito gentil, insistia com o rapaz para terminar o vermute, falava-lhe dos bons tempos, e de repente Martín achou que aquela conversa estava acontecendo em alto-mar. *Estou te falando do ano de 1915, garoto, quando eu ia pro campo do Boca com o tio Vicente. A gente estava em plena guerra*, e enquanto isso Martín, enjoado e triste, pensava em Alejandra e em seu sumiço *na cancha da Seguel com a Ministro Brin até 23 quando nós mudamo pro campo da Bransen com a Del Crucero; ei, Chichín!, iz aí quem é que formava o time inicial*, ao que Chichín, fitando o teto, de olhos fechados, suspendendo a operação de enxugar o copo, depois de mexer os lábios em silêncio (como quem repassa a lição), respondeu *De lo Santo, Vergara, Cerezo, Priano, Peney, Grande, Farenga, Moltedo, José Ferenga e Bacigaluppi*, voltando em seguida à operação com o copo enquanto Tito dizia *acertou. E o Racing ganhou o campeonato, mas nós, os carcamano lá de Gênova, já estávamo mostrando a nossa garra, e ficamo em quarto. Em 18 pegamo o terceiro lugar e em 19 vencemo. Ei, Chichín!, diz aí como é que era o escrete que ganhou a copa*, ao que o outro respondeu, depois de ficar um instante em suspense, de olhos fechados e cabeça levantada para o teto: *Ortega, Busso, Tesorieri, López, Canaveri, Cortella, Elli, Bozzo, Calomino, Miranda e Martín* voltando em seguida à sua ocupação, enquanto Tito comentava *acertou. Que time, garoto! O grande Tesorieri. Nunca teve nem vai ter de novo um goleiro que nem o Américo Tesorieri, hein. Quem tá te dizendo é o Humberto*

J. D'Arcángelo, que viu futebol dos grandes, arrumando a gravata e olhando para a rua Pinzón com indignação, enquanto Martín, enjoado, via como numa fantasmagoria o velho don Pancho Olmos falando da Legião, e Alejandra acotovelada no parapeito da varanda e a cabeça do comandante Acevedo. *E eu te digo a mesma coisa do Pedro Leo Journal, o famoso Calomino, o ponta mais veloz que pisou num gramado nacional, o inventor da famosa bicicleta, que depois tanta gente quis imitar. Que tempo, garoto, que tempo!*, acrescentou, mudando de lugar o palito, do canto esquerdo para o canto direito da boca, e dirigindo o olhar para a rua Pinzón, enquanto Martín olhava Alejandra dormir, observando-a como à beira de um abismo. *Mas,* dizia D'Arcángelo, *justiça seja feita, garoto, e tem ouro em tudo que é time* e um fanático e era cego para tudo o que não fosse o Boca *justiça seja feita, garoto, e tem ouro e tem também cabeça de bagre no Boca, pra que é que a gente vai se iludir. E não precisa ir mais longe, tu tem aí o preto Seoane, o famoso Chancha Seoane, que foi o meio de campo do Diablo Rojo durante um bocado de temporada. Vou te falar uma coisa, garoto: o preto Seoane encarnava a clássica catimba crioula posta a serviço do nobre esporte. Era um craque inteligente e corajoso, o pesadelo dos goleiro daquela época. Sabe qual foi o apelido que o Américo Tesorieri deu pra ele? O rei da área* inimiga. *E não precisa dizer mais nada. E o Domingo Tarasconi? O grande Tarasca foi um dos grande no futebol amador. Dono de um chute poderoso, o que já tinha mostrado na pontadireita, e quando foi mandado pra linha começou uma fase gloriosa pra história do esporte argentino. Mas... e tem sempre um mas no futebol, já dizia o finado Zanetta, na mesma* época *do Tarasca o grande Seoane, como eu te dizia, brilhava na área. E agora preste muita atenção no que eu vou te explicar: o ataque tinha duas ala, de modalidade oposta. A ala direita era acadêmica e maneira, a esquerda se caracterizava por um jogo eficaz e um expediente que a gente pode chamar de pouco brilhante mas do maior efeito, que acabava rendendo muito gol. E no final das conta, garoto, digam o que quiserem, o que a gente quer mesmo no futebol é um bom placar. E vou te avisando que eu sou desses que acham que um jogo espetacular é um troço que enche o coração e que a torcida agradece, que diacho. Mas o mundo é assim mesmo e no final só gol é que conta. E pra te mostrar o que eram essas duas modalidade de jogo vou contar uma anedota ilustrativa. Uma tarde, no intervalo, o Chancha disse pro Lalín: faz o cruzamento pra mim, que aí eu entro e faço gol. Começa o segundo tempo, o Lalín de fato faz o cruzamento pra ele, e aí o preto agarra a bola, e aí entra e faz gol, que nem tinha dito. Aí o Seoane voltou com os braço aberto, correndo até o Lalín, berrando pra ele: viu, Lalín, viu, e o Lalín respondeu vi, mas eu é que não acho a menor graça. Pronto, se você quer saber, taí todo o problema do futebol argentino.*

E ficou pensativo, mastigando o palito e olhando para a rua Pinzón.

— Ah, bons tempos! — murmurou consigo mesmo.

Ajeitou a gravata, esticou as mangas do paletó e virou-se para Martín com o rosto amargurado, como quem volta à dura realidade, e batendo em cima do jornal disse *Oitocentas mil prata por um aleijado desses. O mundo é isso.* Com os olhinhos brilhando de indignação, ajeitando a gravata esgarçada. E depois, com o indicador na vertical, apontando para a mesinha, acrescentou: *Aqui neste país a gente tem que ser muito vivo. Ou tu é um vivaldino ou está ferrado pro resto dos teus dia, até o apito final.* E olhando os rapazes que foram se juntando, mas dirigindo-se simbolicamente a Martín (enquanto Martín começava a ver, como num sonho confuso e poético, Alejandra dormindo na sua frente), brandindo o jornal novamente enrolado, acrescentou: *Tu lê o jornal e fica sabendo de uma negociata. E bobeia que é capaz de continuar pensando na morte da bezerra ou lendo esse livro aí* e como Poroto e El Rengo disseram *mas o que é que você está falando* D'Arcángelo irônico comentou *e esse troço do Tucolesco isso aí também é patifaria* e os outros responderam *pô, o jornal também* ao que Tito retrucou com o dedo indicador novamente na vertical, mexendo-o até a mesinha e repetindo seu conhecido aforismo: *Aqui é tudo roubalheira. E vou te avisando que não estou falando do Perón não. Porque quando eu era pequenininho assim,* ó, e pôs a mão aberta na altura da panturrilha, *quem é que estava por dentro das bandalheira? Os conserveta: corrupção e roubalheira. Quando eu era assim,* ó, e subiu a altura em que estava a mão *os radical: corrupção e roubalheira. Depois veio esse Justo aí: corrupção e roubalheira. Lembram do escândalo da Corporación? Depois, esse cegueta do Ortiz: corrupção e roubalheira. Depois a revolução de 45. Esses milico vivem tudo dizendo que vem limpar, mas no final* é *corrupção e roubalheira.* E então, ajeitando a gravata, fixou seus olhos coléricos na rua Pinzón e, virando-se após um breve instante de (raivosa) meditação filosófica, acrescentou: *Você estuda, vira um Edison, inventa o telégrafo ou cura marmanjo, se arranca pra África que nem esse velho alemão de bigodão, se sacrifica pela humanidade, dá um duro danado e vai ver só como é que te crucificam e como é que os outro se enchem de gaita. Será que vocês não sabem que homem de bem termina sempre pobre e esquecido?Pra cima de mim, não,* e, virando seu olhar furioso para a rua Pinzón, ajeitou a gravata puída e esticou as mangas esgarçadas do paletó enquanto os garotões riam de Tito ou diziam *pô, você também, com essa lenga-lenga* e Martín, em sua sonolência, voltava a ver Alejandra encolhida e dormindo diante de seus olhos, respirando aflita pela boca entreaberta, a grande boca desdenhosa e sensual. E via seu cabelo comprido e liso, preto, com reflexos avermelhados, esparramado sobre o travesseiro, realçando seu rosto anguloso, esses traços que tinham a mesma aspereza de seu espírito atormentado. E seu corpo, seu corpo esguio, abandonado, seus seios bem marcados sob a blusa branca, e aquelas pernas bonitas e compridas, encolhidas, encostando nele. Sim, estava ali, ao alcance de sua mão e de sua boca, de certo modo sem defesas, mas como estava longe! E inacessível!

"Nunca", disse para si mesmo, amargurado e quase em voz alta, enquanto o Poroto gritava *Perón é que está certo e toda essa oligarquia aí tinha é que enforcar tudo junto na praça de Mayo* "nunca" e no entanto ela o escolhera, a ele, mas, para quê, meu Deus, para quê? Pois jamais conheceria, tinha absoluta certeza, seus segredos mais profundos, e de novo chegaram à sua mente as palavras *cego* e *Fernando* quando um dos rapazes botou uma moeda no toca-discos Wurlitzer e os The Platters começaram a cantar. Então D'Arcángelo explodiu e, agarrando Martín pelo braço, disse-lhe:

— Vamo, garoto. Nem mais aqui a gente pode ficar. Onde é que nós vamo parar com esses palhaço aí que te põem um foxtrote!

16.

O vento fresco despertou Martín. D'Arcángelo continuava resmungando e custou a sossegar. Então perguntou onde ele trabalhava. Envergonhado, Martín respondeu que estava sem trabalho. D'Arcángelo o olhou.

— Faz muito?

— Faz um tempo.

— Tu tem família?

— Não.

— Onde tu mora?

Martín demorou a responder: ficara vermelho, mas felizmente (pensou) era de noite. D'Arcángelo olhou-o de novo, atento.

— Na verdade...— murmurou.

— Quê?

— Bem... tive de largar um quarto...

— E onde tu dorme, agora?

Martín, envergonhado, balbuciou que dormia em qualquer lugar. E para atenuar o fato acrescentou:

— Na verdade, ainda não está fazendo frio. Tito parou e o examinou sob a luz de um poste.

— Mas pelo menos tu tem o que comer?

Martín continuou calado. Então D'Arcángelo estourou:

— Já entendi por que tu não abriu o bico! Eu falando dos

craque e tu aí comendo brisa! Tem que estar enjoado!

Levou-o a uma lanchonete e, enquanto comiam, ele o observava, pensativo.

Quando terminaram e saíram, ajeitando a gravata, disse-lhe:

— Sossegue, garoto. Agora vamo lá em casa. Depois a gente vê.

Entraram num antigo depósito de veículos que em outros tempos deve ter sido uma casa senhorial.

— Meu velho, sabe, foi cocheiro até uns dez ano atrás. Agora, com o reumatismo, não pode nem se mexer. E além do mais quem é que vai pegar um coche hoje em dia? Meu velho está aí no meio desse mundaréu de vítima que tem no altar do progresso da cidade. Bem, já basta a saúde.

Era uma mistura de cortiço e cavalariças: ouviam-se gritos, conversas e várias rádios simultâneas, em meio a um forte cheiro de esterco. Nas antigas cocheiras havia alguns carros de praça e uma caminhonete.

Ouvia-se a pateada dos cascos de cavalos. Andaram até os fundos.

— Aqui, quando eu era meninote, tinha três vitória que dava gosto: a 39, a 42 e a 90. A 39 quem dirigia era o velho. Era uma belezinha. Não é porque era do velho não, mas te juro que era uma garota mimada: ele pintava, lustrava, dava brilho no farol. E agora dá só uma olhada.

Apontou-lhe nos fundos, guardado num canto, o cadáver de um coche de praça: sem faróis, sem borrachas, rachado, a capota podre e rasgada.

— Inda até um mês atrás ela saía, a coitada. Quem cuidava dela era o Nicola, um amigo do velho, que morreu. Melhor assim, pra te ser sincero, porque pra trabalhar do jeito que o infeliz trabalhava, melhor estar na cova. Fazia uns biscatinhos em Constitución, carregava mala.

Acariciou a roda da velha vitória.

— Filha da puta! — disse com voz abatida. — Quando chegava o carnaval tinha que ver essa aí no corso de Barraca. E o velho de cartolinha, na boleia. Te juro que fazia um furor, garoto.

Martín lhe perguntou se vivia ali com toda a família.

— De que família tu tá me falando, garoto. Tem o velho e eu. Minha velha morreu faz três ano. Meu irmão Américo mora em Mendoza, trabalha de pintor, que nem eu. Outro, o Bachicha, está casado em Matadero. Meu irmão Argentino, que a gente chamava Tino, era anarquista e mataram ele em Avellaneda, em 1930. Um irmão que se chamava Chiquín, bem, que a gente chamava, morreu tuberculoso.

Riu.

— Da gente, teve uma porção que saiu meio fraquinho do pulmão, sabe. Eu acho que é por causa do chumbo na tinta. Minha irmã Mafalda também casou e vive em Azul. Outro irmão, mais moço que eu, o André, é meio maluco e a gente nem sabe onde ele anda, acho que em Bahía Blanca. E depois tem essa Norma, que é melhor nem falar dela. É dessas que passava a vida olhando a revista de rádio e de cinema e que queria ser artista. Portanto só ficamo o velho e eu, mais ninguém. A vida é assim, garoto: você dá duro, tem filho e no final sempre fica sozinho que nem o velho. Inda bem que eu sou meio doido e que pra completar nenhuma mulher me dá bola, que senão quem te disse que eu também não ia embora e largava o velho pra ele morrer sozinho que nem cachorro.

Entraram no quarto. Havia duas camas: uma era do tal irmão vagabundo que andava por Bahía Blanca. Portanto, por ora Martín podia dormir ali. Mas antes mostrou-lhe seus tesouros: uma fotografia de Américo Tesorieri, pregada com percevejos na parede, com um emblema argentino embaixo e a dedicatória: "Ao amigo Humberto J. D'Arcángelo". Tito ficou olhando-a, extasiado. E depois comentou:

— O grande Américo.

Outras fotos e recortes de *El Gráfico* também estavam pendurados nas paredes, e no alto de tudo uma grande bandeira do Boca, esticada na horizontal.

Sobre um caixote havia um velho gramofone de pavilhão, a corda.

— Funciona? — Martín perguntou.

D'Arcángelo encarou-o, com expressão de surpresa e quase de reprimenda.

— Quem dera que um desses toca-disco de agora funcionasse igual a esse!

Aproximou-se e tirou com o lenço uma sujeirinha que havia no pavilhão.

— Nem com muita grana eu trocava ele por um desses. Sabe o que é, é que esses aparelho são tudo muito complicado. Estes daqui eram mais naturais, e a voz era igualzinha.

Pôs *Alma en pena* e deu corda: do pavilhão saiu a voz de Gardel, mal emergindo de um emaranhado de ruídos. Tito, com a cabeça grudada no pavilhão, meneando-a emocionado, murmurava: *Que beleza, garoto, que beleza.* Calaram-se. Quando terminou, Martín viu que havia lágrimas nos olhos de D'Arcángelo.

— Filho da puta! — disse, num falso riso. — Todos os outro que vieram depois é tudo porcaria.

Pôs o disco num envelope velhíssimo, remendado, colocou-o cuidadosamente em cima de uma pilha, enquanto perguntava:

— Tu gosta de tango, né, garoto?

— Gosto, claro — Martín respondeu com cautela.

— Que bom. Porque agora, vou ser sincero com você, a nova geração não sabe mais nada de tango. Bota foxtrote e toda essa salada de bolero, de rumba, toda essa palhaçada. Tango é coisa séria, é coisa profunda. Fala com a tua alma. Te faz pensar.

Sentou-se na cama e ficou matutando.

— Mas — disse — tudo isso acabou. Às vezes eu fico pensando, garoto, que neste país tudo já acabou, tudo que era bom foi embora pra não voltar, como diz o tango. O tango é que nem o futebol, que nem o carnaval, que nem o corso, que nem sei lá mais o quê. E quando um bobalhão desses aí inventa de fazer tango novo, melhor nem falar. Tango tem que ser tango ou nada. E isso acabou, garoto, assunto encerrado. É um troço que te parte o coração, mas é uma verdade do tamanho de um bonde.

Depois acrescentou, porque sempre tentava ser justo:

— Bem, quer dizer, pode ser até que seja música importante, sei lá. Vai ver que o Piazzola e essa garotada de agora fazem coisa importante, música séria, que nem as valsa de Estrau. Não me meto. Mas tango, o que se chama tango mesmo, isso, garoto, te garanto que não é.

Depois contou-lhe que o pai andava muito ruim do reumatismo, mas que o que de fato acabara de matá-lo fora o desgosto com Bachicha.

— Sabe — explicou com amargura —, um dia ele lhe disse que estava vendendo a quarenta e que com os peso que tinha juntado ia comprar um táxi, de meio a meio. Imagine só a bronca do velho. Se irritou, xingou, implorou, mas não adiantou nada, porque Bachicha é teimoso que nem uma mula. Te juro que se nessa hora eu tivesse um tijolo jogava na cabeça dele. Não adiantou nada. Comprou o táxi e trouxe pra cá, pra completar. O velho ficou de cama coisa de um mês. Quando se levantou já não era o mesmo de antes.

E acrescentou:

— Não só fez o que lhe deu na telha, mas o pior é que dizia pra ele que coche já era, velho, dizia, que a gente tem é que se conformar com a realidade, dizia, como é que você quer que alguém consiga viver com esses calhambeques, dizia, te manca, velho, que a gente tem que estar afinado com o progresso, dizia, você não está entendendo que o mundo anda pra frente e que você insiste em manter essa velharia, só porque sim, só porque cismou, não percebe que o pessoal quer velocidade e eficiência, dizia, que o mundo tem que andar cada vez mais depressa, dizia. E cada uma dessas palavra era que nem uma faca.

Deitaram-se.

17.

Durante alguns dias esperou em vão. Mas afinal Chichín o recebeu com um sinal e lhe deu um envelope. Tremendo, abriu-o e desdobrou a carta. Com sua letra enorme, desigual e nervosa dizia-lhe, simplesmente, que o esperava às seis horas.

Faltando poucos minutos para as seis ele estava no banco do parque, agitado mas feliz, pensando que agora tinha a quem contar suas desgraças. E alguém como Alejandra, o que lhe parecia tão extraordinário como, para um mendigo, encontrar o tesouro do pirata Morgan.

Correu para ela como uma criança, contou-lhe a história da gráfica.

— Você me falou de um tal Molinari — disse Martín. — Acho que disse que ele tinha uma grande empresa.

Alejandra levantou os olhos para o rapaz, com as sobrancelhas alteadas, demonstrando surpresa.

— Molinari? Eu lhe falei de Molinari?

— Falou, aqui mesmo, quando me encontrou dormindo, lembra? Disse: garanto que você não trabalha para Molinari, lembra?

— É possível.

— É seu amigo?

Alejandra olhou-o com um sorriso irônico.

— Eu lhe disse que era meu amigo?

Mas naquele instante Martín estava muito esperançoso para dar um significado oculto à sua expressão.

— E então? — insistiu. — Você acha que ele pode me dar um emprego?

Ela o observou como os médicos olham os recrutas que se apresentam para o serviço militar.

— Sei bater à máquina, posso redigir cartas, corrigir provas...

— Um dos vencedores de amanhã, hein?

Martín enrubesceu.

— Mas você tem ideia do que é trabalhar numa empresa importante? Com relógio de ponto e tudo?

Martín pegou seu canivete branco, abriu a lâmina menor e depois tornou a fechá-la, cabisbaixo.

— Não tenho nenhuma pretensão. Se não posso trabalhar no escritório, posso trabalhar nas oficinas, ou como operário.

Alejandra observava sua roupa puída e seus sapatos surrados.

Quando Martín afinal ergueu os olhos para ela, viu que estava com uma expressão muito séria, de cenho franzido.

— O que foi? É muito difícil?

Ela meneou a cabeça. E disse em seguida:

— Bem, não se preocupe; já, já encontraremos uma solução. Levantou-se.

— Venha. Vamos andar um pouco, meu estômago está doendo terrivelmente.

— O estômago?

— É, volta e meia me dói. Deve ser uma úlcera. Caminharam até o bar na esquina da rua Brasil com Balcarce. Alejandra pediu no balcão um copo com água, tirou da bolsa um vidrinho e pingou umas gotas.

— Que é isso?

— Láudano.

Atravessaram de novo o parque.

— Vamos um pouquinho até a Doca — disse Alejandra.

Pegaram a rua Almirante Brown, dobraram na Arzobispo Espinosa, descendo, e pela Pedro de Mendoza chegaram defronte de um navio sueco que estava carregando.

Alejandra sentou em cima de um dos grandes caixotes que vinham da Suécia, olhando para o rio, e Martín, num mais baixo, como se sentisse a vassalagem diante daquela princesa. E ambos olharam o grande rio cor de leão.

— Viu como temos muitas coisas em comum? — ela dizia. E Martín pensava *será verdade?*, e, embora estivesse convencido de que ambos gostassem de olhar rio afora, também pensava que aquilo era uma migalha diante de outras realidades profundas que o separavam dela, migalha que ninguém podia levar a sério, e menos ainda a própria Alejandra; e tampouco — pensou — o tom divertido com que acabava de dizer a frase: tal como essas personalidades que, de repente, são fotografadas na rua, democraticamente, ao lado de um operário ou de uma babá, sorrindo e condescendentes. Se bem que a frase também pudesse ser uma verdadeira chave, e que o fato de ambos olharem ansiosos rio afora constituísse uma fórmula secreta de aliança para coisas muito mais transcendentais. Pois como era possível saber o que ela de fato pensava? E, aflito, olhava-a ali no alto, como quem vê um amigo equilibrista que se move em zonas perigosíssimas e sem que ninguém possa lhe dar uma ajuda. Observava-a ambígua e inquietante, enquanto a brisa balançava seu cabelo preto e liso e marcava seus seios pontiagudos e um pouco separados. Observava-a fumando, absorta. Aquele território varrido pelos ventos parecia apaziguado numa espécie de melancolia, como se os ventos tivessem serenado e uma bruma densa o cobrisse.

— Como seria maravilhoso ir para longe — comentou de repente. — Ir embora desta cidade imunda.

Martín ouviu apenado a forma impessoal: *ir embora*.

— Você iria? — ele perguntou com voz alquebrada.

Sem olhá-lo, quase totalmente ausente, respondeu:

— Iria, sim, com muito prazer. Para um lugar distante,

um lugar onde não conhecesse ninguém. Talvez uma ilha, uma dessas ilhas que ainda devem existir por aí.

Martín baixou a cabeça e com o canivete começou a raspar o caixote enquanto lia this side up. Alejandra, virando os olhos para ele, depois de observá-lo um instante, perguntou se ele estava sentindo alguma coisa, e Martín, sempre raspando a madeira e lendo THIS SIDE UP, respondeu que não estava sentindo nada, mas Alejandra ficou olhando e pensando. E por muito tempo nenhum dos dois falou, enquanto anoitecia e o cais ia ficando silencioso: os guindastes tinham parado de trabalhar e os estivadores e carregadores começavam a se retirar para suas casas ou para os bares do porto.

— Vamos ao Moscova — disse então Alejandra.

— Ao Moscova?

— É, na rua Independencia.

— Mas... não é muito caro? Alejandra riu.

— É um boteco, rapaz. Além disso, Vania é meu amigo. A porta estava fechada.

— Não tem ninguém — Martín comentou.

— Sharáp — Alejandra limitou-se a dizer, batendo.

Logo em seguida um homem em manga de camisa abriu-lhes a porta: tinha cabelo liso e branco, um rosto bondoso, fino e tristemente risonho. Um tique sacudia sua face, perto do olho.

— Ivan Petróvitch — disse Alejandra, estendendo-lhe a mão. O homem levou-a aos lábios, inclinando-se um pouco.

Sentaram perto de uma janela que dava para o passeio Colón. A sala só estava iluminada por um abajurzinho sórdido perto da caixa, onde uma mulher gorda e baixa, de rosto eslavo, tomava mate.

— Tem vodca polonesa — disse Vania. — Trazeram ontem, chegou navio Polônia.

Quando se afastou, Alejandra comentou:

— É um sujeito fantástico, mas a gorda — e apontou para a caixa —, a gorda é sinistra. Está tentando ver se trancafiam Vania para ficar com isto aqui.

— Vania? Você não o chamou de Ivan Petróvitch?

— Retardado: Vania é diminutivo de Ivan. Todo mundo o chama de Vania, mas eu o chamo Ivan Petróvitch, assim ele se sente na Rússia. E também porque eu gosto.

— E por que trancá-lo num manicômio?

É morfinômano e tem crises. Então a gorda quer aproveitar o embalo.

Trouxe a vodca e enquanto servia disse-lhes:

— Agora aparelho anda muito bem. Tenho concerto violino de Brahms, quer que põe? Heifetz, nada menos.

Quando se afastou, Alejandra comentou:

— Viu? Ele é supergeneroso. Saiba que ele foi violonista do Colón, mas agora dá pena vê-lo tocar. Mas justamente ele lhe oferece um concerto de violino, e com Heifetz.

Fez um gesto apontando para as paredes: cossacos entrando a galope numa aldeia, igrejas bizantinas de cúpulas douradas, ciganos. Tudo era precário e pobre.

— Às vezes acho que ele gostaria de voltar. Um dia me disse: Você não acha que Stalin é, apesar de tudo, um grande homem? E acrescentou que, de certo modo, era um novo Pedro, o Grande, e que, no final das contas, queria a grandeza da Rússia. Mas disse tudo isso em voz baixa, olhando para a gorda a todo instante. Acho que ela sabe o que diz pelo movimento dos lábios.

De longe, não querendo incomodar os dois, Vania fazia gestos eloquentes, apontando a bebida, como que elogiando. E Alejandra, enquanto concordava com um sorriso, dizia a Martín:

— O mundo é uma porcaria. Martín reagiu.

— Não, Alejandra! No mundo há muitas coisas lindas!

Ela o olhou, talvez pensando em sua pobreza, em sua mãe, em sua solidão: ainda era capaz de encontrar maravilhas no mundo! Um sorriso irônico sobrepôs-se à sua primeira expressão de ternura, fazendo-a contrair-se como uma pele muito delicada em que se joga um ácido.

— Quais?

— Muitas, Alejandra! — Martín exclamou apertando a

mão dela contra o peito. — Esta música... um homem como Vania... e sobretudo você, Alejandra... você...

— Realmente, vou acabar pensando que você não superou a infância, seu anormal.

Ficou um instante absorta, bebeu um pouco de vodca e prosseguiu:

— É claro, claro que você tem razão. No mundo há coisas bonitas... claro que há...

E então, virando-se para ele, com um toque amargo acrescentou:

— Mas eu, Martín, eu sou um lixo. Entende? Não se engane a meu respeito.

Martín apertou a mão de Alejandra nas suas, levou-a aos lábios e assim ficou, beijando-a com fervor.

— Não, Alejandra! Por que você diz uma coisa tão cruel? Eu sei que não é isso! Tudo o que você disse de Vania e muitas outras coisas que ouvi de você demonstram que não é assim!

Seus olhos estavam rasos de água.

— Bom, está bem, não é para tanto — disse Alejandra.

Martín encostou a cabeça no peito de Alejandra e já nada mais no mundo lhe importava. Pela janela via a noite descendo sobre Buenos Aires e isso aumentava sua sensação de refúgio naquele recanto escondido da cidade implacável. Uma pergunta que nunca fizera a ninguém (a quem poderia ter feito?) surgiu dentro dele, com os contornos nítidos e brilhantes de uma moeda que não foi manuseada, que milhões de mãos anônimas e sujas ainda não gastaram, deterioraram e envileceram:

— Você gosta de mim?

Ela pareceu hesitar um instante, mas depois respondeu:

— Gosto, sim. Gosto muito de você.

Martín se sentia magicamente isolado da dura realidade externa, como acontece no teatro (pensaria anos mais tarde), quando estamos vivendo o mundo do palco, enquanto lá fora esperam-nos os dolorosos espinhos do universo cotidiano, as coisas que inevitavelmente nos golpearão assim que se apaguem as gambiarras e o feitiço se quebre. E, assim como no teatro a certa altura o mundo exterior consegue entrar, embora atenuado e na forma de ruídos distantes (uma buzinada, o grito de um vendedor de jornais, o apito de um guarda de trânsito), assim também chegavam à sua consciência, como inquietantes sussurros, pequenos fatos, certas frases que perturbavam e ameaçavam a magia: as palavras que ela dissera no porto e das quais ele estava terrivelmente excluído ("eu iria embora com prazer desta cidade imunda") e a frase que agora acabava de dizer ("sou um lixo, não se engane a meu respeito"), palavras que latejavam em sua mente como uma dor leve e surda e que, enquanto mantinha a cabeça reclinada sobre o peito de Alejandra, entregue à maravilhosa felicidade do momento, pululavam numa zona mais profunda e insidiosa de sua alma, aos cochichos com outras palavras enigmáticas: *cegos, Fernando, Molinari*. Mas *não me importo* — repetia-se, obstinado —, não me importo, apertando a cabeça contra seus seios quentes e acariciando suas mãos, como se assim garantisse a permanência do sortilégio.

— Mas quanto você gosta de mim? — perguntou, pueril.

— Muito, já lhe disse.

No entanto a voz dela pareceu ausente, e ao levantar a cabeça ele a observou e pôde ver que estava absorta, que sua atenção agora se concentrava em algo que não estava ali, com ele, mas em outro lugar, longe e desconhecido.

— Em que está pensando?

Ela não respondeu, parecia não ouvir.

Então Martín reiterou a pergunta, apertando o braço dela, como para trazê-la de volta à realidade.

E ela disse que não estava pensando em nada: nada em especial.

Muitas vezes Martín sentiria aquele distanciamento: de olhos abertos e até fazendo coisas, mas alheia, como manipulada por uma força remota.

De repente, olhando para Vania, Alejandra disse:

— Gosto de gente fracassada. Você não? Ele ficou meditando na afirmação singular.

— O sucesso — prosseguiu — é sempre vulgar e horrível. Ficou um instante calada e finalmente continuou:

— O que seria deste país se todo mundo vencesse! Não quero nem pensar. Salva-nos um pouco o fracasso de tanta gente. Não está com fome?

— Estou.

Levantou-se e foi falar com Vania. Quando voltou, Martín, enrubescendo, disse-lhe que não tinha dinheiro. Alejandra começou a rir. Abriu sua bolsa e tirou duzentos pesos.

— Tome. Quando precisar de mais, me diga.

Martín tentou recusá-los, envergonhado, e então Alejandra o olhou espantada.

— Está maluco? Ou você é um desses burguesesinhos que acham que não se deve aceitar dinheiro de mulher?

Quando acabaram de comer, foram andando para Barracas. Depois de cruzarem calados o parque Lezama, pegaram a rua Hernandarias.

— Conhece a história da Cidade Encantada da Patagônia? — Alejandra perguntou.

— Mais ou menos.

— Um dia vou lhe mostrar uns papéis que ainda restam naquela maleta do comandante. Papéis sobre esse aí.

— Sobre esse? Quem? Alejandra apontou a placa.

— Hernandarias.

— Na sua casa? Mas como?

— Papéis, nomes de ruas. É a única coisa que vai nos restando. Hernandarias é um antepassado dos Acevedo. Em 1550 fez a expedição em busca da Cidade Encantada.

Andaram um pouco, calados, e depois Alejandra recitou:

Aí está Buenos Aires. O tempo que para os homens
traz o amor ou o ouro, para mim apenas me deixa
esta rosa apagada, esta inútil meada
de ruas que repetem os nomes pretéritos
de meu sangue: Laprida, Cabrera, Soler, Suárez...
Nomes em que retumbam já secretos os toques de alvorada,

as repúblicas, os cavalos e as manhãs,
as felizes vitórias, as mortes militares...

Calou-se, enquanto andavam vários quarteirões. Ede repente perguntou:

— Você ouviu as badaladas?

Martín apurou o ouvido e respondeu que não.

— Que badaladas? — perguntou intrigado.

— Nada, às vezes ouço sinos que existem e outras vezes sinos que não existem.

Riu e acrescentou:

— Falando de igrejas, esta noite tive um sonho curioso. Estava numa catedral, quase no escuro, e tinha de andar com cuidado para não esbarrar nas pessoas que estavam na minha frente. Minha impressão (porque não se enxergava nada) era que a nave estava repleta. A duras penas consegui afinal me aproximar do padre que falava no púlpito. Não era possível entender o que dizia, embora eu estivesse bem perto, e o pior é que eu tinha a certeza de que se dirigia a mim. Ouvia um murmúrio confuso, como se ele falasse num telefone ruim, e isso me angustiava cada vez mais. Arregalei os olhos para poder ver, pelo menos, sua expressão. Horrorizada, vi então que ele não tinha cara, o rosto era liso e a cabeça não tinha cabelo. Nesse momento os sinos começaram a tocar, primeiro lentamente e depois, aos poucos, com mais intensidade, e no final com tamanha violência que eu acordei. O curioso é que, no mesmo sonho, eu tapava os ouvidos e dizia, como se fosse uma coisa horrorosa: são os sinos da Santa Lucía, a igreja que eu frequentava em criança!

Ficou pensativa.

— Pergunto-me o que pode significar — disse depois. — Você não acredita no significado dos sonhos?

— Você quer dizer essa coisa de psicanálise?

— Não, não. Bem, isso também, por que não? Mas os sonhos são misteriosos, e há milhares de anos a humanidade vem lhes dando significados.

Riu, com o mesmo riso estranho de um instante antes; não era um riso saudável nem tranquilo: era inquieto, angustiado.

— Eu sempre sonho. Com fogo, pássaros, pântanos em que afundo ou panteras que me dilaceram, com cobras. Mas sobretudo com o fogo. No final, sempre tem fogo. Você não acha que o fogo tem algo enigmático e sagrado?

Estavam chegando. De longe Martín olhou o casarão com seu Mirante lá no alto, resto fantasmagórico de um mundo que já não existia.

Entraram, atravessaram o jardim e contornaram a casa: ouvia-se o fraseado sem sentido mas calmo do louco com o clarinete.

— Ele toca sempre? — Martín perguntou.

— Quase. Mas no final você nem repara.

— Sabe que na outra noite, quando saía, eu o vi? Estava escutando atrás da porta.

— É, tem esse costume.

Subiram pela escada de caracol e novamente Martín sentiu o feitiço daquele terraço na noite de verão. Tudo podia acontecer nessa atmosfera aparentemente fora do tempo e do espaço.

Entraram no Mirante, e Alejandra disse:

— Sente-se na cama. Você já sabe que aqui as cadeiras são perigosas.

Enquanto Martín se sentava, ela jogou a bolsa num canto e pôs água para ferver. Depois colocou um disco: os sons dramáticos do bandoneon começaram a configurar uma sombria melodia.

— Ouça que letra.

Quero morrer contigo,
sem confissão e sem Deus,
crucificado em minha pena,
como abraçado a um rancor.

Depois de tomarem café, saíram para o terraço e ficaram

acotovelados no parapeito. Ouvia-se o clarinete lá embaixo. A noite era profunda e cálida.

— Bruno sempre diz que, infelizmente, vivemos a vida como se fosse um rascunho. Um escritor pode refazer algo imperfeito ou jogar no lixo. A vida, não: o que se viveu não há jeito de consertar, nem de limpar, nem de jogar fora. Percebe como é terrível?

— Quem é Bruno?

— Um amigo.

— O que ele faz?

— Nada, é um contemplativo, embora afirme ser simplesmente um abúlico. Em suma, acho que escreve. Mas nunca mostrou o que faz a ninguém e nem creio que um dia vá publicar alguma coisa.

— E de que vive?

— O pai tem moinhos de trigo, em Capitán Olmos. É de lá que o conhecemos, era muito amigo de minha mãe. Acho — acrescentou rindo — que estava apaixonado por ela.

— Como era sua mãe?

— Dizem que era igual a mim, quer dizer, fisicamente. Eu mal me lembro dela: imagine que eu tinha cinco anos quando ela morreu. Chamava-se Georgina.

— Por que você disse que se pareciam fisicamente?

— Porque espiritualmente sou muito diferente. Ela, pelo que Bruno me conta, era suave, feminina, delicada, calada.

— E você se parece com quem? Com seu pai?

Alejandra ficou quieta. Depois, afastando-se de Martín, disse com uma voz que não era a mesma de antes, uma voz abatida e áspera.

— Eu? Não sei... Talvez seja a encarnação de um desses demônios menores que são servidores de Satanás.

Desabotoou os dois primeiros botões da blusa e com as duas mãos sacudiu as pequenas lapelas, como se quisesse tomar ar. Respirando com certa ansiedade, foi à janela e ali aspirou o ar várias vezes, até que pareceu se acalmar.

— Estou brincando — comentou enquanto se sentava

como de costume na beira da cama, deixando um lugar para Martín, a seu lado.

— Apague a luz. Às vezes me incomoda terrivelmente, meus olhos ardem.

— Quer que eu saia, quer dormir? — Martín perguntou.

— Não, eu não conseguiria dormir. Fique, se não se importar de permanecer assim, sem conversar. Deito-me um pouquinho e você pode ficar aí.

— Acho melhor ir embora, deixá-la descansar. Num tom meio irritado, Alejandra respondeu:

— Não percebe que eu quero que você fique? Apague também a luz da mesa de cabeceira.

Martín apagou e voltou a se sentar ao lado de Alejandra, com o espírito transtornado, cheio de perplexidade e timidez: por que Alejandra precisava dele? Ele, ao contrário, imaginava ser uma criatura supérflua e rude, que não fazia outra coisa senão escutá-la e admirá-la. Ela era a forte, a poderosa. Que tipo de ajuda podia lhe dar?

— O que você está aí resmungando? — Alejandra perguntou deitada e sacudindo um braço dele, como para chamá-lo à realidade.

— Resmungando? Nada.

— Bem, pensando. Em alguma coisa você está pensando, idiota.

Martín resistia em dizer no que pensava, mas imaginou que, como sempre, e de qualquer maneira, ela adivinharia.

— Pensava... que... por que você poderia precisar de mim?

— Por que não?

— Eu sou um rapaz insignificante... Você, em compensação, é forte, tem ideias definidas, é valente... Poderia se defender sozinha numa tribo de canibais.

Ouviu seu riso. Depois Alejandra disse:

— Eu mesma não sei. Mas procurei-o porque preciso de você, porque você... Bem, para que quebrarmos a cabeça?

— Contudo — Martín respondeu com um toque de amargura —, hoje mesmo, no porto, você disse que com prazer iria embora para uma ilha distante, não disse?

— E daí?

— Disse que iria embora, não que iríamos embora. Alejandra riu de novo.

Martín pegou sua mão e, aflito, perguntou:

— Iria comigo?

Alejandra parecia refletir. Martín não conseguia distinguir suas feições.

— Iria... acho que sim... Mas não vejo como essa perspectiva pode alegrá-lo.

— Por que não? — perguntou Martín, dolorosamente. Com voz séria, ela retrucou:

— Porque não suporto ninguém ao meu lado e porque eu lhe faria muito, mas muitíssimo mal.

— É que você não gosta de mim?

— Ai, Martín... não vamos começar com essas perguntas...

— Então é porque não gosta de mim.

— Gosto sim, bobo. É justamente por gostar de você que eu lhe faria mal, será que você não entende? A gente não faz mal a quem nos é indiferente. Mas a palavra gostar, Martín, é tão vasta... A gente gosta de um amante, de um cachorro, de um amigo...

— E eu? — perguntou Martín, tremendo —, o que sou para você? Um amante, um cachorro, um amigo...?

— Já lhe disse que preciso de você, não basta?

Martín se calou: os fantasmas que estavam rondando, de longe, aproximaram-se sarcasticamente: a palavra *Fernando*, a frase *lembrese sempre de que sou um lixo*, sua ausência naquela primeira noite. E pensou, com melancólica amargura: "Nunca, nunca". Seus olhos encheram-se de lágrimas e sua cabeça se inclinou para a frente, como se os pensamentos, com seu peso, o dobrassem.

Alejandra levou a mão ao rosto de Martín e com a ponta dos dedos apalpou os olhos dele.

— Já imaginava. Venha para cá.

Manteve-o apertado contra si, com um dos braços.

— Vamos ver se você se comporta bem — disse, como quem fala com uma criança. — Já lhe disse que preciso de você e que gosto muito de você, o que mais quer?

Aproximou os lábios e beijou-o na face. Martín sentiu todo seu corpo estremecer.

Abraçando Alejandra com força, sentindo o corpo quente junto ao seu, como se um poder invencível o dominasse, começou então a beijar seu rosto, seus olhos, as faces, o cabelo, até achar a boca imensa e carnosa que sentia perto de si. Por um instante fugacíssimo percebeu que Alejandra fugia de seu beijo: todo seu corpo pareceu endurecer e seus braços tiveram um gesto de rejeição. Depois amoleceu e pareceu tomada por um frenesi. E então produziu-se algo que deixou Martín aterrado: as mãos dela, como se fossem garras, arranharam seus braços e dilaceraram sua carne, ao mesmo tempo que ela o afastava de si e se levantava.

— Não! — gritou, enquanto ficava em pé e corria para a janela.

Assustado, Martín, não se atrevendo a se aproximar, viu-a com o cabelo despenteado, aspirando o ar da noite a grandes golfadas, como se este lhe faltasse, o peito agitado e as mãos agarradas no batente, os braços esticados. Num gesto violento abriu a blusa com as duas mãos, arrancando os botões, e caiu no chão, rígida. Seu rosto foi ficando arroxeado, até que de repente seu corpo começou a se sacudir.

Aterrado, não sabia que atitude tomar. Quando viu que ela estava caindo, correu, pegou-a nos braços e tentou acalmá-la. Mas Alejandra não ouvia nem via nada: retorcia-se e gemia, com os olhos abertos e alucinados. Martín percebeu que não podia fazer mais nada a não ser levá-la para a cama. Assim fez, e aos poucos viu, aliviado, que Alejandra se acalmava e seus gemidos iam paulatinamente se apagando.

Sentado na beira da cama, muito confuso e amedrontado, Martín via os seios dela nus pela blusa entreaberta. Por um instante pensou que, de certa forma, ele, Martín, estava realmente sendo necessário àquela criatura atormentada e sofredora. Então fechou a blusa de Alejandra e esperou. Aos poucos a respiração dela voltou a ser mais compassada e regular, seus olhos se fecharam e ela pareceu dormir. Assim passou-se mais de uma hora. Até que, abrindo os olhos e mirando-o, pediu um pouco de água. Ele segurou Alejandra com o braço e a fez beber.

— Apague essa luz — disse ela.

Martín apagou e voltou a sentar-se ao seu lado.

— Martín — disse Alejandra com voz sumida —, estou muito, muito cansada, gostaria de dormir, mas não vá embora. Pode dormir aqui, ao meu lado.

Ele tirou os sapatos e deitou-se ao lado de Alejandra.

— Você é um santo — disse ela, enroscando-se perto dele.

Martín percebeu que ela dormiu logo, enquanto ele tentava ordenar o caos de sua mente. Mas era uma vertigem tão incoerente, os raciocínios acabavam sempre sendo tão contraditórios que, pouco a pouco, foi invadido por uma sonolência invencível e pela sensação tão doce (apesar de tudo) de estar ao lado da mulher amada.

Algo, porém, o impediu de dormir, e ele foi se sentindo angustiado.

Como se — pensava —, após percorrer vastas e solitárias regiões, o príncipe chegasse enfim diante da gruta onde ela dorme, vigiada pelo dragão. E como se, para completar, ele percebesse que o dragão ameaçador não estava ao lado dela, conforme o imaginamos nos contos de fadas, mas, o que era mais angustiante, nela mesma: ela seria assim como uma princesa-dragão, um monstro indiscernível, casto e flamejante ao mesmo tempo, meigo e repelente ao mesmo tempo; ela seria assim como uma menina puríssima vestida para a primeira comunhão tendo pesadelos com répteis ou morcegos.

E os ventos misteriosos que pareciam soprar da gruta escura do dragão-princesa agitavam sua alma e a dilaceravam, todas as suas ideias estavam despedaçadas e misturadas, e seu corpo era estremecido por sensações complexas. Sua mãe (pensava), sua mãe carne e sujeira, banho quente e úmido, massa escura de cabelos e cheiros, repugnante esterco de pele e lábios quentes. Mas ele (tentava ordenar seu caos), mas ele separara o amor em carne suja e em puríssimo sentimento; em puríssimo sentimento e em sexo asqueroso e sórdido, que ele devia rejeitar, embora (ou porque) tantas vezes seus instintos se rebelassem, horrorizando-o, e o horror que sentia por essa rebelião era o mesmo que sentia ao descobrir no próprio rosto, de repente, os traços de sua mãecama. Como se sua mãecama, pérfida e rasteira, conseguisse transpor os fossos profundos que, desesperado, ele cavava todo dia para defender sua torre, e, víbora implacável, reaparecesse toda noite, como um fantasma fétido, na torre onde ele se defendia com sua espada afiada e limpa. E o que acontecia, meu Deus, com Alejandra? Que ambíguo sentimento agora confundia todas as suas defesas? De súbito, a carne aparecia-lhe como espírito, e seu amor por ela se transformava em carne, em desejo quente de sua pele e de sua úmida e escura gruta de dragão-princesa. Mas, meu Deus, meu Deus, por que ela parecia defender essa gruta com sopros flamejantes e gritos furiosos de dragão ferido? "Não devo pensar", disse, apertando as têmporas, e tentou ficar como que prendendo a respiração de sua cabeça. Tentativa de deter o tumulto. Por um segundo fugaz, sentiu-se tenso e vazio. E depois, já liberado, ao menos por um instante, pensou com dolorosa lucidez MAS COM MARCOS MOLINA, LÁ NA PRAIA, FOI DIFERENTE, POIS ELA O QUIS E O DESEJOU E O BEIJOU FURIOSAMENTE, de modo que era ele, Martín, o rejeitado por ela. Sua tensão cedeu e novamente aqueles ventos voltaram a varrer seu espírito, como numa tormenta furiosa, enquanto sentia que ela, a seu lado, se agitava, gemia, murmurava palavras ininteligíveis. "Sempre tenho pesadelos quando durmo", dissera.

Martín sentou-se na beira da cama e a contemplou: à luz da lua podia escrutar seu rosto agitado pela outra tempestade, a dela, a que ele jamais (mas jamais) conheceria. Como se no meio de excrementos e lama, entre trevas, houvesse uma rosa branca e delicada. E o mais estranho de tudo era que ele gostava desse monstro equívoco: dragãoprincesa, rosalama, meninamorcego. Dessa mesma criatura casta, quente e talvez corrompida que estremecia ao lado dele, perto de sua pele, agitada sabe-se lá por quais horrendos pesadelos. E o mais angustiante de tudo era que, tendo-a aceitado assim, era ela que parecia não querer aceitá-lo: como se a menina de branco (no meio da lama, cercada por bandos de morcegos noturnos, viscosos e imundos morcegos) gemesse implorando sua ajuda e ao mesmo tempo repelisse sua presença com gestos violentos, afastando-o daquele lugar tenebroso. Sim: a princesa se agitava e gemia. De regiões desoladas no meio das trevas chamava por ele, Martín. Mas ele, um pobre rapaz desconcertado, era incapaz de chegar aonde ela estava, separado por abismos intransponíveis.

Assim, não podia fazer nada senão olhá-la, do lado de cá, angustiadamente, e esperar.

— Não, não! — Alejandra exclamava pondo as mãos diante de si, como para repelir alguma coisa. Até que acordou e de novo se repetiu a cena que Martín já tinha presenciado na primeira noite: acalmando-a, chamando-a pelo nome; e ela, ausente e surgindo aos poucos de um abismo profundo de morcegos e teias de aranha.

Sentada na cama, curvada sobre as pernas, a cabeça encostada nos joelhos, Alejandra aos poucos voltava a si. Um tempo depois olhou, finalmente, para Martín e disse:

— Espero que você já tenha se acostumado. Como resposta, Martín tentou acariciar seu rosto.

— Não me toque! — ela exclamou, recuando. Levantou e disse:

— Vou tomar banho e já volto.

— Por que demorou tanto? — perguntou quando enfim a viu reaparecer.

— Eu estava muito suja.

Deitou a seu lado, depois de acender um cigarro.

Martín a olhou: nunca sabia quando ela estava brincando.

— Não estou brincando, bobo, estou falando sério.

Martín ficou calado: suas dúvidas, a confusão de suas ideias e sentimentos o mantinham paralisado. De cenho franzido, olhava o teto e tentava ordenar a mente.

— Em que está pensando? Demorou um pouco a responder.

— Em muita coisa e em nada, Alejandra... A verdade é que...

— Você não sabe em quê?

— Não sei nada... Desde que a conheço vivo numa confusão total de ideias, de sentimentos... já não sei como agir em nenhum momento... Agora mesmo, quando você acordou, quando eu quis acariciá-la... E antes de você dormir... Quando...

Calou-se e Alejandra nada disse. Permaneceram os dois em silêncio por um bom tempo.

Só se ouviam as profundas e ansiosas tragadas que Alejandra dava no cigarro.

— Você não fala nada — Martín comentou, amargo.

— Já respondi que gosto de você, que gosto muito de você.

— O que você sonhou agora? — Martín perguntou, sombrio.

— Para que quer saber? Não vale a pena.

— Está vendo? Você tem um mundo desconhecido para mim. Como pode dizer que gosta de mim?

— Gosto de você, Martín.

— Ah... gosta de mim como de uma criança. Ela não disse nada.

— Está vendo? — Martín comentou, amargo —, está vendo?

— Não, bobo, não... Estou pensando... eu mesma não vejo as coisas claramente... mas gosto de você, preciso de você, disso tenho certeza...

— Você não deixou que eu a beijasse. Não me deixou nem sequer tocá-la ainda há pouco.

— Meu Deus! Não está vendo que eu sou doente, que sofro de coisas atrozes? Você não tem ideia do pesadelo que acabo de ter...

— Por isso tomou banho? — Martín perguntou, irônico.

— É, tomei banho por causa do pesadelo.

— Os pesadelos são limpos com água?

— São, Martín, com água e um pouco de detergente.

— Não acho que o que eu estou dizendo seja motivo para riso.

— Não rio, garotinho. Rio talvez de mim mesma, de minha ideia absurda de limpar a alma com água e sabão. Se você visse como me esfrego furiosamente!

— É uma ideia sem pé nem cabeça.

— Claro que é.

Alejandra se levantou, apagou a guimba do cigarro no cinzeiro que havia na mesinha de cabeceira e voltou a se deitar.

— Sou um rapaz sem experiência, Alejandra. É até provável que você me ache meio anormal. Mas mesmo assim me pergunto: por que, se não gosta que eu toque em você e a beije na boca, me pediu para deitar aqui, ao seu lado? Acho uma crueldade. Ou é mais uma experiência igual à de Marcos Molina?

— Não, Martín, não é nenhuma experiência. Eu não gostava de Marcos Molina, agora vejo claramente. Com você é diferente. E, engraçado, eu mesma não me explico: de repente preciso ter você perto, junto de mim, sentir o calor do seu corpo ao meu lado, o contato da sua mão.

— Mas sem que eu possa beijá-la de verdade. Alejandra demorou um pouco a responder.

— Olhe, Martín, há muitas coisas em mim, em... Olhe, não sei... talvez porque tenha muito carinho por você. Entende?

— Não.

— É, claro... eu mesma não me explico muito bem.

— Nunca poderei beijá-la, nunca poderei tocar seu corpo? — Martín perguntou com amargura quase cômica e infantil.

Viu que ela punha as mãos no rosto e o apertava como se suas têmporas doessem. Depois acendeu um cigarro e, sem falar, foi à janela, onde permaneceu até terminá-lo. Finalmente voltou para a cama, sentou-se, olhou Martín longa e seriamente e começou a se despir.

Martín, meio apavorado, como quem assiste a um ato longamente desejado, mas que, ao vê-lo realizar-se, compreende também o que ele tem de obscuramente terrível, viu seu corpo emergindo aos poucos da escuridão; já de pé, à luz do luar, contemplava sua cintura fina, que um só braço podia enlaçar, seus quadris largos, seus seios altos e triangulares, abertos para os lados, trêmulos a cada gesto de Alejandra, seu cabelo liso e comprido caindo agora sobre os ombros. Seu rosto estava sério, quase trágico, e parecia tomado por um desespero seco, por um tenso e quase elétrico desespero.

Coisa singular: os olhos de Martín tinham se enchido de lágrimas e sua pele tremia, como que febril. Via-a como uma ânfora antiga, alta, bela e trêmula ânfora de carne; uma carne que sutilmente, para Martín, era entremeada por uma ânsia de comunhão, pois, como dizia Bruno, uma das trágicas precariedades do espírito, mas também uma de suas sutilezas mais profundas, era não poder existir senão pela carne.

O mundo exterior deixara de existir para Martín e agora o círculo mágico o isolava vertiginosamente daquela cidade terrível, de suas misérias e feiuras, dos milhões de homens e mulheres e crianças que falavam, sofriam, brigavam, odiavam, comiam. Pelos fantásticos poderes do amor, tudo ficava abolido, menos o corpo de Alejandra que esperava a seu lado, um corpo que um dia morreria e se corromperia, mas agora era imortal e incorruptível, como se o espírito que o habitasse transmitisse à carne os atributos de sua eternidade. As batidas de seu coração demonstravam que ele, Martín, estava subindo a uma altura nunca antes alcançada, um cume onde o ar era puríssimo mas tenso, uma alta montanha talvez cercada de atmosfera eletrizada, alturas incomensuráveis sobre os pântanos escuros e pestilentos em que antes ele ouvira chapinharem bestas disformes e sujas.

E Bruno (não Martín, é claro), Bruno pensou que nesse momento Alejandra proferia uma súplica silenciosa mas dramática, talvez trágica.

E ele, Bruno, também pensaria depois que a prece não foi ouvida.

18.

Quando Martín acordou, já entrava no quarto a luminosidade nascente do amanhecer.

Alejandra não estava a seu lado. Levantou-se inquieto e então percebeu que ela estava apoiada no batente da janela, olhando para fora, pensativa.

— Alejandra — disse, amoroso.

Ela se virou, com uma expressão que parecia revelar uma preocupação melancólica.

Aproximou-se da cama e sentou-se.

— Faz muito tempo que você está de pé?

— Bastante. Mas me levanto muitas vezes.

— Nesta noite também se levantou? — Martín perguntou, espantado.

— Claro.

— E como eu não ouvi?

Alejandra inclinou a cabeça, desviou os olhos e, franzindo a testa, como se acentuasse sua preocupação, ia dizer alguma coisa mas por fim não disse nada.

Martín a observou com tristeza e, mesmo não compreendendo perfeitamente a causa da melancolia, tinha a impressão de perceber seu rumor distante, seu vago e obscuro rumor.

— Alejandra — disse, olhando-a com fervor —, você...

Ela virou para Martín um rosto ambíguo.

— Eu, quê?

E, sem esperar a inútil resposta, aproximou-se da mesinha de cabeceira, pegou os cigarros e voltou para a janela.

Martín seguia-a ansioso, temendo que, como nas histórias infantis, o palácio construído magicamente durante a noite desaparecesse em silêncio com a luz da aurora. Algo impreciso o avisava de que estava prestes a ressurgir aquela criatura áspera que ele tanto temia. E, quando um pouco depois Alejandra se virou para ele, soube que o palácio encantado voltara a ser a região do nada.

— Eu lhe disse, Martín, que sou um lixo. Não se esqueça de que o avisei.

Depois olhou de novo lá fora e continuou fumando calada. Martín se sentia ridículo. Cobrira-se com o lençol ao perceber sua expressão endurecida e então achou que devia se vestir antes que ela o olhasse de novo. Tentando não fazer barulho, sentou-se na beira da cama e começou a pôr a roupa, sem tirar os olhos da janela e temendo o instante em que Alejandra se virasse. E, já vestido, esperou.

— Terminou? — ela perguntou, como se o tempo todo estivesse sabendo o que Martín fazia.

— Terminei.

— Bem, então me deixe sozinha.

19.

Naquela noite Martín teve o seguinte sonho: no meio de uma multidão aproximava-se um mendigo cujo rosto era impossível ver; ele botava sua trouxa no chão, desfazia os nós e, abrindo-a, expunha seu conteúdo diante dos olhos de Martín. Então ele levantava os olhos e murmurava palavras ininteligíveis.

O sonho, em si mesmo, não tinha nada de terrível: o mendigo era um simples mendigo, e seus gestos eram comuns. E no entanto Martín acordou angustiado, como se fosse o símbolo trágico de algo que não conseguia compreender, como se lhe entregassem uma carta decisiva e, ao abri-la, observasse que suas palavras eram indecifráveis, desfiguradas e apagadas pelo tempo, a umidade e as dobras.

20.

Quando, anos depois, Martín tentava encontrar a chave daquele relacionamento, entre as coisas que contou a Bruno disse que, apesar das oscilações de humor de Alejandra, por algumas semanas tinha sido feliz. E como Bruno, ao ouvir uma palavra tão alheia ao universo de Alejandra, arqueasse as sobrancelhas, deixando mais marcadas as rugas que atravessavam horizontalmente sua testa, Martín, compreendendo o comentário sutil e tácito, acrescentou, após um momento de reflexão:

— Ou melhor: quase feliz. Mas imensamente.

Pois, de fato, a palavra "felicidade" não combinava com coisa alguma que se referisse a Alejandra; e, no entanto, tinha sido algo, um sentimento ou um estado de espírito que se aproximava, mais que tudo, do que se chama felicidade, sem conseguir sê-lo cabalmente (e por isso o "quase"), devido à inquietação e à insegurança de tudo o que se referia a Alejandra; mas atingindo como que elevadíssimos cumes (e daí o "imensamente"), cumes onde Martín sentira essa majestade, e essa pureza, essa impressão de silêncio fervoroso e de êxtase solitário que sentem os alpinistas nos grandes picos.

Bruno o olhava, pensativo, com o queixo apoiado na mão.

— E ela — perguntou — também era feliz?

Pergunta que tinha, conquanto involuntariamente, um tom imperceptível e afetuoso de ironia, semelhante ao que teria a pergunta "tudo bem em sua casa?" feita por um parente a um desses texanos especialistas em incêndios de poços de petróleo. Pergunta cujo toque de incredulidade talvez Martín não percebesse, mas cuja formulação, com todas as letras, o fez refletir, como se antes não tivesse aventado essa possibilidade. De maneira que, após uma pausa, respondeu (mas com seu espírito já perturbado pela dúvida de Bruno, que se infiltrara rápida e secretamente):

— Bem... talvez... naquela fase...

E ficou refletindo sobre a dose de felicidade que ela poderia ter tido, ou pelo menos manifestado: num sorriso, numa canção, em certas palavras. Enquanto Bruno pensava: *E, bem, por que não? E, no final das contas, o que é a felicidade? E por que ela não deveria têla conhecido com esse rapaz, pelo menos nos momentos de triunfo sobre si mesma, numa* época *em que submeteu seu corpo e seu espírito a um duro combate para se libertar dos demônios?* E continuava olhando Martín com a cabeça apoiada num punho, tentando entender Alejandra um pouco melhor, graças à tristeza, às esperanças póstumas e ao fervor de Martín, com a mesma melancólica atenção (pensava) com que, de certo modo, revivemos um país distante e misterioso, que um dia visitamos com paixão, graças aos relatos de outros viajantes, embora o tenhamos percorrido por outros caminhos, em outros tempos.

E, como quase sempre acontece quando se trocam opiniões, chega-se a um relativo meio-termo entre a intransigência de um e a teimosia do outro; e enquanto Bruno terminava aceitando que Alejandra bem poderia ter tido algum tipo ou alguma dose de felicidade, Martín, de seu lado, reexaminando suas lembranças (uma expressão, um muxoxo, um riso sarcástico), concluía que Alejandra não tinha sido feliz nem mesmo naquelas poucas semanas. Pois, do contrário, como explicar o terrível desabamento que se produziu em seguida? Isso não significaria que seu espírito atormentado continuara a lutar contra os demônios que ele sabia existirem, mas que preferia ignorar fingindo-se de distraído, como se desse jeito ingenuamente mágico fosse capaz de aniquilá-los? E chegavam à sua memória não só palavras significativas que desde o início chamaram sua atenção (os cegos, Fernando), mas também gestos e ironias quanto a terceiros, como Molinari, silêncios e reticências, e sobretudo o distanciamento em que ela parecia viver dias inteiros e durante os quais Martín tinha a certeza de que seu espírito estava em outro lugar, e quando seu corpo ficava tão abandonado como esses corpos dos selvagens cuja alma, arrancada pelo feitiço, vaga por regiões desconhecidas. E também pensava em suas bruscas mudanças de humor, em seus acessos de fúria e nos sonhos dos quais, de vez em quando, ele recebia vagas e deformadas notícias. Mas, ainda assim, continuava acreditando que naquele período Alejandra gostara dele intensamente e tivera instantes de tranquilidade ou paz, se não de felicidade; pois lembrava-se das tardes de apaziguante beleza, das palavras carinhosas e tolas ditas nessas ocasiões, dos pequenos gestos de ternura e das brincadeiras amáveis. Seja como for, ele se sentira como um desses combatentes que chegam da frente, feridos e maltratados, exangues e quase inermes, e que, pouco a pouco, voltam à vida, em dias de doce sossego ao lado dos que cuidam deles e os curam. Contou um pouco de tudo isso a Bruno, e Bruno ficou pensando, sem muita certeza de que, realmente, tivesse sido assim; ou, pelo menos, de que tivesse sido somente assim. E como Martín o olhasse, esperando uma resposta, ele resmungou algo ininteligível, tão pouco claro como seus pensamentos.

Não, Martín também não enxergava claramente, e na verdade jamais conseguiu se explicar como ou por que as coisas se passaram assim, embora se sentisse cada vez mais propenso a imaginar que Alejandra nunca saíra totalmente do caos em que vivia antes de conhecê-lo, ainda que chegando a ter momentos de calma; mas as forças tenebrosas que trabalhavam dentro dela não a abandonaram nunca, até que explodiram de novo, e em toda a sua fúria, rumo ao fim. Como se, ao esgotar-se sua capacidade de luta e ao compreender o próprio fracasso, seu desespero tivesse ressurgido com redobrada violência.

Martín abriu o canivete e deixou que sua memória percorresse aquele tempo que agora lhe parecia extremamente distante. Sua memória era como um velho quase cego que, com a bengala, vai tateando por antigas trilhas agora cobertas de matagal. Uma paisagem transformada pelo tempo, pelos infortúnios e pelas tempestades. Fora feliz? Não, que tolice. Mais que isso, vivera uma sucessão de êxtases e catástrofes. E voltava a recordar aquele amanhecer no Mirante, ao terminar de se vestir, ouvindo a frase terrível de Alejandra: "Bem, então me deixe sozinha". E depois, andando como um autômato pela rua Isabel, la Católica, perplexo e emocionado. E os dias que se seguiram, sem trabalho, solitários, esperando um sinal favorável de Alejandra, e outros momentos de exaltação, e novamente a desilusão e a dor. Sim, como uma criada que toda noite era levada ao palácio encantado, para acordar toda manhã em sua pocilga.

CAPÍTULO II.

Os rostos invisíveis

1.

Fato curioso (curioso do ponto de vista dos acontecimentos posteriores), poucas vezes Martín foi tão feliz como nas horas que precederam a entrevista com Bordenave. Alejandra estava de excelente humor e com vontade de ir ao cinema: nem ficou zangada quando Bordenave frustrou sua intenção ao marcar um encontro às sete horas com Martín. E, quando Martín ia lhe perguntar onde ficava o bar americano, ela o arrastou por um braço, como quem conhece o lugar: primeiro incidente que turvou a felicidade daquele fim de tarde.

Um garçom mostrou-lhe Bordenave. Estava com dois senhores, discutindo, com papéis em cima da mesa. Era um homem de uns quarenta anos, alto e elegante, bastante parecido com Anthony Eden. Mas os olhos levemente irônicos e um sorriso de banda davam-lhe um ar muito argentino. "Ah, é o senhor", disse-lhe, e, desculpando-se diante dos cavalheiros, convidou-o a sentar-se numa mesa próxima; mas como Martín, balbuciando, olhasse em direção de Alejandra, Bordenave, após encará-la por uns segundos, disse: "Ah, muito bem, então vamos para lá".

Para Martín, ficou evidente a contrariedade que o homem provocou em Alejandra; enquanto durou o encontro ela desenhou pássaros num guardanapo de papel, um dos sinais de contrariedade que Martín conhecia muito bem. Atormentado pela brusca mudança de humor, Martín precisava fazer um certo esforço para seguir a conversa de Bordenave, que, parece, falava de coisas alheias às perguntas de Martín. Em suma, achou-o um aventureiro sem escrúpulos, mas o importante era que a ação de despejo fosse anulada.

Quando saíram, atravessaram a rua, sentaram-se num banco de praça, e Martín, preocupado, perguntou a Alejandra o que tinha achado daquele indivíduo.

— O que é que eu vou achar! Um argentino.

Na luz do fósforo que ela riscou para acender o cigarro, Martín observou que seu rosto endurecera. Depois calou-se. Martín, de seu lado, perguntava-se o que podia tê-la transformado tão repentinamente, mas era óbvio que a razão era Bordenave. O homem tinha falado, desnecessariamente, de episódios que a deixaram contrariada, a respeito dos italianos que estavam com ele. Que podia ser? O fato é que sua aparição perturbara a paz anterior, tal como a entrada de um réptil num poço de água cristalina da qual bebemos.

Alejandra disse que estava com dor de cabeça e preferia voltar para casa e se deitar. E quando iam se separar, ali na rua Río Cuarto, abriu enfim a boca para comunicar-lhe que conversaria com Molinari, mas que não alimentasse nenhuma ilusão.

— E como eu faço? Você vai me dar uma carta?

— Depois veremos. Talvez eu telefone para ele e deixe um recado para você.

Martín a olhou espantado. Um recado? É, breve teria notícias.

— Mas... — balbuciou.

— Mas o quê?

— Quer dizer... Não pode me comunicar amanhã, quando nos virmos?

O rosto de Alejandra parecia envelhecido.

Escute aqui. Não posso lhe dizer agora quando nos veremos.

Martín, consternado, resmungou alguma coisa sobre o

que tinham combinado, naquela mesma tarde, para o dia seguinte. Então ela exclamou:

— Não estou me sentindo bem! Não está vendo?

Martín se virou para ir embora, enquanto ela abria o portão. E começara a se afastar quando a ouviu chamando-o.

— Espere.

Num tom menos duro disse-lhe:

— Amanhã de manhã telefonarei para esse homem, e ao meio-dia deixarei um recado para você.

Já estava entrando quando acrescentou, com um riso duro e malicioso:

— Preste atenção na secretária dele, a loura. Martín ficou perplexo, olhando-a.

— É uma de suas amantes.

Esses são os fatos daquele dia. Ainda se passaria um bom tempo até Martín repensar no encontro com Bordenave, assim como depois de um crime se examina com atenção um lugar ou um objeto que antes ninguém achou importante.

2.

Anos depois, quando Martín voltou do sul, um dos temas de suas conversas com Bruno era a relação entre Alejandra e Molinari. Martín voltava a falar de Alejandra — pensava Bruno — como quem tenta restaurar uma alma já em decomposição, alma que ele gostaria que fosse imortal, mas agora sentia rachar-se e se desagregar aos poucos, acompanhando a putrefação do corpo, como se lhe fosse possível sobreviver muito tempo sem seu suporte e só pudesse perdurar enquanto perdura a sutil emanação que se soltou do corpo no instante da morte: espécie de ectoplasma ou de gás radioativo que depois se atenuará progressivamente, e que alguns consideram o fantasma do morto, fantasma que mantém difusamente a forma do ser que desapareceu, mas fazendo-se mais e mais inconsistente, até se dissolver no nada final; momento em que a alma talvez desapareça para sempre, se excluímos esses fragmentos ou ecos de fragmentos que perduram — mas por quanto tempo? — na alma dos outros, dos que conheceram e odiaram ou amaram o ser desaparecido.

E assim Martín tentava resgatar fragmentos, percorria ruas e lugares, falava com ele, recolhia, num gesto de insensatez, coisinhas e palavras, como esses parentes enlouquecidos que se esforçam em juntar os destroços mutilados de um corpo no lugar onde caiu o avião; mas não em seguida, e sim muito tempo depois, quando os restos estão não só mutilados como decompostos.

Bruno não conseguia explicar de outro modo a obstinação de Martín em recordar e analisar a história de Molinari. E, enquanto fazia essas reflexões sobre o corpo e a desagregação da alma, Martín, que falava um pouco para si mesmo, dizia-lhe que, a seu ver, a entrevista absurda com Molinari era, sem dúvida, um momento-chave de sua relação com Alejandra; entrevista que, na época, ele achou surpreendente, tanto por Alejandra tê-la conseguido, sabendo, o que sem dúvida sabia, que Molinari não daria emprego a ele, quanto por um homem importante e ocupado como Molinari ter dedicado tanto tempo a um rapaz insignificante como ele.

Se na época — pensava Bruno — tivesse a lucidez que tinha agora, poderia ter percebido, ou pelo menos suspeitado, que algo inquietante já estava a ponto de explodir no espírito de Alejandra, e esses indícios poderiam haver-lhe anunciado que seu amor, ou seu afeto por Martín, ou o que fosse aquilo, estava prestes a chegar ao fim: catastroficamente.

— Todos nós devemos trabalhar — acrescentou Alejandra, naquele momento. — O trabalho dignifica o homem. Eu também resolvi trabalhar.

Frase que, apesar do tom irônico, alegrou Martín, pois sempre pensara que qualquer tarefa concreta faria bem a ela. E a cara de Martín fez Alejandra comentar "vejo que a notícia o alegra", com uma expressão que basicamente mantinha o sarcasmo de antes, mas na qual pareciam querer se manifestar certos sinais de ternura, assim como, num campo devastado pelas calamidades (pensou mais tarde), entre animais mortos, inchados e malcheirosos, entre cadáveres abertos e dilacerados pelos ximangos, ainda assim um fiapinho de capim se esforça em brotar, chupando restos de água insignificantes e invisíveis que milagrosamente subsistem em camadas mais profundas da planície erma.

— Mas não deveria se alegrar tanto — acrescentou. E,

como Martín a olhasse, explicou:

— Vou trabalhar com Wanda.

Então — disse a Bruno — sua alegria desapareceu como água cristalina num sumidouro, onde se sabe que se misturará com repugnantes dejetos. Pois Wanda pertencia àquele território do qual Alejandra parecia estar vindo quando o encontrou (embora fosse mais exato dizer "quando o procurou"), território do qual se mantivera afastada nas semanas de relativa serenidade, se bem que também fosse mais exato dizer que *ele acreditava* ter se mantido afastada, pois agora, vertiginosamente, lembrava que nos últimos dias Alejandra voltara a beber como antes e que seus sumiços e ausências eram não só cada vez mais frequentes como também mais inexplicáveis. Porém, da mesma maneira que é difícil imaginar um crime num dia luminoso e límpido, era difícil imaginar que ela pudesse ter voltado àquele universo durante uma relação tão pura. Portanto, estupidamente (advérbio acrescentado muito depois) disse: "Roupas para mulheres? Desenhar vestidos? Você?", ao que ela respondeu perguntando se ele não entendia o prazer de ganhar dinheiro com alguma coisa que se despreza. Frase que, na hora, ele considerou uma dessas tiradas típicas de Alejandra, mas que depois de sua morte teria motivos para rememorar, com ressonâncias atrozes.

— Além disso, é como um bumerangue, entende? Quanto mais eu desprezo essas bruxas espalhafatosas, mais desprezo a mim mesma. Não está vendo que tudo se encaixa?

De noite, a análise dessas frases não o deixou dormir. Até que o cansaço foi empurrando-o suave mas firmemente para aquilo que Bruno chamava de subúrbio passageiro da morte, regiões premonitórias em que vamos fazendo o aprendizado do grande sono, pequenos e desajeitados balbucios da tenebrosa aventura definitiva, confusos rascunhos do enigmático texto final, com o inferno transitório dos pesadelos. De tal forma que, no dia seguinte, somos e não somos mais os mesmos, pois já pesam sobre nós as secretas e abomináveis experiências da noite. E, por isso, temos um pouco de ressuscitados e de fantasmas (dizia Bruno). Sabe-se lá que perversa metamorfose da alma de Wanda o perseguiu naquela noite, mas de manhã sentiu por muito tempo algo pesado porém indefinível movendo-se nas zonas escuras de seu ser, até entender que aquilo que confusamente se agitava era a imagem de Wanda. E, pior ainda, compreendeu isso na hora em que já havia entrado na imponente sala de espera, quando, até por timidez, era impossível recuar, e quando chegou ao auge a sensação de absurdo de tudo aquilo: como no conto de Tchecov, ou de Avertchenko (pensava), em que um pobre-diabo chega até o gerente de um banco para enfim esclarecer que deseja abrir uma conta com vinte rublos. Aquilo tudo não era uma loucura? E estava prestes a juntar todas as suas forças e se retirar quando ouviu um contínuo espanhol anunciando: "Senhor del Castillo". Com ironia, é claro (pensou). Pois ninguém sente tanto desprezo pelos pobres-diabos quanto os pobres-diabos de uniforme. Homens elegantíssimos, de sapatos muito bem engraxados, colete, o último botão do colete aberto, com pastas repletas de Papéis Decisivos, esperando nas grandes poltronas de couro, olhavam-no perplexos e irônicos (pensava) à medida que avançava para a grande porta, enquanto em outra camada de sua consciência repetia-se "vinte rublos", debochando cruelmente de si mesmo, de seus sapatos esburacados e de seu terno manchado; todos muito distintos, com um relógio de ouro no pulso medindo um tempo preciso, também de ouro, cheio de Fatos Financeiros Importantes; tempo que contrastava com os grandes espaços inúteis de sua vida, em que não fazia mais nada a não ser pensar num banco do parque; migalhas de tempo maltrapilho que contrastava com aquele tempo dourado assim como seu quartinho em La Boca contrastava com o formidável prédio da IMPRA. E no exato momento em que entrou no recinto sagrado pensou "estou com febre", como sempre acontecia nas grandes angústias. Enquanto isso, via o homem atrás da mesa gigantesca, sentado em sua grande poltrona, corpulento, como se fosse feito especialmente para o prédio. E com uma absurda energia repetiu para si mesmo "venho depositar vinte rublos, senhor".

Sente-se, por favor — disse-lhe, indicando uma das poltronas, enquanto assinava Documentos que lhe eram apresentados por uma mulher oxigenada de uma sensualidade que contribuía para arrasá-lo um pouco mais, pois (imaginou) ela seria capaz de se despir na frente dele como na frente de uma máquina ou de um objeto sem consciência nem sentidos; ou como se despem as grandes favoritas na frente de seus escravos. "Wanda", pensou então: Wanda tomando coquetéis de gim e vermute, paquerando os homens, até mesmo ele, rindo com sensualidade frívola, molhando os lábios com a língua, comendo balas igual à sua mãe; enquanto isso, via um mastro cromado em cima da grande mesa, com uma bandeira argentina em miniatura, uma pasta de couro, um enorme retrato de Perón autografado para o senhor Molinari, vários Diplomas emoldurados, uma fotografia num porta-retrato de couro virado para o senhor Molinari, uma garrafa térmica de plástico, e o poema "Se" de Rudyard Kipling, em caracteres góticos, emoldurado, numa das paredes. Inúmeros empregados e funcionários entravam e saíam com papéis, e também a secretária oxigenada, que saiu e entrou de novo para mostrar-lhe outros Papéis enquanto lhe falava em voz baixa, mas sem nenhuma intimidade, sem que ninguém — e muito menos os Empregados da Casa — pudesse desconfiar de que fosse para a cama com o senhor Molinari. E, dirigindo-se a Martín, ele disse:

— Quer dizer que o senhor é amigo de Drucha.

E, diante da cara de espanto interrogativo do rapaz, riu e comentou como se fosse engraçado: "ah, claro, claro", enquanto, apavorado e perdido, Martín se dizia *Alejandra, Alejandrucha, Drucha*, e apesar disso, ou por isso mesmo, passava em revista o homem grande e corpulento, vestindo um terno de casimira escura risca de giz, gravata azul de bolinhas vermelhas, camisa de seda e abotoaduras de ouro, um alfinete de pérola na gravata e um lencinho de seda no bolso superior do paletó, com um distintivo do Rotary. Um homem bastante calvo, mas com o resto do cabelo penteado e escovado com esmero. Um homem perfumado com água-de-colônia e que parecia ter se barbeado um décimo de segundo antes de Martín entrar em seu escritório. E, aterrorizado, o ouviu dizer, jogando-se para trás em sua poltrona, dispondo-se a escutar a Importante Proposta de Martín.

— Pois não.

Um curioso desejo de mortificar-se, humilhar-se, confessar de vez sua horrenda insignificância diante do mundo e até sua estúpida ingenuidade (o outro não chamava Alejandra de Drucha?) quase o impeliu a dizer "venho depositar vinte rublos". Conseguiu conter o curioso impulso e, a duras penas, como num pesadelo, explicou que perdera o emprego e que talvez, quem sabe, tinha pensado, tinha imaginado que na impra podia haver algum trabalho para ele. E, enquanto falava, o senhor Molinari ia franzindo o cenho, até que do primitivo sorriso profissional já nada restava quando lhe perguntou onde trabalhava.

— Na Gráfica López.

— Fazendo o quê?

— Revisor.

— Horário?

Martín lembrou-se das palavras de Alejandra e, enrubescendo, confessou que não tinha horário, que levava as provas para casa. Momento em que o senhor Molinari acentuou mais ainda o cenho, enquanto atendia ao interfone.

— E por que perdeu esse emprego?

Ao que Martín respondeu que na gráfica há épocas de mais e épocas de menos trabalho, e que nesses casos dispensam os revisores autônomos.

— Quer dizer que quando o trabalho aumentar poderão chamá-lo de novo.

Martín tornou a enrubescer, enquanto pensava que o homem era demasiado sagaz e que sua nova pergunta destinava-se a fazê-lo dizer a verdade, verdade que, naturalmente, era fatal.

— Não, senhor Molinari, não creio.

— Motivos? — perguntou, tamborilando os dedos.

— Creio que eu andava preocupado demais e...

Molinari o observava calado, com escrutadora dureza. Baixando a vista, e sem que fosse sua intenção, Martín se flagrou dizendo "preciso trabalhar, senhor, estou passando por momentos difíceis, tenho sérias dificuldades de dinheiro", e quando ergueu os olhos pareceu notar um brilho irônico no olhar de Molinari.

— Pois sinto muito, senhor del Castillo, não poder lhe ser útil. Em primeiro lugar, porque nosso trabalho aqui é muito diferente do que o senhor fazia na gráfica. Mas além disso há outra razão de peso: o senhor é amigo de Alejandra e isso me cria um problema muito delicado na organização. Preferimos ter com nossos empregados uma relação mais impessoal. Não sei se me entende.

— Sim, senhor, entendo perfeitamente — disse Martín, levantando-se.

Talvez Molinari tivesse notado em sua atitude algo que por qualquer razão não lhe agradasse.

— Mas, quando for mais velho... Quantos anos tem? Vinte?

— Dezenove, senhor.

— Quando for mais velho vai me dar razão. E vai até me agradecer por isso. Veja bem: eu não lhe prestaria nenhum serviço dando-lhe um emprego por simples amizade, e tanto mais que, em pouco tempo, como é fácil imaginar, teríamos problemas.

Examinou um Documento que lhe trouxeram, sussurrou umas observações e prosseguiu:

— Isso traria consequências desagradáveis para o senhor, para nossa organização, para a própria Alejandra... Por outro lado, acho que o senhor é orgulhoso demais para aceitar um emprego por simples amizade, não é mesmo? Porque se eu lhe desse emprego unicamente em atenção a Alejandra o senhor não aceitaria, não é mesmo?

— É sim, senhor.

— Claro. E no final todos sairíamos perdendo: o senhor, a Empresa, a amizade, todos. Meu lema é não misturar os afetos com os números.

Nesse momento entrou um homem com Papéis, mas olhou para Martín sem saber o que dizer. Martín se levantou, mas Molinari, pegando os Papéis e, sem erguer os olhos, disse-lhe para esperar, que não havia terminado. E, enquanto examinava o memorando ou lá o que fosse, Martín, nervosíssimo e humilhado, perplexo, tentava entender a razão de tudo: por que o retinha, por que perdia tempo com uma pessoa insignificante como ele. Como se não bastasse, aquele Mecanismo parecia repentinamente ter enlouquecido: os quatro telefones tocando, conversas pelo interfone, entradas e saídas da secretária oxigenada, assinatura de Papéis. Quando, pelo interfone, disseram-lhe que o senhor Wilson queria saber como tinha ficado o caso do Banco Central, Martín pensou que devia estar reduzido ao tamanho de um inseto. Então, quando sua secretária lhe fez uma consulta, Molinari, com inesperada violência, quase berrou:

— Que espere!

E, na hora em que ela ia fechar a porta, acrescentou:

— E que ninguém me incomode até que eu chame! Entendido?

Fez-se um repentino silêncio: todos pareciam ter-se esfumado, os telefones pararam de tocar, e o senhor Molinari, nervoso, mal-humorado, tamborilando os dedos, ficou pensativo um instante. E, olhando-o atentamente, perguntou:

— Onde conheceu Alejandra?

— Na casa de um amigo — Martín mentiu, corando, porque nunca mentia, mas compreendendo que se cobriria de ridículo se dissesse a verdade.

Parecia escrutá-lo.

— É muito amigo dela?

— Não sei... quer dizer...

Molinari levantou a mão direita, como se mais detalhes fossem desnecessários. Em seguida, observando-o cuidadosamente, acrescentou:

— Vocês, jovens de hoje, nos acham uns reacionários. Mas, e o senhor certamente se espantará, fui socialista nos meus bons tempos.

Nesse momento, pela porta lateral, apareceu um Homem Importante.

Molinari lhe disse:

— Entre, entre.

O cavalheiro se aproximou, pôs um braço nas costas de Molinari e lhe falou ao ouvido, enquanto Molinari concordava com a cabeça.

— Bem, bem — comentou —, está bem, façam o que quiserem.

E depois, com um sorriso que Martín achou secretamente debochado, acrescentou, apontando-o com um leve gesto:

— Este aqui, o jovem, é amigo de Alejandra.

O cavalheiro desconhecido, ainda com o braço no encosto da poltrona de Molinari, deu um sorriso ambíguo, inclinando levemente a cabeça.

— Você chegou em boa hora, Héctor — disse Molinari. — Você bem sabe como me preocupa o problema da juventude argentina.

O desconhecido olhou para Martín.

— Eu estava dizendo que os jovens sempre pensam que a geração anterior não vale nada, que está enganada, que são todos reacionários etc, etc.

O desconhecido deu um sorriso condescendente, olhando-o como representante da Nova Geração (pensou Martín). E também teve a impressão de que o Conflito de Gerações era tão desproporcional que sua sensação de ridículo cresceu mais ainda, quando isso já parecia impossível: eles, atrás da mesa imponente, protegidos pela Sociedade Anônima impra, o retrato de Perón autografado, o Mastro com a Bandeira, o Rotary Clube Internacional e o prédio de doze andares; e ele, com a roupa surrada e uma fome de dois dias. *Mais ou menos como os zulus se defendendo do exército imperial inglês com flechas e escudos de couro pintados*, pensou.

— Como eu estava dizendo, no meu tempo também fui socialista e até anarquista — tanto ele como o recém-chegado deram um amplo sorriso, como se estivessem se lembrando de alguma coisa engraçada —, e o amigo aqui, Pérez Moretti, não me deixa mentir, pois passamos juntos por muitas coisas. Aliás, não vá pensar que nos envergonhamos. Sou dos que acham que não é ruim que a juventude tenha sua fase de ideais tão puros. Há tempo para perder as ilusões. Mais tarde a vida nos mostra que o homem não é feito para essas sociedades utópicas. Não há nem mesmo *dois* homens iguais no mundo: um é ambicioso, outro é preguiçoso; um é ativo, o outro é vadio; um quer progredir, como o amigo Pérez Moretti e eu, o outro não dá a menor bola se for a vida inteira um pobre barnabé. Em suma, não preciso ir mais longe. O homem é desigual por natureza e é inútil pretender fundar sociedades em que os homens sejam iguais. Além disso, observe que seria uma grande injustiça: por que um homem trabalhador tem de ganhar o mesmo que um vagabundo? E por que um gênio, um Edison, um Henry Ford deve ser tratado igual ao infeliz que nasceu para limpar o chão desta sala? Não acha que seria uma enorme injustiça? E como, em nome da justiça, precisamente em nome da justiça, vai se instaurar um regime de injustiças? Esse é um dos muitos paradoxos atuais, e sempre acreditei que se deveria escrever longamente sobre o assunto. Eu mesmo, vou lhe dizer, muitas vezes tive a tentação de escrever alguma coisa sobre essas ideias — disse olhando para Pérez Moretti, convocando-o como testemunha, e Martín, vendo que este concordava, perguntava-se *mas por que este homem perde todo esse tempo comigo*, e chegava à conclusão de que algo de importância vital devia ligá-lo a Alejandra, algo que, por uma estranha razão, contava muito para aquele indivíduo; e a ideia de que pudesse haver laços importantes entre Molinari e Alejandra, fossem quais fossem, o atormentava mais ainda à medida que a conversa se prolongava, pois a duração da conversa seria proporcional a esse vínculo; e então voltava a se perguntar por que motivos teria sido encaminhado a Molinari, e confusamente, sem saber por quê, concluía que Alejandra fizera isso para "provar alguma coisa", num momento em que suas relações entravam numa fase complicada; e então tornava a examinar os episódios, pequenos ou grandes, que em sua memória cercavam a palavra "Molinari", como um detetive busca com lupa qualquer rastro ou indício, por mais insignificante que seja à primeira vista, capaz de desvendar o enigma; mas seu cérebro se atrapalhava, pois a essa busca angustiante sobrepunha-se a voz de Molinari, que continuava desenvolvendo sua Concepção Geral do Mundo.

— Os anos, a vida que é dura e impiedosa, vão nos convencendo de que essas ideias, por mais nobres que sejam, pois sem dúvida são ideais nobilíssimos, não foram feitas para os homens tal como são. Trata-se de ideais imaginados por sonhadores, quase por poetas, eu diria. Muito bonitos, muito apropriados para se escrever livros, fazer discursos em barricadas, mas totalmente impossíveis de serem postos em prática. Bem que eu gostaria de ver um Kropotkin ou um Malatesta dirigindo uma empresa como esta e lutando dia após dia contra as normas do Banco Central (ele riu, sendo acompanhado, de bom grado, pelo senhor Pérez Moretti) e tendo de fazer mil e uma manobras para evitar que o sindicato ou Perón, ou os dois juntos, lhe deem uma rasteira. E, em outra ordem de ideias, é muito bom que um rapaz ou uma moça tenham esses ideais de desprendimento, justiça social e sociedades utópicas. Mas depois você se casa, quer regularizar sua situação diante da sociedade, deve constituir um lar, aspiração natural de todo homem de bem, e isso leva ao abandono paulatino dessas quimeras, não sei se entende o que quero dizer. É muito fácil apoiar a doutrina anarquista quando se é jovem e mantido pelos pais. Outra coisa, muito diferente, é ter de enfrentar a vida, ser obrigado a sustentar o lar que se constituiu, sobretudo quando vêm os filhos e as outras obrigações inerentes à família: roupa para um, escola para outro, livros para um, doenças do outro. São muito bonitas as teorias sociais, mas, como se diz vulgarmente, quando se tem de encher a pança, então, meu jovem amigo, é preciso arregaçar as mangas e entender que o mundo não é feito para esses sonhadores, para esses Malatestas ou Kropotkines. E veja que estou lhe falando desses teóricos anarquistas porque eles, ao menos, não pregam a ditadura do proletariado, como os comunistas. O senhor pode imaginar o horror de um governo ditatorial? Aí está o exemplo da Rússia. Milhões de escravos que trabalham debaixo de chicote. A liberdade, meu amigo, é sagrada, é um dos grandes valores que devemos salvar, custe o que custar. Liberdade para todos: liberdade para o operário, que pode procurar trabalho onde mais lhe convier, e liberdade para o patrão, que pode dar trabalho a quem lhe parecer melhor. A lei da oferta e da demanda e o livre jogo da sociedade. Veja o seu caso: o senhor vem aqui, livremente, e me oferece sua força de trabalho; para mim, por *ene* motivos, não me convém e não o emprego. Mas o senhor é um homem livre e pode sair daqui e oferecer seus préstimos à empresa do outro lado da rua. Veja como tudo isso é inestimável: o senhor, um rapaz humilde, e eu, presidente de uma grande empresa, e no entanto agimos em igualdade de condições diante dessa lei da oferta e da demanda. Os dirigistas podem dizer o que quiser, mas essa é a lei suprema de uma sociedade bem organizada, e aqui, toda vez que este homem (apontou a fotografia com dedicatória de Perón), toda vez que este senhor se mete na engrenagem da livre empresa é só para nos prejudicar, e em suma para prejudicar o país. Por isso, meu lema, como bem sabe meu amigo Pérez Moretti, é: nem ditaduras nem utopias sociais. Não lhe digo nada dos outros problemas, que poderíamos chamar de problemas de natureza moral, já que nem só de pão vive o homem. Refiro-me à necessidade da sociedade em que vivemos de ter uma ordem, uma hierarquia moral, sem a qual, creia-me, vai tudo abaixo. O senhor gostaria, por exemplo, que alguém pusesse em dúvida a honestidade de sua mãe? Por favor, é uma hipótese, que me permito evocar à guisa de exemplo. O senhor mesmo acaba de franzir a testa, e esse próprio gesto, que o honra, já está revelando tudo o que de sagrado tem para o senhor, e também para mim, o conceito de mãe. Pois bem, como conciliar esse conceito com uma sociedade em que existe o amor livre, em que ninguém é responsável pelos filhos que tem por aí, em que o casamento foi jogado para o alto como uma simples instituição burguesa? Não sei se entende o que quero dizer. Se as bases do lar são minadas... mas, está sentindo alguma coisa?

Martín, muito pálido, prestes a desmaiar, passava a mão na testa, suando frio.

— Não, não — respondeu.

— Pois, como eu dizia, se são minadas as bases do lar, fundamento da sociedade em que vivemos, se o senhor destrói o conceito sacrossanto de casamento, eu me pergunto: o que resta? O caos. Que ideais, que exemplos a juventude que vai se formando pode ter diante de si? Não se pode brincar com essas coisas, meu jovem. Vou lhe dizer mais, vou lhe dizer algo que raramente digo a alguém, mas que me sinto no dever de lhe dizer. Refiro-me ao problema da prostituição.

Mas nesse instante o interfone tocou, e enquanto Molinari perguntava mal-humorado *O que é? O que é?*, Martín prosseguia com sua lupa, cambaleando, cada vez mais perdido naquela neblina repugnante, e dizia para si mesmo *Wanda, Wanda*, repetindo as palavras cínicas de Alejandra sobre a necessidade de trabalhar e a frase sobre o desprezo pelas bruxas espalhafatosas e o consequente desprezo por si mesma; de modo que, pensava, resumindo suas investigações, Wanda era um dos elementos do enigma e Molinari era outro — quantos mais podia haver? E então reexaminou os episódios anteriores e nada encontrou de relevante, pois só havia aquela entrevista com o sujeito chamado Bordenave, indivíduo desconhecido para Alejandra e, aliás, desagradável, a tal ponto que ela mudara de humor, ficando áspera e sombria. Enquanto isso, via o rosto duro de Molinari diante do interfone começar a se transformar naquele rosto suave que decidira oferecer a ele, Martín. E o senhor Molinari, enquanto o olhava, parecia procurar o fio condutor do que vinha dizendo, até que prosseguiu:

— Pois é, a prostituição. Veja que paradoxo. Se lhe digo que a prostituição é necessária, sei perfeitamente que o senhor vai se sentir chocado, não é mesmo? Mas estou convencido de que, após analisar a fundo o problema, terá de concordar comigo. De fato, imagine o que seria o mundo sem essa válvula de escape. Agora mesmo, e sem ir mais longe, aqui, em nosso país, uma concepção mal interpretada da moral, aviso-lhe que sou católico, levou o clero argentino a proibir a prostituição. Pois bem, proibiu-se a prostituição no ano...

Hesitou um instante e olhou para o senhor Pérez Moretti, que o escutava atentamente.

— Acho que foi em 35 — disse o senhor Pérez Moretti.

Pois bem, e isso resultou em quê? Resultou na prostituição clandestina. Era óbvio. Mas o grave é que a prostituição clandestina é mais perigosa, pois não há controle sanitário. E tem mais: é cara, não está ao alcance do bolso de um operário ou de um funcionário. Pois não é só o que se tem de se pagar à mulher, é o que se tem de gastar no hotel. Resultado: Buenos Aires está sofrendo um processo de depravação cujas consequências não podemos prever.

Levantando a cabeça para um lado e dirigindo-se ao senhor Pérez Moretti, comentou:

— Justamente, na última reunião do Rotary falei do problema, uma das marcas desta cidade e talvez do país inteiro.

E dirigindo-se de novo a Martín, prosseguiu:

— É como um caldeirão cuja pressão está subindo, com as válvulas fechadas. Pois a prostituição organizada e legal é isso: uma válvula de escape. Ou há mulheres de vida fácil controladas pelo Estado, ou chegamos a isso. Ou se tem uma boa prostituição controlada ou a sociedade enfrenta, mais cedo ou mais tarde, o gravíssimo perigo de ver suas instituições básicas indo abaixo. Entendo que o dilema é atroz, e sou dos que pensam que não se trata de fazer como o avestruz diante dos perigos, escondendo a cabeça. Eu me pergunto se uma moça de família pode hoje viver tranquila, e, sobretudo, se seus pais podem viver tranquilos. Deixo de lado as grosserias e porcarias que a garota deve escutar pelas ruas, na boca de marmanjos ou de homens que não encontram uma saída natural para seus instintos. Deixo de lado tudo isso, por mais desagradável que seja. Mas e que me dizem do outro perigo? Do perigo de que as relações entre jovens, entre namorados ou simples amigos, cheguem a níveis mais preocupantes? Afinal de contas, um rapaz tem sangue, tem instintos, ora essa. Vocês vão me perdoar que eu fale com tanta crueza, mas não há outro jeito de encarar o problema. Esse rapaz, para completar, vive superexcitado pela ausência de uma prostituição ao alcance de suas possibilidades econômicas, por um cinema que Deus nos livre, por publicações pornográficas; em suma, o que se pode esperar? Por outro lado, a juventude não tem os freios que antigamente lhe eram impostos por um lar de princípios sólidos. Pois temos de admitir que aqui somos católicos da boca para fora. Mas católicos de verdade, o que se chama católicos de verdade, creia-me, não devem passar de uns cinco por cento, e acho até que estou exagerando. E o resto? Sem esse freio moral, e com pais que se preocupam em primeiro lugar com seus interesses pessoais, e só depois em cuidar do que deveria ser um verdadeiro santuário... Mas o que está sentindo?

O senhor Pérez Moretti e o senhor Molinari correram até onde Martín estava.

— Não é nada não, senhor. Não é nada — disse, recuperando-se. — Queiram me desculpar, mas é melhor que eu me retire...

Levantou-se para ir embora, mas parecia cambalear. Estava pálido e suado.

— Mas que nada, rapaz, espere, vou lhe mandar trazer um café — disse o senhor Molinari.

— Não, senhor Molinari. Já estou bem, obrigado. Com o ar da rua eu vou melhorar. Obrigado, boa tarde.

Mal cruzou a porta do escritório, até onde o senhor Molinari e o senhor Pérez Moretti o acompanharam segurando em seu braço, mal ficou fora de seus olhares, correu com as forças que lhe restavam. Quando chegou à rua procurou com os olhos um café, mas não viu nenhum por perto e não podia esperar. Então precipitou-se para o espaço livre entre os automóveis e vomitou.

3.

Enquanto esperava no The Criterion, olhando fotografias da rainha Elisabeth em um lado e gravuras de mulheres nuas em outro, como se o Império e a Pornografia (pensava) pudessem honradamente coexistir, assim como coexistem as famílias honestas e os prostíbulos (e não apesar disso, mas, como Molinari lhe explicara brilhantemente, por isso mesmo), seu pensamento voltava a Alejandra, perguntando-se como e com quem teria descoberto aquele bar vitoriano.

No balcão, debaixo do sorriso pequeno-burguês da rainha ("nunca houve uma família real tão insignificante", Alejandra disse-lhe depois), executivos e altos funcionários ingleses tomavam seu gim ou seu uísque e riam das próprias piadas. *A pérola da Coroa*, pensou, bem na hora em que a viu entrar. Ela pediu um Gilbey e, depois de escutar Martín, comentou:

— Molinari é um homem respeitável, um Pilar da Nação. Em outras palavras: um perfeito canalha, um notável filho da puta.

Chamou o garçom, enquanto dizia:

— Falando nisso várias vezes você me perguntou por Bruno. Agora vou apresentá-lo a você.

4.

À medida que se aproximavam da esquina da Corrientes com a San Martín, ouviam mais fortes os alto-falantes da Alianza: que a oligarquia do Barrio Norte se cuidasse, que os judeus pusessem as barbas de molho, que os maçons parassem de importunar, que os marxistas acabassem com suas provocações.

Entraram no La Helvética. Era um lugar escuro, com seu balcão alto de madeira e sua velha *boiserie*. Espelhos manchados aumentavam e reiteravam confusamente o mistério e a melancolia daquele recanto sobrevivente.

Levantou-se um homem muito louro, de olhos azuis e óculos de lentes incrivelmente grossas. Exibia um ar sensual e meditativo e parecia ter uns quarenta e cinco anos. Martín percebeu que o observava com benevolência, e, enrubescendo, pensou: *Ela lhe falou de mim*.

Conversaram uns instantes, mas Alejandra estava distraída, até que se levantou e se despediu. Martín ficou então sozinho diante de Bruno, inquieto como se tivesse de se submeter a um exame e triste com o brusco, e como sempre inexplicável, sumiço de Alejandra. E, de repente, percebeu que Bruno lhe estava fazendo uma pergunta cujo começo não escutara. Perturbado, ia lhe pedir a gentileza de repetir quando, felizmente, chegou um homem ruivo e sardento, de nariz afilado, olhos escrutadores atrás dos óculos. Tinha um sorriso rápido e nervoso. Toda a sua aparência era inquietante e, por momentos, ficava tão sarcástica que Martín, se estivesse sozinho com ele, não conseguiria abrir a boca, nem mesmo em caso de incêndio. Para completar, olhava direto nos olhos, evitando assim qualquer escapatória dos tímidos. Enquanto conversava com Bruno, inclinando-se para ele por cima da mesinha, lançava olhares fugazes de soslaio, como quem sofre, ou em outros tempos sofreu, perseguições políticas.

— Vejo que você tem um fraco por este antro mitrista — comentou Méndez, com seu risinho feroz, apontando um retrato de Mitre na parede. — Quem diria que um dia, a cinquenta metros do santuário do jornal *La Nación*, iriam se reunir aqui os amigos do general e do suíço! Ninguém teve a ideia de fazer a psicanálise desse fenômeno! Há tantos cafés em Buenos Aires.

Pôs um livro sobre a mesinha.

— Acabo de ler um artigo de Pereira — Bruno comentou, sorridente, aludindo ao livro.

Méndez fez uma de suas melhores caras diabólicas. Seu cabelo vermelho parecia soltar faíscas, como essas experiências de sala de aula com um espanador ligado a uma máquina eletrostática. Seus olhos fulguravam com ironia.

— Puxa! Já começa atacando desde o título. Veja só: *América Latina, um país*.

— Justamente. Ele afirma que isso aqui era um conjunto de nacionalidades oprimidas pela Espanha.

— Puxa! A cabeça desse sujeito está repleta de questões russas! Conjunto de nacionalidades! O tempo todo pensando em quirguizes, em caucasianos, em bielorrussos *o país* (*pensava Martín*), *o país, o lar, procurar a gruta nas trevas, o lar, o fogo quente, o suave e luminoso refúgio no meio da escuridão*, e como Bruno levantasse os olhos, talvez duvidando *esses olhos que tinham visto Alejandra desde menina, esses olhos melancólicos e docemente irônicos, enquanto via emergir a figura de Wanda junto com a frase "ganhar dinheiro com alguma coisa que se despreza", ignorando naquele momento, porém, que alcance monstruoso teria um dia a frase de Alejandra, mas já com um alcance suficientemente sombrio para angustiálo* para todos esses entreguistas daqui, Bruno, o Panamá também é uma nação, embora até as crianças de colo saibam que foi inventada pela Fruit Co., *enquanto via Wanda tomando coquetéis de gim e vermute e falando de homens, rindo com uma sensualidade frívola, e aquele Jano, aquele homem inexplicável* e Bruno o ouvia pensativo, mexendo a borra do café *e então Martín observava suas longas mãos nervosas e se perguntava como devia ter sido o amor daquele homem pela mãe de Alejandra, desconhecendo porém que o amor tinha, de certa forma, se prolongado na própria filha, de modo que a própria Alejandra em quem Martín pensava nesse momento fora o objeto de pensamentos do homem que agora estava inocentemente diante de seus olhos, se bem que (como o próprio Bruno muitas vezes pensaria e até insinuaria) a Alejandra de suas meditações não fosse a mesma que agora atormentava Martín, pois nunca (afirmava) somos a mesma pessoa para interlocutores diferentes, amigos ou amantes; assim como essas caixas de ressonância complexas das aulas de física, que respondem com uma corda para cada som que as estimula, enquanto as outras ficam em silêncio e como que ensimesmadas, alheias, reservadas para chamados que talvez um dia exijam sua resposta; chamado que às vezes nunca chega, caso em que essas cordas apagadas terminam seus dias esquecidas pelo mundo, estranhas e solitárias; enquanto isso, quase entusiasmado, tamanha era a sua fúria irônica, Méndez exclamava: Ele, falando de internacionalismo abstrato! Muito bem, Pereira, muito bem! Dos balés de Iachaturian à zamba do nosso folclore! Agora descobriu a Argentina. Durante anos viveu à russa, tomou borsch em vez de sopa, chá em vez de mate, vodca em vez de aguardente. A Argentina era uma ilha exótica onde estávamos condenados a viver, mas nosso coração estava em Moscou, camarada! e voltava a ver Jano, com o olhar equívoco e ansioso (por quê?), com sua cortesia excessiva e pegajosa, beijandolhe as mãos, dizendolhe "oui, ma chère" ou "comme tu veux, ma chère", e por que agora aquele homem repugnante aparecialhe com tanta insistência, sempre procurando alguma coisa, como se mantivesse uma guarda permanente, uma guarda desejosa, determinada sem dúvida pela atitude de Wanda, mas então viu alguém cumprimentando Bruno e sentandose ali, junto com os que falavam em voz baixa, enquanto Méndez, mordaz, observava o cumprimento e dizia:* Aposto que estão em algum complô! Esses nacionalistas clericais, esses arqui-hispanófilos que agora descobriram os Estados Unidos! Claro, com o peronismo, a única defesa contra a barbárie soviética, começaram a ter medo *e de novo perdeu a pista, pensando naquele Jano até que teve a impressão de que Bruno dizia alguma coisa sobre a corrupção e então Méndez disse:* Isso é moralismo pequeno-burguês, *enquanto Bruno negava calmamente com a cabeça e dizia:* Não é isso que eu quero dizer *e Martín se atormentava porque seu pensamento não conseguia acompanhar a discussão, pensando "sou um tremendo egoísta", porque seu pensamento voltava de novo àquela figura pegajosa e horrível e à sua atitude, à sua guarda permanente, algo sem dúvida determinado pela presença ou ausência de Wanda — mas o quê? — e ela aceitando com um misto de condescendência e ironia, como se ambos, como se entre ambos... mas então Bruno disse* porque corrompe tudo o que toca, porque é um cínico que não acredita em nada, nem no povo nem sequer no peronismo, porque é um covarde e um homem sem grandeza, *enquanto Méndez, irônico, balançava a cabeça, pensando, com certeza,* um pequeno-burguês incurável *e enquanto Martín pensava tudo é tão confuso, é tão difícil viver e compreender... como se aquele Jano equívoco fosse assim o símbolo da confusão que o dominava, como se o fundamental dos seres humanos fosse a ambiguidade, com sua cortesia bajuladora e falsa diante de sua mulher, e, no entanto (e ele o observara bem, como tudo o que dizia respeito a Alejandra), com o olhar desejoso e ansioso de quem teme ou espera alguma coisa, nesse caso alguma coisa de Wanda — por ciúme, talvez? —, no que Alejandra começara a rir comentando "como você ainda é criança!", acrescentando as palavras que mais tarde, após a tragédia, ele recordaria com aterradora nitidez: "Jano é uma espécie de monstro pegajoso"; e, como nesse momento Bruno se levantou para telefonar,*

Martín ficou sozinho na frente de Méndez, que o examinou curioso, enquanto ele bebia água por pura timidez.

— Esse coroinha irritado! — disse em tom de deboche, apontando com os olhos para a outra mesa. — Identificam o sufrágio universal com a estupidez das massas, o quartel com o pundonor, o imperialismo com Lutero.

Deu seu risinho.

— Mas agora estão com os ianques. O que é o medo do povo! Felizmente, Bruno voltou.

— Está fazendo um calor insuportável — disse. — Proponho sairmos daqui.

Os alto-falantes da Alianza prometiam incêndios e forcas.

— É um bar muito abafado, mas eu gosto. Não vai durar muito, pense nos milhões que vale essa esquina. É inevitável: vão jogá-lo abaixo e construir um arranha-céu, e no subsolo um desses bares interplanetários que os americanos inventaram, cheios de penduricalhos e ruídos.

Bruno afrouxou a gravata.

— É um sujeito fantástico. Só com as pessoas que o odeiam poderia se criar uma associação de ajuda mútua mais ou menos do tamanho do Centro Gallego. Quanto a minhas relações com ele... bem, ele deve me achar um intelectual vacilante, um pequeno-burguês putrefato...

E sorriu, enquanto pensava consigo mesmo: *homem em perpétua contradição, Hamlet.*

Bruno e Martín chegaram à ponte da rua Belgrano, e Bruno parou, encostando no parapeito, dizendo "agora pelo menos se respira", enquanto Martín indagava se o hábito de passear pela ponte, Alejandra teria herdado de Bruno; mas depois pensou que deve ter sido o contrário, pois reparou que Bruno era meio inseguro, vacilante, andando no ritmo de suas próprias reflexões.

Observava sua pele fina, suas mãos delicadas e comparava-as com as mãos duras e ávidas de Alejandra, com seu rosto contraído e anguloso. Enquanto isso, Bruno pensava: essas paisagens, só o impressionismo conseguiria pintá-las, mas essa época terminou, portanto, ai do artista capaz de exprimir só isso, nada mais que isso! E, olhando o céu carregado de nuvens, o ar úmido e meio pesado, os reflexos dos navios na água quieta, pensava que Buenos Aires tinha um céu e uma atmosfera muito parecidos com Veneza, decerto pela umidade da água parada, enquanto prosseguia mentalmente uma conversa com Méndez:

— A literatura, por exemplo. Eles são brutalmente esquemáticos. Proust é um artista degenerado, pois pertence a uma classe em decadência.

Riu.

Se essa teoria fosse correta não existiria o marxismo, e, portanto, Méndez também não. O marxismo deveria ter sido inventado por um operário, mais especificamente por um da indústria pesada.

Caminharam pela calçada e então Bruno o convidou a sentar-se no parapeito, olhando para o rio.

Martín espantou-se com esse vestígio de juventude, vestígio que, a seu ver, conferia a Bruno um jeito de afetuoso companheiro; e o tempo que lhe dedicava, sua intimidade amistosa pareciam uma garantia do afeto de Alejandra por ele, Martín. Pois um homem importante não teria esse comportamento se ele, o jovem desconhecido, não estivesse protegido pela consideração e talvez pelo amor de Alejandra. De modo que a conversa, o passeio, o fato de se sentarem lado a lado eram uma confirmação (embora indireta, embora frágil) de seu amor, um atestado (embora impreciso, embora ambíguo) de que ela não estava tão distante como ele imaginava.

E, enquanto Bruno aspirava a brisa pesada que chegava do rio, Martín lembrava-se de momentos parecidos, com Alejandra, naquele mesmo parapeito. Deitado sobre o paredão, com a cabeça em seu colo, era (tinha sido) verdadeiramente feliz. No silêncio do entardecer ouvia o murmúrio tranquilo do rio lá embaixo, enquanto contemplava a transformação incessante das nuvens: cabeças de profetas, caravanas num deserto de neve, veleiros, baías nevadas. Naquele momento, tudo era (tinha sido) paz e sossego. E com serena volúpia, como nos instantes sonolentos e indecisos que se seguem ao despertar, reajeitava sua cabeça no colo de Alejandra, enquanto pensava como era suave, como era doce sentir sua carne debaixo da nuca; essa carne que, na opinião de Bruno, era algo mais que carne, algo mais complexo, mais sutil, mais obscuro do que a mera carne feita de células, tecidos e nervos; pois também era (tomemos o caso de Martín), já era *recordação*, devendo, portanto, ser defendida contra a morte e o apodrecimento, algo transparente, tênue mas com certa dose de eterno e imortal; era Louis Armstrong tocando seu trompete no Mirante, céus e nuvens de Buenos Aires, as modestas estátuas do parque Lezama ao entardecer, um desconhecido tocando uma cítara, uma noite no restaurante Zur Post, uma noite de chuva abrigados sob uma marquise (rindo), ruas do bairro sul, telhados de Buenos Aires vistos do bar do vigésimo andar do Comega. E tudo isso ele sentia através de sua carne, de sua carne macia e palpitante que, embora fadada a se desagregar entre vermes e grumos de terra úmida (típico pensamento de Bruno), agora lhe permitia entrever essa espécie de eternidade; pois, como também um dia Bruno lhe diria, somos constituídos de tal forma que só nos é dado vislumbrar a eternidade por meio da carne frágil e morredoura. E então ele havia suspirado e ela tinha perguntado "o que foi?". E ele havia respondido "nada", como respondemos quando estamos pensando "tudo". E nesse instante Martín disse a Bruno, quase sem querer:

— Alejandra e eu estivemos aqui uma tarde.

E, como se não pudesse parar a bicicleta, como se tivesse perdido o controle, acrescentou:

— Como fui feliz naquela tarde!

Arrependendo-se e envergonhando-se após uma frase dessas, tão íntima e patética. Mas Bruno não riu, nem sorriu (Martín o olhava, quase aterrado); ficou pensativo e sério, olhando para o rio. E quando, bem depois, Martín imaginava que não faria nenhum comentário, disse:

— Assim se manifesta a felicidade.

O que queria dizer? Ficou escutando-o, ansioso, como sempre que se tratava de algo ligado a Alejandra.

— Em pedaços, por momentos. Quando a gente é criança, espera a grande felicidade, uma felicidade enorme e absoluta. E na espera desse fenômeno deixamos passar ou não apreciamos as pequenas felicidades, as únicas que existem. É como...

Calou-se, porém. Logo continuou:

— Imagine um mendigo que despreza esmolas pelo caminho, porque lhe deram a informação de que num certo lugar esconde-se um formidável tesouro. Um tesouro inexistente.

Voltou a mergulhar em seus pensamentos.

— Parecem ninharias: uma conversa agradável com um amigo. Ou, quem sabe, estas gaivotas que voam em círculos. Este céu. A cerveja que tomamos há pouco.

Mexeu-se.

— Estou com uma perna dormente. É como se tivessem me injetado soda.

Abaixou-se e depois continuou:

— Às vezes acho que essas pequenas felicidades existem justamente porque são pequenas. Como essas pessoas insignificantes que passam despercebidas.

Calou-se, e sem nenhuma razão aparente disse:

— É, Alejandra é uma criatura complicada. E tão diferente da mãe. Na verdade, é uma bobagem esperar que os filhos se pareçam com os pais. E os budistas talvez tenham razão: como saber quem vai encarnar no corpo de nossos filhos?

Como se recitasse um chiste, disse:

Talvez na nossa morte a alma emigre:
para uma formiga,
para uma árvore,
para um tigre de Bengala;
enquanto nosso corpo se desagrega

entre vermes
e se infiltra na terra sem memória,
para depois subir pelos caules e pelas folhas,
e transformarse em heliotrópio ou joio,
e depois em alimento para o gado,
e assim em sangue anônimo e zoológico,
em esqueleto,
em excremento.
Talvez caiba a você um destino mais horrendo
no corpo de um menino
que um dia fará poemas ou romances,
e que em suas obscuras angústias
(sem saber)
purgará seus antigos pecados
de guerreiro ou criminoso,
ou reviverá pavores,
o temor de uma gazela,
a asquerosa feiura da doninha,
sua turva condição de feto, ciclope ou lagarto,
sua fama de prostituta ou pitonisa,
suas longínquas solidões,
suas esquecidas covardias e traições.

Martín o ouviu perplexo: por um lado, parecia que Bruno recitava de brincadeira; por outro, sentia que, de certo modo, o poema expressava seriamente o que ele pensava sobre a existência: suas hesitações, suas dúvidas. E, já conhecendo seu extremo pudor, pensou: *É dele*.

Despediu-se, precisava ir encontrar D'Arcángelo.

Bruno o seguiu com olhos afetuosos, dizendo-se *o que ainda terá de sofrer!*. E depois, deitando-se no parapeito, pondo as mãos na nuca, deixou seu pensamento divagar.

As gaivotas iam e vinham.

Tudo era tão frágil, tão transitório. Escrever, ao menos, para isso, para eternizar algo passageiro. Um amor, talvez. *Alejandra*, pensou. E também: *Georgina*. Mas, de tudo aquilo, o quê? Como? Tudo era tão árduo, tão fragilmente desesperado.

Aliás, não era só isso, não se tratava unicamente de eternizar, mas de indagar, de vasculhar o coração humano, de examinar as dobras mais recônditas de nossa condição.

Nada e tudo, disse quase em voz alta, com o costume que tinha de falar inesperadamente em voz alta, enquanto se reacomodava no parapeito. Olhava para o céu de tempestade e ouvia as pancadas do rio ao lado, que não corre em nenhuma direção (como os outros rios do mundo), o rio que se estende quase imóvel por cem quilômetros de largura, como um lago aprazível e, nos dias de tempestade de vento sudeste, como um mar encapelado. Mas nesse momento, nesse calorento dia de verão, nesse entardecer úmido e pesado, com a bruma transparente de Buenos Aires velando o perfil dos arranha-céus contra as grandes nuvens tormentosas a oeste, sentindo o leve arrepio da brisa distraída, sua pele mal estremecia, como a lembrança apagada das grandes tempestades; essas grandes tempestades com que certamente sonham os mares quando cochilam, tempestades apenas fantasmagóricas e incorpóreas, sonhos de tempestades, que só conseguem estremecer a superfície das águas, tal como estremecem e grunhem quase imperceptivelmente os grandes mastins adormecidos que sonham com caçadas ou lutas.

Nada e tudo.

Inclinou-se para a cidade e voltou a contemplar o perfil dos arranha-céus.

Seis milhões de homens, pensou.

De repente tudo lhe parecia impossível. E inútil.

Nunca, disse. *Nunca*.

A verdade, dizia-se, sorrindo com ironia. a verdade. *Bem, digamos*: uma *verdade*; mas a verdade não era uma verdade? Não se atingia "a" verdade indo ao mais profundo de um só coração? Afinal, não eram idênticos todos os corações?

Um só coração, dizia.

Um rapaz estava beijando uma moça. Passou um vendedor de sorvetes Laponia, de bicicleta: assobiou para ele.

E enquanto tomava o sorvete, sentado no paredão, voltava a olhar o monstro, milhões de homens, mulheres, crianças, operários, empregados, rentistas. Como falar de todos? Como representar a realidade incomensurável em cem páginas, em mil, em um milhão de páginas? Mas — pensava — a obra de arte é uma tentativa, talvez tresloucada, de expressar a infinita realidade entre os limites de um quadro ou de um livro. Uma escolha. Mas essa escolha revela-se infinitamente difícil e, em geral, catastrófica.

Seis milhões de argentinos, espanhóis, italianos, bascos, alemães, húngaros, russos, poloneses, iugoslavos, tchecos, sírios, libaneses, lituanos, gregos, ucranianos.

Ó, Babilônia.

A maior cidade espanhola do mundo. A maior cidade italiana do mundo. Etcétera. Mais pizzarias do que em Nápoles e Roma juntas. "O nacional." Meu Deus! O que era o nacional?

Ó, Babilônia.

Contemplava com olhos de pequeno deus impotente o conglomerado confuso e gigantesco, carinhoso e brutal, detestável e querido, que, como um temível leviatã, recortava-se contra as nuvens carregadas a oeste.

Nada e tudo.

Mas também é verdade — refletiu — que uma só verdade basta. Ou talvez duas, ou três, ou quatro. No fundo de seus corações.

Peões ou ricos, peões ou banqueiros, bonitos ou corcundas.

O sol se punha, e a cada segundo mudava o colorido das nuvens no poente. Grandes nesgas cinza-arroxeadas destacavam-se contra um fundo de nuvens mais distantes: cinza, lilases, negruscas. *Pena, esse rosado*, pensou, como se estivesse numa exposição de pintura. Mas depois o rosado foi se espalhando mais e mais, estragando tudo. Até que começou a se apagar e, passando pelo azulado e o violáceo, chegou ao cinza e finalmente ao negro que anuncia a morte, que sempre é solene e sempre acaba conferindo dignidade.

E o sol desapareceu.

E mais um dia terminou em Buenos Aires: algo irrecuperável para sempre, algo que inexoravelmente o aproximava mais um passo da própria morte. E tão depressa, afinal, tão depressa! Antigamente os anos corriam mais lentos e tudo parecia possível, num tempo que se estendia diante dele como um caminho aberto ao horizonte. Mas agora os anos passavam com crescente rapidez, rumo ao ocaso, e a todo instante ele se flagrava dizendo: "faz vinte anos, quando o vi pela última vez", ou outra frase tão trivial mas tão trágica quanto essa; e depois pensando, como diante de um abismo, quão pouco, quão miseravelmente pouco, resta nessa marcha rumo ao nada. E, então, para quê?

E, quando se chegava a esse ponto e já parecia que nada tinha sentido, tropeçava-se por acaso num desses cachorrinhos vira-latas, faminto e louco por carinho, com seu pequeno destino (tão pequeno como seu corpo e seu pequeno coração que valentemente resistirá até o fim, defendendo, como de dentro de uma fortaleza diminuta, aquela vida pequenininha e humilde), e então, apanhando-o, levando-o para uma cesta improvisada onde pelo menos não sentisse frio, dando-lhe comida, justificando assim o sentido de existência do pobre bicho, algo mais enigmático embora mais poderoso que a filosofia parecia dar novo sentido à sua própria existência. Como dois desamparados em plena solidão, que se deitam juntos para se aquecerem mutuamente.

5.

"Talvez na nossa morte a alma emigre", Martín se repetia enquanto caminhava. De onde vinha a alma de Alejandra? Parecia sem idade, parecia vir do fundo do tempo. "Sua turva condição de feto, sua fama de prostituta ou pitonisa, suas longínquas solidões."

O velho estava sentado na porta da casa de cômodos, na sua cadeirinha de palha. Segurava a bengala de pau nodoso, e a cartolinha esverdeada e puída contrastava com sua camiseta de flanela encorpada.

— Oi, velho — disse Tito.

Entraram, no meio de crianças, gatos, cachorros e galinhas.

Do quarto, Tito tirou mais duas cadeirinhas.

O rapaz levou as cadeiras, colocou-as ao lado do velho, sentou-se timidamente e esperou.

— Pois é... — sussurrou o cocheiro —, assim com a coisa...

Que coisa?, perguntou-se Martín.

— Pois é... — o velho repetiu, meneando a cabeça, como se concordasse com um interlocutor invisível.

E de repente disse:

— Eu era garotinho que nem esse que está aí com a bola e meu pai cantava.

Quando la tromba sonaba alarma
co Garibaldi doviamo partí.

Riu, assentiu várias vezes com a cabeça e repetiu: "Pois é...". A bola veio para cima deles e quase pegou o velho. Don Francisco ameaçou distraidamente com a bengala nodosa, enquanto os garotos chegavam correndo, apanhavam a bola e iam embora fazendo-lhe fiau.

E disse logo depois:

— Íamo po alto da mondanha eu e o filho do Cafaredda e sentábamo olhando al mare. Mangiávamo castanha assada... Quiddo mare azule!

Tito chegou com o mate e a chaleira.

— Já está te falando do paese, aposto. Ei, velho, não cansa o garoto com toda essas maluquice! — Enquanto piscava um olho para Martín, com um sorriso malicioso.

O velho negou, balançando a cabeça, olhando para aquela região distante e perdida.

Tito sorria com bondosa ironia enquanto cevava o mate. Depois, como se o pai não existisse (com toda certeza não ouvia), explicou a Martín:

Ele passa o dia pensando na aldeia onde nasceu, sabe. Virou-se para o pai, sacudiu-o um pouco pelo braço para despertá-lo, e perguntou:

— Ei, velho! O senhor gostaria de ver aquilo de novo? Antes de morrer?

O velho respondeu balançando a cabeça várias vezes, sempre olhando ao longe.

— Se tivesse de cuelli poqui soldi, iria pa Itália?

O velho voltou a assentir.

— Se pudesse ir nem que fosse só um minuto, velho, só um minuto, nem que depois tivesse de morrer, o senhor gostaria, velho?

O velho mexeu a cabeça desalentado, como dizendo "pra que imaginar tantas maravilhas".

E, como quem teve a prova de uma verdade, Tito olhou

para Martín e comentou com ele:

— Eu não te dizia, garoto?

E ficou pensativo enquanto passava o mate para Martín. Um instante depois, acrescentou:

— Pensar que tem gente podre de rica. Não precisa ir mais longe, o velho veio pra América com um amigo que se chamava Palmieri. Os dois com uma mão na frente outra atrás, como se diz. Ouviu falar do doutor Palmieri?

— O cirurgião?

— É, o cirurgião. E também o que era deputado radical. Bem, é tudo filho daquele amigo que veio com o velho. Como eu te dizia, quando chegaram em Bueno Saire passaram fome junto. Trabalharam de tudo: de peão de obra, calçaram rua, sei lá mais o quê. O velho, esse, está aí. O outro juntou gaita pra subir na vida. E se subiu ninguém sabe ninguém viu! Uma vez, quando a falecida minha mãe inda vivia e quando meteram o Tino preso por causa que ele era anarquista, a velha encheu tanto a paciência que o velho foi ver o deputado. Tu acredita que ele deu um chá de cadeira nele de três hora na sala de espera e depois mandou dizer pra voltar no dia seguinte? Quando veio em casa eu disse: velho, se esse canalha voltar eu não sou mais teu filho.

Estava indignado. Ajeitou a gravata puída e prosseguiu:

— A América é isso, garoto. Escuta o que eu digo: tem que ser duro que nem eu. Não olhar pra frente nem pro lado. E se tem de pôr a mãe na zona, põe a mãe na zona. Do contrário, tchau e bênção.

Ameaçou os meninos e depois resmungou, rancoroso:

— Deputado! Esses político é tudo igual, vai por mim, garoto. É tudo vinho da mesma pipa: radical, conserveta, socialista. O Tino é que tinha razão quando dizia que a humanidade tem que ser ácrata. Vou ser franco contigo: eu não votaria nunca se não fosse porque eu tenho que votar pelos conserveta.

Martín olhou-o com surpresa.

— Espantado? E olha que é a pura verdade. Que é que nós vamo fazer.

— Mas por quê?

— É, garoto, tem sempre um porquê pra tudo, já dizia o falecido Zenetta. Tem sempre um mistério.

Bebeu o mate.

Ficou bastante tempo calado, quase melancólico.

— Meu velho transportava o don Olegario Souto, que era caudilho conserveta de Barracas, no Norte. E uma das filha do don Olegario se chamava María Elena. Era loura e parecia um sonho.

Sorriu em silêncio, perturbado.

— Mas imagina só, garoto... eram gente rica... e eu, pra completar... com esta fuça...

— E quando foi isso? — Martín perguntou, admirado.

— Estou te falando de 1915, um ano antes do Peludo chegar ao poder.

— E ela, o que aconteceu depois?

— Ela? E... o que é que ia acontecer... casou... um dia casou...

Me lembro como se fosse hoje. 23 de março de 1924.

Ficou matutando.

— E por isso o senhor vota sempre nos conservadores?

— É isso, garoto. Viu como tudo tem uma explicação? Faz mais de trinta ano que eu voto nesse ladrão. Que é que se vai fazer.

Martín ficou olhando-o, admirado.

— Pois é... — o velho murmurou. — A Natale lo decábano bacare.

Tito piscou o olho para Martín.

— Quem, velho?

— Lo briganti.

— Viu? Sempre a mesma coisa. Por que deixavam eles descer, velho?

— Per andare a la santa misa. Due ore.

Balançou a cabeça, olhando ao longe.

— Pois é... La notte de Natale. I fusilli tocábano la zambuña.

— E o que os fusilli cantavam, velho?

— Cantabam

La notte de Natale
è una festa principale
que nasciò nostro Signore
a una povera mangiatura.

— E tinha muita neve, velho?

— Se tinha...

E ficou meditando naquela terra fabulosa. E Tito sorriu para Martín com um olhar em que se mesclavam a ironia, a pena, o ceticismo e o pudor.

— Não te disse? Sempre a mesma história.

6.

Nessa noite, enquanto Martín perambulava pela ribeira, começou a chover, depois de longos, ambíguos e contraditórios preparativos. No meio de relâmpagos contínuos começaram a cair uns pingos, vacilantes, suficientes para dividir os portenhos — Bruno afirmava — nos dois grupos que sempre se formam nos dias abafadiços de verão: os que, com a expressão cética e amarga, que já é meio estereotipada por se repetir há cinquenta anos, afirmam que *nada* acontecerá, que as nuvens imponentes acabarão se desfazendo e que o calor do dia seguinte será pior ainda e muito mais úmido; e os que, esperançosos e ingênuos, aqueles para quem basta um inverno e eles já esquecem o sufocamento desses dias atrozes, afirmam que "essas nuvens vão trazer chuva hoje à noite mesmo", ou, na pior das hipóteses, "de amanhã não passa". Grupos tão irredutíveis e tão apriorísticos como os que afirmam que "este país está liquidado"e os que dizem "iremos para a frente porque temos grandes reservas". Em suma: as tempestades de Buenos Aires dividem seus habitantes tal como as tempestades de verão de qualquer outra cidade do mundo: em pessimistas e otimistas. Divisão que (como Bruno explicava a Martín) existe a priori, haja ou não tempestades de verão, haja ou não calamidades telúricas ou políticas, mas que se evidencia nessas condições, assim como a imagem latente de uma foto após a revelação. E (também lhe dizia), mesmo se isso vale para qualquer região do mundo onde haja seres humanos, é indubitável que na Argentina, e sobretudo em Buenos Aires, a proporção de pessimistas é muito maior, pela mesma razão que o tango é mais triste que a tarantela ou a polca ou qualquer outra dança de qualquer outro lugar do mundo. A verdade é que nessa noite choveu intensa e violentamente, batendo em retirada o grupo dos pessimistas, retirada passageira, é claro, pois esse grupo nunca se retira de vez e jamais admite uma derrota definitiva, já que sempre pode dizer (e diz) "veremos se vai realmente refrescar". Mas, à medida que chovia, o vento sul foi ficando mais intenso, trazendo o frio cortante e seco da Patagônia, diante do qual os pessimistas, sempre invencíveis, pela própria natureza do pessimismo, lançam presságios fúnebres de gripes e resfriados, quando não de pneumonias, "porque nesta maldita cidade é impossível saber, quando se vai para o centro de manhã, se é para pôr sobretudo (apesar do calor) ou roupa leve (apesar do frio)". De modo que, afirmam, os pobres-coitados que vivem nos subúrbios, a uma hora de trem e de metrô de seus escritórios, vivem ameaçados pelos perigos do frio repentino ou pelo desconforto de um calor úmido e insuportável. Ideia que Bruno resumia dizendo que em Buenos Aires não há clima, e sim dois ventos: norte e sul.

Do café da rua Almirante Brown com Pedro de Mendoza, Martín contemplava a chuva varrendo a coberta dos barcos, fragmentariamente iluminados pelos relâmpagos.

E quando conseguiu sair, depois de meia-noite, teve de ir correndo até seu quartinho, para não congelar.

7.

Passaram-se muitos dias sem que Alejandra desse sinal de vida, até que finalmente ele resolveu lhe telefonar. Conseguiu vê-la uns poucos minutos no bar da rua Esmeralda com a Charcas, os quais o deixaram num estado de espírito pior que o de antes: ela se limitou a contar (com que objetivo?) as barbaridades das mulheres da *boutique*.

Depois passaram-se mais dias e dias, e Martín se arriscou a dar mais um telefonema: Wanda lhe respondeu que ela não estava, que lhe daria o recado. Mas não houve notícias.

Várias vezes esteve prestes a ceder e ir à *boutique*. Mas se controlava a tempo, sabendo que isso equivaleria a ser um peso maior na vida dela, e, portanto (pensava), distanciá-la mais ainda; assim como o náufrago desesperado de sede, dentro de seu bote, deve resistir à tentação de beber água salgada, pois sabe que isso só lhe trará uma sede ainda mais insaciável. Não, claro que não telefonaria. Sabia que, no fundo, talvez já tivesse cerceado demais a liberdade dela, sido um peso excessivo para ela, pois se lançara, se precipitara sobre Alejandra, impelido pela própria solidão. E, quem sabe, se lhe concedesse toda a liberdade seria possível voltarem aos primeiros tempos.

Mas uma convicção mais profunda, ainda que tática, inclinava-o a pensar que o tempo dos seres humanos jamais volta, nada volta a ser o que era antes, e quando os sentimentos se deterioram ou se transformam não há milagre capaz de restaurá-los em sua qualidade inicial: como uma bandeira que vai se sujando e gastando (ouvira Bruno dizer). Mas sua esperança lutava, pois, como pensava Bruno, a esperança jamais deixa de lutar, embora a luta esteja condenada ao fracasso, uma vez que, justamente, a esperança só surge no meio do infortúnio e por causa dele. Será que, depois, alguém poderia dar a ela o que ele tinha dado? Sua ternura, sua compreensão, seu amor ilimitado? Mas a palavra "depois" logo aumentava sua tristeza, pois o fazia imaginar um futuro em que ela não mais estaria a seu lado, um futuro em que outro — outro! —lhe diria palavras semelhantes às que ele dissera e ela escutara com olhos fervorosos em momentos que já lhe pareciam inverossímeis; olhos e momentos que ele acreditara serem eternamente seus, que permaneceriam para sempre em sua absoluta e comovedora perfeição, como a beleza de uma estátua. E ela e esse Outro, cujo rosto ele não conseguia imaginar, andariam juntos pelas mesmas ruas e lugares que percorrera com Martín, ao passo que ele já não existiria para Alejandra, ou seria apenas uma lembrança evanescente de pena e ternura, ou talvez de tédio e ridículo. E depois se esforçava em imaginá-la em momentos de paixão, dizendo as palavras secretas que se dizem nessas horas e quando o mundo inteiro e também e sobretudo ele, Martín, estão atrozmente excluídos, fora do quarto habitado por seus corpos nus e seus gemidos; então Martín corria a um telefone, pensando que, afinal de contas, bastava discar seis números para ouvir sua voz. Mas antes de completar a ligação ele desligava, pois já tinha suficiente experiência para entender que é possível estar ao lado de outra criatura, ouvi-la e tocá-la, e ainda assim estar separado por muralhas intransponíveis, tal como, quando morrem, nossos espíritos podem estar perto, e no entanto angustiosamente separados, do ser amado, devido à muralha invisível e intransponível que impede para sempre que os mortos entrem em comunhão com o mundo dos vivos.

Passaram-se, pois, longos dias.

Até que, finalmente, ele terminou indo à *boutique*, mesmo sabendo que nada conseguiria com isso, a não ser açular a fera que havia dentro de Alejandra, a fera que odiava qualquer intromissão. E, enquanto pensava "não, não irei", andava justamente para a rua Cerrito; no exato momento em que chegava à porta, repetia-se com obstinada mas ineficaz energia "é absolutamente necessário que eu não a veja".

Uma mulher coberta de joias e penduricalhos e com um rosto de olhos saltados e maldosos saía nesse instante. Nunca sentira Alejandra tão distante como entre aquelas mulheres: entre senhoras ou amantes de gerentes, de médicos importantes, de empresários. "E que conversas!" — Alejandra comentava. — "Conversas que só se podem ouvir numa dessas casas de modas ou num cabeleireiro. Entre tinturas, debaixo de aparelhos marcianos, com cabelos de todas as cores escorrendo uma imundície líquida, de bocas que parecem esgotos, de buracos imundos em caras cobertas de creme, saem sempre as mesmas palavras e fofocas, dando conselhos, mostrando suas intimidades e seus rancores, contando o que se deve fazer e o que não se deve fazer com o sujeito. E tudo misturado com doenças, dinheiro, joias, roupas, fibromas, coquetéis, jantares, abortos, cargos, promoções, ações, potência e impotência dos amantes, divórcios, traições, secretárias e cornos." Martín a escutava espantado, e então ela ria com um riso tão negro como a cena que acabava de descrever. "Mas" — Martín perguntava, balbuciando —, "como você consegue aguentar tudo isso? Como consegue trabalhar num lugar desses?", perguntas ingênuas, às quais ela respondia com um de seus muxoxos irônicos, "porque no fundo, preste bem atenção, no fundo nós, mulheres, somos todas de carne e útero, e convém não esquecer isso ao olhar essas criaturas, que são como as belas mulheres que, nas gravuras da Idade Média, olhavam uma caveira; e porque de certo modo, veja que curioso, esses abortos são, no final das contas, mulheres bastante honestas e consequentes, já que a imundície é tão visível que elas não conseguem enganar ninguém." Não, Martín não entendia e tinha a certeza de que isso não era tudo o que Alejandra pensava.

E então, abrindo a porta, entrou na *boutique*. Alejandra o olhou, surpresa, mas depois de cumprimentá-lo com um gesto prosseguiu o trabalho que tinha nas mãos e disse-lhe que se sentasse.

Foi quando entrou no ateliê um homem estranhíssimo.

— *Mesdames*... — disse, inclinando-se de modo intencionalmente grotesco.

Beijou a mão de Wanda, depois a de Alejandra e continuou:

— Como dizia a Popesco em *L'habit vert*: "*je me prostitu à vos pieds*".

Em seguida dirigiu-se a Martín e examinou-o como a um móvel raro que talvez se pretenda comprar. Alejandra, rindo, fez a apresentação à distância.

— O senhor me olha espantado e tem toda a razão, meu jovem amigo — disse com naturalidade. — Explicarei. Sou um conjunto de elementos inesperados. Por exemplo, quando me veem calado e não me conhecem, acham que devo ter a voz de Chaliapin, quando na verdade depois só consigo soltar uns gritinhos. Quando estou sentado, imaginam que sou baixote, porque tenho o tronco curtíssimo, e depois percebem que sou um gigante. Visto de frente, sou magro. Mas, observado de perfil, sou corpulentíssimo.

Enquanto falava, demonstrava na prática cada uma de suas afirmações, e Martín verificava, estarrecido, que eram exatas.

— Pertenço ao tipo Gilette, na famosa classificação do professor Fulustreco. Tenho rosto afilado, nariz comprido e também afilado, e, sobretudo, barriga grande mas também afilada, como aqueles ídolos da ilha de Páscoa. Como se tivessem me criado entre duas tábuas laterais, percebe?

Martín percebeu que as duas mulheres riam, e esse riso se prolongaria durante toda a permanência de Quique, como a música de fundo de um filme, às vezes imperceptível, para não atrapalhar suas reflexões, e outras, em momentos culminantes, de forma convulsiva, sem que isso o incomodasse. Martín olhava apenado para Alejandra! Como detestava aquele seu rosto, o rosto-*boutique*, que ela parecia usar para agir naquele mundo frívolo; rosto que ainda parecia perdurar quando estava sozinha com ele, desfazendo-se lentamente, e surgindo desses traços abomináveis, à medida que se apagavam, um dos rostos que pertenciam a ele e que esperava como ao viajante amado no meio de uma repugnante multidão. Pois, como dizia Bruno, *persona* queria dizer máscara, e todos nós tínhamos muitas máscaras: a de pai, a de professor, a de amante. Mas qual era a verdadeira? E havia de fato uma que fosse verdadeira? Às vezes pensava que a Alejandra que agora estava vendo ali, rindo das piadas de Quique, não era, *não podia* ser a mesma que ele conhecia, e, menos ainda, a Alejandra mais profunda, maravilhosa e terrível que amava. Mas às vezes (e à medida que se passavam as semanas mais ia acreditando nisso) se inclinava a pensar, como Bruno, que *todas* eram verdadeiras e que o rostoboutique também era autêntico e, de algum modo, expressava uma certa realidade da alma de Alejandra; realidade que — e talvez como tantas outras! — lhe era alheia, não lhe pertencia nem jamais pertenceria. E então, quando ela chegava na frente dele com os restos murchos das outras personalidades, como se não tivesse tempo (ou desejo) de se metamorfosear, num ricto de seus lábios, numa forma de mexer as mãos, em certo brilho dos olhos, Martín descobria os resíduos de uma existência estranha: como quem percorreu um depósito de lixo e em nossa presença ainda conserva algo de sua fetidez. Pensava nisso, enquanto escutava o que Wanda, sem parar de comer bombons, dizia:

— Conte mais uma de ontem à noite.

Pergunta a que, largando em cima da mesa um livro que trazia, Quique respondeu com delicada e tranquila exatidão.

— Uma caca, *ma chère*.

As duas mulheres caíram na gargalhada, e Wanda, quando conseguiu falar, perguntou:

— Quanto você ganha no jornal?

— Cinco mil setecentos e vinte e três pesos e cinquenta e sete centavos, mais gratificação de fim de ano e as gorjetas que o chefe me dá quando vou comprar cigarros para ele ou engraxo os seus sapatos.

— Olhe, Quique, melhor deixar o jornal, e aqui lhe pagamos mil pesos a mais. Só para nos fazer rir.

— *Sorry*. A ética profissional me impede, pois imagine que, se eu fosse embora, Roberto J. Martorell é que faria as críticas de teatro. Uma catástrofe nacional, minha filhinha.

— Seja bonzinho, Quique. Conte sobre ontem à noite — Wanda insistiu.

— Já disse: uma caca total. Uma baixaria.

— Sei, bobo. Mas conte detalhes. Sobretudo de Cristina.

— Ah, *la femme*! Wanda: você é a mulher perfeita de Weininger. Bombons, prostituição, fofocas. Eu te adoro.

— Weininger? — Wanda perguntou. — O que é isso?

— Cada vez melhor! — disse Quique. — Eu te adoro.

— Seja bonzinho, vá: fale de Cristina.

— Coitada! Torcia as mãos como Francesca Bertini numa dessas fitas que os garotos dos cineclubes passam. Mas quem fazia o escritor era nada menos do que um funcionário do Ministério do Comércio.

— O quê? Você o conhece?

— Não, mas tenho certeza. Um funcionário cansadíssimo, coitadinho. Que, era óbvio, estava preocupado com algum problema do trabalho, a aposentadoria ou algo assim. Um baixote gordinho que acabava de encerrar o expediente *pour jouer l'écrivain*. Vocês nem imaginam como ele me comoveu: decrépito.

Nesse momento entrou uma mulher. Martín, que se sentia num sonho grotesco, percebeu que alguém o apresentava a ela. Quando entendeu que era a própria Cristina, a quem Quique estava se referindo, e quando viu como a recebia, enrubesceu. Quique se inclinou na frente dela e disse:

— Minha linda.

Tocando o tecido de seu vestido, acrescentou:

— Que divino. E o lilás vai muito bem com o seu penteado. Cristina sorria com timidez e temor: nunca sabia se devia acreditar nele ou não. Não se animava a pedir sua opinião sobre a peça, mas Quique apressou-se em dá-la:

— Fantástica, Cristina! E que esforço, coitados! Com aquela barulheira ali do lado... O que há ali do lado?

— Um salão de dança — Cristina respondeu, cautelosa.

— Ah, mas claro... Que horror! Nos momentos mais difíceis, dá-lhe de mambo. E parece que tinham uma tuba, para completar a desgraça. Uma baixaria.

Martín viu Alejandra sair quase correndo para a outra sala. Wanda continuou trabalhando, de costas para Quique e Cristina, mas seu corpo se agitava num silencioso tremor. Quique prosseguia, impassível.

— Deveriam proibir as tubas, não acha, Cristina? Que instrumento mais mal-educado! Claro, vocês, coitados, tinham de gritar feito uns bárbaros para serem ouvidos. Como é difícil, não? Sobretudo aquele que fazia o escritor famoso. Como se chama? Tonazzi?

— Tonelli.

— Isso, Tonelli. Coitadinho. Tão pouco *physique du rôle*, não? E, ainda por cima, precisando lutar o tempo todo com a tuba! Que esforço! Wanda, o público não se dá conta do que isso significa. E além do mais, Cristina, acho ótimo que tenham posto um homem assim, que não parece escritor, que mais parece um funcionário às portas da aposentadoria. Outro dia, por exemplo, no Télon levaram *A soga*, de O'Neill, e o marinheiro tinha todo o jeito de um marinheiro. Que graça: assim, qualquer um pode fazer o papel de um marinheiro. Se bem que, é bom que se diga, na hora em que o cara começou a falar, a gaguejar (porque não se entendia nada), acabou sendo tão diabolicamente ruim que nem com sua pinta de marinheiro ele parecia um marinheiro: podia ser varredor, peão de obra, garçom de bar. Mas marinheiro? *Never*. E por que será, Cristina, que todas as trupes do teatro independente montam O'Neill? Que desgraça, pobre homem! Foi sempre tão desgraçado: primeiro, com o pai e o complexo de Édipo. Depois, aqui em Buenos Aires, tendo que carregar sacos no porto. E agora, com todas as trupes do teatro independente e do teatro amador do mundo inteiro. — Abriu os braços longuíssimos, como para abarcar esse conglomerado universal, e com cara de sincera tristeza acrescentou:

— Milhares, que estou dizendo, milhões de trupes do teatro independente representando ao mesmo tempo *A soga*, *Antes do café*, *O imperador Jones*, *Desejo sob os olmos*!... Pobre querido! Só mesmo se entregando à bebida e não querendo ver mais ninguém! Claro, vocês, Cristina, é diferente. Na verdade já são exatamente como um teatro profissional, porque cobram tanto quanto os profissionais. E mais: não é possível que essa gente tão humilde precise trabalhar de dia como limpador de esgoto ou guarda-livros e depois, de noite, tenha de fazer o rei Lear... Imagine! Com essa canseira que são todos os crimes... Claro, sempre restaria o recurso de montar peças tranquilas, sem crimes nem incestos. Ou, no máximo, com um ou dois crimes. Mas não: o fato é que os independentes só se interessam por obras em que há muitos crimes, verdadeiras matanças, como Shakespeare. E nem falo dos serviços extras, varrer a sala, fazer a contrarregra, pintar as paredes, ficar na bilheteria, servir de lanterninha, limpar os banheiros. Coisa para levantar a moral geral. Uma espécie de falanstério. Por um sistema de rigoroso rodízio, todos têm de limpar a latrina. E assim, um dia o senhor Zanetta dirige a trupe em *Hamlet*, e Norah Rolland, *née* Fanny Rabinovitch, limpa a privada. No dia seguinte, o denominado Zanetta limpa a privada, e Norah Rolland dirige *Desejo sob os olmos*. Sem falar que durante dois anos e meio todos trabalharam como uns condenados, de pedreiros, carpinteiros, pintores e eletricistas, construindo o local. Nobres atividades em que foram fotografados e entrevistados por inúmeros jornalistas e que permitem o emprego de palavras como fervor, entusiasmo, nobres aspirações, teatro do povo, valores autênticos e vocação. Claro que às vezes esse falanstério vem abaixo. Por trás da demagogia, a ditadura está sempre à espreita. E o fato é que o senhor Mastronicola e o senhor Verdichevsky, depois de terem limpado duas ou três vezes a privada, inventam a tese de que a senhorita Caca Pastafrola, conhecida no meio teatral por seu *nom de guerre* Elizabeth Lynch, é muito metida a besta, está totalmente corrompida por suas tendências pequeno-burguesas-contrarrevolucionárias, putrefatas e decadentes, e que é preciso, para sua formação moral e cênica, que limpe a privada durante todo o ano de 1955, que, para completar, é bissexto. Tudo isso complicado pelos *affaires* de Esther Abramovich, que entrou para o teatro independente para fazer e acontecer, como se diz, e que, segundo conta o diretor, transformou esse nobre reduto da arte pura num verdadeiro bordel, que legal, né... E os ciúmes de Meneca Apicciafuoco, aliás Diana Ferrer, que não quer desgrudar do supracitado Mastronicola. E a raiva acumulada do jovem ator de comédia Cucioaroni, que é mantido trancado na bilheteria por pura inveja dos outros, desde que a democracia giratória começou a falhar. Em suma, um belo prostíbulo. Por isso, Cristina, o melhor é se profissionalizar, como vocês fizeram. Se bem que aquele velhinho, ele não trabalha de dia em algum ministério?

— Que velhinho?

— Tonazzi.

— Tonelli... Tonelli não é velho. Tem só quarenta anos.

— *Tiens!* Eu jurava que teria pelo menos cinquenta e tantos. O que é a má iluminação! Mas de dia ele trabalha em algum lugar, não? Acho que já o vi no café que fica em frente ao Ministério do Comércio.

— Não, ele tem uma livraria que também vende artigos escolares.

As costas de Wanda se sacudiam como se ela tivesse malária.

— Ah, mas que bom! Assim compreendo que lhe tenham dado o papel de escritor. Claro. Mas para mim ele mais parece um funcionário público; deve ser porque ontem à noite eu estava muito cansado, e com esse negócio da Companhia de Eletricidade a luz anda tão ruim que vocês não têm culpa, naturalmente. Bom, ainda bem que ele tem um negocinho. Assim, pelo menos, no dia seguinte da apresentação não terá de madrugar. Porque deve ficar com a garganta em pandarecos, o coitado. Com aquele maldito mambo, e a tuba. Bem, tenho que ir embora, já é tarde à beça. Parabéns, Cristina. Tchau, tchau, tchau!

Beijou a bochecha de Wanda, enquanto tirava um bombom da caixa.

— Tchauzinho, Wanda. E cuide da linha. Tchau, Cristina, e mais uma vez parabéns. Este *ensemble* está uma gracinha em você.

Estendeu de lado a mão a Martín, que estava petrificado, e depois, por cima do biombo que separava o ateliê da sala do fundo, gritou para onde estava Alejandra:

— *Mes hommages*, queridíssima.

8.

Petrificado naquele banco alto, Martín esperava um sinal qualquer de Alejandra. Quando Quique se retirou, Alejandra acenou para que a seguisse até o outro quarto, onde desenhava.

— Está vendo? — explicou, como que esclarecendo suas ausências. — Estou sobrecarregada de trabalho.

Abrindo e fechando seu canivete branco, Martín seguiu os traços de Alejandra em cima do papel branco. Ela desenhava calada, e o tempo parecia passar como através de blocos de cimento.

— Bem — disse Martín, reunindo todas as suas forças —, vou embora...

Alejandra se aproximou e, apertando seu braço, disse-lhe que breve se veriam. Martín inclinou a cabeça.

— Estou lhe dizendo que breve nos veremos — ela insistiu, irritada.

Martín levantou a cabeça.

— Você bem sabe, Alejandra, que não quero interferir na sua vida, que a sua independência...

Não terminou a frase, mas logo acrescentou:

— Não, quero dizer que... pelo menos... gostaria de vê-la sem pressa...

— É, claro — ela admitiu, como se meditasse. Martín se animou.

Alejandra o fitou com olhos que pareciam mostrar uma incrédula melancolia.

— Hein? Você não acha possível?

— Acho, Martín, acho — ela comentou, baixando os olhos e começando a fazer uns desenhos a lápis. — Sim, passaremos um lindo dia... você vai ver...

Animado, Martín acrescentou:

— Muitos de nossos últimos mal-entendidos foram por causa do seu trabalho, da sua pressa, dos seus encontros marcados...

O rosto de Alejandra começara a mudar.

— Estarei muito ocupada até o fim do mês, já lhe expliquei.

Martín fazia um grande esforço para não recriminar-lhe nada, porque sabia que qualquer recriminação seria contraproducente. Porém, as palavras surgiam do fundo do seu espírito, com força silenciosa mas indomável.

— Fico aflito ao vê-la sempre olhando o relógio.

Ela ergueu os olhos e fixou-os nele, de cenho franzido. Martín pensou, aterrorizado, *nem mais uma palavra de recriminação*, mas acrescentou:

— Como na terça-feira, quando achei que íamos passar a tarde juntos.

Alejandra endurecera a expressão, e Martín parou, como à beira de um precipício.

— Tem razão, Martín — admitiu, porém.

Martín então se atreveu a continuar:

— Por isso prefiro que você mesma me diga quando poderemos nos ver.

Alejandra fez uns cálculos e disse:

— Sexta-feira. Acho que na sexta-feira terei terminado o mais urgente.

Voltou a pensar.

— Mas na última hora a gente tem que refazer alguma coisa, ou falta alguma coisa, sei lá... Não gostaria de fazê-lo esperar... Não acha melhor deixarmos para segunda-feira?

Segunda-feira! Faltava quase uma semana, mas o que podia fazer senão aceitar resignado?

Tentou atordoar-se com o trabalho durante toda aquela semana interminável, lendo, caminhando, indo ao cinema. Procurava Bruno e, embora estivesse louco para falar dela, era incapaz até de pronunciar seu nome; e como Bruno pressentisse o que se passava em seu espírito, também fugia do tema e falava de outras coisas ou de generalidades. Então Martín se animava a dizer algo que também parecia ter um sentido genérico e pertencer a esse mundo abstrato e descarnado das ideias puras, mas que na verdade era a expressão, apenas despersonalizada, de suas angústias e esperanças. E assim, quando Bruno lhe falava do absoluto, Martín perguntava, por exemplo, se o verdadeiro amor não era justamente um desses absolutos; pergunta em que a palavra "amor" tinha, porém, tanto a ver com a empregada por Kant ou Hegel como a palavra "catástrofe" tinha a ver com um descarrilamento ou um terremoto, com seus mutilados e mortos, com seus gritos e seu sangue. Bruno respondia que, a seu ver, a qualidade do amor que existe entre duas pessoas que se amam muda de um instante a outro, tornando-se de repente sublime, descendo em seguida à trivialidade, transformando-se mais tarde em algo afetuoso, para subitamente tornar-se um ódio trágico ou destrutivo.

— Porque às vezes os amantes não se amam, ou um deles não ama o outro, ou o odeia, ou o despreza.

Enquanto isso, pensava na frase que uma vez Jeannette lhe dissera: "*L'amour, c'est une personne qui souffre et une autre qui s'emmerde*". E lembrava-se, observador dos infelizes como era, de um casal, um dia na penumbra de um café, num canto solitário, o homem extenuado, barba por fazer, sofrendo, lendo, relendo pela centésima vez uma carta — seguramente dela —, recriminando, assumindo o absurdo papel de testemunha vá saber de quais compromissos ou promessas; e ela, enquanto ele se concentrava obstinado em uma frase da carta, ela olhava o relógio e bocejava.

E quando Martín lhe perguntou se entre duas pessoas que se amam não deve ser tudo nítido, tudo transparente e construído com base na verdade, Bruno respondeu que quase nunca se pode dizer a verdade quando se trata de seres humanos, visto que ela só serve para causar dor, tristeza e destruição. Explicando que sempre nutrira o projeto ("mas sou apenas isto: um homem de puros projetos", acrescentou sorrindo com tímido sarcasmo), nutrira o projeto de escrever um romance ou uma peça de teatro sobre isto: a história de um rapaz que se propõe dizer sempre a verdade, sempre, custe o que custar. Imediatamente, ele semeia por onde passa a destruição, o horror e a morte, até terminar com sua própria destruição, com sua própria morte.

— Então, tem que se mentir — Martín concluiu, amargurado.

— Digo que nem sempre se pode dizer a verdade. A rigor, quase nunca.

— Mentiras por omissão?

— Mais ou menos isso — Bruno retrucou, observando-o de banda, temeroso de magoá-lo.

— Quer dizer que você não crê na verdade.

— Creio que a verdade é boa para a matemática, a química, a filosofia. Não para a vida. Na vida são mais importantes a ilusão, a imaginação, o desejo, a esperança. Além do mais, será que sabemos o que é a verdade? Se eu lhe digo que aquele pedaço de janela é azul, digo uma verdade. Mas uma verdade parcial, e portanto uma espécie de mentira. Pois esse pedaço de janela não está sozinho, está numa casa, numa cidade, numa paisagem. Está cercado do cinza deste muro de cimento, do azul-claro deste céu, daquelas nuvens alongadas, de infinitas coisas mais. E se não digo tudo, absolutamente tudo, estou mentindo. Mas dizer *tudo* é impossível, mesmo no caso da janela, de um simples pedaço da realidade física, da simples realidade física. A realidade é infinita e, além disso, infinitamente matizada, e se esqueço um só matiz já estou mentindo. Agora, imagine o que é a realidade dos seres humanos, com suas complicações e seus subterfúgios, contradições e, mais ainda, suas constantes mudanças. Porque mudam a cada instante que passa, e o que éramos ainda há pouco não somos mais. Será que somos sempre a mesma pessoa? Será que temos sempre os mesmos sentimentos? Pode-se gostar de alguém e de repente perder a estima por ele e até detestá-lo. E se quando perdemos a estima cometemos o erro de lhe dizer, isso é uma verdade, mas uma verdade momentânea, que não será mais verdade dali a uma hora ou no dia seguinte, ou em outras circunstâncias. E, aliás, o ser a quem dizemos isso acreditará que essa é a verdade, a verdade para sempre e desde sempre. E mergulhará no desespero.

9.

E chegou a segunda-feira.

Vendo-a caminhar para o restaurante, Martín pensou que para ela não convinha a palavra *linda*, nem mesmo *bonita*; talvez pudesse se dizer *bela*, mas, sobretudo, *soberana*. Mesmo com a simples blusa branca, a saia preta e os sapatos sem salto. Simplicidade que realçava mais ainda suas feições exóticas, do mesmo modo que uma estátua é mais notável numa praça desprovida de ornamentos. Tudo parecia resplandecer naquela tarde. E até a calma do dia, a falta de vento, o sol forte que parecia postergar a chegada do outono (mais tarde ele pensou que o outono ficara esperando, escondido, para descarregar toda a sua tristeza no momento em que ele estivesse sozinho), tudo parecia indicar que os astros se mostravam favoráveis.

Desceram para a Costanera.

Uma locomotiva arrastava uns vagões, um guindaste levantava uma máquina, um hidroavião passava baixo.

— O Progresso da Nação — Alejandra comentou.

Sentaram-se num dos bancos que dão para o rio.

Passaram quase uma hora sem falar, ou pelo menos sem dizer nada de importante, pensativos, nesse silêncio que tanto afligia Martín. As frases eram telegráficas e não teriam nenhum sentido para um estranho: "este pássaro", "o amarelo da chaminé", "Montevidéu". Mas não faziam projetos como antes, e Martín evitava alusões a coisas que pudessem estragar a tarde, aquela tarde que ele tratava como um enfermo querido, diante de quem se deve falar baixo e para quem se deve evitar o menor contratempo.

Mas esse sentimento — Martín não podia deixar de pensar — era contraditório em sua própria essência, já que, se ele queria preservar a felicidade daquela tarde, era justamente pela felicidade: o que para ele era a felicidade, ou seja, estar com ela e não ao lado dela. Mais ainda: estar *nela*, metido em cada um de seus interstícios, de suas células, de seus passos, de seus sentimentos, de suas ideias; debaixo de sua pele, em cima e dentro de seu corpo, perto da carne ansiada e adorada, com ela e nela: uma comunhão e não uma simples, silenciosa e melancólica proximidade. Por isso, preservar a pureza da tarde sem falar, sem tentar entrar nela, era fácil, mas tão absurdo e inútil como não ter nenhuma tarde em absoluto, tão fácil e tão insensato como manter a pureza de uma água cristalina com a condição de que ninguém, morto de sede, vá bebê-la.

— Vamos para o seu quarto, Alejandra — disse-lhe.

Ela o olhou com gravidade e no instante seguinte disse que preferia ir ao cinema.

Martín pegou o canivete.

— Não fique assim, Martín. Não ando bem, não me sinto nada bem.

— Você está resplandecente — Martín respondeu, enquanto abria a lâmina pequena do canivete.

— Estou lhe dizendo que ando ruim de novo.

— A culpa é sua — retrucou o rapaz, com certa raiva. — Você não se cuida. Agora mesmo vi que estava comendo coisas que não devia comer. E, além disso, se entope de martínis.

Ficou calado, começou a arrancar lasquinhas do banco.

— Não fique assim.

Mas, como ele mantivesse teimosamente a cabeça baixa, ela a levantou.

— Tínhamos nos prometido passar uma tarde em paz, Martín.

Martín grunhiu.

— Evidentemente — ela continuou —, agora você acha que se não passamos uma tarde feliz não é por culpa sua, não é mesmo?

Martín não respondeu: era inútil.

Alejandra se calou. De repente, Martín a ouviu dizer:

— Bom, está bem: vamos para casa.

Mas Martín não disse nada. Ela se levantara e, já o pegando pelo braço, lhe perguntou:

— O que você tem agora?

— Nada. Você faz isso como um sacrifício.

— Não seja idiota. Vamos.

Começaram a andar pela rua Belgrano, subindo. Martín tinha se reanimado e de repente, quase com entusiasmo, exclamou:

— Vamos ao cinema!

— Deixe de bobagem.

— Não, não quero que você perca este filme. Você esperou tanto por ele.

— Veremos outro dia.

— Não quer mesmo, de verdade?

Caso tivesse cedido, teria caído na mais negra melancolia.

— Não, não.

Martín sentiu que a alegria voltava à sua alma, como um rio de montanha na hora do degelo. Andou resoluto, levando Alejandra pelo braço. Ao passarem pela ponte giratória viram um táxi ocupado, indo para o rio. Pelo sim pelo não, fizeram sinal, indicando que iam para a cidade, para que os pegasse na volta. O motorista fez um gesto afirmativo. Era um dia em que os astros mostravam uma conjunção favorável.

Ficaram encostados no parapeito da ponte. Ao longe, para o sul, no meio da bruma que começara a descer, recortavam-se as pontes transbordadoras de La Boca.

O táxi voltou e eles entraram.

Enquanto ela preparava o café, ele procurou entre os discos e encontrou um que Alejandra acabara de comprar: *Trying*. E quando a voz de Ella Fitzgerald disse, dilacerada:

I'm trying to forget you, but try as I may,
You're still my every thought every day...

viu Alejandra parar, com a xícara no ar, dizendo:

— Que fantástico! *Knocking, knocking at your door...*

Martín a observou em silêncio, entristecido pelas sombras que sempre se moviam por trás de certas frases de Alejandra.

Mas esses pensamentos logo foram arrastados como folhas num vendaval. E, abraçados como dois seres que querem se engolir mutuamente — recordava —, mais uma vez cumpriu-se o estranho rito, cada vez mais selvagem, mais profundo e mais desesperado. Arrastada pelo corpo, no meio do tumulto e da consternação da carne, a alma de Martín tentava fazer-se ouvir pela outra, que estava do outro lado do abismo. Mas a tentativa de comunicação, que se concluiria em gritos quase sem esperança, já começava desde antes do início da crise: não só pelas palavras que eram ditas mas também pelos olhares e gestos, pelas carícias e até pelos desvios de suas mãos e bocas. E Martín tentava alcançar, sentir, entender Alejandra tocando seu rosto, acariciando seu cabelo, beijando suas orelhas, seu pescoço, seus seios, seu ventre; como um cão que procura um tesouro escondido farejando a misteriosa superfície, essa superfície cheia de indícios, indícios porém obscuros e imperceptíveis demais para os que não estão preparados para senti-los. E, assim como o cão, ao sentir de repente mais próximo o mistério procurado, começa a cavar com fervor febril e quase alucinado (já alheio ao mundo exterior, alienado e demente, pensando e sentindo aquele único e poderoso mistério agora tão perto), assim ele acometia o corpo de Alejandra, tentava entrar nela até o fundo escuro do doloroso enigma: cavando, mordendo, penetrando freneticamente e tentando perceber cada vez mais distantes os fracos rumores da alma secreta e escondida daquela criatura tão sangrentamente próxima e tão desconsoladamente distante. E, enquanto Martín buscava, Alejandra talvez lutasse, em sua própria ilha, gritando palavras cifradas que para ele, Martín, eram ininteligíveis, e para ela, Alejandra, provavelmente inúteis, e para ambos, desesperadoras.

E depois, como num combate que deixa o campo coberto de cadáveres e não serviu para nada, ambos ficaram em silêncio.

Martín tentou escrutar seu rosto, mas nada conseguiu adivinhar na semiescuridão. Saíram.

— Tenho de dar um telefonema — disse Alejandra. Entrou num bar e falou.

Da porta, Martín a olhava ansioso. Com quem estaria falando? De que estaria falando?

Voltou deprimida e lhe disse:

— Vamos.

Martín a notava absorta e quando fazia algum comentário ela dizia: *Hein? Como?* A intervalos regulares consultava o relógio.

— O que você tem para fazer?

Ela o olhou como se não tivesse entendido a pergunta. Martín repetiu e então ela respondeu:

— Às oito tenho que estar em outro lugar.

— Longe? — Martín perguntou, trêmulo.

— Não — ela respondeu, de forma vaga.

10.

Viu-a afastar-se com tristeza.

Era um dia de início de abril, mas o outono já começava a se anunciar com sinais premonitórios, como esses nostálgicos ecos de trompa — pensava — que se ouvem no tema ainda forte de uma sinfonia, mas que (com certa insistência indecisa, suave mas crescente) já nos avisam que o tema está chegando ao fim e os ecos de trompas longínquas se farão cada vez mais próximos, até se transformarem no tema dominante. Uma folha seca, o céu preparando-se para os longos dias nublados de maio e junho anunciavam que a estação mais bonita de Buenos Aires se aproximava em silêncio. Como se, depois da estridência pesada do verão, o céu e as árvores começassem a assumir esse ar de recolhimento das coisas que se preparam para uma longa letargia.

11.

Seus passos o levavam mecanicamente ao bar, mas sua mente continuava com Alejandra. E num suspiro de alívio, como ao chegar a um porto conhecido após uma viagem angustiante e cheia de perigos, ouviu Tito dizer *este país não tem mais jeito não*, batendo em cima da *Crítica*, talvez como prova de alguma coisa que acabavam de discutir, enquanto Poroto dizia é *que está cercado por gente da máfia* e Chichín, enxugando um copo atrás do balcão, de boné, como se preparado para sair, dizia *tinha mesmo é que dar um pontapé em toda essa gente*, enquanto Tito (furioso, desalentado, com invencível ceticismo de argentino), ajeitando a gravata surrada e apontando depois para o peito com o próprio indicador, confirmava *quem te diz isso é Humberto J. D'Arcángelo*. Nesse momento o desconhecido (Peruzzi, Peretti?), com seu paletozinho à italiana todo perequeté, impecável e perfumado, em castelhano de recém-chegado, disse que estava de acordo com o senhor D'Arcángelo e que chamava a atenção, por exemplo, o estado calamitoso dos bondes e que era inconcebível nessas alturas do século XX que numa cidade como Buenos Aires ainda houvesse esses mastodontes. Foi quando Humberto J. D'Arcángelo, que o olhava com indignação contida, disse em tom de estudada e irônica cortesia (ajeitando a gravata): *Vou dar uma de curioso, me diga:*

lá na sua pátria não tem mais bonde?, pergunta a que o mocinho Peruzzi ou Peretti respondeu que estavam sendo retirados do centro das cidades e que, aliás, eram bondes rapidíssimos, modernos, limpos, aerodinâmicos, como em geral todo o sistema de transporte. Eles sabiam que o expresso Gênova—Nápoles tinha batido todos os recordes internacionais de velocidade? Enquanto aqui, para ser sincero, aqui os trens davam pena e até vontade de rir, como bem reconhecera o senhor D'Arcángelo agorinha mesmo; razão pela qual deve ter recebido com considerável espanto a reação do senhor D'Arcángelo em pessoa, que, batendo sua mão esquelética em cima da primeira página da *Crítica*, na qual em oito colunas se lia a vitória de Fangio em Reims, quase gritou: *E este aqui também é italiano?*, pergunta que o jovem Peruzzi ou Peretti, tão surpreso, como se alguém lhe tivesse pedido fogo amavelmente e sacasse uma pistola para assaltá-lo, começou a responder com balbucios, balbucios que Tito, trêmulo de raiva, com uma voz quase inaudível a tal ponto era tensa e contida, disse: *Olhe, professor, Fangio é argentino, se bem que filho de italiano que nem eu ou o Chichín ou o senhor Lambruschini, argentino e com muita honra, filho dessa italianada de antigamente que vinham no porão do navio e depois davam duro cinquenta ano sem levantar a cabeça e mesmo assim ficavam agradecido à América e a filharada olhava com orgulho pra bandeira azul e branca, não é feito esses italiano que vêm agora e passam o dia criticando o país: e que o buraco isso, e que o bonde aquilo, e que o trem, e que a sujeira, e que esse maldito clima de Bueno Saire, e que a umidade, e que lá em Milão as coisa são assim e assado, e que as mulher daqui não são elegante, e que se bobear saem falando mal até do bife. Agora eu me pergunto e pergunto à distinta concorrência: por que é que eles, se se sentem tão mal neste país, não pegam a mala e se mandam daqui? Por que é que não voltam pra Itália, se aquilo lá é o paraíso que eles dizem? O que é que eles querem me provar, eu pergunto, toda essa cambada de chefe, de doutor, de engenheiro?* E levantando-se furioso, e arrumando a gravata, dobrou a *Crítica*, gritou para Martín *Vamo pra casa, garoto!* E saiu sem se despedir de ninguém.

12.

Martín se separou de Tito na saída do bar e começou a andar para o parque. Subiu as escadas da antiga quinta, sentiu mais uma vez o forte cheiro de urina seca que sempre sentia ao passar por ali e sentou-se no banco de frente para a estátua, aonde voltava toda vez que aquele amor parecia estar em crise. Ficou um bom tempo meditando em sua sorte e atormentando-se com a ideia de que nesse momento Alejandra estava com outro. Recostou-se e se abandonou a seus pensamentos.

13.

No dia seguinte Martín ligou para a única pessoa que podia ver, em vez de Alejandra: a única ponte para o território desconhecido, ponte acessível mas terminando numa região brumosa e melancólica. Sem falar que seu pudor, e o de Bruno, não o deixava conversar sobre o único assunto que lhe interessava.

Marcou encontro com ele no La Helvética.

— Preciso ver o padre Rinaldini, mas iremos juntos.

Bruno lhe explicou que o padre estava muito doente e que ele acabava de fazer uma gestão ao monsenhor Gentile para ver se lhe permitiam voltar para La Rioja. Mas os bispos o odiavam, e era verdade que Rinaldini fazia todo o possível para ser odiado.

— Um dia, quando morrer, vai se falar muito dele. É o mesmo caso de Galli Mainini. Neste país de rancorosos só se começa a ter um grande nome quando se deixa de sê-lo.

Andavam pela rua Perú; apertando seu braço, Bruno apontou-lhe um homem que caminhava na frente deles, ajudado por uma bengala.

— Borges.

Quando estavam perto, Bruno o cumprimentou. Martín viu-se apertando aquela mão pequena, quase sem ossos e sem vigor. Seu rosto parecia ter sido desenhado e, em seguida, meio apagado, com uma borracha. Tartamudeava.

— Este é um amigo de Alejandra Vidal Olmos.

— Caramba... caramba... Alejandra... muito bem.

Levantava as sobrancelhas, observava-o com olhos azuis e aquosos, com uma cordialidade abstrata e sem destinatário preciso, ausente.

Bruno perguntou-lhe o que estava escrevendo.

— Bem, caramba... — tartamudeou, sorrindo de um jeito entre o culpado e o malicioso, desse jeito que costumam ter os homens do campo na Argentina, ironicamente modesto, mescla de secreta arrogância e aparente acanhamento, toda vez que examinam um pingo ou que avaliam a habilidade de alguém trançar tentos. — Caramba... bem... tentando escrever uma página que seja mais que um rascunho... hã, hã!...

E tartamudeava fazendo com o rosto uma série de tiques brincalhões.

E, enquanto caminhavam para a casa de Rinaldini, Bruno revia Méndez dizendo com sarcasmo: *Conferencista para senhoras da oligarquia!* Mas tudo era muito mais complexo do que Méndez imaginava.

— É curioso a qualidade e a importância que tem neste país a literatura fantástica — disse Bruno. — A que se deve isso?

Timidamente Martín lhe perguntou se não podia ser consequência de nossa desagradável realidade, uma evasão.

— Não. A realidade norte-americana também é desagradável. Deve haver outra explicação. Quanto ao que Méndez pensa de Borges...

Sorriu.

— Dizem que é pouco argentino — Martín comentou.

— O que poderia ser senão argentino? É um típico produto nacional. Até seu europeísmo é nacional. Um europeu não é europeísta: é europeu, simplesmente.

— Acha que ele é um grande escritor?

Bruno ficou pensando.

— Não sei. Só sei que sua prosa é a mais notável que hoje

se escreve em castelhano. Mas ele é preciosista demais para ser um grande escritor. Você imagina Tolstói tentando deslumbrar com um advérbio, quando está em jogo a vida ou a morte de um personagem? Mas não vá pensar que tudo nele é bizantino. Tem algo muito argentino em suas melhores coisas: certa nostalgia, certa tristeza metafísica...

Andou um trecho em silêncio.

— Na verdade, dizem muitas bobagens sobre o que *deve* ser a literatura argentina. O importante é que seja profunda. Tudo o mais é acréscimo. E, se não for profunda, não adianta nada pôr em cena gaúchos ou *compadritos*[2]. O escritor mais representativo da Inglaterra elisabetana foi Shakespeare. Contudo, muitas de suas peças nem sequer se passam na Inglaterra.

Depois acrescentou:

— ... E o que eu acho mais engraçado é que Méndez repudia a influência europeia em nossos escritores: baseado em quê? E isso é o mais divertido: numa doutrina filosófica elaborada pelo judeu Marx, o alemão Engels e o grego Heráclito. Se fôssemos consequentes, segundo esses críticos, teríamos de escrever em querandí sobre a caça ao avestruz. Tudo o mais seria adventício e antinacional. Nossa cultura vem de lá: como podemos evitar? E por que evitar? Não me lembro de quem disse que não lia para não perder a originalidade. Já imaginou? Se alguém nasceu para fazer ou dizer coisas originais, não vai se perder lendo livros. Se não nasceu para isso, nada perderá lendo livros... Além do mais, e isso é a novidade, estamos num continente diferente e forte, tudo se passa num sentido diferente. Faulkner também leu Joyce e Huxley, Dostoievski e Proust. O que querem? Uma originalidade total e absoluta? Não existe. Nem em arte nem em nada. Tudo se constrói sobre o que havia antes. Não há pureza em nada humano. Os deuses gregos também eram híbridos e estavam infectados (é modo de dizer) por religiões orientais e egípcias. Há um fragmento de *O moinho à beira-rio* em que uma mu-

2 Tipo popular, fanfarrão, provocador, afetado no comportamento e no modo de vestir, retratado no tango *Bailarín compadrito* como um "dândi, penteado com gomalina, dançando milonga com ares de importância e exibindo sua elegância".

lher experimenta um chapéu diante do espelho: é puro Proust. Quer dizer, é o germe de Proust. Tudo o mais é desenvolvido por Eliot. Um desenvolvimento genial, quase canceroso, mas, ainda assim, desenvolvimento. O mesmo se passa num conto de Melville, acho que se chama *Bertleby* ou *Bartleby* ou algo parecido. Quando o li, impressionou-me um certo clima kafkiano. E tudo é assim. Nós, por exemplo, somos argentinos até quando renegamos o país, como Borges costuma fazer. Sobretudo quando renegamos com verdadeira raiva, como Unamuno faz com a Espanha; tal como esses ateus violentos que põem bombas numa igreja, o que é uma forma de acreditar em Deus. Os verdadeiros ateus são os indiferentes, os cínicos. E o que poderíamos chamar de ateísmo da pátria são os cosmopolitas, esses indivíduos que vivem aqui como poderiam viver em Paris ou em Londres. Vivem num país como num hotel. Mas sejamos justos: Borges não é um desses, acho que este país lhe dói, de alguma maneira, embora, é claro, não tenha a sensibilidade ou a generosidade para que lhe doa o mesmo país que dói a um peão do campo ou ao operário de um frigorífico. E aí ele demonstra a sua falta de grandeza, a incapacidade para entender e sentir a totalidade da pátria, até em sua imunda complexidade. Quando lemos Dickens ou Faulkner ou Tolstói sentimos essa compreensão total da alma humana.

— E Güiraldes?

— Em que sentido?

— Quero dizer, esse negócio do europeísmo.

— Bem, sim. Em certo sentido e em alguns momentos, *Don Segundo Sombra* parece ter sido escrito por um francês que tivesse vivido no pampa. Mas, veja bem, Martín, observe que eu disse "em certo sentido", "em alguns momentos"... O que significa que esse romance não poderia ter sido escrito por um francês. Acho que é fundamentalmente argentino, embora os gaúchos de Lynch sejam mais verdadeiros que os de Güiraldes. Don Segundo é um gaúcho mitológico, mas ainda assim é tudo menos um mito. E a prova de que é um mito autêntico é que se entranhou na alma do nosso povo. Sem falar que Güiraldes é argentino por sua preocupação metafísica. Isso é típico: em Hernández, Quiroga, Roberto Arlt.

— Roberto Arlt?

— Não há a menor dúvida. Muitos tolos acreditam que ele é importante por seu gosto pelo pitoresco. Não, Martín, quase tudo o que nele é pitoresco é um defeito. É grande *apesar* disso. É grande pela formidável tensão metafísica e religiosa dos monólogos de Erdosain. *Los siete locos* está cheio de defeitos. Não falo de erros estilísticos ou gramaticais, que não teriam importância. Digo que está cheio de literatura entre aspas, de personagens pretensiosos ou apócrifos, como o Astrólogo. É grande apesar de tudo isso.

Sorriu.

— Mas... o destino dos grandes artistas é bastante triste: quando o admiram é, em geral, por suas fraquezas e seus defeitos.

O próprio Rinaldini abriu-lhes a porta.

Era um homem alto, de cabelo branquíssimo, perfil aquilino e austero. Em sua expressão havia uma intrincada combinação de bondade, ironia, inteligência, modéstia e orgulho.

O apartamento era muito pobre, abarrotado de livros. Quando chegaram, ao lado dos papéis e de uma máquina de escrever havia restos de pão e queijo. Timidamente, disfarçadamente, Rinaldini tentou tirá-los.

— Só posso oferecer um copo de vinho de Cafayate. — Pegou uma garrafa.

— Acabamos de ver Borges na rua, padre — Bruno comentou.

Enquanto arrumava os copos, Rinaldini sorriu. Bruno explicou então a Martín que ele tinha escrito coisas muito importantes sobre Borges.

— Bem, mas já passou muita água debaixo da ponte — Rinaldini comentou.

Como? O senhor se retificaria?

— Não — respondeu com um gesto ambíguo —, mas agora diria outras coisas. Cada dia suporto menos os contos dele.

— Mas gostava muito dos poemas, padre.

— Bem, é, de alguns. Mas há muito bagulho.

Bruno disse que se comovia com os poemas que lembravam a infância, a Buenos Aires de antigamente, os velhos pátios, o passar do tempo.

— É — Rinaldini admitiu. — O que não tolero são seus divertimentos filosóficos, se bem que seria mais certo dizer pseudofilosóficos. É um escritor engenhoso, pseudoedificante. Ou, como dizem os ingleses, sofisticado.

— Mas, padre, um jornal francês fala da profundidade filosófica de Borges.

Rinaldini ofereceu cigarros, enquanto sorria, mefistotélico.

— Não me diga...

Acendeu os cigarros e disse:

— Veja, pegue qualquer desses divertimentos. *A biblioteca de Babel*, por exemplo. Ali ele sofistica o conceito de infinito, que confunde com o de indefinido. Uma distinção elementar, há vinte e cinco séculos está em qualquer tratadozinho. E, naturalmente, de um absurdo pode-se inferir qualquer coisa. *Ex absurdo sequitur quodlibet*. E dessa confusão pueril ele tira a sugestão de um universo incompreensível, uma espécie de parábola ímpia. Qualquer estudante sabe, e até me atreveria a conjecturar (como diria Borges), que a realização de todos os possíveis ao mesmo tempo é impossível. Posso estar de pé e posso estar sentado, mas não ao mesmo tempo.

— E o conto sobre Judas?

— Um padre irlandês me disse um dia: Borges é um escritor inglês que vai blasfemar nos subúrbios. Conviria acrescentar: nos subúrbios de Buenos Aires e da filosofia. O raciocínio teológico que apresenta o senhor Borges-Sörensen, essa espécie de centauro escandinavo-portenho, praticamente não tem nem a aparência de um raciocínio. É teologia pintada. Eu também, se fosse pintor da escola abstrata, poderia pintar uma galinha com um triângulo e uns pontinhos, mas daí não poderia tirar caldo de galinha. Pois bem: esse jogo em Borges é intencional ou natural? Quer dizer, ele é um sofista ou um sofisticado? Essa burla é intolerável em qualquer homem honrado, embora se diga que é pura literatura.

— No caso de Borges, é pura literatura. Ele mesmo lhe diria.

— Azar o dele.

Agora estava indignado.

— Essas fantasias benevolentes com Judas denotam uma tendência à frouxidão e à covardia. Recua-se diante das coisas supremas, diante da bondade e diante da maldade suprema. Assim, hoje um mentiroso não é um mentiroso: é um político. Trata-se, elegantemente, de salvar o diabo: o diabo não é tão negro como o pintam, ora essa!

Olhou-os como que pedindo satisfação.

— Na verdade, é o contrário: o diabo é mais negro do que essa gente pinta. Não são maus filósofos, o pior para eles é que são maus escritores. Porque não percebem nem sequer essa realidade psicológica capital que Aristóteles já enxergara. Isso que Edgar Poe chamou *the imp of perversity*.Os grandes escritores do século passado já viram isso com lucidez: desde Blake até Dostoievski. Mas, claro...

Não completou a frase. Olhou um momento pela janela e depois concluiu dizendo, com seu sorriso sutil:

— Por isso Judas anda solto na Argentina... É o patrono dos ministros da Fazenda, pois tirou dinheiro de onde não tinha ocorrido a ninguém tirar. Entretanto, pobre alma, Judas não sonhou em governar. E agora em nosso país parece que está prestes a obter ou já obteve postos do governo. Bem, com governo ou sem governo, Judas termina sempre enforcado.

Depois Bruno lhe explicou suas gestões com o monsenhor Gentile. Rinaldini fez um movimento com a mão e sorriu com certa ironia resignada e bondosa.

— Não se desgaste à toa, Bassán. Os bispos não me largarão. E quanto a esse monsenhor Gentile, que infelizmente é seu parente, em vez de fazer politicagem eclesiástica, seria melhor que lesse o Evangelho de vez em quando.

Foram embora.

Ali ele fica, sozinho, pobre, com sua batina puída, Martín pensou.

14.

Alejandra continuava invisível e Martín se refugiava em seu trabalho e na companhia de Bruno. Foram tempos de tristeza meditativa: ainda não tinham chegado os dias de tristeza caótica e tenebrosa. Parecia o estado de espírito ideal para o outono em Buenos Aires, outono não só de folhas secas e céus cinza e garoas, mas também de desconcerto, de neblinoso descontentamento. Todos tinham receio de todos, as pessoas falavam línguas diferentes, os corações não batiam ao mesmo tempo (como acontece em certas guerras nacionais, em certas glórias coletivas): havia duas nações no mesmo país, e essas nações eram inimigas mortais, observavam-se confusamente, estavam mutuamente ressentidas. E Martín, que se sentia só, interrogava-se a respeito de tudo: da vida e da morte, do amor e do absoluto, de seu país, do destino do homem em geral. Mas nenhuma reflexão era pura, pois se fazia inevitavelmente a partir de palavras e recordações de Alejandra, em torno de seus olhos cinza-esverdeados, no fundo de sua expressão raivosa e contraditória. E, de repente, ela parecia ser a pátria. Não a mulher bonita, mas convencional, das gravuras simbólicas. Pátria era infância e mãe, era lar e ternura; e isso Martín não tivera. E, como Alejandra era mulher, poderia ter-lhe sido, em certa medida, de certo modo, calor e mãe; mas ela era um território escuro e tumultuado, abalado por terremotos, varrido por furacões. Tudo se misturava em sua mente angustiada e como que nauseada, e tudo rodava vertiginosamente em torno da figura de Alejandra, até quando ele pensava em Perón e em Rosas, pois aquela moça descendente de unitários e no entanto partidária dos federalistas, aquela súmula contraditória e viva da história argentina, parecia sintetizar, a seu ver, tudo o que nela havia de caótico e divergente, de demoníaco e dilacerado, de ambíguo e opaco. E então ele revia o pobre Lavalle, adentrando no território silencioso e hostil da província, perplexo e rancoroso, talvez meditando no mistério do povo em longas e pensativas noites de frio, enrolado em seu poncho azul-claro, taciturno, olhando as labaredas furta-cor da fogueira, talvez ouvindo o eco apagado de quadrinhas hostis cantadas por camponeses anônimos:

Cielito y cielo nublado,
por la muerte de Dorrego,
enlútense las provincias,
lloren, cantando este cielo.

E Bruno, a quem se agarrava, a quem olhava com uma ânsia inquisitiva, também parecia carcomido pelas dúvidas, indagando eternamente o sentido da vida em geral e do ser e não ser naquela obscura região do mundo onde viviam e sofriam: ele, Martín, Alejandra, e os milhões de habitantes que pareciam perambular em Buenos Aires como num caos, sem que ninguém soubesse onde estava a verdade, sem que ninguém acreditasse firmemente em nada; os velhos como don Pancho (Bruno pensava) vivendo no sonho do passado, os aventureiros fazendo fortuna sem se importar com coisa alguma e com ninguém, os professores cínicos que se adaptavam à nova ordem ensinando o que antes haviam repudiado, os estudantes lutando contra Perón e aliando-se de fato a hipócritas e aproveitadores defensores da liberdade, e os velhos imigrantes sonhando (eles também) com outra realidade, uma realidade fantástica e distante, como o velho D'Arcángelo olhando para aquele território já inalcançável e murmurando

Addio patre e madre,
addio sorelli e fratelli.

Palavras que um imigrante-poeta teria dito ao velho, na hora em que o navio se afastava das costas de Reggio ou de Paola, e em que homens e mulheres, com a vista cravada nas montanhas do que outrora fora a Magna Grécia, olhavam, mais que com os olhos do corpo (fracos, precários e finalmente incapacitados), com os olhos da alma, esses olhos que continuam a ver as montanhas e castanheiras através dos mares e dos anos: fixos e insensatos, indomáveis diante da miséria e das vicissitudes, da distância e da velhice. Olhos com que o velho D'Arcángelo (grotescamente ataviado com sua cartolinha puída e verde, símbolo caricaturesco e cômico do tempo e da Frustração, impávido, mansa mas loucamente) via a sua distante Calábria enquanto Tito o olhava com seus olhinhos sarcásticos, tomando mate, pensando "puta merda, se eu tivesse dinheiro". Portanto (pensava Martín, olhando para Tito, que olhava para o pai), o que é a Argentina? Perguntas às quais muitas vezes Bruno lhe responderia, dizendo-lhe que a Argentina não era só Rosas e Lavalle, o gaúcho e o pampa, mas também — e de que maneira tão trágica! — o velho D'Arcángelo com sua cartolinha verde e seu olhar absorto, e seu filho Humberto J. D'Arcángelo, com sua mistura de ceticismo e ternura, rancor social e inesgotável generosidade, sentimentalismo fácil e inteligência analítica, desesperança crônica e ansiosa e permanente espera de algo. "Nós, argentinos, somos pessimistas (dizia Bruno) porque temos grandes reservas de esperanças e ilusões, pois para ser pessimista é necessário, previamente, ter esperado alguma coisa. Este não é um povo cínico, embora repleto de cínicos e oportunistas; é, antes, um povo de gente atormentada, que é o extremo oposto, já que o cínico se acomoda com qualquer coisa e nada lhe importa. Para o argentino, tudo importa, por qualquer bobagem ele perde as estribeiras, amargura-se, protesta, sente raiva. O argentino está descontente com tudo e consigo mesmo, é rancoroso, cheio de ressentimentos, é dramático e violento. Sim, a nostalgia do velho D'Arcángelo — Bruno comentava, para si mesmo. — ... Mas é que tudo aqui era nostálgico, pois devia haver poucos países no mundo em que esse sentimento fosse tão reiterado: nos primeiros espanhóis, que sentiam saudades de sua pátria distante; depois, nos índios, que sentiam saudades de sua liberdade perdida, de seu próprio sentido da existência; mais tarde, nos gaúchos deslocados pela civilização gringa, exilados em sua própria terra, rememorando a época de ouro de sua independência selvagem; nos velhos patriarcas crioulos, como don Pancho, que sentiam que aquele lindo tempo da generosidade e da cortesia tornara-se o tempo da mesquinharia e da mentira; e nos imigrantes, enfim, que sentiam saudades de sua velha terrinha, de seus costumes milenares, suas lendas, seus natais perto da lareira. E como não entender o velho D'Arcángelo? Pois, à medida que nos aproximamos da morte, também nos aproximamos da terra, e não da terra em geral, mas daquele pedaço, daquele ínfimo (mas tão querido, tão lembrado!) pedaço de terra em que passamos nossa infância, em que tivemos nossas brincadeiras e nossa magia, a irrecuperável magia da irrecuperável infância. E então nos lembramos de uma árvore, de um cachorro, do rosto de um amigo, de um caminho poeirento durante a sesta de verão, do canto das cigarras, de um riachinho. Coisas assim. Nada de coisas grandes, e sim pequenas e modestíssimas coisas, mas que nesse momento anterior à morte adquirem inacreditável magnitude, mais ainda quando, neste país de emigrantes, o homem que vai morrer só pode se defender com a recordação, tão angustiosamente incompleta, tão transparente e pouco carnal, da árvore ou do riachinho da infância, separados não apenas pelos abismos do tempo, mas também por vastos oceanos. E, assim, podemos ver muitos velhos como D'Arcángelo, que quase não falam e o tempo todo parecem olhar ao longe, quando na verdade olham para dentro, para o mais profundo de sua memória. Porque a memória é o que resiste ao tempo e a seus poderes de destruição, e é algo assim como a forma que a eternidade pode assumir nesse trânsito incessante. E mesmo se vamos mudando (nossa consciência, nossos sentimentos, nossa dura experiência) com os anos, e se também nossa pele e nossas rugas vão se tornando prova e testemunho desse trânsito, há algo dentro de nós, bem lá dentro, em regiões bem escuras, que se agarra com unhas e dentes à infância e ao passado, à raça e à terra, à tradição e aos sonhos, que parece resistir a esse trágico processo: a memória, a misteriosa memória de nós mesmos, do que somos e do que fomos. Sem a qual (e então, como deve ser terrível!, Bruno pensava) esses homens que a perderam, como numa explosão formidável e destrutiva daquelas regiões profundas, são folhas tênues, inseguras e levíssimas arrastadas pelo vento do tempo, furioso e insensato."

15.

Até que uma tarde aconteceu uma coisa assombrosa: no cruzamento da Leandro Alem com a Cangallo, enquanto esperava o trólebus, quando o trânsito parou ele viu Alejandra com aquele homem, dentro de um Cadillac esporte.

Eles também o viram, e Alejandra empalideceu.

Bordenave disse-lhe para entrar e ela ficou no meio dos dois.

— Encontrei a sua amiga esperando o ônibus também. Que coincidência. Aonde você vai?

Martín lhe explicou que ia para casa, em La Boca.

— Bem, então o deixaremos primeiro.

Por quê?, perguntou-se Martín, como tendo uma vertigem. Aquele "primeiro" era uma palavra que geraria perguntas angustiantes.

— Não — disse Alejandra —, descerei antes. Aqui mesmo, na avenida de Mayo.

Bordenave a olhou, surpreso; ou pelo menos foi essa a impressão de Martín quando mais tarde refletiu sobre o encontro, notando que a surpresa de Bordenave também era surpreendente.

Quando Alejandra desceu, Martín lhe perguntou se queria que a acompanhasse, mas ela disse que estava muito apressada e era melhor se verem mais tarde. Porém, quando ia se afastar, titubeou, virou-se e disse que o esperaria no Jockey Club no dia seguinte às seis da tarde.

Bordenave ficou calado, e quase hostil, durante o resto do trajeto até La Boca, enquanto Martín tentava analisar o curioso encontro. Sim, era possível que o homem tivesse encontrado Alejandra por acaso. Ele mesmo não a encontrara por acaso? Tampouco era estranho que, ao reconhecê-la na rua, a tivesse convidado para entrar, dado o seu temperamento mundano. Em suma, nada disso era surpreendente. O espantoso é que Alejandra tivesse aceitado. Além disso, por que Bordenave ficara surpreso quando ela disse que desceria na avenida de Mayo? Essa reação podia indicar que estavam juntos intencionalmente, e não por acaso, e que ela resolvera descer antes para mostrar a Martín que não havia nada entre ela e aquele indivíduo, além desse encontro fortuito; resolução que surpreendia Bordenave, necessariamente, a tal ponto que ele não conseguira evitar esse gesto revelador. Martín sentiu que algo ruíra em seu espírito, mas tentou não se entregar ao desespero, e com obstinada lucidez continuou analisando o episódio. Com certo alívio, pensou então que a surpresa de Bordenave podia ter outro motivo: ao entrar no carro ela lhe dissera que ia para casa, em Barracas (como de fato demonstrava o trajeto pela rua Leandro Alem, em direção sul), mas, temendo que Martín pudesse desconfiar de alguma coisa se ela ficasse com Bordenave depois que ele descesse em La Boca, resolveu descer na avenida de Mayo; e a decisão repentina e contraditória chamou a atenção de Bordenave. Tudo bem, mas por que esse homem ficara hostil, amuado? Bem, porque sem dúvida pretendia flertar com Alejandra quando estivessem a sós e a decisão dela frustrara seu plano. Havia, porém, um motivo para dúvida: por que Alejandra recusara a companhia de Martín? Não se encontraria com Bordenave mais tarde, no lugar para onde certamente estavam indo? Detalhe tranquilizador: como Alejandra poderia ter entrado em contato com Bordenave, senão por acaso? Não o conhecia, ignorava seu endereço, e, quanto a Bordenave, nem sabia o nome de Alejandra. E, no entanto, uma estranha sensação levava-o a analisar repetidas vezes aquela entrevista, aparentemente trivial, mas que agora, à luz desse novo encontro, adquiria uma importância singular. Anos depois da morte de Alejandra, Martín convenceu-se de uma coisa que, naquele momento, foi apenas uma insidiosa suspeita: Bordenave tivera algo a ver com a decisão impulsiva de Alejandra, quando ela o mandou ver Molinari, após o encontro no Plaza. Os fatos que culminaram com o suicídio dela e a última conversa que Martín teve com Bordenave iriam lhe mostrar um dia o papel desempenhado por esse homem no drama. E quando, anos depois, falasse com Bruno, não poderia deixar de lembrar com triste ironia o detalhe de ter sido ele, Martín, quem o pusera no caminho de Alejandra. E mais uma vez recordaria, com uma minuciosidade quase maníaca, os detalhes da primeira entrevista no Plaza, entrevista banal que teria desaparecido de vez no nada dos episódios sem significado se os acontecimentos finais não tivessem jogado uma luz inesperada e horrenda sobre essa espécie de manuscrito esquecido.

Mas por ora Martín era incapaz de chegar a essas implicações finais. Passava em revista a conversa no Plaza e lembrava-se de que, na hora de apresentar Bordenave a Alejandra, produziu-se um brilho fugacíssimo em seus olhos, brilho que precedeu o endurecimento de toda a sua expressão. Mas era bem possível (Bruno pensava) que esse detalhe fosse uma falsa recordação, percebido graças à lucidez retrospectiva que as catástrofes nos conferem, ou imaginamos nos conferir, quando dizemos "agora me lembro de ter ouvido um barulho suspeito", e na verdade o barulho é um detalhe acrescentado pela imaginação aos fatos verdadeiros e simples da memória —forma habitual de o presente influir no passado, modificando-o, enriquecendo-o e deformando-o com indícios premonitórios.

Martín tentou se lembrar, palavra por palavra, do que Bordenave dissera naquele encontro, mas nada era importante, ou, pelo menos, importante para o seu problema. Pois disse que aqueles italianos — referência aos dois homens que estavam ali, e que ele apontava com um movimento facial bem cínico — eram todos iguais: todos eram engenheiros, advogados, comendadores. Mas na verdade eram uns ladrões, e que por isso a gente tinha de andar sempre armado de escopeta. E Martín recordava que, enquanto isso, sem olhá-lo, Alejandra, com um repentino mau humor, fazia intrincados desenhos num guardanapo de papel. A primeira palavra que aprendem a dizer (Bordenave continuava) é *corruzione*, e então a gente precisa lembrar a eles que os infelizes que eles mandavam para lutar contra os ingleses na África desmontavam os tanques no meio do caminho. Aqueles italianos atrapalhavam tudo. Não acertavam uma: davam dinheiro a quem não deviam dar, não davam a quem deviam. Por isso, quando foram vê-lo, ele começou a rir: como? não tinham molhado a mão de Bevilacqua? Para mexer com eles, sublinhara que era um sobrenome italiano e que, apesar do significado do próprio nome, o sujeito costumava beber coisa muito mais cara do que água. Acrescentando "vocês, que são italianos, poderão apreciar a piada", mas maldito chiste: eles não acharam a menor graça. Pequenas vinganças que a gente faz, que diabos! Pois não vinham para cá para se fazer de puros?... Além disso — como também teve de lhes dar a entender —, se eram tão delicados, por que entravam no jogo? Tão sujo era quem recebia a propina como quem lhe oferecia. Martín o olhava com espanto. Quando, após a morte de Alejandra, voltou a examinar cada cena em que ela estava presente, concluiu que naquele momento Bordenave estava falando justamente para Alejandra, fato surpreendente para Martín, pois não conseguia entender como pretendia conquistá-la contando coisas semelhantes. Depois, continuou falando dos políticos: eram todos corruptos. Não se referia, é claro, a esses peronistas: falava de todos, falava em geral, dos conselheiros municipais de 1936, do *affaire* do Palomar, da negociata da Coordinación. Em suma, era coisa que não acabava mais. Quanto aos industriais, eles se queixavam (Martín pensou em Molinari), mas jamais tinham ganhado tanto como agora, embora dissessem bobagens quando falavam da corrupção, da impossibilidade de se importar até mesmo uma agulha de crochê sem propina, dos operários que às vezes querem e às vezes não querem trabalhar. Em suma, toda a ladainha. Mas quando — perguntava-se —, quando a indústria ganhara as fortunas colossais destes últimos anos? Tinham empanturrado a população com essas máquinas de lavar roupa. Não havia caboclo que não tivesse sua batedeira elétrica. Os militares? De coronel para cima, e salvo honrosas exceções, salvo algum louco que ainda acreditava na pátria, todos se vendiam, em troca de autorizações para comprar carros e de licenças de importação. Os operários? Só se interessavam em viver bem, ter sua gratificação de fim de ano, saber se o Ríver ou o Boca venceram, cobrar suas suculentas indenizações ao serem demitidos — outra indústria nacional! —, ter suas férias pagas e um dia de folga para o "Santo Perón". Rindo, comentou: "Para virarem burgueses, só falta um capitalzinho". Depois, mexendo o gelo do uísque com o dedo indicador, continuou: "Levar vantagem, só querem levar vantagem". Com dinheiro em cima da mesa, nada neste país era negado. Se alguém tinha fortuna, nem que fosse um bandido, era coberto de atenções, virava um doutor, um cavalheiro. Em suma: aqui não havia por que se esfalfar e arrancar os cabelos, tudo era podre e nada tinha jeito. A gringalhada prostituíra o país e esta já não era a nação que levara a liberdade ao Chile e ao Peru. Hoje, era uma nação de empistolados, de covardes, de napolitanos mafiosos que controlavam as apostas da *quiniela*, de *compadritos*, de aventureiros internacionais, como os que estavam ali, de vigaristas e de torcedores de futebol. Foi então que se levantou, estendeu-lhe a mão e terminou dizendo a Martín que não se preocupasse, que a ação de despejo não seria executada. Quando saíram, ele e Alejandra atravessaram a rua e sentaram-se num banco, olhando o rio. Lembrava-se de cada gesto de Alejandra quando lhe perguntou o que achara daquele homem: ela acendeu um cigarro e ele viu, na luz do fósforo, seu rosto endurecido e sombrio. "O que é que eu posso achar?" — disse. — "Um argentino!" E depois se calou e tudo indicava que não diria mais nada. No momento Martín apenas percebia que a aparição de Bordenave ofuscara a paz interior, assim como a entrada de um réptil num poço de água cristalina cuja água nos preparávamos para beber. Então Alejandra disse que estava com dor de cabeça e preferia ir para casa, deitar-se. E quando iam se separar, diante do muro da rua Río Cuarto, disse-lhe, num tom desagradável, que falaria com Molinari, mas que ele não alimentasse nenhuma ilusão.

Quando ele examinou aquele velho documento de sua memória, sobressaíram-se com claridade quase brutal algumas de suas palavras, que então, após a morte de Alejandra, ganharam um significado inesperado. Sim: entre a tarde amena em que andavam de mãos dadas e a absurda entrevista com Molinari havia a aparição de Bordenave. Alguma coisa atroz irrompera.

16.

Até que, involuntariamente, foi parar defronte do café de Chichín, e ao entrar ouviu o Louco Barragán, que, como sempre, bebia uma pinga sem parar de pregar, dizendo *Vêm tempos de sangue e fogo, rapazes*, ameaçando, admoestando e profetizando, com o indicador direito, os marmanjos que caçoavam dele, incapazes de levar a sério nada que não fosse Perón ou o jogo de domingo do Ferrocaril Oeste, enquanto Martín pensava que Alejandra havia empalidecido na hora em que se encontraram, mas era bem provável que fosse impressão dele, já que não era fácil enxergá-la ali entre os dois, debaixo da capota: dado de suma importância, é claro, pois indicaria que o encontro com Bordenave não era casual, e sim combinado, mas, como e quando, meu Deus? Como e quando? *Tempos de vingança, rapazes* e, fingindo escrever letras enormes com a mão direita no ar, prosseguia: *está escrito*, no que a rapaziada rolava de rir, e Martín refletia que o fato de ter empalidecido também não era um dado inequívoco, pois podia corresponder à vergonha de ser flagrada por Martín ao lado de um indivíduo que ela demonstrara desprezar. E, além disso, como podiam ter marcado um encontro se ela ignorava onde Bordenave morava e se lhe parecia inimaginável até para a imaginação mais fértil que ela tivesse procurado na lista o endereço ou o número de telefone dele e tivesse ligado? *Tempos de sangue e fogo, porque o fogo terá de purificar esta cidade maldita, esta nova Babilônia, porque somos todos pecadores* embora restasse a possibilidade de que houvessem se encontrado no bar do Plaza, bar que evidentemente Alejandra frequentava ou tinha frequentado antes, como revelava a precisão com que o guiou naquele encontro, de modo que teria entrado no bar (mas para fazer o quê, meu Deus? Para fazer o quê?) e, ao encontrar Bordenave, podia ter surgido uma conversa, casual, mais provavelmente por iniciativa dele, já que era, sem a menor dúvida, um mulherengo e um mundano. *Sim, riam, bando de vagabundos, mas eu lhes digo que temos de passar pelo sangue e pelo fogo* e embora todos rissem, e até o próprio Barragán de vez em quando parecesse acompanhá-los na chacota, pois era um boa-praça, seus olhos adquiriram um fulgor ao se fixarem em Martín, fulgor talvez profético, mesmo sendo o de um modesto profeta de bairro, bêbado e rude (mas, como pensaria Bruno, o que sabemos sobre os instrumentos que o destino escolhe para insinuar obscuramente suas intenções? E será que, dada a ambígua perversidade com que costuma proceder, não poderia enviar suas mensagens ardilosas por criaturas que raramente levamos a sério, como os loucos e as crianças?), e como se outra pessoa falasse, e não a que brincava com os rapazes do bar, acrescentou *mas você, garoto, você não, porque você tem de salvar a todos nós* e todos se calaram, e um silêncio cercou as palavras inesperadas do louco, embora os rapazes logo voltassem à carga e lhe perguntassem *ei, louco, diga que número vai dar amanhã*, mas Barragán, balançando a cabeça, tomando sua cachacinha, respondia *riam, sim, mas vocês já vão ver o que lhes digo, vão ver já, já, com seus próprios olhos, porque esta cidade corrompida precisa ser castigada e Alguém tem de vir porque o mundo não pode continuar assim* momento em que Martín, impressionado, olhando fixamente, ligou suas palavras a outras de Alejandra a respeito de sonhos premonitórios e de purificação pelo fogo.

— Tiraram-nos Cristo, e o que nos deram, em troca? Carros, aviões, geladeiras. Mas você, Chichín, e pego-o por acaso, você é mais feliz agora que tem geladeira elétrica do que quando vinha o coxo Acuña com as barras de gelo? Vamos supor, é uma suposição, que amanhã você, Loiácono, possa ir à Lua — frase que foi saudada com risadinhas —, mas estou lhes dizendo, seus imbecis, que é uma suposição, ora essa! Você vai ser mais feliz do que agora por causa disso?

— Mas tu está falando de que felicidade, ô cara — Loiácono retrucou com raiva —, se eu nunca fui feliz nesta vida filha da puta?

— Bom, tudo bem, estou dizendo que é uma suposição. Mas eu pergunto: você seria mais feliz se fosse à Lua?

— E eu sei lá — Loiácono respondeu, zangado.

Mas o Louco Barragán prosseguia sua pregação, sem ouvi-lo, já que sua pergunta era retórica:

— Por isso eu lhes digo, rapazes, que a felicidade a gente tem de procurar dentro do coração. Mas para isso Cristo precisa voltar. A gente se esqueceu Dele, se esqueceu de Seus ensinamentos, se esqueceu de que Ele sofreu o martírio por nossa culpa e para nossa salvação. Somos um bando de mal-agradecidos e uns canalhas. E, se Ele vier de novo, pode ser que a gente nem o reconheça e até o leve na galhofa.

— Quem te garante — Díaz retrucou — que você não é Cristo, e que agora a gente esteja tirando sarro com a sua cara?

Todos riram, comemorando a sacada de Díaz, mas Barragán, balançando a cabeça com um bom sorriso de bêbado, prosseguiu, com a língua cada vez mais pastosa:

— Estamos todos tristes.

Alguns protestaram, disseram *eu não, violão* etc.

— Estamos todos tristes, rapazes. Não nos enganemos. E por que estamos todos tristes? Porque nosso coração está insatisfeito, porque sabemos que somos uns miseráveis, uns canalhas. Porque somos injustos, ladrões, porque temos a alma cheia de ódio. E todos correm. Para quê?, eu lhes pergunto. Para onde? Todos lutam para juntar uns trocados: para quê? Será que nós todos não vamos morrer? E para que desejamos a vida se não acreditamos em Deus?

— Bem, chega, termina logo isso — Loiácono declarou.

— Você também faz das suas, louco. Muito Deus pra cá, muito Cristo pra lá, muito disso aqui, ó — e apontava os próprios lábios —, mas deixa a tua mulher trabalhar feito um burro de carga para te sustentar, enquanto você, aqui, ó, dá-lhe de conversa-fiada.

O Louco Barragán observou-o com um olhar bondoso. Bebeu um golinho de pinga e perguntou:

— E quem te disse que eu não sou um patife?

Mostrou seu copinho de pinga queimada e continuou, em tom de tristeza:

— Eu, minha gente, sou um bêbado e um maluco. Me chamam de Louco Barragán. Eu encho a cara, passo o dia zanzando por aí e pensando, enquanto a patroa dá duro de sol a sol. Que é que eu vou fazer? Nasci assim e vou morrer assim. Eu sou um patife, não nego. Mas não é disso que eu estou falando com vocês, minha gente. Não se diz que as crianças e os loucos falam a verdade? Bem, eu sou louco, e muitas vezes, juro por esta cruz, nem sei do que eu estou falando.

Todos riram.

— Riam, sim. Mas eu lhes digo que Jesus Cristo me apareceu uma noite e me disse: Louco, o mundo precisa ser purgado com sangue e fogo, uma coisa muito grande tem de acontecer, o fogo cairá sobre todos os homens, e digo-lhe que não ficará pedra sobre pedra. Isso o Cristo me disse.

Os rapazes rolavam de rir, menos Loiácono.

— É, minha gente, continuem, vão em frente. Riam e depois me contem. Aqui só tem um que sabe o que eu digo.

As risadas cessaram, e um silêncio cercou estas últimas palavras. Mas logo todos voltaram às gozações e depois começaram a fazer apostas para o jogo do domingo.

Mas Martín olhava o Louco, enquanto voltavam à sua memória as outras palavras de Alejandra sobre o fogo.

17.

Alejandra não foi. Mas Wanda apareceu, com um recado: não poderia vê-lo nesta semana.

— Muito trabalho — acrescentou, olhando seu isqueiro com música.

— Muito trabalho — Martín repetiu, enquanto, perversamente, surgia-lhe a imagem de Bordenave.

Wanda se limitou a acender e apagar o isqueiro várias vezes.

— Ela vai lhe telefonar.

— Tudo bem.

Um grande peso impediu-lhe de se levantar depois que Wanda foi embora, mas afinal se levantou e foi ligar para Bruno. Falava com timidez, não lhe dizia que desejava vê-lo, mas Bruno sempre acabava insistindo para que ele fosse.

Sentou-se num canto, e Bruno tentou distraí-lo comentando outras coisas.

— Conhece Molina Costa?

— Não.

— A propriedade dele fica ao lado da fazenda de um senhor chamado Pearson Spaak. O filho desse senhor, Willie, criticava-o por andar de calças *breeches*, enquanto ele próprio vestia sempre as bombachas crioulas e nunca montava um cavalo inglês. Molina lhe disse: "Meu amigo, você precisa de tudo isso porque se chama Pearson Spaak; mas eu, como me chamo Molina Costa, posso me dar ao luxo de andar de *breeches*".

Bruno riu com gosto, um riso que Martín não notara antes. Pelo visto, achara muita graça na anedota. Quando se acalmou, disse:

— É indubitável que nosso empenho recente em rejeitar tudo o que é europeu traduz um forte sentimento de insegurança. Não? Aqui, os grupos nacionalistas estão cheios de indivíduos que se chamam Kelly ou Rabufetti.

Tirou os óculos e os limpou, com aquela mania de mantê-los impecáveis, ou talvez fosse um simples tique. Vistos sem as lentes grossas, seus olhos cresciam subitamente e conferiam a seu rosto uma curiosa impressão de nudez que deixava Martín quase envergonhado. Além disso, o olhar de Bruno ficava mais absorto e meio desamparado diante de um universo minucioso e rico.

Falou do livro que estava lendo, sobre o tempo, e explicou a diferença entre o tempo dos astrônomos e o do homem comum. Pensava, porém, que nada disso poderia ser útil para Martín, a não ser como mera distração. Qualquer consideração abstrata, mesmo se referindo a problemas humanos, não servia de consolo a homem nenhum, não mitigava nenhuma tristeza e nenhuma angústia que pode sofrer um ser concreto de carne e osso, um pobre ser de olhos que miram ansiosos (o quê? quem?), uma criatura que só sobrevive pela esperança. Pois felizmente (pensava) o homem não é feito apenas de desespero, mas de fé e esperança; não apenas de morte, mas também de desejo de vida; tampouco unicamente de solidão, mas de momentos de comunhão e amor. Se prevalecesse o desespero, nós todos nos deixaríamos morrer ou nos mataríamos, e não é isso o que acontece, nem de longe. O que demonstrava, a seu ver, a pouca importância da razão, já que não é razoável manter esperanças neste mundo em que vivemos. Nossa razão, nossa inteligência, estão constantemente nos provando que o mundo é atroz, daí a razão ser aniquiladora e levar ao ceticismo, ao cinismo e, por fim, à destruição. Mas, felizmente, quase nunca o homem é um ser razoável, e por isso a esperança renasce aqui e acolá, no meio de calamidades. E esse próprio renascer de algo tão tresloucado, tão sutil e visceralmente tresloucado, tão destituído de qualquer fundamento é a prova de que o homem não é um ser racional. E assim, mal os terremotos arrasam uma vasta região do Japão ou do Chile; mal uma gigantesca inundação liquida centenas de milhares de chineses na região do Yang-tsé; mal uma guerra cruel e, para a imensa maioria de suas vítimas, sem sentido, como a Guerra dos Trinta Anos, acaba de mutilar e torturar, assassinar e estuprar, incendiar e arrasar mulheres, crianças e aldeias, e já os sobreviventes, aqueles que no entanto assistiram, espantados e impotentes, a essas calamidades da natureza ou dos homens, esses mesmos seres que nos momentos de desespero pensaram que nunca mais teriam vontade de viver e que jamais reconstruiriam suas vidas nem poderiam reconstruí-las ainda se quisessem, esses mesmos homens e mulheres (sobretudo mulheres, porque a mulher é a própria vida e a terra-mãe, a que jamais perde um derradeiro resto de esperança), esses precários seres humanos já começam de novo, como formiguinhas idiotas mas heroicas, a levantar seu mundinho cotidiano: mundo pequeno, é verdade, mas por isso mesmo mais comovente. Portanto, não eram as ideias que salvavam o mundo, não era o intelecto nem a razão, mas justo o contrário: as insensatas esperanças dos homens, sua fúria persistente em sobreviver, seu desejo de respirar enquanto for possível, seu pequeno, teimoso e grotesco heroísmo cotidiano ante o infortúnio. E se a angústia é a experiência do Nada, algo assim como a prova ontológica do Nada, não seria a esperança a prova de um Sentido Oculto da Existência, pelo qual vale a pena lutar? E, sendo a esperança mais poderosa do que a angústia (já que sempre triunfa, pois do contrário todos se suicidariam), esse Sentido Oculto não é mais verdadeiro, por assim dizer, do que o famoso Nada?

Ao mesmo tempo, num plano mais superficial, ele dizia a Martín alguma coisa aparentemente sem relação com suas reflexões profundas, mas na verdade ligadas a elas por vínculos irregulares embora vitais.

— Sempre pensei que gostaria de ser bombeiro.

E, como Martín o olhasse surpreso, comentou, pensando que talvez esse tipo de reflexão pudesse ser útil à sua tristeza, mas com um sorriso que atenuava tal pretensão.

— Talvez um cabo do corpo de bombeiros. Porque então eu me sentiria dedicado a um ideal comunitário, em que realizamos um esforço para os outros, e, além disso, correndo perigo, beirando a morte. E como cabo eu me sentiria, imagino, responsável por meu pequeno grupo. Ser para eles a lei e a esperança. Um mundinho em que a alma de uma pessoa se transmita a uma alma coletiva. De tal modo que as tristezas sejam as tristezas de todos e as alegrias também, e o perigo seja o perigo de todos. Saber, além disso, que se pode e se deve confiar nos companheiros, que nesses momentos-limite da vida, nessas zonas incertas e vertiginosas em que a morte nos enfrenta repentina e furiosamente, eles, os companheiros, lutarão contra ela, nos defenderão e sofrerão e esperarão por nós. E depois, o destino, pequeno e modesto, de manter o equipamento limpo, os bronzes brilhando, limpar e afiar os machados, viver com simplicidade esses momentos que, no entanto, precedem o perigo e talvez a morte.

Tirou os óculos e limpou-os.

— Diversas vezes imaginei Saint-Exupéry lá no alto, em seu aviãozinho, lutando contra a tempestade, em pleno Atlântico, heroico e calado, com seu telegrafista atrás, unidos pelo silêncio e pela amizade, pelo perigo comum mas também pela esperança comum; escutando o ronco do motor, controlando ansiosos a reserva de combustível, olhando-se mutuamente. O companheirismo diante da morte.

Pôs os óculos e sorriu, olhando ao longe.

— Bem, talvez a gente admire mais o que não é capaz de fazer. Não sei se seria capaz de fazer a centésima parte do que fez Saint-Exupéry. Evidentemente, este é o maior. Mas queria dizer que mesmo em pequena escala... cabo de bombeiros... Eu, no fundo... o que eu sou? Uma espécie de contemplativo solitário, um inútil. Não sei nem mesmo se um dia conseguirei escrever um romance ou uma peça de teatro. E ainda que escrevesse... não sei se algo assim pode ser comparável a fazer parte de um pelotão e proteger, fuzil na mão, o sono e a vida dos companheiros... Pouco importa se a guerra é feita por sem-vergonhas, por ladrões das finanças ou do petróleo: aquele pelotão, aquele sono protegido, aquela fé em nossos companheiros, estes serão sempre valores absolutos.

Martín o olhava com os olhos embaçados, estático. E Bruno pensou consigo mesmo: "Bem, no final das contas, não estamos todos numa espécie de guerra? E não pertenço a um pequeno pelotão? E Martín, de certo modo, não é alguém cujo sono eu velo e cujas angústias eu tento amenizar e de cujas esperanças eu cuido como de um filhotinho de lhama no meio de uma violenta tempestade?".

E logo se envergonhou. Então contou uma piada.

18.

Na segunda-feira esperou seu telefonema, em vão. Na terça, impaciente, ligou para a *boutique*. Teve a impressão de que a voz de Alejandra estava áspera, mas podia ser por causa do trabalho. Diante da insistência de Martín, ela disse que o esperava para tomar um café no bar da esquina das ruas Charcas e Esmeralda.

Martín correu ao bar e encontrou-a à sua espera: fumava olhando a rua. O diálogo foi curto porque ela precisava voltar para o ateliê. Martín lhe disse que queria vê-la calmamente, uma tarde inteira.

— É impossível, Martín.

Ao ver os olhos do rapaz, começou a bater com a piteira na mesa, enquanto parecia pensar e fazer contas. Seu cenho estava franzido e sua expressão era de preocupação.

— Ando muito doente — disse afinal.

— O que você tem?

— O que eu não tenho, seria melhor perguntar.

Sonhos atrozes, dores de cabeça (na nuca, que depois se espalhavam por todo o corpo), faíscas nos olhos.

— E como se tudo isso fosse pouco, esses sinos de igreja. Uma mistura de hospital e igreja, como você vê.

— Então é por isso que não pode me ver — Martín comentou com leve sarcasmo.

— Não, não disse isso. Mas tudo se soma, entende?

"Tudo se soma", Martín repetiu para si mesmo, sabendo que nesse "tudo" estava o que mais o atormentava.

— Quer dizer que é impossível me ver?

Alejandra sustentou por instantes o olhar do rapaz, mas logo baixou os olhos e começou a bater com a piteira na mesa.

— Bem — disse, enfim —, vamos nos ver amanhã de tarde.

— Quanto tempo? — Martín perguntou ansioso.

— A tarde inteira, se você quiser — Alejandra acrescentou, sem olhá-lo e sem deixar de dar batidinhas com a piteira.

Depois, levantando os olhos e ao ver que os de Martín brilhavam, concluiu:

— Mas com uma condição, Martín.

Os olhos de Martín se apagaram.

19.

No dia seguinte o sol brilhava como naquela segunda-feira, mas o vento estava forte demais e havia muita poeira no ar. Portanto, tudo era parecido, mas nada era igual, como se a conjunção favorável dos astros daquele dia já tivesse se desfigurado — temia Martín.

O pacto estabelecido conferia uma paz melancólica ao novo encontro: falavam suavemente, como dois bons amigos. Mas, por isso mesmo, era muito triste para Martín. E, talvez inconscientemente (Bruno pensava), não via a hora de descer até o rio e sentar-se de novo no mesmo banco, assim como se deseja repetir um acontecimento repetindo as fórmulas mágicas que o provocaram pela primeira vez; mas ignorava, é óbvio, até que ponto aquela segunda-feira — que para ele fora perfeita — para Alejandra fora surdamente angustiante; por isso, ao se repetirem, os mesmos fatos constituíam para ele motivo de felicidade, para ela causa de desassossego, sem falar de que costuma ser levemente sinistro voltar aos lugares que testemunharam um instante de perfeição.

Mas desceram para o rio e sentaram-se no mesmo banco. Por longo tempo não falaram, num clima de serenidade.

Serenidade que para Martín, contudo, após sua ingênua esperança no restaurante, ia se colorindo cada vez mais de melancolia, já que essa paz existia justamente por causa da condição imposta por Alejandra. E quanto a ela (Bruno pensava), a serenidade era simplesmente uma espécie de parêntese, tão precário, tão insubstancial como o que um doente de câncer consegue com uma injeção de morfina.

Olhavam os barcos, as nuvens.

Também observavam as formigas, que trabalhavam com essa seriedade acelerada e esforçada que as caracteriza.

— Olhe como produzem — Alejandra comentou. — Segundo Plano Quinquenal.

E ficou observando uma, à procura de seu caminho, cambaleando debaixo de uma carga que, proporcionalmente, era como um automóvel para um homem.

Seguindo a marcha do bichinho, perguntou:

— Sabe o que Juancito Duarte disse a Zubiza, quando Zubiza chegou ao inferno?

Sim, essa ele sabia.

— E a do Perón no inferno?

Não, essa ele ainda não conhecia.

Também contaram as piadas do dia sobre Aloé. Depois Alejandra voltou às formigas.

— Lembra-se do conto de Mark Twain sobre as formigas?

— Não.

— Umas formigas têm de transportar uma pata de gafanhoto até o formigueiro: prova de que são os bichos mais bobos da criação. É muito engraçado: uma espécie de alívio, depois de todos esses sentimentalismos de Maeterlinck e companhia. Você não acha que é o cúmulo da estupidez?

— Nunca pensei nisso.

— Mas as galinhas são piores. Uma tarde, na quinta de Juan Carlos, passei horas tentando criar um reflexo nelas, com um pedaço de pau e comida. Refiro-me a esses reflexos de Pavlov. Nada feito. Gostaria de ver Pavlov com as galinhas. São tão idiotas que no final você fica com raiva. Você não fica com raiva da idiotice?

— Não sei, depende. Se além de idiota a pessoa é pedante, talvez.

— Não, não — ela comentou com entusiasmo. — Estou falando da idiotice pura, sem quê nem porquê.

Martín a olhou, intrigado.

— Não creio. É como se uma pedra me desse raiva.

— Não é a mesma coisa! A galinha não é uma pedra: ela se mexe, come, tem pretensões.

— Não sei — Martín comentou, perplexo. — Não entendo bem por que ficaria com raiva.

Voltaram ao silêncio, mas cada um imaginando, talvez, coisas diferentes. Martín, com a impressão de que ela sempre teria sentimentos e ideias que ele jamais conseguiria entender; e ela (pensava Martín), com certo desdém. Ou, o que era pior, com um sentimento que ele nem sequer podia imaginar.

Alejandra pegou na bolsa uma caderneta de endereços. De dentro tirou uma fotografia.

— Gosta? — perguntou.

Era um instantâneo no terraço de Barracas, ela encostada no parapeito. Alejandra tinha esse rosto profundo e ansioso, essa espera de algo indefinido que tanto o havia seduzido quando a conheceu.

— Gosta? — perguntou de novo. — É daqueles dias.

De fato, Martín reconheceu a blusa e a saia. Tudo parecia tão distante! Por que lhe mostrava agora essa fotografia?

Mas ela insistiu:

— Gosta ou não?

— Claro, como não vou gostar! Quem tirou?

— Alguém que você não conhece.

Uma nuvem tenebrosa escureceu o céu melancólico mas sereno.

Depois, enquanto a mantinha nas mãos e a olhava com sentimentos opostos, Martín perguntou, tímido:

— Pode me dar?

— Trouxe para lhe dar. Contanto que você goste.

Martín se emocionou, ao mesmo tempo que sentia tristeza: parecia ter um significado de despedida. Disse-lhe algo sobre isso, mas ela nada respondeu; ficou observando as formigas enquanto Martín escrutava sua expressão.

Desanimado, baixou a cabeça, e seu olhar caiu na mão de Alejandra, que estava sobre o banco, ao lado do corpo de Martín, ainda com a caderneta aberta, na qual se via dobrado um envelope de carta aérea. Os endereços que ela anotava na caderneta, as cartas que recebia, tudo constituía para Martín um mundo dolorosamente alheio.

E, embora sempre se controlasse a tempo, de vez em quando lhe escapava uma pergunta infeliz. Dessa vez, também.

— É uma carta de Juan Carlos — disse Alejandra.

— O que diz esse debiloide? — Martín perguntou, amargo.

— As bobagens de sempre, como você pode imaginar.

— Que bobagens?

— Do que Juan Carlos pode falar numa carta, aérea ou não? Vejamos, aluno Del Castillo.

Olhava-o sorrindo, mas Martín, com uma seriedade que (apostava) para ela devia parecer cretina, respondeu:

— Flertes?

— Muito bem, garoto. Nota nove. E não lhe dou dez porque perguntou, em vez de afirmar logo de uma vez. Centenas, milhares de flertes com dinamarquesas altíssimas e insipidíssimas e suavemente louras. Em suma, essa gente que o seduz. Todas muito bronzeadas graças à prática sistemática de esportes ao ar livre. Graças às viagens de milhões de milhas em canoas, numa camaradagem fraterna com rapazes tão louros, bronzeados e altos quanto elas. E muito *practical joke*, como fascina Juan Carlos.

— Mostre o selo — Martín pediu.

Conservava a paixão infantil pelos selos de terras distantes. Ao pegar o envelope, achou que Alejandra fazia um pequeno gesto, talvez inconsciente, de retê-lo. Agitado por esse detalhe, Martín fingiu que examinava o selo.

Ao devolver-lhe o envelope, olhou-a com cuidado e teve a impressão de que ela se alterara.

— Não é de Juan Carlos — arriscou.

— Claro que é de Juan Carlos. Não está vendo a letra de bebê de primeiro ano primário?

Martín ficou calado, como sempre que provocava uma situação semelhante. Incapaz de ir além, de entranhar-se na região turva de sua alma.

Pegou um pauzinho e começou a remexer a terra.

— Não seja bobo, Martín. Não estrague este dia com besteiras.

— Você tentou prender a carta — Martín comentou, sem parar de remexer com o pauzinho.

Fez-se um silêncio.

— Viu? Eu não me enganava.

— É, tem razão, Martín — ela admitiu. — É que ele não fala bem de você.

— E daí? — ele comentou com aparente displicência. — Eu não ia lê-la mesmo.

— Não, claro que não... Mas achei uma indelicadeza que você ficasse com ela na mão, sem saber de nada... Quer dizer, agora que penso, me dou conta de que foi por isso.

Martín levantou os olhos para ela.

— E por que ele fala mal de mim?

— Ah, não vale a pena dizer. Você sofreria inutilmente.

— E o que ele conhece de mim, esse idiota? Se nunca me viu!

— Martín, você pode imaginar que algum dia eu falei de você.

— Para esse cretino, você falou de mim, de nós?

— Mas se é igual a falar com ninguém, Martín! Igual a falar com uma parede. Não disse nada para ninguém, entende? Falar com ele é igual a falar com uma parede.

— Não, não entendo, Alejandra. Por que ele? Gostaria de que me dissesse ou que lesse o que ele diz de mim.

— Mas, se é uma bobagem típica de Juan Carlos, para quê? Entregou-lhe a carta.

— Avisei que você vai ficar triste — anunciou com raiva.

— Não faz mal — Martín respondeu pegando a carta com avidez, nervoso, enquanto ela se colocava a seu lado, na atitude de quem vai ler junto com o outro.

Martín imaginou que queria atenuar cada frase, e foi o que comentou com Bruno. E Bruno pensou que a atitude de Alejandra era tão insensata como a que nos leva a vigiar as manobras de alguém que dirige mal o carro onde estamos.

Martín ia tirar a carta do envelope quando, de repente, entendeu que essa atitude poderia destruir os poucos e frágeis restos que sobravam do amor de Alejandra. Sua mão caiu, desalentada, com o envelope e assim ficou um bom tempo, até devolvê-lo. Alejandra guardou-o.

— Fazer confidências a um cretino desses — comentou, mas com vaga consciência de que estava cometendo uma injustiça, pois, disso tinha certeza, a aquele indivíduo jamais Alejandra podia fazer "confidências". Seria algo melhor ou pior, mas confidências, nunca.

Sentia uma necessidade de feri-la e sabia, ou intuía, que essa palavra devia magoá-la.

— Não diga asneiras! Acabo de lhe dizer que falar com ele é igual a essas conversas que a gente tem com o cavalo. Você não entende? Bem, seja como for, realmente não devia ter-lhe dito nada, quanto a isso você tem razão. Mas eu estava bêbada.

Bêbada com ele (Martín pensou, mais amargurado).

— É — ela acrescentou logo em seguida, e já menos dura —, é como se você mostrasse para um cavalo a fotografia de uma paisagem bonita.

Martín sentiu que uma grande felicidade tentava atravessar as pesadas nuvens, e a expressão "paisagem bonita", de toda maneira, chegava à sua alma atormentada como uma mensagem luminosa. Mas ele precisava forçar a passagem entre aquelas nuvens pesadas e, mais ainda, entre aquele "estava bêbada".

— Você está me ouvindo? Martín fez um gesto afirmativo.

— Olhe, Martín — ouviu-a dizer, de repente. — Eu me separarei de você, mas nunca acredite em coisas equivocadas sobre nossa relação.

Martín a olhou consternado.

— Sim. Por muitos motivos isto não pode continuar, Martín. Será melhor para você, muito melhor.

Martín não conseguia dizer nada. Seus olhos se encheram de lágrimas e, para que ela não percebesse, ficou olhando para a frente, ao longe: como num quadro impressionista, olhava sem ver um barco de casco marrom, distante, e umas gaivotas brancas que o rodeavam.

— Agora você vai ficar achando que eu não gosto de você, que jamais gostei — disse Alejandra.

Martín seguia a trajetória do barco marrom, com uma espécie de fascínio.

— E no entanto — dizia Alejandra.

Martín inclinou a cabeça e voltou a observar as formigas: uma delas levava uma folha grande e triangular que parecia a vela de um minúsculo barquinho: com o vento, ela bamboleava, e esse pequeno vaivém acentuava a semelhança.

Sentiu que a mão de Alejandra pegava seu queixo.

— Ande — disse-lhe com energia. — Levante esse rosto.

Mas Martín, com força e teimosia, a evitou.

— Não, Alejandra, agora me deixe. Quero que você vá embora e me deixe só.

— Não seja bobo, Martín. Maldita hora em que você viu essa carta estúpida.

— E eu maldigo a hora em que a encontrei. Foi o momento mais infeliz da minha vida.

Ouviu a voz de Alejandra, que perguntava:

— Você acha mesmo?

— Acho.

Alejandra ficou calada. Um instante depois levantou-se do banco e disse:

— Vamos caminhar um pouco juntos, pelo menos.

Martín se levantou pesadamente e começou a andar atrás dela.

Alejandra o esperou, pegou-o pelo braço e falou:

— Martín, eu lhe disse mais de uma vez que gosto de

você, que gosto muito de você. Não esqueça isso. Jamais digo uma coisa em que não acredito.

Com essas palavras, uma paz lenta e acinzentada foi descendo sobre a alma de Martín. No entanto, ao lado dela a tempestade dos piores momentos era melhor do que essa calma cinza sem esperanças!

Caminharam, cada um concentrado em suas próprias ideias.

Quando chegaram diante da confeitaria da praia, Alejandra disse que precisava telefonar.

No café, tudo tinha esse ar inconsolável que tinham para ele os lugares de lazer nos dias de trabalho; as mesas estavam empilhadas umas sobre as outras, as cadeiras também; um garçom, em mangas de camisa, calças arregaçadas, lavava o chão. Enquanto Alejandra telefonava, Martín, no balcão, pediu um café, mas lhe disseram que a máquina estava fria.

Quando Alejandra voltou do telefone e Martín lhe disse que não havia café, ela sugeriu que fossem ao Moscova tomar um drinque.

Mas estava fechado. Bateram e esperaram, em vão. Perguntaram na banca da esquina.

— Como, não sabiam?

Tinham-no trancado no manicômio, em Vieytes.

Parecia um símbolo: aquele bar era o primeiro onde havia conhecido a felicidade. Nos momentos mais deprimentes de suas relações com Alejandra sempre vinha ao espírito de Martín a lembrança do crepúsculo, a paz ao lado da janela, contemplando a noite descer sobre os telhados de Buenos Aires. Nunca como naquele instante ele se sentira mais longe da cidade, do tumulto e do furor, da incompreensão e da crueldade; nunca se sentira tão isolado da sujeira de sua mãe, da obsessão por dinheiro, do clima de conchavos, cinismos e ressentimento de todos contra todos. Ali, no pequeno mas poderoso refúgio, sob o olhar daquele homem entregue à bebida e às drogas, tão fracassado quanto generoso, toda a dura realidade externa parecia abolida. Mais tarde, indagaria se era inevitável que criaturas tão delicadas como Vania tivessem de terminar entregando-se à bebida ou às drogas. E comoviam-lhe também os quadros ordinários das paredes, tão grosseiramente representativos da pátria distante. Como tudo aquilo era emocionante, justamente por ser tão ordinário e ingênuo! Não era uma pintura pretensiosa feita por um mau pintor que se imagina bom, mas, com toda a certeza, feita por um artista tão bêbado e fracassado como o próprio Vania, tão desgraçado e definitivamente exilado de sua própria terra como ele, condenado a viver aqui, num país para eles absurdo e remotíssimo: até a morte. E de certo modo aquelas imagens baratas serviam para lembrar a pátria distante, assim como as decorações de um cenário, ainda que feitas de papel, ainda que muitas vezes toscas e primárias, de certo modo contribuem para sentirmos de verdade o drama ou a tragédia. O homem da banca de jornais balançava a cabeça.

— Era um bom sujeito — disse.

E o verbo no passado dava às paredes do manicômio o significado sinistro que realmente têm.

Dirigiram-se para o passeio Colón.

— Finalmente — Alejandra comentou — aquela nojenta conseguiu o que queria.

Alejandra, que ficara muito deprimida, sugeriu irem até La Boca.

Quando chegaram ao cruzamento da Pedro de Mendoza com a Almirante Brown, entraram no bar da esquina.

De um cargueiro brasileiro chamado *Recife* desceu um negro gordo e suarento.

— Louis Armstrong — Alejandra comentou, apontando com seu sanduíche.

Depois saíram andando pelo cais. E bem longe, num lugar a céu aberto, sentaram na beira do quebra-mar, olhando os semáforos.

— Há dias astrologicamente ruins — Alejandra comentou. Martín a olhou.

— Qual é o seu dia? — perguntou.

— Terça-feira.

— E a sua cor?

— Preto.

— A minha é violeta.

— Violeta? — Alejandra perguntou, com certa surpresa.

— Li na *Maribel*.

— Vejo que você escolhe bem o seu material de leitura.

— É uma das revistas preferidas de minha mãe — disse Martín —, uma das fontes de sua cultura. É sua *Crítica da razão pura*.

Alejandra negou com a cabeça.

— Para a astrologia, nada como *Damas y damitas*. É fantástico...

Acompanhavam a entrada e a saída dos navios. Um, de casco branquíssimo e linha alongada, como um grave pássaro marinho, deslizava pelo Riachuelo, rebocado para a foz. A ponte levadiça abriu-se lentamente e o navio passou, fazendo soar a sirene repetidas vezes. E era estranho o contraste entre a suavidade e elegância de suas formas, o silêncio de seu deslizar e a força dos rebocadores rugindo.

— *Doña Anita Segunda* — Alejandra percebeu, pelo rebocador dianteiro.

Adoravam esses nomes e faziam concursos e instituíam prêmios para quem descobrisse o mais bonito: *Garibaldi Tercero, La Nueva Teresina... Doña Anita Segunda* não era mau, mas Martín já não pensava em concursos, e sim em como tudo aquilo pertencia a um tempo sem retorno.

O rebocador rugia, lançando uma coluna de fumaça preta e torcida. Os cabos estavam esticados como cordas de um arco.

— Sempre tenho a sensação de que, numa dessas, vai pular uma hérnia no rebocador — Alejandra comentou.

Desconsolado, pensou que tudo isso, tudo, desapareceria de sua vida. Como aquele navio: silenciosa mas inexoravelmente. Rumo a portos distantes e desconhecidos.

— Em que está pensando, Martín?

— Numa coisa.

— Diga.

— Em coisas, coisas indefinidas.

— Não me amole. Diga.

— Quando fazíamos concursos. Quando fazíamos planos para ir embora desta cidade, para qualquer lugar.

— É — ela confirmou.

De repente, Martín lhe comunicou que tinha conseguido umas injeções que provocavam a morte por paralisia do coração.

— Não me diga — Alejandra comentou, sem muito interesse. Ele as mostrou. Depois disse, sombrio:

— Lembra quando falamos uma vez de nos matarmos juntos?

— Lembro.

Martín a observou e guardou as ampolas.

Já era noite, e Alejandra disse que deviam ir.

— Você vai para o centro? — Martín perguntou, pensando dolorosamente que tudo já estava terminando.

— Não, para casa.

— Quer que a acompanhe?

Aparentou um tom indiferente, mas sua pergunta estava cheia de ansiedade.

— Bem, se quiser — respondeu, após hesitar um pouco.

Quando chegaram em frente da casa, Martín sentiu que não podia se despedir ali e pediu-lhe que o deixasse subir.

De novo ela concordou, hesitante.

E, já no Mirante, Martín desmoronou, como se toda a desgraça do mundo tivesse desabado em suas costas.

Deitou-se na cama e chorou. Alejandra sentou-se a seu lado.

— É melhor, Martín, é melhor para você. Sei o que estou dizendo. Não devemos nos ver mais.

Entre soluços, o rapaz disse a ela que então se mataria com as injeções que tinha lhe mostrado.

Ela ficou pensativa e perplexa.

Pouco a pouco Martín foi se acalmando e depois aconteceu o que não devia acontecer, e, depois que tudo aconteceu, ouviu-a dizer:

— Nós nos encontramos porque você prometeu que não chegaríamos a isso. De certo modo, Martín, você fez uma espécie de...

Mas não terminou a frase.

— De quê? — Martín perguntou, temeroso.

— Não faz mal, agora já está feito. Levantou-se e começou a se vestir.

Saíram, e ela disse que queria ir beber alguma coisa. O tom de sua voz era sombrio e áspero.

Caminhava distraída, concentrada em algum pensamento obsessivo e secreto.

Começou a beber num dos botequins do porto e, como toda vez que começava a dominá-la aquela aflição indefinida, aquela espécie de abstração que tanto angustiava Martín, não ficava muito tempo em cada bar, precisando sair de um e entrar em outro.

Estava inquieta, como quem tem de tomar um trem e olha o relógio a toda hora, tamborilando os dedos na mesa, sem ouvir o que lhe diziam ou respondendo *hein? hein?*, sem entender nada.

Finalmente entrou num bar em cujas vidraças havia fotos de mulheres seminuas e cantores. A luz era avermelhada. A dona falava alemão com um marinheiro que bebia alguma coisa num copo muito alto e vermelho. Nas mesinhas podiam-se entrever marinheiros e oficiais com mulheres do parque Retiro. No estrado apareceu então uma mulher de uns cinquenta anos, pintada com espalhafato, cabelo platinado. Seus seios enormes pareciam estourar como dois balões de ar debaixo de um vestido de cetim. Nos pulsos, nos dedos e no pescoço estava carregada de bijuterias que brilhavam na luz avermelhada do palco. Sua voz era aguardentosa e canalhesca.

Alejandra observava fascinada.

— Que foi? — perguntou Martín, ansioso.

Mas ela não respondeu; seus olhos sempre cravados na gorda.

— Alejandra — insistiu, tocando em seu braço. — Alejandra.

Ela o olhou, afinal.

— Que foi? — disse de novo.

— Ela está tão acabada. Não serve para cantar e também já não deve servir muito na cama, a não ser para provocar fantasias: quem transaria com um monstro desses?

Virou de novo os olhos para a cantora e murmurou, como se falasse consigo mesma:

— Daria tudo para ser igual a ela! Martín a olhou assustado.

Depois, ao susto seguiu-se a sensação já habitual de ansiosa tristeza diante do enigma de Alejandra, condenado que estava a permanecer excluído para sempre. E a experiência já lhe havia mostrado que quando ela chegava a esse ponto soltava a raiva inexplicável contra ele, o rancor em brasas e sarcástico que ele jamais conseguiu explicar e que na última fase de suas relações explodia brutalmente.

Assim, quando virou os olhos para ele, aqueles olhos vidrosos de álcool, já sabia que de seus lábios tensos e desdenhosos sairiam palavras duras e vingativas.

Do alto de seu pedestal infernal, olhou-o por uns instantes, que para Martín pareceram eternos: lembrava um desses deuses astecas antigos e sádicos que exigem o coração quente de suas vítimas. E então lhe disse num tom violento e baixo.

— Não quero ver você aqui! Vá embora já, e me deixe sozinha!

Martín tentou acalmá-la, mas ela se enfureceu mais ainda e, levantando-se, gritou-lhe que fosse embora.

Como um autômato, Martín se levantou e foi saindo, entre os olhares dos marinheiros e das prostitutas.

Lá fora, com o ar fresco, ele começou a recobrar a consciência. Andou até o Retiro e terminou sentando num dos bancos da praça Británica: o relógio da torre marcava onze e meia da noite.

Sua cabeça era um caos.

Por um instante tentou mantê-la levantada, mas de repente a resistência acabou.

20.

Passaram-se vários dias, até que Martín, desesperado, discou o número da *boutique*: mas quando ouviu a voz de Wanda não teve coragem de responder e desligou. Esperou três dias e voltou a ligar. Era ela.

— Por que acha estranho? — Alejandra respondeu. — Tínhamos combinado, creio, de não nos vermos mais.

Houve uma conversa confusa, frases meio incompreensíveis de Martín, até que Alejandra prometeu ir no dia seguinte ao bar da esquina da Charcas com a Esmeralda. Mas não foi.

Depois de mais de uma hora de espera, Martín resolveu ir ao ateliê.

A porta da *boutique* estava entreaberta e, no escuro, sob a luz de uma lâmpada baixa, viu Quique sentado e solitário, de perfil. Não havia ninguém na sala, e Quique estava curvado, olhando o chão, concentrado numa meditação. Martín ficou sem saber que atitude tomar. Era evidente que nem Wanda nem Alejandra estavam na outra sala, porque se ouviriam as conversas, e o silêncio era total. Mas também era evidente que estavam na salinha de provas que Wanda instalara nos fundos do apartamento, no andar de cima, ao qual se chegava por uma escadinha; pois do contrário eram inexplicáveis a presença de Quique e a porta aberta.

Mas ele não se decidia a entrar: algo no jeito ensimesmado e solitário de Quique lhe impedia. Talvez por ele mesmo se sentir tão prostrado, teve a impressão de que o outro estava meio envelhecido, com uma expressão de gravidade que antes não notara. Sem saber direito por quê, de repente sentiu pena do indivíduo solitário. Durante muitos anos ia lembrar-se dele assim, e tentaria entender se sentira pena, essa ambígua impressão de pena, naquele exato momento ou anos depois. E lembrou-se de uma coisa que Bruno lhe dissera: é sempre terrível ver um homem que se considera absoluta e verdadeiramente só, pois ele tem algo trágico, talvez até de sagrado, e ao mesmo tempo de horrendo e vergonhoso. Sempre — dizia — usamos uma máscara, máscara que nunca é a mesma, mas que muda para cada um dos papéis que a vida nos atribui: a do professor, a do amante, a do intelectual, a do marido enganado, a do herói, a do irmão carinhoso. Mas que máscara colocamos ou que máscara nos resta quando vivemos na solidão, quando acreditamos que ninguém, ninguém nos observa, controla, escuta, ordena, implora, intima, ataca? Talvez o aspecto sagrado desse instante resulte de que o homem está então diante da Divindade, ou pelo menos diante de sua própria e implacável consciência. E talvez ninguém perdoe o fato de ser flagrado nessa última e essencial nudez de seu rosto, a mais terrível e a mais essencial nudez, pois mostra a alma sem defesa. E mais terrível e vergonhosa ainda num comediante como Quique; portanto (Martín pensava) era lógico que ele despertasse mais compaixão do que um inocente, ou um simplório. Por isso, quando finalmente resolveu entrar, Martín se escondeu e voltou a aparecer batendo o salto do sapato pelo corredor que levava à *boutique*. E aí, com a rapidez dos comediantes, Quique adotou diante de Martín a máscara da perversidade, da falsa inocência e da curiosidade (o que poderia haver entre aquele rapaz e Alejandra?), e seu sorriso cínico liquidou o projeto de piedade que se insinuara em Martín. Martín, que se sentia encabulado diante de estranhos, em presença de Quique não sabia nem como se sentar, pois tinha absoluta certeza de que ele observava tudo e depois guardava em sua maldosa memória: vá saber onde e como ririam, mais tarde, de seu jeito e de seus sofrimentos! Os gestos teatrais de Quique, seus trejeitos, sua falsidade, suas frases brilhantes, tudo contribuía para que se sentisse como um bicho sob a lupa de um cientista ironicamente sádico.

— Sabe que você lembra uma dessas figuras de El Greco? — disse quando o viu.

Frase que, como era natural tratando-se de Quique, podia ser interpretada como um elogio ou como uma grotesca fotografia instantânea. Era famoso pelos pretensos elogios de suas crônicas, que a rigor eram críticas tortuosas e envenenadas: "jamais condescende a empregar metáforas profundas", "em nenhum momento cai na tentação de ser notado", "não teme enfrentar o tédio do espectador".

Acuado, calado, Martín, como na visita anterior, sentara-se na banqueta alta da mesa de desenho e se encolhia instintivamente, como na guerra, para oferecer o menor flanco possível. Felizmente, Quique começou a falar de Alejandra.

— Está na salinha de provas, com Wanda e a condessa Téleki, *née* Iturrería, vulgo Marita.

E, olhando-o atenta e intensamente, disse:

— Faz muito tempo que conhece Alejandra?

— Uns meses — Martín respondeu, ficando vermelho.

— Vou lhe dizer que adoro os Olmos. Para começar, só o simples fato de viverem em Barracas já é motivo suficiente para que *la haute* morra de rir e para que minha prima Lala sofra do fígado e tenha ataques de histeria toda vez que alguém descobre que entre nós e os Olmos há um distante parentesco. Pois, como me dizia da última vez, furiosa: quer me dizer quem, mas quem, vive em Barracas? E eu, claro, a tranquilizei respondendo que ninguém vive ali, fora uns quatrocentos mil proletinhas e outros tantos cachorros, gatos, canários e galinhas. E acrescentei que essa gente (os Olmos) nunca nos daria um desgosto muito grande, pois o velho don Pancho vive numa cadeira de rodas, não enxerga nem ouve nada que não seja a Legião de Lavalle, e é muito difícil imaginar que um belo dia saia para visitar a família no Barrio Norte ou dê declarações nos jornais sobre o Pocho, quer dizer, sobre Perón; a velha Escolástica, embora louca, já morreu; o tio Bebe, embora louco, vive recluso, como se diz, em seus aposentos e muito interessado em seus estudos de clarinete; a tia Teresa, embora louca, também e felizmente morreu, e pensando bem, pobre querida, sempre passou a vida na igreja e nos enterros, de modo que nunca teve tempo para aborrecer ninguém na parte respeitável da cidade, já que era devota de Santa Lucía e praticamente nunca ultrapassou a *colourline*, nem mesmo para visitar um pároco, para controlar a evolução da doença de um presbítero ou a verdadeira situação do câncer de um arcebispo. Restavam (como eu disse a Lala) Fernando e Alejandra. Outros dois loucos!, gritou minha prima. E Manucho, que estava presente, balançando a cabeça e erguendo os olhos para o céu, exclamou "como dizem em *Phèdre*: *O, déplorable race!*". A verdade é que Lala, a não ser quando se trata dos Olmos, é bastante tranquila. Para ela o mundo não passa de uma luta entre Gracinha e Cacete. Não confundir com o outro cacete, o da linguagem vulgar.

Exemplos:

"Que romance cacete!"

"Olhe, desculpe, mas o que tenho de lhe contar é tão cacete!"

"A pintura de Clorindo é cacete."

"Que coisa cacete saber que agora essa gentinha circula até mesmo pela avenida Santa Fe." (A propósito dos peronistas.)

Exemplos de Gracinha:

"Que gracinha o último conto de Monique em *La Nación*." "Que gracinha esse filme de Michèle Morgan."

— O mundo se divide em Gracinha e Cacete. A Luta Eterna e nunca definida entre essas duas potências gera todas as alternativas da realidade. Quando Cacete predomina, é de matar: modas horrendas ou cafonas, romances complicados e teológicos, conferências de Capdevila ou Larreta no

"Amigos del Libro" às quais Nós somos obrigados a comparecer porque senão Albertito se ofende, pessoas morrendo de fome e exigindo Estatutos (quando não cismam de governar), visitas que chegam em horas absurdas, parentes ricos que não morrem ("Que cacete, esse Marcelo, que é eterno, e com os hectares que tem!"). Quando Gracinha predomina, as coisas ficam divertidas (outra palavra do vocabulário básico de Lala) ou pelo menos suportáveis, *che*: um rapaz que deu para escrever, mas ao menos não parou de jogar polo nem virou amigo de gente de nomes esquisitos como Ferro ou Cerretani, um romance de Graham Greene que trata de espiões ou roletas, um coronel que não se propõe a conquistar as massas, um presidente da República que é fino e vai ao hipódromo. Mas nem sempre as coisas são tão nítidas, pois, como lhe digo, há uma luta permanente entre as duas forças, e, assim, de vez em quando a realidade é mais rica, como quando Larreta, de repente, conta uma piada (sob a misteriosa pressão de Gracinha), ou, ao contrário, como Wanda, que é uma gracinha de modista, mas quando lhe dá na veneta seguir as palhaçadas americanas, *che*, é tão cacete! E que, em suma, antes o mundo era muito divertido, mas ultimamente, com os peronistas, tem de se reconhecer que ficou muito Cacete. Essa é a filosofia de minha prima Lala. Como vê, uma espécie de cruza de Anaximandro com Schiaparelli e Porfirio Rubirosa. Uma baixaria.

Nesse instante ouviram as vozes de Wanda e da cliente, que estavam vindo. Apareceram na sala e, atrás delas, meio afastada, também entrou Alejandra. Seu rosto pareceu demonstrar surpresa com a presença de Martín, mas essa própria impassibilidade revelava a Martín, que a conhecia tão bem, uma grande irritação contida. Naquele ambiente absurdo, respondendo a seu cumprimento com a mesma cordialidade superficial com que poderia cumprimentar um conhecido qualquer, sem se dar ao trabalho de se afastar um segundo para explicar-lhe sua ausência no encontro marcado, com o ar de frivolidade que assumia na frente de Wanda e Quique,

Alejandra parecia pertencer a uma raça que não falava a mesma língua de Martín e nem mesmo seria capaz de compreender a outra Alejandra.

A cliente vinha falando sem parar com Wanda sobre a necessidade *inadiável* de matar Perón.

— Tem de matar toda a negrada — dizia. — Nós, que somos gente fina, já nem podemos andar nas ruas.

Uma série de sentimentos confusos e contraditórios entristeceu Martín mais ainda.

— Digo a vocês — a mulher prosseguiu, depois de trocar beijinhos na face com Quique — que o comunismo vem aí. Mas já pensei em tudo: se o comunismo vier, vou para a fazenda e ponto-final.

E, enquanto ouvia distraidamente a apresentação de Martín, Quique, por cima de seu ombro, olhava com cara de júbilo para Alejandra, pois, como disse mais tarde, "como é que alguém consegue inventar uma frase dessas?".

Martín observava Alejandra e lutava para fazer uma cara de indiferença, mas seu rosto, como que independente de sua vontade, ia adquirindo os inevitáveis e sempre desagradáveis sinais de reprimenda, sofrimento e interrogação.

— Sabe, Marita — Quique disse à cliente —, que se comprovou que o cara não se chama Perón, mas Perone?

— Não me diga! — a mulher comentou, com enorme interesse.

— Nada mais nada menos: o indivíduo se chama Perone.

Assim que Marita foi embora, Quique desenvolveu sua teoria:

— Se neste país você se chama Vignaux, mesmo se seu avô foi açougueiro em Bayonne ou Biarritz, você é gente fina. Mas se tem a desgraça de se chamar De Ruggiero, mesmo se seu pai foi professor de filosofia em Nápoles, você está frito, meu amigo: nunca deixará de ser uma espécie de verdureiro. Esse negócio de sobrenome tem que ser estudado com muito cuidado — prosseguiu, enquanto Wanda e Alejandra começavam a rir. — Pois com essa coisa dos cruzamentos e da emigração o país fica exposto a Grandes Perigos. Aí está o caso de Muzzio Echandía. Um dia María Luisa se viu obrigada a lhe dizer: "Cale a boca, você, que nem com dois sobrenomes consegue fazer um que preste!".

— E tem razão, que diabos! Se pelo menos o segundo sobrenome fosse Ibarguren ou Álzaga. Em suma, um basco qualquer de boa cepa! Mas agora o mal está feito, e, como eu disse um dia a Juan Carlitos: "Você se enganou de basco, meu velho".

— Aqui, queridas, a gente tem de andar pisando em ovos, pois de onde menos se espera a lebre pula. Vejam só o que aconteceu com Jeannette, que brigou com o Negro, e o Negro lhe mandou uma carta. E Jeannette, que já tinha bebido uns bons goles, veio para cima de mim na Biela Fundida e me disse: "Seu filho da puta! Porque você é que sabe (olhou para os lados) que me falta um quarto sobrenome". "*Sans blague*", comentei.

Então me mostrou o envelope, com a piada injusta do Negro, destinada, qual é a dúvida, aos empregados. A carta era endereçada, na verdade, a Jeannette Álzaga Basavilbaso Álzaga — e caia de costas! — Murature! Imagine só, Alejandra! Um gringo marinheiro que foi nomeado comandante da Frota de Buenos Aires na guerra contra a Confederação. Algo assim como marechal do Exército de San Marino. Está percebendo? *L'Amiraglio, cara mia!* Entende agora o drama de Jeannette? É verdade que ela tem um par de "Álzaga". Mas se pelo menos fosse "Álzaga y". Mas não: um Basavilbaso e um Murature. E se pelo menos um dos dois fosse uma avenida. Mas não: uma rua de trinta centímetros de comprimento. Uma baixaria! Minha teoria é que, se você tem um sobrenome proleta, tem de se defender como bicho acuado, *che*. Imagine se você tem a desgraça de se chamar Pedro Mastronicola. Bem, não, isso é demais, isso não tem defesa, nem na classe média. Digamos que se chame Pedro Marolda. O que pode fazer? Precisa lutar como um condenado, e mesmo assim — esta é outra ironia da história — com suma cautela. *De la mesure avant toute chose!* Pois não é porque você se chama Marolda que vai se atirar qual um faminto para cima de um Uriburu. Afinal, como é possível alguém se chamar Pedro Marolda Uriburu? Todo mundo acharia que você é um farsante, um vigarista internacional, um *déguisé*. Também não poderia substituir o Uriburu por dois sobrenomes menores, como Moyano e Navarro, por exemplo. Você há de compreender que Pedro Marolda Moyano Navarro é uma palhaçada, uma espécie de oriundo de Córdoba em pleno corso carnavalesco. Nesses casos é preferível escolher um só sobrenome, não muito espalhafatoso: Pedro Maroldo Moyano. Vocês me dirão que este não é tão importante. Concordo, mas pelo menos *that works*. Posso lhes garantir que, em caso de escassez, nada melhor do que recorrer às ruas. Antigamente, eu e o Grillo enlouquecíamos Sayús, que é um esnobe, dizendo que íamos lhe apresentar Martita Olleros, Beba Posadas, Titina Azcuénaga. Os metrôs, dou-lhes a informação, são um verdadeiro filão. Peguem, por exemplo, a linha para Palermo, que não é das melhores. Mesmo assim funciona praticamente desde a saída: Chuchi Pellegrini (meio suspeito, mas ainda assim impressiona um pouco, pois afinal o gringo foi presidente), Mecha Pueyrredón, Tota Agüero, Enriqueta Bulnes. Estão percebendo?

21.

Martín esperava um sinal, uma chamada. Então, jogando um tudo ou nada, aproximou-se dela e perguntou se podiam sair um instantinho. "Está bem", respondeu. E, dirigindo-se a Wanda, disse:

— Volto daqui a uns minutos.

"Uns minutos", pensou Martín.

Foram pela rua Charcas até o bar que fica na esquina da Esmeralda.

Disse-lhe:

— Fiquei esperando por você uma hora e meia.

— Apareceu um trabalho urgente e não tive como avisá-lo. Martín pressentiu a catástrofe e tentou mudar, pelo menos, o tom da voz, levar as coisas com mais calma, com indiferença. Mas foi impossível.

— Diante dessas pessoas você parece outra. É inconcebível que... — Calou-se e depois continuou: — Acho que realmente você é outra pessoa.

Alejandra não respondeu.

— Não é isso?

— Talvez.

— Alejandra — disse Martín —, quando você é a pessoa verdadeira? Quando?

— Tento sempre ser verdadeira, Martín.

— Mas como pode esquecer momentos como os que passamos?

Ela se virou, indignada:

— E quem disse que eu esqueci?

E, depois de um instante em silêncio, acrescentou:

— Por isso, porque não quero enlouquecê-lo, prefiro não vê-lo mais.

Estava sombria, calada e evasiva. E disse de repente:

— Não quero que a gente passe novamente momentos iguais a esses.

E com brutal ironia concluiu:

— Esses famosos momentos perfeitos.

Martín a olhava desesperado; não só pelo que dizia como pelo tom devastador.

— Você agora vai se perguntar por que lhe faço essas ironias, por que o faço sofrer assim, não é?

Martín começou a olhar uma manchinha marrom que havia na toalha cor-de-rosa e suja.

— Bem — continuou —, não sei. Também não sei por que não quero ter mais um desses famosos momentos com você. Compreenda, Martín: isso tem de acabar de uma vez por todas. Alguma coisa não está funcionando. E o mais honesto é não nos vermos nunca mais.

Os olhos de Martín encheram-se de lágrimas.

— Se você me deixar, eu me mato — disse.

Alejandra olhou-o com expressão grave. E depois, com uma mistura singular de dureza e melancolia na voz, disse:

— Não posso fazer nada, Martín.

— Não se importa que eu me mate?

— Claro, como não vou me importar.

— Mas não faria nada para impedir.

— Como poderia impedir?

— Quer dizer que para você é igual que eu me mate ou continue vivendo.

— Eu não disse isso. Não, não é igual. Acharia horrível se

você se matasse.

— Você se importaria muitíssimo?

— Muitíssimo.

— E então?

Olhou-a com cuidado e ansiedade, como se olha alguém em perigo iminente, buscando o menor indício de salvação. "Não é possível", pensava. "Uma pessoa que passou comigo as coisas que ela passou, há apenas poucas semanas, não pode acreditar realmente em tudo isso."

— E então? — insistiu.

— Então, o quê?

— Digo-lhe que talvez me mate agora mesmo, me jogando debaixo do trem em Retiro, ou no metrô. Será igual para você?

— Já lhe disse que não será igual, que sofrerei horrores.

— Mas continuará vivendo.

Ela não respondeu, mexeu o resto do café e olhou o fundo da xícara.

— Quer dizer que tudo o que passamos juntos nesses meses, tudo isso é um lixo que deve ser jogado na rua!

— Ninguém lhe disse isso! — quase gritou.

Martín se calou, perplexo e consternado.

— Não a entendo, Alejandra. Nunca a entendi, na verdade. Essas coisas que diz, essas coisas que faz comigo, isso também conta.

Fez um esforço para pensar.

Alejandra, sombria, talvez nem escutasse. Olhava para um ponto na rua.

— Então? — Martín insistiu.

— Nada — respondeu secamente. — Não nos veremos mais. É o mais honesto.

— Alejandra, não consigo suportar a ideia de não vê-la mais. Quero vê-la, de qualquer maneira, do jeito que você quiser...

Alejandra nada respondeu; de seus olhos começaram a cair lágrimas, mas sem que seu rosto abandonasse a expressão rígida e ausente.

— Hein, Alejandra?

— Não, Martín. Detesto as coisas meio lá, meio cá... Ou acontecerão outras cenas como esta, que lhe fazem tão mal, ou voltaremos a ter um encontro como o de segunda-feira. E não quero, entende? Não quero mais ir para a cama com você. Por nada deste mundo.

— Mas por quê? — Martín exclamou, pegando sua mão, sentindo tumultuosamente que algo, algo muito importante restava entre os dois, apesar de tudo.

— Porque não! — ela gritou, com um olhar de ódio, arrancando sua mão das dele.

— Não entendo você... — Martín balbuciou. — Nunca entendi...

— Não se preocupe. Eu também não me entendo. Nem sei por que faço tudo isso com você. Não sei por que o faço sofrer assim.

E exclamou, cobrindo o rosto:

— Que horror!

E, enquanto cobria o rosto com as duas mãos, começava a chorar histericamente, repetindo, entre soluços, "que horror, que horror!".

Durante todo o tempo da relação entre eles, muito poucas vezes Martín vira Alejandra chorar, e sempre foi impressionante. Quase aterrador. Era como se um dragão, ferido de morte, derramasse lágrimas. Mas essas lágrimas (como ele imaginava que seriam as do dragão) eram tremendas, não significavam fraqueza nem necessidade de ternura: pareciam gotas amargas de rancor líquido, escaldantes e devoradoras.

Apesar disso, Martín se atreveu a pegar suas mãos, tentando descobrir seu rosto, com ternura mas firmeza.

— Alejandra, como você sofre!

— E ainda tem pena de mim! — ela resmungou debaixo das mãos, num tom que não se podia saber se era de raiva, desprezo, ironia ou pesar, ou de todos esses sentimentos juntos.

— É, Alejandra, claro que tenho pena de você. Você acha que não vejo que você está sofrendo assustadoramente? E não quero que sofra. Juro que isso nunca mais vai acontecer.

Ela foi se acalmando. Finalmente, enxugou as lágrimas com um lenço.

— Não, Martín — disse. — É melhor não nos vermos mais. Porque mais cedo ou mais tarde teríamos de nos separar de forma ainda pior. Não consigo dominar coisas horríveis que tenho dentro de mim.

Voltou a cobrir o rosto com as mãos, e Martín voltou a querer separá-las.

— Não, Alejandra, não nos faremos mal. Você vai ver. A culpa foi minha, ao insistir em vê-la. Ao ir procurá-la.

Tentando rir, acrescentou:

— Como se alguém fosse procurar o doutor Jekill e encontrasse Mr. Hyde. De noite. Embuçado. Com as unhas de Frederic March. Hein, Alejandra? Só nos veremos quando você quiser, quando me ligar. Quando se sentir bem.

Alejandra não respondeu.

Passaram-se longos minutos e Martín se desesperava com esse tempo transcorrendo inutilmente, pois sabia que ela já estava atrasada, que precisava ir embora, que iria a qualquer momento, e que o deixaria num estado de absoluta prostração. E depois viriam os dias negros, longe dela, alheios à sua vida.

E aconteceu o que tinha de acontecer: ela olhou o relógio de pulso e disse:

— Preciso ir embora.

— Não nos separemos assim, Alejandra. É inacreditável. Vamos decidir antes o que fazer.

Não sei, Martín, não sei.

— Pelo menos vamos combinar nos vermos outro dia, com menos pressa. Não vamos resolver nada neste estado de ânimo.

Enquanto iam saindo Martín pensava como era pouco, espantosamente pouco, o tempo que lhe restava durante aquelas duas quadras. Caminharam devagar, mas mesmo assim logo faltaram cinquenta passos, vinte passos, dez passos, nada. Então, desesperado, Martín a pegou por um braço e, apertando-o, tornou a implorar que, pelo menos, se vissem mais uma vez.

Alejandra o olhou. Seu olhar parecia vir de muito longe, de uma região tristemente alheia.

— Prometa-me, Alejandra! — suplicou, com lágrimas nos olhos.

Alejandra o olhou longa e duramente.

— Está bem. Amanhã às seis da tarde, no Adam.

22.

As horas foram dolorosamente longas: era como subir uma montanha, cujos últimos lances são quase invencíveis. Seus sentimentos eram complexos, pois, por um lado, sentia a nervosa alegria de vê-la mais uma vez, e, por outro, intuía que o encontro ia ser justamente isso: mais um encontro, talvez o último.

Muito antes das seis já estava no Adam, olhando para a porta. Alejandra chegou às seis e meia passadas.

Não era a Alejandra agressiva da véspera, mas em compensação mostrava aquela expressão absorta que tanto desesperava Martín.

Por que, então, tinha ido?

O garçom teve de lhe repetir duas ou três vezes a pergunta. Ela pediu gim e depois observou o maldito relógio.

— Como? — Martín comentou com irônica tristeza. — Já tem de ir embora?

Alejandra o olhou vagamente e sem perceber a ironia disse que não, que ainda tinha algum tempo. Martín baixou a cabeça e mexeu seu copo.

— Por que você veio, então? — não pôde deixar de dizer.

Alejandra o olhava como tentando concentrar a atenção.

— Prometi que viria, não foi?

Mal lhe trouxeram o gim, ela o bebeu de um só gole. Depois disse:

— Vamos sair. Quero tomar um pouco de ar.

Quando saíram, Alejandra andou até a praça e, subindo na grama, sentou-se num dos bancos que dão para o rio.

Ficaram um bom tempo em silêncio, que foi quebrado por ela, ao dizer:

— Como é repousante se odiar!

Martín contemplava a Torre de los Ingleses, que marcava o avanço do tempo. Mais atrás destacava-se o complexo da Companhia de Eletricidade, com suas chaminés grandes e rechonchudas, e o Puerto Nuevo, com seus elevadores e guindastes: abstratos animais antediluvianos, com seus bicos de aço e cabeças de pássaros gigantescos inclinadas para baixo, como para bicar os barcos. Calado e deprimido, olhava como a noite ia caindo sobre a cidade, como começavam a brilhar no céu azul-negro as luzes vermelhas do alto das chaminés e das torres, os letreiros luminosos do parque Retiro, os semáforos da praça. Enquanto isso, milhares de homens e mulheres saíam correndo das bocas de metrôs e entravam com o mesmo desespero cotidiano nas bocas dos trens suburbanos. Contemplou o Kavanagh, cujas janelas começavam a ser iluminadas. Também lá no alto, no trigésimo ou trigésimo quinto andar, talvez num quartinho um homem solitário também acendesse uma luz. Quantos desentendimentos iguais ao deles, quantas solidões haveria só naquele arranha-céu!

E então ouviu o que temia ouvir a qualquer momento:

— Tenho de ir.

— Já?

— Já.

Desceram juntos o barranco, pela grama, e quando chegaram embaixo ela se despediu e começou a andar sob as arcadas da Recova. Martín a acompanhou, poucos passos atrás dela.

— Alejandra! — gritou como se fosse quase outra pessoa.

Ela parou e esperou. A luz da vitrine de uma loja de armas batia bem em cima dela: seu rosto estava duro, sua expressão era impenetrável. Mas o que mais lhe doía era aquele rancor. O que ele lhe fizera? Sem querer, impulsionado pelo sofrimento, perguntou-lhe isso. Ela apertou ainda mais os maxilares e virou seus olhos para a vitrine.

— Não fui mais do que ternura e compreensão.

Como única resposta, Alejandra disse que não podia ficar nem mais um minuto: às oito tinha de estar em outro lugar.

Viu-a afastar-se.

E, de repente, resolveu segui-la. O que de pior poderia lhe acontecer se ela percebesse?

Alejandra caminhou três quadras pelas arcadas da Recova, pegou a Reconquista e finalmente entrou num pequeno bar e restaurante chamado Ukrania. Martín, com grandes precauções, se aproximou e espiou no escuro. Seu coração se encolheu e endureceu como se alguém o tivesse arrancado e colocado, solitário, em cima de uma placa de gelo: Alejandra estava sentada na frente de um homem que lhe pareceu tão sinistro como o próprio bar. Sua pele era escura, mas tinha olhos claros, talvez cinza. Seu cabelo era liso e grisalho, puxado para trás. Seus traços eram duros e a cara parecia talhada a machado. Aquele homem era não só forte como dotado de uma tenebrosa beleza. Sua dor foi tão grande, sentiu-se tão pequeno ao lado do desconhecido, que já nada lhe importava. Como se se dissesse: *O que pode me acontecer de mais terrível?* Fascinado e triste, podia acompanhar a expressão dele, seus silêncios, o movimento de suas mãos. Na verdade, falava pouco, e quando o fazia suas frases eram breves e cortantes. Suas mãos descarnadas e nervosas pareciam ter certo parentesco com as garras de um falcão ou de uma águia. Sim, era isso: tudo naquele indivíduo lembrava uma ave de rapina: o nariz fino, mas forte e aquilino; as mãos ossudas, ávidas e impiedosas. Aquele homem era cruel e capaz de qualquer coisa.

Martín o achava parecido com alguém, mas não conseguia descobrir com quem. A certa altura, pensou que talvez o tivesse visto em alguma ocasião, porque era um rosto impossível de se esquecer, e, se o tivesse visto ao menos uma vez, agora, necessariamente, deveria achá-lo conhecido. De repente, lembrou-lhe um pouco um rapaz da família Cornejo, de Salta. Mas não, não era por aí que aquele rosto lhe parecia vagamente familiar.

Alejandra falava agitada. Estranho: os dois eram duros e pareciam se odiar, e no entanto essa ideia não o tranquilizava. Pelo contrário, quando percebeu isso seu desespero só fez crescer. Por quê? Porque teve a impressão de entender a verdade: os dois estavam unidos por uma veemente paixão. Como se duas águias se amassem, pensou. Como duas águias que, contudo, pudessem ou quisessem se destroçar e dilacerar com seus bicos e suas garras, até se matar. E, quando viu que Alejandra pegava com uma de suas mãos uma das mãos, uma das garras, daquele indivíduo, Martín sentiu que, a partir desse momento, tudo lhe era indiferente e o mundo carecia totalmente de sentido.

23.

Caminhava na madrugada quando teve, de repente, a revelação: aquele homem parecia Alejandra! Imediatamente lembrou-se da cena do Mirante, quando ela se retraiu mal pronunciou o nome de Fernando, como se tivesse dito um nome que deve ser mantido em segredo.

"Aquele era Fernando!", pensou.

Os olhos cinza-esverdeados, as maçãs do rosto meio mongólicas, a tez escura e o rosto de Trinidad Arias! Claro: isso explicava a impressão de ser alguém conhecido: tinha muito de Alejandra e muito de Trinidad Arias, a do retrato que Alejandra lhe mostrara. Só ela e Fernando, dissera Alejandra, como quem está isolada do mundo com um homem, com um homem que, agora compreendia, ela admirava.

Mas quem era Fernando? Um irmão mais velho: um irmão que ela não queria mencionar. Porém a ideia de que o homem fosse seu irmão o tranquilizou medianamente, quando devia tê-lo tranquilizado de vez. Por que (perguntou-se) não me alegro? Na hora, não encontrou resposta à interrogação. Só percebeu que, precisando se tranquilizar, não conseguia.

Não conseguia dormir sossegado: como se desconfiasse de que um vampiro tivesse entrado no quarto onde dormia. Durante todo esse tempo deu voltas e voltas à cena que havia presenciado, tentando descobrir a causa de seu desassossego. Até que acreditou encontrá-la: a mão! Com repentina angústia lembrou-se do jeito dela acariciando a mão dele. Não era o jeito de uma irmã que acaricia o irmão! Ela não parava de pensar nele, *nele*, o hipnotizador. Fugia dele, mas, cedo ou tarde, tinha de voltar para ele, como que enlouquecida. Agora Martín imaginava explicar muitos de seus gestos inexplicáveis e contraditórios.

E, mal acreditou ter encontrado a chave do enigma, novamente caiu na maior perplexidade: a semelhança. Era indubitável: aquele homem era da família dela. Achou que podia ser primo irmão. Sim: era um primo irmão e se chamava Fernando.

Só podia ser isso mesmo, pois essa probabilidade explicava tudo: a semelhança notável e a súbita reticência naquela noite, quando lhe escapou o nome de Fernando. O homem (pensou) era um nome-chave, um nome secreto. "Todos, menos Fernando e eu", ela dissera sem querer, e depois parara abruptamente e não respondera à sua pergunta. Agora ele entendia tudo: ela e ele viviam isolados, num mundo à parte, orgulhosamente. E ela amava Fernando, e por isso tinha se arrependido de pronunciar diante dele, Martín, a palavra reveladora.

Sua agitação cresceu à medida que se passavam os dias, e finalmente, não aguentando mais, telefonou para Alejandra e disse que tinha algo urgentíssimo para lhe dizer: só uma coisa, embora fosse a última. Quando se encontraram, quase não conseguia falar.

24.

— O que você tem? — ela perguntou com violência, porque intuía que Martín se sentia magoado por alguma coisa que acontecera. E isso a enfurecia, pois, como várias vezes repetiu, ele não tinha nenhum direito sobre ela, que nada lhe prometera e, portanto, não lhe devia explicações. Sobretudo agora, quando haviam decidido terminar. Martín negou com a cabeça, mas seus olhos estavam cheios de lágrimas.

— Diga o que você tem — ela disse, sacudindo seus braços.

Esperou uns instantes, sem deixar de olhá-lo nos olhos.

— Só quero saber uma coisa, Alejandra: quero saber quem é Fernando.

Ela empalideceu, seus olhos faiscaram.

— Fernando? — perguntou. — De onde você tirou esse nome?

— Você o pronunciou naquela noite, no seu quarto, quando me contou a história da sua família.

— E que importância pode ter essa bobagem?

— Para mim, uma importância maior do que você imagina.

— Por quê?

— Porque achei que você tinha se arrependido de ter dito essa palavra, esse nome, não foi?

— Suponhamos que tenha sido; que direito você tem de me fazer perguntas?

— Nenhum direito, eu sei. Mas, pelo que você mais ama, me diga quem é Fernando: um irmão seu?

— Não tenho irmãos nem irmãs.

— Então, é um primo seu.

— Por que teria de ser primo?

— Você disse que de toda a família só você e Fernando não eram unitários. Por isso eu acho que, se não é seu irmão, pode ser um primo. Não é seu primo?

Alejandra largou finalmente os braços de Martín, que mantivera apertados com as duas mãos, e ficou calada e deprimida.

Acendeu um cigarro e depois de um tempo disse:

— Martín, se quer que eu guarde uma recordação amistosa de você, não me faça perguntas.

— Faço só uma pergunta.

— Mas por quê?

— Porque para mim é muito importante.

— Por que é importante?

— Porque cheguei à conclusão de que você gosta dessa pessoa.

Alejandra tornou a ficar dura e seus olhos tornaram a ter o brilho faiscante de seus piores momentos.

— E em que você se baseia?

— É uma intuição.

Pois está redondamente enganado. Não gosto de Fernando.

— Bem, talvez eu não tenha me expressado direito. Quis dizer que o ama, que está apaixonada por ele. Pode ser que não goste dele, mas está apaixonada por ele.

Disse essas últimas palavras com voz quebrada.

Alejandra pegou seus braços com as mãos duras e fortes (como as dele, pensou Martín com espantosa dor, como as dele!) e, sacudindo-o, disse-lhe com voz raivosa e violenta:

— Você me seguiu!

— Sim! — gritou —, segui até aquele bar da rua Reconquista e a vi com um homem que se parece com você e por quem você está apaixonada!

— E como sabe que esse homem é Fernando?

— Porque parece com você... e porque você disse que Fernando era da sua família e porque achei que entre você e Fernando havia algum segredo, porque era como se você e ele formassem algo à parte, separado de todos os outros, e porque você se arrependeu de ter dito o nome dele, e também pelo jeito de segurar a mão dele.

Alejandra o sacudiu, como que lhe batendo, e ele deixou, qual um corpo flácido e inerte. E depois soltou-o e levou as mãos ávidas ao rosto, querendo se arranhar, e também pareceu que soluçava, à sua maneira, secamente. E, entre suas mãos entreabertas, ele a ouviu gritar:

— Imbecil! Imbecil! Esse homem é meu pai! E depois foi embora correndo.

Martín ficou petrificado, sem conseguir fazer nem dizer nada.

25.

Como se uma grande batida de timbale tivesse inaugurado as trevas, desde aquelas terríveis palavras de Alejandra, Martín sentiu-se num imenso sono negro, pesado como se dormisse no fundo de um oceano de chumbo líquido. Por muitos dias perambulou pelas ruas de Buenos Aires, à deriva, pensando que aquela criatura maravilhosa chegara do desconhecido e agora voltara ao desconhecido. *O lar*, dizia-se de repente, *o lar*. Palavras soltas e, pelo visto, sem sentido, mas talvez se referissem ao homem que no meio da tormenta, no meio das trevas, quando os relâmpagos e trovões aumentam, refugia-se em sua gruta calorosa, familiar, doce. Lar, lareira, luminoso e doce refúgio. Por isso (dizia Bruno) a solidão era maior no estrangeiro, porque a pátria também era como o lar, a lareira e a infância, como o refúgio materno; e viver no estrangeiro era tão triste como habitar num hotel anônimo e indiferente, sem recordações, sem árvores familiares, sem infância, sem fantasmas, porque a pátria era a infância e por isso talvez fosse melhor chamá-la mátria, algo que ampara e aquece nos momentos de solidão e frio. Mas ele, Martín, quando tivera mãe? E, além disso, esta pátria parecia tão inóspita, tão áspera e tão pouco protetora. Porque (como também dizia Bruno, se bem que, agora, ele não se lembrasse disso, mas sentisse fisicamente, como se estivesse na intempérie, no meio de um furioso temporal) nossa desgraça era que não tínhamos terminado de construir uma nação quando o mundo onde ela se originara começou a rachar e depois a desmoronar, de modo que aqui não tínhamos nem sequer esse simulacro de eternidade que na Europa, ou no México, ou em Cuzco, são as pedras milenares. Aqui (dizia) não somos Europa nem América, mas uma região fraturada, um lugar de fratura e dilaceração instável, trágico e transtornado. De modo que aqui tudo era mais transitório e frágil, não havia nada sólido em que se agarrar, o homem parecia mais mortal, e sua condição, mais efêmera. E ele (Martín), que desejava algo forte e absoluto em que se agarrar no meio da catástrofe e uma gruta aquecida onde se refugiar, não tinha casa nem pátria. Ou, pior, tinha um lar construído em cima de esterco e frustração, e uma pátria trêmula e enigmática. Portanto, sentia-se *só*, *só*, *só*: únicas palavras em que claramente pensou, mas que, sem dúvida, expressavam tudo aquilo. E, como um náufrago na noite, precipitara-se sobre Alejandra. Mas fora como buscar refúgio numa caverna de cujo fundo, de repente, haviam irrompido feras devoradoras.

26.

E de repente, num daqueles dias sem sentido, viu-se arrastado por pessoas que corriam, enquanto lá no alto rugiam aviões a jato e todos gritavam "Plaza Mayo!", entre caminhões carregados de operários que corriam loucamente para lá, entre gritos confusos e a imagem vertiginosa dos aviões rasantes sobre os arranhacéus[3]. E depois o estrondo das bombas, o matraquear das metralhadoras e dos canhões antiaéreos. E as pessoas sempre correndo, entrando aos empurrões nos edifícios, mas saindo de novo, nem bem os aviões tinham passado, com curiosidade, com conversas nervosas, até que voltavam os aviões e de

3 No dia 16 de junho de 1955, as Forças Armadas tentam derrubar o presidente Juan Domingo Perón, eleito em 1946 e reeleito em 1951. Ao meio-dia, dezenas de aviões da Marinha de Guerra metralham a Casa Rosada, sede do governo, e bombardeiam as manifestações operárias organizadas pelos peronistas na praça Mayo. O ataque durou mais de quatro horas e resultou em centenas de mortos e feridos, especialmente entre os *cabecitas negras*, esses argentinos do interior, morenos e de cabelo preto, que desde a industrialização dos anos 1940 migravam para Buenos Aires atraídos pelas oportunidades de trabalho. Essa nova massa operária alimentava o movimento peronista, mas, ao mesmo tempo, ao ser desprezada pelas oligarquias, origem do apelido depreciativo, servia de pretexto ao antiperonismo das elites. A oposição da hierarquia católica ao governo de Perón, que em 1955 suprimira o ensino religioso nas escolas e vários feriados católicos, resultou, no dia 16 de junho, em incêndios que consumiram uma dúzia de igrejas, promovidos pelos grupos mais exaltados, e na invasão da Cúria.

novo corriam para dentro. Enquanto outras pessoas, protegidas apenas pelas paredes (como se se tratasse de uma simples chuva), olhavam para o alto, ou, perplexas e curiosas, apontavam com os braços esticados em direções indefinidas.

E depois chegou a noite. E a garoa começou a cair silenciosamente sobre uma cidade sobressaltada e minada por rumores.

27.

A solidão era lúgubre e na noite os incêndios projetavam um clarão sinistro no céu plúmbeo.

Ouvia-se o bumbo como num carnaval de loucos.

Agora estava em frente à igreja, arrastado por gente enlouquecida e confusa. Uns carregavam revólveres e pistolas. "São da Alianza", disse alguém. Logo pegou fogo a gasolina que tinham ateado às portas. Entraram em tumulto, gritando. Arrastaram bancos, atiraram-nos contra as portas, e a fogueira cresceu. Outros levavam genuflexórios, imagens e bancos para a rua. A garoa caía indiferente e fria. Jogaram gasolina, e a madeira ardeu furiosamente, no meio das gélidas rajadas. Gritaram, ouviram-se tiros por ali, uns corriam, outros se refugiavam nas entradas dos prédios do outro lado da rua, encostados nas paredes, fascinados com o fogo e o pânico. Alguém ergueu nos braços uma imagem de Nossa Senhora e ia jogá-la nas chamas. Outro, que estava ao lado de Martín, um jovem operário, jeito de índio, gritou: "Dê para mim! Não queime!".

— O quê? — disse o outro com a imagem no alto, olhando-o furioso.

— Não queime, posso ganhar uns pesos — disse o rapaz.

O outro baixou a imagem e, mexendo a cabeça, entregou-a.

Depois lançou no fogo bancos e quadros.

Agora o rapaz estava com a Nossa Senhora no chão, a seus pés. Procurou ajuda. Viu um agente de polícia olhando o espetáculo, pediu-lhe que o ajudasse a tirar a imagem de dentro da igreja.

— Não se meta em confusão, rapaz — o policial lhe recomendou.

Martín se aproximou.

— Eu ajudo — disse-lhe.

— Bem, agarre pelos pés — disse o jovem operário.

Saíram. Lá fora continuava chovendo, mas o incêndio crescia na rua e, com a gasolina e a água, tudo crepitava. Uma mulher loura e alta, de cabelo solto e desgrenhado, com um archote de bronze que ela manejava como se fosse uma bengala, arrastava uma sacola, enchendo-a de imagens e objetos de culto.

— Canalhas! — dizia.

— Cale a boca, sua maluca! — gritavam.

— Canalhas! — dizia —, irão todos para o inferno.

Avançava com a sacola grande e o archote, com o qual se defendia. Um rapaz tocou obscenamente o seu corpo, outro lhe gritava porcarias, mas ela avançava se defendendo com a tocha e repetindo "canalhas".

— Ande, sua papa-hóstias! — gritaram-lhe.

Mas ela avançava e repetia "canalhas" com voz rouca e seca, quase indiferente, insensível e fanática.

— É uma louca, deixem-na — gritavam.

Uma mulher com cara de índia vigiava e atiçava o fogo, com um grande espeto de pau, como num gigantesco churrasco.

— É uma louca, deixem-na ir embora — diziam.

A mulher loura avançava com a sacola, abrindo caminho entre a rapaziada que lhe gritava safadezas, atirava-lhe tições em brasa e ria, tentando boliná-la.

Agora levantavam-se da Cúria grandes labaredas: queimavam os papéis, os registros. Um homem de chapéu de abas largas, moreno, ria histericamente e atirava pedras, cascalho, paralelepípedos.

A loura desapareceu da área iluminada.

Ouviu-se novamente uma alegre música de carnaval: os rapazes da banda tinham dado a volta no quarteirão:

O bloco de Chanta Cuatro
vem visitar vocês...

Na luz das labaredas, as contorções que eles faziam pareciam mais fantásticas. Os cibórios serviam de pires: fantasiados com casulas, erguiam cálices e crucifixos, marcavam o ritmo com tochas douradas. Alguém tocava um bumbo. Depois cantaram:

Nosso diretor
gosta de disfarçar...

E depois o bumbo, ritmado, e as contorções no meio das labaredas, sempre marcando o compasso com as tochas douradas.

Ouviram-se mais tiros e foi outro corre-corre. Não se sabia de onde vinham, quem eram. Houve pânico. Alguém disse: "É a Alianza". Outros tranquilizavam, transmitiam palavras de ordem. Outros corriam e gritavam "estão vindo" ou "calma, pessoal".

No meio da rua a fogueira crescia. Um grupo de rapazes e moças jogou no fogo um confessionário. Traziam mais imagens e quadros.

Um homem arrastava um Cristo, e uma mulher que acabava de aparecer, feroz e decidida, gritou:

— Dê para mim.

— O quê? — disse o homem, olhando-a com desprezo. Alguém disse "é da Fundação".

— Quem, quem? — perguntavam.

O bloco carnavalesco cantava:

A garota de Gonzale
gosta de banana...

A mulher seguiu o homem e pegou os pés do Cristo para que ele não o levasse embora.

— Largue-o — gritou o homem.

— Dê para mim — gritou a mulher.

E por um instante o Cristo ficou no ar, entre os dois, cada um puxando de um lado.

— Venha, senhora — disse o rapaz que tirou a Nossa Senhora da igreja.

— O quê? — disse a mulher, sem largar os pés de Cristo.

— Venha cá, largue isso.

— O quê? — disse a mulher, alucinada.

— Pegue esta imagem — disse-lhe.

A mulher pareceu hesitar, sem largar o Cristo, que se balançava.

— Mas venha, senhora — disse o rapaz.

Ela parecia hesitar, porém o homem deu um puxão no Cristo e o arrancou de suas mãos. A mulher, como idiotizada, olhou-o afastar-se e logo virou os olhos para a Nossa Senhora que estava no chão, ao lado do rapaz.

— Venha, senhora — disse o rapaz. A mulher se aproximou.

— É a Nossa Senhora dos Desamparados — disse o rapaz.

A mulher o olhou sem entender: era um *cabecita negra*. Talvez ela pensasse que quisessem lhe fazer alguma coisa.

— É, minha senhora — disse Martín —, tiramos a imagem da igreja, este rapaz a salvou do fogo.

Ela olhou o *cabecita negra*. Agora o bloco estava indo embora:

O bloco do Chanta Cuatro
vamo nos retirar...

A mulher se aproximou.

— Bem — disse —, vamos levá-la para casa.

O rapaz e Martín se abaixaram para levantar a Nossa Senhora.

— Não, esperem — disse ela.

Desabotoou o mantô, tirou-o e cobriu a imagem. Depois quis ajudar.

— Deixe — disse o rapaz —, bastamos nós dois. Diga aonde vamos.

Caminharam. A mulher na frente, um homem os seguindo. Agora, a chuva estava mais forte, e o rapaz sentia a coroa radial espetando o seu rosto. Já não entendia mais nada: tudo era confuso.

— Um ferido — disseram. — Deixem passar. Abriram-lhe caminho.

Andaram pela avenida Santa Fe, indo para Callao. O clarão avermelhado ia ficando cada vez mais fraco e aos poucos predominava a noite opaca, solitária e gélida. A chuva caía em silêncio e ao longe ouviam-se gritos isolados, um tiro, apitos.

Chegaram, subiram de elevador ao sétimo andar, entraram num apartamento luxuoso e Martín viu que o jovem operário estava atrapalhado: olhava com timidez e vergonha para a empregada, não sabia como se mexer entre os móveis escuros e os objetos de arte.

Puseram a imagem de pé, num canto e, talvez sem perceber, o rapaz encostou sua cabeça cansada e confusa em cima da Nossa Senhora, como se descansasse calado. De repente percebeu que estavam falando com ele.

— Vamos — disse-lhe a mulher —, precisamos voltar.

— Está bem — disse o rapaz, mecanicamente. Olhou ao redor, como procurando alguma coisa.

— O que é? — disse a mulher.

— Eu queria... — disse o rapaz.

— O quê? O que é que você quer, rapaz? — disse a mulher.

— Um copo de água, era só o que eu queria.

Trouxeram-lhe água, e o rapaz bebeu como se estivesse carbonizado.

— Bem, agora vamos — disse a mulher.

A chuva tinha amainado, o bloco carnavalesco devia estar em outros incêndios, mas o fogo ali prosseguia, agora no silêncio: os homens e as mulheres tinham se transformado em espectadores calados e fascinados, na calçada em frente.

Um deles carregava casulas debaixo do braço.

— Quer me dar essas casulas? — disse a mulher.

— O quê? — disse o homem.

— As casulas. Se quer me dar — disse a mulher.

O homem não respondeu: olhou o incêndio.

— As casulas — repetiu a mulher, com calma, uma calma de sonâmbulo. — Quero guardá-las, para a igreja, quando a reconstruírem.

O homem continuou olhando o incêndio, calado.

— O senhor não é católico? — disse a mulher com ódio. O homem continuou olhando o incêndio.

— Não foi batizado? — disse a mulher.

O homem continuou olhando o incêndio, mas seus olhos (Martín notou) estavam se endurecendo.

— Não tem filhos? Não tem mãe? O homem explodiu:

— Por que não vai para a puta que a pariu?

— Eu sou católica — disse a mulher, impassível e sonâmbula. — Quero as casulas para quando se reconstruir.

O homem a olhou e, inesperadamente, falou em tom normal:

— Vou guardá-las para me proteger da chuva — disse.

— Por favor, me dê as casulas — a mulher repetiu com calma.

— Vivo muito longe, em General Rodríguez — disse o homem.

Alguém, atrás da mulher obstinada, disse:

— Então o senhor veio de General Rodríguez, o senhor é dos que estavam queimando a igreja.

A mulher obstinada virou a cabeça: era um velho de cabelo branco.

Um homem de chapéu de abas largas desabotoou um impermeável e pegou um revólver. Friamente, com desprezo, encarou o velho:

— E quem é o senhor para interrogar alguém? — disse.

O sujeito das casulas também pegou um revólver. Uma mulher, segurando um facão de cozinha, aproximou-se da mulher impassível e disse:

— Quer que a gente enfie as casulas no seu cu?

A mulher impassível e demencial propôs uma troca com o homem das casulas:

— Este guarda-chuva tem cabo de ouro — disse.

— O quê?

— Eu troco pelas casulas. O cabo é de ouro. Veja. O homem olhou a empunhadura.

A mulher do facão, encostando a ponta no flanco da mulher da proposta, voltou a lhe repetir a frase anterior.

— Bem — disse o homem. — Então me dê o guarda-chuva.

A mulher do facão, furiosa, lhe gritou:

— Vagabundo! Vendido!

— Mas que vendido, que nada! — disse o sujeito das casulas, com gesto de enfaro. — Para que é que eu quero casulas, eu, hein?

— Você é um vagabundo vendido! — gritou a mulher do facão.

O sujeito das casulas ficou subitamente frenético:

— Escute aqui, é melhor você calar a boca se não quiser que eu lhe meta chumbo.

A mulher do facão o xingou e pôs o facão diante da cara dele, mas o outro pegou o guarda-chuva e não respondeu.

A mulher se afastou com as casulas, em meio a gritos e insultos. O homem do chapéu de abas largas disse então:

— Bem, pessoal, aqui não tem nada para fazer. Vamos.

A mulher das casulas chegou até onde estavam Martín e o *cabecita negra*. Distantes, temerosos. Acompanharam-na de novo ao apartamento da rua Esmeralda. E de novo Martín teve a impressão de que o rapaz estava triste, enquanto, da porta, olhava lentamente aquelas poltronas, aqueles quadros e porcelanas.

— Entre — a mulher insistiu.

— Não, senhora — disse o rapaz —, já vou. A senhora

não precisa mais de mim.

— Espere — disse a mulher.

O rapaz esperou, com respeitosa dignidade. Ela o olhou.

— Você é operário — disse-lhe.

— Sou, sim, senhora. Sou têxtil — o rapaz respondeu.

— E que idade tem?

— Vinte anos.

— E é peronista?

O rapaz ficou calado e baixou a cabeça. A mulher o olhou duramente.

— Como pode ser peronista? Não está vendo as atrocidades que eles cometem?

— Os que queimaram as igrejas são uns bandidos, senhora — disse.

— O quê? O quê? São peronistas.

— Não, senhora. Não são verdadeiros peronistas. Não são peronistas de verdade.

— O quê? — disse a mulher, furiosa. — O que está dizendo?

— Posso ir, senhora? — disse o rapaz, levantando a cabeça.

— Não, espere — ela disse, pensando —, espere... E por que você salvou a Nossa Senhora dos Desamparados?

— E eu lá sei. Não gosto de queimar igrejas. E que culpa tem a Nossa Senhora de tudo isso?

— De tudo isso o quê?

— De todo o bombardeio que houve na praça de Mayo, sei lá.

— Quer dizer que você acha ruim o bombardeio da praça de Mayo?

O rapaz a olhou com surpresa.

— Não sabe que um dia tem de se acabar com Perón? Com essa vergonha, com esse degenerado?

O rapaz a olhava.

— Hein? Você não acha? — a mulher insistia. O rapaz baixou a cabeça.

— Eu estava na praça de Mayo — disse. — Eu e milhares de outros companheiros. Na minha frente uma bomba arrancou a perna de uma companheira. Um amigo ficou sem a cabeça, outro teve a barriga aberta. Houve milhares de mortos.

A mulher disse:

— Mas você não entende que está defendendo um canalha?

O rapaz se calou. Depois disse:

— Nós somos pobres, senhora. Eu me criei num cômodo onde vivia com meus pais e mais sete irmãos.

— Espere, espere! — gritou a senhora. Martín também foi saindo.

— E você? — disse-lhe a mulher. — Também é peronista?

— Martín não respondeu.

Saiu para a noite.

O céu tenebroso e gélido parecia um símbolo de sua alma. Caía uma chuvinha impalpável, arrastada por esse vento sudeste que (Bruno dizia) reforça a tristeza do portenho, que pela janela embaçada de um café, olhando a rua, murmura *que tempo desgraçado*, enquanto alguém mais profundo pensa consigo mesmo *que tristeza infinita*. E sentindo a chuvinha gelada na cara, caminhando para lugar nenhum, de cenho franzido, olhando obcecado para a frente, como se concentrado num vasto e intrincado enigma, Martín repetia para si mesmo três palavras: Alejandra, Fernando, cegos.

28.

Andou sem rumo durante horas. E de repente se viu na praça da Inmaculada Concepción, em Belgrano. Sentou-se num dos bancos. Na frente dele, a igreja circular ainda parecia viver o pavor daquele dia. Um silêncio sinistro e a luz mortiça, a garoa, davam àquele canto de Buenos Aires um aspecto funesto: parecia que na velha construção colada à igreja escondia-se um enigma poderoso e temível, e uma espécie de fascinação inexplicável mantinha o olhar de Martín cravado naquele canto que via pela primeira vez na vida.

De repente, quase deu um grito: Alejandra atravessava a praça em direção daquele velho edifício.

No escuro, debaixo das árvores, Martín estava protegido do olhar dela. Aliás, ela ia andando com jeito de sonâmbula, com o automatismo que ele percebera muitas vezes, mas que agora lhe parecia mais acentuado. Alejandra avançava em linha reta, por cima dos canteiros, como quem caminha em sonhos para um destino traçado por forças superiores. Era evidente que não via nem ouvia nada. Avançava com a decisão mas também com o alheamento de uma hipnótica.

Logo chegou à marquise e, dirigindo-se sem titubear a uma daquelas portas fechadas e silenciosas, abriu-a e entrou.

Martín pensou que talvez estivesse sonhando ou tendo

uma visão: nunca tinha estado antes naquela pracinha de Buenos Aires, nada de consciente o fizera andar até lá na noite funesta, nada podia levá-lo a prever um encontro tão fantástico. Eram acasos demais e era natural que, por instantes, ele pensasse numa alucinação ou num sonho.

Mas as longas horas de espera defronte daquela porta não lhe deixaram dúvidas: Alejandra tinha de fato entrado e permanecia lá dentro, sem que ele conseguisse entender o motivo.

Chegou a manhã, e Martín não se atreveu a esperar mais, pois receava ser visto por Alejandra na luz do dia. Aliás, o que ganharia em vê-la sair?

Com uma tristeza que se manifestava na dor física, andou até o Cabildo.

Um dia nublado e cinza, cansado e melancólico, despertava do seio da noite alucinante.

CAPÍTULO III.

Relatório sobre os cegos

Ó, *deuses da noite!*
Ó, *deuses das trevas, do incesto e do crime,*
da melancolia e do suicídio!
Ó, *deuses dos ratos e das cavernas,*
dos morcegos, das baratas!
Ó, *violentos, inescrutáveis deuses*
do sono e da morte!

1.

Quando começou isto que vai terminar agora com meu assassinato? Esta lucidez feroz que tenho agora é como um farol, e posso projetar um facho de luz intensíssimo em regiões de minha memória: vejo caras, ratos num celeiro, ruas de Buenos Aires ou Argel, prostitutas e marinheiros; desloco o facho de luz e vejo coisas mais distantes: uma fonte na fazenda, uma sesta sufocante, pássaros e olhos que eu furo com um prego. Talvez tenha sido aí, mas quem sabe: pode ter sido muito mais para trás, em épocas de que já não me lembro, em épocas muito remotas de minha primeira infância. Não sei. Aliás, que importa?

Em compensação, lembro-me perfeitamente do começo de minha investigação sistemática (a outra, a inconsciente, talvez a mais profunda, como posso saber?). Foi num dia de verão do ano de 1947, ao passar defronte da praça de Mayo, pela rua San Martín, na calçada da Prefeitura. Eu vinha distraído, quando de repente ouvi um sininho, um sininho como se fosse de alguém que quisesse me acordar de um sono milenar. Eu caminhava, enquanto ouvia o sininho tentando penetrar nas camadas mais profundas de minha consciência: ouvia-o, mas não o escutava. Até que de repente o som tênue mas penetrante e obsessivo pareceu tocar em uma zona sensível de meu eu, num desses locais em que a pele do eu é finíssima e de sensibilidade anormal: e acordei sobressaltado, como diante de um perigo repentino e traiçoeiro, como se na escuridão eu tivesse tocado com as mãos a pele gelada de um réptil. Na minha frente, enigmática e dura, observando-me com toda a sua cara, vi a cega que vende bugigangas ali. Parara de bater seu sininho; como se só o tivesse tocado para mim, para me acordar de meu sono insensato, para avisar que minha existência anterior tinha terminado, como uma estúpida etapa preparatória, e que agora eu devia enfrentar a realidade. Imóvel, com seu rosto absorto voltado para mim, e eu paralisado por essa aparição infernal, embora gélida; assim ficamos durante esses instantes que não fazem parte do tempo, mas dão acesso à eternidade. E depois, quando minha consciência voltou a entrar na torrente do tempo, saí fugindo.

Assim começou a etapa final da minha existência.

A partir daquele dia compreendi que não era possível esperar nem mais um instante e que devia iniciar ali mesmo a exploração desse universo tenebroso.

Passaram-se vários meses, até que num dia de outono produziu-se o segundo encontro decisivo. Eu estava em plena investigação, mas meu trabalho andava atrasado por causa de uma inexplicável abulia, que, agora penso, era com certeza uma forma capciosa de pavor do desconhecido.

Eu vigiava e estudava os cegos, porém.

Sempre me preocupara e em várias ocasiões tive discussões sobre sua origem, hierarquia, modo de viver e condição zoológica. Na época, eu mal começava a esboçar minha hipótese da pele fria e já tinha sido insultado, por carta e de viva voz, por membros das sociedades ligadas ao mundo dos cegos. E com essa eficácia, rapidez e misteriosa informação que sempre têm as lojas maçônicas e as seitas secretas; essas lojas e seitas que estão invisivelmente difundidas entre os homens e que, sem que se saiba e nem se chegue a desconfiar, nos vigiam permanentemente, decidem nosso destino, nosso fracasso e até nossa morte. Coisa que, no mais alto grau, acontece com a seita dos cegos, a qual, para grande desgraça dos profanos, tem a seu serviço homens e mulheres normais: em parte enganados pela Organização, em parte, como consequência de uma propaganda sentimental e demagógica; e, enfim, em boa medida por receio dos castigos físicos e metafísicos que, murmura-se, recebem os que se atrevem a investigar seus segredos. Castigos que, diga-se de passagem, tive naquela época a impressão de já haver recebido parcialmente, bem como a convicção de que continuaria a recebê-los, numa forma cada vez mais assustadora e sutil; o que, sem dúvida por causa de meu orgulho, não teve outro resultado além de acentuar minha indignação e meu propósito de levar as investigações até as últimas consequências.

Se eu fosse um pouco mais ingênuo, talvez pudesse me gabar de ter confirmado com essas investigações a hipótese que há tempos imaginei sobre o mundo dos cegos, já que foram os pesadelos e as alucinações de minha infância que me trouxeram a primeira revelação. Depois, à medida que fui crescendo, acentuou-se minha prevenção contra esses usurpadores, espécie de chantagistas morais que, é natural, abundam nos subterrâneos, devido a essa condição que os aparenta aos animais de sangue frio e pele viscosa, moradores de grutas, cavernas, porões, velhas galerias, canos de escoamento, esgotos, poços cegos, fendas profundas, minas abandonadas com silenciosas infiltrações de água; e alguns, os mais fortes, em enormes grutas subterrâneas, às vezes a centenas de metros de profundidade, como se pode deduzir dos relatórios ambíguos e reticentes de espeleólogos e caçadores de tesouros, mas suficientemente claros para quem conhece as ameaças que pesam sobre os que tentam desvendar o grande segredo.

Antes, quando eu era mais moço e menos desconfiado, embora estivesse convencido de minha teoria, resistia a verificá-la e até a enunciá-la, pois esses preconceitos sentimentais que são a demagogia das emoções me impediam de ultrapassar as defesas erguidas pela seita, ainda mais impenetráveis quanto mais fossem sutis e invisíveis, feitas de palavras de ordem aprendidas nas escolas e nos jornais, respeitadas pelo governo e pela polícia, espalhadas pelas instituições de caridade, pelas senhoras e pelos professores. Defesas que impedem chegar-se a essas tenebrosas periferias onde os lugares-comuns são cada vez mais raros e onde começamos a desconfiar da verdade.

Muitos anos tiveram de passar para que eu conseguisse vencer as defesas exteriores. E assim, paulatinamente, com uma força tão grande e paradoxal como a que nos pesadelos nos fazem andar para o horror, fui penetrando nas regiões proibidas onde começa a reinar a escuridão metafísica, vislumbrando aqui e acolá, de início indistintamente, como fantasmas fugitivos e ambíguos, depois com precisão maior e aterradora, todo um mundo de seres abomináveis.

Vou contar como obtive esse pavoroso privilégio e como, após anos de busca e ameaças, consegui entrar no recinto onde se agita uma multidão de seres, dos quais os cegos comuns são apenas sua manifestação menos impressionante.

2.

Lembro-me muito bem daquele 14 de junho: dia gelado e chuvoso. Eu observava o comportamento de um cego que trabalha no metrô em Palermo: um homem mais para baixo e parrudo, moreno, extremamente vigoroso e muito mal-educado; um homem que percorre os vagões com uma violência mal contida, oferecendo barbatanas, entre uma massa compacta de gente esmagada. No meio dessa multidão, o cego avança violento e raivoso, com a mão estendida para receber os tributos que, com sagrado receio, lhe ofereciam os pobres trabalhadores, enquanto na outra mão guarda as barbatanas simbólicas: pois é impossível que alguém consiga viver só da venda dessas varetinhas, já que se pode precisar de um par de barbatanas por ano, e até por mês, mas ninguém, nem louco nem milionário, vai comprar uma dúzia por dia. Portanto, é óbvio, e assim todo mundo entende, que as barbatanas são meramente simbólicas, algo como o distintivo dos cegos, uma espécie de carta de corso que os diferencia do resto dos mortais, além da famosa bengala branca.

Eu observava, pois, a marcha dos acontecimentos, disposto a seguir o indivíduo até o fim para confirmar de vez minha teoria. Fiz inúmeras viagens entre a estação praça de

Mayo e a Palermo, tentando disfarçar minha presença nos fins de linha, pois temia despertar desconfianças da seita e ser denunciado como ladrão ou qualquer outra bobagem do gênero, numa época em que meus dias tinham um valor incalculável. Portanto, com certas precauções, mantive-me em estreito contato com o cego e quando afinal fizemos a última viagem de ida e volta, justamente no dia 14 de junho, resolvi seguir o homem até seu antro.

No terminal da praça de Mayo, antes de o trem fazer sua última viagem para Palermo, o cego desceu e se encaminhou para a saída que dá na rua San Martín.

Começamos a andar por essa rua até Cangallo. Na esquina, ele virou em direção do porto.

Tive de redobrar minhas precauções, pois na noite invernal e solitária não havia, ou quase não havia, mais pedestres além de mim e do cego. De modo que o segui a prudente distância, levando em conta o ouvido que eles têm e o instinto que os avisa de qualquer perigo que ameace seus segredos.

O silêncio e a solidão tinham a impressionante imponência de sempre no bairro dos Bancos, à noite. Bairro muito mais silencioso e solitário, de noite, do que qualquer outro, provavelmente por contraste com o imenso alvoroço dessas ruas durante o dia, o barulho, a confusão indescritível, a pressa, a multidão que ali se agita durante as horas de expediente. Mas também, quase com certeza, por causa da solidão sagrada que reina nesses lugares quando o Dinheiro descansa. Quando os últimos empregados e gerentes vão embora, quando chega ao fim essa tarefa exaustiva e alucinante em que um pobre-diabo que ganha cinco mil pesos por mês manipula cinco milhões, e verdadeiras multidões depositam com infinitas precauções pedaços de papel de propriedades mágicas que outras multidões retiram de outros guichês com precauções inversas. Processo fantasmagórico e mágico, pois até eles, os crentes, imaginam-se pessoas realistas e práticas, aceitam esse papelucho sujo no qual, com muita atenção, é possível decifrar uma espécie de promessa absurda, em virtude da qual um senhor que nem sequer assina de próprio punho se compromete, em nome do Estado, a dar ao crente sei lá o quê, em troca do papelucho. E o curioso é que, para esse indivíduo, basta a promessa, pois ninguém, que eu saiba, nunca exigiu que se cumpra o compromisso; e, mais surpreendente ainda, em vez desses papéis sujos entrega-se em geral outro papel mais limpo, embora ainda mais absurdo, no qual outro senhor promete que, em troca, será entregue ao crente uma profusão dos papeizinhos sujos mencionados: algo assim como uma loucura ao quadrado. E tudo como uma representação de Alguma Coisa que nunca ninguém viu e que, dizem, jaz depositada em Algum Lugar, sobretudo nos Estados Unidos, em grutas de Aço. E que toda essa história seja uma questão de religião indicam, em primeiro lugar, as palavras *créditos* e *fiduciário*.

Como eu ia dizendo, esses bairros, ao se livrarem da frenética multidão de crentes, nas horas noturnas ficam mais desertos que qualquer outro, pois ali ninguém vive de noite, nem poderia viver, devido ao silêncio que domina e à tremenda solidão dos gigantescos saguões dos templos e dos grandes porões onde se guardam os inacreditáveis tesouros, enquanto dormem ansiosos, entupidos de pílulas e drogas, perseguidos por pesadelos de desastres financeiros, os homens poderosos que controlam essa magia. E também pela óbvia razão de que nesses bairros não há nada para se comer, nada que permita a vida permanente de seres humanos, nem sequer de ratos ou baratas, devido à extrema limpeza que existe nesses redutos do nada, onde tudo é símbolo e, no máximo, papelório; e mesmo esses papéis, embora pudessem representar um alimento para traças e outros bichinhos, são guardados em formidáveis recintos de aço, invulneráveis a qualquer espécie de ser vivo.

Portanto, no meio do silêncio total que impera no bairro dos Bancos, segui o cego pela rua Cangallo até o porto. Seus passos ressoavam abafados e iam assumindo a cada instante uma personalidade mais secreta e perversa.

Assim descemos até Leandro Alem e, depois de atravessar a avenida, encaminhamo-nos para a zona portuária.

Redobrei de cautela: por instantes pensei que o cego podia ouvir meus passos e até minha respiração agitada.

Agora o homem caminhava com uma segurança que achei aterradora, pois eu descartava a ideia banal de que não fosse realmente cego.

Mas o que me assustou e acentuou meu temor foi que, de repente, ele pegou de novo à esquerda, em direção do Luna Park. E digo que me atemorizou porque não era lógico, já que, se fosse esse o seu plano desde o início, não havia nenhum motivo para, depois de cruzar a avenida, pegar à direita. E como a suposição de que o homem tivesse errado o caminho era completamente inadmissível, dadas a segurança e a rapidez com que se deslocava, restava a hipótese (terrível) de que tivesse notado minha perseguição e estivesse tentando me despistar. Ou, o que era infinitamente pior, tentando me armar uma cilada.

Contudo, a mesma tendência que nos induz a nos debruçarmos num abismo, levava-me a ir atrás do cego, e cada vez mais determinado. Assim, ambos já quase correndo (o que teria sido mais tenebroso que grotesco), era possível ver um indivíduo de bengala branca e com o bolso cheio de barbatanas, perseguido silenciosa mas freneticamente por outro indivíduo: primeiro pela rua Bouchard, para o norte, e depois, ao passar o muro do Luna Park, para a direita, como quem pretende ir para a zona portuária.

Então o perdi de vista, pois, como é natural, eu o seguia a mais ou menos uns cinquenta metros.

Apressei o passo, desesperado, temendo perdê-lo quando já praticamente estava (assim pensei então) de posse de boa parte do segredo.

Quase correndo cheguei à esquina e dobrei abruptamente à direita, tal como o outro fizera.

Que pavor! O cego estava encostado na parede, agitado, obviamente à espera. Não consegui evitar dar de cara com ele. Então agarrou meu braço com uma força sobre-humana e senti seu bafo em meu rosto. A luz era muito fraca e eu mal conseguia distinguir sua expressão; mas toda a sua atitude, sua respiração, o braço que me apertava como uma tenaz, sua voz, tudo manifestava raiva e uma implacável indignação.

— O senhor estava me seguindo! — exclamou em voz baixa, mas como se gritasse.

Repugnado (sentia seu hálito em meu rosto, cheirava sua pele úmida), assustado, murmurei monossílabos, neguei loucamente, desesperadamente, disse "o senhor está enganado", quase caí desmaiado de nojo e de repugnância.

Como ele podia ter percebido? Em que momento? De que maneira? Era impossível admitir que, com os recursos normais de um simples ser humano, pudesse ter notado a minha perseguição. E então? Os cúmplices, talvez? Os colaboradores invisíveis que, espertamente, a seita distribui por todo lado e nas posições e nos empregos mais insuspeitos, como babás, professoras do ensino secundário, senhoras respeitáveis, bibliotecários, motorneiros de bondes? Vá saber. Mas assim confirmei, naquela madrugada, uma de minhas intuições sobre a seita.

Pensei tudo isso vertiginosamente, enquanto lutava para me livrar de suas garras.

Saí fugindo assim que consegui e por muito tempo não me animei a prosseguir minha pesquisa. Não só por temor, temor que sentia num nível intolerável, mas também por cálculo, pois imaginava que aquele episódio noturno podia ter desencadeado sobre mim a mais estrita e perigosa vigilância. Eu teria de esperar meses, e talvez anos, teria de despistar, deveria dar a entender que aquilo fora uma simples perseguição com o objetivo de roubá-lo.

Mais de três anos depois, outro fato me levou à grande pista e consegui, enfim, entrar no antro dos cegos, desses homens que a sociedade denomina Não videntes: em parte por sentimentalismo barato, mas também, é quase certo, por esse receio que induz muitas seitas religiosas a nunca proferirem diretamente o nome da Divindade.

3.

Há uma diferença fundamental entre os homens que perderam a visão por doença ou acidente e os cegos de nascença. A essa diferença devo a possibilidade de ter penetrado enfim em seus redutos, ainda que não tenha ido até os antros mais secretos, onde os grandes e desconhecidos hierarcas governam a Seita, e portanto o Mundo. Mal e mal consegui, a partir dessa espécie de periferia, ter informações, sempre reticentes e ambíguas, sobre aqueles monstros e sobre os meios que usam para dominar o universo inteiro. Soube assim que a hegemonia é obtida e mantida (sem falar do aproveitamento banal do sentimentalismo popular) por meio de cartas anônimas, intrigas, propagação de pestes, controle dos sonhos e pesadelos, sonambulismo e difusão de drogas. Basta lembrar a operação envolvendo maconha e cocaína que se descobriu nos colégios de ensino secundário dos Estados Unidos, onde se corrompiam meninos e meninas de onze e doze anos para tê-los sob controle incondicional e absoluto. A investigação, claro, terminou onde devia começar a verdade: numa fronteira inviolável. Quanto ao domínio por meio de sonhos, pesadelos e magia negra, nem vale a pena demonstrar que a Seita tem para isso, a seu serviço, todo o exército de videntes e bruxas de bairro, curandeiros, mãos santas, cartomantes e espíritas: muitos deles, a maioria, são meros vigaristas, mas outros têm poderes autênticos e, o que é curioso, costumam dissimular esses poderes sob a aparência de certo charlatanismo, para melhor dominarem o mundo que os cerca.

Se, como dizem, Deus tem o poder sobre o céu, a Seita tem o domínio sobre a terra e sobre a carne. Ignoro se, em última instância, a organização deve, mais cedo ou mais tarde, prestar contas ao que se poderia chamar Potência Luminosa; mas, enquanto isso, é óbvio que o universo está sob seu poder absoluto, poder de vida e morte, exercido por meio da peste ou da revolução, da doença ou da tortura, do engano ou da falsa compaixão, da mistificação ou do anonimato, das professorinhas ou dos inquisidores.

Não sou teólogo e não me sinto em condições de afirmar que esses poderes infernais possam ter explicação numa tortuosa teodiceia. Em todo caso, isso não passaria de uma teoria ou de uma esperança. O resto, o que vi e sofri, são *fatos*.

Mas voltemos às diferenças.

Se bem que não: ainda há muito a dizer sobre os poderes infernais, pois talvez algum ingênuo pense que se trate de uma simples metáfora, não de uma crua realidade. Sempre me preocupou o problema do mal, quando desde criança eu ficava ao lado de um formigueiro, armado de um martelinho, e começava a matar bichos a torto e a direito. O pânico tomava conta das sobreviventes, que corriam para todos os lados. Depois eu jogava água com a mangueira: inundação. Já imaginava as cenas lá dentro, as obras de emergência, as corridas, as ordens e contraordens para salvar os depósitos de alimentos, os ovos, a segurança das rainhas etc. Finalmente, com uma pá eu removia tudo, abria grandes buracos, procurava as tocas e destruía freneticamente: catástrofe geral. Depois ficava refletindo sobre o sentido geral da existência e pensando em nossas próprias inundações e terremotos. Assim, fui elaborando uma série de teorias, pois a ideia de que fôssemos governados por um Deus onipotente, onisciente e bondoso me parecia tão contraditória que eu nem sequer achava possível levá-la a sério. Quando cheguei à época do bando de assaltantes, já tinha elaborado as seguintes possibilidades:

1ºDeus não existe.

2º Deus existe e é um canalha.

3º Deus existe, mas às vezes dorme: seus pesadelos são nossa existência.

4º Deus existe, mas tem ataques de loucura: esses ataques são nossa existência.

5º Deus não é onipresente, não pode estar em todas as partes. Às vezes está ausente: em outros mundos? Em outras coisas?

6º Deus é um pobre-diabo, com um problema complicado demais para suas forças. Luta com a matéria assim como um artista luta com sua obra. De vez em quando, a certa altura consegue ser Goya, mas em geral é um desastre.

7º Deus foi derrotado antes da história pelo Príncipe das Trevas. E derrotado, transformado num suposto diabo, é duplamente desprestigiado, já que lhe atribuem este universo calamitoso.

Não inventei todas essas possibilidades, como pensava na época; mais tarde, verifiquei que algumas tinham sido convicções tenazes dos homens, sobretudo a hipótese do Demônio triunfante. Durante mais de mil anos homens intrépidos e lúcidos tiveram de enfrentar a morte e a tortura por terem descoberto o segredo. Foram aniquilados e dispersos, já que, é de imaginar, as forças que dominam o mundo não vão se deter nessas ninharias quando são capazes de fazer o que fazem em geral. E assim, pobres-diabos ou gênios, foram igualmente atormentados, queimados pela Inquisição, enforcados, esfolados vivos; povos inteiros foram dizimados e dispersos. Da China à Espanha, as religiões de Estado (cristãs ou masdeístas) limparam o mundo de qualquer tentativa de revelação. E pode-se dizer que, de certo modo, tiveram êxito, pois, mesmo que não tenham podido ser aniquiladas, algumas seitas transformaram-se, por sua vez, em nova fonte de mentira, tal como aconteceu com os muçulmanos. Vejamos o mecanismo: segundo os gnósticos, o mundo sensível foi criado por um demônio chamado Jeová. Por um longo tempo a Divindade Suprema deixa que ele opere livremente no mundo, mas no final envia seu filho para que habite temporariamente no corpo de Jesus, a fim de que, assim, livre o mundo dos ensinamentos falsos de Moisés. Pois bem: Maomé pensava, como alguns desses gnósticos, que Jesus era um simples ser humano, que o Filho de Deus descera nele no momento do batismo e o abandonara na Paixão, pois, do contrário, seria inexplicável o famoso grito: "Meu Deus, meu Deus, por que me abandonaste?". E, quando os romanos e os judeus escarnecem de Jesus, estão escarnecendo de uma espécie de fantasma. Mas o grave é que assim (e de forma mais ou menos similar acontece com as outras seitas rebeldes) não se revelou, mas se fortaleceu, a mistificação. Pois para as seitas cristãs que afirmavam que Jeová era o Demônio e que com Jesus se inicia a nova era, tal como para os muçulmanos, se o Príncipe das Trevas reinou até Jesus (ou até Maomé), agora, derrotado, voltou a seus infernos. Como se vê, esta é uma dupla mistificação: quando a grande mentira se enfraquece, esses pobres-diabos a consolidam. Minha conclusão é óbvia: o Príncipe das Trevas continua governando. E seu governo se faz mediante a Seita Sagrada dos Cegos. Tudo é tão claro que eu quase começaria a rir se não estivesse possuído pelo pavor.

4.

Mas voltemos às diferenças.

Existe uma disparidade essencial, sobretudo, entre os cegos de nascença e os que perderam a vista por doença ou acidente. Evidentemente, com o tempo os recém-chegados adquirem muitos dos atributos da raça, em parte pelo mesmo mecanismo mimético a que os judeus recorrem quando vivem no meio de uma raça que os odeia ou despreza. Porque, e este é um fato singular, o ódio que os cegos têm pelos recém-chegados supera o que têm pelos videntes.

A que se deve o fenômeno? No início pensei que poderia ser motivado por causas semelhantes às que provoca a raiva entre países vizinhos, ou entre os próprios conterrâneos: sabe-se que as guerras mais implacáveis são as civis, e bastaria lembrar as lutas civis na Argentina do século xix ou a Guerra Espanhola. Norma Gladys Pugliese, uma professorinha que utilizei por alguns meses para estudar certas reações de intelectuais de subúrbio, pensava, naturalmente, que o ódio e as guerras entre os homens se deviam ao desconhecimento mútuo e à ignorância geral; tive de lhe explicar que a única forma de manter a paz entre os seres humanos era manter a ignorância recíproca e o desconhecimento, já que só em tais condições esses bichos são relativamente bons e justos, pois todos somos bastante iguais diante das coisas que não nos interessam. Com alguns livros de história e as páginas policiais dos vespertinos na mão, eu era obrigado a explicar o abc da condição humana a essa pobre coitada que tinha sido formada por distintas educadoras e acreditava, mais ou menos, que a alfabetização resolveria o problema geral da humanidade: e aí eu lembrava a ela que o povo mais alfabetizado do mundo era o que tinha instaurado os campos de concentração para a tortura em massa e a cremação de judeus e católicos. Resultado: quase sempre ela pulava da cama, indignada comigo, em vez de se indignar com os alemães, já que os mitos são mais fortes que os fatos que tentam destruí-los, e o mito do ensino primário na Argentina, por mais absurdo e cômico que seja, resistiu e resistirá ao ataque de qualquer onda de sátiras e demonstrações.

Mas, voltando ao problema que nos interessa, mais tarde, quando conheci e estudei melhor a Seita, pensei que o decisivo nessa raiva contra os recém-chegados fosse o orgulho de casta, e, por conseguinte, o ressentimento contra os que tentam, e em certo sentido conseguem, ter acesso a ela. Evidentemente, isso não é exclusivo dos cegos, pois também acontece nas classes altas da sociedade, em que só a longo prazo e de muito má vontade se admitem aqueles que, por sua grande fortuna e pelo casamento de seus filhos, terminam entrando na casta superior: de início, há um sutil desprezo, e esse simples desprezo vai depois se misturando com o rancor crescente; talvez porque essas pessoas intuam que, diante dessa invasão lenta mas segura, já não estão seguras e encouraçadas como imaginavam, e porque, em suma, comecem a ter uma sensação paradoxal de inferioridade.

Por último, também influi o fato de serem flagrados em seus segredos por criaturas que, até a véspera, tinham sido suas vítimas ignorantes e objeto de seus atos mais impiedosos. Incômodas testemunhas que, mesmo sem a menor possibilidade de voltarem a seu mundo originário, de um jeito ou de outro descobrem, assustadas, as ideias e os sentimentos desses seres que, imaginaram, estariam no auge do desamparo.

Entretanto, tudo isso é uma análise e, o que é pior, análise com palavras e conceitos que valem para nós. A rigor, temos tanta possibilidade de entender o universo dos cegos como o dos gatos ou das cobras. Dizemos: os gatos são independentes, são aristocráticos e traiçoeiros, são inseguros, mas na verdade todos esses conceitos têm um valor relativo, pois estamos aplicando conceitos e avaliações humanas a entes sem nenhum termo de comparação conosco. Do mesmo modo, é impossível para os homens imaginar deuses que não tenham certas características humanas, a ponto de, grotescamente, também atribuirmos aos deuses gregos histórias de cornudos.

5.

Vou contar agora como entrou em cena o tipógrafo Celestino Iglesias e como encontrei a grande pista. Mas antes quero dizer quem sou, o que faço etc.

Meu nome é Fernando Vidal Olmos, nasci no dia 24 de junho de 1911 em Capitán Olmos, vilarejo da província de Buenos Aires que tem o nome do meu tataravô. Meço um metro e setenta e oito, peso em torno de setenta quilos, tenho olhos cinzaesverdeados, cabelo liso e grisalho. Sinais particulares: nenhum.

Poderão me perguntar por que diabos faço essa descrição de registro civil. Nada é casual no mundo dos homens.

Há um sonho que se repetia muito na minha infância: via um garoto (e, curioso, esse garoto era eu mesmo, e me via e observava como se fosse outro) que se divertia em silêncio com uma brincadeira que eu não conseguia entender. Eu o observava com cuidado, tentando penetrar no sentido de seus gestos, de seus olhares, das palavras que murmurava. E de súbito, olhando-me gravemente, ele me dizia: "Observo no chão a sombra desta parede, e se essa sombra se mexer não sei o que poderá acontecer". Havia em suas palavras uma expectativa sóbria mas aterradora. E então eu também começava a controlar a sombra, apavorado. Não se tratava, desnecessário dizer, do deslocamento corrente que a sombra podia ter pelo simples movimento do sol: era outra coisa. E assim eu também começava a observar aflito. Até que reparava que a sombra ia se mexendo de forma perceptível mas lenta. Acordava suando, aos gritos. O que era aquilo? Que advertência? Que símbolo? Toda noite eu me deitava com o receio de ter esse sonho. E toda manhã, ao acordar, meu peito se enchia de alívio ao verificar que, mais uma vez, eu escapara ao perigo. Mas em outras noites chegava o momento terrível: novamente via o garoto, a parede e a sombra, novamente o garoto me olhava com gravidade, novamente pronunciava suas palavras singulares e novamente, enfim, após observar com angustiante expectativa a sombra na parede, via que ela começava a se mexer e a se deformar. Então acordava suando e aos gritos.

O sonho me atormentou anos a fio, pois eu compreendia que, como quase todos os sonhos, devia ter um significado oculto e que, nesse caso, era o anúncio indubitável de algo que um dia teria de me acontecer. Pois bem: não sei se o sonho foi o anúncio do que mais tarde me aconteceu ou se foi seu começo simbólico. A primeira vez foi há muitos anos, quando eu tinha menos de vinte anos e chefiava um bando de assaltantes (depois vou ver se conto alguma coisa dessa experiência). Tive de repente a revelação de que a realidade podia começar a se deformar se eu não concentrasse toda a minha vontade para mantê-la estável. Temia que o mundo que me cercava começasse a se mexer a qualquer momento, a se deformar, primeiro lentamente, depois de modo abrupto, a se desagregar, a se transformar, a perder todo o sentido. Como o garoto do sonho, concentrei toda a minha força olhando essa espécie de sombra que é a realidade que nos cerca, sombra de uma estrutura ou parede que não nos é dado contemplar. E, de repente (estava em meu quarto de Avellaneda, felizmente sozinho, deitado na cama), vi com horror que a sombra começava a se mexer e que o velho sonho ia se cumprir na realidade. Senti uma espécie de vertigem, perdi os sentidos e mergulhei num caos, mas finalmente consegui sair flutuando, com enorme esforço, e comecei a juntar os pedaços de realidade que pareciam querer ir à deriva. Uma espécie de âncora. É isso: como se me visse obrigado a ancorar a realidade, mas como se o navio se compusesse de muitos pedaços separados e, primeiro, fosse preciso amarrar todos eles, e depois lançar uma âncora imensa para que o conjunto não saísse à deriva. Infelizmente, o episódio se repetiu, e por vezes com mais força. De súbito eu *sentia* que começava o deslizamento e depois a desagregação, mas como já conhecia os sintomas não me deixava levar, tal como sucedera na primeira vez, e de imediato começava a trabalhar com toda a minha energia. As pessoas não entendiam o que estava acontecendo comigo, viam-me concentrado, o olhar fixo e alheio, e acreditavam que eu estava ficando louco, sem entender que era o contrário, exatamente o contrário, já que devido ao esforço eu conseguia manter a realidade em seu lugar e em sua forma. Mas às vezes, por mais intensos que fossem meus esforços, a realidade começava a se desagregar aos poucos, a se deformar, como se fosse de borracha e que enormes pressões a solicitassem em cada extremo, em Sírio, no centro da Terra, em toda parte: uma face começava a inchar, o globo ocular se dilatava, os olhos iam se juntando, a boca ia crescendo até arrebentar, enquanto uma careta horrível ia desfigurando o rosto.

Seja como for, aqueles momentos me assustavam, e me atormentava a necessidade de manter minha mente desperta, atenta, vigilante e enérgica. De repente eu desejava que me trancassem num manicômio para descansar, já que ali ninguém tem a obrigação de manter a realidade como se pretende que ela seja. Como se ali se pudesse dizer (e certamente se diz): "agora, vocês que se arranjem".

Mas o pior não acontecia ao meu redor, e sim dentro de mim, pois meu próprio eu começava de repente a se deformar, esticar, metamorfosear. Meu nome é Fernando Vidal Olmos, e essas três palavras são como um selo, como uma garantia de que sou "alguma coisa", alguma coisa bem definida: não só pela cor dos olhos, pela estatura, pela idade, pela data de meu nascimento e por meus pais (quer dizer, por esses dados que aparecem na carteira de identidade), mas por algo mais profundo, de cunho espiritual: por um conjunto de recordações, sentimentos, ideias que dentro da pessoa mantêm a estrutura dessa "alguma coisa" que faz de mim Fernando Vidal Olmos, e não o carteiro ou o açougueiro. Mas o que impede que, em virtude de um cataclismo, a alma do porteiro ou o espírito de Sade possam, de repente, habitar esse corpo registrado em meu certificado de reservista? Existiria talvez uma relação inviolável entre meu corpo e minha alma? Sempre achei extraordinário que alguém possa crescer, ter ilusões, sofrer derrotas, ir à guerra, deteriorar-se espiritualmente, mudar de ideia, transformar seus sentimentos e, no entanto, continuar com o mesmo nome: Fernando Vidal Olmos. Faz algum sentido? Ou é verdade que, apesar de tudo, existe um fio, infinitamente extensível mas milagrosamente único, que por meio dessas mudanças e catástrofes mantenha a identidade do eu?

Não sei o que acontece com os outros. Só posso dizer que, em mim, essa identidade se perde subitamente, e a deformação do eu atinge imensas proporções: grandes regiões de meu espírito começam a inchar (às vezes sinto a pressão física de meu corpo, na cabeça sobretudo), avançam como silenciosos pseudópodes, cegos e secretos, para outras regiões da espécie e finalmente para obscuras e antigas regiões zoológicas; uma recordação começa a inchar, pouco a pouco vai deixando de ser o som de *A dança das libélulas* que uma noite ouvi num piano de minha infância, vai se transformando numa música cada vez mais estranha e exagerada, em seguida torna-se gritos e gemidos, finalmente uivos atrozes, depois badaladas que atordoam meus ouvidos e, coisa ainda mais singular, começa a se transformar em gostos ácidos ou repugnantes em minha boca, como se do ouvido passasse à minha garganta, e o estômago se contrai em ânsias de vômito, enquanto outros ruídos, outras recordações, outros sentimentos vão sofrendo metamorfoses análogas. E às vezes penso que a reencarnação talvez seja uma verdade, e que nos cantos mais recônditos de nosso eu dormem lembranças dos seres que nos precederam, assim como conservamos restos de peixe e de réptil, dominados pelo novo eu e pelo novo corpo, mas prestes a despertar e sair quando as forças, as tensões, os arames e os parafusos que mantêm o eu atual, por alguma razão que desconhecemos, afrouxam e cedem, e as feras e animais pré-históricos que nos habitam saem em liberdade. E o que acontece toda noite, enquanto dormimos, de repente torna-se incontrolável e começa a nos dominar também em pesadelos que se desenvolvem à luz do dia.

Mas, enquanto minha vontade ainda me responde, sinto certa segurança, pois sei que graças a ela posso sair do caos e reorganizar meu mundo: minha vontade é poderosa, quando funciona. O pior é quando sinto meu eu também se desagregar no que diz respeito à vontade. Ou como se a vontade ainda me pertencesse, mas partes do corpo ou do sistema que a transmite, não. Ou como se o corpo fosse meu, mas "algo" entre meu corpo e minha vontade se interpusesse. Exemplo: quero mexer o braço, mas o braço não me obedece. Concentro toda a minha atenção no braço, olho-o, faço um esforço, mas observo que não me obedece. Como se as linhas de comunicação entre meu cérebro e meu braço estivessem cortadas. Isso me aconteceu muitas vezes, como se eu fosse um território devastado por um terremoto, com grandes rachaduras e osmfios telefônicos cortados. E, nesses casos, tudo pode acontecer: não há polícia, não há exército. Qualquer calamidade pode se produzir, qualquer pilhagem ou depredação. Como se meu corpo pertencesse a outro homem e eu, impotente e mudo, observasse que no território alheio começam a ocorrer movimentos suspeitos, tremores que anunciam uma nova convulsão, até que pouco a pouco, crescentemente, a catástrofe volta a tomar conta de meu corpo e, por fim, de meu espírito.

Conto tudo isso para que me entendam.

E porque, se assim não fosse, muitos dos episódios que relatarei seriam incompreensíveis e inacreditáveis. Mas, em boa parte, aconteceram graças a essa ruptura catastrófica de minha personalidade, e não apesar dela.

6.

Este Relatório está destinado, após minha morte, que se aproxima, a um instituto que considerar útil prosseguir as investigações sobre esse mundo até hoje inexplorado. Assim, limita-se aos fatos que vivi. O mérito que tem, a meu ver, é o da absoluta objetividade: quero falar de minha experiência como um explorador pode falar de sua expedição ao Amazonas ou à África Central. E, como é natural, mesmo que a paixão e a raiva muitas vezes possam me confundir, pelo menos minha vontade é ser exato e não me deixar levar por esse tipo de sentimento. Tive experiências assustadoras, mas justamente por isso mesmo desejo me ater aos fatos, conquanto projetem uma luz desagradável em minha própria vida. Depois do que acabo de dizer, ninguém em sã consciência pode afirmar que o objetivo destes papéis é despertar simpatia por minha pessoa.

Por exemplo, aqui vou confessar, como prova de minha sinceridade, um fato desagradável: não tenho nem nunca tive amigos. Senti paixões, naturalmente, mas jamais senti afeto por alguém, nem creio que ninguém tenha sentido por mim.

Entretanto, mantive relações com muita gente. Tive "conhecidos", como se costuma dizer com essa palavra tão ambígua.

E um desses conhecidos, de importância para o que se segue, foi um espanhol seco e taciturno chamado Celestino Iglesias.

Encontrei-o pela primeira vez em 1929, num centro anarquista de Avellaneda chamado "Amanhecer", o mesmo onde conheci, na mesma época, Severino Di Giovanni, um ano antes de seu fuzilamento. Eu frequentava os locais ácratas porque já tinha a vaga intenção de organizar, como de fato organizei mais tarde, um bando de assaltantes; e embora nem todos os anarquistas fossem bandidos, havia entre eles todo tipo de aventureiros e niilistas, em suma, esse tipo de inimigo da sociedade que sempre me atraiu. Um desses indivíduos chamava-se Osvaldo R. Podestá, participou do assalto ao banco de San Martín e durante a Guerra Espanhola foi metralhado pelos próprios comunistas, perto do porto de Tarragona, quando se preparava para fugir da Espanha numa lancha carregada de dinheiro e joias.

Conheci Iglesias por intermédio de Podestá: como se um lobo me apresentasse a um cordeiro. Pois Iglesias era um desses anarquistas bondosos, incapaz de matar uma mosca: era pacifista, vegetariano (por sua repugnância em viver da morte de um ser vivo) e tinha esse tipo de fantástica esperança de que um dia o mundo seria uma afetuosa comunidade de colaboradores livres e fraternos. Esse Novo Mundo falaria uma só língua, e essa língua seria o esperanto. Razão pela qual aprendeu a duras penas essa espécie de aparelho ortopédico, que não só é horroroso (o que para uma língua universal não seria o pior), mas que não é falado praticamente por ninguém (o que para uma língua universal é catastrófico). E assim, em cartas que ia escrevendo com muita dificuldade, de língua de fora, comunicava-se com algum dos quinhentos sujeitos que no resto do mundo pensavam igual a ele.

Fato curioso, frequente entre os anarquistas: um ser angelical como Iglesias podia, porém, se dedicar à falsificação de dinheiro. Encontrei-o pela segunda vez, justamente, num porão da rua Boedo, onde Osvaldo R. Podestá tinha tudo o que era necessário para esse tipo de operação e onde Iglesias se desincumbia de tarefas de confiança.

Naquele tempo, tinha uns trinta e cinco anos, era magro e muito moreno, baixinho, seco, como muitos espanhóis que parecem ter vivido numa terra calcinada, quase sem se alimentar, ressecados pelo sol implacável do verão e pelo frio inclemente do inverno. Era generosíssimo, jamais tinha um centavo no bolso (tudo o que ganhava e o dinheiro falso eram para o sindicato ou para as atividades suspeitas de Podestá), sempre acolhia em seu quartinho um desses parasitas que costumam circular nos meios anarquistas, e embora fosse incapaz de matar uma mosca, passara quase toda a vida nos cárceres da Espanha e da Argentina. Iglesias, um pouco como Norma Pugliese, imaginava que todos os males da humanidade iam se resolver com uma mistura de Ciência e Conhecimento Mútuo. Precisava-se lutar contra o Obscurantismo que se opunha, havia séculos, ao triunfo da Verdade. Mas o Progresso das Ideias era incessante e, cedo ou tarde, o Amanhecer era inevitável. Enquanto isso, precisava-se lutar contra as forças organizadas do Estado, denunciar a Impostura Clerical, solapar o Exército e promover a Educação Popular. Criavam-se bibliotecas onde não só se encontravam as obras de Bakunin ou Kropoktin, como os romances de Zola e os livros de Spencer e Darwin, já que até a teoria da evolução lhes parecia subversiva, e um estranho vínculo unia a história dos Peixes e Marsupiais ao Triunfo das Novas Ideias. Tampouco faltava a *Energética*, de Ostwald, essa espécie de bíblia termodinâmica em que Deus aparecia substituído por um ente laico, mas também inexplicável, chamado Energia, que, como seu predecessor, tudo explicava e tudo podia, com a vantagem de estar ligado ao Progresso e à Locomotiva. Homens e mulheres que se conheciam nessas bibliotecas juntavam-se depois em uniões livres e geravam filhos a quem davam os nomes de Luz, Libertad, Nueva Era ou Giordano Bruno. Filhos que, quase sempre, por esse mecanismo que joga os filhos contra os pais, ou mesmo pela Marcha do Tempo, complicada e geralmente dialética, tornavam-se simples burgueses, fura-greves e até perseguidores ferozes do Movimento, como no caso do famoso comissário Giordano Bruno Trenti.

Deixei de ver Iglesias quando começou a guerra da Espanha, pois, como muitos outros, foi lutar sob a bandeira da Federação Anarquista Ibérica. Em 1938 refugiou-se na França, onde certamente teve oportunidade de apreciar os sentimentos fraternos dos cidadãos desse país e as vantagens da Vizinhança e do Conhecimento sobre a Distância e a Ignorância Mútua. De lá, finalmente, conseguiu voltar à Argentina. E aqui tornei a encontrá-lo alguns anos depois do episódio do metrô que já relatei. Eu estava ligado a um grupo de falsários e, como precisávamos de um homem de confiança e experiente, pensei em Iglesias. Procurei-o entre minhas antigas relações, entre os grupos anarquistas de La Plata e Avellaneda, até que topei com ele: estava trabalhando como tipógrafo na gráfica Kraft.

Achei-o bastante mudado, sobretudo porque estava coxo: tinham amputado sua perna direita durante a guerra. Estava mais esquelético e reservado do que nunca.

Hesitou, mas acabou aceitando, quando lhe disse que o dinheiro seria usado para ajudar um grupo anarquista da Suíça. Não era difícil convencê-lo de alguma coisa que se referisse à causa, por mais utópica que fosse à primeira vista, e, sobretudo, se fosse utópica. Tinha uma ingenuidade a toda prova: não havia trabalhado para um vigarista como Podestá? Vacilei um instante quanto à nacionalidade dos anarquistas, mas no final me decidi pela Suíça por causa da imensa magnitude do absurdo, já que para uma pessoa normalmente constituída acreditar em anarquistas suíços é como aceitar a existência de ratos num cofre-forte. Na primeira vez que passei por esse país tive a sensação de que, toda manhã, ele era completamente varrido pelas donas de casa (que, é óbvio, jogavam o pó na Itália). E foi tão forte a impressão que repensei a mitologia nacional. As anedotas são essencialmente verdadeiras porque são inventadas, pedaço por pedaço, para se adequarem perfeitamente a um indivíduo. Algo semelhante acontece com os mitos nacionais, fabricados de propósito para descrever a alma de um país, e assim me veio a ideia, naquelas circunstâncias, de que a lenda de Guilherme Tell descrevia fielmente a alma suíça: quando o arqueiro disparou a flecha na maçã, com toda certeza bem no meio da maçã, os suíços perderam a única oportunidade histórica de terem uma grande tragédia nacional. O que se pode esperar de um país desses? Uma raça de relojoeiros, na melhor das hipóteses.

7.

Poderia se pensar na incrível quantidade de acasos que me levaram a entrar, enfim, no universo dos cegos: se eu não tivesse estado em contato com os anarquistas, se entre esses anarquistas não tivesse encontrado um homem como Iglesias, se Iglesias não fosse um falsário de dinheiro, se, mesmo sendo, não tivesse sofrido aquele acidente na vista etc. Para que continuar? Os acontecimentos são ou parecem casuais de acordo com o ângulo de onde se observe a realidade. De um ângulo oposto, por que não imaginar que tudo o que nos acontece obedece a causas finais? Os cegos me obcecaram desde criança e, até onde minha memória alcança, lembro-me de ter tido sempre a intenção imprecisa mas pertinaz de penetrar um dia no universo onde habitam. Se eu não houvesse tido Iglesias à mão, teria imaginado outro meio, pois toda a força de meu espírito se encaminhou para a realização desse objetivo. E quando alguém se propõe energica e sistematicamente um objetivo dentro das possibilidades de um mundo determinado, quando mobilizamos não só as forças conscientes de nossa personalidade, mas as mais poderosas de nosso subconsciente, termina se criando em torno de nós um campo de forças telepáticas que impõe a outros seres a nossa vontade, e inclusive se produzem episódios aparentemente casuais, mas que, a rigor, são determinados por essa força invisível de nosso espírito. Após meu fracasso com o cego do metrô, diversas vezes pensei como me seria útil uma espécie de indivíduo intermediário entre os dois reinos, alguém que, por ter perdido a vista num acidente, ainda participasse, mesmo se por certo tempo, do nosso universo de videntes e simultaneamente tivesse um pé no outro território. E é possível que essa ideia, cada dia mais obsessiva, estivesse se formando no meu subconsciente até se manifestar, enfim, como eu disse, na forma de campo magnético invisível mas poderoso, determinando nos seres sob sua influência o que eu mais desejava nesse momento de minha vida: o acidente da cegueira. Examinando as circunstâncias em que Iglesias manipulava aqueles ácidos, lembro-me de que a explosão foi precedida por minha entrada no laboratório e pela repentina, quase violenta, ideia de que, se Iglesias se aproximasse do bico de Bunsen, ocorreria uma explosão. Fato premonitório? Não sei. Quem sabe se o acidente não foi, de certo modo, forçado por meu desejo? Se o episódio, que depois pareceu um típico fenômeno do indiferente universo material, não foi, ao contrário, um típico fenômeno do universo em que nascem e crescem nossas mais turvas obsessões? Eu mesmo não enxergo com clareza o episódio, pois estava numa dessas fases em que viver me exigia um grande esforço, em que me sentia como o comandante de um navio em plena tempestade, com os furacões varrendo o convés, o tufão estalando o casco, e eu tentando conservar a lucidez para que tudo ficasse em seu lugar, com toda a minha vontade e minha tensão aplicadas em manter a rota entre os adernamentos e a escuridão. Depois desabava na cama, sem vontade e com grandes vácuos na memória, como se meu espírito tivesse sido devastado pelo temporal. Precisava de dias e dias para que tudo voltasse um pouco à normalidade e os seres e episódios de minha vida real aparecessem ou reaparecessem paulatinamente, desconsolados e tristes, desmantelados e cinzentos, à medida que as águas se acalmavam.

Após essas fases, eu voltava à vida normal com vagas reminiscências de minha existência anterior. E assim, gradativamente, Iglesias reapareceu em minha memória, e custei a reconstituir os episódios que culminaram com a explosão.

8.

Desenvolveu-se um longo processo até que consegui vislumbrar os primeiros resultados, pois, como é fácil imaginar, essa região intermédia que separa os dois mundos está repleta de equívocos, tateios, ambiguidades: dada a natureza secreta e atroz do universo dos cegos, é natural que ninguém possa ter acesso a eles sem uma série de transformações sutis.

Observei de perto esse processo e só me separava de Iglesias quando era inevitável: era minha oportunidade mais segura de me infiltrar no mundo proibido, e não ia perdê-la por erros grosseiros. Assim, tentei ficar a seu lado na medida do possível, mas também do insuspeitável. Cuidava dele, lia para ele um livro de Kropotkin, conversava com ele sobre a Ajuda Mútua, mas, acima de tudo, observava e esperava. No meu quarto coloquei um enorme cartaz visível da cabeceira da cama, com as palavras:

OBSERVAR ESPERAR

Eu pensava: mais cedo ou mais tarde eles têm de aparecer, deve haver um instante na vida do novo cego em que eles vêm buscá-lo. Mas esse instante (eu também me dizia, inquieto), esse instante podia não ser identificável com nitidez, e, inversamente, era muito provável que parecesse insignificante e até mesmo corrente. Era preciso estar atento aos detalhes mais banais, vigiar qualquer pessoa que se aproximasse, por mais insuspeita que parecesse à primeira vista, e, sobretudo nesse caso, era imprescindível interceptar cartas e ligações telefônicas etc. Como se vê, o programa era extenuante, quase um labirinto. Basta pensar num só detalhe para se ter uma ideia da ansiedade que me consumiu naqueles dias: outra pessoa da pensão podia ser o intermediário, inclusive ingênuo, da Seita; e esse indivíduo podia ver Iglesias na hora em que me fosse impossível controlá-lo, até mesmo esperá-lo no banheiro. Em longas noites meditando em meu quarto elaborei planos tão detalhados de observação que, para realizá-los, precisaria de uma organização de espionagem tão grande como a de um país em guerra; com o perigo, sempre existente, da contraespionagem, já que é amplamente sabido que todo espião pode ser um agente duplo, e contra isso ninguém está protegido. Em suma, ao fim de longas análises, durante as quais pensei que poderia enlouquecer, eu terminava simplificando e me atendo ao que podia executar. Devia ser minucioso e paciente, ter coragem e muito tato: minha experiência frustrada com o sujeito das barbatanas me ensinara que eu nada conseguiria pelo caminho mais expeditivo e rápido de um ataque frontal.

Escrevi a palavra "coragem" e também poderia ter escrito "ansiedade". Pois me atormentava a suspeita de que a Seita tivesse desencadeado contra mim a mais estrita vigilância desde o episódio daquele sujeito. E considerei que todas as precauções eram necessárias. Darei um exemplo: enquanto aparentava ler o jornal no bar da rua Paso, bruscamente, com a velocidade do raio, eu levantava os olhos e tentava flagrar uma expressão suspeita em Juanito, um brilho específico em seu olhar, um rubor. Depois, chamava-o com a mão. "Juanito" — dizia-lhe, caso ele não tivesse enrubescido —, "por que você ficou vermelho?" O cara negava, é claro. Mas também era uma excelente prova: se negava sem ficar vermelho, era uma prova suficiente de sua inocência; se ficasse vermelho, cuidado! Como é óbvio, o fato de não ficar vermelho com a minha pergunta (por isso escrevi prova "suficiente") tampouco provava que ele tivesse algo a ver com a fabulação, pois um bom espião tem de estar acima de erros desse tipo.

Tudo isso pode ser visto como um delírio persecutório, mas os fatos posteriores DEMONSTRARAM que minha desconfiança e minhas suspeitas não eram, infelizmente, tão desatinadas como um desprevenido pode imaginar. Contudo, por que eu me atrevia a me aproximar tão perigosamente do abismo? É que contava com a inevitável imperfeição do mundo real, em que nem mesmo o serviço de vigilância e espionagem dos cegos está isento de falhas. Também contava com uma coisa que era lógico presumir: os ódios e as antipatias que devia haver entre os cegos, como em qualquer outro grupo de mortais. Em suma, refleti que o tipo de dificuldades que um vidente podia esperar na exploração desse universo não seria muito diferente do que um espião inglês podia encontrar durante a guerra no regime hitlerista, organizado mas cheio de falhas e ódios.

Entretanto, o problema era duplamente complicado porque, como era de esperar, o temperamento de Iglesias começou a mudar; embora, mais que temperamento (e menos), deveria se dizer sua "raça" ou "condição zoológica". Como se, devido a uma experiência com genes, um ser humano começasse a se transformar, lenta mas inexoravelmente, em morcego ou lagarto; e, o que é mais atroz, sem que quase nada de seu aspecto exterior revelasse mudança tão profunda. Ficar sozinho num quarto fechado e escuro, de noite, sabendo que nele também há um morcego, é sempre impressionante, mais ainda quando se percebe que essa espécie de rato alado está voando, e, de forma já intolerável, quando sentimos que uma de suas asas roçou em nossa cara durante seu imundo voo silencioso. Mas essa sensação pode ser mais horrorosa ainda se o animal tiver forma humana! Iglesias foi sofrendo essas mudanças sutis que talvez para outros pudessem passar despercebidas, mas para mim, que vigiava com sagacidade e de forma sistemática, eram sensíveis.

Ficou cada dia mais desconfiado. Claro: ainda não era um autêntico cego, dotado do poder de se mexer nas trevas e desse sentido de audição e tato, mas já não era um homem capaz de ver com seus olhos habituais. Tive a impressão de que se sentia perdido: não conseguia ter uma sensação exata das distâncias, cometia erros cinestésicos, tropeçava, com suas mãos que tateavam derrubava desajeitado um copo que estava na sua frente. Irritava-se, embora tentasse disfarçar, por orgulho.

— Não é nada, Iglesias — eu lhe dizia, em vez de ficar calado e fingir que estava distraído.

Isso aumentava sua irritação e acentuava suas reações, justamente o que eu queria.

De repente, eu me calava e deixava, por assim dizer, que um silêncio total o cercasse. Pois bem: para um cego, o silêncio total ao seu redor é como para nós um abismo tenebroso que nos separa do resto do universo. Não sabe a que se ater, todos os seus vínculos com o mundo exterior são abolidos nessas trevas dos cegos que é o silêncio absoluto. Têm de estar atentos ao menor ruído, o perigo os espreita por todos os lados.

Nesses momentos, são solitários e impotentes. O simples tique-taque de um relógio pode ser uma luzinha ao longe, essas luzinhas que nas histórias infantis o herói avista, aterrorizado, quando pensava estar perdido em plena selva.

Então eu dava uma batidinha com o dedo, como por descuido, em cima da mesa ou da cadeira e notava que, instantaneamente, com neurótica ansiedade, Iglesias orientava toda a sua vida nessa direção. No meio de sua solidão, talvez se perguntasse: o que Vidal está querendo? Onde está? Por que está calado?

De fato, tinha grande desconfiança de mim. Essa desconfiança foi crescendo à medida que se passavam os dias e tornou-se irreversível ao fim de três semanas, quando sua metamorfose chegava ao fim. Se minhas teorias não estavam erradas, um indício devia marcar o ingresso definitivo de Iglesias no novo reino, sua transformação absoluta: era o asco que despertavam em mim os cegos autênticos. Esse asco, ou apreensão ou fobia, tampouco aparece de repente: minha experiência mostrou que se produz aos poucos, até que um dia nos encontramos diante do fato consumado e horripilante: já estamos na frente do morcego ou do réptil. Lembro-me desse dia: já a caminho do quarto da pensão onde Iglesias estava morando desde o acidente, tive uma ambígua sensação de mal-estar, uma apreensão indeterminada que foi aumentando à medida que fui me aproximando. Tanto assim que hesitei um instante antes de chamá-lo. Até que, quase tremendo, disse: "Iglesias", e algo me respondeu: "Entre". Abri a porta e no escuro (pois, naturalmente, ele não acendia a luz quando estava só) senti a respiração do novo monstro.

9.

Mas, antes de chegar a esse instante capital, aconteceram outras coisas que devo relatar, pois foram as que me permitiram entrar no universo dos cegos, antes que a metamorfose de Iglesias se concluísse. Tal como esses desesperados mensageiros de motocicleta que, durante a guerra, conseguem atravessar uma ponte que, sabem, deve ir para os ares a qualquer momento, eu via se aproximar o instante fatal em que a metamorfose estaria completa, e tentava apressar minha corrida. Ocasionalmente pensei que não chegaria a tempo e que o inimigo explodiria a ponte antes que eu, em minha corrida absurda, conseguisse atravessar o fosso.

Assistia com crescente ansiedade os dias passando, calculava que o processo interior de Iglesias seguia seu curso inevitável, e eu não via nenhum indício do aparecimento deles. Excluía, por ser absurda, a hipótese de que os cegos não tivessem sido informados de que alguém perdera a visão e, portanto, precisava ser encontrado e posto em contato com a Seita. Entretanto, o curso indiferente dos dias e minha crescente aflição me fizeram pensar nessa hipótese e em outras mais alucinantes, como se a emoção obnubilasse minha capacidade de raciocínio e também me fizesse esquecer tudo o que eu já sabia sobre a Seita. De fato, é provável que a emoção seja propícia à criação de um poema ou de uma partitura musical, mas é desastrosa para as tarefas da razão pura.

Envergonho-me ao rememorar as bobagens que me ocorreram quando comecei a ter medo de não conseguir cruzar a ponte. Cheguei até a supor que um homem que ficara cego poderia permanecer como uma ilhota no meio de um imenso oceano indiferente. Quer dizer: o que acontece com um homem que, como Iglesias, fica cego por acidente e, devido a essa modalidade pessoal, não quer nem procura o contato com os outros cegos? E que, dominado pela misantropia, pelo desalento ou pela timidez, não deseja fazer contato com essas sociedades que são as manifestações visíveis (e superficiais) do mundo proibido: a Biblioteca para Cegos, os Corais etc.? O que podia impedir, à primeira vista, que um homem como Iglesias se mantivesse isolado e não só não procurasse, como fugisse da proximidade de seus congêneres? Senti um tremor de vertigem no instante em que pensei essa estupidez (porque uma estupidez também pode nos comover). Logo tentei me acalmar. Refleti: Iglesias precisa trabalhar, é pobre, não pode ficar inativo. Como um cego trabalha? Tem de ir para a rua e exercer algumas dessas atividades que lhes estão reservadas: vender pentes e bugigangas, retratos de Gardel e Leguisamo, as famosas barbatanas; algo, enfim, que o torne facilmente visível e, mais cedo ou mais tarde, confiável perante os homens da Seita. Tentei acelerar o processo, insistindo para que se dedicasse a algum desses negocinhos. Falei-lhe com entusiasmo das barbatanas e do que podia ganhar numa só linha de metrô. Pintei-lhe um futuro cor-de-rosa, mas Iglesias mantinha-se calado e desconfiado.

— Ainda tenho uns pesos. Mais adiante, veremos.

Mais adiante! Como eram desesperadoras essas palavras! Falei-lhe de um ponto de venda de jornais, mas tampouco se entusiasmou.

Só me restava esperar e continuar observando, até que a necessidade o obrigasse a sair.

Repito que agora sinto vergonha de ter chegado a esses

níveis de imbecilidade, sob o domínio do temor. Como, em meu perfeito juízo, eu poderia supor que, para saber de sua existência, a Seita precisasse de algo tão grosseiro como a instalação do tipógrafo numa banca de jornais? E as pessoas que presenciaram o atendimento a Iglesias na hora do acidente? E os enfermeiros e os médicos do hospital? Sem falar dos poderes da Seita, de seu imenso e intrincado sistema de informações e espionagem que, qual uma formidável teia de aranha invisível, envolve o mundo. Mas devo dizer que, após algumas noites de ridículo mal-estar, concluí que essas hipóteses eram absurdas e que não havia a menor possibilidade de que Iglesias ficasse abandonado. O único temor era que o contato pudesse se produzir tarde demais para mim. Mas contra isso não havia o que fazer.

Eu não podia ficar o tempo todo a seu lado. Assim, procurei uma forma de vigiá-lo sem estar por perto. As medidas que tomei foram as seguintes:

1º Dei uma importante quantia de dinheiro à dona da pensão, senhora Etchepareborda, que me pareceu, felizmente, uma espécie de débil mental. Pedi-lhe que cuidasse de Iglesias e me avisasse qualquer coisa relacionada ao tipógrafo, a pretexto, é evidente, de sua invalidez.

2º Pedi ao tipógrafo que não fizesse nada sem me avisar, pois queria lhe ser útil em todos os sentidos. Não tinha muita esperança com essa variante, pois imaginei, com razão, que ele estava se afastando de mim cada vez mais e que sua desconfiança estaria necessariamente crescendo.

3º Procurei estabelecer, na medida do possível, a mais estrita vigilância de seus movimentos, se é que lhe ocorria sair, ou dos movimentos das pessoas que, presumivelmente, poderiam se aproximar dele. Sua pensão ficava na rua Paso. Por sorte, a pouco mais de vinte metros havia um café onde eu podia, como tantos outros desempregados, passar horas a fio, aparentando ler o jornal ou conversando com os garçons, com os quais tive de fazer amizade. Era verão e, sentado ao lado da janela aberta, podia vigiar a entrada da pensão.

4º Utilizei Norma Gladys Pugliese, com o duplo objetivo de não levantar as suspeitas que levanta um homem sozinho vigiando alguém e de alternar um pouco o futebol e a política argentina com o pequeno prazer que eu sentia em corromper a professora.

10.

Os cinco dias seguintes me desesperaram. O que podia fazer além de pensar e conversar com o garçom e folhear jornais e revistas? Aproveitava para ler duas coisas que sempre me fascinaram: os anúncios e o noticiário policial. A única coisa que leio desde os vinte anos, a única coisa que nos instrui sobre a natureza humana e os grandes problemas metafísicos. Lê-se na sexta edição: NUM SÚBITO ACESSO DE LOUCURA, MATA A MULHER E OS QUATRO FILHOS COM UM MACHADO. Nada sabemos sobre esse homem, a não ser que se chama Domingo Salerno, era trabalhador e honesto, tinha um mercadinho em Villa Lugano e adorava a mulher e os filhos. E, de repente, mata-os a machadadas. Profundo mistério! E que sensação de verdade se tem ao ler o noticiário policial, depois de ler as declarações dos políticos! Todos eles parecem atores e falsários internacionais, gente que vende tônico para cabelo, remédio de veneno de cobra. Como é possível comparar um desses mistificadores com um ser puríssimo do gênero de Salerno? Os anúncios também me excitam: OS VENCEDORES DE AMANHÃ ESTUDAM NOS CURSOS PITMAN. Dois jovens esplendorosos, um rapaz e uma moça, de braços dados, sorridentes e gloriosos, marcham rumo ao Futuro. Em outro anúncio aparece uma mesa de escritório com dois telefones e um interfone; a poltrona vazia está pronta para ser ocupada, e dos telefones saem uns raiozinhos luminosos; diz a legenda: ESTE POSTO ESPERA POR VOCÊ. Um que me atrai, pela demagogia, é o da Ótica Podestá: SEUS OLHOS MERECEM O MELHOR. Os do creme de barbear vêm na forma de historinhas edificantes; no primeiro quadro, Pedro, visivelmente barbado, convida María Cristina para dançar; no segundo quadro, em primeiro plano vemos o jeito surpreso de Pedro e a expressão de profundo desagrado de María Cristina, que dança tentando afastar ao máximo seu rosto do dele; no terceiro quadro, ela comenta com uma amiga: "Como Pedro está repugnante com essa barba!", e a outra lhe responde: "Por que não lhe diz logo de uma vez?"; no quadro seguinte, María Cristina lhe responde que não se atreve, mas que ela, sua amiga, talvez possa falar com o namorado, para que este, por sua vez, aconselhe Pedro; de fato, no penúltimo quadro observa-se que o namorado da amiga diz a Pedro alguma coisa, em voz baixa; no quadro final, aparecem em primeiro plano Pedro e María Cristina, dançando felizes e sorridentes, ele já perfeitamente barbeado com o famoso creme PALMOLIVE; diz a legenda: POR UM DESCUIDO LAMENTÁVEL PODIA TER PERDIDO A NAMORADA.

Variantes: numa, o indivíduo perde uma magnífica oportunidade de emprego; em outra, nunca é promovido: no fundo de um salão cheio de escrivaninhas e empregados, entre os quais é fácil perceber Pedro barbado, o chefe o está olhando, de longe, com uma expressão de repugnância e contrariedade. Desodorantes: noivados, cargos em empresas fantásticas, convites para festas, todos perdidos bestamente por não ter usado ODORONO.

Anúncios com senhores de rosto esportivo, muito bem penteados e muito sorridentes, mas ao mesmo tempo enérgicos e positivos, de maxilares grandes e quadrados como o Super-Homem, e que, batendo com o punho na mesa, entre vários telefones, e inclinando o torso para o interlocutor invisível e vacilante, exclamam: O SUCESSO ESTÁ AO SEU ALCANCE! Outras vezes, o Super-Homem não bate na mesa, mas, com gesto enérgico e sem a menor hesitação, aponta seu dedo para o leitor do jornal, sempre pusilânime e desleixado, que vive desperdiçando em bobagens seu Tempo e suas Fantásticas Qualidades, e diz-lhe: GANHE CINCO MIL PESOS POR MÊS EM SEUS MOMENTOS DE FOLGA, instando-o em seguida a pôr nome e endereço nas linhas pontilhadas de um pequeno quadrado.

Sem um pingo de gordura, mostrando os poderosos músculos fibrosos, Míster Atlas lança um apelo mundial aos fracotes: em sete dias você notará o Progresso e decidirá refazer ou remodelar seu corpo, logo conquistando uma compleição como a do próprio Míster Atlas. Diz: TODOS ADMIRAM A LARGURA DE SEUS OMBROS! VOCÊ CONQUISTARÁ A MOÇA MAIS BONITA E O MELHOR EMPREGO!

Mas nada como o *Reader's Digest* para promover o Otimismo e os Bons Sentimentos. Um artigo do sr. Frank I. Andrews, intitulado "Quando os hoteleiros se reúnem", começava assim: "Conhecer os distintos hoteleiros que chegaram aos Estados Unidos representando seus colegas dos países latino-americanos foi, para mim, um dos momentos mais emocionantes de minha vida". E depois, centenas de artigos destinados a levantar o ânimo dos pobres, leprosos, mancos, edipianos, surdos, cegos, mudos, surdos-mudos, epilépticos, tuberculosos, cancerosos, paralíticos, macrocéfalos, microcéfalos, neuróticos, filhos ou netos de loucos furiosos, pés chatos, asmáticos, desprezados, gagos, indivíduos com mau hálito, infelizes no casamento, reumáticos, pintores que perderam a vista, escultores que sofreram amputação das duas mãos, músicos que ficaram surdos (pense em Beethoven!), atletas que ficaram paralíticos na guerra, vítimas dos gases na Primeira Guerra, mulheres feíssimas, crianças leporinas, homens fanhos, vendedores tímidos, pessoas altíssimas, pessoas baixíssimas (quase anãs), homens que pesam mais de duzentos quilos etc. Títulos: DO PRIMEIRO EMPREGO ME TIRARAM A PONTAPÉS, NOSSO ROMANCE COMEÇOU NO LEPROSÁRIO, VIVO FELIZ COM MEU CÂNCER, PERDI A VISTA MAS GANHEI UMA FORTUNA, SUA SURDEZ PODE SER UMA VANTAGEM etc.

Ao sair do bar, e depois de fazer minha visita noturna à pensão, ainda contemplava, na praça Del Once, a grande propaganda que anuncia o Talharim Santa Catarina, e, embora não lembrasse quem tinha sido Santa Catarina, não achava difícil que tivesse sofrido o martírio, já que o martírio sempre foi o fim quase profissional dos santos; e então não podia deixar de meditar sobre essa característica da existência humana, que consiste em que um crucificado ou um esfolado vivo tornem-se, com o tempo, marca de talharim ou de conservas em lata.

11.

Acho que, por ressentimento, Norma apareceu um dia com um ser epiceno chamado Inés González Iturrat. Enorme e fortíssima, com um bigode visível, cabelo grisalho, vestia um *tailleur* e usava sapatos de homem. A não ser por seus seios volumosos, quem a visse de relance podia cometer o erro de chamá-la de “senhor”. Enérgica e eficaz, exercia um total domínio sobre Norma.

— Eu a conheço — disse eu.

— A mim? — ela comentou irritada e surpresa, como se essa possibilidade fosse uma ofensa; Norma, naturalmente, tinha lhe falado muito de mim.

No fundo, eu tinha a impressão de tê-la visto em algum lugar, mas só no final da conversa incômoda (eu precisava vigiar o número 57, escondido por seu corpanzil) esclareci o pequeno enigma.

Norma revelava desejos nervosos de que houvesse uma polêmica: suas repetidas derrotas comigo levavam-na a acalentar, com uma satisfação vingativa, a ideia de uma discussão catastrófica com o sábio atômico que estava na sua frente. Mas eu, que andava com a cabeça em outro lugar e não podia nem devia desviar a atenção do número 57, não mostrei o menor interesse em examinar aquela mercadoria. Infelizmente, como teria feito em outra ocasião, para mim era impossível me levantar.

O peito de Norma subia e descia como um fole.

— Inés foi minha professora de história, como eu já lhe disse.

— Sei, sei — comentei cortesmente.

— Somos um grupo de moças muito unidas e ela é a nossa mentora.

— Ótimo — disse no mesmo tom.

— Comentamos livros, vamos a exposições e conferências.

— Muito bem.

— Fazemos viagens de estudos.

— Magnífico.

Sua irritação ia aumentando. Já quase indignada, acrescentou:

— Agora estamos fazendo visitas comentadas às galerias de arte, com ela e o professor Romero Brest.

Olhou-me com olhos que cuspiam fogo, esperando meu comentário. Civilizadamente, disse:

— Que boa ideia!

Quase gritando, continuou:

— Você acha que as mulheres só devem lavar chão, esfregar pratos e cuidar do lar!

Um indivíduo carregando uma escada pareceu querer entrar no 57, mas ao verificar o número continuou até a porta seguinte. Com os nervos mais calmos, pedi-lhe que, por favor, repetisse a última observação, que eu não tinha ouvido bem. Ficou mais furiosa ainda.

— Claro! — exclamou. — Você nem me ouve! A que ponto minhas opiniões lhe interessam!

— Interessam muito.

— Farsante! Você me disse mil vezes que as mulheres são diferentes dos homens.

— Mais uma razão para que as opiniões delas me interessem. A gente sempre se interessa pelo que é diferente ou desconhecido.

— Ah, quer dizer que você admite que a mulher é completamente diferente do homem!

— Não precisa se exaltar por um fato tão evidente, Norma.

A professora de história, que acompanhara a cena com expressão duramente irônica, e avisada, como certamente estava, de que eu era um obscurantista, interveio:

— O senhor acha?

— Acho o quê? — perguntei com ingenuidade.

— Isso. Que seja *evidente* — sublinhou a palavra, mordaz — a diferença entre um homem e uma mulher.

— Todo mundo está de acordo de que entre um homem e uma mulher há certas diferenças apreciáveis — expliquei com calma.

— Não nos referimos a isso — retrucou a educadora, com fúria glacial. — E o senhor sabe muito bem.

— A isso? A isso, o quê?

— Ao sexo, ao que o senhor bem sabe — acrescentou, cortante. Parecia uma faca afiadíssima e desinfetada.

— Acha pouco? — perguntei.

Eu estava ficando de bom humor, e, no fundo, elas atenuavam a minha espera. Só continuava a me incomodar essa vaga impressão de ter visto a professora em algum lugar e não conseguir me lembrar onde.

— Não é o mais importante! Estamos nos referindo a outra coisa, aos valores espirituais. E as diferenças que vocês estabelecem entre a atividade de um homem e de uma mulher são típicas de uma sociedade atrasada.

— Ah, já entendi — comentei com muita serenidade. — Para vocês a diferença entre o útero e o falo é um resquício dos Tempos Obscuros. Vai desaparecer, assim como a iluminação a gás e o analfabetismo.

A educadora ficou vermelha: essas frases não só a indignavam como a envergonhavam, não por ouvir "útero" e "falo" (tinha espírito científico, essas palavras não podiam perturbá-la mais do que "neutrino" ou "reação em cadeia"), mas por causa do mesmo mecanismo capaz de incomodar o professor Einstein se lhe perguntassem pelo funcionamento de seu intestino.

— Isso são frases feitas — declarou. — A verdade é que hoje a mulher compete com o homem em qualquer atividade. E isso é que faz os senhores perderem as estribeiras. Veja a delegação de mulheres norte-americanas que acaba de chegar: há três diretoras da indústria pesada.

Norma, tão feminina, olhou-me triunfante: do que o ressentimento é capaz! De certo modo, aqueles monstros a vingavam de seu servilismo na cama. O desenvolvimento da indústria metalúrgica dos Estados Unidos atenuava, em certo sentido, os gritos que dava nos momentos culminantes, o frenesi de sua entrega incondicional. A postura humilhante era contrabalançada pela petroquímica ianque.

Era verdade: agora, que me via obrigado a folhear os jornais, lembrava-me de ter visto a chegada daquela *troupe*.

— Também há mulheres que lutam boxe — comentei. — Agora, se essa monstruosidade anima vocês...

— O senhor chama de monstruosidade o fato de uma mulher chegar a ser membro da diretoria de uma grande indústria?

De novo fui obrigado a seguir, por cima dos ombros atléticos da senhorita González Iturrat, um transeunte suspeito. Essa atitude, perfeitamente explicável, aumentou a fúria da harpia.

— E também acha monstruoso — continuou, semicerrando insidiosamente os olhinhos — que na ciência se destaque um gênio como madame Curie?

Era inevitável.

— Um gênio — expliquei-lhe com calma didática — é alguém que descobre identidades entre fatos contraditórios, relações entre fatos aparentemente muito distantes. Alguém que revela a identidade na diversidade, a realidade sob a aparência. Alguém que descobre que a pedra que cai e a Lua que não cai são o mesmo fenômeno.

A educadora seguia meu raciocínio com olhinhos sarcásticos, como uma professora diante de um garoto mitômano.

— E é pouco o que madame Curie descobriu?

— Madame Curie, senhora, não descobriu a lei da evolução das espécies. Saiu com um rifle para caçar tigres e deparou com um dinossauro. Por esse critério também seria um gênio o primeiro marinheiro que avistou o cabo Horn.

— Diga o que quiser, mas a descoberta de madame Curie revolucionou a ciência.

— Se a senhora sair para caçar tigres e deparar com um centauro, também provocará uma revolução na zoologia. Mas não é esse o tipo de revolução provocada pelos gênios.

— A seu ver, a ciência é vedada à mulher.

— Não. Quando eu disse isso? Aliás, a química se aparenta com a cozinha.

— E a filosofia? Garanto que o senhor proibiria às moças entrarem na faculdade de filosofia e letras.

— Não, por quê? Não fazem mal a ninguém. E ali ainda encontram namorado e se casam.

— E a filosofia?

— Que estudem, se quiserem. Mal não vai lhes fazer. Bem tampouco, isso é verdade. Não lhes faz nada. Aliás, não há o menor perigo de se tornarem filósofas.

A senhorita González Iturrat gritou:

— O que acontece é que esta sociedade absurda não lhes dá as mesmas possibilidades que dá aos homens!

— Como? Se estamos dizendo que ninguém as impede de ir à faculdade de filosofia. Mais ainda: dizem-me que esse estabelecimento está cheio de mulheres. Ninguém as proíbe de fazer filosofia. Nunca ninguém as impediu de pensar, nem em casa nem fora de casa. Como se pode impedir que alguém pense? E a filosofia não exige mais do que cabeça e vontade de pensar. Agora, na época dos gregos e no século XXX. Eventualmente, uma sociedade poderia impedir que uma mulher publicasse um livro de filosofia: mediante a ironia, o boicote, em suma, algo assim. Mas impedir que pense? Como uma sociedade pode criar obstáculos à ideia do universo platônico na cabeça de uma mulher?

A senhorita González Iturrat explodiu:

— Com gente como o senhor o mundo nunca teria ido para a frente!

— E de onde deduz que foi para a frente? Sorriu com desprezo.

— É evidente! Chegar a Nova York em vinte horas não é um progresso!

— Não vejo a vantagem de chegar logo a Nova York. Quanto mais demorar, melhor. Aliás, achei que a senhora se referia ao progresso espiritual.

— A tudo, meu senhor. O avião não é um acaso: é o símbolo do avanço geral. Inclusive dos valores éticos. Não venha me dizer que a moral da humanidade não é hoje superior à da sociedade escravista.

— Ah, a senhora prefere os escravos com salário.

— É fácil ser cínico. Mas qualquer um de boa-fé sabe que o mundo conhece hoje valores morais desconhecidos na Antiguidade.

— É, compreendo. Um assassino como Landru viajando de trem é superior a Diógenes viajando de trirreme.

— O senhor escolhe de propósito exemplos grotescos. Mas é evidente.

— Um comandante de Buchenwald é superior a um comandante das galés. É melhor matar os bichos humanos com bombas de napalm do que com arcos e flechas. A bomba de Hiroshima é mais benéfica do que a batalha de Poitiers. É mais progressista torturar com choque elétrico do que com ratos, à moda chinesa.

— Tudo isso são sofismas, porque são fatos isolados. A humanidade também vai superar essas barbaridades. E, no final, a ignorância terá de ceder, em toda a linha, à ciência e ao conhecimento.

— Atualmente, o espírito religioso é mais forte do que no século xix — notei com tranquila maldade.

— No final, obscurantismos de todo tipo cederão. Mas a marcha do progresso não pode ocorrer sem pequenos retrocessos e zigue-zagues. O senhor mencionou há pouco a teoria da evolução: um exemplo do que a ciência é capaz contra qualquer mito religioso.

— Não vejo os efeitos devastadores dessa teoria. Não acabamos de admitir que o espírito religioso se fortaleceu?

— Por outras razões. Mas liquidou definitivamente muitas bobagens, como a da criação em seis dias.

— Senhorita, se Deus é onipotente, que lhe custa criar o mundo em seis dias e distribuir uns esqueletos de megatérios por aí, a fim de pôr à prova a fé ou a estupidez dos homens?

— Ora! Não vá me dizer que está falando sério ao formular um sofisma desses. Aliás, há pouco estava elogiando o gênio que descobriu a teoria da evolução. E agora leva-a na brincadeira.

— Não levo na brincadeira. Digo, simplesmente, que não prova a existência de Deus nem refuta a criação do mundo em seis dias.

— Se fosse pelo senhor, não haveria nem escolas. Se não me engano, o senhor deve ser partidário do analfabetismo.

— A Alemanha em 1933 era um dos povos mais alfabetizados do mundo. Se as pessoas não soubessem ler, pelo menos não poderiam ser idiotizadas dia a dia pelos jornais e revistas. Infelizmente, mesmo que fossem analfabetas, ainda restariam outras maravilhas do progresso: o rádio, a televisão. Seria preciso extirpar os tímpanos das crianças e arrancar seus olhos. Mas isso já seria um programa mais trabalhoso.

— Apesar dos sofismas, a luz sempre prevalecerá contra a escuridão, e o bem contra o mal. O mal é a ignorância.

— Até agora, senhorita, o mal sempre prevaleceu contra o bem.

— Outro sofisma. De onde tira uma barbaridade dessas?

— Eu não tiro nada, senhorita: é a pacífica demonstração da história. Abra o livro de história de Oncken em qualquer página e encontrará apenas guerras, degolações, conspirações, torturas, golpes de Estado e inquisições. Além disso, se o bem prevalece sempre, por que é necessário pregá-lo? Se por sua natureza o homem não fosse inclinado a fazer o mal, por que o proscrevem, o estigmatizam etc.? Veja bem: as religiões mais elevadas *pregam* o bem. Mais ainda: ditam *man-*

damentos, que *exigem* não fornicar, não matar, não roubar. É preciso *mandar*. E o poder do mal é tão grande e tortuoso que o utilizam até para recomendar o bem: se não fizermos isto e aquilo, nos *ameaçam* com o inferno.

— Então — gritou a senhorita González Iturrat —, segundo o senhor tem que se pregar o mal!

— Eu não disse isso, senhorita. O que acontece é que a senhorita se alterou muito e já não me ouve. Não é necessário pregar o mal: ele vem sozinho.

— Mas o que deseja provar?

— Não se exalte. Não esqueça que a senhorita afirma a superioridade do bem, e vejo que, com muito gosto, me cortaria em pedaços. Queria lhe dizer, simplesmente, que não existe esse progresso espiritual. E conviria até examinar o famoso progresso material.

Um muxoxo irônico deformou o bigode da educadora.

— Ah, agora vai me demonstrar que o homem de hoje vive pior que o romano.

— Depende. Não creio, por exemplo, que um pobre coitado que trabalhe oito horas por dia numa fundição, sob controle eletrônico, seja mais feliz do que um pastor grego. Nos Estados Unidos, paraíso da mecanização, dois terços da população são de neuróticos.

— Gostaria de saber se o senhor viajaria de diligência em vez de viajar de trem.

— Claro. Viajar de carruagem era mais bonito e tranquilo. E melhor ainda quando se ia a cavalo: tomava-se ar e sol, contemplava-se a paisagem aprazível. Os apóstolos da máquina nos disseram que ela daria ao homem cada vez mais tempo para o ócio. A verdade é que o homem tem cada dia menos tempo, anda cada vez mais alucinado. Até mesmo a guerra era bonita, divertida e viril, era vistosa, com aqueles uniformes coloridos. Era até saudável. Veja, por exemplo, nossa guerra de independência e nossas lutas civis: quem não era morto por uma lança ou degolado podia viver depois cem anos, como meu tataravô Olmos. É natural, a vida ao ar livre, o exercício, as cavalgadas. Quando um menino era fraco, mandavam-no para a guerra, para ficar forte.

A senhorita González Iturrat levantou-se furiosa e disse à sua discípula:

— Eu vou embora, Normita. Você faça o que quiser. E retirou-se.

Norma, com os olhos inflamados, também se levantou. E, enquanto se afastava, disse:

— Você é um grosso e um cínico!

Dobrei meu jornal e me preparei para continuar vigiando o número 57, agora sem o inconveniente do volumoso corpo da educadora.

Naquela noite, sentado na latrina, nesse estado que oscila entre a fisiologia patológica e a metafísica, fazendo esforço e ao mesmo tempo meditando sobre o sentido geral do mundo, como é frequente nesse único lugar filosófico da casa, finalmente matei a charada da paramnésia que me incomodara no começo da conversa: não, eu não tinha visto antes a senhorita González Iturrat; mas ela era praticamente idêntica ao ser humano desagradável e violento que, em *Oito condenados*, joga de um balão panfletos sufragistas.

12.

Nessa noite, enquanto fazia o balanço e passava em revista os acontecimentos, como toda noite, me alarmei: por que Norma trouxera a senhorita González Iturrat? Tampouco podia ser mera coincidência a discussão que me obrigaram a ter sobre a existência do mal. Pensando bem, achei que a professora tinha todas as características de uma sócia da Biblioteca para Cegos. E a suspeita logo se estendeu à própria Norma Pugliese, por quem, no final das contas, eu me interessara porque seu pai era um socialista que dedicava duas horas diárias a transcrever livros no sistema braile.

Frequentemente dou uma ideia equivocada de mim, e é provável que os leitores deste Relatório se surpreendam com esse tipo de leviandade. A verdade é que, apesar de meu lado sistemático, sou capaz dos atos mais inesperados e, portanto, perigosos, dada a natureza da atividade que exerço. E cometi os disparates mais inqualificáveis por causa de mulheres. Tentarei explicar o que acontece comigo, pois não é tão amalucado como poderia parecer à primeira vista, já que sempre considerei a mulher um subúrbio do mundo dos cegos; de modo que minha ligação com elas não é tão desatinada nem gratuita como um observador superficial poderia imaginar. Não é isso que estou me criticando neste momento, e sim a quase inconcebível falta de precauções a que me exponho de repente, como no caso de Norma Pugliese; fato perfeitamente lógico do ponto de vista do destino, já que o destino cega quem quer perder, porém absurdo e imperdoável do meu próprio ponto de vista. Mas é que a uma fase de radiante lucidez sucede-se em mim uma fase em que meus atos parecem ordenados e feitos por outra pessoa, e de repente me vejo no meio de trapalhadas perigosíssimas, como poderia ocorrer com um navegante solitário que, em plena zona de risco, dominado pelo sonho, cabeceasse e cochilasse por instantes.

Não é fácil. Gostaria de ver qualquer um de meus críticos em situação igual à minha, cercado por um inimigo infinito e espertíssimo, no meio de uma rede invisível de espiões e observadores, tendo de vigiar dia e noite cada pessoa e acontecimento que existem ou ocorrem ao seu redor. Então se sentiria menos capaz e compreenderia que erros dessa natureza não só são possíveis como praticamente inevitáveis.

Todo o tempo que antecedeu o encontro com Celestino Iglesias, por exemplo, foi de extrema confusão em meu espírito; e nesses períodos é como se as trevas literalmente me sugassem por intermédio do álcool e das mulheres: assim nos insinuamos nos labirintos do Inferno, ou seja, no universo dos Cegos. Não é que nesses períodos tenebrosos eu me esquecesse de meu grande objetivo, mas é que à perseguição lúcida e científica seguia-se uma irrupção caótica, aos trancos, aparentemente dominada pelo que as pessoas desatentas chamam de acaso e que, a rigor, é a casualidade cega. E no meio da desordem, tonto e abobalhado, embriagado e miserável, ainda assim me via balbuciando de repente: "não faz mal, de toda maneira é este o universo que devo explorar", e me abandonava à insensata volúpia da vertigem, essa volúpia que sentem os heróis nos piores e mais perigosos momentos da luta, quando já não há nada que possa nos encaminhar para a razão e quando nossa vontade se move no domínio turvo do sangue e dos instintos. Até que repentinamente eu acordava dessas longas fases obscuras, e, assim como o ascetismo se seguia à luxúria, minha mania organizativa se seguia ao caos; mania que me acomete, não apesar de minha tendência para o caos, mas justamente por isso. Então minha cabeça começa a trabalhar em marcha forçada e com uma rapidez e clareza espantosas. Tomo decisões exatas e nítidas, tudo é luminoso e resplandecente como um teorema; nada faço para responder a meus instintos, que nesse momento vigio e domino à perfeição. Mas, é estranho, resoluções ou pessoas que conheço durante essa fase de inteligência logo me levam, mais uma vez, a uma fase incontrolável. Por exemplo, conheço a mulher, digamos, do presidente da Associação Mutualista do Coral dos Não-Videntes; compreendo as valiosas informações que posso obter por seu intermédio, passo-lhe uma cantada e finalmente, com objetivos estritamente científicos, levo-a para a cama; mas logo a mulher começa a me dar náuseas, é uma libidinosa ou uma demoníaca, e todos os meus planos vão abaixo ou ficam adiados, quando não em sério perigo.

Não foi o caso de Norma Pugliese, é claro. Porém, mesmo nesse caso cometi erros que não deveria ter cometido.

O senhor Américo Pugliese é um ex-membro do Partido Socialista e educou a filha nas normas que seu fundador Juan B. Justo impôs desde o início: a Verdade, a Ciência, o Cooperativismo, a Luta contra o Fumo, o Antialcoolismo. Um homem muito decente, que detestava Perón e era muito respeitado no escritório por seus adversários políticos. Como se compreenderá, essa plataforma excitou sobremodo meus desejos de ir para a cama com sua filha.

Ela era noiva de um guarda-marinha. Fato perfeitamente compatível com a mentalidade antimilitarista do senhor Pugliese, devido ao mecanismo psicológico que faz os antimilitaristas admirarem o pessoal da Marinha: não são tão brutos, viajaram, são parecidíssimos com os civis. Como se esse defeito pudesse ser motivo de elogio, porquanto, conforme expliquei a Norma (que se enfurecia), elogiar um militar por não parecer militar, ou por não ser tão militar, é como descobrir méritos num submarino que tem dificuldades em submergir.

Com argumentos do tipo minei as bases da Marinha de Guerra e no final consegui ir para a cama com Norma, o que prova que o caminho da cama pode passar pelas instituições mais inesperadas. E que os únicos raciocínios que têm importância para a mulher são os que, de alguma maneira, se vinculam à posição horizontal. Ao contrário do que acontece com o homem. Motivo pelo qual é difícil, por meio de um autêntico raciocínio, colocar um homem e uma mulher na mesma posição geométrica: é preciso recorrer a paralogismos ou à bolinagem.

Tendo conseguido a horizontalidade, levei tempo para educá-la, acostumá-la a uma Nova Concepção do Mundo: do professor Juan B. Justo ao marquês de Sade. Não era nada fácil. Precisava começar a partir da própria linguagem, pois, fanática pela ciência e leitora de obras como *O casamento perfeito*, usava palavras tão inadequadas à cama como "lei de refração cromática" é inadequada à descrição de um crepúsculo. Com base nessa verdade genuína (e a verdade para ela era sagrada), fui conduzindo-a de degrau em degrau até as piores ruindades. Tantos anos de paciente trabalho de deputados, vereadores e conferencistas socialistas aniquilado em poucas semanas; tantas bibliotecas de bairro, tantas cooperativas, tantos centros municipais de beneficência para que Norma terminasse praticando operações desse gênero. Depois disso, ainda querem que a gente tenha fé no cooperativismo!

Sim, muito bem, ríamos de Norma Pugliese como eu mesmo ri em vários momentos de superioridade. A verdade é que agora me assaltava uma série de dúvidas e de repente tinha a impressão de que ela era um dos espiões sutis do inimigo. Impressão, aliás, previsível, já que só um inimigo grosseiro ou tolo recorreria a espiões suspeitos. O fato de Norma ser tão ingênua, tão direta e inimiga da mentira e da mistificação não era o argumento mais decisivo para tomar cuidado com ela?

Ao analisar detalhes de nossas relações, comecei a me angustiar.

Imaginava ter classificado muito bem Norma Pugliese e, tendo em vista sua formação socialista e *sarmientina*, não achei difícil conhecê-la a fundo. Grave erro. Mais de uma vez ela me surpreendeu com uma reação inesperada. E sua própria depravação final era quase inconciliável com a formação tão saudável e correta que o pai tinha lhe dado. Mas, se o homem tem tão pouco a ver com a lógica, o que se pode esperar da mulher?

Portanto, passei a noite em claro recordando e analisando cada reação dela comigo. E tive motivos de sobra para me alarmar, mas pelo menos um motivo de satisfação: ter percebido a tempo os perigos de sua proximidade.

13.

Acho que ao ler a história de Norma Pugliese alguns de vocês pensarão que sou um canalha. Desde já lhes digo que acertaram. Considero-me um canalha e não tenho o menor respeito por minha pessoa. Sou um indivíduo que mergulhou em sua própria consciência, e quem, após afundar nas dobras de sua consciência, ainda pode se dar ao respeito?

Pelo menos me considero honesto, pois não me engano sobre mim mesmo nem tento enganar os outros. Vocês talvez me perguntem, então, como enganei sem o menor escrúpulo tantos infelizes e mulheres que cruzaram meu caminho. Mas é que há enganos e enganos, senhores. Esses enganos são pequenos, não têm importância. Do mesmo modo que não se pode qualificar de covarde um general que ordena uma retirada visando a um avanço definitivo. São e eram enganos táticos, circunstanciais, transitórios, em benefício de uma verdade profunda, de uma investigação implacável. Sou um investigador do Mal, e como poderia investigar o Mal sem afundar na sujeira até o pescoço? Vocês me dirão que, pelo visto, tive um vivo prazer em fazê-lo, e não a indignação ou o nojo que deveria sentir um autêntico investigador forçado a fazê-lo por desagradável obrigação. Isso também é verdade, e reconheço de público. Estão vendo como sou honrado? Não disse em nenhum momento que sou um bom sujeito: disse que sou um investigador do Mal, o que é muito diferente. E, além disso, reconheci que sou um canalha. Que mais podem esperar de mim? Um canalha insigne, isto sim. E orgulhoso de não pertencer a essa categoria de fariseus que são tão ruins quanto eu, mas que se consideram indivíduos honrados, pilares da sociedade, cavalheiros corretos, eminentes cidadãos a cujos enterros comparece uma quantidade imensa de gente e cujas crônicas aparecem depois nos jornais sérios. Não: se um dia eu sair nesses jornais será, sem dúvida, no noticiário policial. Mas já creio ter explicado o que penso da imprensa séria e do noticiário policial. De modo que estou muito longe de me sentir envergonhado.

Detesto essa comédia universal dos sentimentos respeitáveis. Sistema de convenções que se manifesta, quase sempre, na linguagem, essa falsificadora suprema da Verdade com "v" maiúsculo. Convenções que ao substantivo "velhinho" antepõem inevitavelmente o adjetivo "pobre"; como se não soubéssemos que um semvergonha que envelhece nem por isso deixa de ser sem-vergonha, mas, pelo contrário, aguça seus maus sentimentos com o egoísmo e o rancor adquiridos ou incrementados junto com as cãs. Seria preciso fazer um monstruoso auto de fé com todas essas palavras apócrifas, elaboradas pelo sentimentalismo popular, consagradas pelos hipócritas que manipulam a sociedade e defendidas pela escola e pela polícia: "anciãos veneráveis"(a maioria só merece que se cuspa em cima deles), "distintas senhoras" (em sua quase totalidade movidas pela vaidade e o egoísmo mais cru) etc. Para não falar dos "pobres ceguinhos" que constituem o objeto deste Relatório. E devo dizer que esses pobres ceguinhos têm medo de, mim. Justamente porque sou um canalha, porque sabem que sou um deles, um sujeito impiedoso que não vai se deixar enganar por idiotices e lugares-comuns. Como poderiam temer um desses infelizes que os ajudam a atravessar a rua com uma simpatia chorosa, tipo filme de Walt Disney com passarinhos e fitinhas de Natal coloridas?

Se se enfileirassem todos os canalhas do planeta, que fantástico exército se veria! E que mostruário insólito! Desde garotinhos de avental branco ("a pura inocência da infância") até corretos funcionários municipais que, no entanto, levam papel e lápis para casa. Ministros, governadores, médicos e advogados em sua quase totalidade, os já citados pobres velhinhos (em imensas levas), as também citadas senhoras que agora dirigem associações de ajuda aos leprosos ou aos cardíacos (depois de terem dado seus bons passeios em camas alheias e contribuído, justamente, para o incremento das doenças de coração), gerentes de grandes empresas, mocinhas de aparência frágil e olhos de gazela (mas capazes de depenar qualquer otário que acredite no romantismo feminino ou na fraqueza e no desamparo de seu sexo), fiscais municipais, funcionários coloniais, embaixadores condecorados etc. etc. canalhas, marcha! Que exército, meu Deus! Avancem, filhos da puta! Nada de parar, nem de começar a choramingar, agora que os espera o que preparei para vocês!

CANALHAS, DIREITA VOLVER!

Lindo e edificante espetáculo.

Cada soldado, ao chegar ao estábulo, se alimentará de suas próprias canalhices, transformadas em excremento real (não metafórico). Sem nenhum tipo de consideração nem pistolão. Nada de permitir que o filhinho do senhor ministro coma pão duro em vez de seu cocô correspondente. Não, senhor: ou se fazem as coisas direito ou não vale a pena fazer nada. Que coma a sua merda. E mais ainda: que coma *toda* a sua merda. Era só o que faltava, admitirmos que coma uma quantidade simbólica! Nada de símbolos: cada um há de comer sua exata e total canalhice. É justo e compreensível: não se pode tratar um infeliz que simplesmente esperou com alegria a morte de seus progenitores para receber uns trocadinhos da mesma forma que um desses anabatistas de Mineápolis que aspiram ao céu explorando negros na Guatemala. Não, senhor! JUSTIÇA, SEMPRE JUSTIÇA! A cada um a merda que lhe corresponde, ou nada. Não contem comigo, ao menos para trapaças desse tipo.

E que conste que minha posição não só é inexpugnável como desinteressada, já que, como reconheci em minha condição de perfeito canalha, integrarei as fileiras do exército merdófago. Só reivindico o mérito de não enganar ninguém.

E isso me faz pensar na necessidade de inventar de antemão um sistema que permita detectar a canalhice em personagens respeitáveis e medi-la com exatidão para descontar de cada indivíduo a quantidade que ele merece ter descontada. Uma espécie de canalhômetro para indicar com uma agulha a quantidade de merda produzida pelo senhor X em sua vida até esse Juízo Final, a quantidade a deduzir a título de sinceridade ou boas intenções e a quantidade líquida que ele deve engolir, uma vez feitas as contas. E, após se proceder à medição exata de cada indivíduo, o imenso exército deverá se pôr em marcha para seus estábulos, onde cada integrante consumirá sua própria e exata imundície. Operação infinita, como se compreende (e aí estaria a verdadeira graça), pois ao defecarem, em virtude do Princípio de Conservação dos Excrementos, expulsariam a mesma quantidade ingerida. Quantidade que é recolocada diante de seus focinhos — graças à meia-volta coletiva ordenada por uma voz de comando militar — e que deve ser ingerida de novo.

E assim *ad infinitum*.

14.

Ainda tive de esperar mais dois dias. Nesse meio-tempo, recebi uma dessas cartas que são enviadas em corrente e que normalmente se jogam no lixo. No meu caso, aumentou minha aflição, pois minha experiência tinha me demonstrado que nada, mas realmente

NADA

podia ser desprezado numa trama tão fantástica como a que me envolvia. Por isso a li com cuidado, tentando encontrar ligações entre aqueles episódios distantes com advogados e generais e a minha história com os cegos. Dizia: "Esta corrente vem da Venezuela. Foi escrita pelo senhor Baldomero Mendoza e tem de dar a volta ao mundo. Faça 24 cópias e envie-as aos seus amigos, mas em nenhuma hipótese a parentes, por mais distantes que sejam. Mesmo se você não for supersticioso, os fatos lhe demonstrarão que a corrente é eficaz. Exemplo: o senhor Ezequiel Goiticoa fez as cópias, enviou-as aos amigos e nove dias depois recebeu 150 mil bolívares. Um senhor chamado Barquilla não levou a sério esta corrente e houve em sua casa um incêndio que destruiu parte de sua família, e por isso ele enlouqueceu. Em 1904 o General Joaquín Díaz, quando sofreu um forte golpe que o fez adoecer gravemente, localizou esta corrente e mandou a secretária fazer as cópias e enviá-las. Sua cura foi rápida e agora seu estado é excelente. Um empregado da casa Garette fez as cópias, mas se esqueceu de enviá-las: nove dias depois teve um aborrecimento e perdeu o emprego; depois fez outras cópias e as mandou, recuperando o emprego e até recebendo indenização. O advogado Alfonso Mejía Reyes, do México, D. F., recebeu uma cópia desta corrente, descuidou-se, perdeu a cópia, e nove dias depois caiu uma cornija na sua cabeça e ele morreu tragicamente. O engenheiro Delgado quebrou a corrente e pouco depois foi acusado de malversação de fundos. Em nenhuma hipótese interrompa esta corrente. Faça as cópias e as distribua. Dezembro de 1954".

15.

Até que um dia vi um cego andando lentamente pela rua Paso, vindo da Rivadavia para a Bartolomé Mitre. Meu coração disparou.

Meu instinto me disse que o homem alto e louro tinha a ver com o problema Iglesias, pois não andava com a indiferença de quem caminha pela rua quando seu objetivo ainda está distante. Não parou em frente ao número 57, mas passou muito devagar pela porta e com sua bengala branca parecia andar como que reconhecendo um território onde mais tarde vão se fazer operações decisivas. Imaginei que fosse um tipo de missão precursora, e a partir daí redobrei a vigilância.

Nesse dia, contudo, não aconteceu mais nada que chamasse minha atenção. Minutos antes das nove da noite subi ao sétimo andar, mas ali tampouco havia acontecido qualquer coisa fora do comum: entregadores, empregados de lojas, em suma, as pessoas de sempre.

Nessa noite não consegui dormir: eu me virava e revirava na cama. Levantei-me antes de clarear e corri à rua Paso, temendo que alguém importante pudesse subir ao apartamento na hora em que se abrisse a porta da rua.

Mas não entrou ninguém que me parecesse suspeito, e durante todo aquele dia não notei nenhum indício interessante. Teria sido um simples acaso o aparecimento do cego alto e louro?

Já disse que não acredito muito em acasos e menos ainda nos que se referem a cegos. Portanto, nessa mesma noite, ao terminar o que se poderia chamar minha guarda diurna, resolvi ir à pensão e submeter a senhora Etchepareborda a um cerrado interrogatório. Em minha ansiedade, eu descera até a mais repugnante demagogia. Detesto as mulheres gordas, e a dona da pensão era imensa; metida num vestido que parecia feito para uma mulher normal, exibindo sua papada e seu peito enorme e branquíssimo, parecia um pudim gigantesco e tremelicante: mas um pudim com intestinos.

Elogiei sua pele e disse-lhe que era incrível que tivesse quarenta e cinco anos. Também elogiei a salinha onde vivia, onde cada mesa, mesinha e, em geral, qualquer superfície horizontal estava coberta com um paninho de macramê. Uma espécie de *horror vacui* impedia-lhe de deixar espaços livres: pierrôs de porcelana, elefantes de bronze, cisnes de vidro, Don Quixotes cromados e um grande Bambi de tamanho quase natural. Em cima de um piano que ela não tocava, explicou, desde a morte do falecido marido, havia dois panos compridos de macramê: um cobrindo o teclado e outro na parte superior. Neste, entre gaúchos e camponesinhas de lenço na cabeça, via-se um retrato do senhor Etchepareborda, de perfil, com olhar sério e dirigido para um enorme elefante de bronze: parecia presidir a coleção teratológica.

Elogiei a moldura cromada abominável, e ela, contemplando o retrato com expressão triste e sonhadora, explicou que fazia dois anos que ele morrera, quando tinha apenas quarenta e oito, na flor da idade, prestes a ver realizados seus desejos, disse, uma semiaposentadoria.

— Era subchefe do serviço de expedições para o interior, em Los Gobelinos.

Eu, que por dentro queimava de raiva e nervosismo, pois

até o momento tinha sido impossível iniciar meu interrogatório, comentei:

— Puxa! Um estabelecimento importante!

— Pois é — confirmou, satisfeita.

— Um cargo de confiança — acrescentei.

— Também acho — disse-me. — Não é para desmerecer os outros, mas tinham absoluta confiança em meu falecido esposo.

— Honrava o sobrenome — comentei.

— Pois é, senhor Vidal.

Honradez dos Bascos, Fleuma Britânica, Espírito de Medida dos Franceses, mitos que, como todos os mitos, são invulneráveis aos pobres fatos. Na verdade, que importância têm corruptos como o ministro Etcheverry, energúmenos como o pirata Morgan ou fenômenos como Rabelais? Resignei-me a admirar as fotos que a gorda começava a me mostrar num álbum de família. Numa delas estavam os dois em Mar del Plata, nas férias de 1948, dentro do mar.

— Justamente — comentou, apontando um farol feito de conchinhas, que estava em cima de um pano de macramé —, ele me deu esse farol naquele verão.

Levantou-se, trouxe-o e me mostrou a inscrição: "Lembrança de Mar del Plata", e, mais embaixo, à tinta, a data: 1948.

Depois voltou ao álbum, enquanto a ansiedade me devorava.

Em outra foto o senhor Etchepareborda aparecia ao lado de sua senhora nos jardins de Palermo. Em outra, creio que estava cercado pelos sobrinhos e o cunhado, um senhor Rabufetti ou algo do gênero. Em outra, comemorando com o pessoal de Los Gobelinos uma data íntima, segundo as palavras da senhora Etchepareborda, no restaurante El Pescadito, de La Boca. Etcétera.

Desfilaram bebês nus e deitados, olhando para a câmera, retratos de casamentos, outras férias, cunhados, primos, amiguinhas (assim a dona da pensão designava construções tão volumosas como ela mesma).

Vi, feliz, quando ela enfim fechou o álbum e foi guardá-lo numa gaveta da cômoda. Sobre o móvel, entre várias estatuetas, estava pendurado um quadrinho provençal que dizia:

ABRA SUA CASA DE TODO CORAÇÃO

— Quer dizer que nada de novo quanto ao pobre Iglesias? — perguntei.

— Não, senhor Vidal. O coitadinho fica ali, trancado no quarto, sem querer ver ninguém. Vou ser sincera, senhor Vidal: isso me parte o coração.

— É, naturalmente. Ninguém veio perguntar por ele? Ninguém se interessou pela situação dele?

— Ninguém, senhor Vidal. Pelo menos até agora.

— Curioso, muito curioso — comentei comigo mesmo.

Eu tinha lhe dito que entrara em contato com as associações que poderiam ajudá-lo. Com essa mentira conseguia dois resultados, de inestimável valor: sustava qualquer iniciativa pessoal dela (iniciativa que, como se compreende, representava o perigo de ser incontrolável); e podia averiguar, enquanto isso, qualquer episódio que se produzisse. Não se deve esquecer que eu me propunha não só servir-me de Iglesias para penetrar no círculo secreto, mas, previamente, investigar e confirmar algumas de minhas presunções sobre a organização: por um lado, se o localizassem sem que ninguém fosse informado da situação do tipógrafo, minhas piores teorias se confirmariam e eu deveria multiplicar minhas precauções. Mas, por outro lado, essa espera acabava sendo perigosa e aumentava minha aflição, pois eu temia não chegar a tempo.

No entanto, mantinha a dolorosa espera, verificava a evolução da transformação de Iglesias, examinando seus traços e seus modos. Sobretudo de noite, depois que a porta da rua era fechada, e por conseguinte não havia o perigo de chegar à pensão o temido e ansiado mensageiro (por nada neste mundo a Seita deveria me encontrar junto com o tipógrafo), eu entrava no quarto dele e tentava manter uma conversa ou, pelo menos, fazer-lhe companhia ouvindo rádio. Iglesias, como eu disse, foi ficando cada dia mais calado, e era quase visível o aumento de sua desconfiança e o surgimento desse rancor gelado que caracteriza todos os membros da casta. Também vigiava os sintomas puramente físicos e, ao lhe dar a mão, verificava se sua pele já começara a segregar esse suor frio quase imperceptível que é um dos atributos reveladores de seu parentesco com os sapos e, de modo geral, com os sáurios e animais semelhantes.

Portanto, entrava logo depois de bater na porta e ouvir seu *Entre*, acendendo o interruptor da luz que ficava à esquerda da porta. Iglesias, sentado num canto, ao lado do rádio, cada dia mais sério e concentrado, olhava-me, tal como fazem os cegos, com expressão vazia e absorta, traço que, segundo minha experiência, é o primeiro que adquirem em sua lenta metamorfose. Os óculos pretos, destinados unicamente a esconder suas órbitas queimadas, tornavam mais impressionante sua expressão. Eu bem sabia que atrás das lentes pretas não havia nada, mas era justamente esse nada que, em última instância, mais se impunha. E sentia que outros olhos, olhos colocados atrás de sua testa, olhos invisíveis mas crescentemente implacáveis e astuciosos, fixavam-se em minha pessoa, escrutando-me a fundo.

Nunca pronunciou uma palavra desagradável: pelo contrário, acentuara essa cortesia frequente nos oriundos de certas regiões da Espanha, cortesia distante que faz com que simples camponeses dos ásperos planaltos de Castela pareçam senhores. Mas à medida que os dias foram passando, naquele cenário repetitivo e silencioso em que nos contemplávamos, sentados e frios, como duas estátuas egípcias, eu sentia o rancor de Iglesias se apoderando de cada recanto de seu espírito.

Fumávamos calados. E de repente, para quebrar o intolerável silêncio, eu dizia qualquer coisa que em outras épocas poderia ter sido de interesse para o tipógrafo.

— A Federação Operária começou uma greve de estivadores. Iglesias murmurava um monossílabo, tragava com força seu cigarro de fumo preto e depois pensava consigo mesmo: *Eu te conheço, canalha.*

Quando a situação ficava insustentável eu me retirava. De uma forma ou de outra e embora esses encontros fossem tão desagradáveis, eu lograva meu intento de observar sua transformação. E, ao chegar na rua, realizava uma ronda noturna, um pouco como se estivesse tomando ar fresco, como se caminhasse sem rumo, assobiando; mas, na verdade, observando qualquer indício

da presença do inimigo.

Entretanto, durante os dois dias que se seguiram à aparição do cego louro e alto nada notei de significativo.

16.

De fato, no segundo dia, ao entrar na pensão para minha visita noturna, observei um novo e inquietante sinal.

Antes de ir ao quarto de Iglesias eu fazia uma visita à senhora Etchepareborda, para assuntar um pouco. Nessa noite, como de hábito, ela me convidou para sentar e tomar o café que preparava para mim. A certa altura, pensei que a dona da pensão imaginava que, na verdade, eu ia lá para vê-la e que a cegueira de Iglesias era uma desculpa. E, como se diz no jargão profissional, eu lhe dava corda: um dia elogiava o vestido, no outro me extasiava diante de um novo objeto cromado, no terceiro pedia que me falasse das ideias do senhor Etchepareborda.

Naquela noite, enquanto ela preparava o famoso café, fiz minhas perguntas costumeiras. E ela, como de hábito, respondeu que ninguém se interessara pela sorte do tipógrafo.

— Parece mentira, senhor Vidal. É para se perder a fé na humanidade.

— Nunca se deve perder a esperança — respondi, com uma das frases ilustres do senhor Etchepareborda: "Precisamos ter Fé no País", "Assim é a Vida", "Temos de confiar nas Reservas da Nação". Frases que mostravam a importância do finado subchefe do serviço de expedições em Los Gobelinos e que, agora morto, comoviam sua esposa.

— Isso é o que meu falecido marido sempre dizia — comentou enquanto me passava o açucareiro.

Depois referiu-se ao custo de vida. A culpa de tudo era do canalha do Perón. Jamais gostara desse homem, e eu sabia por quê? Pela forma de esfregar as mãos e sorrir: parecia um padre. E ela jamais gostara dos padres, embora respeitasse todas as religiões, isso, sim (com seu falecido marido participavam do estabelecimento espírita Escuelas del Hermano Basilio). Finalmente, falou do escândalo que era o novo aumento do preço da eletricidade.

— Essa gente faz o que quer — expressou. — Pois não é que hoje veio um homem da Companhia de Eletricidade e começou a examinar toda a casa para ver se estavam direitos os aparelhos, os ferros de passar, os aquecedores e tudo o mais? Gostaria de saber, senhor Vidal, se eles têm o direito de examinar a casa da gente.

Assim como os cavalos param abruptamente e se encabritam diante de um objeto suspeito que avistam no chão, levantando a cabeça e ficando com as orelhas retesadas e vibrantes, fui sacudido por suas palavras.

— Um funcionário da Companhia de Eletricidade? — perguntei, quase pulando de meu assento.

— É, da CADE — respondeu surpresa.

— A que horas?

Refletiu e disse:

— Lá pelas três da tarde.

— Um gordo? Um sujeito de terno clarinho?

— É, gordo, sim... — respondeu cada vez mais perplexa, olhando-me como se eu estivesse doente.

— Mas estava de terno claro ou não? — insisti asperamente.

— Estava... um terno clarinho... é, devia ser de popeline, desses que se usam agora, um desses ternos leves.

Observava-me com tamanho espanto que eu precisava dar uma explicação razoável: do contrário, provavelmente minha atitude acabaria sendo suspeita até para a pobre coitada. Mas que explicação lhe dar? Tentei inventar algo verossímil: falei de uma dívida que aquele indivíduo tinha comigo, balbuciei uma série de palavras apressadas, pois compreendi que não teria a menor possibilidade de dizer nada que explicasse meu sobressalto. E meu sobressalto vinha do fato de que, naquela tarde, às três horas, chamara-me a atenção um personagem gordo, vestido de popeline clara, de maleta na mão, rondando perto do número 57 da rua Paso. Que o indivíduo tivesse me parecido suspeito e, agora, a dona da pensão confirmasse minha intuição, contando-me que ele revistara o prédio, era suficiente para me deixar alucinado.

Mais tarde, revendo os episódios ligados à minha investigação, achei temerários meu atordoamento, minha atitude em relação ao homem da CADE e minhas palavras de suposta explicação à mulher da pensão.

Teriam sido suficientes para despertar suas suspeitas, tivesse ela um mínimo de inteligência.

Mas não seria por essa rachadura que o trabalhoso edifício desmoronaria. Nessa noite minha cabeça era um tumulto: sentia que a hora decisiva se aproximava. No dia seguinte, como de costume, se bem que mais nervoso, instalei-me cedo no meu observatório. Tomei café com leite e abri o jornal, mas na verdade não tirava os olhos do número 57. Já possuía uma fantástica habilidade para fazer esse jogo duplo. E enquanto Juanito me dizia sei lá o que sobre a greve dos metalúrgicos, observei, com emoção quase insuportável, que o homem da CADE reaparecia na rua Paso com a mesma maleta e o mesmo terno claro da véspera; mas, agora, acompanhado de um senhor franzino e baixinho, muito parecido, de cara, com Pierre Fresnay. Vinham conversando, e, quando o gordo lhe cochichava alguma coisa no ouvido, e para isso precisava se inclinar, o outro assentia com a cabeça. Ao chegarem ao número 57, o baixinho entrou no prédio e o homem da CADE se afastou para a rua Mitre e, finalmente, ficou esperando na esquina: pegou um maço de cigarros e começou a fumar.

Iglesias desceria junto com o outro?

Achei pouco provável, pois não era homem de aceitar,

sem mais nem menos, uma proposta ou um convite.

Tentei imaginar a cena lá em cima: o que diria a Iglesias? Como se apresentaria? O mais provável era que o indivíduo se apresentasse como membro da Biblioteca ou do Coral ou de qualquer dessas instituições: tinha sido informado de sua desgraça, eles prestavam ajuda etc. Mas, como disse, achei difícil que Iglesias aceitasse segui-lo nessa primeira ocasião: andava muito desconfiado e, além disso, acentuara-se seu orgulho que, já antes da cegueira, era, como em tantos espanhóis, muito pronunciado.

Quando o emissário desceu sozinho e foi encontrar o homem da CADE, senti, satisfeito, que minhas suposições estavam corretas, o que me revelava que eu tinha uma ideia exata da marcha dos acontecimentos.

O homem da CADE parecia escutar muito interessado o relatório do baixotinho, e depois, conversando animados, foram para os lados da avenida Pueyrredón.

Corri lá para cima: era imprescindível averiguar o quanto antes, mas sem despertar as suspeitas de Iglesias.

A viúva me recebeu com demonstrações de entusiasmo:

— Finalmente vieram dessa associação! — exclamou, pegando minha mão direita entre as suas.

Tentei acalmá-la.

— E cuidado, senhora — disse —, nem uma palavra a Iglesias. Não vá deixar escapar que fui eu que avisei essa gente.

Garantiu-me que se lembrava muito bem de minhas recomendações.

— Ótimo — comentei. — E o que Iglesias resolveu?

— Ofereceram-lhe trabalho.

— Que tipo de trabalho?

— Não sei. Não me disse nada.

— E ele, o que respondeu?

— Que ia pensar.

— Até quando?

— Até esta tarde, porque o senhor vai voltar de tarde. Quer apresentá-lo.

— Apresentá-lo? Onde?

— Não sei, senhor Vidal.

Declarei-me satisfeito com o interrogatório e me despedi. Já ao sair, perguntei:

— Estava me esquecendo. A que horas esse senhor voltará?

— Às três.

— Ótimo.

As coisas começavam a entrar nos eixos.

17.

Como em outras ocasiões, o nervosismo me deu uma vontade urgente de ir ao banheiro. Entrei na Antigua Perla del Once e me dirigi ao toalete. É curioso que neste país o único lugar onde se fala de Damas e Cavalheiros seja o lugar onde invariavelmente eles deixam de sê-lo. Às vezes penso que é uma das tantas formas da irônica descrença argentina. Enquanto me instalava no cubículo infecto, confirmando minha velha teoria de que o banheiro é o único lugar filosófico em estado puro que nos resta, comecei a decifrar as emaranhadas pichações. Sobre o inevitável e básico VIVA PERÓN alguém tinha riscado violentamente a palavra VIVA e substituído por MORRA, palavra que, por sua vez, tinha sido riscada e substituída por um novo VIVA, neto do primeiro, e assim alternadamente, dando ao conjunto a forma de um pagode, ou melhor, de um trêmulo edifício em construção. À esquerda e à direita, em cima e embaixo, com setas indicadoras e sinais de admiração ou desenhos alusivos, a expressão original parecia decorada, enriquecida e comentada (por uma raça de exegetas violentos e pornográficos) com observações diversas sobre a mãe de Perón, as características sociais e anatômicas de Eva Duarte Perón, sobre o que faria o comentarista desconhecido e defecante se tivesse a sorte de se encontrar com ela numa cama, numa poltrona ou até no próprio banheiro da Antigua Perla del Once. Frases e expressões de desejos que, por sua vez, eram riscados parcial ou totalmente, obliterados, tergiversados ou enriquecidos com a inclusão de um advérbio perverso ou glorificante, incrementados ou atenuados pela intervenção de um adjetivo, com lápis e giz de todas as cores, com desenhos ilustrativos que pareciam ter sido feitos por um professor de anatomia bêbado e bobalhão. E nos diversos espaços livres, acima ou ao lado, às vezes (como no caso dos anúncios importantes dos jornais) com frisos em redor, em letras de diversos tipos (aflitas ou lânguidas, esperançosas ou cínicas, obstinadas ou frívolas, caligráficas ou grotescas), pedidos e ofertas de telefone para homens que tivessem tais e quais atributos, que se dispusessem a realizar tais ou quais arranjos ou façanhas, artifícios ou fantasias, atrocidades masoquistas ou sádicas. Ofertas e pedidos que, por sua vez, eram modificados por comentários irônicos ou insultantes, agressivos ou humorísticos de outras pessoas, que por algum motivo não estavam dispostas a intervir naquele arranjo exato, mas, de alguma maneira (e seus comentários provavam), também queriam participar, e participavam, da magia lasciva e alucinante. E no meio do caos, com setas indicativas, a resposta cheia de desejo e esperança de alguém que explicava como e quando esperaria o Príncipe Cacográfico e Anal, às vezes com uma anotação carinhosa e, tudo indica, inadequada para o noticiário de banheiro: ESTAREI COM UMA FLOR NA MÃO.

"O mundo pelo avesso", pensei.

Como nas páginas policiais, ali parecia se revelar a verdade última da raça.

"O amor e os excrementos", pensei.

E, enquanto me abotoava, também pensei: "Damas e Cavalheiros".

18.

Às duas da tarde estava eu, pelo sim pelo não, instalado no café. Mas só às três o homenzinho parecido com Pierre Fresnay apareceu. Agora caminhava sem nenhuma hesitação. Quando chegou perto do prédio, levantou os olhos para conferir a numeração (porque vinha andando de cabeça baixa, como se ruminasse alguma coisa consigo mesmo) e entrou no número 57.

Com os nervos tensos, esperei sua saída: aproximava-se a parte mais arriscada de minha aventura, pois, embora por instantes eu tivesse aventado a possibilidade mais banal de que o levassem para uma associação mutualista ou beneficente, minha intuição logo me indicou que não seria assim e que fariam isso mais tarde. O primeiro passo devia ser algo muito menos inocente, levando-o para ser apresentado a um dos cegos de certa relevância, talvez um dos contatos com a alta cúpula. Em que me baseava para me inclinar por essa suposição? Imaginava que, antes de pôr um novo cego em circulação, se posso dizer assim, os altos dignitários queriam conhecer a fundo suas características, condições e tarefas, seu grau de perspicácia ou sua estupidez: um bom chefe de espionagem não dá uma missão a um de seus agentes sem um exame prévio de suas qualidades e seus defeitos. E é óbvio que não requer as mesmas condições percorrer os metrôs para coletar tributos ou vigiar um local tão importante como o Clube Naval (tal como o cego alto de chapéu, cerca de sessenta anos, que permanece eternamente calado com seus lápis na mão e tem todo o jeito de ser um *gentleman* inglês decadente após sofrer um terrível golpe do destino). Como eu disse, há cegos e cegos. E embora todos tenham um atributo essencial em comum, que lhes confere um mínimo de peculiaridades raciais, não devemos simplificar o problema a ponto de crer que todos são igualmente sutis e perspicazes. Há cegos que só servem para os serviços sujos; há outros que são o equivalente de estivadores ou gendarmes; e há os Kierkegaard e os Proust. Aliás, é impossível saber como ficará um humano que entrar para a seita sagrada por doença ou acidente, pois, como na guerra, ocorrem surpresas inacreditáveis; e assim como ninguém poderia prever que daquele tímido funcionariozinho de um banco em Boston sairia um herói de Guadalcanal, tampouco se pode prever a surpreendente ascensão hierárquica de um porteiro ou um tipógrafo vítimas da cegueira; dizem que um dos quatro figurões que mandam mundialmente na Seita (e moram em algum lugar dos Pirineus, numa das grutas a enorme profundidade, que um grupo de espeleólogos tentou explorar em 1950, aventura que terminou em um desastre mortal) não era cego de nascença e que — isso é o mais fantástico — em sua vida anterior tinha sido um simples jóquei do hipódromo de Milão, onde perdeu a vista numa queda de cavalo. Essa é uma informação de enésima mão, como é de imaginar, e, mesmo supondo bem pouco provável que um homem que não seja cego de nascença pertença à hierarquia, repito a história só para mostrar a que ponto uma pessoa é capaz de subir na hierarquia pela perda da visão. O sistema de promoção é tão esotérico, que acho demasiado duvidoso que alguém possa conhecer um dia a identidade dos tetrarcas. O que acontece é que no mundo dos cegos murmuram-se e propagam-se informações nem sempre verdadeiras: em parte, talvez, porque conservam essa propensão à maledicência e às fofocas, própria dos seres humanos, mas, em sua raça, elevada a proporções patológicas; em parte, e esta é uma hipótese minha, porque os hierarcas utilizam as falsas informações como um dos métodos de manter o mistério e o equívoco, duas armas poderosas em qualquer organização do gênero. Mas, seja como for, para que uma notícia tenha verossimilhança deve ser pelo menos, em princípio, possível, o que basta para provar, como no caso do suposto ex-jóquei, até que ponto a cegueira pode multiplicar a personalidade de um indivíduo comum.

Voltando ao nosso problema, imaginei que Iglesias não seria levado, logo na primeira saída, a uma dessas associações esotéricas, ali onde os cegos usam os pobres coitados videntes ou senhoras de bom coração e cérebro de barata, apelando para os piores e mais reles recursos da demagogia sentimental. Intuí, portanto, que a primeira saída de Iglesias poderia me introduzir de vez num dos redutos secretos, com todos os perigos que isso implicava, é verdade, mas ainda assim com todas as suas formidáveis possibilidades. Portanto, nessa tarde, quando me sentei no café, já tinha tomado todas as medidas que julguei inteligentes no caso de uma viagem de tal natureza. Poderão me dizer que é fácil tomar decisões sensatas para uma viagem às serras de Córdoba, mas não se percebe como alguém, a menos que esteja maluco, pode tomar medidas sensatas para a exploração do universo dos cegos. Bem, a verdade é que essas famosas medidas foram duas ou três, relativamente lógicas: uma lanterna elétrica, um alimento concentrado e duas ou três coisas do mesmo tipo. Decidi que, tal como fazem os nadadores de fundo, o melhor alimento concentrado para levar era chocolate.

Com minha lanterna de bolso, meu chocolate e uma bengala branca que, na última hora, imaginei poder ser útil (assim como o uniforme do inimigo para se fazer uma patrulha), esperei, com os nervos no último grau de tensão, a saída de Iglesias com o homenzinho. Restava, é verdade, a possibilidade de que o tipógrafo, como bom espanhol, se negasse a acompanhar o homenzinho e resolvesse permanecer orgulhosamente solitário; nesse caso, todo o edifício que eu construíra viria abaixo como um castelo de cartas, e meu equipamento de chocolate, lanterna e bengala branca seria automaticamente transformado num grotesco equipamento de loucos.

Mas Iglesias desceu!

O senhor baixinho vinha conversando com entusiasmo, e o tipógrafo o escutava com sua dignidade de fidalgo miserável que não se rebaixou nem jamais se rebaixará. Locomovia-se desajeitado e ainda manejava com timidez a bengala branca que o outro lhe trouxera, mantendo-a de repente no ar, durante vários passos, como quem carrega uma garrafa térmica.

Ainda lhe faltava muito para completar sua aprendizagem! Essa constatação renovou meu ânimo, e então saí atrás deles muito autoconfiante.

Em nenhum momento o senhor baixinho deu indícios de desconfiar de minha perseguição, e isso também aumentou minha segurança, a ponto de despertar em mim uma espécie de orgulho por as coisas estarem saindo tal como eu calculara em tantos anos de espera e estudos preliminares. Pois, não sei se disse antes, desde a frustrada tentativa com o cego do metrô em Palermo dediquei quase toda a minha vida à observação sistemática e minuciosa da atividade visível de todos os cegos que encontrava nas ruas de Buenos Aires. Nesse intervalo de três anos comprei centenas de revistas inúteis, comprei e joguei fora dúzias e dúzias de barbatanas, adquiri milhares de lápis e caderninhos de todos os tamanhos, assisti a concertos de cegos, aprendi o sistema braile e passei dias intermináveis na biblioteca. Como se pode imaginar, essa atividade oferecia perigos imensos, pois, se desconfiassem de mim, todos os meus planos iriam por água abaixo, sem falar que minha própria vida corria perigo; mas era inevitável e, até certo ponto, paradoxalmente, a única chance de salvação diante desses mesmos perigos: mais ou menos como a aprendizagem que, correndo perigo de morte, fazem os soldados treinados para detectar minas, e que no auge do treinamento devem enfrentar os mesmos perigos que, justamente, se destinam a evitar.

Mas eu não era tão desatinado para enfrentar riscos sem precauções elementares: mudava de roupa, usava bigode ou barba postiços, punha óculos escuros, disfarçava a voz.

Assim, investiguei muita coisa nesses três anos. E graças a esse árido trabalho preliminar pude penetrar no domínio secreto.

E assim terminei...

Pois, nesses dias que precedem minha morte, já não tenho dúvidas de que meu destino estava decidido, talvez desde o começo da investigação, desde aquele dia funesto em que vigiei o cego do metrô ao longo de vários trajetos entre a praça de Mayo e Palermo. E às vezes penso que quanto mais esperto me julguei e quanto mais fatuamente comemorei o que imaginava ser minha suma habilidade, mais era vigiado e ia em busca de minha própria perdição. A tal ponto que cheguei a desconfiar da própria viúva Etchepareborda. Agora, como me parece tenebrosamente cômica a ideia de que toda aquela *mise-en-scène* com bibelôs e Bambis gigantescos, fotos trucadas de casal pequeno-burguês em férias, simpáticas tabuletinhas provençais, tudo aquilo, enfim, que em minha arrogância me levava a sorrir comigo mesmo, tenha sido apenas isso: apenas uma *mise-en-scène* grosseira, tenebrosamente cômica!

Contudo, estas não passam de suposições, embora suposições de ordem prática. E me propus falar de fatos. Voltemos, pois, aos acontecimentos, tal como se passaram.

Nos dias que antecederam a saída de Iglesias eu tinha estudado, como numa partida de xadrez, todas as variantes dessa saída, pois deveria estar preparado para cada uma delas. Por exemplo, era muito possível que essa gente viesse buscá-lo de táxi ou num carro particular. Como eu não ia perder a mais fantástica oportunidade de minha vida por esquecer uma jogada tão grosseiramente previsível, mantive estacionada ali perto uma caminhonete emprestada por R., um de meus sócios na falsificação de dinheiro. Mas, quando naquele dia vi chegar a pé o emissário parecido com Pierre Fresnay, compreendi que minha precaução era inútil. Restava, é claro, a variante de pegarem depois um táxi; embora hoje em dia, em Buenos Aires, seja tão difícil conseguir um táxi quanto um mamute, fiquei atento a essa possibilidade quando vi Iglesias descer. Mas não se demoraram na porta, em atitude de quem espera um táxi passar; pelo contrário, e sem nem dar uma olhada à direita e à esquerda, o homenzinho pegou o tipógrafo pelo braço e o levou para os lados da rua Bartolomé Mitre: já era evidente que, fossem para onde fossem, utilizariam os transportes coletivos.

Restava, é verdade, a variante de que o outro, o gordo da cade, os estivesse esperando de carro em algum lugar, mas pareceu-me ilógica, pois não via nenhuma razão para que não esperasse ali mesmo na rua Paso. Por outro lado, achava bastante apropriado o transporte de ônibus, pois provavelmente não queriam dar ao novo cego a sensação imediata de que eram uma seita todo-poderosa: um comportamento humilde, beirando a pobreza de recursos, é uma arma eficaz no meio de uma sociedade atroz e egoísta mas propensa ao sentimentalismo. Se bem que esse "mas" devesse ser substituído pela simples conjunção "e".

Segui-os a uma distância prudente.

Ao chegarem à esquina dobraram à esquerda e seguiram para a rua Pueyrredón. Ali pararam, num ponto de ônibus. Havia uma fila de muitos homens e mulheres; mas, por iniciativa de um senhor de pasta e óculos, de aspecto respeitável, mas que intuí ser um implacável sem-vergonha, todos deram a vez ao "ceguinho". Na parada passavam três linhas, que eram para mim a chave inicial de um grande enigma: já não eram os números dos ônibus que iam para o Retiro ou a Faculdade de Direito, para o Hospital

das Clínicas ou Belgrano, mas para as portas do Desconhecido. Subiram no ônibus que vai para Belgrano, e eu atrás deles, após deixar passar na minha frente duas pessoas que me serviriam de proteção.

Quando o ônibus chegou a Cabildo, comecei a me perguntar em que lugar de Belgrano desceriam. O ônibus prosseguiu sem que o homem demonstrasse preocupação. Até que, chegando a Virrey del Pino, começou a pedir passagem, e eles se instalaram ao lado da porta de saída. Desceram na rua Sucre. Por ela seguiram até a Obligado, e daí, rumo ao norte, até a Juramento, por ela até a rua Cuba, pela Cuba, de novo para o norte; ao chegarem à Monroe voltaram à Obligado e, por essa rua, voltaram à pracinha por onde tinham passado antes, aquela pracinha que fica no cruzamento da Echeverría com a Obligado.

Era evidente: tentavam despistar. Mas a quem? A mim? A qualquer indivíduo que, como eu, os seguisse? Não podia descartar essa hipótese, pois, como é natural, não fui o primeiro que tentou penetrar no mundo secreto. É provável que, ao longo da história da humanidade, tenha havido muitos e, em todo caso, desconfio de dois: um é Strindberg, que pagou com a loucura; e o outro é Rimbaud, que começou a ser perseguido já antes da viagem à África, tal como se percebe numa carta que o poeta mandou à irmã e que Jacques Rivière interpreta erradamente.

Também era de supor que se tratasse de despistar Iglesias, tendo em vista o finíssimo senso de orientação que o homem adquire desde que perde a vista. Mas para quê?

Seja como for, após esse percurso iterativo voltaram à pracinha onde fica a igreja da Inmaculada Concepción. Por instantes achei que entrariam nela e vertiginosamente pensei em criptas e em algum pacto secreto entre as duas organizações. Mas não: dirigiram-se para esse curioso recanto de Buenos Aires, formado por uma fila de casas velhas de dois andares, pegadas à igreja circular.

Entraram por uma das portas que dá para o andar de cima e começaram a subir a sórdida e velha escada de madeira.

19.

Aí se iniciava a etapa mais árdua e arriscada de minha investigação.

Parei na praça para refletir sobre os próximos passos que poderia e deveria dar.

Era óbvio que não podia segui-los muito de perto, dadas as perigosas características da Seita. Restavam duas possibilidades: esperar que saíssem e depois, quando se afastassem, subir para investigar o que desse; ou subir algum tempo depois, sem esperar pela saída deles.

Embora mais arriscada, a segunda variante também oferecia mais perspectivas, com a vantagem de que, se eu não conseguisse nada de minha inspeção, sempre restava, de qualquer maneira, a segunda possibilidade de esperar pela saída, sentado num banco da praça. Esperei uns dez minutos e comecei a subir cautelosamente, mesmo sendo de imaginar que a apresentação, ou o que fosse, de Iglesias não demoraria minutos, mas horas; ou então eu tinha uma ideia totalmente errada do que era aquela organização. A escada estava suja e gasta, pois pertence a um desses velhos palacetes que no passado tiveram pretensões, mas que agora, abandonados e vazios, são em geral divididos em diversos apartamentos alugados, sendo casas grandes demais para uma só família pobre e excessivamente infectas para uma família de certo nível. E eu fazia essa reflexão porque, se era um casarão dividido em apartamentos alugados, o problema ficava tão complicado como um labirinto: quem iriam ver, e em que apartamento? Por outro lado, parecia pouco verossímil que o chefão, ou o informante do chefão, vivesse de forma tão humilde, e até miserável.

Enquanto subia a escada, esses pensamentos me enchiam de incerteza e amargura; era desanimador que, após tantos anos de espera, eu fosse desembocar na entrada de um labirinto.

Felizmente tenho tendência a imaginar sempre o pior. Digo "felizmente" porque assim meus preparativos são mais elaborados que os problemas apresentados pela realidade, e, embora preparado para o pior, essa realidade acaba sendo menos difícil que o previsto.

Foi assim, pelo menos, para o problema mais imediato daquela casa. Quanto aos outros, pela primeira vez na vida foram piores do que eu esperava.

Chegando ao patamar do primeiro andar, verifiquei que havia uma só porta e que a escada morria ali mesmo; portanto, não havia nenhum sótão nem entrada para os apartamentos: o problema era o mais simples possível.

Fiquei certo tempo diante da porta fechada, com os ouvidos atentos ao menor ruído de passos e as pernas prontas para descer. Arriscando tudo, encostei a orelha numa fresta e tentei captar algum indício, mas nada ouvi.

Tinha-se a impressão de que o apartamento estava desabitado. Só restava esperar na praça.

Desci e, sentando num banco, resolvi aproveitar o tempo para estudar tudo sobre aquele lugar.

Já disse que a construção é estranha, pois se estende por cem metros e numa reta tangente à igreja circular. A parte central, colada ao corpo da igreja, com certeza pertence a ela, e imagino que abrigue a sacristia e certas dependências eclesiásticas. Mas o resto da construção, à esquerda e à direita, é habitado por famílias, como demonstram os vasos de flores nos balcões, e as roupas, canários etc. Mesmo assim, não podia passar despercebido ao meu exame o fato de que as janelas correspondentes ao apartamento dos cegos mostravam certas diferenças: não havia nenhum desses sinais que revelam a presença de moradores e, além disso, estavam fechadas. Seria possível argumentar que os cegos não precisam de luz. Mas e de ar? Por outro lado, esses indícios confirmavam os que eu havia recolhido pela porta, lá em cima. Enquanto vigiava a saída, continuei matutando sobre o fato singular e, depois de dar muitas voltas, cheguei a uma conclusão que me pareceu surpreendente mas irrefutável: *Ninguém vivia naquele apartamento*.

E digo surpreendente porque, se ninguém morava ali, não havia razão para Iglesias entrar com o homenzinho parecido com Pierre Fresnay. A inferência também era irrefutável: *o apartamento só servia de entrada para outra coisa*. E pensei "coisa", porque, embora pudesse ser outro apartamento, talvez o apartamento vizinho ao qual se teria acesso por uma porta interna, também era possível que fosse "alguma coisa" menos imaginável, tratando-se, como se tratava, de cegos. Uma passagem interna e secreta para os porões? Nada improvável.

Enfim, pensei que por ora era inútil continuar espremendo meu cérebro, pois assim que os dois homens saíssem eu teria oportunidade de fazer um exame mais aprofundado do problema.

Já tinha previsto que a apresentação de Iglesias ia ser complicada e demorada; mas deve ter sido mais complicada do que imaginei, pois só saíram às duas da madrugada. Perto de meia-noite, após oito horas de espera atenta, quando a escuridão tornava mais misterioso aquele estranho canto de Buenos Aires, meu coração foi se comprimindo como se começasse a desconfiar de uma abjeta iniciação em subterrâneos recônditos, em hipogeus úmidos, sob a direção de um mistagogo tenebroso e cego; era como se essas cerimônias tétricas me trouxessem a premonição dos dias que me aguardavam.

Duas horas da manhã!

Achei que o andar de Iglesias estava mais inseguro do que na entrada e tive a sensação de que algo colossal afligia seu espírito. Mas talvez tudo tenha sido mera impressão, provocada pelo lúgubre conjunto de circunstâncias: minhas ideias sobre a Seita, a fraca iluminação da praça, a imensa cúpula da igreja e, sobretudo, a luz ambígua que projetava na escada a lampadazinha suja pendurada no alto da entrada.

Esperei que fossem embora, observei-os se afastando para os lados de Cabildo e, quando tive certeza de que já não voltariam, corri para o casarão.

No silêncio da madrugada, o ruído de meus passos parecia um estrondo, e cada estalinho dos degraus soltos me fazia dar uma olhada para trás.

Quando cheguei ao patamar esperava-me a maior surpresa que tive até então: a porta estava com cadeado! Isso, sim, eu não havia previsto em nenhum momento.

Esmagado pelo desânimo, precisei sentar no primeiro degrau da maldita escada. Ali fiquei um bom tempo, prostrado. Mas logo minha cabeça começou a funcionar e minha imaginação foi oferecendo uma série de hipóteses.

Eles tinham acabado de sair e ninguém os seguira, portanto o homem parecido com Pierre Fresnay tirara o cadeado ao entrar e o colocara ao sair. Se naquela casa havia algum tipo de morador, ou se por ali se chegava, graças a uma passagem secreta, a "algo" habitado, esses seres não saíam nem entravam pela porta que eu tinha diante dos olhos. Esse "algo", apartamento ou casa ou porão ou o que fosse, tinha, pois, outra saída, ou várias outras, talvez para outras áreas do bairro ou da cidade. A porta com cadeado estaria então reservada ao mensageiro ou intermediário baixinho? Sim: para ele ou outros indivíduos que desempenhassem tarefas semelhantes, cada um devendo ter, era de imaginar, uma chave idêntica.

Essa primeira série de raciocínios confirmou o que eu imaginara na pracinha, ao observar a construção: ninguém morava ali. Portanto, já podia dar por certa uma conclusão relevante para as próximas etapas: o apartamento era uma simples passagem PARA OUTRO LUGAR.

O que podia ser esse "outro lugar"? Isso eu não conseguia imaginar, e só me restava a tentativa audaciosa de abrir o cadeado, entrar na casa misteriosa e ver, então, aonde ela podia me levar. Para isso eu precisava de uma gazua, ou de um alicate, ou de qualquer ferramenta do gênero.

Minha impaciência era tamanha que não podia esperar o dia seguinte. Descartei a ideia de quebrar o cadeado por causa do barulho da operação, e achei melhor pedir ajuda a um conhecido meu. Desci, fui até Cabildo e esperei que passasse um táxi, o que era fácil àquela hora da madrugada. A sorte parecia estar do meu lado: em poucos minutos consegui um e mandei que me levasse à rua Paso. Ali, entrei na caminhonete e me dirigi à casa da rua Floresta, onde vive F. Expliquei-lhe aos gritos (é famoso por ter um sono pesado) que precisava abrir um cadeado naquela mesma noite. Quando acordou e soube qual era o tipo de fechadura, quase se jogou de novo na cama, tão indignado estava; acordá-lo para abrir um cadeado era como consultar Stavisky sobre um desfalque de mil francos! Sacudi-o, ameacei-o e finalmente o arrastei para a caminhonete; correndo como se a organização fosse desmoronar naquela noite, cheguei em pouco mais de meia hora à pracinha de Belgrano. Parei o carro na rua Echeverría e, depois de verificar que não havia ninguém nos arredores, desci com F. e andamos até a casa.

A operação de abrir o cadeado levou coisa de meio minuto, e depois eu lhe disse que ele teria de voltar sozinho para Floresta, já que eu demoraria muito tempo na casa. Ficou mais furioso ainda, mas o convenci de que se tratava de algo muito importante para mim, e que, em todo caso, em Cabildo era fácil encontrar táxi. Rejeitou com dignidade o dinheiro que tentei lhe dar para o táxi e foi embora sem se despedir.

Devo dizer que enquanto ia de carro para a rua Paso assaltou-me uma dúvida: por que, quando subi pela primeira vez, não havia cadeado? Bem, era lógico que não houvesse, já que os dois homens tinham entrado e não podiam colocar um cadeado pelo lado de fora. Mas se aquela entrada era tão importante, como tudo levava a crer, como se explicava que a deixassem aberta para qualquer intruso? Pensei que tudo se explicaria se, ao entrar, o homenzinho passasse um ferrolho ou pusesse uma tranca por dentro.

Como era de esperar, dentro reinava a mais completa escuridão e um silêncio mortal. A porta abriu com uma série de ruídos que me pareciam um estrondo. Com a lanterna iluminei a porta por dentro e vi, satisfeito, que havia um trinco, e que esse trinco, de bronze, não estava oxidado, o que revelava seu uso.

Confirmava-se minha hipótese de que a porta era fechada por dentro e também a hipótese (temível) de que não podia ficar aberta em nenhum momento.

Muito tempo depois, refletindo sobre esses dados, conjeturei por que, se era tão importante, estava fechada com um cadeado que F. podia quebrar em pouco menos de um minuto. O fato, bastante surpreendente, só tinha uma explicação: fazê-la parecer ma casa qualquer, uma casa que por uma razão ou outra está desocupada.

Se bem que eu estivesse entrando convencido de que ali não havia nenhum morador, tomei cuidado e comecei a iluminar as paredes da primeira peça. Não sou covarde, mas qualquer um nessa situação teria sentido o mesmo receio ao percorrer, lenta e cuidadosamente, o apartamento deteriorado e vazio, mergulhado nas trevas. E, fato significativo, batendo nas paredes com minha bengala branca, como um cego de verdade! Até então eu não havia pensado nesse sinal inquietante, embora sempre tenha imaginado não ser possível lutar durante anos contra um poderoso inimigo sem terminar se parecendo com ele; se o inimigo inventa a metralhadora, mais cedo ou mais tarde, se não quisermos desaparecer, também temos de inventá-la e usá-la, e o que vale para um detalhe grosseiro e físico como uma arma de guerra vale, e por motivos mais profundos e sutis, para as armas psicológicas e espirituais: as caretas, os sorrisos, as maneiras de se mover e de trair, os tons das conversas e a forma de sentir e viver; razão pela qual é tão frequente que marido e mulher terminem se parecendo.

Sim: pouco a pouco fui adquirindo muitos defeitos e virtudes da raça maldita. E, como quase sempre acontece, a exploração de seu universo foi, agora também começo a perceber, a exploração de meu próprio mundo tenebroso.

A luz de minha lanterna revelou que na primeira peça não havia nada: nem um móvel, nem um traste esquecido; tudo era poeira, soalho esburacado e paredes descascadas, com restos podres de velhos e luxuosos papéis de parede, caindo. Esse exame me tranquilizou bastante, pois me levava a crer no que já previra na pracinha: a casa estava desabitada. Percorri então com mais firmeza e rapidez as outras dependências e fui aos poucos completando e confirmando a primeira impressão. E então entendi por que era desnecessário ser tão cauteloso com a porta de entrada: se por acaso um ladrão arrombasse o cadeado, iria logo embora, muito decepcionado.

Para mim era diferente, pois *sabia* que essa casa fantasmagórica não era um fim, mas um meio.

Do contrário, seria de supor que o homenzinho insignificante que fora buscar Iglesias fosse uma espécie de doido que levara o espanhol a um antro desses, para, numa escuridão total e sem ter nem onde sentar, falar-lhe durante dez horas a respeito de algo que, por mais terrível que fosse, poderia ter lhe contado no próprio quarto do tipógrafo.

Impunha-se procurar a saída em outro lugar. A primeira ideia, e a mais simples, era pensar numa porta, visível ou secreta, que desse para a casa ao lado; a segunda ideia, e a menos simples (mas nem por isso menos provável: por que há de ser simples o que se refere a seres tão monstruosos?), a segunda ideia era que essa porta visível e secreta desse para um corredor que levava a porões ou a lugares mais distantes e perigosos. Em todo caso, agora minha tarefa consistia em procurar a porta secreta.

Para começar, verifiquei todas as portas visíveis: eram, sem exceção, de comunicação entre os diversos cômodos e dependências. Seria de imaginar que a porta fosse invisível, ou, pelo menos, invisível à primeira vista.

Lembrei-me de situações que eu tinha visto em filmes ou lido em livros de aventuras: qualquer quadro ou moldura de retrato podia dissimular uma porta. Como não havia nenhum retrato na casa abandonada, eu não precisava perder tempo com isso.

Percorri, peça por peça, as paredes descascadas para ver se em algum canto ou sanca ou rodapé havia botões elétricos ou qualquer outro tipo de mecanismo semelhante.

Nada.

Examinei com mais atenção as duas dependências que, pela própria natureza, apresentam mais possibilidades: o banheiro e a cozinha. Estavam muito deterioradas, mas de fato podiam ser mais frutíferas do que os quartos. A latrina, sem tampa, não oferecia grandes perspectivas, mas ainda assim tentei girar as dobradiças dessa tampa inexistente; depois acionei a descarga, olhei dentro do reservatório, apertei ou tentei girar torneiras de todo tipo, tentei levantar a velha banheira etc. Fiz uma análise parecida na cozinha, sem resultado.

O exame foi tão minucioso e cuidadoso que, se eu não soubesse que os dois homens tinham estado ali na mesma tarde, teria desistido da tarefa.

Sentei, desanimado, em cima do velho forno a gás. Por experiências anteriores sabia que, chegando a um ponto, não vale a pena repetir os mesmos raciocínios, pois se forma uma espécie de trilha mental que impede qualquer raciocínio paralelo.

De repente me vi comendo chocolates, o que teria sido extremamente cômico para qualquer espectador escondido ali e invisível. E estava quase rindo comigo mesmo dessa cena imaginária quando uma nova ideia por pouco não me matou: na verdade, quem me garantia que ALGUÉM não estivesse me observando de um lugar invisível?

Havia tetos esburacados, havia paredes descascadas que

podiam esconder orifícios por onde seria possível espreitar, do apartamento ao lado. Novamente o terror me invadiu e por uns minutos apaguei a lanterna, como se essa precaução tardia pudesse ter alguma utilidade. Em pleno breu, tentando adivinhar o significado do menor ruído, tive porém lucidez suficiente para entender que a precaução era não só idiota, por ser inútil, mas quase contraproducente, pois sem luz eu ficava mais indefeso do que com ela. Portanto, acendi minha previdente lanterna e, embora mais nervoso que antes, tentei pensar no segredo que devia desvendar. Obcecado com a ideia dos buracos de vigilância, comecei a examinar com o feixe de luz os tetos da casa abandonada: eram esses tetos de gesso construídos sobre uma trama de madeira, e de fato havia grandes pedaços caídos, sancas quebradas. Evidentemente, por essas brechas era possível que uma ou várias pessoas vigiassem, mas, de qualquer modo, nos tetos também não se percebia nada que lembrasse uma entrada ou um acesso. Aliás, nesse caso seria necessária uma escada, e não havia nenhuma no apartamento. A não ser que a escada fosse puxada lá de cima, uma vez realizada sua missão: uma dessas escadinhas de corda.

E estava olhando os tetos e pensando nessa variante quando afinal me deu o estalo: os soalhos! Era o mais simples e, como costuma acontecer, a última coisa em que se pensa.

20.

Com crescente tensão nervosa comecei a iluminar cada pedaço do soalho até que achei o inevitável: uma ranhura imperceptível, formando um quadrado, indicava, sem a menor dúvida, uma tampa, dessas que dão acesso ao porão. Claro, quem podia imaginar que um apartamento num primeiro andar pudesse ter uma entrada para o porão? Em certo sentido, ia se confirmando minha ideia original de que o apartamento se comunicava com o do lado, por uma porta invisível; mas quem iria imaginar que seria com o apartamento de baixo? Naquele momento, eu estava tão agitado que não refleti em uma coisa que talvez me tivesse feito fugir espavorido: o barulho de meus passos. Como os cegos, ninguém menos que cegos, que moravam no andar térreo não os teriam ouvido? Essa imprudência, esse erro, me permitiu prosseguir a busca, pois nem sempre é a verdade que nos leva a realizar uma grande descoberta. E digo isso para que também se veja um típico exemplo dos muitos equívocos e falhas que cometi na investigação, apesar de minha cabeça estar em funcionamento permanente e febril. Agora creio que nesse tipo de busca há algo mais poderoso que nos guia, uma intuição obscura mas infalível, tão inexplicável, mas tão segura, como a visão dos sonâmbulos que lhes permite andarem direto para seus objetivos. Para seus *inexplicáveis* objetivos.

A tampa estava tão hermeticamente fechada que era impossível puxá-la sem a ajuda de um instrumento fino e resistente; era óbvio que ela se abria por baixo e que devia ser aberta numa hora combinada com o emissário. Desesperei-me pensando que teria de fazer a operação nessa mesma noite, pois no dia seguinte alguém perceberia o cadeado arrombado e tudo seria mais difícil, senão impossível. Que fazer? Não tinha nada para me ajudar. Percorri mentalmente o que havia à mão: só na cozinha e no banheiro alguma coisa poderia servir a meus objetivos. Fui correndo à cozinha e não achei nada que prestasse. Fui depois ao banheiro e, finalmente, concluí que o braço da boia era uma ferramenta mais ou menos eficaz. Tirei a boia, forcei o braço até quebrar a solda e corri à sala onde eu descobrira o alçapão. Trabalhando por mais de uma hora consegui raspar suficientemente uma das beiras, aproveitando as pontas irregulares deixadas pelo resto da solda. Por ali enfiei o braço de ferro e, com cuidado, mexi-o como se fosse uma alavanca. Após algumas tentativas frustradas, consegui enfim levantar a tampa o suficiente para meter os dedos e completar a operação com a mão. Tirei a tampa no maior silêncio, coloquei-a ao lado e, com a lanterna, joguei um facho de luz no interior: o alçapão não dava, como eu havia pensado, para o apartamento de baixo, mas para uma longa escada em espiral, que comecei a descer.

Assim cheguei a um velho porão, sob o apartamento do andar térreo. Pela lógica, ele deveria pertencer a esse apartamento, mas, talvez por um acordo dos primeiros donos, tenha se ligado ao do andar de cima por uma escada anormal e imprevisível.

Era um porão típico de tantas casas de Buenos Aires, mas completamente vazio e tão abandonado como o próprio apartamento a que pertencia. Teria eu me enganado? Teria encontrado, a duras penas, uma saída que não levava a lugar nenhum? Ainda assim, era preciso examiná-lo com cuidado, o mesmo cuidado com que examinara todo o apartamento.

Mas não havia muito o que examinar: suasparedesdecimento eram lisas e não ofereciam perspectivas interessantes. Havia uma grade que, como é frequente nesse tipo de construção, dava para a rua: por ela se vislumbrava a iluminação da pracinha. Mais longe, o porão fazia uma curva (tinha uma planta em forma de L) e, ao percorrer com a lanterna aquele canto inicialmente invisível, vi outra gradinha, maior, que dava... para onde podia dar? Para o porão da casa vizinha? Como não havia outra saída nem outra possibilidade, pensei que a gradinha talvez fosse removível e que ali estivesse, finalmente, a tal saída. Agarrei com força dois de seus barrotes laterais e vi que, de fato, cedia com facilidade; meu coração voltou a bater forte.

Deixei a gradinha no chão e iluminei com a lanterna: até onde ela alcançava, não havia porão de casa vizinha, mas uma passagem cujo fim não se enxergava. Porém, naturalmente atribuí esse fato ao alcance limitado da luz.

O corredor virava à direita após um trecho que calculei ter uns duzentos metros, e nessa curva começava a se subir por uma escada de doze degraus (contei-os com a intenção de calcular o quanto eu subia). Estava absorvido nessa operação quando, surpreso, vi que o patamar onde terminava a escada dava para uma porta, ou melhor, uma portinhola, por onde só se entrava agachado.

Fiquei não só surpreso mas contrariado ao imaginar que a porta me barrava, nessa noite, a entrada ao reduto principal, e dizer "nessa noite" talvez fosse dizer "para sempre", uma vez que, após tudo o que eu fizera no falso apartamento, no dia seguinte os cegos tomariam medidas de segurança que impossibilitariam meu retorno. Amaldiçoei minha eterna impaciência e o fato de ter despachado F. antes da hora, pois, embora na verdade eu não pudesse fazê-lo participar de meu plano (que com toda certeza ele consideraria obra de um louco), poderia ter lhe pedido que me acompanhasse até um ponto em que as circunstâncias demonstrassem já ser possível dispensá-lo. Agora, por exemplo, com que diabo eu ia abrir a porta?

Fiquei no patamar, meditando em silêncio: seria a entrada da casa ou do apartamento, que eu imaginara quando estava na pracinha? Doze degraus, de uns vinte centímetros cada um, davam um total aproximado de três metros. Portanto, o apartamento estava no mesmo nível da rua e era quase certo que tivesse uma entrada normal por alguma rua ali perto; talvez fosse uma loja comercial qualquer. Não sei por quê, imaginei que poderia ser o ateliê de uma costureira ou modista.

Na verdade, quem desconfiaria que o ateliê de uma modista pudesse ser a entrada para o grande labirinto? Que o homenzinho parecido com Pierre Fresnay não tivesse, porém, entrado pela porta da rua era lógico: o que podiam fazer dois homens, sendo um cego, no ateliê de uma modista? Uma vez, quem sabe, essa visita não chamaria a atenção. Mas, se repetida, as pessoas começariam a imaginar algo mais significativo, e não creio que a Seita ignorasse a possibilidade de que entre "as pessoas" se encontraria um indivíduo como eu. Portanto, manter um apartamento vazio para servir de entrada era uma iniciativa sensata.

Meditei em tudo isso enquanto esperava defronte da portinhola misteriosa. Não se ouvia nenhum ruído, pois, àquela hora, a modista deveria estar entregue ao sono: eram quatro e meia da manhã.

Tudo terminava em nada. E assim como, quando um golpe de Estado fracassa, os revolucionários são ridicularizados e chamados de bandidos, assim também agora eu me via na situação mais ridícula; olhei minha bengala branca e pensei comigo mesmo: "Sou um imenso e pitoresco idiota!". Um homem da minha idade, um homem que leu Hegel e participou de um assalto a banco, estava agora num porão de Buenos Aires, às quatro e meia da manhã, diante de uma portinha atrás da qual ele imaginava que morasse uma pseudomodista a serviço de uma seita secreta. Não era um desvario? E a bengala branca, que contemplei de novo ao focá-la com a luz da lanterna, sentindo essa espécie de prazer tortuoso que nos proporciona apertar certas regiões doloridas, dava um aspecto mais extravagante à minha situação.

"Bem", pensei, "acabou-se."

E ia percorrer o incômodo caminho de volta quando me ocorreu que talvez a porta não estivesse fechada à chave, ideia que despertou uma nova e esperançosa agitação, pois nesse momento não imaginei a conclusão que deveria ter tirado dessa circunstância aparentemente favorável: a conclusão, atroz, de que *me esperassem*.

Voltei até a portinha e, iluminando-a, fiquei meio em dúvida. "Não, não é possível", pensei. "Esta porta só deve ser aberta quando se espera um dos cegos, junto com o emissário."

Contudo, um trêmulo pressentimento levou minha mão à maçaneta. Rodei-a e empurrei.

A porta não estava fechada à chave!

21.

Curvei-me o suficiente para passar pela portinhola e entrei. Depois, levantando-me, peguei a lanterna para ver onde estava.

Uma gélida corrente elétrica sacudiu meu corpo: diante de mim, o facho de luz iluminou um rosto.

Uma cega me observava. Era como uma aparição infernal, mas vinda de um inferno gelado e negro.

Evidentemente ela não fora se postar diante da portinha secreta por causa dos pequenos ruídos que minha entrada podia ter produzido. Não: estava vestida e obviamente me esperava.

Ignoro quanto tempo, antes de desmaiar, fiquei petrificado pelo olhar pavoroso e gélido daquela medusa.

Nunca na minha vida eu tivera um desmaio, e mais tarde me perguntei se aquele resultou do pavor ou dos poderes mágicos da cega, pois, como agora acho evidente, a hierofante tinha a faculdade de desencadear ou convocar forças demoníacas.

A rigor, não foi um desmaio total, em que eu perdesse os sentidos, mas, ao cair no chão (embora fosse mais apropriado dizer "ao desmoronar"), comecei a ser invadido por uma sonolência, um cansaço que logo dominou meus músculos, da mesma forma e com as mesmas características de uma gripe violenta e repentina. Lembro-me do latejar crescente e intenso de minhas têmporas, até que, a certa altura, tive a sensação de que minha cabeça podia explodir como uma caldeira carregada a milhares de atmosferas. Uma espécie de febre ia subindo por meu corpo como um líquido fervendo numa panela, ao mesmo tempo que um brilho fosforescente ia tornando a Cega cada vez mais visível no meio das trevas.

Até que tive a impressão de um estalo arrebentar meus tímpanos e caí no chão, ou, como já disse, desmoronei, perdendo os sentidos.

22.

Não vi mais nada, imaginei estar despertando numa realidade que me pareceu, ou agora me parece, mais intensa que a outra, com essa força um pouco mais angustiante das alucinações provocadas pela febre.

Estava eu numa barca, e a barca deslizava por um lago imenso de águas calmas, negras e insondáveis. O silêncio era angustiante e, ao mesmo tempo, inquietante, pois eu desconfiava de que naquela penumbra (não havia luz solar, mas a luminosidade ambígua e fantasmática vinda do sol noturno) eu não estava só, mas era vigiado e contemplado por seres que não conseguia ver, e que, certamente, moravam fora do alcance de minha visão imperfeita. O que esperavam de mim e, sobretudo, o que me esperava naquela extensão desolada de águas paradas e lúgubres?

Mas eu não conseguia pensar, embora mantivesse uma espécie de consciência vaga e de memória pesada de minha infância. Pássaros cujos olhos eu arrancara naqueles anos sangrentos pareciam voar nas alturas, pairando sobre mim como se vigiassem minha viagem; sem pensar, já que estava privado de pensamento, eu remava numa direção que, pelo visto, era onde o sol noturno se poria horas ou séculos depois. Tive a impressão de ouvir as batidas pesadas de suas grandes asas, como se os pássaros de minha infância tivessem se transformado em pterodátilos enormes ou morcegos gigantescos. Acima e atrás de mim, quer dizer, onde seria o leste do imenso oceano negro, pressentia um ancião que, cheio de ressentimento, também vigiava minha viagem: tinha um só olho na testa, enorme, qual um ciclope, e suas dimensões eram tais que a cabeça estava mais ou menos no zênite enquanto o corpo descia até o horizonte. Sua presença, que *eu sentia* de modo quase intolerável, a ponto de poder descrever a horrenda expressão de seu rosto, não me deixava virar para trás e mantinha meu corpo e meu rosto na direção oposta.

"Tudo dependerá de eu conseguir chegar à margem antes do pôr do sol", flagrei-me pensando ou dizendo. Remei até lá, mas avançava tão lentamente como nos pesadelos. Os remos afundavam nas águas negras e lamacentas e eu sentia o marulho pesado. Grandes folhas flutuantes e flores lembrando vitórias-régias, mas lúgubres e podres, se afastavam a cada movimento do remo. Eu tentava me concentrar em minha árdua tarefa, nem querendo imaginar a forma e o horror dos monstros que, tinha certeza, povoavam aquelas águas abismais e infectas: com os olhos cravados no poente, ou no que imaginava ser o poente, limitava-me, amedrontado e tenaz, a remar, tentando chegar antes do pôr do sol.

A navegação era angustiantemente difícil e vagarosa. O sol descia com a mesma lentidão, a oeste, e um único pensamento guiava a fúria com que eu movia os remos pesados e lentíssimos: chegar antes do ocaso.

O astro já estava perto do horizonte quando senti minha barca tocando o fundo. Larguei os remos e me precipitei para a proa. Lancei-me fora da barca e, com a água lamacenta batendo nos joelhos, andei para a costa, que já avistava na semiescuridão. Logo senti que estava no que se poderia chamar terra firme, mas na verdade era um pântano, onde andar era tão difícil como navegar na barca: dar um passo e avançar exigiam imenso esforço. Mas meu desespero era tamanho que fui andando, devagar e sempre. E, assim como antes minha ideia era alcançar a terra firme, agora me animava a perspectiva de chegar a uma montanha que eu mal vislumbrava a oeste. "Ali está a gruta", lembro-me de ter pensado. Que gruta? E por que eu precisava chegar lá? Na hora, não formulei essas perguntas, e agora não conseguiria responder a nenhuma delas. Só sabia que precisava chegar e, a qualquer preço, entrar na gruta. Devo dizer que continuava a sentir a presença colossal do desconhecido atrás de mim. Com seu único olho, permanentemente aberto, resplandecendo de ódio, parecia vigiar e até dirigir, como um pérfido oficial de náutica, minha marcha para oeste. Seus braços abertos abarcavam todo o céu atrás de mim, e suas mãos pareciam apoiar-se no norte e no sul, ocupando assim toda a metade da abóbada. Não havia outro jeito senão andar rumo ao poente, o que, nessa realidade demencial, eu considerava uma conclusão lógica e sensata. A ideia era fugir de seu olhar, meter-me na gruta, onde sabia que seus olhos seriam impotentes. Assim caminhei por muito tempo, que para mim pareceu um ano. O astro continuava descendo, e, ainda que a montanha estivesse mais perto, a distância continuava aterradora. Percorri o último trecho lutando contra o cansaço, o medo e a desesperança. Atrás de mim sentia o sorriso sinistro do Homem. Acima de mim sentia o voo pesado dos pterodátilos, que planavam e às vezes até roçavam suas asas em mim. Eu temia não só esse contato gelatinoso e frio, mas a possibilidade de, com seus bicos dentados, finalmente se atirarem em cima de mim e arrancarem meus olhos. Pelo visto, queriam que eu me esgotasse num esforço inútil, durante anos de marcha estúpida e estafante, para, quando eu imaginasse estar o fim ao alcance da mão, arrancar meus olhos e minha esperança desvairada.

Comecei a ter essa sensação no trecho final da marcha, como se tudo tivesse sido planejado para me fazer mal o mais possível. "Pois", pensava com razoável lucidez, "se tivessem arrancado meus olhos no início eu não teria nenhuma esperança e não teria tentado essa travessia penosíssima por mares desconhecidos e pântanos imundos."

Senti que o rosto do Ancião irradiava uma espécie de alegria feroz enquanto eu fazia essas reflexões. Compreendi que era tudo verdade e agora me esperava a pior calamidade dessa travessia. Não quis, porém, olhar para cima, e nem precisava: meus ouvidos revelavam que os pássaros, com bicos enormes e afiados, iam planando cada vez mais perto de minha cabeça; percebia suas asas batendo pesadas, asas que deviam ter dois metros, e de vez em quando sentia seu contato leve mas asqueroso, fugacíssimo, nas faces e no cabelo.

Faltava pouco, muito pouco, para chegar à gruta que eu já entrevia numa penumbra fosforescente. Meu corpo estava coberto de lodo pegajoso e eu me arrastava de quatro. Minhas mãos tocavam e afastavam uma profusão de cobras repugnantes que se agitavam no pântano infinito, mas o pavor do que me esperava era tão grande que isso era quase desprezível.

Finalmente, o cansaço venceu o desespero, e caí.

Tentei manter a cabeça fora da lama, com a fronte erguida, enquanto o resto do corpo afundava nas águas nauseabundas.

"Preciso respirar", pensei.

Mas também pensei: "Assim mantenho meus olhos ao alcance deles".

E pensei como se estivesse amaldiçoado e condenado à horrível operação, como se eu mesmo me prestasse ao rito atroz e, tudo indica, inelutável.

Afundado na lama, com o coração batendo agitado, em plena imundície, olhando para a frente e para cima, vi os grandes pássaros pairarem vagarosos sobre minha cabeça. Percebi que um deles descia, vindo por trás, e o vi, gigantesco e próximo, recortado contra o ocaso, depois virando-se para mim e pousando na lama com um baque surdo, bem diante da minha cabeça. O bico era afiado como um estilete, sua expressão reproduzia o olhar absorto dos cegos, pois não tinha olhos: consegui ver suas órbitas vazadas. Parecia uma antiga divindade no instante que precede o sacrifício.

Senti o bico entrando em meu olho esquerdo e por instantes percebi a resistência elástica de minha pupila, e depois o bico penetrando áspera e dolorosamente, enquanto sentia o líquido começando a escorrer por minha face. Por um mecanismo que ainda não consigo entender tendo em vista a sua falta de lógica, eu mantinha a cabeça sempre na mesma posição, como se quisesse facilitar a perversa tarefa, da mesma forma que, mesmo sofrendo, oferecemos a boca e a cabeça ao dentista.

E enquanto sentia a água de meu olho e o sangue descendo pela face esquerda, pensava: "Agora terei de suportar no outro olho". Com calma, creio que sem ódio, o que lembro ter me assustado, o grande pássaro terminou seu trabalho no olho esquerdo e, recuando um pouco, repetiu com o bico a mesma operação no olho direito. E voltei a sentir a leve e fugaz resistência elástica de meu olho, e depois a penetração áspera e dolorosa e, mais uma vez, o líquido cristalino e o sangue deslizando por minha face: líquidos que eu diferenciava perfeitamente, por ser, um, o cristalino tênue e gelado, e outro, o sangue quente e viscoso.

Depois o grande pássaro levantou voo e seus companheiros foram atrás, e os ouvi começando a voejar, pesados, e logo se afastando de mim. "O pior já passou", pensei.

Agora eu não enxergava nada, mas, com a dor imensa e a curiosa repugnância que sentia por mim mesmo, não recuei na intenção de me arrastar até a gruta.

Assim fiz, penosamente.

Pouco a pouco, meu esforço foi recompensado: o pântano ia desaparecendo sob meus pés e minhas mãos, e logo essa espécie de silêncio singular, essa sensação de nevoeiro e também de segurança, revelou-me que, enfim, eu entrara na grande gruta. E desabei no sono.

23.

Quando voltei a mim, um cansaço extremo dominava meu corpo, como se, em sonho, eu tivesse executado trabalhos colossais.

Eu jazia no chão e não conseguia entender onde estava. Com a cabeça pesada, olhava ao redor, tentando me lembrar: imaginei que, como em outra ocasião, teria chegado bêbado a meu quarto e caíra inconsciente. A tênue luminosidade do amanhecer entrava no local, por algum lugar. Tentei levantar a cabeça e então percorri, lento e pesado, o espaço que me cercava.

Quase dei um pulo, apesar do cansaço: a Cega!

Vertiginosamente tomei consciência dos episódios: Iglesias, o sujeito parecido com Pierre Fresnay, a pracinha de Belgrano, a passagem secreta. Meio recostado, fazendo esforços sobre-humanos para me levantar de vez, percorria numa velocidade fantástica minha situação e o jeito de sair dela. Conseguir ficar em pé.

A Cega permanecia na mesma pose hierática da primeira vez, quando levantei no escuro a luz da lanterna. Teria eu sofrido uma pura e instantânea ilusão? Meu pesadelo teria começado quando desabei desmaiado?

Na luz do amanhecer tentei fazer um rápido esboço do que me rodeava: era um aposento normal, com uma cama, uma mesa (de trabalho?), uma cadeira, um sofá, um aparelho de som. Reparei que não havia quadros nem fotografias, o que me confirmava a cegueira de seus habitantes. A porta por onde entrava a luz da madrugada dava certamente para um cômodo de frente para a rua, talvez aquele que, em minhas reflexões prévias, imaginei ser um ateliê de costura. Havia outra porta lateral, que talvez desse para um banheiro. Olhei para trás: sim, ali estava a portinha. Eu quase preferiria que ela não existisse, a tal ponto aquela entrada absurda e anã me apavorava.

Todo esse exame terá durado uns segundos.

A Cega permanecia calada, na minha frente.

Dois fatos contribuíram para acentuar minha aflição: que ela estivesse *me esperando* diante da portinha fechada por onde entrei, o que agora eu relembrava com aterradora lucidez, e essa sua imobilidade inconcebível, enigmática e ameaçadora.

Perguntei-me o que poderia fazer e que palavras deveria pronunciar, as menos absurdas, as mais verossímeis.

— Desculpe — balbuciei —, entrei para roubar, e desmaiei ao vê-la...

Enquanto falava, compreendia a que ponto as palavras eram absurdas. Talvez pudessem convencer o morador normal de uma casa normal, mas, com um disparate desses, como eu podia convencer a Cega? Uma cega que, evidentemente, estava ME ESPERANDO?

Creio ter notado em seu rosto uma expressão de ironia.

Depois, foi embora, desaparecendo pela porta aberta.

Fechou-a atrás de si e ouvi o barulho da chave.

Fiquei no escuro. Tateando, desesperado, corri até a porta e girei inutilmente a maçaneta. Em seguida, apalpando as paredes, cheguei à outra porta, à direita, também inutilmente, pois, como era fácil presumir, estava fechada à chave.

Fiquei encostado na parede, abatido e dominado pelo medo e a incerteza. Um caos de ideias agitava minha mente: eu caíra numa armadilha da qual não conseguiria escapar.

A Cega tinha ido buscar os Outros: logo decidiriam meu destino.

A Cega estava me esperando, portanto sabiam da minha chegada. Desde quando?

Sabiam desde a véspera: um controle eletrônico lhes permitia vigiar à distância o movimento da porta com cadeado.

Sabiam desde o momento em que Iglesias adquiriu os poderes sobrenaturais da Seita e, por conseguinte, desde o momento em que conseguiu penetrar em meus desígnios secretos.

Sabiam desde antes: eu acabava de notar uma enorme brecha em minhas construções anteriores, pois, por um inexplicável esquecimento (esquecimento?), não levei em conta que, quando teve alta no hospital, Iglesias foi levado para uma pensão indicada por um enfermeiro espanhol, na qual, disse, cuidariam muito bem dele.

Foi nesse momento de lucidez que tive a certeza, a um só tempo atroz e grotesca, de que, quanto mais fatuamente eu comemorava minha astúcia, mais de perto estava sendo vigiado pela Seita, e por ninguém menos do que a cômica senhora Etchepareborda! Como então achei burlesca a ideia de que os bibelôs baratos, as tabuletinhas provençais e as fotografias manipuladas do casal Etchepareborda nada mais eram do que uma fantástica encenação! Envergonhado, pensei que nem sequer tinham considerado necessário enganar-me com alguma coisa mais sutil; ou talvez, além de me enganarem, quisessem de passagem ferir meu orgulho, ludibriando-me com um esquema de que mais tarde eu mesmo zombaria.

24.

Não sei quantas horas fiquei naquela prisão, no escuro, numa absoluta incerteza. Como se não bastasse, comecei a sentir falta de ar, o que aliás era natural, pois naquele lugar maldito a única ventilação vinha pelas frestas; mas notava-se uma levíssima correnteza entrando pela porta que dava para o apartamento da frente. Seria suficiente para renovar o oxigênio? Pelo visto, não, pois eu me sentia cada vez mais sufocado. Se bem que, pensei, poderia ter causas psicológicas.

Mas e se o plano da Seita fosse enterrar-me vivo naquele lugar fechado?

De repente me lembrei de uma das histórias que eu descobrira em minha longa investigação. Na casa dos Echagüe, na rua Guido, quando o velho ainda vivia, uma empregada era explorada por um cego, para quem, em seus dias de folga, ela se prostituía no parque Retiro. Em 1935, um jovem espanhol foi contratado como porteiro. Apaixonou-se pela moça e conseguiu, finalmente, que se afastasse do cafetão. A moça viveu meses a fio aterrorizada, até que, aos poucos, e como o porteiro tentava fazê-la entender, percebeu que os castigos que o explorador podia lhe aplicar eram puramente teóricos. Passaram-se dois anos. No dia 1º de janeiro de 1937, a família Echagüe fechou a casa e foi para a fazenda, onde passaria os meses de verão. Todos já tinham saído da casa, menos o porteiro e a empregada, que viviam no andar de cima; mas o velho empregado Juan, que fazia as vezes de mordomo, pensando que já tivessem saído, desligou a luz e depois saiu, fechando à chave a grande porta de entrada. Pois bem, na hora em que Juan desligava a eletricidade, o porteiro e sua mulher vinham descendo pelo elevador. Quando, três meses depois, a família Echagüe voltou, encontraram no elevador os esqueletos do porteiro e da empregada que, conforme o combinado, permaneceriam em Buenos Aires durante as férias.

Quando Echagüe me contou a história, eu ainda estava longe de supor que um dia iria começar esta investigação sobre os cegos. Anos depois, fazendo um exame retrospectivo de todas as informações que, de um jeito ou de outro, tinham a ver com essa seita, lembrei-me do cafetão cego e tive a certeza de que o episódio, aparentemente casual, era obra consciente e planejada da Seita. No entanto, como se poderia averiguar? Falei com Echagüe e comuniquei-lhe minhas suspeitas. Olhou-me surpreso, e, creio, com certa ironia em seus olhinhos mongólicos. Mas admitiu a possibilidade e disse:

— E como você acha que poderíamos averiguar alguma coisa?

— Sabe onde Juan mora?

— Pode-se saber por González. Acho que mantém contato com ele.

— Ótimo, e lembre-se do que eu lhe disse: esse homem tem muito a ver com o caso.

Ele sabia que os dois estavam lá em cima. E mais: espreitou o momento em que chamaram o elevador e, quando calculou que estavam entre um andar e outro (tudo fora previsto, relógio na mão, em experiências anteriores), cortou a eletricidade, ou deu ordens, com um grito ou um gesto, para o outro, que certamente já estava com a mão na chave.

— Para o outro? Que outro?

— Como você quer que eu saiba? Para outro, para qualquer outro membro do bando, não necessariamente um empregado da sua casa. Embora também pudesse ser esse González.

— Quer dizer que você acha que Juan fazia parte de um bando, de um bando ligado aos cegos, ou manipulado por eles?

— Não tenho a menor dúvida. Investigue um pouco e verá.

Tornou a me olhar com recôndita ironia, mas não disse mais nada, salvo que ia fazer as investigações.

Um tempo depois telefonei e perguntei se tinha alguma novidade. Disse que queria me ver e nos encontramos num bar. Quando chegou, sua expressão não era a de antes: olhava-me com estupor.

— E o tal do Juan? — perguntei.

— González continuava em contato com ele. Expliquei-lhe que queria encontrar Juan. De um jeito que me pareceu meio suspeito, respondeu que fazia muito tempo que não o via, mas tentaria localizá-lo numa casa onde, não garantia, Juan ainda devia estar morando. Perguntou-me se era importante ou urgente. Tive a impressão de que perguntava com certa inquietação. Não notei isso na hora, mas depois, ao repensar no assunto. Fui bastante imprudente, pois lhe disse que sempre tive vontade de esclarecer de vez as condições em que acontecera o caso do elevador e pensava que Juan talvez pudesse fornecer mais alguma informação. González me escutou com uma expressão impenetrável, como eu poderia dizer... meio com cara de pôquer. Ou seja, achei seu rosto excessivamente impassível. Isso também, só pensei mais tarde. Infelizmente. Pois, se pensasse na hora, eu o teria levado para um lugar discreto, agarrado pela gola e, com dois ou três tabefes, arrancado tudo dele. Bem, nem adianta lhe contar o final.

— Qual é o final?

Echagüe mexeu o resto do café e concluiu:

— Nada, pois nunca mais vi González. Desapareceu da confeitaria onde trabalhava. Claro que, se você tiver interesse, poderemos iniciar uma investigação junto com a polícia, localizá-lo e tentar encontrar os dois.

— Nem pense. Era só isso que eu queria saber. O resto eu imagino.

Agora voltava a me lembrar disso. E, com essa tendência

a imaginar coisas horríveis, pensava nos detalhes do episódio. Primeiro, uma pequena surpresa do porteiro ao ver que o elevador para. Aperta o botão várias vezes, abre e fecha a porta pantográfica. Depois grita lá para baixo, para que Juan feche a porta de dentro, caso esteja aberta. Ninguém responde. Grita mais alto (sabe que Juan está embaixo, esperando que todos saiam) e ninguém responde. Grita várias vezes, com mais energia e, finalmente, com medo. Passa-se um tempinho, e enquanto isso ele e a mulher se olham, como indagando o que está acontecendo. Depois grita de novo, e ela também, e os dois juntos. Esperam um tempo, após pensarem: "Foi ao banheiro, está lá fora conversando com Dombrowski (o porteiro polonês da casa ao lado), foi dar um giro pela casa, ver se esqueceram alguma coisa etc.". Passam-se quinze minutos e gritam de novo: nada. Gritam durante cinco ou dez minutos: nada. Esperam, agora mais preocupados, por mais um tempo, enquanto se olham com aflição e medo crescentes. Ninguém quer dizer nada que leve ao desespero, mas já começam a pensar que talvez todos tenham partido e desligado a luz. Então começam a gritar, um, outro, e os dois juntos: primeiro aos brados, depois dando berros de terror, depois soltando uivos de animais enlouquecidos e encurralados pelas feras. Esses uivos se prolongam horas a fio, até que aos poucos começam a enfraquecer: estão roucos, estão esgotados pelo esforço físico e o horror. Agora soltam gemidos cada vez mais baixos, choram e batem com crescente fraqueza as paredes maciças do entressolho. Podemos imaginar várias cenas posteriores: pode ter transcorrido um período de estupor, em que ambos, no escuro, ficaram calados, aparvalhados. Depois podem ter conversado, trocado ideias e até pequenas esperanças: Juan voltará, foi à esquina beber um trago; Juan esqueceu alguma coisa na casa e entra de novo: ao chamar o elevador para subir encontra os dois, que o recebem chorando e lhe dizem: "Se você soubesse, Juan, o susto que passamos". E depois os três, comentando o pesadelo, saem e riem de qualquer bobagem que veem na rua, tamanha é a felicidade. Mas Juan não volta, nem foi ao bar da esquina, nem ficou conversando com o porteiro polonês do vizinho: a verdade é que se passam as horas e nada acontece na silenciosa mansão abandonada. Enquanto isso, recobraram certa energia e recomeçam os gritos, depois novamente os berros, seguidos pelos uivos, para terminar, como é de presumir, com gemidos cada vez mais tênues. É provável que, nesse momento, estejam caídos no chão do elevador e meditem na impossibilidade de que tal horror possa acontecer: isso é muito típico dos seres humanos, quando ocorre algo assombroso. Pensam: "Não é possível, não é possível!". Mas está acontecendo, e o horror volta a devorá-los. É provável que então se inicie uma nova série de gritos e uivos. Mas para que servem? Juan agora está viajando para a fazenda, pois vai com os patrões; o trem sai às dez da noite. De nada adiantam os gritos, mas mesmo assim há nos homens certa confiança alucinante nos gritos e uivos, como já se comprovou nas grandes catástrofes; portanto, com as escassas energias que restam, tornam a gritar e a grunhir, para terminar em gemidos, como sempre. Evidentemente, isso não pode continuar: chega um momento em que abandonam qualquer esperança e então, mesmo parecendo grotesco, pensam em comer. Comer para quê? Para prolongar o suplício? Naquele cubículo, nas trevas, jogados no chão (eles se sentem, se tocam), ambos têm o mesmo e terrível pensamento: o que comerão quando a fome ficar insuportável? O tempo passa e eles também pensam na morte, que em poucos dias terá de chegar. Como será? Como é morrer de fome? Pensam em coisas passadas, vêm à lembrança recordações de tempos felizes. Agora, ela acha bonito o tempo em que fazia *trottoir* no parque Retiro: havia sol, os marinheiros ou recrutas às vezes eram bons e carinhosos; enfim, coisas da vida, que sempre parecem tão maravilhosas na hora de morrer, embora tenham sido sórdidas. Ele deve se lembrar de coisas da infância, de um rio na Galícia, de canções, festas de sua aldeia. Como tudo está longe! Novamente ele ou ela ou os dois juntos voltam a pensar: "Mas não é possível!". De fato, essas coisas não acontecem. Como poderiam acontecer? É provável que assim se inicie uma nova série de gritos, menos enérgicos e durando menos que as séries anteriores. Depois voltam a seus pensamentos e lembranças, à Galícia e à época feliz da prostituição. Bem, para que prosseguir a minuciosa descrição? Qualquer um pode reconstituí-la, tendo um pouco de imaginação: fome crescente, desconfianças mútuas, brigas, recriminações por coisas passadas. Talvez ele queira devorar a empregada e, para ficar de consciência tranquila, comece a recriminá-la os anos de prostituição: não tinha vergonha? Não imaginava que tudo aquilo era uma imundície? Etc.

Ao mesmo tempo, pensa (após um ou dois dias de fome) que, no mínimo, poderia devorar só uma parte de seu corpo, sem matá-la: arrancar nem que fossem uns dois dedos, ou comer uma orelha. Quem quiser reconstituir o episódio não deve esquecer, aliás, que esses dois seres humanos têm de fazer suas necessidades ali, por isso a cena vai ficando cada vez mais suja, sórdida e abominável. Mas, ainda assim, a sede e a fome são crescentes. A sede, pode-se matar com a urina, que será recolhida na mão para depois ser bebida, como também está provado. Mas e a fome? Também está provado que ninguém come os próprios membros, se houver outro ser humano por perto. Lembram-se do conde Ugolino, trancado com os próprios filhos? Enfim, é provável, que digo eu, é certo, que ao fim de quatro dias, talvez menos, desse cativeiro hediondo e selvagem, com rancores mútuos e crescentes, o mais forte coma o mais fraco. No caso, o porteiro come a empregada, talvez, no início, parcialmente, começando pelos dedos, após lhe dar uma pancada na cabeça ou batê-la contra as paredes do elevador, e, em seguida, devorando-a por inteiro.

Dois detalhes confirmam minha reconstituição: a roupa da mulher, arrancada aos pedaços, estava no chão, no meio da sujeira; muitos de seus ossos, também, como se tivessem sido jogados, um após outro, pelo empregado canibal. Enquanto o corpo dele, em decomposição e parcialmente reduzido ao estado de esqueleto, estava caído de lado, mas inteiro.

Já às voltas com meu desespero, fui mais longe e imaginei que talvez minha sorte estivesse lançada desde a aventura com o cego das barbatanas, e que por mais de três anos eu imaginara estar seguindo os cegos, quando na verdade eles é que tinham me perseguido. Imaginei que a busca que eu levara a cabo não fora deliberada, produto de minha famosa liberdade, mas determinada pelo destino, e que eu estava *destinado* a ir atrás dos homens da Seita para, assim, ir atrás de minha morte, ou pior ainda. De fato, o que eu sabia a respeito do que me esperava? O pesadelo que eu acabava de ter não seria uma premonição? Não arrancariam meus olhos? Não seriam os grandes pássaros símbolos dos acontecimentos ferozes e reais que me aguardavam?

E, finalmente, no pesadelo eu não tinha rememorado as extrações de olhos de minha infância, perpetradas em gatos e pássaros? Não estaria eu condenado desde a infância?

25.

Essas suposições ocuparam meu dia, junto com outras lembranças de minha pesquisa sobre os cegos. De vez em quando eu voltava a pensar na Cega, em seu sumiço e no cativeiro que se seguiu. Meditando sobre o drama do elevador, a certa altura cheguei a pensar que meu castigo poderia consistir em morrer de fome naquele quarto desconhecido, mas em seguida descobri que esse castigo seria escandalosamente benigno comparado com o daqueles dois infelizes. Morrer de fome no escuro? Ora! Quase ri de minha esperança.

Num momento de meditação, em pleno silêncio, tive a impressão de ouvir vozes surdas atrás de uma das portas. Levantei-me sem barulho e, andando descalço, aproximei-me da porta que provavelmente dava para o aposento da frente. Encostei devagarinho o ouvido na fresta: nada. Depois, tateando pelas paredes, cheguei à outra porta e repeti a operação: achei que, de fato, quem estava falando parou no exato momento em que encostei o ouvido. Sem dúvida tinham percebido meus movimentos, apesar do cuidado. Ainda assim, passei um bom tempo com o ouvido à espreita, colado na porta. Mas não escutei o mais leve ruído de vozes ou movimentos. Imaginei que do outro lado o Conselho de Cegos estava reunido e paralisado, esperando que eu desistisse da tola iniciativa. Compreendendo que nada ganharia com a espionagem, a não ser irritar mais ainda aquela gente, recuei, agora com menos cuidado, pois presumi que, de um jeito ou de outro, tinham me identificado. Joguei-me na cama e resolvi fumar. Que mais podia fazer? De qualquer maneira, tinha certeza de que o conciliábulo anunciava uma futura decisão a meu respeito.

Até então, eu tinha resistido à vontade de fumar, para não consumir o oxigênio que, segundo meus cálculos, me proporcionava a leve brisa vinda pelas frestas. Mas, pensei, o que de melhor poderia me acontecer, nessa altura dos acontecimentos, além de morrer asfixiado com a fumaça do cigarro? Desde então, comecei a fumar como uma chaminé, com o resultado de que o ar ambiente foi ficando cada vez mais rarefeito.

Pensava, recordava. Sobretudo as vinganças da Seita. E voltei então a analisar o caso Castel, muito notório não só pelas pessoas envolvidas como pela crônica que, do manicômio, o assassino fez chegar a uma editora. O caso me interessou imensamente por dois motivos: eu havia conhecido María Iribarne e sabia que seu marido era cego. É fácil imaginar meu interesse em conhecer Castel, mas também é fácil presumir o temor que me impediu de fazê-lo, pois equivalia a me meter na boca do lobo. Só me restava ler e estudar minuciosamente sua crônica. "Sempre tive prevenção contra os cegos", ele confessa. Quando li esse documento pela primeira vez, assustei-me, literalmente, pois falava da pele fria, das mãos molhadas e de outras características da raça que eu também tinha observado e me obcecavam, como a tendência a viverem em porões ou lugares escuros. Até o título da crônica me fez estremecer, de tão significativo: "O túnel".

Minha primeira reação foi correr ao manicômio e encontrar o pintor para verificar até onde fora sua investigação. Mas logo compreendi que era uma ideia tão perigosa como explorar um barril de pólvora no escuro riscando um fósforo.

Sem a menor dúvida, o crime de Castel era o resultado inexorável de uma vingança da Seita. Mas qual foi exatamente o mecanismo utilizado? Durante anos tentei desmontá-lo e analisá-lo, e jamais consegui superar essa típica ambiguidade que domina qualquer ato planejado pelos cegos. Exponho aqui minhas conclusões, que logo se ramificam, como os corredores de um labirinto:

Castel era um homem muito conhecido no ambiente intelectual de Buenos Aires, e portanto suas opiniões sobre qualquer coisa também deviam ser notórias. É quase impossível que nunca tivesse manifestado a obsessão tão profunda pelos cegos. A Seita, por meio de Allende, marido de María Iribarne, resolve castigá-lo. Allende ordena à própria mulher que vá à galeria onde Castel expõe seus quadros mais recentes. Ela mostra grande interesse por um deles, diante do qual se põe em atitude estática tempo suficiente para Castel percebê-la, e depois a mulher desaparece. Desaparece... é modo de dizer. Como sempre acontece com a Seita, na verdade o perseguidor é perseguido, mas de tal modo que mais cedo ou mais tarde a vítima cai em suas mãos. Afinal, Castel reencontra María, apaixona-se perdidamente por ela, "persegue-a" como louco (e como bobo) dia e noite, e inclusive vai à casa dela, onde o próprio marido lhe entrega uma carta de amor de María. Esse dado é fundamental: como explicar uma atitude dessas do marido, senão porque ele se presta ao objetivo sinistro proposto pela Seita? Lembrem-se da agonia de Castel com esse fato inexplicável. Não vale a pena repetir aqui o que aconteceu depois: basta dizer que Castel fica enlouquecido de ciúme, mata finalmente María e é trancafiado num manicômio, o lugar ideal para a Seita enterrar definitivamente o caso, que, assim, nunca mais correrá o risco de ser esclarecido. Quem vai acreditar nos argumentos de um louco?

Tudo isso é claríssimo. A ambiguidade e o labirinto começam agora, pois se abrem as seguintes combinações possíveis:

1º A morte de María estava decidida, e seria uma maneira de condenar Castel à reclusão, mas era um plano ignorado por Allende, que de fato gostava e precisava de sua mulher. Daí a palavra "insensato" e o desespero de Allende na cena final.

2º A morte de María estava decidida, e Allende conhecia a decisão. Aqui se abrem duas possibilidades:

A. Allende aceitava-a resignado, pois gostava da mulher, mas tinha de pagar por um pecado anterior à sua cegueira, pecado que ignoramos e que ele já havia pagado parcialmente, quando a Seita o cegara.

B. Allende recebia-a com satisfação, pois não gostava da mulher e, pior, a odiava, e esperava assim se vingar de suas inúmeras traições. Como conciliar essa variante com o desaparecimento final de Allende? Muito simples: tudo era pura encenação, para enganar o público, uma encenação imposta pela Seita para apagar os vestígios da tortuosa vingança.

Há mais algumas variantes das variantes, que não vale a pena descrever, pois cada um de vocês pode facilmente ensaiá-las como exercício, o que, aliás, é muito útil, já que nunca se sabe quando e como se pode cair numa das ambíguas ciladas da Seita.

No que me diz respeito, o episódio, ocorrido pouco tempo depois de minha aventura com o homem das barbatanas, acabou me assustando. Fiquei apavorado e resolvi despistar, interpondo entre mim e eles não só tempo, mas espaço: fui embora do país. Medida que, para muitos que leem estas memórias, pode parecer exagerada. Sempre achei graça na falta de imaginação desses senhores que pensam que, para reproduzir a verdade, devemos conferir aos fatos "as devidas proporções". Esses anões imaginam (eles também têm imaginação, é claro, mas uma imaginação anã) que a realidade não ultrapassa a estatura deles, nem é mais complexa do que seu cérebro de mosca. Esses indivíduos, que se autoqualificam de "realistas", não são capazes de ver mais além de seus narizes, confundindo a Realidade com um Círculo-de-Dois-Metros-de-Diâmetro cujo centro é sua modesta cabeça. Provincianos que riem do que não conseguem compreender e descreem do que está fora de seu famoso círculo. Com a esperteza típica dos camponeses, rejeitam invariavelmente os loucos que chegam com planos para descobrir a América, mas compram um terreno na Lua quando vão à cidade. E tendem a considerar lógico (outra palavrinha que adoram!) o que simplesmente é psicológico. Assim, o habitual se transforma em sensato, mecanismo pelo qual um lapão acha sensato oferecer sua mulher ao viajante de passagem, enquanto para um europeu isso parece uma loucura. Esses espertinhos rejeitaram sucessivamente a existência dos antípodas, da metralhadora, dos micróbios, das ondas hertzianas. Realistas que se singularizam por rejeitar (em geral às risadas, energicamente, até mesmo na cadeia e no manicômio) futuras realidades.

Isso para não falar do outro aforismo supremo: "as devidas proporções". Como se na história da humanidade tivesse existido alguma coisa que não tenha sido exagerada, desde o Império Romano até Dostoievski.

Em suma, deixemos essas bobagens e retornemos ao único *assunto que deveria interessar a humanidade*.

Resolvi ir embora do país, e, conquanto de início tivesse pensado em fazê-lo pelo Delta, numa das lanchas de contrabandistas que F. conhecia, depois refleti que assim não poderia ir mais longe que o Uruguai. Portanto, o único jeito era conseguir um passaporte falso. Localizei o chamado Turquinho Nassif e obtive um passaporte em nome de Federico Ferrari Hardoy, passaporte que, entre muitos outros roubados pela gangue do Turquinho, esperava um destino definitivo. Escolhi-o porque outrora tive problemas com Ferrari Hardoy, e agora se apresentava a oportunidade de cometer certas maldades em nome dele.

Mesmo com o documento, achei melhor ir primeiro a Montevidéu pelo Delta, numa lancha de contrabandista. Fui até Carmelo e, dali, de ônibus, a Colonia. Em outro ônibus, cheguei enfim a Montevidéu.

Consegui um visto para meu passaporte no consulado argentino e uma passagem pela Air France para dois dias depois. Que fazer nesses dois dias de espera? Estava nervoso, aflito. Andei pela avenida 18 de Julio, entrei numa livraria, tomei vários cafés e vários conhaques para combater o frio intenso.

Mas o dia se passava com irritante lentidão: não via a hora de pôr um oceano entre mim e o homem das barbatanas.

Não queria ver nenhum conhecido, é claro. Mas, por falta de sorte (não por acaso, e sim por falta de sorte, por descuido, já que deveria ter passado os dois dias em algum lugar de Montevidéu onde não houvesse a menor possibilidade de encontrar gente conhecida), no café Tupi-Nambá fui reconhecido por Bayce e uma moça loura, pintora, que eu também havia encontrado em Montevidéu em outros tempos. Com eles havia um homem de *blue jeans* e estranhos sapatos pesados: era jovem e magro, de tipo intelectual, e eu tinha a impressão de conhecê-lo de algum lugar.

Era inevitável: Bayce se aproximou e me levou para sua mesa, onde cumprimentei Lily e comecei a conversar com o homem dos sapatos pesados. Disse-lhe que achava que o conhecia. Nunca tinha estado em Valparaíso? Não era arquiteto? Sim, era arquiteto, mas nunca tinha estado em Valparaíso.

Fiquei intrigado. Como se há de entender, este era um dado suspeito, parecia casualidade demais: não só eu tinha a impressão de conhecê-lo, mas acertara sua profissão. Será que ele negava conhecer Valparaíso para evitar que eu tirasse conclusões perigosas?

Fiquei tão preocupado e aflito (lembrem-se de que o caso das barbatanas tinha acontecido poucos dias antes) que não consegui acompanhar coerentemente a conversa daquela gente. Falaram de Perón (como sempre), de arquitetura, de sei lá que teoria e de arte moderna. O arquiteto tinha um exemplar de *Domus*. Elogiaram uma espécie de galo de cerâmica que, apesar de minha angústia, fui obrigado a olhar: era de um italiano chamado Durelli ou Fratelli (que importa?), que, por sua vez, seguramente o havia plagiado de um alemão chamado Staudt, que por sua vez o havia plagiado de Picasso, que por sua vez o havia plagiado de algum negrinho africano, o único que não ganhara nenhum dólar com o galo.

O arquiteto continuava a me deixar intrigado. Olhava-o e confirmava-se ainda mais minha impressão de conhecê-lo.

Chamava-se Capurro. Mas esse seria o seu nome verdadeiro? Bem, sim, que disparate: ele era de Montevidéu, Bayce e Lily eram seus amigos, como poderia ter me dado um nome falso? Isso não era tão importante: seu nome podia, e certamente devia, estar certo, mas seria mentira o fato de nunca ter estado em Valparaíso? Nesse caso, o que escondia? Tentei me lembrar desesperadamente se naquela turma de Valparaíso havia alguém que, direta ou indiretamente, tivesse feito alguma referência a cegos. Era significativo, por exemplo, que o homem tivesse essa fixação nos galos, uma vez que para os galos de briga a cegueira é um destino inevitável. Não, não me lembrava de nada. E de repente pensei que talvez não o tivesse visto em Valparaíso, mas em Tucumán.

— Você nunca esteve em Tucumán? — perguntei de chofre.

— Em Tucumán? Não, também não. Estive muitas vezes em Buenos Aires, claro, mas em Tucumán, nunca. Por quê?

— Nada, por nada. É que acho que o conheço e estou pensando de onde.

— Meu amigo, o mais provável é que você o tenha visto aqui em Montevidéu, em outra ocasião! — disse Bayce, rindo de minha insistência.

Fiz um gesto negativo e voltei a afundar em minhas reflexões enquanto eles continuavam a falar do galo.

Dei uma desculpa qualquer, despedi-me e fui a outro café, enquanto continuava ruminando a história do arquiteto.

Tentei restabelecer contato com o pessoal de Tucumán, de quem eu costumava me servir para despistar minhas verdadeiras atividades. É natural: não ia frequentar falsários autóctones ou me exibir em companhia de assaltantes de província. Telefonei para uma moça, arquiteta, com quem tinha ido para a cama em outros tempos.

Fui vê-la. Tinha subido na vida, estava ensinando na faculdade e colaborando com um grupo de jovens arquitetos que construíam em Tucumán algo que depois ela me mostrou: uma fábrica ou escola, ou sanatório. Não sei, é tudo igual, como se sabe, pois nesses edifícios tanto se pode instalar, amanhã, um torno ou uma maternidade. É o que eles chamam de funcionalismo.

Como ia dizendo, minha amiga tinha prosperado. Já não vivia, como em Buenos Aires, num quartinho de estudante. Agora morava num apartamento moderno, que combinava com a sua personalidade. Quando a empregada abriu a porta, quase fui embora, pois achei que ninguém morasse ali. Só ao baixar a vista é que descobri o mobiliário: tudo no chão, como para crocodilos. Acima de cinquenta centímetros o apartamento era totalmente vazio. Mesmo assim, quando entrei vi numa parede gigantesca um quadro, um só, de algum amigo de Gabriela: contra um fundo liso e cinza-chumbo, havia, traçado à régua, uma reta azul vertical, e, a uns cinquenta centímetros à direita, um pequeno círculo ocre.

Deitamo-nos no chão, tremendamente incômodos; Gabriela se arrastou até uma mesinha de vinte centímetros de altura e serviu um café numas xicarazinhas de cerâmica sem asas. Enquanto eu queimava meus dedos, pensei que, sem meia dúzia de uísques, não conseguiria atingir, naquela geladeira, a temperatura ideal para transar com Gabriela. Já estava resignado com minha sina quando apareceram seus amigos. Ao se aproximarem, notei que um deles era mulher, também de *blue jeans*. Os outros dois eram arquitetos: um, o marido da mulher de calça, e o outro, pelo visto, amigo ou amante de Gabriela. Todos com o mesmo uniforme: *blue jeans* e uns sapatões estranhos, tipo botinas, dessas que antigamente nossos recrutas usavam, mas que agora, com toda a certeza, devem ser feitos sob medida para abastecer a Faculdade de Arquitetura.

Conversaram um bom tempo em seu jargão, que de vez em quando se misturava com o da psicanálise, de tal modo que pareciam tão extasiados diante de uma espiral logarítmica de Max Bill quanto diante do sadismo oroanal de um amigo que estava se analisando. Também falaram de um projeto de Clorindo Testa para construir delegacias-modelo no território das Missões. Com aparelhos para dar choque elétrico?

E então fez-se a luz. Sim, minha obsessão me levara a

pensar que eu tinha visto Capurro antes, em Valparaíso ou Tucumán. Mas a verdade é que toda aquela gente se parecia, e era muito difícil enxergar as diferenças, mais ainda vendo-os de longe ou na penumbra, ou, como acontecia comigo, em momentos de emoção violenta.

Mais sossegado quanto a Capurro, passei com mais prazer o tempo que me restava: entrei num cinema, depois num bar de subúrbio e finalmente me fechei no hotel. E no dia seguinte, quando o avião da Air France decolou de Carrasco, comecei a respirar em paz.

Cheguei a Orly com um calor sufocante (estávamos em agosto). Suava, ofegava. Um dos funcionários que examinou meu passaporte, um desses franceses que gesticulam com a exuberância que atribuem aos latino-americanos, disse-me, num misto de ironia e condescendência:

— Mas vocês devem estar acostumados com um calor pior ainda, não é?

Como se sabe, os franceses são muito lógicos, e o mecanismo mental desse Descartes da Polícia de Fronteiras era imbatível: Marselha está ao sul e lá faz calor; Buenos Aires está muito mais ao sul e, portanto, lá deve fazer um calor infernal. O que prova o tipo de demência que a lógica favorece: um bom raciocínio pode abolir o polo Sul.

Tranquilizei-o (adulei-o) confirmando sua sabedoria. Disse-lhe que em Buenos Aires andamos o tempo todo de tanga e, quando nos vestimos, a menor elevação de temperatura nos parece insuportável. Graças a isso, o homem carimbou todo feliz meu passaporte e o devolveu com um sorriso: *Allez-y!* Vá se civilizar um pouco!

Não tinha planos precisos para Paris, mas achei prudente tomar duas resoluções: primeiro, entrar em contato com os amigos de F., caso meu dinheiro minguasse; segundo, despistar, como sempre, frequentando meus amigos (?) de Montparnasse e do Quartier Latin: esse conjunto de catalães, italianos, judeus poloneses e judeus romenos que formam a Escola de Paris.

Fui viver numa *maison meublée* da rua du Sommerard, onde eu estivera antes da guerra. Mas madame Pinard não era mais a dona. Outra gorda se encarregaria de vigiar, da portaria, a entrada e saída de estudantes, artistas fracassados e cafetões que formam não só a população da casa, mas a matéria inextinguível do Cochicho e da Filosofia da Existência da mulher da portaria.

Aluguei um quartinho no terceiro andar. Depois fui procurar meus conhecidos.

Dirigi-me ao Dôme. Não vi ninguém. Disseram-me que as pessoas tinham emigrado para outros cafés. E também me deram informações sobre Domínguez. Fui encontrá-lo em seu ateliê, que agora ficava perto da Grande Chaumière.

Mas estava escrito que eu não podia fazer nada que, a longo prazo, não me levasse ao Domínio Proibido; mais ainda: parece que um faro infalível me conduzia inelutavelmente a ele. "Isto", me disse Domínguez, mostrando-me um quadro, "é o retrato de uma modelo cega." Riu. Gostava de certas perversidades.

Precisei me sentar.

— O que você tem? — perguntou. — Ficou pálido.

Trouxe-me um conhaque.

— Ando ruim do estômago — expliquei.

Saí disposto a não voltar ao ateliê. Mas no dia seguinte entendi que era o pior que podia fazer, tal como demonstra o seguinte encadeamento:

1º Domínguez se surpreenderia com meu sumiço.

2º Buscaria na memória um fato que pudesse explicá-lo. O único: meu quase desmaio ao me mostrar a tela da cega.

3º Era óbvio que ele acabaria comentando, inclusive e sobretudo, com a cega. Iniciativa muito possível. Assustadoramente possível, pois daí se derivariam as seguintes:

4º Perguntas da cega a meu respeito.

5º Controle de meu nome, sobrenome, origem etc.

6º Imediata comunicação à Seita.

O resto é óbvio: minha vida tornaria a correr perigo e eu teria de fugir de Paris, talvez para a África ou Groenlândia.

Minha decisão foi a que vocês podem imaginar, a que pode supor qualquer pessoa inteligente: não havia outro jeito de dis farçar senão voltar ao ateliê de Domínguez como se nada tivesse acontecido e arriscar-me a topar com a cega.

Após uma viagem longa e cara, eu me reencontrava com meu Destino.

26.

Espantosa lucidez a minha, nestes momentos que precedem minha morte.

Anoto rapidamente pontos que gostaria de analisar, se me derem tempo:

Cegos leprosos.

Caso Clichy, espionagem na livraria.

Túnel entre a cripta de Saint-Julien-le-Pauvre e o cemitério de Père Lachaise, Jean-Pierre, atenção.

27.

Delírio de perseguição! Sempre os realistas, os famosos sujeitos das "devidas proporções". Quando finalmente me queimarem, talvez então eles se convençam; como se fosse preciso medir com um metro o diâmetro do Sol para se crer no que dizem os astrofísicos.

Estes papéis servirão de testemunho.

Vaidade *post mortem*? Talvez: a vaidade é tão fantástica, tão pouco "realista", que nos induz até a nos preocuparmos com o que pensarão de nós, quando estivermos mortos e enterrados.

Uma espécie de prova da imortalidade da alma?

28.

Realmente, que bando de canalhas! Para acreditarem em você, eles precisam ver que você foi queimado.

29.

Voltei, pois, ao ateliê. Agora que eu estava decidido, incitava-me uma espécie de ansiedade premente. Mal cheguei, pedi que me falasse da cega. Mas Domínguez estava bêbado e começou a me xingar, como era de praxe, toda vez que perdia o controle. Encurvado, sinistro, enorme, transformava-se com o álcool num monstro terrível.

No dia seguinte pintava placidamente, com aquele ar bovino.

Perguntei-lhe sobre a cega, disse-lhe que tinha curiosidade em observá-la, mas sem que ela soubesse. Voltava, assim, à investigação, mas muito antes do previsto, já que, mal ou bem, uma distância de quinze mil quilômetros equivale a cerca de uns dois anos. Foi isso que, bobamente, pensei na hora. Inútil esclarecer que não comentei com Domínguez essas reflexões secretas. Aleguei simples curiosidade, curiosidade mórbida.

Disse-me que eu podia me instalar lá em cima e escutar e olhar tudo o que quisesse. Imagino que vocês conheçam a estrutura dos ateliês de pintor: uma espécie de galpão, bastante alto, onde na parte de baixo o artista tem o cavalete, os armários com as tintas, um divã para o modelo, mesas e cadeiras para sentar ou comer etc.; e num lado, a dois metros de altura, um jirau com a cama de dormir. Aquele seria meu observatório: nem se construído de propósito teria sido mais adequado à minha tarefa.

Entusiasmado com a perspectiva, enquanto esperava a cega conversei com Domínguez sobre velhos amigos. Lembramo-nos de Matta, que estava em Nova York, Esteban Francés, Breton, Tristan Tzara, Péret. Que fim levara Marcelle Ferry*? Até que as batidas na porta anunciaram a chegada da modelo. Corri para o jirau, onde ficava a cama de Domínguez, suja e desarrumada como sempre. De meu posto, calado, preparei-me para presenciar coisas singulares, pois Domínguez já me avisara que às vezes "não tinha outro jeito" senão fazer amor com ela, tão libidinosa era a cega.

Um tremor gélido arrepiou minha pele assim que vi a mulher no vão da porta. Meu Deus, jamais consegui me habituar a ver sem tremor a aparição de um cego!

Era de estatura média, miúda, mas nos movimentos revelava uma espécie de gata no cio. Dirigiu-se para o divã, sem qualquer ajuda, e despiu-se. Seu corpo era atraente, mórbido, mas o que mais atraía eram seus gestos felinos.

Domínguez pintava e ela falava o diabo do marido, o que não considerei de especial interesse, até entender que o marido também era cego: uma das brechas que eu sempre tinha procurado! Vista de longe, uma nação inimiga oferece uma visão sólida e sem fissuras, um bloco compacto no qual imaginamos jamais poder penetrar. Mas ali dentro há ódios, há ressentimentos, há desejos de vingança, do contrário, a espionagem seria quase impossível, e o colaboracionismo nos países ocupados, quase impraticável.

Naturalmente, não penetrei alegremente naquela brecha.

Antes, precisava averiguar:

a) se realmente a mulher ignorava minha existência e minha presença;

b) se realmente odiava o marido (podia ser uma isca para pescar espiões);

c) se realmente seu marido também era cego.

O tumulto produzido em minha cabeça com a revelação

* Lembro-me perfeitamente de que no momento não lhe perguntei sobre Victor Brauner: o Destino nos cega!

daquele ódio misturou-se com o que desencadeou em meus sentidos a cena ocorrida mais tarde. Perverso e sádico como era, Domínguez fazia mil safadezas com a mulher, aproveitando-se de sua cegueira, enquanto ela o buscava, tateando. Domínguez chegou até a me fazer um gesto para que eu participasse, mas, tendo de preservar essa oportunidade como se fosse um tesouro, eu não ia desperdiçá-la por mera satisfação sexual. A comédia continuou, logo degenerando numa luta sexual sombria e quase aterradora entre dois endemoninhados que gritavam, mordiam e arranhavam.

Não, eu não tinha dúvida de que ela era sincera. Elemento importante para a investigação ulterior. E, mesmo sabendo que uma mulher é capaz de mentir friamente até nos momentos mais apaixonados, sentia-me inclinado a pensar que também era sincera em suas referências ao cego. Mas precisava ter certeza.

Quando foram se acalmando, no meio do caos do ateliê (porque não só gritavam e uivavam, como Domínguez também se fazia perseguir, aos tombos, pela cega, incitando-a com insultos e obscenidades descomunais), ficaram bastante tempo em silêncio. Depois ela se vestiu e disse "Até amanhã", como uma funcionária que sai da repartição. Domínguez, nu e modorrento no divã, nem respondeu. Eu, um tanto grotesco, continuava no meu observatório. Finalmente, resolvi descer.

Perguntei-lhe se era verdade que o marido era cego, se ele o tinha visto alguma vez. E se também era verdade que ela o odiava do jeito que parecia odiar.

Domínguez, como única resposta, me explicou que uma das torturas imaginadas pela mulher era levar seus amantes ao quarto onde vivia com o indivíduo e ser possuída na frente dele. Como eu me negasse a acreditar nessa possibilidade, ele me explicou que o negócio era possível porque o sujeito não só era cego, mas paralítico. De sua cadeira de rodas, assistia à tortura organizada por ela.

— Mas como? — interroguei. — Não se locomove com a cadeira? Não os persegue pelo quarto?

Domínguez, bocejando com sua boca de rinoceronte, fez um gesto negativo. Não: o cego era totalmente paralítico, e suas possibilidades se resumiam a mover um pouco dois dedos da mão direita e soltar gemidos. Quando a cena chegava ao ponto culminante, o cego, enlouquecido, conseguia mexer umas falanges e revirar uma língua pastosa para emitir uns gritinhos.

Por que o odiava tanto? Domínguez não sabia.

30.

Mas voltemos à modelo. Ainda agora eu estremeço ao me lembrar da relação fugaz com a cega, pois nunca estivera mais perto do abismo do que naquele momento. Quantas reservas de imprevidência e estupidez ainda havia em meu espírito! Pensar que eu me considerava uma raposa, um calculista poderoso e quase infalível, e acreditava não dar um passo sem examinar previamente o terreno! Pobre de mim.

Não foi difícil entrar em contato com a cega. (Digo isso como quem dissesse, pobre idiota, "não foi difícil cair no embuste que me armaram".) Encontrei-a no ateliê de Domínguez, saímos juntos, conversamos sobre o tempo, a Argentina, Domínguez. Ela ignorava, é claro, que eu os espiara na véspera, lá do meu observatório. Disse-me:

— É um grande cara. Gosto dele como de um irmão.

O que me comprovou duas coisas: primeiro, não sabia de minha presença no observatório; segundo, era uma mentirosa. Conclusão que me alertava sobre suas futuras confissões: tudo deveria ser examinado e tirado a limpo. Teria de se passar algum tempo, de curta duração mas considerável quanto à qualidade, para eu entender ou desconfiar que minha primeira conclusão era arriscada. Teria sido uma intuição dela? Esse sexto sentido que permite aos cegos adivinhar a presença de alguém? Cumplicidade com Domínguez? Voltaremos a isso. Deixem-me continuar a contar os fatos.

Sou tão inclemente comigo mesmo quanto com o resto da humanidade. Ainda hoje me pergunto se foi só a obsessão com a Seita que me levou à aventura com Louise. Pergunto-me, por exemplo, se teria chegado a ir para a cama com uma cega horrorosa. Isso, sim, seria o autêntico espírito científico! Como esses astrônomos que, tiritando de frio debaixo das cúpulas, passam longas noites de inverno tomando notas das posições estelares, deitados em caminhas de madeira, pois dormiriam se elas fossem confortáveis, e o objetivo que perseguem não é o sono, mas a verdade. Ao passo que eu, imperfeito e lúbrico, deixei-me arrastar para situações em que o perigo me espreitava a todo instante, descuidando dos grandes e transcendentes objetivos que durante anos eu havia fixado para mim.

Contudo, é impossível distinguir o que houve, então, de genuíno espírito de investigação e de condescendência mórbida. Pois também me digo que a condescendência era igualmente útil para mergulhar no mistério da Seita, já que, se ela domina o mundo pelas forças das trevas, o que há de melhor senão mergulhar nas atrocidades da carne e do espírito para estudar os limites, os contornos, o alcance dessas forças? Não tenho, agora, absoluta certeza do que estou dizendo, mas é uma reflexão pessoal, para tentar saber, sem condescendência com minhas fraquezas, até que ponto cedi, naqueles dias, a essas fraquezas, e até que ponto tive a intrepidez e a coragem de me aproximar, e inclusive mergulhar, no fosso da verdade.

Não vale a pena dar detalhes da asquerosa ligação que tive com a cega, pois nada de importante acrescentarão ao Relatório que quero deixar para os futuros investigadores. Desejo que o Relatório tenha com esse tipo de descrição a mesma relação de uma geografia sociológica da África Central com um ato de canibalismo. Só direi que, ainda se vivesse cinco mil anos, seria impossível esquecer, até minha morte, as sestas de verão com aquela fêmea anônima, múltipla como um polvo, lenta e minuciosa como uma lesma, flexível e perversa como uma grande víbora, elétrica e delirante como uma gata noturna. Enquanto o outro, em sua cadeira de paralítico, impotente e patético, abanava os dois dedos da mão direita, língua de trapos balbuciando vá saber que blasfêmias, que torpes (e inúteis) ameaças, até que o vampiro, após chupar todo o meu sangue, me abandonava transformado em molusco asqueroso e amorfo.

Deixemos, pois, esse aspecto da questão e examinemos os fatos que interessam ao Relatório, os indícios que consegui reunir sobre o universo proibido.

Evidentemente, minha primeira tarefa era averiguar a natureza e a profundidade da raiva da cega pelo marido, já que essa brecha, como disse, era uma das possibilidades que eu sempre havia procurado. Desnecessário esclarecer que não fiz perguntas diretas a Louise, pois o interrogatório levantaria suspeitas; a pesquisa resultou de longas conversas sobre a vida em geral e da análise posterior, no silêncio de meu quarto, de suas respostas, seus comentários, silêncios ou reticências. Assim inferi, partindo de bases que julguei sólidas, que o indivíduo era de fato seu marido, e o rancor era tão profundo como realmente demonstrava a ideia perversa de fazer amor na presença dele.

E disse "como realmente demonstrava" porque, é óbvio, a primeira suspeita que me invadiu foi a de uma encenação para me enganar, segundo o esquema:

a) ódio pelo marido;
b) ódio pelos cegos em geral;
c) conquista de meu coração!

Minha experiência me prevenia contra uma cilada tão engenhosa, e a única forma de me assegurar era investigar a autenticidade da raiva. O elemento que considerei mais convincente foi seu tipo de cegueira: o homem perdera a visão já adulto, ao passo que Louise era cega de nascença; e já expliquei que os cegos execram implacavelmente os recém--chegados.

A história tinha sido a seguinte: conheceram-se na Biblioteca para Cegos, apaixonaram-se e foram viver juntos; mais tarde, começaram as discussões por causa do ciúme dele, culminando em insultos e brigas.

Segundo Louise, o ciúme era infundado, pois ela estava apaixonada por Gastón: homem muito bonito e capaz. Mas o ciúme chegou a ser tão absurdo que, um dia, ele resolveu se vingar, amarrando a cega à cama, trazendo uma mulher e fazendo amor em sua presença. Louise, em pleno tormento, jurou se vingar, e dias depois, quando saíam juntos do quarto (viviam no quarto andar e, como se sabe, nesses hoteizinhos de Paris só se pode usar o elevador para subir), ao enfrentarem a escada, ela o empurrou. Gastón rolou aos trambolhões até o andar de baixo, e em consequência da queda ficou paralítico. Quando se recuperou, só conservava intacto seu extraordinário sentido de audição.

Incapaz de se comunicar com o mundo exterior, não podendo falar nem escrever, nunca ninguém pôde saber a verdade, e todos acreditaram na versão de Louise — a queda, perfeitamente possível para um cego. Devorado pela impotência de transmitir a verdade e pela tortura das cenas executadas por Louise como vingança, Gastón parecia emparedado dentro de uma carapaça rígida, enquanto um exército de formigas carnívoras devorava suas carnes vivas toda vez que a cega berrava na cama com os amantes.

Confirmada a autenticidade do ódio, quis investigar mais a figura de Gastón, pois uma noite, enquanto meditava sobre os fatos do dia, invadiu-me de repente uma desconfiança: e se o homem, antes de ficar cego, tivesse sido um dos indivíduos que há milhares de anos, anônimos e audazes, lúcidos e implacáveis, tentam penetrar no mundo proibido? Não seria possível que a Seita, após cegá-lo — primeiro passo do castigo —, o houvesse entregue à vingança atroz e perpétua da cega, que o teria seduzido também por ordem da Seita?

Por instantes imaginei-me emparedado vivo naquela carapaça, minha inteligência intacta, meus desejos talvez exacerbados, meus ouvidos sensibilíssimos, ouvindo a mulher que outrora me enlouqueceu gemer e uivar com seus sucessivos amantes. Só essa gente podia inventar uma tortura dessas.

Levantei-me, agitado. De noite não consegui dormir e durante horas fiquei dando voltas pelo quarto, fumando e pensando. Precisava, de alguma forma, investigar essa possibilidade. Mas a investigação era a mais perigosa que eu empreenderia sobre a Seita. Tratava-se de saber até que ponto aquele mártir era a representação de meu próprio destino!

Quando amanheceu, minha cabeça rodava. Tomei banho, tentando enxergar com maior nitidez minhas suposições. Pensei, mais tranquilo: se o indivíduo estava sendo castigado pela Seita, por que a cega teria me dado uma informação capaz de despertar em mim, justamente, esse tipo de suspeita? Por que teria me explicado que ela o *castigava*? Se quisesse que eu caísse numa cilada, poderia e deveria ter escondido o fato. Eu, de meu lado, nunca poderia averiguá-lo sem sua ajuda, pois só graças às suas informações sabia que seu marido ouvia e sofria. Mais ainda: se a intenção da Seita era me pegar, por meio dessa armadilha da cega, que necessidade havia de me mostrar o cego naquela situação ambígua e, pelo menos para mim, suspeita? Aliás, pensei, Domínguez também fazia amor com a mulher, nas mesmas condições, e isso não tinha nada a ver com minha investigação. Sosseguei, mas resolvi redobrar a cautela.

No mesmo dia apelei para um recurso em que já havia pensado, mas, até então, não tinha utilizado: escutar atrás da porta. Se a raiva era autêntica, provavelmente em momentos de solidão ela também o cobriria de insultos.

Subi de elevador ao quinto andar e depois desci devagarinho até o andar de baixo, esperando cinco minutos em cada degrau. Assim consegui me aproximar do quarto e encostar o ouvido na porta. Ouvi as vozes de Louise e um homem, conversando. Achei estranho, pois ela me esperava, se bem que fosse uma hora mais tarde. Seria capaz de estar com outro homem até quase a hora de minha chegada? O jeito era esperar.

Andei de mansinho pelo corredor e esperei, num canto, pensando: se alguém chegar ou passar por aqui, descerei mais uns degraus e ninguém poderá desconfiar de nada. Por sorte, naquela hora não havia movimento, e pude, assim, esperar até a hora combinada com Louise, mas percebi que o tal indivíduo não saiu do quarto. Pensei então que outro amigo ou conhecido podia estar conversando com a cega, à espera de minha chegada. Seja como for, era a hora marcada. Portanto, me aproximei e bati. Ela abriu e entrei no quarto.

Quase desmaiei!

No quarto não havia ninguém. A não ser, é claro, a cega e o paralítico em sua cadeira.

Num piscar de olhos imaginei a encenação sinistra: um cego supostamente paralítico e mudo, colocado pela Seita como marido da outra canalha, para que eu caísse na armadilha do tal ódio, da tal brecha e da inevitável confissão.

Saí correndo, pois minha mente, lúcida e precisa como poucas vezes, recordava-me que, astuciosamente, eu não tinha dado meu endereço a ninguém, nem a Domínguez; e que, paralítico ou não, a cegueira daquele bufão tenebroso o impossibilitaria de me perseguir escada abaixo.

Atravessei como um meteoro o bulevar e entrei no jardim de Luxembourg, e sempre correndo saí pelo outro lado. Lá entrei num táxi e, sem perder tempo, pensei em ir até meu hotel para pegar a mala e fugir de Paris. Mas, enquanto pensava às pressas, ocorreu-me durante o trajeto que, mesmo sem ter comunicado meu endereço a ninguém, era muito provável (que estou dizendo: era certo) que a Seita tivesse me seguido até ali, prevendo justamente uma fuga precipitada. Azar o de minha mala! Passaporte e dinheiro, eu levava sempre comigo. Mais ainda, sem saber o que podia me acontecer exatamente, minha longa experiência adquirida na investigação me fizera tomar uma providência que agora eu achava genial: ter o passaporte com vistos para dois ou três países diferentes. Pois era óbvio que, mal soubesse do episódio da rua Gay-Lussac, a Seita, no ato, montaria guarda no consulado argentino, para seguir minha pista. Mais uma vez invadiu-me, em plena agitação, a fantástica sensação de força, fruto de minha previdência e de meu talento.

Fui para os Grands Boulevards e pedi ao motorista que me levasse a uma agência de viagens. Comprei passagem para o primeiro voo. Também pensei que o aeroporto poderia estar vigiado, mas achei que a Seita perderia meu rastro ao me esperar, primeiro, no consulado.

Assim, fui para Roma.

31.

Quantas idiotices cometemos, com ares de raciocínio rigoroso! Claro, raciocinamos bem, raciocinamos magnificamente sobre as premissas A, B e C. Só que não tínhamos levado em conta a premissa D. Nem a E e a F. E todo o abecedário latino e mais o russo. E por esse mecanismo os astutos inquisidores da psicanálise ficam muito tranquilos após tirarem conclusões corretíssimas a partir de bases esqueléticas.

Quantas amargas reflexões fiz naquela viagem a Roma! Tentei ordenar minhas ideias, minhas teorias, os episódios que tinha vivido, já que só é possível acertar no futuro se tentamos descobrir as leis do passado.

Quantos erros no passado! Quantas imprudências! Quantas ingenuidades também! Naquele momento percebi o papel ambíguo de Domínguez, lembrando-me do caso de Victor Brauner. Agora, anos depois, confirmo minha hipótese: Domínguez foi empurrado para o manicômio e o suicídio.

Sim, na viagem rememorei a estranha história de Victor Brauner e também me lembrei de que, ao encontrar Domínguez, perguntei-lhe por todos: Breton, Péret, Esteban Francés, Matta, Marcelle Ferry. Menos por Victor Brauner! "Esquecimento" significativo!

Relato, caso não conheçam, o episódio. Esse pintor tinha

obsessão pela cegueira e em vários quadros pintou retratos de homens com um olho furado ou arrancado. E inclusive um autorretrato em que um de seus olhos parecia vazado. Pois bem, um pouco antes da guerra, numa orgia no ateliê de um pintor do grupo surrealista, Domínguez, bêbado, joga um copo em alguém; este alguém se desvia e o copo pega bem no rosto de Victor Brauner, arrancando-lhe um olho.

Agora, vejam se é possível falar de acaso, se o acaso tem algum sentido para os seres humanos. Ao contrário, os homens encaminham-se como sonâmbulos para fins que muitas vezes eles intuem obscuramente, mas para os quais são atraídos como a borboleta para uma chama. Assim Brauner foi atraído para o copo de Domínguez e para a cegueira; e assim fui atraído para Domínguez em 1953, sem saber que novamente ia em busca de meu destino. De todas as pessoas que poderia ter visto naquele verão de 1953, só me ocorreu chegar ao homem que de certo modo estava a serviço da Seita. O resto é óbvio: o quadro que chamou a minha atenção e me deu medo, a cega modelo (modelo de um só dia), a farsa do relacionamento com Domínguez, minha estúpida vigilância feita do observatório, meu contato com a cega, a encenação do paralítico etc.

Aviso aos ingênuos:

NÃO EXISTEM ACASOS!

E, sobretudo, aviso aos que depois de mim, ao lerem este Relatório, resolverem empreender a busca e ir um pouco mais longe que eu, esse precursor tão infeliz como Maupassant (que pagou com a loucura), como Rimbaud (que, apesar da fuga para a África, também terminou no delírio e na gangrena) e como tantos outros heróis anônimos que não conhecemos e que hão de ter concluído seus dias, sem que ninguém saiba, entre as paredes do manicômio, na tortura das polícias políticas, asfixiados em poços cegos, tragados por areias movediças, comidos por formigas carnívoras na África, devorados pelos tubarões, castrados e vendidos a sultões do Oriente, ou, como eu mesmo, destinados à morte pelo fogo.

De Roma fugi para o Egito, dali viajei de navio até a Índia. Como se o Destino me precedesse e esperasse, em Bombaim encontrei-me de repente num prostíbulo de cegas. Aterrado, fugi para a China e dali passei a São Francisco.

Vivi sossegado vários meses na pensão de uma italiana chamada Giovanna. Até que resolvi voltar para a Argentina, quando achei que nada suspeito estava acontecendo.

Ao chegar aqui, já experiente, mantive-me na expectativa, esperando o dia em que pudesse me ligar a um conhecido ou a uma pessoa próxima que tivesse ficado cega por acidente.

Vocês já sabem o que aconteceu depois: o tipógrafo Celestino Iglesias, a espera, o acidente, novamente a espera, o apartamento de Belgrano e, por fim, o aposento hermético onde acreditei que encontraria meu destino definitivo.

32.

Não sei se consequência do cansaço, da tensão da espera durante tantas horas ou do ar impuro, a verdade é que começou a me dominar uma modorra crescente e acabei caindo, ou agora tenho a impressão de ter caído, num meio-sono perturbado e agitado: pesadelos que nunca terminam, misturados ou alimentados por recordações parecidas com a história do elevador, ou a de Louise.

Lembro-me de que a certa altura achei que estava me asfixiando, e, desesperado, me levantei, corri para as portas e comecei a esmurrá-las furiosamente. Depois tirei o paletó e mais tarde a camisa, porque tudo me pesava e sufocava.

Até aí me lembro de tudo nitidamente.

Em compensação, não sei se foi por causa de minhas batidas e de meus gritos que abriram a porta e a Cega apareceu.

Ainda a vejo, recortada no vão da porta, no meio de uma luminosidade que achei um tanto fosforescente: hierática. Nela havia majestade, e de sua atitude, e sobretudo de seu rosto, emanava um fascínio invencível. Como se no vão da porta houvesse, erguida e silenciosa, uma serpente de olhos cravados em mim.

Fiz um esforço para quebrar o feitiço que me paralisava: tinha a intenção (seguramente desatinada, mas quase lógica quando se tem em conta minha falta de esperança em qualquer coisa) de lançar-me para cima dela, derrubá-la se necessário e correr procurando uma saída para a rua. Mas a verdade é que mal podia me manter de pé: uma sonolência, um grande cansaço foi tomando conta de meus músculos, um cansaço doentio como se sente nos grandes acessos de febre. E, de fato, minhas têmporas latejavam cada vez mais intensamente, até que em dado momento achei que minha cabeça ia explodir como um gasômetro.

Um resto de consciência me dizia, porém, que, se não aproveitasse a oportunidade para me salvar, nunca mais poderia fazê-lo.

Juntei todas as forças de que dispunha e me precipitei sobre a Cega. Afastei-a com violência e me lancei para o outro quarto.

33.

Tropeçando na penumbra, procurei uma saída qualquer. Abri uma porta e me vi no outro aposento, mais escuro que o anterior, por onde fui batendo, desesperado, em mesas e cadeiras. Tateando pelas paredes, procurei outra porta, abri, e nova escuridão, mais intensa porém que a anterior, me recebeu.

Lembro-me de que, em pleno caos, pensei: "estou perdido". E, como se tivesse consumido o resto de minhas energias, deixei-me cair, sem esperanças: certamente estava preso numa construção em forma de labirinto, da qual jamais sairia. Assim terei permanecido uns minutos, ofegante e transpirando. "Não posso perder a lucidez", pensei. Tentei aclarar minhas ideias e só então me lembrei de que tinha um isqueiro. Acendi-o e verifiquei que o quarto estava vazio e havia outra porta; fui até lá e abri: dava para um corredor cujo fim eu não conseguia avistar. Mas que podia fazer além de me lançar na única possibilidade que me resta va? Aliás, bastou refletir um pouco para entender que minha ideia anterior, de estar perdido num labirinto, devia ser um equívoco, pois em nenhuma hipótese a Seita me condenaria a morte tão confortável.

Portanto, fui avançando pelo corredor. Ansioso, mas devagar, já que a luz do isqueiro era fraca e, aliás, eu só o utilizava de vez em quando, para não acabar prematuramente o fluido.

Ao fim de uns trinta passos, o corredor desembocava numa escada que descia, parecida com a que me levara do apartamento ao porão, ou seja, em espiral. Certamente passava pelos apartamentos ou pelas casas e ia para porões e subterrâneos de Buenos Aires. Depois de uns dez metros, a escada deixava de ser em caracol e atravessava grandes espaços abertos, totalmente escuros, que podiam ser porões ou depósitos, embora à luz fraca do isqueiro eu não conseguisse enxergar muito longe.

34.

À medida que ia descendo ouvia o rumor singular de água correndo, e isso me levou a crer que me aproximava de um dos canais subterrâneos que, em Buenos Aires, formam uma rede de esgotos imensa e labiríntica, de milhares e milhares de quilômetros. De fato, logo desemboquei num daqueles túneis fétidos, no fundo do qual corria um riacho impetuoso de águas fedorentas. Seguindo a corrente das águas, podia-se ver uma claridade distante, indicando uma saída de esgoto — as chamadas "bocas de lobo" —, um bueiro dando numa rua ou talvez a abertura para um dos grandes coletores. Resolvi ir até lá. Tinha de andar com cuidado pela calçadinha que existe na beira desses túneis, pois escorregar ali pode ser não só fatal como tremendamente asqueroso.

Tudo era hediondo e pegajoso. As paredes, ou muros, do túnel eram úmidas e por elas corriam filetes de água, certamente infiltrações das camadas superiores do terreno.

Mais de uma vez eu tinha pensado na existência dessa rede subterrânea, sem dúvida por causa da minha tendência para refletir sobre porões, poços, túneis, grutas, cavernas e tudo o que, de um jeito ou de outro, está ligado a essa realidade subterrânea e enigmática: lagartos, cobras, ratos, baratas, doninhas e cegos.

Abomináveis esgotos de Buenos Aires! Mundo inferior e horrendo, pátria da imundície! Eu imaginava lá em cima, em salões brilhantes, mulheres bonitas e delicadíssimas, banqueiros corretos e ponderados, professores primários dizendo que não se deve escrever palavrões nas paredes; imaginava guarda-pós brancos e engomados, vestidos de baile de tule e gaze vaporosa, frases poéticas para a amada, discursos comovedores sobre as virtudes patrícias. Enquanto ali embaixo, em obsceno e pestilento tumulto, corriam misturados as menstruações das amadas românticas, os excrementos das jovens vaporosas vestidas de gaze, os preservativos usados por banqueiros corretos, os fetos despedaçados de milhares de abortos, os restos de jantares de milhões de casas e restaurantes, a imensa, a incomensurável Sujeira de Buenos Aires.

E tudo se encaminhava para o Nada do oceano por condutos subterrâneos e secretos, como se Aqueles de Cima preferissem esquecer, como se tentassem se fazer de desentendidos a respeito dessa parte de suas verdades. E como se, heróis pelo avesso, como eu, estivessem destinados ao trabalho infernal e maldito de dar conta dessa realidade.

Exploradores da Imundície, testemunhas da Sujeira e dos Maus Pensamentos!

Sim, de repente senti-me uma espécie de herói, herói pelo avesso, herói negro e repugnante, mas herói. Uma espécie de Siegfried das trevas, avançando no escuro e na fetidez com minha negra bandeira tremulante, agitada pelos furacões infernais. Mas avançando para onde? Isso é que eu não era capaz de distinguir, e ainda agora, nestes momentos que precedem minha morte, também não consigo compreender.

Cheguei afinal ao que tinha imaginado ser um bueiro, pois dali vinha a tênue claridade que me ajudara a andar pela galeria. Era, de fato, a desembocadura do meu canal em outro maior, que quase rugia. Lá, bem no alto, havia uma pequena abertura lateral, que calculei ter quase um metro de comprimento por vinte centímetros de largura. Era impossível pensar em sair por ali, abertura tão estreita e, sobretudo, inacessível. Desanimado, peguei então à direita, para seguir o curso do novo canal mais largo, imaginando que assim, mais cedo ou mais tarde, teria de dar na desembocadura, se é que antes o ar pesado e mefítico não me faria desmaiar e me jogaria na correnteza imunda.

Mas não tinha dado cem passos quando, com imensa alegria, vi que de minha calçada estreita subia uma escadinha de pedra ou cimento. Sem a menor dúvida, era uma das saídas ou entradas utilizadas pelos operários que de vez em quando são obrigados a penetrar nesses antros.

Animado com a perspectiva, subi pela escadinha. Depois de uns seis ou sete degraus ela dobrava à direita. Prossegui a subida por um trecho mais ou menos igual, e assim cheguei a um patamar de onde se entrava em novo corredor. Comecei a andar por ele, chegando afinal a outra escadinha parecida com as anteriores, mas, para minha grande surpresa, descendente.

Hesitei uns instantes, perplexo. Que deveria fazer? Voltar atrás, para o canal principal e continuar andando até encontrar uma escada que subisse? Achava estranho que tivesse de descer de novo, quando o lógico era subir. Imaginei, contudo, que a escadinha anterior, o corredor que eu acabava de percorrer e a nova escadinha descendente fossem como uma ponte sobre um canal transversal: tal como acontece nas estações de metrô em que há conexão para outra linha. Pensei que, seguindo na mesma direção, chegaria afinal à superfície, de um jeito ou de outro. Portanto, reiniciei a marcha: desci pela nova escada e depois prossegui pela outra passagem que havia no final.

35.

À medida que eu ia avançando, o corredor se transformava numa galeria parecida com a de uma mina de carvão.

Comecei a sentir um frio úmido e então percebi que estava andando num chão molhado, sem dúvida por causa dos filetes de água que desciam silenciosos pelos muros cada vez mais irregulares e rachados; pois já não eram paredes de cimento de um corredor construído por engenheiros, mas, tudo indicava, muros de uma galeria cavada na própria terra, debaixo da cidade de Buenos Aires.

O ar ficava cada vez mais rarefeito, ou talvez fosse uma impressão subjetiva decorrente da escuridão e do abafamento do túnel, interminável.

Ainda assim, notei que o chão já não era horizontal, mas ia descendo paulatinamente, embora sem nenhuma irregularidade, como se a galeria tivesse sido escavada seguindo as facilidades do terreno. Em outras palavras, já não era algo planejado e construído por engenheiros com a ajuda de máquinas apropriadas; tinha-se mais a impressão de estar numa sórdida galeria subterrânea aberta por homens ou animais pré-históricos, aproveitando ou talvez alargando fendas naturais e leitos de riachos subterrâneos. O que era confirmado pela água, cada vez mais abundante e incômoda. De vez em quando eu patinhava na lama, até que saía em lugares mais duros e rochosos. A água filtrava pelos muros mais intensamente. A galeria se alargava, até que de repente observei que desembocava numa cavidade que devia ser imensa, pois meus passos ecoavam como se eu estivesse debaixo de uma abóbada gigantesca. Infelizmente, não era possível vislumbrar nem sequer seus limites, na luz tão escassa de meu isqueiro. Também notei uma bruma formada, não pelo vapor d'água, mas talvez, como parecia revelar um cheiro intenso, pela combustão espontânea e lenta de lenha ou madeira podre.

Parei, creio que intimidado pela gruta ou abóbada imprecisa e monstruosa. Sob meus pés sentia o chão coberto de água, mas não era água estagnada, pois corria numa direção que imaginei levar a um desses lagos subterrâneos que os espeleólogos exploram.

A solidão absoluta, a impossibilidade de distinguir os limites da caverna em que estava e a extensão das águas, que me parecia imensa, o vapor ou fumaça que me deixava tonto, tudo aumentava minha aflição, levando-a às raias do intolerável. Acreditei-me sozinho no mundo e, como um relâmpago, atravessou meu espírito a ideia de que tinha descido às suas origens. Senti-me grandioso e insignificante.

Temi que os vapores terminassem me embriagando e fazendo-me cair na água, onde eu morreria afogado na hora em que estava prestes a descobrir o mistério central da existência.

A partir daí, já não sei distinguir o que aconteceu e o que sonhei ou me fizeram sonhar, a tal ponto não tenho certeza de nada, nem mesmo do que creio ter acontecido nos anos e até nos dias precedentes. E, hoje, duvidaria inclusive do episódio Iglesias se não soubesse que perdeu a vista num acidente a que presenciei. Mas de todo o resto, desde o acidente, eu lembro com lucidez febril, como se se tratasse de um longo e horrendo pesadelo: a pensão da rua Paso, a senhora Etchepareborda, o homem da CADE, o emissário parecido com Pierre Fresnay, a entrada na casa de Belgrano, a Cega, a reclusão à espera do veredicto.

Minha cabeça começava a rodar, e diante da certeza de que mais cedo ou mais tarde eu cairia, perdendo os sentidos, tive a presença de espírito de recuar para um local em que o nível da água fosse mais baixo, e ali, já sem forças, desabei.

Senti então, imagino que em sonho, o ruído do riacho Las Mojarras batendo nos rochedos, na foz do rio Arrecifes, na fazenda de Capitán Olmos. Eu estava deitado na relva, num entardecer de verão, e ouvia ao longe, como se estivesse a imensa distância, a voz de minha mãe que, como era seu costume, cantarolava enquanto se banhava no riacho. Essa canção que agora eu escutava parecia inicialmente alegre, mas foi logo ficando cada vez mais angustiante: desejava entendê-la e, apesar de meus esforços, não conseguia, e assim minha angústia se tornava mais insuportável com a ideia de que as palavras eram decisivas: questão de vida ou morte. Acordei gritando: "Não consigo entender! Não consigo entender!".

Como costuma acontecer quando acordamos de um pesadelo, tentei tomar consciência de onde estava e de minha situação real. Muitas vezes, já adulto, ocorreu-me pensar que eu acordava no quarto de minha infância, lá em Capitán Olmos, e demorava longos e surpreendentes minutos até ir reconstituindo a realidade, o verdadeiro quarto onde estava, a verdadeira época: aos trambolhões, como quem se afoga, como quem teme ser arrastado de novo pelo rio violento e tenebroso do qual, a duras penas, começou a se salvar agarrando-se às margens da realidade.

E no instante em que a angústia da canção, ou do lamento, chegava ao auge, eu voltava a ter essa estranha sensação e tentava me agarrar desesperadamente às margens da realidade em que despertava. Só que, agora, a realidade era pior ainda, como se eu estivesse acordando de um pesadelo às avessas. E meus gritos, devolvidos em ecos abafados pela gigantesca abóbada da gruta, me levaram à realidade. No meio do silêncio vazio e tenebroso (meu isqueiro desaparecera na água, quando caí), repetiam-se até se apagarem ao longe e no escuro as palavras que pronunciei ao despertar.

Quando o último eco de meus gritos morreu no silêncio, fiquei muito tempo desorientado: só aí tive plena consciência de minha solidão e das poderosas trevas que me cercavam. Até então, ou melhor, até o momento que precedeu o sonho da infância, eu vivera no turbilhão de minha investigação e sentia-me arrastado, em meio a uma alucinante inconsciência; e os temores e as surpresas não foram capazes de me dominar, pois todo o meu ser parecia lançado numa corrida demencial, que nada conseguia reter, rumo ao abismo.

Só nesse momento, sentado na lama, dentro de uma gruta subterrânea cujos limites eu nem poderia suspeitar, submerso nas trevas, comecei a ter clara consciência de minha solidão absoluta e cruel.

Como se fosse uma ilusão, lembrava-me agora do tumulto lá de cima, do outro mundo, da Buenos Aires caótica dos frenéticos bonecos de corda: tudo me parecia uma fantasmagoria infantil, sem peso nem realidade. A realidade era esta. E sozinho, naquele vértice do universo, como já expliquei, sentia-me grandioso e insignificante. Ignoro o tempo que passei nesse estupor.

Mas o silêncio não era um silêncio liso e abstrato, e sim um desses que vai assumindo aos poucos a complexidade adquirida quando vivemos um tempo longo e aflitivo. E então percebemos que ele está povoado de pequenas irregularidades, de sons inicialmente imperceptíveis, de rumores apagados, estalos misteriosos. E, assim como olhando pacientemente as manchas de uma parede úmida começamos a vislumbrar os contornos de rostos, animais, monstros mitológicos, assim também, no grande silêncio da caverna, o ouvido atento ia descobrindo estruturas e desenhando figuras que pouco a pouco adquiriam um sentido: o rumor característico de uma cascata ao longe, as vozes surdas de homens cautelosos, o cochicho de criaturas talvez muito próximas, rezas enigmáticas e entrecortadas, silvos de aves noturnas. Em suma, infinidade de rumores e indícios que geravam novos pavores ou esperanças desvairadas. Pois, tal como Leonardo não inventava rostos e seres monstruosos nas manchas de umidade, mas os *descobria* nesses labirintos minúsculos, assim também não se deve crer que minha imaginação aflita e meu pavor me faziam ouvir rumores significativos de vozes abafadas, súplicas, asas batendo ou guinchos de grandes pássaros. Não, minha ansiedade, minha imaginação — longo e pavoroso aprendizado sobre a Seita —, meus sentidos e minha inteligência, cada vez mais apurados durante longos anos de busca, permitiam-me *descobrir* vozes e formas perversas que, para um homem comum, passariam despercebidas. Já em minha primeira infância tive as prefigurações iniciais daquele mundo perverso em meus pesadelos e alucinações. Tudo o que, depois, fiz ou vi na vida estava de um jeito ou de outro ligado àquela trama secreta, e fatos que para as pessoas comuns nada significavam, saltavam aos meus olhos com seus contornos exatos, tal como nos desenhos infantis em que há um dragão disfarçado entre árvores e riachos. E assim, enquanto os outros garotos, enfastiados, obrigados pelos professores, pulavam as páginas de Homero, eu, que tinha furado olhos de pássaros, senti meu primeiro estremecimento ao ler aquele homem descrevendo, com força aterradora e precisão quase mecânica, perversidade de conhecedor e sadismo vingativo, a hora em que Ulisses e seus companheiros furam e fazem crepitar o grande olho do ciclope com um pau em brasa. Homero não era cego? E no outro dia, abrindo ao acaso o grande livro de mitologia de minha mãe, li: "E eu, Tirésias, como castigo por ter visto e desejado Atenas enquanto se banhava, fui cegado; mas a Deusa teve piedade e me concedeu o dom de compreender a linguagem dos pássaros proféticos, e por isso digo que tu, Édipo, conquanto não saibas, és o homem que matou o pai e desposou a mãe, e por isso hás de ser castigado". E como jamais acreditei no acaso, nem mesmo quando era criança, aquela brincadeira, aquilo que imaginei fazer de brincadeira, pareceu-me um presságio. E nunca mais consegui afastar de minha mente o fim de Édipo, que furou os próprios olhos com um alfinete após ouvir as palavras de Tirésias e presenciar sua mãe se enforcando. Como tampouco consegui afastar de meu espírito a convicção, cada vez mais forte e fundamentada, de que os cegos governavam o mundo, por meio dos pesadelos e das alucinações, das pestes e bruxas, dos adivinhos e pássaros, das cobras e, de modo geral, de todos os monstros das trevas e das cavernas. Assim, fui percebendo por trás das aparências o mundo abominável. E, assim, fui preparando meus sentidos, exacerbando-os pela paixão e pela ansiedade, pela espera e pelo temor, para ver finalmente as grandes forças das trevas, tal como os místicos conseguiam ver o deus da luz e da bondade. E eu, místico da Sujeira e do Inferno, posso e devo dizer: CREIAM EM MIM!

Assim, pois, na vasta caverna eu entrevia afinal os subúrbios do mundo proibido, mundo a que, salvo os cegos, poucos mortais devem ter tido acesso, e cuja descoberta se paga com castigos terríveis, e cujo testemunho nunca, até hoje, chegou inequivocamente às mãos dos homens que lá em cima continuam a viver seu sonho ingênuo, desprezando-o ou dando de ombros diante dos sinais que deveriam despertá-los: um sonho, uma visão fugaz, o relato de uma criança ou de um louco. E que leem como simples passatempo os relatos truncados de algumas criaturas que talvez tenham conseguido penetrar no mundo proibido, escritores que também terminaram loucos ou se suicidando (como Artaud, Lautréamont, Rimbaud) e que, portanto, só mereceram esse misto condescendente de admiração e desdém que os adultos sentem pelas crianças.

Eu sentia os seres invisíveis que se mexiam nas trevas, bandos de grandes répteis, serpentes amontoadas na lama como vermes no corpo apodrecido de um gigantesco animal morto; enormes morcegos, pterodátilos, cujas grandes asas agora eu ouvia baterem surdamente e que, de vez em quando, roçavam, com asquerosa leveza, em meu corpo e até em meu rosto; e homens que tinham deixado de ser propriamente humanos, fosse pelo contato perpétuo com os monstros subterrâneos, fosse pela própria necessidade de se moverem em terrenos pantanosos, arrastando-se no meio da lama e do lixo acumulados nesses antros. Detalhes que, embora não possa afirmar tê-los verificado com os próprios olhos (devido à escuridão reinante), pressenti por milhares de indícios que jamais enganam: um arquejo, um modo de grunhir, uma forma de chapinhar.

Por muito tempo fiquei imóvel, pressentindo essa existência asquerosa e apagada.

Quando me levantei, senti como se as circunvoluções de meu cérebro estivessem cheias de terra e emaranhadas em teias de aranha.

Continuei em pé, cambaleante, sem saber que decisão tomar. Até que finalmente compreendi que devia andar para a região onde parecia haver certa claridade tênue. Então entendi a que ponto as palavras *luz* e *esperança* estão ligadas nessa língua do homem primitivo.

O chão por onde andei era irregular: ora a água batia em meus joelhos, ora mal encharcava o solo, que me parecia idêntico ao fundo das lagoas do pampa de minha infância: limoso e elástico. Quando o nível da água subia, eu me desviava para o lado em que ele baixava, e retomava em seguida a direção que me levava àquela distante luminescência.

36.

À medida que eu andava, a claridade aumentava, até que entendi que a caverna onde imaginei ter estado era um gigantesco anfiteatro que se erguia numa planície banhada por uma luminescência vermelho-arroxeada, de um astro muitíssimo maior que o nosso Sol, mas cujo brilho desfalecente indicava estar perto do fim. Um desses astros que, com os últimos restos de sua energia, banham planetas gélidos e abandonados, com uma luz semelhante à da chaminé na escuridão de uma grande sala em silêncio, com a lenha quase consumida, quando só restam poucas brasas quase apagadas pelas cinzas; brilho misterioso que, na calada da noite, afunda-nos em pensamentos nostálgicos e enigmáticos: virados para o mais profundo de nosso ser, refletimos sobre o passado, sobre lendas e países distantes, sobre o sentido da vida e da morte, até que, já quase dormindo, parecemos flutuar à deriva numa balsa, em águas praticamente mortas.

Região de melancolia!

Esmagado pela desolação e pelo silêncio, fiquei muito tempo imóvel.

A oeste, no crepúsculo de um céu tormentoso mas paralisado, como se uma tempestade tivesse sido cristalizada por um sinal, contra um céu de nuvens esfiapadas de algodões encharcados de sangue recortavam-se torres derrubadas pelos milênios e talvez pela própria catástrofe que devastara aquele continente fúnebre. Esqueletos de grandes faias, cujas silhuetas cinzentas contrastavam com o vermelho-arroxeado das nuvens, faziam supor que tudo teria principiado ou terminado por um incêndio planetário.

Entre as torres erguia-se uma estátua tão alta quanto elas. E no centro brilhava um farol fosforescente que pareceria piscar, se a morte reinante na região não indicasse que o pisca-pisca era pura ilusão de meus sentidos.

Tive a certeza de que ali acabaria minha longa peregrinação e de que, talvez, no reduto funesto eu encontraria afinal o sentido de minha vida.

Ao norte, a planície erma terminava numa cordilheira lunar, como a espinha dorsal de um dragão monstruoso. Ao sul, sobressaíam-se crateras extintas, provavelmente restos de vulcões que outrora calcinaram a região com suas torrentes de lava.

O Olho Fosforescente parecia me chamar, e de súbito senti que estava fadado a andar até a grande estátua.

Mas meu coração parecia ter entrado numa vida latente, como a dos répteis nos longos meses de inverno: mal batia, e tive a sensação de que teria encolhido e endurecido. Nenhum som, nenhuma voz, nenhum ruído nem estalo ouvia-se naquele império, e no fúnebre território a melancolia se levantava como uma bruma.

Voltei a contemplar as torres, perguntando-me sobre minha missão, antes do cataclismo. Poderiam ter sido o reduto de gigantes misantropos e ferozes?

Por um tempo que é impossível calcular, já que o astro permanecia fixo no firmamento, andei até elas, e quanto mais me aproximava, maiores eram sua majestade e seu mistério. Contei-as: eram vinte e uma, dispostas num polígono que devia ter um perímetro tão grande como o de uma cidade enorme. Eram feitas de pedra negra, destacando-se mais ainda no firmamento rasgado de nuvens avermelhadas e desfeitas.

No centro do polígono colossal já se distinguia nitidamente a estátua da Grande Divindade, terrível e noturna, com poder de vida e morte. As torres montavam guarda em torno dela. Era feita de pedra ocre, seu corpo era de mulher, mas tinha asas e cabeça de vampiro, de basalto brilhante. Suas mãos e seus pés terminavam em garras. Não tinha rosto. A fosforescência do Olho resultava, talvez, do reflexo de um fogo interior, sendo ora intenso, ora vacilante ou reduzido.

A grande planície que a cercava mostrava restos carbonizados, como um estático museu do horror: ídolos de olhos amarelos em mansões abandonadas, deusas de pele listrada como as zebras, imagens de uma idolatria taciturna com inscrições indecifráveis.

Era uma região em que parecia comemorar-se uma só cerimônia da morte. De repente, senti-me tão desamparado que gritei. E meu grito se perdeu no silêncio absoluto.

Prossegui meu caminho, pois o Olho me chamava inequivocamente, até chegar à muralha poligonal que escondia a Divindade. Calculei que tinha a altura de uma catedral gótica. Mas as torres eram muitíssimo mais altas.

EU SABIA que devia haver uma entrada para eu passar, e talvez só para isso. Nesse momento dominava o meu espírito a certeza de que tudo aquilo (as torres, a região devastada, a muralha, o astro declinante) estava à espera de minha chegada e que só por isso ainda não fora reduzido a nada. Assim, quando eu tivesse conseguido penetrar no Olho, tudo se desvaneceria como um simulacro milenar.

Após andar vários dias exaustivos achei finalmente a porta. Nela começava uma escadaria de pedra que certamente conduzia ao Olho. Teria de subir milhares de degraus. Receei ser vencido pela vertigem e pelo cansaço, mas o fanatismo e o desespero me possuíam e assim iniciei a subida.

Durante um tempo que sou incapaz de calcular, pois o astro permanecia no mesmo lugar, subi a escadaria, e meus pés arrebentados e meu coração sofreram com esse esforço inumano no meio do silêncio. Ninguém me ajudava com suas preces, nem sequer com seu ódio: era uma luta que só eu podia travar. Várias vezes desfaleci, perdi os sentidos, mas ao acordar recomeçava a subida. O Olho aumentava de tamanho, o que me deixava a um só tempo animado e apavorado.

E quando por fim cheguei diante Dele, caí de joelhos, e assim fiquei bastante tempo.

Até que uma Voz que saía ou parecia sair do Olho disse estas palavras: "Agora entre. Este é seu começo e seu fim".

Levantei-me e, já ofuscado pelo brilho, entrei.

O fulgor intenso mas enganoso, característico da luz fosforescente, que dilui e faz vibrar os contornos, banhava um túnel de carne longo e muito estreito, no qual precisei subir, rastejando. Tive a impressão de que o fulgor vinha do alto, de onde seria uma gruta submarina. Fulgor talvez produzido por algas, semelhante ao que nas noites dos trópicos, navegando no mar de Sargaço, eu entrevira olhando para as profundezas oceânicas; combustão fluorescente que, no silêncio dessas fossas, ilumina regiões povoadas de monstros, que só vão à tona ocasionalmente, espalhando consternação entre os tripulantes dos navios que enfrentam a fatalidade de passar pelas redondezas, conseguindo que esses homens enlouqueçam e se joguem na água, de modo que os navios, abandonados à própria sorte, como testemunhas mudas da calamidade, naveguem à deriva durante décadas, fantasmas trazidos e levados ao acaso pelas correntes marinhas e pelos ventos, até que as chuvas, os tufões, o sol dos trópicos e o tempo apodrecem e desagregam seus cascos e mastros, e eles terminam carcomidos pelo sal e iodo, pelos fungos e peixes, desaparecendo enfim nas profundezas.

Alguma coisa aconteceu comigo à medida que subia pelo túnel de carne escorregadio e sufocante: meu corpo foi se transformando em peixe, minhas extremidades tornaram-se repugnantes nadadeiras, minha pele cobriu-se de escamas. O esplendor que vinha do alto era cada vez mais intenso. E no silêncio pensei ouvir de novo o lamento ou o chamado, algo que me lembrava, como num sonho, fatos antiquíssimos que eu não conseguia determinar.

Meu corpo-peixe mal podia deslizar pela passagem e eu já não subia por meu próprio esforço, pois era impossível mexer as nadadeiras: as contrações daquela carne me apertando é que me aspiravam, lá do alto. No último trecho de minha escalada passaram diante de mim rostos que pareciam me contemplar, cenas de infância, ratos de um celeiro em Capitán Olmos, prostíbulos escuros, loucos que gritavam palavras incompreensíveis, mulheres que me mostravam seu sexo aberto com as mãos, corvos passeando por cima de cavalos mortos no pampa, um moinho de vento na fazenda de meus pais, bêbados que vasculhavam montes de lixo, pássaros vingativos que se lançavam sobre meus olhos com seus bicos.

Até que mergulhei num líquido quente e gelatinoso e entrei na caverna.

Então perdi os sentidos.

37.

Ignoro o tempo que permaneci inconsciente. Quando acordei, pouco a pouco, não entendi onde estava, nem me lembrava de minha peregrinação, nem dos episódios que a antecederam. Deitado de costas numa cama, minha cabeça pesava como se estivesse cheia de chumbo e meus olhos mal conseguiam enxergar: só percebia a fosforescência, a mesma que havia no quarto da Cega antes de minha fuga. Meus músculos não conseguiam se mexer. Paulatinamente minha memória foi se organizando, como uma central de comunicações após um terremoto, e começaram a reaparecer fragmentos de minha vida anterior: Celestino Iglesias, a entrada no apartamento de Belgrano, os corredores subterrâneos, o aparecimento da Cega, a clausura no quarto, a fuga e, finalmente, a caminhada até a Divindade. Só então entendi que a fosforescência que dominava o quarto era idêntica à da gruta ou ventre da grande estátua; à medida que meus olhos iam entrevendo o teto e as paredes, desconfiei de que estivesse no mesmo quarto de onde pensava ter escapado. Embora não me atrevesse a virar os olhos para a porta, tive a sensação de que a Cega estava ali. Assim, toda a minha peregrinação pelos subterrâneos e esgotos de Buenos Aires, minha caminhada pela planície planetária e minha subida final para o ventre da

Divindade tinham sido uma fantasmagoria desencadeada pelas artes mágicas da Cega, por ordem da Seita. E no entanto, eu resistia a admiti-lo, pois tudo tinha a força e a exatidão carnal de algo que eu realmente vivera. No momento, não tinha lucidez suficiente nem calma para analisar, mas agora estou convencido de que realmente vivi a viagem até a Divindade, e que, ainda que meu corpo não tivesse saído do quarto da Cega, minha alma percorrera de fato aquela assombrosa região.

Senti que a mulher se aproximava de minha cama. Mais que seus passos, que eu não conseguia ouvir, como se ela estivesse descalça, eram meus sentidos exacerbados e meu instinto que o anunciavam. Imóvel, quase petrificado, olhando para o teto, tinha a certeza de sua aproximação. Fechei os olhos como se quisesse evitar, assim, o que ia acontecer, até senti-la aos pés de minha cama, observando-me.

Fato curioso: imaginei que ela chegara a mim por um chamamento de meu ser, incompreensível mas tenaz. Ainda agora, com os plenos poderes de minha mente, não sei como explicar: era verdade que eu estava prisioneiro da Seita e que a mulher, com quem teria o mais tenebroso acasalamento, era parte do castigo que a Seita me destinara, mas também o ponto final de uma perseguição que eu, de espontânea vontade, organizara ao longo de anos e anos.

Uma sensação complexa me paralisava e incitava ao mesmo tempo, um misto de medo e ansiedade, náusea e perversa sensualidade. E quando afinal consegui abrir os olhos, vi que ela estava nua, na minha frente: de seu corpo irradiava um fluido que chegava às minhas entranhas e despertava minha luxúria. Com uma esperança que deveria qualificar de negra — essa que deve existir no inferno —, compreendi que a serpente se jogaria sobre mim. No escuro das noites tropicais eu vira soltar-se dos mastros a chama espectral dos fogos de santelmo; assim eu via, agora, a fluorescência que banhava o quarto soltar-se da ponta de seus dedos, de seus cabelos eletrizados, de suas pestanas, de seus mamilos vibrantes como bússolas de carne diante da proximidade do poderoso ímã que a atraíra para territórios delirantes. Num lampejo, tive a revelação: era Ela! O Universo de Cegos fora apenas um instrumento para satisfazer nossa paixão e, finalmente, para executar sua vingança.

Imóvel, quieto como um pássaro diante do olhar paralisante de uma cobra, vi que ela se aproximava, lenta e lasciva. E quando seus dedos tocaram minha pele, foi como a descarga da Grande Raia Negra que, dizem, mora nas fossas abissais.

Depois perdi o sentido do cotidiano, a lembrança de minha vida real e a consciência que estabelece as grandes e decisivas divisões que regem a vida do homem: o céu e o inferno, o bem e o mal, a carne e o espírito. E também o tempo e a eternidade, pois ignoro, e jamais saberei, quanto tempo durou a cópula, já que no antro não havia dia nem noite, tudo foi uma só, mas infinita, jornada. Assisti a catástrofes e torturas, vi meu passado e meu futuro (minha morte), tive idades geológicas, creio me lembrar de uma turbulenta paisagem com samambaias arcaicas percorrida por pterodátilos. Uma lua turva iluminava pântanos fétidos entre areais escaldantes.

Como um bicho no cio, corri para uma mulher de pele negra e olhos violeta, que me esperava gritando. Em seu corpo suado ainda vejo seu sexo aberto, e entrei com fúria no vulcão de carne que me devorou. Ao sair, suas fauces sangrentas já ansiavam por novo ataque. Corri para ela como um unicórnio lúbrico, atravessando pântanos onde, à minha passagem, levantavam-se corvos uivando, e entrei de novo na gruta. Sucessivamente, fui cobra, peixe-espada, polvo com tentáculos que entravam um após outro e vampiro vingativo para ser sempre devorado. Em plena tempestade, entre relâmpagos, ela foi prostituta, caverna e poço, pitonisa. O ar eletrizado encheu-se de gritos e tive de satisfazer sua voracidade como um rato fálico, como mastros de carne. A tempestade ia ficando cada vez mais terrível e confusa: bichos coabitavam com a mulher, até mesmo ratos escavaram seu sexo.

Sacudido pelos raios, o território arcaico tremia. Finalmente, a lua explodiu em pedaços, que incendiaram os bosques imensos, desencadeando a destruição total. A terra se abriu e se afundou nos charcos. Seres mutilados corriam entre as ruínas, cabeças sem olhos andavam tateando, intestinos se emaranhavam como cipós imundos, fetos eram pisoteados no meio da imundície.

O Universo inteiro desabou sobre nós.

38.

Até hoje sou incapaz de saber quanto tempo durou aquele dia. Quando acordei (se posso dizer assim), senti que abismos intransponíveis me separavam para sempre daquele universo noturno: abismos de espaço e de tempo. Cego e surdo, tal como um homem emerge das profundezas do mar, fui voltando à realidade cotidiana. Realidade que me pergunto se não é, afinal, a verdadeira. Pois quando minha consciência diurna foi recobrando força e meus olhos conseguiram ir desenhando os contornos do mundo que me cercava, percebendo assim que eu estava em meu quarto de Villa Devoto, em meu único e conhecido aposento de Villa Devoto, pensei apavorado que talvez um novo pesadelo, mais incompreensível, estivesse começando.

Um pesadelo que, sei, há de terminar com minha morte, pois me lembro do futuro de sangue e fogo que me foi dado contemplar naquela furiosa magia. Coisa singular: agora ninguém parece me perseguir. Acabou-se o pesadelo do apartamento de Belgrano. Não sei como, estou livre, em meu próprio quarto, ninguém (aparentemente) me vigia. A Seita deve estar a uma distância incomensurável.

Como voltei para casa? Como os cegos me deixaram sair daquele quarto cercado por um labirinto? Não sei. Mas sei que tudo aconteceu, ponto por ponto. Inclusive — e sobretudo! — o tenebroso dia final.

Também sei que meu tempo é limitado e que a morte me espera. E, coisa singular e para mim incompreensível, essa morte me espera, de certa forma, com a minha aprovação, pois ninguém virá aqui me buscar, e eu mesmo é que irei, que *devo ir*, ao lugar onde o vaticínio se cumprirá.

A astúcia, o desejo de viver, o desespero me fizeram imaginar mil fugas, mil formas de escapar à fatalidade. Mas como se pode escapar à própria fatalidade?

Aqui termino, pois, meu Relatório, que guardo num lugar onde a Seita não poderá encontrá-lo.

É meia-noite. Vou para lá.

Sei que ela estará me esperando.

CAPÍTULO IX.

Um deus desconhecido

1.

Na noite de 24 de junho de 1955, Martín não conseguia dormir. Voltava a ver Alejandra no parque, aproximando-se dele, como na primeira vez; depois, caoticamente, chegavam à sua memória momentos carinhosos ou terríveis, e afinal, mais uma vez, voltava a vê-la andando até ele no primeiro encontro, nova e fabulosa. Até que, aos poucos, uma pesada sonolência foi invadindo-o, e sua imaginação começou a se movimentar nessa região ambígua. Então pensou ouvir sinos distantes e melancólicos e um gemido impreciso, talvez um chamado indecifrável. Paulatinamente o gemido transformou-se numa voz desconsolada e apenas perceptível, repetindo o seu nome, enquanto os sinos tilintavam mais intensos, até que por fim bateram furiosamente. O céu, aquele céu do sonho, agora parecia iluminado pelo esplendor sangrento de um incêndio. E então viu Alejandra avançando para ele nas trevas avermelhadas, com o rosto desfigurado e os braços esticados para a frente, mexendo os lábios como se, angustiada e muda, repetisse aquele chamado. *Alejandra!*, Martín gritou, acordando. Ao acender a luz, tremendo, viu-se sozinho no quarto.

Eram três da madrugada.

Por algum tempo ficou sem saber o que pensar ou o que

fazer. Afinal, começou a se vestir, e à medida que o fazia seu nervosismo aumentava, até que saiu desabalado para a rua e correu à casa dos Olmos.

E quando, de longe, entreviu contra o céu nublado o clarão de um incêndio, já não teve nenhuma dúvida. Correndo desesperado, conseguiu chegar a casa, desabando entre as pessoas amontoadas. Quando voltou a si, na casa de uns vizinhos, correu de novo até a casa dos Olmos, mas a polícia já tinha levado os cadáveres, enquanto os bombeiros faziam os últimos esforços para circunscrever o incêndio ao Mirante.

Daquela última noite Martín se lembrou de fatos isolados e desconexos: a ideia que um idiota pode ter de uma catástrofe. Mas os fatos parecem ter ocorrido assim:

Por volta das duas da madrugada, um homem que descia (segundo declarou depois) pela rua Patricios até a Riachuelo viu fumaça. Depois, como sempre, muitos disseram ter visto fumaça ou fogo ou terem desconfiado de alguma coisa. Uma velha que vive numa casa de cômodos ao lado declarou: "Eu durmo pouco, de modo que senti o cheiro da fumaça e avisei ao meu filho que trabalha na tamet e dorme no mesmo quarto e tem o sono pesado, mas ele me disse que eu o deixasse em paz", acrescentando com esse orgulho — pensava Bruno — que a maioria dos seres humanos, sobretudo os velhos, demonstra no vaticínio de doenças graves ou calamidades mortais: "e vocês estão vendo que eu tinha razão".

Enquanto tentava apagar o fogo no Mirante, após terem sido retirados os corpos de Alejandra e de seu pai, a polícia tirou da casa o velho don Pancho, enrolado numa manta, na própria cadeira de rodas. *E o louco? E Justina?*, perguntavam as pessoas. Mas então viram sendo trazido um homem de cabelo grisalho e cabeça alongada como um dirigível; segurava um clarinete na mão e parecia demonstrar certa alegria. Quanto à velha criada índia, mantinha seu rosto impassível habitual.

Pedia-se aos gritos que deixassem livre a rua. Alguns vizinhos colaboravam com os bombeiros e a polícia, resgatando móveis e roupas. Observava-se grande movimento e essa euforia com que as pessoas acompanham as catátrofes que, momentaneamente, as arrancam de uma existência cinza e vulgar.

Sobre o que aconteceu naquela noite, Bruno não conseguiu averiguar mais nada digno de nota.

2.

No dia seguinte, Esther Milberg telefonou para Bruno e disse-lhe que acabava de ler a reportagem em *La Razón* (certamente os jornais matutinos não tiveram tempo de dar a notícia). Bruno ignorava tudo: Martín vagava como um idiota pelas ruas de Buenos Aires e ainda não havia chegado à casa de Bruno.

No primeiro momento, Bruno não conseguiu fazer nada. Depois, embora na verdade fosse inútil, correu a Barracas para ver os restos do incêndio. Um agente de polícia impedia que se aproximasssem da casa. Ele perguntou pelo velho Olmos, pela criada, pelo louco. Com o que o policial soube lhe dizer e com as informações obtidas depois, chegou à conclusão de que os Acevedo tinham tomado decisões rápidas, indignados e assustados com a informação dos jornais vespertinos (não tanto com o próprio fato, pois, imaginou, nada que viesse daquela família de loucos e degenerados podia surpreender os Acevedo), informação que propagava uma onda de escândalo e fofocas sobre toda a família, quanto mais não fosse pelo distante parentesco. Assim, eles, o ramo rico e ajuizado, que sempre tinham agido com eficácia para que a parte desagradável da família se mantivesse no anonimato (a tal ponto que eram pouquíssimos os que na sociedade de Buenos Aires conheciam a existência deles e, sobretudo, o parentesco), viam-se de repente num escândalo desses, na crônica policial. Portanto (Bruno continuava pensando), teriam se apressado em levar don Pancho, Bebe e até a própria Justina para que não ficassem rastros e os jornalistas não pudessem arrancar depoimentos daquelas criaturas irresponsáveis. Pois devia se descartar a possibilidade de afeto ou de compaixão, conhecendo, como Bruno conhecia, o ódio que os Acevedo professavam por aquele lastimável resíduo de um passado glorioso.

Na mesma noite, quando voltou para casa, soube que "aquele garoto magro" tinha ido procurá-lo, garoto que, segundo a expressão recriminatória de Pepa (que sempre parecia responsabilizar Bruno pelos defeitos dos amigos), agora estava, para completar, totalmente perdido. E ele achou graça nesse "para completar", em pleno horror, pois indicava uma série de defeitos que sua faxineira teria encontrado, sucessivamente, no pobre Martín até chegar à última e calamitosa condição de "perdido", palavra que correspondia exatamente à situação real e assombrosa de seu espírito: qual um menino trêmulo e assustado que tivesse se perdido num bosque de noite. Como podia surpreender-se que estivesse à sua procura? Embora fosse tão reservado, a ponto de nunca tê-lo ouvido dizer uma frase completa sobre coisa alguma, e muito menos sobre Alejandra, como não ia recorrer a ele, a única pessoa em quem podia descarregar parte de sua angústia e talvez encontrar algum tipo de explicação, consolo ou apoio? Bruno, claro, conhecia a natureza da relação entre eles, não porque Alejandra lhe tivesse contado (não era pessoa de fazer esse gênero de confidências), mas pelo tipo de refúgio que aquele jovem buscara a seu lado, silencioso, por certas palavras que de vez em quando balbuciava sobre Alejandra, e, em primeiro lugar, por essa sede insaciável dos apaixonados em ouvirem tudo o que, de um jeito ou de outro, se refira ao ser amado; ignorando que perguntava ou escutava uma pessoa que, de certo modo, também sentira amor por Alejandra (embora fosse a reverberação ou a projeção enganadora e momentânea do outro, do verdadeiro amor por Georgina). Mas, mesmo sabendo ou intuindo que Martín mantivesse certo tipo de relação com Alejandra (e a expressão "certo tipo" era inevitável, tratando-se dela), Bruno desconhecia os detalhes dessa amizade amorosa que acompanhara com espanto, pois, se era um rapaz excepcional em vários sentidos, Martín era justamente isso: um rapaz, quase um adolescente, enquanto Alejandra, ainda que só um ano mais velha, tinha uma experiência assombrosa e quase milenar. E esse espanto revelava (Bruno pensava consigo mesmo) um frescor de alma pertinaz e, tudo indica, inextinguível, pois bem sabia (mas sabia com o intelecto, não com o coração) que nada que se referia a seres humanos deveria causar qualquer espanto e, sobretudo, porque, como dizia Proust, os "ainda que" são quase sempre "porquês" desconhecidos, e sem dúvida o abismo da idade espiritual e da experiência do mundo é que devia explicar, justamente, a aproximação de uma mulher como Alejandra e um garoto como Martín. Essa intuição foi pouco a pouco confirmada após a morte e o incêndio, à medida que ouviu os confusos, mas maníacos e às vezes minuciosos, detalhes da relação dele com Alejandra. Maníacos e minuciosos, não porque Martín fosse um anormal ou uma espécie de louco, mas porque a confusão alucinante em que sempre se movera o espírito de Alejandra forçava-o a essa análise quase paranoica, já que a dor produzida por uma paixão com obstáculos, e sobretudo obstáculos obscuros e inexplicáveis, é sempre motivo mais que suficiente (Bruno pensava) para o homem mais sensato pensar, sentir e agir como um alienado. Claro que ele não fez esses comentários na primeira noite que se seguiu ao incêndio, quando Martín apareceu após caminhar pelas ruas de Buenos Aires, quase idiotizado pelo crime e o incêndio; mas depois, nos poucos dias e noites que se seguiram, até ele ter a malfadada ideia de pensar em Bordenave, dias e noites em que ele se instalava a seu lado, às vezes sem falar, horas a fio, e às vezes falando como um indivíduo em quem se aplicou um desses soros da verdade, ou talvez, para dizer mais apropriadamente, uma dessas drogas que fazem brotar imagens tumultuosas e delirantes das zonas mais profundas e herméticas do ser humano. E também, anos depois, quando iria vê-lo, chegando do sul longínquo, com essa ânsia (Bruno pensava) dos homens de se aferrarem a qualquer despojo de quem amaram muito, despojos do corpo e da alma que foram abandonados ali, nessa espécie de imortalidade incerta e destroçada dos retratos, das frases que uma vez disseram a outros, da lembrança de uma expressão que alguém recorda, ou afirma recordar, e até desses pequenos objetos que alcançam um valor simbólico e exagerado (uma caixinha de fósforos, uma entrada de cinema), objetos ou frases que produzem então o milagre de dar a esse espírito uma presença fugaz, impalpável e desesperadamente presente, da mesma forma que uma recordação querida é evocada por um cheiro transitório de perfume ou um fragmento de música, música que não tem por que ser importante ou profunda, e que pode muito bem ser trivial, melodia humilde, que naquele tempo mágico nos fez rir por sua vulgaridade, mas agora, enobrecida pela morte e a separação eterna, parece-nos comovedora e profunda.

— Porque o senhor — disse-lhe Martín ao retornar, levantando por um instante a cabeça que, obstinadamente, olhava para o chão, gesto de sua juventude e com certeza de sua infância, que não mudaria, como as impressões digitais que nos acompanham até a morte —, porque o senhor também a amou, não foi?

Conclusão a que — enfim! — chegara lá no sul, em longuíssimas e silenciosas noites de meditação. E Bruno, encolhendo os ombros, permaneceu calado. Que poderia lhe dizer? Como explicar-lhe a história de Georgina, espécie de miragem de sua infância? E, antes de mais nada, porque nem sequer tinha certeza de que fossse verdade, pelo menos verdade no sentido em que Martín imaginava. Assim, não respondeu e limitou-se a olhá-lo de forma ambígua, pensando que após vários anos de silêncio e distância, anos de meditação naquela solidão, o rapaz estoico ainda precisava contar sua história a alguém; e porque talvez ainda —ainda! — esperasse encontrar a chave do trágico e maravilhoso desencontro, respondendo à necessidade ansiosa, mas ingênua, que os seres humanos sentem de encontrar a suposta chave, sendo que, provavelmente, essas chaves, se existem, devem ser tão confusas e, por sua vez, tão insondáveis como os próprios acontecimentos que pretendem explicar. Mas, na primeira noite que se seguiu ao incêndio, Martín parecia um náufrago que tivesse perdido a memória. Perambulara pelas ruas de Buenos Aires e, quando ficou na frente dele, nem soube o que dizer. Via Bruno fumando, esperando, olhando-o, compreendendo-o, mas e daí? Alejandra estava morta, bem morta, horrivelmente morta pelas chamas, e tudo era inútil e, em certo sentido, fantástico. E, quando resolveu ir embora, Bruno apertou-lhe o braço e disse algo que ele não entendeu direito ou que, pelo menos, foi impossível recordar. Depois, voltou a andar na rua como um sonâmbulo e a percorrer os lugares onde, parecia, a qualquer momento ela poderia surgir.

Mas aos poucos Bruno foi sabendo coisas, fragmentos, durante outras conversas, nas conversas absurdas e, por instantes, insuportáveis. Martín falava de repente como um autômato, dizia frases desconexas, parecia procurar algo como um rastro precioso nas areias de uma praia varridas por um vendaval. Frágeis pegadas de fantasmas. Buscava a chave, o significado oculto. E Bruno podia saber, *tinha* de saber: não conhecia os Olmos desde a infância? Não tinha praticamente visto Alejandra nascer? Não tinha sido amigo, ou algo assim, de Fernando? Porque ele, Martín, não entendia nada: suas ausências, esses amigos estranhos, Fernando, o que era isso? E Bruno limitava-se a olhá-lo, a compreendê-lo e certamente a se compadecer. A maioria dos fatos decisivos Bruno só soube quando Martín voltou daquela região distante onde se enterrara, quando o tempo parecia ter assentado a dor no fundo de sua alma, dor que poderia turvar de novo seu espírito com a agitação e o movimento que o levou àquele reencontro com os seres e as coisas indissoluvelmente ligados à tragédia. E embora nesse momento a carne de Alejandra tivesse apodrecido e virado pó, aquele garoto, que já era um homem de verdade, continuava ainda assim obcecado por seu amor, e sabe-se lá por quantos anos (provavelmente até a morte) continuaria obcecado, o que, na opinião de Bruno, constituía uma prova da imortalidade da alma.

Ele *tinha* de saber, Bruno pensava consigo mesmo, com triste ironia. Claro que *sabia*. Mas em que medida, e como? Pois o que conhecemos, afinal, do mistério último dos seres humanos, mesmo dos que estiveram mais perto de nós? Ele se lembrava de Martín na primeira noite, ali, quando o achava parecido com um desses garotos que aparecem em fotografias de jornais, depois de terremotos ou descarrilamentos noturnos, sentados em cima de uma trouxa de roupa ou num monte de escombros, com os olhos gastos e envelhecidos repentinamente, por esse poder que têm as catástrofes de realizar no corpo e na alma do homem, em poucas horas, a devastação lentamente trazida pelos anos, pelas doenças, desilusões e mortes. Depois, sobrepunha a essa imagem devastada outras semelhantes à dos inválidos que, com o tempo, se levantam de suas próprias ruínas, ajudados por muletas, já distantes da guerra onde quase morreram, mas já sem serem o que eram antes, pois sobre eles pesa, e para sempre, a experiência da dor e da morte. Via-o de braços caídos, com o olhar fixo num ponto que geralmente ficava atrás e à direita da cabeça de Bruno. Parecia escavacar na memória com uma fúria calada e dolorosa, como um ferido de morte que tenta extrair de sua carne rasgada, com infinito cuidado, a flecha envenenada. "Como ele está só!", Bruno pensava então.

— Não sei nada. Não entendo nada — dizia de repente. — Aquilo com Alejandra era...

E não terminava a frase, enquanto levantava a cabeça, até então inclinada para o chão, e olhava finalmente para Bruno, mas como se, apesar de tudo, não o visse.

— Era mais... — balbuciava, procurando as palavras com obstinada ansiedade, temendo não transmitir a ideia exata do que tinha sido "aquilo com Alejandra", e que Bruno, vinte e cinco anos mais velho, podia completar facilmente pensando "aquilo que foi ao mesmo tempo maravilhoso e sinistro".

— Sabe... — murmurava, apertando dolorosamente os dedos —, eu não tive uma relação clara... nunca entendi...

Pegava seu famoso canivete branco, examinava-o, abria-o.

— Várias vezes pensei que era como uma série de clarões, de...

Procurava a comparação.

— Como explosões de gasolina, é isso... como explosões de gasolina numa noite escura, numa noite de tempestade...

Seus olhos voltavam a se fixar em Bruno, mas com certeza olhavam para o próprio mundo interior, obcecados com a visão.

Foi nessa ocasião, após uma pausa meditativa, que acrescentou:

— Se bem que às vezes... pouquíssimas vezes, é verdade... achei que ela sentia a meu lado uma espécie de trégua.

Trégua (Bruno pensava) como a que têm num buraco ou num abrigo improvisado os soldados que avançam por um território desconhecido e tenebroso, no meio de um inferno de metralha.

— Tampouco seria capaz de determinar que tipo de sentimentos...

Levantou de novo os olhos, mas dessa vez para vê-lo de verdade, como pedindo-lhe uma chave, mas Bruno não disse nada e ele voltou a baixá-los, examinando o canivete branco.

— Claro — murmurou —, isso não podia durar. Como em tempo de guerra, quando se vive o instante... Imagino... porque o futuro é incerto, e sempre terrível.

Depois explicou-lhe que naquele frenesi foram aparecendo os sinais da catástrofe, assim como se pode imaginar o que vai acontecer num trem cujo maquinista enlouqueceu. Isso o preocupava, mas ao mesmo tempo o atraía. Olhou para Bruno, mais uma vez.

E então Bruno, tanto para dizer alguma coisa como para preencher o vazio, disse:

— É, compreendo.

Mas o que é que ele compreendia? O quê?

3.

A morte de Fernando (disse-me Bruno) me fez repensar não só na vida dele, mas na minha, o que revela como e em que medida minha própria existência, como a de Georgina, como a de muitos homens e mulheres, foi tumultuada pela de Fernando.

Perguntam-me, perseguem-me: "O senhor, que o conheceu de perto". Mas as palavras "conheceu" e "perto", tratando-se de Vidal, são quase irrisórias. É verdade que vivi perto dele em três ou quatro momentos decisivos e conheci um lado de sua personalidade: esse lado que, como o da lua, estava virado para nós. Também é verdade que tenho algumas hipóteses sobre sua morte, mas não me sinto propenso a manifestá-las, de tal modo é possível que eu me equivoque a respeito dele. Estive (materialmente) perto de Fernando em alguns momentos de sua vida, como já disse: durante nossa infância em Capitán Olmos, até 1923; dois anos mais tarde, na casa de Barracas, quando sua mãe já tinha morrido e seu avô o levara para lá; em seguida, em 1930, quando éramos rapazinhos, no movimento anarquista, e por fim em encontros fugazes nos últimos anos. Mas ultimamente ele já era um indivíduo totalmente alheio à minha vida, e em certo sentido alheio à existência de todos (não de Alejandra, é claro). Já era o que de fato se chama ou se pode chamar um alienado, um ser alheio ao que consideramos, talvez ingenuamente, "o mundo". E ainda me lembro do dia, não faz muito, em que o vi caminhando como um sonâmbulo pela rua Reconquista e em que, tudo indica, não me viu, ou fingiu não me ver, pois as duas possibilidades são igualmente plausíveis tratando-se dele, já que fazia mais de vinte anos que não nos encontrávamos e que para um espírito normal haveria muitos motivos de parar e conversar. E se me viu, como é possível, por que fingiu não me ver? A essa pergunta não se pode dar uma resposta unívoca, tratando-se de Vidal. Uma resposta possível é que estivesse passando por uma de suas fases de delírio de perseguição, quando poderia fugir de minha presença, não apesar de ser um velho conhecido, mas justamente por isso.

Porém, amplos períodos de sua vida me são absolutamente desconhecidos. Sei, é claro, que andou por muitos países, embora, referindo-se a Fernando, fosse mais apropriado dizer que "fugiu" por vários países. Há vestígios dessas viagens, dessas expedições. Há rastros fragmentários de sua passagem, graças a pessoas que o viram ou ouviram falar dele: Lea Lublín o encontrou certa vez no Dôme; Castagnino o viu comendo numa cantina perto da Piazza di Spagna, se bem que, ao ser reconhecido, tenha se escondido atrás de um jornal, como um míope lendo com extrema atenção; Bayce confirmou um parágrafo de seu Relatório: encontrou-o no café Tupi-Nambá de Montevidéu. E assim por diante. Pois nada sabemos a fundo e de forma coerente a respeito de suas viagens, e muito menos das expedições às ilhas do Pacífico ou ao Tibete. Gonzalo Rojas me contou que uma vez lhe falaram de um argentino "assim e assado" que andou se informando em Valparaíso a fim de embarcar numa goleta que periodicamente faz viagens à ilha Juan Fernández; com seus dados e minhas explicações, chegamos à conclusão de que era Fernando Vidal. Que foi fazer naquela ilha? Sabemos que estava ligado a espíritas e praticantes de magia negra, mas o testemunho desse tipo de gente deve ser visto com cuidado.

De todos esses episódios obscuros, talvez o único que se possa considerar confiável foi seu encontro com Gurdjieff em Paris, e isso por causa da briga que tiveram e das consequências policiais. Talvez você faça referência às memórias dele, o famoso Relatório. Creio que não podemos considerá-las um documento fiel aos fatos originais, se bem que devam ser vistas como autênticas num sentido mais profundo. Parecem revelar seus momentos de alucinação e delírio, momentos que, a rigor, abarcaram quase toda a última etapa de sua vida, quando ele vivia recluso ou desaparecia. Diante dessas páginas, tenho a repentina impressão de que Vidal, ao se afundar nos abismos do inferno, abanava um lenço de despedida, como quem pronuncia palavras de adeus irônicas e delirantes, ou talvez gritos desesperados de socorro, esmaecidos e disfarçados por sua jactância e seu orgulho.

Estou tentando lhe contar tudo desde o início, mas vejo-me forçado, aqui e acolá, a dizer banalidades. E para mim é impossível pensar em algo importante de minha própria vida que, de certa maneira, não tenha a ver com a vida tumultuada de Fernando. Seu espírito continua dominando o meu, mesmo depois da morte. Não faz mal: não tenho a intenção de me defender de suas ideias, dessas ideias que fizeram e desfizeram minha vida, e não a dele, como esses peritos em explosivos capazes de armar e desarmar, sem riscos, uma bomba. Portanto, não terei mais esse tipo de escrúpulo nem farei essas inúteis reflexões paralelas. Aliás, considero-me justo o suficiente para admitir que ele era superior a mim. Meu respeito por ele era natural, a ponto de eu sentir uma serenidade e certa volúpia em reconhecê-lo. E, no entanto, jamais gostei dele, mesmo o admirando muitas vezes. Ao detestá-lo, ele nunca me foi indiferente. Não era esse tipo de pessoa que pode passar ao nosso lado causando indiferença: no mesmo instante ele nos atraía ou repugnava, e, via de regra, fazia as duas coisas ao mesmo tempo. Tinha uma força magnética, de atração ou rejeição, e, quando pessoas contemplativas ou hesitantes como eu entravam em sua zona de influência, eram sacudidas, como as pequenas bússolas que entram em regiões conturbadas por tempestades magnéticas. Para completar, era um indivíduo instável, que passava dos maiores entusiasmos às mais profundas depressões. Essa era uma de suas centenas de contradições. De repente raciocinava com uma lógica implacável, e de repente tornava-se um delirante que, mesmo mantendo toda a aparência do rigor, chegava aos disparates mais inverossímeis, os quais, entretanto, lhe pareciam conclusões normais e verdadeiras. De repente gostava de conversas brilhantes, e a certa altura transformava-se num solitário a quem ninguém se atrevia a dirigir a palavra. Mencionei, creio, a palavra "luxúria" entre as que podiam caracterizar sua vida, e no entanto, em certos momentos ele se entregou a um ascetismo repentino e duríssimo. Às vezes era um contemplativo, outras entregava-se a uma atividade frenética. Em Capitán Olmos, eu o vi, criança, cometer atos de terrível crueldade com os bichos indefesos, e depois em atitudes de ternura totalmente incompatíveis. Simulava? Era uma representação que fazia na minha frente, movido pela ironia e pelo cinismo? Não sei. Havia momentos em que parecia se maravilhar com um narcisismo que repugnava, e no instante seguinte repetia as opiniões mais depreciativas sobre si mesmo. Defendia a América e depois ria dos indigenistas. Quando, arrastado por seus epigramas ou sarcasmos a respeito de nossos próceres, alguém acrescentava um minúsculo detalhe, era logo liquidado por uma ironia em sentido contrário. Em suma, era o extremo oposto do que se considera uma pessoa equilibrada, ou simplesmente do que se considera uma pessoa, se o que diferencia uma pessoa de um indivíduo é certa dureza, certa persistência e coerência nas ideias e nos sentimentos, já que não tinha a menor coerência, salvo a de suas obsessões, rigorosas e permanentes. Era o extremo oposto de um filósofo, de um desses homens que pensam e desenvolvem um sistema como um edifício harmonioso; era algo assim como um terrorista das ideias, uma espécie de antifilósofo. Tampouco seu rosto permanecia idêntico a si mesmo. A verdade é que sempre pensei que habitavam nele pessoas diferentes. E mesmo sendo, sem a menor dúvida, um canalha, eu me atreveria a afirmar que, ainda assim, havia nele certa pureza, uma pureza infernal. Era uma espécie de santo do inferno. Uma vez o ouvi dizer, justamente, que no inferno, como no céu, há muitas hierarquias, desde os pobres e medíocres pecadores (os pequeno-burgueses do inferno, dizia) até os grandes perversos e desesperados, os monstros negros que tinham direito a se sentar à direita de Satanás; e é possível que, sem dizer explicitamente, estivesse confessando um julgamento sobre sua própria condição.

Os loucos, como os gênios, se insurgem, quase sempre de modo catastrófico, contra as limitações de sua pátria ou de seu tempo, entrando nessa terra de ninguém, disparatada e mágica, delirante e tumultuada, que os bons cidadãos contemplam com sentimentos distintos: do medo ao ódio, do aparente desprezo a uma espécie de admiração aterradora. E, contudo, esses indivíduos excepcionais, esses homens fora da lei e da pátria conservam, a meu ver, muitos atributos da terra-pátria onde nasceram e dos homens que até a véspera foram seus semelhantes, embora deformados por um monstruoso sistema de projeção feito com lentes distorcedoras e amplificadores desmedidos. Que espécie de louco podia ser o Quixote, senão um louco espanhol? E conquanto seu porte descomunal e sua demência o universalizem, e de certo modo o tornem compreensível e admirado por todos os homens do mundo, há nele traços que só podiam se reunir nesse país brutalmente realista e magicamente alucinado que é a Espanha. Apesar de tudo, havia muito de argentino em Fernando Vidal. Boa parte de suas contradições era, claro, consequência de sua natureza individual, de sua herança enferma, e podiam ter se produzido em qualquer lugar do mundo. Mas outras, creio, eram produto de sua condição de argentino, de certo tipo de argentino. E embora fosse, pelo lado da mãe, de uma velha família, não era porém, como podia se imaginar, a expressão unilateral e simples dessa que agora se chama "oligarquia nacional" ou, pelo menos, não tinha essas peculiaridades que a gente do povo espera de tais pessoas, assim como, e com a mesma superficialidade, invariavelmente imagina os ingleses como fleumáticos, e sente-se comicamente atrapalhada quando se menciona um indivíduo como Churchill. A verdade é que as variantes que o afastavam da norma podiam decorrer, por um lado, da herança paterna, e, por outro, de a família Olmos ser um tanto excêntrica e discreta (embora isso também seja genuinamente nacional em muitas velhas famílias). Essa família decadente dava a impressão de ser formada por fantasmas ou sonâmbulos distraídos no meio de uma realidade brutal que não sentiam, nem ouviam, nem compreendiam, o que de repente lhes dava, curiosamente, a vantagem irônica e paradoxal de atravessarem o duríssimo muro da realidade como se ele não existissse. Mas Fernando tinha muito pouco dessa família, pois possuía, embora por momentos, em furiosos acessos, uma energia colossal, conquanto sempre empregada para a negação ou a destruição, traço que sem dúvida herdou do pai, um espírito inferior, mas dotado de força violenta e tenebrosa, força que passou ao filho, mesmo se este o odiava e se negava a reconhecê-lo, sendo até possível que o odiassse e se negasse a reconhecê-lo por descobrir em si mesmo os atributos do homem que tanto detestava e que, em criança, tentou envenenar. Essa injeção de sangue de Vidal na velha família causou em Fernando, e mais tarde em Alejandra, uma violenta reação, como acontece, creio, em certas plantas doentias ou fracas quando estímulos externos malignos desenvolvem cânceres que terminam invadindo e finalmente destruindo tudo com sua monstruosa vitalidade. Assim aconteceu com aquela velha estirpe, tão generosa e comovedoramente risível em sua absoluta falta de realismo, a ponto de — e é inacreditável — ter continuado a viver na velha casa, naqueles restos de Barracas, onde os antepassados tiveram uma quinta e onde agora, encurralados em seus últimos e miseráveis fragmentos, eles sobreviviam cercados de fábricas e cortiços, e onde o bisavô cochilava saudoso das antigas virtudes, liquidadas pelos duros dias de hoje, tal como um estrondo caótico liquida uma ingênua e suave balada de antigamente.

Eu também, a minha maneira, fui apaixonado por Alejandra, até entender que era sua mãe, Georgina, que eu tinha amado; ao me rejeitar, ela me jogou para sua filha. O tempo me fez entender o erro, e então voltei à primeira (e inútil) paixão, que, imagino, durará até Georgina morrer, enquanto existir a mínima esperança de tê-la a meu lado. Pois, embora o senhor se espante, ela ainda vive, ela não está morta, como Alejandra pensava... ou aparentava pensar. Alejandra tinha muitos motivos para odiar a mãe, devido a seu temperamento e sua concepção do mundo, e muitos motivos para dá-la como morta. Mas me apresso em esclarecer que, ao contrário do que o senhor poderia imaginar depois disso, Georgina é uma mulher profundamente boa e incapaz de fazer mal a alguém, muito menos à filha. Por que, então, Alejandra a odiava tanto e matou-a mentalmente na infância? E por que Georgina vivia longe dela e, em geral, afastada de todos os Olmos? Não sei se sou capaz de esclarecer esses problemas e outros que ainda se apresentarão a respeito dessa família que tanto pesou em minha vida e agora pesa na desse rapaz. Confesso que minha intenção era não lhe falar sobre meu amor por Georgina, porque... bem... digamos... porque não sou dado a falar de minhas tribulações pessoais. Mas agora percebo que seria impossível iluminar certos ângulos da personalidade de Fernando sem lhe contar, ao menos sumariamente, a história de Georgina. Já lhe disse que era prima de Fernando? Era filha de Patricio Olmos e irmã de Bebe, o louco do clarinete. E Ana María, mãe de Fernando, era irmã de Patricio Olmos, entende? De modo que Fernando e Georgina eram primos carnais e, além disso — e este dado é importantíssimo —, Georgina era assustadoramente parecida com Ana María, não só nos traços físicos, como Alejandra, mas sobretudo no espírito: era uma espécie de quintessência da família Olmos, sem a contaminação do sangue violento e maligno de Vidal;

era refinada e bondosa, tímida e meio fantasmática, com uma sensualidade delicada e profundamente feminina. Quanto a suas relações com Fernando...

Imaginemos num palco uma mulher bonita que nos atrai por sua expressão grave, por sua seriedade e beleza discreta, mas que está servindo de médium ou de cobaia para uma experiência de hipnotismo ou transmissão de pensamento realizada por um indivíduo poderoso e funesto. Todos nós assistimos um dia a esse espetáculo e observamos que a mulher segue automaticamente as ordens e os simples olhares do hipnotizador. Todos nós reparamos nesse olhar vazio, meio de cego, que têm as vítimas da experiência. Imaginemos que a mulher nos atraia irresistivelmente e que, em seus intervalos de lucidez ou de plena consciência, tenha inclusive uma certa queda por nós. Que podemos fazer, se está sob o domínio do hipnotizador? Só nos desesperarmos e entristecermos.

Era isso que acontecia comigo com relação a Georgina. E apenas em alguns momentos excepcionais aquela força maléfica parecia ceder, e então (oh, maravilhosos, frágeis e fugazes momentos!) ela reclinava a cabeça em meu peito, chorando. Mas como eram precários esses instantes de felicidade! Logo recaía sob a influência do feitiço, e então tudo era inútil: eu mexia as mãos diante de seus olhos, falava com ela, pegava-a pelo braço, mas ela não me via, nem me ouvia, nem me sentia.

Quanto a Fernando, gostava dela? E de que maneira? Eu seria incapaz de lhe dar uma ideia exata. Em primeiro lugar, acho que jamais gostou de alguém. Depois, a consciência de superioridade era tão grande que nem ciúme sentia; no máximo, quando via alguém em torno dela, apenas fazia um gesto imperceptível de ironia ou desprezo. Aliás, sabia que bastava um levíssimo movimento seu para liquidar qualquer tênue sentimento que estivesse nascendo, assim como basta uma pancadinha com o dedo para derrubar o castelo de cartas que se construiu trabalhosamente, prendendo a respiração. E ela parecia esperar ansiosa esse gesto de Fernando, como se fosse sua maior expressão de amor.

Ela era invulnerável. Lembro-me, por exemplo, de quando Fernando se casou. Ah, sim, claro, o senhor não sabe, naturalmente. E terá outro motivo de surpresa. Não só porque se casou, mas porque não foi com a prima. Na verdade, pensando bem, seria quase inconcebível que tivesse sido; isto, sim, é que seria de fato surpreendente. Não: com Georgina teve relações clandestinas, pois na época ela estava proibida de entrar na casa dos Olmos, e não duvido de que don Patricio a tivesse matado, apesar de toda a bondade. E quando Georgina teve a filha... bem, seria muito longo explicar tudo isso, e, além do mais, não haveria por quê, mas talvez baste dizer que ela foi embora de casa, antes de mais nada por timidez e vergonha, já que nem don Patricio nem sua mulher María Elena eram capazes de se comportar com ela de forma vulgar e grosseira, mas mesmo assim ela foi embora, desapareceu um pouco antes de ter Alejandra, e eu quase poderia lhe dizer, como se diz correntemente, que a terra a engoliu. Por que Georgina se separou de Alejandra quando a menina tinha dez anos, por que a menina foi viver com os avós na casa de Barracas, por que nunca mais Georgina voltou para lá, tudo isso me levaria longe demais, mas talvez o senhor possa entender em parte caso se lembre do que já lhe disse sobre o ódio, ódio mortal e crescente, que Alejandra foi alimentando pela mãe à medida que ia crescendo. Volto, pois, ao que estava contando: o casamento de Fernando. Qualquer um se surpreenderia que aquele niilista, aquele terrorista moral que debochava de todo tipo de sentimentos e ideias burguesas, pudesse se casar. Mas se surpreenderia muito mais se soubesse como se casou. E com quem... Era uma garota de dezesseis anos, linda e com grande fortuna. Fernando adorava mulheres bonitas e sensuais, tanto quanto as desprezava, mas essa inclinação era maior ainda quando elas eram bem mocinhas. Ignoro os detalhes, pois na época eu não o via, e, mesmo se estivéssemos próximos, também não saberia de muitos detalhes, já que era um homem que podia viver tranquilamente em dois ou mais planos diferentes. Mas ouvi comentários por aí, frases que deviam ter algo de verdade, ainda que de uma verdade tão duvidosa como tudo o que se referia às ações e ideias de Fernando. Disseram-me, evidentemente, que estava de olho na fortuna da moça, a qual seria uma menininha deslumbrada com aquele ator; acrescentaram que Fernando tinha mantido relações (alguns afirmavam que antes, outros que durante e depois do casamento) com a mãe da moça, uma judia polonesa de uns quarenta anos, de pretensões intelectuais, que vivia mal com o marido, um senhor Szenfeld, dono de fábricas de tecido. Cochichava-se que, enquanto Fernando mantinha relações com a mãe, a filha engravidara e por isso ele "não teve outro jeito senão se casar", frase que, quando ouvi, muito me fez rir, de tão alucinante se aplicada a Fernando. Certos informantes, que se consideram mais autorizados que outros por jogarem canastra na casa de San Isidro, garantiram que houve cenas tumultuosas entre os atores dessa comédia grotesca, cenas violentas de ciúme e ameaças, e que — e isso também me parecia muito engraçado — Fernando então afirmara que não podia se casar com a senhora Szenfeld, nem que ela se divorciasse, porque ele pertencia a uma velha família católica, sendo seu dever casar-se com a garota com quem tivera relações.

Como o senhor imagina, quem conhecesse Fernando como eu só podia achar uma dolorosa graça nesses cochichos, mas é claro que tinham uma parte de verdade, como sempre acontece com as lendas mais fantásticas. Há os fatos concretos: Fernando se casou com uma moça judia de dezesseis anos, usufruiu por dois anos de uma linda mansão na rua Martínez, que o senhor Szenfeld comprou e lhes deu de presente, dilapidou o dinheiro que certamente recebeu para o casamento e, afinal, o dinheiro da própria mansão, abandonando então a moça.

Esses são os fatos.

Quanto às interpretações e aos cochichos, haveria muito que analisar. Talvez não seja inútil eu lhe dizer o que penso, pois esses acontecimentos projetam certa luz na personalidade de Fernando, embora seja uma luz não muito maior do que aquela que pode projetar na essência do diabo o conhecimento de algumas de suas tragicômicas safadezas. Curioso: é a primeira vez que relaciono a palavra "tragicômica" com a personalidade de Fernando, mas acho que ela também corresponde à verdade. Fernando foi uma pessoa fundamentalmente trágica, mas há momentos de sua vida que beiram o humor, embora se trate de um humor macabro. É certo, por exemplo, que durante os confusos episódios de seu casamento ele deve ter dado vazão a seu humor negro, produzindo então um desses espetáculos diabolicamente cômicos que tanto o deliciavam. Por exemplo, o comentário das senhoras da roda de canastra sobre o catolicismo de sua família e a impossibilidade de se casar com uma divorciada. Frase duplamente extravagante, pois, além de zombar do catolicismo da família e do catolicismo em geral, e de todo e qualquer princípio ou fundamento da sociedade, Fernando disse tal frase à mãe da moça com quem também mantinha relações íntimas. Esse modo de misturar o "respeitável" com o indecente era uma das especialidades de Fernando. Como as palavras que, dizem, pronunciou para ficar com a linda casa da rua Martínez: "Ela abandonou o lar", quando no fundo a moça deve ter fugido espantada ou, mais provavelmente, deve ter sido expulsa de casa por uma malandragem diabólica qualquer. Um dos passatempos favoritos de Fernando era levar para casa mulheres que visivelmente eram suas amantes, convencendo a garota (seu poder de convicção era quase ilimitado) de recebê-las com cortesia, mas, sem dúvida, graduando a experiência, para que aos poucos ela fosse se cansando, até finalmente fugir de casa, que era o que Fernando queria. Como a propriedade acabou em suas mãos, não sei, mas imagino que soube ajeitar as coisas com a mãe (que continuava apaixonada por ele e, consequentemente, enciumada da filha) e com o senhor Szenfeld. Como esse homem chegou a ser amigo de alguém que, segundo os boatos, era amante de sua mulher, como essa amizade ou fraqueza levou uma raposa em matéria de negócios a dar de presente uma casa suntuosa ao sujeito que não só era amante de sua mulher como fazia sua filha infeliz, tudo isso será para sempre um dos mistérios da obscura personalidade de Vidal. Mas estou convencido de que para tanto ele terá realizado uma operação sutilíssima, como fazem esses governantes maquiavélicos com os partidos de oposição, que, de seu lado, são inimigos entre si. Minha hipótese é a seguinte: Szenfeld odiava a esposa, que o enganou não só com Fernando como também, antes, com um sócio chamado Shapiro. Teve imensa satisfação ao saber que finalmente alguém humilhava e fazia sofrer aquela pedante que volta e meia o desprezava, e dessa imensa satisfação à admiração, e mesmo ao afeto, pode ter sido um passo, dado com a ajuda do talento de Fernando para seduzir quem quisesse, talento aliás favorecido por sua absoluta falta de sinceridade e de honestidade. As pessoas honestas e sinceras, ao misturarem as amizades com as inevitáveis manifestações de desagrado pelas mil e uma circunstâncias que sempre surgem entre os seres humanos, mesmo entre os melhores, jamais conseguem produzir essas proezas de encantamento absoluto que os cínicos e mentirosos realizam; e, por esse mesmo mecanismo, a mentira é sempre mais agradável que a verdade, já que esta é enfeada pelas imperfeições que têm até mesmo as criaturas mais próximas da perfeição e as quais mais gostaríamos de agradar e satisfazer. Além disso, a satisfação do senhor Szenfeld aumentaria ao perceber que os sofrimentos da esposa vinham do fato de estar com o orgulho ferido, por questões supostamente de idade, já que Fernando a enganava com uma moça jovem e bonita. E, por último (ingrediente que talvez também tenha intervindo), em toda essa operação quem saía perdendo não era ele, Szenfeld, pois sua condição de marido enganado era anterior, e sim o senhor Shapiro, que, sendo o enganador, teria provavelmente um orgulho muito mais forte, mas também mais vulnerável, do que o senhor Szenfeld. E a derrota de Shapiro nesse terreno, o único em que se sentia superior ao sócio (pois Szenfeld, fossem quais fossem seus defeitos como marido, era uma reconhecida raposa nos negócios), rebaixava Shapiro a uma situação tão humilhante que, por contraste, renovou as forças de Szenfeld. E tanto deve ter sido assim que não só as empresas de tecidos receberam o impulso de novas e audaciosas operações, como, a partir do casamento de Fernando, foi notória a simpatia quase protetora com que tratou seu sócio na frente de terceiros.

Quanto a Georgina, vou lhe contar um fato característico. O casamento foi em 1951. Por essa época encontrei-a na rua Maipú, perto da avenida 9 de Julio, coisa raríssima, já que ela nunca ia ao centro. Fazia uns dez anos que não a via. Aos quarenta anos, estava acabada e envelhecida, triste, mais calada do que nunca, e, embora sempre tenha sido reservada e de pouquíssimas palavras, naquele dia seu silêncio era quase intolerável. Carregava um embrulho. Como sempre, senti uma grande emoção. Onde tinha se escondido durante aqueles anos? Em que lugares absurdos vivia em segredo seu drama? O que tinha feito todo esse tempo, o que tinha pensado e sofrido? Gostaria de lhe perguntar tudo, mas sabia ser inútil, pois, se era difícil extrair dela umas poucas palavras, era de todo impossível conseguir resposta para perguntas sobre sua intimidade. Georgina sempre me deu a impressão de ser uma dessas casas dos bairros afastados, quase permanentemente fechadas e silenciosas, habitadas por pessoas velhas e enigmáticas, talvez dois irmãos solteirões, um homem solitário que sofreu uma tragédia, um artista frustrado ou desconhecido e misantropo com um canário e um gato; casas das quais nada sabemos e que só se abrem a certas horas para receber, discretamente, os mantimentos; não os vendedores ou entregadores, mas só as coisas que trazem e que, de uma porta entreaberta, são recolhidas por um braço do morador solitário. Casas em que à noite em geral só se acende uma luz, que talvez corresponda a uma espécie de cozinha onde o homem solitário também come e passa o tempo, indo depois a luz para outro aposento, onde provavelmente ele dorme ou lê ou faz algum trabalho absurdo, como introduzir um barco dentro de uma garrafa. Luz solitária que invariavelmente me leva a indagar, sendo eu uma pessoa curiosa e que vive de conjeturas, quem será esse homem, ou essa mulher, ou essas duas solteironas? E de que viverá? Terá uma renda, uma herança? Por que nunca sai? E por que a luz fica acesa até altas horas da noite? Estará lendo? Ou escrevendo? Ou será uma dessas criaturas solitárias e ao mesmo tempo medrosas, que só resistem à solidão com a ajuda desse grande inimigo dos fantasmas, reais ou imaginários, que é a luz?

Precisei pegá-la pelo braço, quase sacudi-la, para que me reconhecesse. Parecia caminhar meio adormecida. E era sempre inacreditável vê-la viva no trânsito caótico de Buenos Aires.

Um sorriso insinuou-se em seu rosto cansado, como a claridade suave de uma vela que se acende numa sala escura, silenciosa e triste.

— Venha — disse-lhe, levando-a ao London.

Sentamos e pus minha mão sobre a dela. Como estava acabada! Não sabia, porém, o que lhe dizer nem perguntar, pois as coisas que realmente me interessavam eu não podia perguntar, e as outras, para quê? Limitava-me a contemplá-la, como quem percorre em silêncio velhas paisagens de outrora, olhando com ternura e melancolia o trabalho dos anos em seu rosto: árvores caídas, casas derrubadas, molduras oxidadas, plantas desconhecidas no velho jardim, mato e poeira nos restos de móveis.

Mas sem conseguir me conter, numa abominável combinação de ironia e tristeza, comentei:

— Quer dizer que Fernando se casou?

Foi, de minha parte, um gesto indigno, embora inconsciente, do qual logo me arrependi.

Dos olhos de Georgina começaram a correr duas lágrimas lentíssimas e apenas perceptíveis, como se de um homem prestes a morrer, de fome ou de tortura, ainda se extraísse uma última e ínfima confissão, apenas murmurada, mediante um derradeiro golpe brutal.

É singular, e me deixa muito mal, o fato de nesse momento, em vez de atenuar de algum modo meu infeliz comentário anterior, eu ter dito, com raiva:

— E você ainda chora!

Por um segundo vi em seus olhos um brilho que lembrava o antigo, assim como uma recordação lembra a realidade.

— Eu o proíbo de julgar Fernando! — respondeu.

Retirei minha mão.

Ficamos calados. Terminamos de tomar o café, em silêncio.

Depois ela disse:

— Preciso ir embora.

A antiga dor se apoderou de mim, essa dor que ficara adormecida durante tantos anos de renúncia. Só Deus sabe quando voltaria a vê-la.

Despedimo-nos em silêncio. Mas, quando ela se afastara uns passos, parou um instante, virou-se um pouco, quase tímida, e em seu olhar tive a impressão de ver dor, ternura e desespero. Pensei em correr até ela e beijar seu rosto maltratado, seus olhos chorosos, sua boca amarga, e em pedir-lhe, suplicar-lhe que nos víssemos, que me permitisse ficar perto dela. Mas me contive. Bem sabia que era utópico e nossos destinos teriam de prosseguir sem se encontrar, até a morte.

Pouco depois desse encontro casual ocorreu a separação entre Fernando e sua mulher. Também soube que a casa da rua Martínez, o famoso presente do senhor Szenfeld, fora leiloada e Fernando tinha ido viver numa casinha de Villa Devoto.

É provável que nesse meio-tempo muitas coisas tenham acontecido e essa operação haja sido a consequência das tumultuosas vicissitudes da vida de Fernando, pois sei que na época jogava roleta em Mar del Plata, perdendo quantias enormes. Também me disseram que participou de um negócio ou negociata de terras, perto do aeródromo de Ezeiza, embora seja possível que se trate de uma informação apócrifa lançada por algum amigo da família Szenfeld. Mas a verdade é que no final ele foi parar na casinha modestíssima de Villa Devoto, onde, aliás, foi encontrado, escondido, o *Relatório sobre os cegos*.

Já lhe disse que Szenfeld o ajudou. Agora creio que seria melhor dizer que "o premiou" por ocasião de seu inacreditável casamento. Como muitos outros, caiu na rede de Fernando, a tal ponto que depois o ajudou em suas especulações e o tirou de dificuldades durante a fase do jogo. Contudo, por motivos que desconheço, a amizade paradoxal com o senhor Szenfeld acabou ou deve ter acabado, pois do contrário não se explica esse final miserável.

A última vez que o encontrei na rua (não me refiro ao encontro perto de Constitución, quando fingiu não me conhecer, ou talvez não tivesse me visto, absorto como andava, já na última fase de sua loucura com os cegos), ele estava acompanhado de um indivíduo muito alto, louro e de rosto duríssimo e impiedoso. Como praticamente esbarrei em Fernando, ele não pôde fugir de mim e trocamos umas palavras, enquanto o sujeito se afastava e olhava para a rua, depois de ter me sido apresentado com um nome alemão, que agora não recordo. Poucos meses depois topei com sua foto na página policial de *La Razón*; era impossível esquecer seu rosto impiedoso, de lábios finos e apertados. Figurava ao lado de outros indivíduos procurados pela polícia, como supostos assaltantes da sucursal Flores do Banco de Galicia. Assalto perfeito e que, segundo a polícia, tinha sido executado por comandos da época da guerra. O sujeito era polonês e tinha servido num comando do exército de Anders. Seu sobrenome não era o mesmo que Fernando me dissera.

Essa falsidade confirmou minha hipótese de que a polícia não estava errada. Na época do encontro casual, o indivíduo preparava alguma ação de peso. Fernando estaria envolvido? É muito provável. Quando jovem, chefiara uma gangue de assaltantes em Avellaneda, e aliás, com sua situação econômica difícil, era mais que provável que tivesse voltado à velha paixão: assalto a banco, método considerado ideal para conseguir de uma tacada grandes quantias de dinheiro, ao mesmo tempo que se revestia, para ele, de um valor simbólico.

— O Banco — disse-me mais de uma vez, quando éramos garotos —, assim, com maiúscula, é o templo do espírito burguês. Seja como for, seu nome não figurava no inquérito policial.

Não o vi mais nesses últimos dois anos, durante os quais, a julgar pelos estranhos documentos, ele parece ter mergulhado na desvairada exploração do mundo subterrâneo.

Desde que me lembro ele viveu obcecado pelos cegos e pela cegueira.

Um pouco antes da morte de sua mãe, quando ainda morávamos em Capitán Olmos, lembro-me de um episódio típico. Ele pegou um pardal, levou-o para o quarto do primeiro andar, a que chamava de seu fortim, e com uma agulha furou os olhos do bicho. Depois o soltou, e o passarinho, enlouquecido de dor e medo, se lançava freneticamente contra as paredes, sem conseguir sair pela janela. Eu, que tentei interromper a mutilação, me senti enjoado. Pensei que iria desmaiar ao descer a escada e tive de ficar bastante tempo agarrado no corrimão até me refazer, enquanto ouvia Fernando, lá em cima, rindo de mim.

E embora muitas vezes tivesse me dito que arrancava os olhos de pássaros e outros bichos, era a primeira vez que eu via. E também a última. Jamais conseguirei esquecer a sensação horrorosa daquela manhã.

Após esse episódio não voltei à casa dele nem à fazenda, privando-me do que para mim era o mais importante: ver e ouvir sua mãe. Mas, agora penso, era justamente por isso, por não poder suportar a ideia de que ela fosse mãe de um garoto como Fernando. E mulher de um homem como Juan Carlos Vidal, personagem de quem até hoje me lembro com repugnância.

Fernando odiava o pai. Naquela época tinha doze anos, era moreno e duro como ele. E, mesmo o odiando, puxara muito ao pai, não só na aparência física, mas no temperamento. Seu rosto tinha algumas feições típicas dos Olmos: olhos verdes, maçãs salientes. Todo o resto era do pai. Com os anos foi repudiando cada vez mais a semelhança, a qual, a meu ver, era um dos principais motivos da raiva que de repente manifestava contra si mesmo. Até sua violência, sua sensualidade cruel, tudo vinha do lado paterno. Ele me amedrontava.

Estava calado e de repente tinha explosões de cólera cega. Seu riso era duro. Talvez como reação ao pai, mulherengo e bêbado, por muitos anos de sua juventude não tomou álcool, e várias vezes o vi entregar-se a um surpreendente ascetismo, como se quisesse se mortificar. Períodos que quebrava entregando-se a uma luxúria sádica, em que usava as mulheres para uma espécie de satisfação diabólica, ao mesmo tempo que as desprezava e as rejeitava depois com irônica violência, talvez como culpadas de sua imperfeição. Apesar das imposturas e palhaçadas, era solitário e estoico, não tinha amigos nem queria ou podia ter. Acho que só gostou da mãe, embora me seja difícil imaginar que aquele garoto pudesse gostar de alguém, se por essa palavra tentamos expressar uma forma de afeto, carinho ou amor. Talvez só sentisse pela mãe uma paixão doentia e histérica. Lembro-me de um episódio: eu tinha pintado uma aquarela de um alazão chamado Fritz, que Ana María costumava montar e do qual gostava muito; ela se entusiasmou com o retrato e me beijou com paixão; então Fernando veio para cima de mim e me agrediu. Como ela nos apartasse e repreendesse o filho, Fernando desapareceu e, quando o encontrei, ao lado do riacho onde costumava tomar banho, tentei fazer as pazes com ele. Escutou-me calado, roendo as unhas, como era comum quando estava atormentado, e de repente pulou em cima de mim com um canivete aberto. Lutei desesperadamente, sem entender sua fúria, consegui arrancar o canivete e jogá-lo longe, ele se afastou de mim, apanhou a arma e, para minha grande surpresa, já que imaginei que voltaria a me atacar, cravou-o na própria mão. Muitos anos se passariam antes que eu entendesse o orgulho que explicava esse episódio.

Pouco tempo depois houve o caso do pardal, e nunca mais o revi, nem voltei à sua casa ou à estância. Tínhamos doze anos, e no inverno, poucos meses depois, Ana María morreu, segundo uns, de desgosto, segundo outros, tomando pílulas para dormir. O sentimento de tristeza daquele dia funesto ressurge em mim junto com a derrota de Firpo contra Dempsey (não se falava de outra coisa) e com a música do *shimmy*, "La danza de las libélulas", que José Bohr tocava com serrote, num disco do fonógrafo dos Iturrioz, ao lado de minha casa.

Passaram-se três anos até reencontrá-lo. Só, com meus desajeitados quinze anos, na pensão de Buenos Aires, durante os longos domingos meu pensamento voltava insistentemente a Capitán Olmos. Creio já ter dito que quase não conheci minha mãe, morta quando eu tinha dois anos. Como se surpreender que para mim Capitán Olmos fosse em boa medida a recordação de Ana María? Eu a via nos fins de tarde da fazenda, no verão, recitando versos em francês que eu não entendia, mas que me provocavam, na voz grave de Ana María, uma volúpia sutil. "Estão ali", pensava, "estão ali." E, numa tentativa ingênua de enganar a mim mesmo, eu a incluía nesse plural de verbo, com toda minha alma e minha vontade: como se na velha casa de Barracas, que eu conhecia quase como se a tivesse visitado (de tal forma Ana María me falara dela), sua alma sobrevivesse de alguma maneira, como se em seu filho, em seu repugnante filho, em Georgina, no pai e nas irmãs, pudesse se reencontrar, prefigurada ou desfigurada, a lembrança de Ana María. E eu rondava o casarão, sem me animar a tocar a campainha. Até que um dia vi Fernando voltando para casa, e não quis ou não pude fugir.

— Você? — perguntou-me com um sorriso de desdém.

Na frente dele, tive de novo a incompreensível sensação de culpa de sempre.

O que eu andava fazendo por ali? Seus olhos penetrantes e malvados me impediam de mentir. Aliás, era inútil: ele adivinhava que eu andava vigiando o casarão. E senti-me como um delinquente novato e torpe, tão incapaz de comunicar-lhe meus sentimentos, minha nostalgia, como de escrever um poema de amor romântico entre os cadáveres de uma sala de dissecção. E, vergonhosamente calado, admiti seguir Fernando, como se ele fosse me dar uma esmola, pois assim eu acabaria conhecendo aquela casa. E, enquanto atravessávamos o parque no entardecer, veio o intenso perfume de jasmim do país, que para mim seria sempre "do páis", com acento no *a*, e que significaria para sempre *longe, mãe, ternura, nunca mais*. No Mirante, tive a impressão de ver o rosto de uma velha, uma espécie de fantasma na penumbra, que se retirou discretamente. Uma galeria coberta ligava o corpo principal da casa à torre do Mirante, que formava assim uma espécie de península. A torre tinha duas peças, certamente ocupadas outrora por parte da criadagem, e, no térreo do Mirante, havia uma outra peça (que, como vi depois, na prova a que Fernando me submeteu, era um depósito ligado ao andar de cima por uma escada de madeira) e uma escada metálica em caracol, subindo pela fachada externa até o terraço que dava para o Mirante. Esse terraço cobria os dois grandes aposentos a que me refiro, e ao redor, como era costume em muitas construções daquele tempo, havia um parapeito, na época já semidestruído. Sem dizer uma palavra, Fernando andou pelo corredor e entrou num dos aposentos. Acendeu a luz e entendi que devia ser seu quarto: havia uma cama, uma velha mesa de sala de jantar que lhe servia de escrivaninha, uma cômoda e diversos móveis velhos e, pelo visto, inúteis, mas que estariam guardados ali por não se ter onde colocá-los, já que a casa fora aos poucos se reduzindo. Acabávamos de chegar e, na porta que dava para o segundo quarto, apareceu um garoto que me causou instintiva repulsa. Sem cumprimentar ninguém, sem explicações, perguntou: "Trouxe?", e Fernando, secamente, disse: "Não". Olhei-o espantado: tinha uns catorze anos, uma enorme cabeça alongada como uma bola de rúgbi, a pele como marfim, cabelos lisos e finos, um maxilar prognático, nariz fino e olhos febris que me causaram uma aversão automática: a aversão que talvez sentíssemos por um ser de outro planeta, quase idêntico a nós, mas com diferenças obscuramente terríveis.

Fernando não respondeu, enquanto o outro, fitando-o com seus olhos febris, levava aos lábios uma flauta ou clarinete e começava a tocar um esboço de frase. Fernando remexia uma pilha empoeirada de *Titbits* que estava no chão, num canto, parecendo procurar algo específico, tão alheio à minha presença como se eu fosse um dos moradores habituais da casa. Finalmente separou um exemplar cuja capa era o herói de *Justiça alada*. Quando vi que se preparava para sair e, tudo indica, sem dar a menor bola para mim, fiquei muito zangado: eu não podia sair com ele, como se fosse seu amigo, pois ele não havia pedido que eu entrasse e agora também não me convidava a acompanhá-lo; tampouco podia ficar no quarto, e muito menos com o estranho garoto do clarinete. Por um instante senti-me a criatura mais infeliz e ridícula do mundo. Agora compreendo que naquele momento Fernando fazia tudo isso deliberadamente, por pura maldade.

Assim, quando a garota ruiva apareceu e me sorriu, senti um imenso alívio. Sem se despedir, sorrindo ironicamente, Fernando foi embora com sua revista, e fiquei olhando Georgina: tinha mudado bastante, já não era a magricela que eu conhecera em Capitán Olmos na época da morte de Ana María; agora tinha catorze ou quinze anos e começava a se aproximar de seu retrato definitivo, tal como o esboço grosseiro e rápido de um pintor se aproxima da obra final. Talvez por ver seus seios começando a aparecer debaixo do suéter, fiquei corado e olhei para o chão.

— Ele não trouxe — disse-lhe o Bebe, com o clarinete na mão.

— Bem, vai trazer depois — ela respondeu, no tom da mãe que engana o filho.

— Quando? — o Bebe insistiu.

— Logo.

— Mas quando?

— Logo, estou lhe dizendo, você vai ver. Agora sente aí e toque clarinete, hein?

Levou-o suavemente pelo braço até a outra peça, ao mesmo tempo que me dizia: "Venha, Bruno". Segui-os e entrei: era provavelmente o quarto onde dormiam os dois irmãos, completamente diferente do quarto de Fernando, apesar dos móveis tão velhos e imprestáveis como os outros; mas havia alguma coisa, um toque delicado e feminino.

Levou-o até uma cadeira, sentou-o e disse:

— Agora fique aí e toque, hein?

Em seguida, como uma dona de casa que se prepara para atender as visitas após tomar providências domésticas, mostrou-me suas coisas: um bastidor em que estava bordando um lenço para o pai, uma grande boneca preta chamada Elvira, que de noite dormia na sua cama, e uma coleção de fotografias de atores e atrizes de cinema, presas na parede com tachinhas: Valentino vestido de xeque, Pola Negri, Gloria Swanson em *Os dez mandamentos*, William Duncan, Perla White. Conversamos sobre as qualidades e os defeitos de cada um e dos filmes em que trabalharam, enquanto Bebe repetia a mesma frase no clarinete. O preferido dela era Rodolfo Valentino; eu me inclinava mais para Eddie Polo, embora admitisse que Valentino era extraordinário. Quanto aos filmes, pronunciei-me calorosamente por *O rastro do octopus*, mas Georgina disse, e dei-lhe razão, que era terrível demais e que ela, nos momentos mais cruéis, olhava para o outro lado.

Bebe parou de tocar e nos olhava, com seus olhos febris.

— Toque, Bebe — ela disse mecanicamente, enquanto começava a bordar no bastidor.

Mas Bebe continuava me olhando, calado.

— Bem, então mostre a Bruno a sua coleção de figurinhas — admitiu.

Bebe ficou radiante e, largando o clarinete, entusiasmado, puxou uma caixa de sapatos que havia debaixo da cama.

— Mostre para ele, Bebe — ela repetiu, séria, sem tirar os olhos do bastidor, desse jeito mecânico que as mães têm para dar ordens aos filhos quando estão absortas em tarefas importantes do lar.

Bebe se pôs ao meu lado e me mostrou seu tesouro.

— Você tem o Onzari? — perguntei.

Davam-se até seis ou sete Bidoglio por um Onzari.

— Claro que tenho — disse-me, e procurou-o.

Depois de mostrá-lo, me surpreendeu ao espalhar pelo

chão times completos muito difíceis, como o dos escoceses.

De repente teve um acesso de tosse. Georgina largou o bastidor, foi até um armário e pegou um vidro de xarope Guyot. Congestionado e com os olhos lacrimejando, Bebe fez um gesto negativo com a mão, mas suavemente firme Georgina o fez engolir uma boa colherada.

— Se você não ficar bom, não vai poder tocar clarinete — disse-lhe.

Esse foi meu primeiro encontro com Georgina, em sua casa. Eu ficaria espantado nos dois ou três encontros posteriores, quando, em presença de Fernando, ela se transformou num ser indefeso. O curioso é que nunca fui além daqueles dois quartos quase periféricos da casa (sem falar da experiência aterradora do Mirante, que já contarei) e do contato com aqueles três jovens, três criaturas tão diferentes e estranhas: uma menina deliciosa, muito delicada e feminina, mas subjugada por um ser infernal, um retardado mental ou algo do gênero, e um demônio. Dos outros moradores da casa tive informações incertas e esporádicas, mas nas poucas vezes em que lá estive não foi possível ver nada do que se passava entre as paredes da casa principal, e minha timidez daquele tempo me impediu de indagar de Georgina (a única a quem poderia perguntar) como eram e viviam seus pais, sua tia María Teresa e seu avô Pancho. Pelo visto, os adolescentes viviam com independência nas duas peças do fundo, sob o domínio de Fernando.

Anos mais tarde, por volta de 1930, conheci os outros moradores da casa e agora compreendo que, com personagens assim, tudo o que acontecesse ou deixasse de acontecer na casa da rua Río Cuarto era perfeitamente plausível. Creio ter lhe dito que todos os Olmos (com exceção, é claro, de Fernando e de sua filha, e pelos motivos que já mencionei) sofriam de uma espécie de irrealismo, davam a impressão de não participar da realidade brutal do mundo que os cercava: cada vez mais pobres, sem conseguir fazer nada de sensato para ganhar dinheiro ou, pelo menos, para manter os restos do patrimônio, sem senso de medida nem de política, vivendo num lugar que era foco de comentários irônicos e maledicentes dos parentes distantes, cada dia mais afastados de sua classe, os Olmos davam a impressão de ser o fim de uma velha família no meio do caos furioso de uma cidade cosmopolita e mercantilizada, dura e implacável. E conservavam, obviamente sem perceber, as velhas virtudes dos primeiros colonos europeus — rejeitadas pelas outras famílias —, como quem joga um lastro para não afundar: eram hospitaleiros, generosos, ingenuamente patriarcais, modestamente aristocráticos. E talvez a raiva dos parentes distantes e ricos decorresse em parte de não terem sabido conservar essas virtudes e entrado no processo de mercantilização e materialismo que o país começou a sofrer desde o fim do século xix. E, assim como certos culpados ficam com ódio dos inocentes, assim os pobres Olmos, ingênua e até comicamente isolados na velha quinta de Barracas, eram o destinatário da raiva dos parentes, por continuarem a viver num bairro agora plebeu, em vez de terem emigrado para o Barrio Norte ou para San Isidro, por continuarem tomando mate em vez de chá, por serem pobres e não terem onde cair mortos e por conviverem com gente modesta e sem berço. Se acrescentarmos que nos Olmos nada disso era deliberado e que todas essas virtudes — para os outros, taras revoltantes — eram praticadas com inocente simplicidade, é fácil compreender que a família foi para mim, como para outras pessoas, um símbolo comovente e melancólico de algo que ia desaparecendo do país para nunca mais voltar.

Naquela noite, ao sair da casa, quando estava prestes a cruzar o portão, meus olhos se viraram, não sei por quê, para o Mirante. A janela estava levemente iluminada e tive a impressão de entrever a figura de uma mulher espiando.

Hesitei muito em voltar: a presença de Fernando me detinha, mas a de Georgina me fazia sonhar e eu ansiava por revê-la. Meu espírito parecia dividido entre as duas forças contrárias, e não me decidia a retornar. Até que finalmente a vontade de rever Georgina foi mais forte. Nesse meio-tempo, eu tinha refletido e voltava disposto a averiguar coisas, e, se possível, a conhecer os pais dela. "Talvez", pensava para me animar, "Fernando não esteja." Imaginava que teria amigos ou conhecidos, pois me lembrava da busca do exemplar de *Tit-bits* e de sua saída, que só podia atribuir a um encontro com outros garotos; e embora já o conhecesse o suficiente para intuir, mesmo na minha idade, que não podia ter amigos, era provável, em contrapartida, que mantivesse outro tipo de relação com os rapazes: mais tarde confirmaria essa suposição e, embora com reticência, Georgina me confessaria que seu primo chefiava um grupo de rapazes inspirado em certos seriados de cinema, como *Os mistérios de Nova York* e *A moeda quebrada*, grupo que tinha seus juramentos secretos, seus punhos de ferro e seus obscuros objetivos. Visto agora, à distância, aquele grupo me parece o ensaio geral do que houve mais tarde, por volta de 1930, quando organizou uma gangue de bandidos.

Ao meio-dia instalei-me na esquina da Río Cuarto com a Isabel, la Católica. Pensei: depois do almoço pode ser que ele saia, e se sair, mesmo sendo tarde, entrarei.

O senhor pode imaginar meu interesse em rever Georgina se lhe digo que esperei naquela esquina de uma da tarde às sete da noite, quando vi Fernando saindo e então corri pela Isabel, la Católica até quase a outra esquina, a uma distância suficientemente grande para poder me esgueirar caso ele pegasse a mesma rua, ou poder voltar para casa se o visse pegando direto por Río Cuarto. Assim foi: pegou direto. Então me precipitei para a casa. Tenho certeza de que Georgina se alegrou em me ver. Aliás, tinha insistido para que eu voltasse.

Perguntei-lhe sobre sua família. Falou-me da mãe e do pai. Também da tia María Teresa, que vivia sempre anunciando doenças e catástrofes. E do avô Pancho.

— O que vive lá em cima — disse eu, mentindo, porque intuía que "lá em cima" se escondia um segredo.

Georgina me olhou com uma expressão de surpresa.

— Lá em cima?

— É, no Mirante.

— Não, o avô não vive ali — respondeu evasiva.

— Mas vive alguém — disse-lhe.

Tive a impressão de que se constrangia em responder.

— Acho que vi alguém lá, na outra noite.

— É Escolástica que vive lá — respondeu enfim, de má vontade.

— Escolástica? — perguntei espantado.

— É, antigamente punham nomes assim.

— Mas ela não desce nunca.

— Não.

— Por quê?

Encolheu os ombros.

Olhei-a atentamente.

— Acho que ouvi Fernando dizer alguma coisa.

— Alguma coisa? Sobre o quê? Quando?

— Sobre uma louca. Lá em Capitán Olmos.

Enrubesceu e baixou a cabeça.

— Ele lhe disse isso? Disse que Escolástica era louca?

— Não, disse alguma coisa sobre uma louca. É ela?

— Não sei se é louca. Nunca falei com ela.

— Nunca falou com ela? — perguntei, estranhando.

— Não, nunca.

— E por quê?

— Não lhe disse que ela não desce nunca?

— Mas e você nunca subiu?

— Não, nunca.

Fiquei olhando-a.

— Quantos anos tem?

— Oitenta e quatro anos.

— É sua avó?

— Não.

— Bisavó?

— Não.

— Então, quem é?

— É tia-avó do meu avô. Filha do comandante Acevedo.

— E desde quando vive lá em cima?

Georgina me olhou: sabia que eu não acreditava nela.

— Desde 1853.

— Sem nunca descer?

— Sem descer.

— Por quê?

Voltou a encolher os ombros.

— Acho que por causa da cabeça.

— Cabeça? Que cabeça?

— A do pai, a cabeça do comandante Acevedo. Jogaram-na pela janela.

— Pela janela? Quem?

— A Mazorca. Então ela fugiu com a cabeça.

— Fugiu com a cabeça? Para onde?

— Para lá, para o Mirante. E nunca mais desceu.

— E por isso é louca?

— Eu não sei. Não sei se é louca. Nunca subi.

— E Fernando também não subiu?

— Fernando, sim.

Nesse momento vi, com temor e desânimo, que Fernando voltava. Evidentemente, só dera uma saidinha rápida.

— Ah, você voltou! — limitou-se a me dizer, examinando-me com seus olhos penetrantes, como se tentasse averiguar quais teriam sido os motivos de minha nova visita.

Desde o instante em que seu primo entrou, Georgina se transformou. É possível que na outra vez meu nervosismo tivesse me impedido de perceber a influência que a presença de Fernando exercia sobre seu comportamento. Ficava muito tímida, não falava, seus movimentos eram mais pesados e, quando era obrigada a responder a uma pergunta minha, falava olhando de soslaio para o primo. Fernando, de seu lado, instalara-se na cama e de lá, deitado, roendo as unhas furiosamente, nos olhava. A situação ficou muito constrangedora, até que de repente ele sugeriu que, já que eu estava ali, inventássemos uma brincadeira, pois, disse, estava se aborrecendo. Mas seu olhar não mostrava aborrecimento, e sim algo que eu não conseguia identificar.

Georgina o olhou temerosa, mas logo baixou a cabeça, como esperando seu veredicto.

Fernando sentou-se na cama e parecia matutar, sempre olhando-nos e roendo as unhas.

— Onde está o Bebe? — perguntou afinal.

— Está com mamãe.

— Traga-o.

Georgina foi cumprir a ordem. Ficamos calados até que Bebe chegou com seu clarinete.

Fernando explicou a coisa: os três se esconderiam em lugares diferentes dos dois quartos, do depósito de lenha ou do jardim (já era noite). Eu teria de procurá-los e reconhecê-los, sem falar nem perguntar nada, só tateando os rostos.

— Para quê? — perguntei estupefato.

— Depois eu explico. Se acertar, ganhará um prêmio — disse com um risinho seco.

Eu temia que estivesse caçoando de mim, como antigamente, em Capitán Olmos. Mas também temia me negar, pois nesses casos ele sempre deduzia que era por pura covardia, já que sabia que suas brincadeiras eram invariavelmente terríveis. Mas eu me perguntava o que poderia haver de terrível nesse caso. Mais parecia uma brincadeira cretina, algo para me expor grosseiramente ao ridículo. Olhei Georgina como que procurando em seu rosto uma indicação, um conselho. Mas Georgina já não era a mesma: o rosto lívido e os olhos arregalados demonstravam uma espécie de fascínio ou medo, ou as duas coisas ao mesmo tempo. Fernando mandou apagar as luzes, esconderam-se, e eu, aos tropeções, comecei a procurá-los. Logo, inocentemente sentado na cama, reconheci o Bebe. Mas Fernando já tinha estabelecido que deveria encontrar e reconhecer pelo menos duas pessoas.

Não tinha mais ninguém naquele quarto. Restava-me explorar o outro e o depósito. Cuidadosamente, tropeçando aqui e ali, percorri o quarto de Fernando, até que tive a impressão de ouvir, no silêncio, a respiração de um deles. Pedi a Deus que não fosse Fernando, pois, não sei por quê, achava abominável encontrá-lo assim no escuro. Com cautela, o ouvido apurado, continuei avançando para o lugar de onde parecia vir aquele sussurro apagado. Bati numa cadeira. Com os braços esticados para a frente, sempre tateando à esquerda e à direita, cheguei a uma parede: úmida, empoeirada, com o papel descolando. Toquei na parede, desviei à direita, para o lado de onde achei que vinha o eco apagado de uma respiração. Minhas mãos esbarraram primeiro num armário, depois meus joelhos bateram na cama de Fernando. Agachei-me e, apalpando, verifiquei se havia alguém deitado ou sentado, mas não encontrei ninguém. Continuando agora pela beira da cama, sempre para a direita, encontrei primeiro a mesa de cabeceira e novamente a parede descascada. Agora tinha certeza: a respiração se fazia mais nítida, transformava-se num arquejo levíssimo mas nervoso, certamente porque eu estava me aproximando. Uma emoção absurda agitava meu coração como se eu estivesse à beira de um segredo terrível. Fui avançando de forma quase insensível, muito lenta. Até que de repente minha mão direita tocou num corpo. Retirei-a como se tivesse encostado num ferro em brasa, pois percebi na mesma hora que era o corpo de Georgina.

— Fernando — disse em voz baixa, mentindo como que envergonhado.

Mas não tive resposta.

Estendi minha mão temerosa e ávida, mas levando-a à altura de seu rosto. Encontrei sua face e depois sua boca, que senti apertada e trêmula.

— Fernando — menti novamente, enrubescendo, como se pudessem me ver.

Não tive resposta e ainda hoje me pergunto por quê. Mas no momento achei que era como se ela me autorizasse a prosseguir a investigação, pois, se respeitasse as regras estipuladas por Fernando, já devia ter dito que eu estava enganado. Era como estar cometendo um roubo, mas um roubo autorizado pela vítima, o que até hoje me assusta.

Minha mão, lentamente, com trêmula hesitação, parou em sua face, percorreu seus lábios e olhos, num sinal de reconhecimento, como uma carícia envergonhada (já lhe disse que nesses dois anos Georgina tinha dado um pulo, e a adolescente começava a se parecer com Ana María?). Sua respiração ficou muito intensa, como se estivesse fazendo um grande esforço, agitada. A certa altura quase gritei "Georgina!", para depois sair correndo, desesperado. Mas me contive e continuei com a mão em seu rosto, sem que ela nada fizesse para se afastar, numa atitude que talvez tenha originado minha esperança alucinada ao longo de tantos anos, até os dias de hoje.

— Georgina — disse enfim, rouco, num tom apenas audível. E então, prestes a cair em prantos, ela exclamou em voz baixa:

— Chega! Deixe-me!

E fugiu para a porta.

Saí atrás dela, devagar, sentindo que algo muito estranho e contraditório tinha acontecido, mas sem saber como interpretá-lo. Minhas pernas bambeavam como se eu estivesse diante de um grande perigo. Quando entrei no outro quarto, já iluminado, só estava Bebe: Georgina tinha desaparecido. Quase em seguida Fernando chegou, escrutando-me com olhar sombrio, como se aquele fogo perverso que ardia dentro dele agora incendiasse as trevas.

— Você ganhou — comentou com voz dominadora e seca. — Como prêmio, amanhã poderá fazer uma prova mais importante.

Compreendi que devia ir embora e que Georgina não reapareceria. Bebe, com o clarinete na mão, a boca entreaberta, me olhava com seus olhos perdidos e brilhantes.

— Bem — disse eu, saindo.

— Amanhã de noite, depois do jantar, às onze — disse-me.

Durante a noite toda pensei no que tinha me acontecido e no que poderia acontecer no dia seguinte. Aterrorizava-me a ideia de que Fernando fosse mais longe, pelo mesmo caminho, embora não visse claramente por quê, e compreendesse que, no meio de tudo, estava Georgina. Por que ela evitara dizer "não" quando eu disse o nome de Fernando? Por que continuara calada, autorizando o gesto de minha mão? No dia seguinte, às onze em ponto eu estava no quarto de Fernando. Georgina e ele já me esperavam. Notei nos olhos de Georgina uma expressão de pavorosa expectativa, acentuada pela palidez marmórea de seu rosto. Como um chefe que dá instruções à patrulha, com uma fria precisão, Fernando me disse:

— No Mirante, lá em cima, mora a velha Escolástica. A essa altura ela está dormindo. Você vai entrar com esta lanterna, vai até uma cômoda que há do lado oposto da cama, vai abrir a segunda gaveta de cima para baixo, vai pegar uma caixa de chapéus e vai trazê-la para mim.

Com voz de fantasma, olhando para o chão, Georgina disse:

— A cabeça, não, Fernando! Qualquer outra coisa, menos a cabeça!

Fernando respondeu com expressão de desprezo:

— Qualquer outra coisa não teria importância. A cabeça.

Eu, quase desmaiando, me lembrei da história que Georgina me contara. Não era possível, essas coisas jamais aconteciam na vida real. E, além disso, por que teria de fazê-lo? Quem me obrigava?

— Por que tenho de fazer isso? Quem me obriga? — aleguei com voz sumida.

— Como, por quê? Por que se sobe o Aconcágua? Não há nenhuma utilidade em subir o Aconcágua, Bruno. Ou você é um covarde?

Compreendi que não podia escapar.

— Muito bem, me dê a lanterna e me diga como se sobe.

Fernando me entregou a lanterna e começou a me indicar como subir ao Mirante.

— Espere — disse eu. — E se a velha acordar? Pode acordar, pode gritar; e o que eu devo fazer?

— A velha quase não enxerga e quase não escuta, e quase não pode se mexer. Não se preocupe. O pior que pode acontecer é você ter de descer sem a cabeça, mas espero que tenha a coragem suficiente para trazê-la.

Já lhe expliquei que debaixo do Mirante havia um depósito de velharias, de onde se podia subir por uma antiga escada de madeira. Fernando me levou até o depósito, que nem sequer tinha luz elétrica, e me disse:

— Ao chegar lá em cima você vai encontrar uma porta que não tem chave. Abra-a e entre no Mirante. Nós o esperamos em meu quarto.

Foi embora e fiquei com a lanterna no meio do depósito escuro, ouvindo os batimentos aflitos de meu coração. Um pouco depois pensei mais uma vez que tipo de loucura era aquela e quem me obrigava a subir, senão meu próprio orgulho; pus o pé no primeiro degrau. Subi com temor crescente e numa lentidão que achei vergonhosa. Mas subi.

De fato, no final da escada havia um pequeno patamar e uma porta dando para o quarto da anciã louca. Eu sabia que era quase uma inválida, mas mesmo assim meu medo era tão grande que eu suava em bicas e receava ter uma diarreia. Para completar, percebi que meu corpo ou meu suor soltavam um cheiro insuportável e muito forte. Mas já não podia recuar e, assim, o melhor era agir o quanto antes.

Virei a maçaneta com cuidado, tentando não fazer o menor barulho, pois, evidentemente, tudo seria menos horrível se a louca não acordasse. A porta abriu com um chiado que achei terrível. A escuridão do quarto era total. Por um instante hesitei entre iluminar com a lanterna a cama onde a velha repousava, para ver se dormia, e o temor de, justamente, acordá-la com a luz. Mas como poderia entrar num quarto desconhecido, com uma louca trancada ali, sem verificar, pelo menos, se a velha estava dormindo ou acordada, observando-me? Com um misto de repulsa e pavor, levantei a lanterna e varri o quarto, circularmente, à procura da cama.

Quase desmaiei: a anciã não estava dormindo, e sim de pé, ao lado da cama, fitando-me de olhos abertos e espavoridos. Era uma velhinha quase mumificada, muito pequena, muito magra, quase um esqueleto vivo. De seus lábios ressecados saiu algo que imaginei se referir à Mazorca, mas não garanto, pois assim que vi sua figura nas trevas fugi para a porta e despenquei pela escada. Ao chegar ao quarto de Fernando, desmaiei.

Quando recobrei os sentidos, Georgina segurava minha cabeça entre os braços e de seus olhos rolavam lágrimas enormes. Levei bastante tempo para me lembrar do que ocorrera antes e então senti uma vergonha infinita. Estava só, com Georgina. Fernando tinha se retirado, dizendo uma venenosa ironia sobre minha coragem.

— Ela estava de pé — balbuciei.

Georgina não dizia nada: limitava-se a chorar em silêncio.

Aqueles primos começaram a ser para mim um mistério indecifrável, que ao mesmo tempo me atraía e me assustava. Eram como dois oficiantes de um rito desconhecido, cujo significado eu não conseguia entender e do qual se podiam esperar atrocidades. De repente eu comecei a imaginar que Fernando estaria caçoando de mim, e temia que estivesse preparando uma cilada funesta. Os dois primos viviam isolados do resto da casa, solitários, e Fernando, como um rei de um único súdito, embora fosse mais apropriado dizer como um sumo sacerdote de um único crente, e como se eu tivesse me transformado na única vítima do culto tenebroso. Fernando desprezava o resto do mundo, ou o ignorava soberbamente, enquanto que de mim exigia *uma coisa* que eu não conseguia perceber direito, e que, creio, se referia a sentimentos estranhos, a emoções sombrias e volúpias, as mesmas que deviam sentir os sacerdotes astecas quando, no alto das pirâmides sagradas, extraíam o coração latejante e quente de seus sacrificados. E, ainda mais inexplicável, eu também me submetia com certa obscura sensualidade ao sacrifício em que Georgina oficiava como uma aterrorizada hierofante.

Pois esses episódios foram apenas o começo. Muitos rituais estranhos e perversos se seguiram até eu fugir, até entender, com doloroso pavor, que a pobre criatura executava cegamente, como hipnotizada, as ordens de Fernando.

Agora, trinta anos depois, ainda tento compreender a relação exata que havia entre os dois, e não consigo. Eram dois universos opostos, e, no entanto, de certo modo estavam entranhadamente unidos por um vínculo incompreensível mas poderoso. Fernando a dominava, mas não poderia afirmar que fosse unicamente um pavor sagrado que a ligava ao primo: às vezes acho que Georgina tinha uma espécie de compaixão. Compaixão por um monstro como Fernando? Sim. Ela fugia de repente de seus atos demoníacos, e a vi chorar horrorizada num canto escuro da casa de Barracas. Mas também me lembro de ela defendê-lo com energia maternal quando eu o atacava. "Você nem imagina como ele sofre", dizia-me. Agora, considerando serenamente sua personalidade e muitos de seus atos, admito que, realmente, Fernando não tinha essa indiferença fria que, dizem, é típica dos criminosos natos; já lhe disse antes que a sensação era mais de uma luta interior caótica e desesperada. Mas devo lhe confessar que não tenho a suficiente grandeza de alma para me compadecer de criaturas como Fernando. Georgina, em compensação, tinha essa grandeza.

Que tipo de sofrimentos?, o senhor me perguntará. Muitos e de toda natureza: físicos, mentais e até espirituais. Os físicos e mentais eram visíveis. Sofria alucinações, tinha sonhos alucinantes, de repente perdia a consciência. Cheguei a vê-lo, mesmo sem desmaiar, como se estivesse ausente, sem falar nem ouvir nem ver quem estava na sua frente. "Já vai passar", Georgina me dizia então, seguindo-o com angústia. Outras vezes (Georgina me contava) ele lhe dizia: "Eu a estou vendo, sei que estou aqui, ao seu lado, mas também sei que estou em outro lugar, muito longe, num quarto escuro e fechado. Estão me perseguindo para arrancar meus olhos e me matar". Passava da exaltação mais violenta à passividade e à melancolia mais absolutas: então se transformava, segundo Georgina, na criatura mais indefesa e desamparada deste mundo, e, como um menino pequenininho, ia se aninhar no colo da prima.

Evidentemente, nunca o vi em nenhum desses extremos humilhantes, e creio que, se tivesse visto, Fernando seria capaz de me assassinar. Mas Georgina me contou, e ela jamais pregou mentira, e imagino que Fernando nunca tenha simulado na frente dela, mesmo sendo um mestre da simulação, como era de fato.

O que vi dele sempre foi desagradável. Considerava-se acima da sociedade e da lei. "A lei é feita para os pobres-diabos", afirmava. Por alguma razão que não consigo entender, era apaixonado por dinheiro, e creio que o enxergava como algo mais do que o simples dinheiro das pessoas normais. Enxergava-o como algo mágico e demoníaco, e gostava de se referir a ele como o "ouro". Talvez essa estranha tendência decorresse de sua paixão pela alquimia e pela magia. Mas sua morbidez era mais visível em tudo o que, direta ou indiretamente, se referisse aos cegos. A primeira vez que percebi isso pessoalmente foi ainda em Capitán Olmos, quando íamos andando para casa pela rua Mitre, e de repente veio em nossa direção o cego que tocava tambor na banda do povoado. Fernando quase desvaneceu e fui obrigado a segurar seu braço, e então senti que tremia como quem tem malária e seu rosto ficava branco e rígido como o de um morto. Levou tempo para se refazer, precisou sentar na beira da calçada e depois teve um acesso de raiva contra mim, xingando-me histericamente, porque eu segurara seu braço para que não caísse.

Num dia do inverno de 1925 terminou essa fase alucinante de minha vida. Quando entrei no quarto de Georgina, encontrei-a chorando na cama. Fui logo acariciá-la, perguntar-lhe, mas ela só conseguia me repetir "Quero que você vá embora, Bruno, e que não venha nunca mais. Pelo amor de Deus!". Eu tinha conhecido duas Georginas: uma, doce e feminina como a mãe, e outra, possuída pelos poderes de Fernando. Agora via a Georgina arrasada e indefesa, aterrorizada e alquebrada, que me pedia para ir embora e nunca mais voltar. Por quê? Qual era a verdade assustadora que queria esconder de mim? Nunca me disse, se bem que depois, com os anos e a experiência, desconfiei e a confirmei. Mas o que era desanimador em tudo isso não era o terror de Georgina nem a destruição de uma alma delicada e carinhosa pelo espírito satânico de Fernando: o desanimador era que ela o amava.

Insisti estupidamente, mas acabei entendendo que já nada podia nem devia fazer naquele cantinho do mundo que parecia esconder um segredo ominoso.

Só voltei a ver Fernando em 1930.

É sempre fácil prever o passado, ele dizia, mordaz. Agora, depois de quase trinta anos, pequenos acontecimentos da época, aparentemente casuais e sem importância, revelam o significado de tudo. Assim como, para um leitor que acaba um longo romance e vê os destinos se cumprirem (como a morte na vida real), frases tão triviais como "Alexis Karamazov era o terceiro filho de um proprietário rural de nosso distrito" adquirem de repente um sentido profundo e muitas vezes trágico. Nunca se sabe, até o final, se o que um dia nos acontece é história ou simples contingência, se é tudo (por mais trivial que pareça) ou se é nada (por mais doloroso que seja). Fatos minúsculos me puseram de novo no caminho de Fernando, após vários anos de distanciamento, como se fosse meu inelutável destino e como se os esforços para me afastar dele tivessem sido inúteis.

Penso na época tão distante e nas palavras que chegam à minha mente: *xadrez, Capablanca e Alekhine, Al Jolson, Cantando na chuva, Sacco e Vanzetti, Sandino e Nicarágua*. Mistura estranha e melancólica! Mas que conjunto de palavras ligadas às recordações de nossa juventude não é estranho e melancólico? Tudo o que essas palavras sugerem culminaria com o duro mas fascinante período em que a vida do país e nossa própria existência sofreriam uma mudança radical, momento ligado justamente à presença de Fernando, como se ele fosse um símbolo obscuro daquela época de minha vida e ao mesmo tempo o motivo mais forte de minhas transformações. Pois no ano de 1930 minha vida entrou num de seus momentos de crise, quer dizer, de julgamento, e tudo começou a vacilar sob meus pés: o sentido de minha vida, o sentido de meu país e o sentido da raça humana em geral, porquanto ao julgarmos nossa própria existência inevitavelmente fazemos um juízo sobre a humanidade inteira. Embora também se possa dizer que quando começamos a julgar a humanidade inteira é porque na verdade estamos examinando o fundo de nossa própria consciência.

Foram anos dramáticos e exaltados.

Penso, por exemplo, em Carlos, cujo nome verdadeiro eu nunca soube. Ainda o estou vendo, ainda me comovo, debruçado furiosamente sobre aquelas edições baratas de trinta ou quarenta centavos, mexendo os lábios com enorme esforço, apertando os punhos nas têmporas, como um rapaz desesperado que, suando, penosamente, procura e afinal desenterra um cofre no qual lhe disseram que está a chave de sua existência infeliz, o significado críptico de seus sofrimentos de jovem operário. A Pátria! A Pátria de quem? Eles tinham chegado aos milhões das grutas da Espanha, das aldeias miseráveis da Itália, dos Pirineus. Párias de todos os confins do mundo, amontoados nos porões mas sonhando: lá nos aguarda a liberdade, agora não seriam mais bestas de carga. América! A terra mítica onde se achava dinheiro jogado nas ruas. E, depois, o trabalho duro, os salários miseráveis, as jornadas de doze a catorze horas. Esta tinha sido afinal a verdadeira América para a imensa maioria: miséria e lágrimas, humilhação e dor, saudades e nostalgia. Como meninos iludidos com os contos de fadas e levados à escravidão. E então, eles, ou seus filhos, dirigiam seus olhares para outras utopias, para terras futuras comentadas em livros violentos mas ao mesmo tempo cheios de ternura por eles, pelos miseráveis; livros que lhes falavam de terra e liberdade e os impeliam à revolta. E então muito sangue correu nas ruas de Buenos Aires, e muitos homens e mulheres e até as crianças, filhos desses infelizes, morreram em 1905, em 1908, em 1910. O Centenário da Pátria! Da pátria de quem?, perguntava-se Carlos com um muxoxo irônico e doloroso. Não havia pátria, será que eu não sabia? Havia o mundo dos senhores e o mundo dos escravos. Pão e liberdade!, gritavam os operários vindos de toda parte, enquanto os senhores, aterrorizados e furiosos, lançavam a polícia e o exército sobre aquela turba. E, assim, mais sangue, e, então, mais greves e manifestações, e novamente atentados e bombas. E, enquanto o filho do patrão estudava num colégio na Suíça ou na Inglaterra ou na França, o filho do operário sem nome trabalhava nos frigoríficos por cinquenta centavos ao dia, ficava tuberculoso nas câmaras frias e finalmente agonizava, anônimo, em hospitais imundos. E, enquanto aquele outro rapaz lia Keats e Baudelaire, este aqui decifrava com dificuldade, como Carlos naquele momento, um texto de Malatesta ou Bakunin, e um garoto chamado Roberto Arlt aprendia nas ruas o sentido geral da existência humana. Até que eclodiu a Grande Revolução! A Idade de Ouro estava próxima! De pé os Pobres do Mundo! O Apocalipse dos Poderosos! E novas gerações de rapazes pobres e estudantes irrequietos ou revoltados leram Marx e Lenin, Gorki e Kropotkin. E um deles era Carlos, que agora volto a ver, como se estivesse na minha frente, como se não tivessem se passado trinta anos, soletrando aqueles livros, obstinado e ansioso. Agora ele me aparece como um símbolo do colapso de 1930, quando, com a derrubada de seus templos em Wall Street, a religião do Progresso Infinito começou a chegar ao fim. Bancos imponentes quebravam, grandes indústrias se afundavam, dezenas de milhões se suicidavam. E a crise da metrópole da arrogante religião laica estendia-se em violentos maremotos às regiões mais longínquas do planeta. E aqui caiu Yrigoyen, em Puerto Nuevo começou a se erguer um mundo de ex-homens, longas filas se formavam nos restaurantes populares, pequenos empregados sem emprego ouviam extáticos, no Marzotto, tangos amargos e pessimistas de Discépolo, Scalabrini escrevia um manual do portenho solitário, a rua Barceló dominava Avellaneda com seus prostíbulos e suas casas de jogo. A hora das máquinas distribuidoras de bebidas e dos rufiões.

A miséria e a descrença se apoderavam atrozmente da

cidade babilônica. Rufiões, assaltantes solitários, salões espelhados de jogos e tiro ao alvo, bêbados e vagabundos, desempregados, mendigos, putas a dois pesos. E, como enviados fulgurantes do Castigo e da Esperança, aqueles homens e rapazes reunidos em casebres para preparar a Revolução Social.

Carlos, então.

Foi um dos elos que me levou novamente a Fernando, embora depois tenha se afastado dele, como um santo do Diabo. Talvez o senhor o tenha conhecido, pois ele mantinha relações com o grupo de anarquistas de La Plata, e agora creio me lembrar que em certa ocasião o senhor também falou disso. Acho que a amarga experiência dele com Fernando foi o que o afastou do anarquismo e o levou ao movimento comunista; se bem que, como o senhor pode imaginar, esse simples fato não pudesse mudar sua mentalidade, a mesma de sempre, mentalidade que, aliás, explica sua expulsão do movimento comunista sob a acusação de terrorismo. Não soube mais dele até 1938, até aquele inverno de 1938, quando começaram a chegar a Paris, ilegalmente, os homens e as mulheres que conseguiram atravessar os Pirineus após a derrota na Espanha. Paulina (pobre Paulina), que escondi várias vezes em meu quarto da rua Des Écoles, me contou a morte de Carlos dentro do mesmo tanque em que morreu Etchebehere, outro argentino. O quê? Tinha virado trotskista? Paulina não sabia: só o tinha visto uma vez, arisco e solitário como sempre, estoico, impenetrável.

Carlos era um espírito religioso e puro. Como podia aceitar e compreender comunistas iguais a Cramer? Como podia aceitar e compreender os homens em geral? A encarnação, o mal original, a queda, como aquele ser puríssimo podia admitir essa condição aviltada do homem? Mas é extremamente curioso que seres de certo modo não humanos exerçam influência tão grande sobre os meramente humanos. Eu mesmo fui arrastado ao comunismo unicamente pela força de sua presença e de sua pureza, e o afastamento dele também produziu o meu, talvez porque eu fosse um adolescente que não conseguia aceitar a dura realidade. Duvido que hoje eu julgasse com a mesma severidade militantes como Cramer, suas lutas pelo poder pessoal, suas mesquinharias, suas hipocrisias e sordidez. Pois quantos homens teriam direito a fazê-lo? E onde, meu Deus, seria possível encontrar seres humanos isentos dessa sordidez senão em situações, quase alheias à condição humana, de adolescência, santidade ou loucura?

Como um mensageiro que ignora o conteúdo da carta, aquele rapaz desconhecido é que haveria de me pôr mais uma vez no caminho de Fernando.

Nos últimos dias de janeiro de 1930, quando, terminadas minhas férias em Capitán Olmos, voltei a Buenos Aires para ir morar na pensão da rua Cangallo, quase mecanicamente, pela força do hábito, dirigi-me ao café La Academia. Ia ver Castellanos, ia ver Alonso, ia acompanhar as eternas partidas de xadrez. Ia ver o de sempre. Pois ainda não chegara o momento de entender que o hábito é uma ilusão e que nossos passos mecânicos nem sempre nos levam à mesma realidade; eu ainda ignorava que a realidade é surpreendente e, dada a natureza dos homens, trágica a longo prazo.

Alonso tinha um novo parceiro no jogo de xadrez, parecido com Emil Ludwig. Chamava-se Max Steinberg. Pode parecer estranho que gente desconhecida e, pelo visto, encontrada ao acaso me levasse a alguém nascido em minha aldeia e membro de uma família tão intimamente ligada à nossa. Aqui deveríamos admitir um dos axiomas preferidos de Fernando: não há acasos, e sim destinos. Só encontramos o que procuramos, e procuramos o que de certo modo está escondido no mais obscuro e profundo de nosso coração. Do contrário, por que o encontro com uma mesma pessoa não produz em dois seres os mesmos resultados? Por que para um o encontro com um revolucionário leva-o à revolução, enquanto deixa o outro indiferente? Por isso, no final terminamos encontrando as pessoas que devemos encontrar, ficando assim o acaso reduzido a limites muito modestos. De modo que esses encontros estranhos da vida de cada um, como o meu reencontro com Fernando, nada mais são do que a consequência dessas forças desconhecidas que nos aproximam no meio da multidão indiferente, assim como as limalhas de ferro se orientam à distância para os polos de um poderoso ímã, em movimentos que constituiriam motivo de espanto para as limalhas se tivessem consciência de seus atos, sem porém um conhecimento pleno e total da realidade. Assim, caminhamos meio como sonâmbulos, mas com a mesma segurança dos sonâmbulos, para os seres que de alguma maneira são desde o início nossos destinatários. E mergulhei nesses pensamentos porque estava prestes a lhe dizer, há pouco, que minha vida, até o encontro com Carlos, tinha sido a de um estudante qualquer com seus típicos problemas e ilusões, com suas brincadeiras nas aulas ou na pensão, com seus primeiros amores, e sua audácia e sua timidez. E já antes de começar a escrever estas palavras compreendi que não era totalmente exato, pois ia dar uma ideia equivocada de minha vida anterior ao encontro, e essa ideia equivocada ia turvar o significado real de meu reencontro com Fernando. A estranheza se reduz e geralmente desaparece quando olhamos mais a fundo as circunstâncias que cercaram o fato aparentemente insólito. E assim, em última análise, parece ficar relegada ao simples mundo das aparências, como filha da miopia, do acanhamento e da distração. Naqueles cinco anos, na verdade, eu tinha vivido obcecado pela família e não conseguia afastar de minha lembrança Ana María, nem Georgina nem Fernando: eles pulsavam no mais fundo de meu ser e volta e meia apareciam em meus sonhos. Agora penso também que, já nos encontros de 1925, eu ouvira diversas vezes Fernando falar de seu plano de organizar, mais adiante, um grupo de assaltantes e terroristas. E agora creio que essa sua ideia, que na hora achei absurda, ficou gravada dentro de mim, e talvez minha aproximação inicial com os grupos anarquistas tenha sido determinada, sem eu mesmo saber, como tantos outros movimentos de meu espírito, por ideias e obsessões de Fernando. Já lhe expliquei que esse homem exerceu sobre uma profusão de rapazes e moças uma influência invencível e frequentemente perniciosa, pois suas ideias e até suas manias se propagaram a inúmeras criaturas que acabaram sendo a caricatura grosseira e ordinária daquele demônio. Assim o senhor poderá entender o que antes lhe expliquei: não foi tão surpreendente meu reencontro com ele, já que, de todas as pessoas que fui conhecendo, afastei, sem saber, as que não me aproximavam de Fernando, e, quando percebi que Max e Carlos pertenciam a grupos anarquistas, imediatamente me juntei a eles; e como esses grupos, aqui e em qualquer lugar do mundo, são minoritários e sempre unidos (mesmo sendo, como nesse caso, por incompatibilidades e desaprovação mútua), fatalmente eu teria de encontrar Fernando. O senhor me dirá por que, se esse era meu objetivo final, não procurei Fernando na própria casa de Barracas; mas então terei de responder que encontrar Fernando não era de jeito nenhum um objetivo consciente, e sim uma obsessão quase inconfessável, já que, ao contrário, nunca minha razão e minha consciência tinham aprovado e muito menos recomendado ir em busca do indivíduo que só podia me trazer, como trouxe, transtorno e dor.

Houve, porém, outros fatores que facilitaram esse gesto inconsciente. Creio ter lhe dito que perdi minha mãe muito cedo e que, além do mais, mandaram-me estudar numa cidade muito longe de minha casa. Vivia sozinho, era tímido e, infelizmente, tinha uma sensibilidade exacerbada. O que o mundo podia parecer, senão um caos repleto de maldade, injustiça e sofrimento? Como não iria me refugiar na solidão e nesses universos distantes da fantasia e do romance? Desnecessário dizer que eu adorava Schiller e seus bandidos, Chateaubriand e seus heróis americanos, o *Götz von Berlichingen*. Estava preparado para ler os russos e talvez tivesse lido já na época se, em vez de ser filho de burgueses, fosse, como tantos outros rapazes que conheci depois, filho de operários ou de família pobre, pois para esses rapazes a Revolução Russa era o grande acontecimento de nosso tempo, a grande esperança, e era mais fácil encontrar jovens lendo Gorki do que Mansilla ou Cané. Aí está uma das grandes contradições de nossa formação e um dos fatos que por tanto tempo criou abismos entre nós e nossa pátria: ao tomar contato com uma realidade fomos afastados de outra. Mas o que é nossa pátria senão uma série de afastamentos? Seja como for, em 1929 terminei o segundo grau. Ainda me lembro, dias depois de concluídos os exames, da solidão melancólica do colégio, tão característica dos colégios quando seus alunos se dispersam para as férias de verão. Senti então a necessidade de ver pela última vez o lugar onde haviam transcorrido cinco anos que não voltariam mais. Nos jardins, fiquei muito tempo sentado, pensativo, na beira de um canteiro. Depois me levantei e me aproximei da árvore em que vários anos antes tinha gravado minhas iniciais, quando ainda era uma criança: *B. B. 1924*. Como me sentia sozinho! Como era indefeso e triste, um garoto do interior, numa cidade estranha e monstruosa!

Dias depois iria para Capitán Olmos. Seriam as últimas férias passadas na minha aldeia. Meu pai já estava velho, mas continuava sendo duro e intratável. Eu me sentia distante dele e de meus irmãos, vagos impulsos agitavam minha alma, mas todos os meus desejos eram incertos e imprecisos. Intuía que algo se aproximava, mas não conseguia entender o quê, embora meus sonhos e minhas voltas obsessivas em torno da casa dos Vidal pudessem ter me prevenido. De toda maneira, passei as férias olhando minha aldeia sem vê-la. Muitos anos se passariam, eu sofreria muitos golpes, perderia grandes ilusões e conheceria uma profusão de gente até recuperar, de certo modo, meu pai e minha aldeia natal, pois o caminho que leva ao mais íntimo é sempre um longo périplo que passa por seres e universos. Assim, recuperei meu pai, mas, como quase sempre acontece, quando era tarde demais. Se na época eu tivesse intuído que o via saudável pela última vez, se tivesse adivinhado que vinte e cinco anos depois o veria transformado num monte sujo de ossos e vísceras podres, olhando-me tristemente do fundo dos olhos já quase alheios a este mundo, então teria tentado compreender aquele homem intratável mas bom, enérgico mas ingênuo, violento mas puro. Todavia, sempre entendemos tarde demais as criaturas que estão mais perto de nós, e quando começamos a aprender o difícil ofício de viver já temos de morrer, e sobretudo já morreram aqueles a quem teria sido mais importante aplicar nossa sabedoria.

Quando voltei a Buenos Aires ainda não tinha ideia do que ia estudar. Queria tudo ou talvez não quisesse nada. Gostava de pintar, escrevia contos e poemas. Mas isso era uma profissão? Podia-se levar a sério quem quisesse se dedicar a pintar ou escrever? Não eram apenas passatempos de gente desocupada e sem responsabilidade? Os outros pareciam tão sólidos, instalados nas faculdades de medicina ou engenharia, estudando como curar uma escarlatina ou construir uma ponte, que eu mesmo me levava na brincadeira. Assim, por uma espécie de pudor, entrei para a faculdade de Direito, se bem que no mais íntimo de meu ser tivesse certeza de nunca ser capaz de trabalhar como advogado.

Estou me afastando do que lhe interessa, mas é que acho impossível falar das pessoas que para mim tiveram grande importância sem me referir a meus sentimentos na época. Pois como esses seres podiam ter importância senão, justamente, por causa de minhas próprias ansiedades e sentimentos?

Volto, pois, a Max.

Enquanto terminavam a partida observei-o com curiosidade. Era um desses judeus moles e preguiçosos, com tendência para engordar. Seu nariz era aquilino e grosso, mas seu rosto, com a testa larga, tinha uma nobreza agradável, com certa serenidade contemplativa e reflexiva que mais parecia característica de um homem maduro, que já viu muita coisa na vida. Vestia-se com desleixo, faltavam botões na roupa, o nó da gravata era muito mal dado, tudo parecia meio improvisado, como uma simples obrigação de não andar nu pela rua. Mais tarde percebi que não tinha o menor sentido prático nem a menor ideia de como administrar seu dinheiro: dias depois de receber o salário, que gastava a torto e a direito, precisava penhorar livros, roupas e até um anel — presente de sua mãe — que invariavelmente ia parar no prego. Quando conheci sua família, constatei que o pai era tão sereno mas tão desajuizado como ele. E tanto pai quanto filho eram exemplos devastadores da imagem convencional do judeu. Ambos eram privados de sentido prático, amalucados (serena, mansamente amalucados), pacíficos e bons amigos, contemplativos e preguiçosos, desprendidos e totalmente ineptos para ganhar dinheiro, líricos e absurdos. Depois, quando comecei a vê-lo em sua pensão, pude observar a desordem em que vivia: dormia a qualquer hora e comia qualquer coisa na própria cama, e para isso guardava na mesinha de cabeceira enormes sanduíches de salame ou queijo. Ali também tinha um fogareiro para o mate que, sem se deslocar da cama, bebia interminavelmente, alternando com cigarros. Na cama imunda, semivestido, estudava e acompanhava com seu jogo de xadrez de bolso partidas famosas, consultando a todo instante livros e revistas especializadas.

Por intermédio dele conheci Carlos, como se, após atravessar uma ponte de borracha que ameaçava desmoronar a qualquer momento, eu chegasse a um território duríssimo e mineral, um continente basáltico com formidáveis vulcões prestes a entrar em erupção. Com os anos observei como são frequentes as criaturas que só servem de ponte transitória entre duas pessoas, as quais, em seguida, mantêm um vínculo profundo e decisivo: como essas pontes frágeis que os exércitos improvisam sobre um abismo e recolhidas uma vez que as tropas passam.

Encontrei-o uma noite no quarto de Max. Quando cheguei, calaram-se. Max o apresentou, mas só consegui entender seu nome. Creio que o sobrenome era italiano. Era um rapaz muito magro, de olhos saltados. Havia algo duro e severo em seu rosto e suas mãos, e achei-o violentamente contido e concentrado. Parecia ter sofrido muito, e além de sua pobreza visível havia em seu espírito, seguramente, outras causas de angústia e sofrimento. Pensando mais tarde sobre ele, quando seu contato com Fernando me despertou enorme interesse, achei que era puro espírito, como se sua carne tivesse sido carbonizada pela febre, como se seu corpo, atormentado e queimado, tivesse se reduzido a um mínimo de osso e pele, e uns poucos, mas duríssimos, músculos para se mexer e suportar a tensão de sua vida. Não falava, e seus olhos ardiam de repente com o fogo da indignação, enquanto seus lábios, cortados à faca no rosto rígido, comprimiam-se para trancar segredos imensos e angustiantes.

Na época, surpreendia-me a amizade entre Max e Carlos: era como cortar um pedaço de manteiga com uma faca afiada. Ainda não chegara a época em que sabemos que nada do que é humano deve nos surpreender. Agora entendo que Max reunia as condições necessárias para aquela amizade aparentemente tão curiosa: a grande bondade, que devia aplacar a tensão espiritual de Carlos como a água aplaca a sede de um homem que cruzou grandes desertos; e sua própria brandura, que permitia juntar seres tão diferentes e duros como Carlos e Fernando sem que se produzissem atritos muito fortes: um amortecedor. E, aliás, que polícia do mundo imaginaria que alguém como Max mantivesse um relacionamento com anarquistas e bandidos?

Isso, quanto a Carlos. Pois, no que se referia a Fernando, primeiro desconfiei e depois comprovei, havia um motivo muito mais sórdido: a mãe de Max. Não sei se lhe disse que tinha uma queda estranha por dois tipos de mulheres: as bem mocinhas e as maduras. E, como sua capacidade de simulação era ilimitada, podia seduzir tanto uma garotinha que gosta de andar de mãos dadas, como uma mulher que costuma ter esse vasto e geralmente amargo conhecimento dos homens. Se é verdade que um homem mostra seu rosto mais autêntico quando está na solidão, o mais autêntico rosto de Fernando devia ser impiedoso e cruel, talhado a faca. Mas, assim como o vendedor de uma loja, atingido por uma adversidade qualquer, pode (e deve), contudo, mostrar uma expressão afável diante do cliente, assim Fernando era capaz de fazer na superfície de seu rosto a mais perfeita imitação de ternura, compreensão, romantismo ou candura, dependendo do freguês. Ajudava-o seu total desprezo pela raça humana e, em particular, pela mulher, e nessa comédia sinistra acho que encontrava não só a melhor maneira de satisfazer sua lubricidade, como também uma forma de desprezar a si mesmo. Zombava das teorias simplistas sobre a mulher, que resultam em lugares-comuns, como os que afirmam que a mulher é romântica e deve ser conquistada à luz do luar e os que imaginam que deve ser maltratada. Em sua opinião, havia mulheres que precisavam de um buquê de flores, e outras, de uma bofetada, e outras (e às vezes as mesmas, dependendo das circunstâncias), das duas coisas. Mas a longo prazo acabava maltratando todas elas, às vezes cruelmente, como quando bocejava no momento culminante do ato sexual.

A mãe de Max teria na época uns quarenta anos, e, embora fosse judia, tinha um tipo totalmente eslavo, se bem que morena. Não sei se era bonita, o que sei é que era sedutora: dos olhos penetrantes, que pareciam arder num fogo de paixão, à sua própria história. Desnecessário dizer que Max em nada puxara à mãe, tendo herdado, em compensação, os atributos físicos e espirituais do pai.

Nadia era fascinante, ou talvez tenha me fascinado muito em especial por sua história. A mãe havia sido estudante de medicina em São Petersburgo e, junto com Vera Figner, uma das fundadoras do movimento "Terra e Liberdade". Como tantos outros, largou os estudos para fazer propaganda revolucionária entre os camponeses e finalmente conseguiu fugir quando o czarismo, após uma série de atentados, preparou-se para aniquilar o movimento. Juntou-se aos grupos de Zurique, conheceu um jovem deportado chamado Isaiev, e de seu casamento nasceu Nadia. A infância e a adolescência foram agitadas, mudando-se de um país europeu para outro, até que voltaram à Suíça, onde Nadia casou com um eterno estudante de medicina chamado Steinberg. Vieram para a Argentina, ela estudou medicina e, lutando energicamente, educou e sustentou a família.

Com seu rosto meio tártaro, o cabelo preto e liso repartido ao meio e puxado para trás, num coque, Nadia parecia saída de um filme russo.

— Mas que tipo de judia é a senhora? — atrevi-me um dia a perguntar-lhe.

Descendemos de pogroms — ela me respondeu sorrindo. E contudo, anos depois, quando minha experiência com judeus foi mais profunda, observei como de repente Nadia encolhia os ombros ou mexia a mão num gesto que retificava, sutil mas vertiginosamente, sua máscara eslava. E então reparei que esse tipo de indício era corrente entre judeus como os Steinberg: rostos frequentemente eslavos ou tártaros, chá servido em velhos samovares de família, adoração por Pushkin ou Gogol ou Dostoievski (que liam em russo), e, de repente, quando estávamos habituados com eles, como com a penumbra de um quarto mal iluminado, sob os traços óbvios e conhecidos começavam a brotar os indícios da raça milenar, nem sempre físicos, às vezes minúcias imperceptíveis no sorriso ou na voz, quando não no pensamento ou na ação. E assim, no meio de um rosto eslavo, insinuava-se de repente um sorriso de tristeza, como se de trás de um disfarce austero saísse uma moça frágil que tem medo de ser assaltada. Outras vezes era o gesto de Nadia encolhendo os ombros, que implicava certa desconfiança irônica pelo mundo dos *gohim*, certa decepção dolorosa e a reminiscência tácita de episódios trágicos. E os traços físicos ou os indícios espirituais, surgidos sutilmente do rosto eslavo, tal como essas linhas mais finas e delicadas com que o desenhista vai enriquecendo o esboço inicial, terminavam se manifestando por fim na forma peculiar de raciocínio que, contra o que a maioria das pessoas imagina, tem muito pouco a ver com um racionalismo rigoroso, pois, enquanto a lógica se baseia na afirmação de que A é A, um judeu preferirá afirmar fazendo uma pergunta — "Por que A não seria A?" —, encolhendo os ombros e descartando sua responsabilidade na história, de vez que nunca se sabe como e por que pode começar uma perseguição. E esses ombros encolhidos, essas mãos se movimentando, essa testa franzida colorem, deformam e retorcem a lei de identidade com sentimentos confusos, ironias recônditas, comentários vagos e implícitos que afastam o judeu do puro racionalismo, tanto quanto uma análise proustiana dos sentimentos se afasta de um tratado de psicologia.

Seja como for, graças a Nadia aprendi a gostar e admirar esse vasto território de bêbados e niilistas, charlatães e tuberculosos, burocratas e generais, que era a Rússia dos czares.

Max conheceu Fernando na noite de um sábado de 1928, num círculo de Avellaneda chamado "Amanhecer", onde González Pacheco dava uma conferência sobre o tema "Anarquismo e violência". Na época, debatia-se asperamente o problema, mais ainda por causa dos atentados e assaltos de Di Giovanni. Os debates eram perigosíssimos, pois boa parte dos ouvintes estava armada e porque o anarquismo estava dividido em facções que se odiavam mortalmente. É um erro imaginar, como costumam supor os que veem de longe e de fora um movimento revolucionário, que todos os seus integrantes são pessoas de um determinado tipo; erro de perspectiva semelhante ao que cometemos quando atribuímos características bem definidas a quem se poderia chamar "o Inglês", com maiúscula, pondo ingenuamente no mesmo saco pessoas tão diferentes como o belo Brummell e um estivador do porto de Liverpool, ou quando afirmamos que todos os japoneses são iguais, ignorando ou não notando suas diferenças individuais, em razão desse mecanismo psicológico que, de fora, nos leva a perceber sobretudo os traços em comum (pois é o que primeiro salta aos olhos, superficialmente), mas que se inverte para nos mostrar as diferenças quando estamos dentro dessa comunidade (pois aí o importante são os traços distintivos).

Mas a gama era infinita. Havia o tolstoiano que se negava a comer carne por ser inimigo de qualquer morte violenta, e que com muita frequência era esperantista e teosofista; e o partidário da violência até em suas formas mais indiscriminadas, fosse porque afirmasse que só se pode combater o Estado mediante a força, fosse porque, como no caso de Podestá, dava assim vazão a seus instintos sádicos. Havia o intelectual ou o estudante que chegavam ao movimento por meio de Stirner e Nietzsche, como Fernando, em geral individualistas furiosos e associais, que no mais das vezes terminaram apoiando o fascismo; e operários quase analfabetos que se aproximavam do anarquismo em busca de uma esperança instintiva. Havia ressentidos que, assim, despejavam seu ódio contra o patrão ou a sociedade, e volta e meia acabavam se tornando patrões implacáveis quando conseguiam alguma fortuna, ou integrantes da polícia; e seres puríssimos cheios de bondade e grandeza, e que mesmo sendo bondosos e puros eram capazes de cometer atentados e matar, como Simón Radovitsky, levados, por certo espírito justiceiro, a destruir o homem que julgavam culpado da morte de mulheres e crianças inocentes. Havia o boa-vida que, com essa história de anarquismo, comia e dormia de graça na casa de companheiros, de quem ocasionalmente acabava roubando alguma coisa, ou pegando sua mulher, e que, ao receber uma tímida repreensão do dono da casa pelos excessos cometidos, respondia com desprezo "mas que tipo de anarquista é você, camarada". E havia o vagabundo, partidário da vida livre do pássaro, do contato com o sol e o campo, que saía com sua sacola nas costas a percorrer terras e pregar a boa nova, trabalhando numa colheita, consertando um moinho ou um arado, e de noite, no galpão dos peões, ensinava os analfabetos a ler e escrever, ou explicava-lhes em palavras simples, mas cheias de fervor, o advento da nova sociedade em que não haverá humilhação nem dor nem miséria para os pobres, ou lia-lhes páginas de um livro que levava em sua trouxa: páginas de Malatesta para os camponeses italianos, e de Bakunin, enquanto seus interlocutores calados, bebendo mate de cócoras ou sentados sobre uma lata de querosene, cansados com a jornada de sol a sol, talvez rememorando uma longínqua aldeia italiana ou polonesa, entregavam-se parcialmente àquele sonho maravilhoso, querendo acreditar, mas (instigados pela dura realidade de todos os dias) imaginando sua impossibilidade, tal como aqueles que, esmagados por desgraças, ainda assim sonham ocasionalmente com o paraíso final; e, talvez entre os peões, um gaúcho pensasse que Deus tinha feito o campo e o céu com suas estrelas para todos e em absoluta igualdade, esse tipo de gaúcho que sentia saudades da velha e altiva liberdade do pampa, sem os alambrados, esse homem do campo individualista e estoico, e que finalmente fazia sua a boa nova trazida por apóstolos de nomes estranhos e que abraçava ardorosamente, e para sempre, a doutrina da esperança.

E quando naquela noite de 1928 um sapateiro tolstoiano afirmou que ninguém tinha o direito de matar ninguém, e muito menos em nome do anarquismo, e que até a vida dos animais era sagrada, razão pela qual ele se alimentava de vegetais, um jovem desconhecido, talvez de dezessete anos, alto e moreno, de olhos esverdeados e expressão irônica e dura, respondeu:

— É provável que comendo alface o senhor melhore o funcionamento de seus intestinos, mas acho muito difícil que consiga derrubar a sociedade burguesa.

Todos olharam para o jovem desconhecido.

E outro tolstoiano saiu em defesa do sapateiro, lembrando a lenda de Buda, que se deixou devorar por um tigre para aplacar sua fome. Mas um partidário da violência justa perguntou o que Buda teria feito se tivesse visto que o tigre não se jogava sobre ele, mas sobre uma criança indefesa. Depois disso, a discussão ficou tumultuada, sarcástica, lírica, insultante, boba, ingênua ou brutal, dependendo dos temperamentos, demonstrando mais uma vez que uma sociedade sem classes e sem problemas sociais talvez seja tão violenta e desarmônica como a atual. Desencavaram mais uma vez os mesmos argumentos e as mesmas recordações: não justificavam que Radovitsky tivesse matado o chefe de polícia culpado pelo massacre de 1º de maio de 1909? Não exigiam vingança para os oito proletários mortos e os quarenta feridos? Não havia mulheres entre os sacrificados? Sim, talvez. O Estado Burguês defendia implacavelmente seus privilégios, armado até os dentes, não perdoava a vida nem a liberdade; a justiça e a honra não existiam para esses déspotas que só perseguiam a manutenção dos próprios privilégios. Mas e os inocentes que às vezes eram mortos pelas bombas anarquistas? E, além disso, seria possível criar uma sociedade melhor mediante a violência e a vingança? Não seriam os anarquistas os verdadeiros depositários dos melhores valores humanos, como a justiça e a liberdade, a fraternidade e o respeito aos seres vivos? E seria admissível que em nome desses elevados princípios se assaltassem simples funcionários que atendiam nas caixas de bancos ou de estabelecimentos comerciais, e no final das contas eram inocentes? E que eles fossem massacrados para se conseguir dinheiro utilizado — o que era o cúmulo — em objetivos duvidosos? Foi então que o debate terminou no meio de um imenso tumulto de insultos, gritos e, finalmente, armas. Tumulto que González Pacheco só conseguiu acalmar recorrendo a seu talento oratório e lembrando aos anarquistas presentes que assim se justificavam as piores acusações da burguesia.

Foi nessas circunstâncias, contou-me Max, que ele conheceu Fernando. Chamaram-lhe a atenção sua frase sarcástica e seu rosto. Saíram juntos, com um tal de Podestá, a quem depois conheci. Assim se deu o primeiro passo para a formação do bando que, certamente, esse Podestá queria organizar e chefiar, mas que inevitavelmente seria chefiado por Fernando. Osvaldo R. Podestá era um sujeito que, quando conheci, me causou imediata repulsa: havia nele algo equívoco e tortuoso. De maneiras suaves, quase efeminadas, era relativamente culto, pois praticamente completara os estudos secundários antes de se juntar ao bando de Di Giovanni. Olhava meio de banda, de um jeito desagradável, com os olhos semicerrados. Com o tempo, sabendo de sua trajetória, confirmei a primeira impressão: quando Di Giovanni foi fuzilado e o movimento se viu perseguido por toda a força da lei marcial, após o assalto que, junto com o bando de Fernando, fizeram ao caixa da casa Braceras, ele fugiu para o Uruguai numa lancha de contrabandistas e depois foi para a Espanha. Ali começou a atuar no banditismo sindical, que se lançara numa luta de morte contra o empresariado (houve trezentos mortos nesses anos anteriores à guerra civil), mas, por algum motivo que desconheço, desconfiaram de que ele estava agindo em conluio com a polícia. Como prova de sua lealdade, ofereceu-se para matar a pessoa que lhe fosse designada. Indicaram-lhe o próprio chefe de polícia de Barcelona, e Podestá matou-o a tiros, e com isso, parece, renovou seu crédito. Mas, quando houve a guerra civil, cometeu tamanhas atrocidades, junto com seu bando, que a Federação Anarquista Ibérica decretou sua morte. Sabendo da decisão, Podestá e dois amigos tentaram fugir, saindo do porto de Tarragona numa lancha a motor carregada de objetos e dinheiro, mas foram metralhados a tempo.

Que alguém como Fernando tivesse um sujeito como Podestá em seu bando era explicável. O surpreendente é que um rapaz como Carlos tenha trabalhado com um companheiro desses, e só mesmo sua pureza é capaz de explicar o fenômeno. Além disso, convém não esquecer que o poder de convencimento de Fernando era ilimitado, e não deve ter sido muito difícil provar que esse era o único meio de luta contra a sociedade burguesa. Ainda assim, Carlos acabou se afastando deles, enojado, quando percebeu enfim que o dinheiro de seus assaltos não ia engordar os fundos de nenhum sindicato nem ajudar famílias ou órfãos de companheiros presos ou deportados. Pois seu afastamento ocorreu, justamente, quando soube que Gatti não tinha recebido a quantia prometida por Fernando para a sua fuga da prisão de Montevidéu, que, já não podendo ser postergada, foi organizada com dinheiro conseguido às pressas de outra forma. Carlos estimava muito Gatti (eu mesmo comprovei), e esse episódio foi para ele definitivamente revelador. Talvez o senhor se lembre da famosa fuga da cadeia de Montevidéu, quando catorze condenados escaparam por um túnel de mais de trinta metros escavado sob o comando de Gatti, conhecido como "O Engenheiro", a partir de uma falsa carvoaria que ficava em frente à prisão. Gatti trabalhava cientificamente, utilizava bússola, mapas, uma pequena escavadora elétrica e um vagonete arrastado sobre trilhos com cordas, evitando o barulho; a terra era amontoada em sacos aparentemente de carvão, que depois eram retirados por caminhões. Essas complicadas e longas operações exigiam muitíssimo dinheiro, que vinha quase todo dos assaltos. Mas, como o senhor há de compreender, e como Fernando costumava dizer debochando, tudo acabava sendo, no final, uma espécie de autofagia: assaltava-se para tirar da cadeia anarquistas presos por assaltos anteriores.

Os anarquistas tinham dois grandes recursos para a obtenção de fundos: o assalto e a falsificação. E ambos justificados filosoficamente, pois, como alguns de seus teóricos dizem que a propriedade é um roubo, graças ao assalto se restituía à comunidade algo de que um indivíduo se apropriara indevidamente; e com a emissão de papel-moeda falso tentava-se não só obter dinheiro para as evasões e as greves, como, de certa maneira, sobretudo quando atuavam em grande escala, de arruinar o fisco e desmantelar a nação. Seguindo o famoso exemplo histórico da Inglaterra, que no século xviii falsificou o papel-moeda da França revolucionária e o despachou em barcos de pesca, numa tentativa de sabotar o governo da Revolução, os anarquistas fizeram várias vezes falsificações em grande escala. Era uma tarefa subterrânea que os seduzia e que, por outro lado, não era difícil, dada a vocação de muitos militantes para as artes gráficas. Di Giovanni organizou uma grande oficina de gravura onde se imprimiram notas de dez pesos e onde trabalhou um tipógrafo espanhol chamado Celestino Iglesias, homem puro e generoso, que Fernando conheceu então e que nos seus últimos anos de vida ele voltou a procurar para uma falsificação, antes do acidente que custou a vista a Iglesias.

Mas voltemos ao nosso reencontro.

Foi em janeiro de 1930. Eu tinha ido ao cinema com Max ver *Alta traição*, e quando chegamos ao bar, ainda discutindo sobre Emil Jannings e as vantagens e desvantagens do cinema falado (Max, como René Clair e Chaplin, se horrorizava com as perspectivas do cinema sonoro), vimos que Fernando o esperava sentado perto da mesinha habitual ocupada pelo tabuleiro de Max. Agora era um homem feito, mas logo o reconheci; suas feições estavam mais marcadas, mas não mudadas, pois era o tipo de pessoa que desde muito jovem já tem traços fortes que os anos só modificam para acentuar. Seria capaz de reconhecê-lo no meio de uma multidão caótica, de tão marcadas e inesquecíveis eram as feições de seu rosto.

Não sei se ele realmente não me reconheceu ou fingiu não reconhecer. Estendi-lhe a mão.

Ah, Bruno — disse, dando-me a mão como que distraído. Afastaram-se, e Fernando disse a Max umas coisas em voz baixa. Eu o olhava sem sair de meu espanto, espanto que me deixara quase sem fala. Pois, se bem que mais tarde tenha encontrado uma série de explicações para o reencontro, como já disse, quando ele apareceu foi uma espécie de milagre. De milagre negro.

Quando Max se afastou, ele se virou ligeiramente para mim e fez um gesto com a mão, despedindo-se. Perguntei a Max se Fernando tinha falado de mim, se tinha lhe dito de onde nos conhecíamos.

Não, não me disse nada — Max comentou.

Claro, para ele o reencontro não era tão surpreendente: conhece-se tanta gente numa cidade!

Assim tornei a entrar na órbita de Fernando, e, embora o tenha visto em raras ocasiões, suas frases, teorias e ironias tiveram enorme importância naquele período crítico de minha vida. Na verdade, nunca participei das atividades secretas de seu bando, mas segui ansiosamente, de longe, e por Max ou Carlos, os vestígios daquela vida tumultuada. Em que medida e de que forma um rapaz como Max podia participar da organização, até hoje para mim é um mistério insondável. É provável que desempenhasse um papel secundário ou de contato, pois nem por temperamento nem por suas ideias era feito para a ação, e muito menos para ações daquele tipo. E ainda hoje me pergunto por que Max estava próximo daquele bando. Por curiosidade? Por certa herança ou por influência, embora remota, da história familiar? De vez em quando ainda rio sozinho lembrando-me da presença incongruente de Max. Era tão contemporizador que teria razões para ser amigo até do próprio chefe de polícia de Buenos Aires, e sem a menor dúvida jogaria com ele uma boa partida de xadrez se a ocasião se apresentasse. E encontrá-lo no meio daquela gente era tão absurdo como alguém que, em pleno terremoto, lesse placidamente o jornal numa poltrona. Entre assaltantes e terroristas que falavam de falsificações, dinamite e túneis, Max conversava comigo sobre *Le Roi David*, que nessas alturas Honegger dirigia no teatro Colón, ou sobre Tairoff, que estava no teatro Odeón, ou analisava longamente a melhor partida de Capablanca e Alekhine. Ou saía de repente com suas tiradas de humor, tão inconvenientes naquele ambiente como um copinho de vinho do Porto numa reunião de fanáticos bebedores de gim.

A partir de 2 de setembro os acontecimentos se precipitaram: manifestações de estudantes, tiroteios, depois a morte do estudante Aguilar, greves e, por fim, a revolução do dia 6 e a queda do presidente Yrigoyen. E, com ela (agora sabemos), o fim de toda uma época do país. Nunca mais voltaríamos a ser o que tínhamos sido.

Com a junta militar e o estado de sítio, todo o movimento sofreu um golpe terrível: invadiram locais de reuniões de operários e estudantes, deportaram os operários estrangeiros, torturaram e dizimaram o movimento revolucionário.

Em pleno caos, perdi de vista Carlos, mas desconfiei de que devia andar metido em algo muito perigoso. E quando no dia 1º de dezembro li nos jornais o assalto à caixa da casa Braceras, na rua Catamarca, lembrei-me na mesma hora de um longo e suspeito percurso que, dois meses antes, Carlos fizera em minha companhia, com a desculpa de procurar um local para uma gráfica clandestina. Não tive dúvidas de que o assalto era obra da gangue de Fernando, e mais tarde tive a prova. Foi justamente o último assalto de que Carlos participou, pois já nessa época se convenceu, finalmente, de que os objetivos perseguidos por Fernando não tinham nada em comum com os seus. E se bem que Fernando tivesse se encarregado de minar suas simpatias pelo comunismo, com argumentos cínicos mas demolidores, Carlos entrou para uma célula do Partido Comunista, em Avellaneda. Eu tinha escutado em algumas ocasiões os argumentos e as ironias de Fernando, que Carlos ouvia olhando para o chão, com os maxilares apertados. Já nessa altura Carlos tinha sido trabalhado por muitos comunistas e começava a encontrar vantagens consideráveis no outro movimento: pareciam lutar por algo sólido e preciso, demonstravam que o terrorismo individual era inútil, quando não pernicioso, criticavam com fundamentos sérios um movimento que permitira o surgimento de bandos como os de Di Giovanni, e, por fim, demonstravam que contra a força organizada do Estado Burguês só era eficaz a força organizada do proletariado. Mas Fernando não criticava, como outros anarquistas, a formação de um novo Estado, mais duro talvez que o anterior, nem a instauração de uma ditadura que suprimisse a liberdade individual em benefício da comunidade futura; o que ele criticava era sua mediocridade e sua aspiração a resolver os problemas últimos do homem por meio da siderurgia, das hidrelétricas, dos sapatos e da boa alimentação.

A meu ver, horrível não era Fernando tentar destruir com argumentos sofísticos a fé nascente de Carlos; o grave era que, para ele, o comunismo e o anarquismo não tinham a menor importância, e só disparava suas armas dialéticas na pura finalidade de destruir uma criatura tão desamparada como Carlos.

Mas, como disse, isso foi antes do assalto à casa Braceras. A partir daí não vi mais Carlos, até 1934. E, quanto a Fernando, o perdi de vista durante vinte anos.

Em janeiro de 1931, após uma delação, a polícia flagrou Di Giovanni numa gráfica clandestina. Perseguido pelas ruas do centro e pelos terraços de várias casas, no meio de um tiroteio, foimfinalmente encurralado e preso. Na madrugada de 1º de fevereiro foi fuzilado, com seu companheiro Scarfó. Morreram gritando "Viva a Anarquia!", mas na verdade os gritos pareciam anunciar sua morte definitiva nesta região do mundo.

E, com ela, o fim de muitas coisas.

O reencontro com Fernando e a crise que eu atravessava, sentindo-me mais só que durante os últimos anos de colégio, levou a um grau quase intolerável meu desejo de voltar "aos Vidal".

Sempre fui um contemplativo, e de repente me vi arrastado por uma torrente, assim como a enchente de um rio de montanha arrasta muitas coisas que até minutos antes estavam placidamente contemplando o mundo. Por isso mesmo, talvez todo aquele tempo me pareça, agora que se passaram os anos, tão irreal quanto um sonho, tão sedutor (mas tão alheio) quanto o mundo de um romance.

Como tive, repentinamente, complicações com a polícia por causa dos acontecimentos e de minha relação com Carlos, e como a pensão onde eu morava foi invadida pela polícia, precisei me refugiar na de Ortega, um estudante de engenharia que na época tentara me atrair para o comunismo. Ele morava perto de Constitución, na rua Brasil, na pensão de uma viúva espanhola que o adorava. Assim, não foi difícil que me arrumasse um canto por algum tempo. Instalou um colchão para mim num quartinho que dava para a rua Lima.

Naquela noite tive um sonho agitado. Ao acordar de madrugada, fiquei assustado, não me lembrei de imediato dos acontecimentos da véspera, e até ter plena consciência olhei surpreso a confusa realidade que me cercava. Pois não acordamos de repente, mas num processo paulatino e complexo em que vamos reconhecendo o mundo originário, como quem vem de uma longuíssima viagem por continentes distantes e imprecisos, e depois de séculos de existência obscura perdemos a memória de nossa existência anterior, da qual só nos lembramos de fragmentos incoerentes. E após um tempo incomensurável, a tênue luz do dia começa a iluminar as saídas desses labirintos angustiantes e então corremos ansiosos para o mundo diurno. E chegamos à beira do sonho como náufragos exaustos que conseguem chegar à praia após uma longa luta contra a tempestade. E ali, ainda semi-inconscientes, mas já nos acalmando, começamos a reconhecer, agradecidos, certos atributos do mundo cotidiano, o sereno e confortável universo da civilização. Antoine de Saint-Exupéry conta como depois de uma angustiada luta contra os elementos, perdido no Atlântico, quando ele e seu mecânico já quase não tinham esperanças de chegar a terra, conseguiram avistar uma luzinha fraca na costa africana, e com o último litro de combustível chegaram enfim ao ansiado litoral; e como, então, o café com leite que tomaram numa cabana foi o contato humilde, mas transcendental, com a vida inteira, pequeno e maravilhoso reencontro com a vida. Assim, quando retornamos do universo do sono, uma mesinha qualquer, um par de sapatos gastos, um simples abajur familiar são comoventes luzes da costa que almejamos alcançar: a segurança. Por isso nos afligimos quando um desses fragmentos da realidade que começamos a distinguir não é o que esperávamos: a mesinha conhecida, o par de sapatos gastos, o abajur familiar. É o que costuma acontecer quando acordamos de repente num lugar desconhecido, num quarto frio e despojado de um hotel anônimo, ou no quarto em que o acaso das circunstâncias nos atirou na noite anterior.

Pouco a pouco fui entendendo que aquele quarto não era o meu e assim fui me lembrando do dia de invasões domiciliares e da polícia. Agora, na luz da manhã, tudo me parecia absurdo e totalmente alheio a meu espírito. De novo eu percebia que os fatos mais violentos e irracionais podem atingir os seres mais despreparados. Por uma série de curiosos imprevistos, eu, que creio ter nascido para a contemplação e a reflexão passiva, me vi no meio de episódios confusos e até perigosíssimos.

Levantei-me, abri a janela e olhei lá embaixo a cidade indiferente.

Senti-me só e acabrunhado. A vida se apresentava complicada e agressiva.

Ortega apareceu com seu saudável otimismo de sempre, fazendo piadas com os anarquistas. E, antes de ir para a faculdade, deixou-me uma obra de Lenin que me pediu para ler, pois ali fazia uma crítica definitiva ao terrorismo. Eu, que por influência de Nadia tinha lido as memórias de Vera Figner, enterrada em vida nas prisões do czar devido ao atentado, fui incapaz de ler com simpatia essa análise implacável e irônica. "Desespero pequeno-burguês." Como esses românticos pareciam grotescos à luz inclemente do teórico marxista! Com os anos fui compreendendo que a realidade estava mais perto de Lenin do que de Vera Figner, mas meu coração permaneceu para sempre fiel àqueles heróis ingênuos e meio desvairados.

Tive a impressão de que o tempo parou de repente. Ortega me recomendara não sair da pensão por uns dias, até ver como as coisas estavam evoluindo. Mas depois de três dias não aguentei mais e comecei a sair, imaginando ser impossível que a polícia identificasse um rapaz sem antecedentes.

Ao meio-dia comprei um sanduíche num distribuidor automático da estação de Constitución. Causava-me estranheza encontrar nas ruas e nos cafés tanta gente despreocupada e sem problemas. No quartinho eu lia obras revolucionárias e achava que o mundo podia explodir a qualquer momento; depois, ao sair, achava que tudo seguia seu curso pacífico: os empregados iam para seus empregos, os comerciantes vendiam, e havia até mesmo gente sentada preguiçosamente nos bancos das praças, vendo as horas passar: iguais e monótonas. Mais uma vez, e não seria a última, sentia-me meio estranho no mundo, como se tivesse acordado de repente e desconhecesse suas leis e seu significado. Caminhava ao léu pelas ruas de Buenos Aires, olhava seus moradores, sentava num banco da praça Constitución e pensava. Depois voltava ao meu quartinho e me sentia mais só do que nunca. E apenas mergulhando nos livros parecia reencontrar a realidade, como se a vida nas ruas fosse uma espécie de grande sonho de gente hipnotizada. Faltavam muitos anos para entender que nas ruas, praças e até nas lojas e escritórios de Buenos Aires havia milhares de pessoas que sentiam ou pensavam mais ou menos o que eu sentia naquele momento: gente angustiada e solitária, gente que pensava no sentido e na falta de sentido da vida, gente que tinha a impressão de ver um mundo adormecido ao redor, um mundo de pessoas hipnotizadas ou transformadas em autômatos.

E naquele reduto solitário eu me punha a escrever contos. Agora percebo que escrevia toda vez que era infeliz, sentia-me só ou em descompasso com o mundo onde me coubera nascer. E pergunto-me se não é sempre assim, se a arte de nosso tempo, essa arte tensa e dilacerada, não nasce invariavelmente de nosso desajuste, de nossa ansiedade e de nosso descontentamento. Uma espécie de tentativa de reconciliação com o universo dessas criaturas frágeis, inquietas e aflitas que são os seres humanos. Os animais não precisam disso: basta-lhes viver, pois sua existência esvai-se harmoniosamente nas necessidades atávicas. E para o pássaro bastam poucas sementinhas ou poucos vermes, uma árvore onde construir seu ninho, grandes espaços para voar; e do nascimento à morte sua vida transcorre num ritmo venturoso jamais quebrado pelo desespero metafísico nem pela loucura. Ao passo que o homem, ao levantar-se sobre as duas patas traseiras e transformar em machado a primeira pedra lascada, institui as bases de sua grandeza mas também as origens de sua angústia, pois com as mãos e com os instrumentos feitos por essas mãos erigirá a construção tão poderosa e estranha que se chama cultura e iniciará, assim, seu grande tormento, já que terá deixado de ser um simples animal, mas não terá chegado a ser o deus que seu espírito lhe sugere. Será esse ser dual e desgraçado que se desloca e vive entre a terra dos animais e o céu de seus deuses, que terá perdido o paraíso terrestre de sua inocência e não terá conquistado o paraíso celeste de sua redenção. Esse ser dolorido e espiritualmente enfermo que indagará, pela primeira vez, o porquê de sua existência. E, assim, as mãos, e depois o machado, o fogo, e em seguida a ciência e a técnica irão cavar cada dia mais o abismo que o separa de sua raça original e de sua felicidade zoológica. E a cidade será finalmente a última etapa de sua corrida alucinada, a expressão máxima de seu orgulho e a forma última de sua alienação. E então seres descontentes, meio cegos e meio enlouquecidos, tentam recuperar, tateando, a harmonia perdida, com o mistério e o sangue, pintando ou escrevendo uma realidade diferente da que, infelizmente, os cerca, uma realidade muitas vezes de aparência fantástica e demencial, mas que, coisa curiosa, acaba sendo mais profunda e verdadeira que a cotidiana. E assim, como se sonhassem por todos, esses seres frágeis conseguem superar a desventura individual e se transformam em intérpretes e até em salvadores (trágicos) do destino coletivo.

Mas minha infelicidade sempre foi dupla, pois minha fraqueza, meu espírito contemplativo, minha indecisão, minha abulia sempre me impediram de alcançar essa nova ordem, esse novo cosmos que é a obra de arte, e terminei sempre caindo dos andaimes da desejada construção que me salvaria. E, ao cair, ferido e duplamente triste, saí em busca dos simples seres humanos.

Foi assim também naquele momento: tudo o que construía eram tentativas falhas e canhestras, e a cada fracasso, como sempre que me senti só e confuso, no meio de minha solidão ouvia calado, lá no fundo de meu espírito, misturado à voz difusa da mãe fantasmática que eu mal recordava, a voz de Ana María, única aproximação que tive com a mãe carnal. Era como o eco daqueles sinos da catedral submersa da lenda, abalados pela tempestade e pelo vento. E, como sempre que minha vida escurecia, eu começava a ouvir mais intensamente o tilintar distante, qual um chamado, como se me dissesse "não se esqueça de que estou sempre aqui, e que você sempre poderá ficar ao meu lado". E de repente, um dia, o chamado cresceu tanto que ficou irresistível. E então pulei da cama, onde passava longas horas de inútil reflexão, e corri, com a ideia repentina e ansiosa de que devia ter ido antes, muito antes, a fim de recuperar o que restava da infância, do rio, das tardes distantes na fazenda, de Ana María. De Ana María.

Enganava-me, pois nem sempre nossas ansiedades nos levam à verdade. O reencontro com Georgina foi, antes, um desencontro e o começo de uma nova desventura que de certa forma perdurou até hoje e certamente prosseguirá até minha morte. Mas esta já não é a história que lhe interessa.

Sim, claro: pude vê-la em inúmeras ocasiões, caminhei com ela por estas ruas, foi bondosa comigo. Mas quem disse que só os malvados podem nos fazer sofrer?

Não só era calada, mas suas palavras eram reticentes, como se vivesse num eterno temor. Não foram suas palavras que me explicaram o que era Georgina naquele instante de sua vida, nem seus sofrimentos. Foram suas pinturas. Disse-lhe que ela pintava desde criança? Não vá pensar que seus quadros me revelaram segredos, pois neles não havia nem sequer figuras humanas, e muito menos informações. Eram naturezas-mortas: uma cadeira ao lado de uma janela, um vaso de flores. Mas, milagre: dizemos "cadeira", ou "janela" ou "relógio", palavras que designam meros objetos deste mundo frio e indiferente que nos cerca, e contudo transmitimos de repente algo misterioso e indefinível, algo como uma chave, como uma mensagem patética vinda de uma região profunda de nosso ser. Dizemos "cadeira", mas não queremos dizer "cadeira", e os outros nos entendem. Ou pelo menos nos entendem aqueles a quem secretamente está destinada a mensagem, cifrada, que passa incólume pelas multidões indiferentes e hostis. Assim, este par de tamancos, esta vela, esta cadeira não querem dizer estes tamancos, nem esta vela macilenta, nem aquela cadeira de palha, mas Van Gogh, Vincent (sobretudo Vincent): sua angústia, sua solidão, e portanto esses objetos são muito mais seu autorretrato, a descrição de suas ansiedades mais profundas e dolorosas. Servindo-se daqueles objetos externos e indiferentes, objetos deste mundo rígido e frio que está fora de nós, que talvez existisse antes de nós e muito provavelmente continuará a existir, indiferente e gélido, quando tivermos morrido, como se esses objetos não fossem mais do que pontes trêmulas e transitórias (nas palavras do poeta) para salvar o abismo que sempre se abre entre nós e o universo; como se fossem símbolos do universo profundo e secreto que eles refletem, indiferentes e objetivos e cinzentos para quem não é capaz de encontrar a chave, mas quentes e vibrantes e cheios de intenções secretas para quem os conhece. Pois na verdade os objetos pintados não são os objetos do universo indiferente, mas objetos criados pelo ser solitário e desesperado, ansioso para se comunicar, que faz com os objetos o mesmo que a alma realiza com o corpo: ela o impregna de seus desejos e sentimentos, manifesta-se nas rugas carnais, no brilho dos olhos, dos sorrisos e das comissuras dos lábios, qual um espírito que tenta se manifestar (desesperadamente) no corpo alheio, e às vezes grosseiramente alheio, de uma histérica ou de um médium profissional e frio.

Assim eu também consegui saber alguma coisa do que se passava na parte mais oculta, e por mim mais desejada, da alma de Georgina.

Para quê, meu Deus? Para quê?

4.

Durante dias ele rondou a casa, esperando que afrouxassem a vigilância. Limitava-se a olhar de longe o que restava daquele quarto onde conhecera o êxtase e o desespero: um esqueleto enegrecido pelas chamas do qual tentava se aproximar, num gesto tortuoso e patético, a escada de caracol. E, quando anoitecia, nas paredes iluminadas apenas pelo poste da esquina abriam-se os buracos da porta e da janela como órbitas de uma caveira carbonizada.

O que procurava, por que desejava entrar? Não saberia responder. Mas esperou pacientemente que a inútil vigilância fosse desativada, e nessa mesma noite trepou na grade do muro e entrou. Com uma lanterna fez o mesmo percurso que um milênio antes fizera com ela pela primeira vez, numa noite de verão: rodeou o casarão e andou até o Mirante. Todo aquele corredor, assim como os dois aposentos que ficavam debaixo do Mirante, e o depósito eram simples paredes negras cobertas de cinzas.

A noite estava fria e nublada, o silêncio da madrugada era profundo. Ouviu-se o eco longínquo de uma sirene de navio, e depois, novamente, o nada. Por um instante Martín ficou imóvel, mas agitado. Então (mas só podia ser sua imaginação tensa) ouviu, fraca mas nítida, a voz de Alejandra, que disse apenas "Martín". O rapaz, arrasado, encostou o corpo na parede e ali permaneceu muitíssimo tempo.

Conseguiu, afinal, vencer o abatimento e encaminhou-se para a casa. Sentia necessidade de entrar, de ver mais uma vez aquela propriedade do avô, na qual, de certo modo, parecia cristalizado o espírito dos Olmos, e, nos velhos retratos, olhos premonitórios dos de Alejandra olhavam para a eternidade.

O vestíbulo estava fechado à chave. Recuou e observou que uma das portas estava trancada com corrente e cadeado. Procurou entre os restos do incêndio uma barra apropriada e com ela conseguiu quebrar uma argola que prendia a corrente: não foi difícil, a madeira velha estava podre. Entrou pelo corredor e, na luz da lanterna, tudo parecia mais alucinante, lembrando uma exposição de peças a serem leiloadas.

No quarto do velho tudo se mantinha igual, exceto a cadeira de rodas, que não estava ali: a antiga lamparina de querosene, os retratos a óleo de senhoras com grandes pentes no cabelo e de cavalheiros, pintados por Pueyrredón, o console, o espelho veneziano.

Procurou a miniatura de Trinidad Arias e voltou a contemplar o rosto da mulher bonita cujos traços indígenas pareciam o sussurro secreto dos traços de Alejandra, um sussurro apagado entre conversas de ingleses e conquistadores espanhóis.

Parecia estar entrando num sonho, como na noite em que, com Alejandra, entraram no próprio quarto; sonho agora destruído pelo fogo e pela morte. Das paredes, o cavalheiro e a dama de pente no cabelo pareciam observá-lo. A alma de guerreiros, de loucos, de conselheiros municipais e sacerdotes foi entrando invisivelmente na propriedade, talvez contando histórias de conquistas e batalhas.

E, acima de tudo, havia o espírito de Celidonio Olmos, avô do avô de Alejandra. Ali mesmo, talvez naquela poltrona, ele rememorara nos anos de velhice a última retirada, a final, totalmente insensata para os homens sensatos, após o desastre de Famaillá, com as forças da Legião desbaratadas pelo exército de Oribe, divididas pela derrota e pela traição, atordoadas de desesperança.

Agora andam para Salta por trilhas desconhecidas, trilhas que só esse guia conhece. São apenas seiscentos derrotados. Se bem que ele, Lavalle, ainda acredite em alguma coisa, porque sempre parece acreditar em alguma coisa, ainda que seja, como pensa Iriarte, como murmuram os comandantes Ocampo e Hornos, em quimeras e fantasmas. Quem ele vai enfrentar com esse rebotalho, hein? E no entanto lá vai ele, adiante, com seu chapéu de palha e o emblema azulclaro (que já não é azulclaro nem de cor nenhuma) e seu poncho azulclaro (que também não é mais azulclaro, e pouco a pouco foi se aproximando da cor de terra), imaginando vá saber que loucas tentativas. Mas também é provável que esteja tentando não se entregar à desesperança e à morte.

No alto de seu cavalo, o alferes Celedonio Olmos está lutando para conservar seus dezoito anos, pois sente que sua idade está à beira *de um abismo e ele pode cair a qualquer momento em grandes profundidades, em idades incomensuráveis. Ainda em cima do cavalo, cansado, com o braço ferido, observa seu chefe ali na frente, e ao lado dele o coronel Pedernera, pensativo e carrancudo, e ele está lutando para defender essas torres, essas torres claras e altivas de sua adolescência, essas palavras fulgurantes que, com suas grandes maiúsculas, assinalam as fronteiras entre o bem e o mal, essas orgulhosas sentinelas do absoluto. Ele se defende nessas torres, ainda. Depois de oitocentas léguas de derrotas e deslealdades, de traições e disputas, tudo ficou confuso. E perseguido pelo inimigo, sangrando e desesperado, sabre na mão, foi subindo um a um os degraus das torres outrora resplandecentes e agora conspurcadas pelo sangue e pela mentira, pela derrota e pela dúvida. E, defendendo cada degrau, olha para seus camaradas, pede ajuda silenciosa a quem está travando combates parecidos: Frías, Lacasa talvez. Ouve Frías dizendo a Billinghurst: "Eles nos abandonarão, tenho certeza", enquanto olha os comandantes dos esquadrões da província de Corrientes.*

"Estão prontos para nos trair", pensam os do esquadrão portenho.

Sim. Hornos e Ocampo, que cavalgam juntos. E os outros os

observam e suspeitam da traição ou do abandono. E quando Hornos se separa de seu companheiro e se aproxima do general, todos têm o mesmo pensamento. Então, Lavalle ordena que façam alto, e aqueles homens falam. De que falam? O que discutem? E depois, enquanto a marcha retoma, propagamse as palavras contraditórias e terríveis: eles o intimaram, quiseram convencêlo, anunciaram que se separariam. E dizem também que Lavalle respondeu: "Se não houvesse mais esperanças, eu já não tentaria prosseguir a luta, mas os governos de Salta e Jujuy nos ajudarão, nos cederão homens e petrechos, e nos fortaleceremos na serra; Oribe terá de lançar boa parte de suas forças contra nós, Lamadrid resistirá em Cuyo".

E então, quando alguém murmura "Lavalle está completamente louco", o alferes Celidonio Olmos desembainha o sabre para defender aquela última *parte da torre e se lança contra o homem, mas é detido por seus amigos, e o outro é calado e vituperado, porque, acima de tudo (disseram), acima de tudo é necessário que se mantenham unidos e evitem que o general veja ou ouça alguma coisa. "Como (pensou Frías) se o general dormisse e fosse preciso velar seu sono, esse sonho de quimeras. Como se o general fosse um menino louco, mas puro e querido, e eles fossem seus irmãos mais velhos, seu pai e sua mãe, e velassem seu sono."*

E Frías e Lacasa e Olmos olham para o chefe, receando que tenha acordado, mas felizmente continua sonhando, vigiado por seu sargento Sosa, o sargento imutável e eterno, imune a todos os poderes da terra e do homem, estoico e sempre calado.

Até que o sonho das ajudas, da resistência, dos petrechos, dos cavalos e homens é brutalmente desfeito em Salta: as pessoas fugiram e reina o pânico nas ruas, Oribe está a nove léguas da cidade, e nada é possível.

"Está vendo, general?", diz-lhe Hornos.

E diz Ocampo: "Nós, os restos da divisão de Corrientes, decidimos cruzar o Chaco e oferecer nossos braços ao general Paz".

Anoitece na cidade caótica.

Lavalle baixou a cabeça e nada responde.

Como? Continua sonhando? Os comandantes Hornos e Ocampo se olham. Mas finalmente Lavalle responde:

— Nosso dever é defender nossos amigos dessas províncias. E se nossos amigos se retiram para a Bolívia, devemos ser os últimos a fazêlo; devemos darlhes cobertura na retaguarda. Devemos ser os últimos a deixar o território da pátria.

Os comandantes Hornos e Ocampo voltam a se olhar e têm um só e idêntico pensamento: "Está louco". Com que forças poderia dar cobertura a essa retirada? Como?

Lavalle, de olhos fitos no horizonte, repete sem ouvir nada:

— Os últimos.

Os comandantes Hornos e Olmos pensam: "É movido pelo orgulho, por seu maldito orgulho e talvez por seu ressentimento contra Paz". Dizem:

— General, sentimos muito. Nossos esquadrões se unirão às forças do general Paz.

Lavalle olhaos, depois inclina a cabeça. Suas rugas aumentam a cada instante, anos de vida e de morte desabam sobre sua alma. Quando ergue a cabeça e torna a olhálos, já é um velho:

— Está bem, comandante. Desejolhes boa sorte. Deus queira que o general Paz possa prosseguir esta luta até o fim, esta luta para a qual, parece, já não sirvo.

Os restos da divisão de Hornos se afastam a galope, observados em silêncio pelos duzentos homens que ficam ao lado do general. Seus corações estão apertados e em suas mentes há um único pensamento: "Agora está tudo perdido". Só lhes resta esperar a morte ao lado do chefe. E quando Lavalle lhes diz: "Resistiremos, verão, faremos guerra de guerrilha na serra", eles permanecem calados, olhando para o chão. "Por ora, marcharemos até Jujuy." E aqueles homens, que sabem que ir para Jujuy é um desatino, que não ignoram que a única forma de salvar pelo menos suas vidas é ir para a Bolívia por trilhas desconhecidas, dispersarse, fugir, respondem: "Está bem, general". Pois quem será capaz de tirar os últimos sonhos do generalmenino?

Ali estão, indo embora. Não são nem duzentos homens. Marcham pela estrada real para a cidade de Jujuy. Pela estrada real!

5.

Del Castillo, ele lhe disse. Alejandra, ele lhe disse. O quê? Como? Eram palavras soltas, incoerentes, mas, afinal, *morte*, *incêndio* despertaram o espanto do homem. Mesmo sentindo que falar com ele sobre Alejandra equivalia à tentativa de resgatar uma pedra preciosa numa mistura de lama e excrementos, pensou. Bom, está bem. E quando Bordenave chegou, fitou-o com um olhar inquisidor que demonstrava desconcerto e receio: um Bordenave muito diferente daquele da primeira vez. Não conseguia falar. Beba — aconselhou-o Bordenave. Sua garganta estava seca e sentia-se muito fraco. Queria lhe falar sobre... mas ficou sem saber como continuar, olhando o copo vazio. Beba. E de repente achou que era inútil, uma bobagem: de que poderiam falar? Com o álcool sua cabeça ficava cada vez mais confusa e o mundo, mais caótico. Alejandra — disse-lhe o outro. Sim, tudo era um caos. Aquele indivíduo também era diferente: parecia vê-lo solícito, inclinado para ele, quase carinhoso. Durante muitos anos analisou esse momento ambíguo, e depois, quando voltou do sul, comentou-o com Bruno. E Bruno pensou que, ao falar mal de Alejandra, Bordenave vingava não só a ele próprio mas também a Martín, como esses bandidos da Calábria que roubavam os ricos para dar aos pobres. Mas por enquanto nada disso estava claro. Pois, antes de mais nada, por que ele mesmo se vingava de Alejandra? De que ofensas, de que insultos e humilhações? Uma das palavras de que Martín se lembrava, no meio daquela confusão, era bem significativa: ele falou de desprezo. Mas Bruno achou que era, antes, ódio e rancor contra ela; e ninguém despreza quem odeia, pois, de certo modo, despreza-se quem é inferior, e sente-se rancor de criaturas superiores. Assim, Bordenave falou ou falava (era difícil determinar o tempo exato do verbo, com tão poucos elementos de julgamento) mal dela para satisfazer um rancor obscuro. Rancor muito típico de certos argentinos que veem a mulher como um inimigo e jamais as perdoam por uma afronta ou humilhação; afronta ou humilhação muito fácil de imaginar, conhecendo as duas pessoas em jogo, pois era quase certo que Bordenave tinha inteligência suficiente ou intuição para entender a superioridade de Alejandra, e era suficientemente argentino para se sentir humilhado ao perceber que só seria capaz de dominar o corpo de Alejandra, e ao ser olhado de cima, ironizado e menosprezado pelo espírito de Alejandra, para ele inacessível. E pela ideia, ainda mais exasperante, de que ela o usava, e seguramente usava muitos outros, como um simples instrumento: instrumento, tudo indica, de uma tortuosa vingança que ele nunca chegou a entender. Por todos esses motivos, sentia-se inclinado a considerar Martín com simpatia, não só por não enxergá-lo como rival, não só por fraternidade diante do inimigo comum, mas porque, ao magoar um rapaz tão desvalido, Alejandra tornava-se uma criatura mais vulnerável, a tal ponto que o próprio Bordenave podia atacá-la. Como quem, odiando um rico por sua fortuna, e entendendo que esse sentimento é baixo e ignóbil, se aproveita de um de seus defeitos mais grosseiros (a mesquinhez, por exemplo) para detestá-lo sem o menor escrúpulo. Mas em nada disso Martín conseguiu refletir no momento; só muito depois. Foi como se extraíssem seu coração e o esmagassem no chão com uma pedra; ou como se o arrancassem com uma faca rombuda e depois o lacerassem com as unhas.

Os sentimentos confusos, a impressão de absoluta insignificância, o enjoo, a confirmação imediata de que aquele homem tinha sido amante de Alejandra, tudo contribuía para impedi-lo de falar. Bordenave o olhava, perplexo. Mas para quê? Agora ela está morta — comentou. Martín continuava de cabeça baixa. Sim, por que essa necessidade de saber, esse absurdo desejo de ir até o fim? Martín não sabia e, embora tivesse intuído obscuramente, tampouco seria capaz de expressá-lo em palavras. Mas algo o impelia, insensatamente. Bordenave o observava, parecia avaliar alguma coisa, medir a dose de uma droga terrível.

— Beba — dizia, dando-lhe conhaque —, você está se sentindo mal. Beba.

E como se de repente tivesse uma inspiração, pensou: "sim, quero me embebedar, quero morrer", enquanto ouvia Bordenave lhe dizendo algo como "sim, no outro andar, lá em cima, você sabe", olhando-o atentamente enquanto Martín bebia de novo. Tudo começou a rodar, ele sentia náuseas, suas pernas bambeavam. Seu estômago, vazio desde a noite do incêndio, parecia encher-se de um líquido fervente e repugnante. E enquanto, fazendo grande esforço, subia àquele lugar infame, como entre sonhos, pelo janelão avistou o rio. E com uma sensação de pena de si mesmo e de ridículo pensou: "o nosso rio". Via-se pequeno como um garotinho que estivesse na sua frente e de quem se apiedava. E na pesada escuridão não enxergava nada. Um perfume intenso aumentou sua vontade de vomitar entre aqueles almofadões espalhados pelo chão, enquanto Bordenave abria o armário que, na verdade, escondia um aparelho de som, e dizia "muito fraco", acrescentando algo sobre um certo segredo e comentando "uns bandidos, imagine só, com estes documentos", algo assim como uma armadilha, e ele teve a impressão de ouvir falarem de negócios, o outro indivíduo era um sujeito extremamente importante, que muito lhe interessava, a ele, Bordenave, por causa da fábrica de alumínio (e Bruno pensava, de passagem, sabe-se lá que tipo de vingança ele armava contra Alejandra, vingança tortuosa e masoquista, mas, mesmo assim, vingança), e se Martín queria saber, já que insistia tanto, era bom que soubesse que ela sentia um imenso prazer em ir para cama por dinheiro. E, enquanto isso, pôs a vitrola para funcionar, e ele, Martín, sem nem sequer poder pedir a Bordenave que fizesse o aparelho abominável parar, teve de ouvir palavras e gritos, e também gemidos, numa mistura aterradora, tenebrosa e imunda. Mas então uma força sobre-humana permitiu-lhe reagir e descer correndo, como um perseguido, tropeçando, caindo, levantando-se de novo e chegando enfim à rua, onde o ar gelado e a garoa o despertaram afinal do inferno hediondo para jogá-lo na morte glacial. E ele começou a perambular lentamente, como um corpo sem alma e sem pele, caminhando sobre cacos de vidro e empurrado pela multidão implacável.

Não são nem duzentos homens, e já nem são soldados: são seres derrotados e sujos, e muitos já nem sabem por que combatem e para quê. O alferes Celedonio Olmos, como todos eles, cavalga taciturno e calado, lembrandose de seu pai, o capitão Olmos, e de seu irmão, mortos em Quebracho Herrado.

Oitocentas léguas de derrotas. Já não entende nada, e as palavras perversas de Iriarte voltamlhe constantemente: o general louco, o homem que não sabe o que quer. E a Solana Sotomayor não tinha trocado Brizuela por Lavalle? Está vendo Brizuela, ali mesmo: desgrenhado, bêbado, cercado de cães. Que nenhum enviado de Lavalle se aproxime! E agorinha mesmo essa moça de Salta não está andando ao lado dele? Ele não entende mais nada. E tudo era tão claro dois anos antes: Liberdade ou Morte. Mas agora...

O mundo virou um caos. E ele pensa em sua mãe, em sua infância. Mas novamente se apresenta diante de si a figura do bri=gadeiro Brizuela: um boneco de trapos, sujo e vociferante. Os mastins o rodeiam, raivosos. E depois tenta mais uma vez lembrarse da infância.

Ele andava sem ver ao redor, enquanto restos de pensamentos eram mais uma vez fragmentados por violentas emoções, como edifícios destruídos por um terremoto e que são abalados por novos tremores.

Pegou um ônibus e fortaleceu-se a impressão de que o mundo não tinha sentido: um ônibus que corria tão resoluto e tão célere para algum lugar que não lhe interessava, um mecanismo tão preciso, tão tecnicamente eficaz, levando-o, a ele, que não tinha nenhum objetivo nem acreditava em mais nada nem esperava nada nem precisava ir a lugar nenhum; um caos transportado em horários fixos, com tarifas, corpos de fiscais, regulamentos de trânsito. E estupidamente ele jogara fora as injeções para o coração, e procurar Pablo agora, para isso, era como ir a um baile para encontrar Deus ou o Diabo. Mas o trem, a passagem de nível da rua Dorrego, talvez ali, tudo acabaria num instante, lembrava-se daquela vez em que a multidão dizia "o que está acontecendo, o que está acontecendo?", não se conseguia passar pela multidão, ouvia-se "que horror, pegou-o de surpresa, não há a menor esperança, o que está dizendo?, atirou-se de propósito, quis se matar", e outro que gritava "aqui tem um sapato com um pé". Ou talvez a água, a ponte de La Boca, mas a água oleosa lá embaixo e talvez a possibilidade de hesitar ou se arrepender naqueles segundos da queda, fragmentos de tempo que podem, quem sabe, ser existências inteiras, monstruosas e vastas como os segundos de um pesadelo. Ou trancar-se e abrir o gás e tomar muitos comprimidos como Juan Pedro, mas Nené deixou uma frestinha aberta na janela, pobre Nené, pensou com carinhosa ironia. E seu sorriso no meio da tragédia era como um solzinho fugaz num dia de tempestade e gélido, de grandes inundações e maremotos, enquanto o cobrador gritava: fim de linha!, e os últimos passageiros desciam, como, como, onde ele estava, vejamos, avenida General Paz, é isso, uma grande torre, de um saguão saiu um garotinho correndo e lá dentro uma mulher, com certeza a mãe, gritava-lhe "vou te bater, seu moleque", e o garotinho apavorado correu até a esquina e dobrou ali; usava uma calça curta marrom e um suéter vermelho, que dava ao céu chuvoso e cinza uma pequena beleza transitória, na mesma calçada viu uma garota de impermeável amarelo e pensou vai fazer compras no armazém ou comprar um bolo para a hora do mate, a mãe ou o pai aposentado teriam lhe dito "linda tarde para tomar mate com bolos, vá comprar alguma coisa", ou talvez um desses garotos que elas acham uma gracinha, que estaria de folga e teria ido bater papo com ela, ou, quem sabe, quem a mandava era o irmão, tinha uma oficinazinha por ali, pois agora ele via dentro de uma pequena garagem um homem jovem que podia ser o irmão, de macacão azul sujo de graxa e uma chave inglesa na mão e dizendo ao aprendiz "ande logo, Perico, e pegue a bateria", e o aprendiz saía a passos rápidos, mas tudo era como um sonho, e, afinal, para que tudo isso: baterias, chaves inglesas e mecânicos, e sentia pena do garotinho apavorado porque, pensava, todos nós vivemos sonhando, e então, para que castigar o menino e para que consertar automóveis e achar o rapaz uma gracinha e depois casar e ter filhos que também sonham que vivem e devem sofrer, ir para a guerra ou lutar e perder as esperanças por simples sonhos. Andava à deriva, como um bote sem tripulantes arrastado por correntes indecisas, e fazia gestos mecânicos como os doentes que perderam quase toda a vontade e a consciência e, no entanto, se deixam deslocar pelos enfermeiros e obedecem às indicações com restos obscuros de vontade e consciência, embora não saibam por quê. O 493, pensou, vou até Chacarita e depois pego o metrô até Florida, depois caminho até o hotel. Assim, subiu no 493 e mecanicamente pagou a passagem e durante meia hora continuou vendo fantasmas que sonhavam coisas muito agitadas; na estação Florida saiu pela rua San Martín, andou por Corrientes até Reconquista e de lá se dirigiu para o hotel Warszawa, Conforto Total para Cavalheiros, subiu pela escada suja e quebrada até o quarto andar, e se jogou na cama como se durante séculos tivesse percorrido labirintos.

Pedernera olha para Lavalle, que cavalga um pouco adiante, com suas bombachas gaúchas, sua camisa rasgada e arregaçada, um chapéu de palha. Está doente, magro, pensativo: parece o fantasma esfarrapado daquele Lavalle do Exército dos Andes... Quantos anos se passaram! Vinte e cinco anos de combates, glórias e derrotas. Mas pelo menos naquela época sabiam por que combatiam: queriam a liberdade do continente, lutavam pela Pátria Grande. E agora... Correu tanto sangue pelos rios da América, viram tantos crepúsculos desesperados, ouviram tantos clamores de combates entre irmãos. Ali mesmo, sem ir mais longe, Oribe, que está chegando: não lutou junto com eles no Exército dos Andes? E Dorrego? Pedernera olha sombriamente para os morros gigantescos, lentamente seu olhar percorre o vale devastado, parece perguntar à guerra qual é o segredo do tempo...

A escuridão do crepúsculo apoderava-se secretamente dos cantos e ia fazendo desaparecer no nada as cores e as coisas. O espelho do pequeno armário, trivial e ordinário, foi assumindo a misteriosa importância de todos os espelhos (ordinários ou não) na noite, assim como diante da morte todos os homens assumem a mesma misteriosa profundidade, sejam mendigos ou monarcas.

E, contudo, queria vê-la, ainda.

Acendeu a luz da mesinha de cabeceira e sentou-se na beira da cama. Pegou num bolso interno a foto amassada e, aproximando-se um pouco mais da lâmpada, contemplou-a com cuidado, como se examinasse um documento pouco legível, de cuja interpretação correta dependem acontecimentos da maior importância. Dos muitos (como todos os seres humanos) rostos de Alejandra, aquele era o que mais pertencia a Martín, ou, pelo menos, o que mais tinha lhe pertencido: era a expressão profunda e meio triste de quem deseja alguma coisa que, sabe de antemão, é impossível; um rosto ansioso mas já antecipadamente desesperançado, como se a ansiedade (quer dizer, a esperança) e a desesperança pudessem se manifestar ao mesmo tempo. E, além disso, com a violenta, quase imperceptível mas violenta, expressão de desprezo por alguma coisa, talvez por Deus ou toda a humanidade, ou, mais provavelmente, por si mesma. Ou por tudo junto. Não só de desprezo, mas de repulsa e até de nojo. E, contudo, ele tinha beijado e acariciado a máscara terrível numa época que hoje parecia tão distante, embora tivesse se prolongado até pouco antes; do mesmo modo que, mal acordamos, já parecem estar a uma distância incomensurável as imagens imprecisas que nos comoveram no sonho ou nos aterrorizaram nos pesadelos. E agora, muito breve, o rosto desapareceria para sempre, junto com o quarto, com Buenos Aires, com o universo inteiro, com sua própria memória. Como se tudo tivesse sido apenas uma fantasmagoria gigantesca armada por um feiticeiro irônico e malvado. E enquanto mergulhava na imagem estática, nessa espécie de símbolo da impossibilidade, no caos de sua cabeça, parecia vislumbrar, embora muito confusa, a ideia de que não se mataria por ela, Alejandra, mas por alguma coisa mais profunda e permanente, que ele não conseguia definir: como se Alejandra tivesse sido apenas um desses falsos oásis que prolongam a desesperada travessia de um deserto, e que, ao sumir, pode nos empurrar para a morte, sendo que a causa última do desespero (e portanto da morte) não é o falso oásis, mas o deserto, implacável e infinito.

Sua cabeça era um torvelinho, mas um torvelinho lento e pesado, não de águas transparentes (embora revoltas), e sim de uma mistura pegajosa de resíduos, gordura e cadáveres decompostos junto de belas fotografias abandonadas e restos de objetos queridos, como nas grandes inundações. Ele se via numa sesta solitária, andando pela ribeira do Riachuelo, "como um enjeitadinho" (uma vez ouvira um vizinho dizer) triste e solitário, quando, após a morte de sua avó, concentrara todo o seu carinho no Bonito, que corria na frente dele, pulava e perseguia um pardal, latia alegremente. "Que felicidade ser um cachorro", pensara então, e dissera a don Bachicha, que o escutara pensativo, fumando seu cachimbo.

E de repente, no meio da confusão de ideias e sentimentos, também se lembrou de um verso: não de Dante nem de Homero, mas de um poeta tão humilde e vira-lata como o Bonito. "Onde Deus estava quando tu partiste", perguntara-se aquele infeliz. Sim, onde Deus estava quando sua mãe pulava corda para matá-lo? E onde estava quando o caminhão da Anglo esmagou o Bonito, uma pobre e insignificante criatura deste mundo, botando sangue pela boca, com toda a parte posterior de seu corpinho transformada numa pasta imunda e olhando tristemente para ele, em sua terrível agonia, como fazendo-lhe uma pergunta muda e humilde; uma criatura que não tinha de pagar por nenhum pecado, nem seu nem dos outros, tão pequena e tão pobre que merecia pelo menos a justiça de uma morte serena, dormindo na velhice, rememorando um charco no verão, uma longa caminhada pela beira do Riachuelo nos velhos tempos felizes. E onde Deus estava quando Alejandra se encontrava com aquele canalha? E também viu de repente a cena do noticiário que jamais conseguira esquecer, do noticiário que Álvarez guardava em casa e vivia passando, por uma espécie de masoquismo; e voltava a ver, sempre, sempre, aquele garoto de sete ou oito anos, em seu êxodo pelos Pirineus, no meio da neve, entre dezenas de milhares de homens e mulheres fugindo para a França, só e desvalido, correndo aos pulinhos desajeitados com sua única perna e sua muletinha improvisada, no meio da multidão anônima e aterradora que fugia, como se o pesadelo dos bombardeios em Barcelona jamais terminasse e como se lá não tivesse deixado só sua perna, numa noite infernal e anônima, mas durante dias e dias que pareciam séculos tivesse deixado pedaços da alma, arrastados pela solidão e pelo medo.

E subitamente veio-lhe uma ideia: surgiu de sua alma exaltada como um raio entre nuvens negras de tempestade. Se o universo tinha alguma razão de ser, se a vida humana tinha algum sentido, se Deus existia, em suma, que se apresentasse ali, em seu próprio quarto, naquele sujo quarto de hotel. Por que não? Por que haveria de se negar até mesmo a esse desafio? Se Ele existia, era forte, poderoso. E os fortes, os poderosos podem se dar ao luxo de certa condescendência. Por que não? A quem faria o bem, não se apresentando? Que tipo de orgulho poderia assim satisfazer? O prazo vai até de madrugada, pensou com uma espécie de prazer rancoroso, e esse prazo definitivo e fixo fez sentir-se de repente dotado de um poder terrível e aumentou sua rancorosa satisfação, como se dissesse a si mesmo: vamos ver o que vai acontecer. E se Ele não se apresentasse, então se mataria.

Levantou-se agitado, renovado por uma vitalidade repentina e monstruosa.

Começou a andar nervoso para lá e para cá, roendo as unhas e pensando, pensando como dentro de um avião que caísse dando voltas vertiginosas e que, graças a um esforço sobre-humano, conseguisse se endireitar precariamente. E de repente ficou imóvel, paralisado por um terror indefinido.

Se Deus aparecesse, como o faria? E sob que forma? Uma presença infinita e aterradora, uma figura, um grande silêncio, uma voz, uma espécie de carícia suave e serena? E se aparecesse e ele fosse incapaz de reconhecê-Lo? Então se mataria inutilmente, por engano.

Era grande o silêncio do quarto: ouviam-se apenas os sussurros da cidade, lá embaixo.

Pensou que qualquer um desses sussurros podia ter um significado. Sentiu-se como se, perdido no meio de uma multidão agitada de milhões de seres humanos, tivesse de reconhecer o rosto de um desconhecido que lhe traz a mensagem de salvação e de quem ele só sabe isso: é o portador da mensagem que pode salvá-lo.

Sentou-se na beira da cama: tiritava, seu rosto queimava. Pensou: não sei, não sei, que Ele se apresente de qualquer jeito. De qualquer jeito. Se existia e queria salvá-lo, saberia o que fazer para não passar despercebido. Esse último pensamento o tranquilizou por um instante, e ele se deitou. Mas a agitação voltou logo e ficou insuportável. De novo ele começou a andar pelo quarto, e de repente se viu na rua, caminhando ao léu, como um náufrago que, perdendo todas suas forças, jogado no fundo de seu bote, deixa-se arrastar pela tempestade e os ventos de furacão.

Já são quinze horas de marcha rumo a Jujuy. O general está doente, faz três dias que não dorme, curvado e taciturno deixase levar por seu cavalo, à espera das notícias que o ajudante Lacasa haverá de trazer.

As notícias do ajudante Lacasa!, pensam Pedernera e Danel e Artayeta e Mansilla e Echagüe e Billinghurst e Ramos Mejía. Pobre general, é preciso velar seu sono, é preciso impedir que ele acorde de vez.

E eis que chega Lacasa, rebentando cavalos para dizer o que todos eles sabem.

Portanto, não se aproximam, não querem que o general perceba que um deles se surpreende com o relatório. E de longe, afastados, calados, com afetuosa ironia, com melancólico fatalismo, continuam aquele diálogo absurdo, aquele relatório negro: todos os unitários fugiram para a Bolívia.

Domingos Arenas, comandante militar da praça, já obedece aos federalistas e espera Lavalle para liquidálo. "Fujam para a Bolívia por qualquer atalho", recomendou o doutor Bedoya, antes de deixar a cidade.

Que fará Lavalle? Que pode fazer o general Lavalle? Não adianta, todos sabem: jamais dará as costas para o perigo. E preparamse para seguilo nesse último e mortal ato de loucura. E então ele dá a ordem de marcha para Jujuy.

Mas é evidente: o chefe envelhece hora a hora, sente que a morte se aproxima, e, como se tivesse de acelerar o percurso natural, aquele homem de quarenta e quatro anos já tem um jeito de olhar, um peso na curvatura das costas, um certo cansaço final que anunciam a velhice e a morte. Seus companheiros o observam de longe.

Seguem com os olhos aquela ruína querida. Pensa Frías: "O Cid de olhos azuis".

Pensa Acevedo: "Você travou cento e vinte e cinco combates pela liberdade deste continente".

Pensa Pedernera: "Ali marcha para a morte o general Juan Galo de Lavalle, descendente de Hernán Cortés e de don Pelágio, o homem que San Martín chamou de Primeira Espada do Exército Libertador, o homem que, levando a mão à empunhadura de seu sabre, impôs silêncio a Bolívar".

Pensa Lacasa: "Em seu escudo um braço armado segura uma espada, uma espada que não se rende. Os mouros não o abateram, e depois tampouco foi abatido pelos espanhóis. E agora tampouco irá se render. É um feito".

E Damasita Boedo, a moça que cavalga a seu lado e tenta ansiosamente decifrar o rosto daquele homem a quem ama, mas que ela sente já estar num mundo distante, pensa: "General, gostaria que repousasses sobre mim, que inclinasses tua cabeça cansada em meu peito, que dormisses aninhado em meus braços. O mundo nada poderia contra ti, o mundo nada pode contra um menino que dorme no colo da mãe. Agora sou tua mãe, general. Olhame, diz que me amas, diz que precisas de minha ajuda".

Mas o general Juan Galo de Lavalle marcha taciturno e concentrado nos pensamentos de um homem que sabe que a morte se aproxima. É hora de fazer balanços, de inventariar as desgraças, de passar em revista os rostos do passado. Não é hora de brincadeiras nem de olhar o simples mundo exterior. Esse mundo exterior já quase não existe, breve será um sonho sonhado. Agora avançam em sua mente os rostos verdadeiros e permanentes, os que ficaram no mais fundo de sua alma, trancados a sete chaves. E seu coração depara então com um rosto acabado e coberto de rugas, um rosto que outrora foi um belo jardim e agora está coberto de matagal, quase seco, sem flores. Mas mesmo assim volta a vêlo e a reconhecer o caramanchão em que se encontravam quando ainda eram quase crianças; quando a desilusão, a desgraça e o tempo não tinham cumprido sua obra de devastação, quando os meigos contatos de suas mãos, seus olhares anunciavam os filhos que vieram depois, como uma flor anuncia os frutos que virão: "Dolores", murmura, com um sorriso que aparece em seu rosto morto, como uma brasa já quase apagada entre as cinzas que afastamos para ter um pouco e último calorzinho numa montanha desolada.

E Damasita Boedo, que o observa com angustiante atenção, que quase o ouve murmurar aquele nome distante e amado, olha agora para a frente, sentindo as lágrimas nos olhos. Então chegam às imediações de Jujuy: já se veem a cúpula e as torres da igreja. É a quinta dos Tapiales de Castañeda. Já é noite. Lavalle ordena a Pedernera acampar ali. Ele, com uma pequena escolta, irá a Jujuy. Procurará uma casa onde pernoitar: está doente, caindo de cansaço e febre.

Seus companheiros se olham: que se pode fazer? Tudo é uma loucura, e tanto faz morrer de um jeito ou de outro.

Vagou sem rumo, entrou em botequins do porto onde um dia estivera com Alejandra e, à medida que se embriagava, o mundo ia perdendo forma e solidez: ouvia gritos e risos, luzes penetrantes transpassavam sua cabeça, mulheres muito maquiadas o abraçavam, até que grandes massas de chumbo vermelho e algodoado o esmagaram no chão e, apoiado na muleta improvisada, ele foi avançando por uma imensa planície pantanosa, entre imundícies e cadáveres, entre excrementos e mangues que podiam engoli-lo e devorá-lo, tentando pisar firme, abrindo os olhos exageradamente para conseguir se mexer na penumbra, indo para o rosto enigmático, distante, como a uma légua de distância, rés ao chão, como uma lua infernal que quisesse iluminar a paisagem repugnante e verminosa, correndo para lá com sua muletinha, para onde o rosto parecia esperá-lo e de onde sem dúvida vinha o chamado, correndo e tropeçando pela planície, até que de repente, ao se levantar, o viu na sua frente, quase a seu lado, repelente e trágico, como se de longe tivesse sido enganado por uma magia perversa, e gritou e se levantou violentamente da cama. Acalme-se, menino! — dizia-lhe uma mulher, segurando-o pelos braços —, agora acalme-se!

Pedernera, que dorme montado em seu cavalo, acorda nervoso: acredita ter ouvido tiros de carabinas. Mas talvez seja sua imagina-

ção. Nessa noite sinistra tentou dormir, em vão. Visões de sangue e morte o atormentam.

Levantase, caminha entre os companheiros adormecidos e chega à sentinela. Sim, a sentinela ouviu tiros, longe, para os lados da cidade. Pedernera acorda os camaradas, tem uma sombria intuição, pensa que devem selar os cavalos e ficar alertas. Assim, começam a executar suas ordens quando chegam dois atiradores da escolta de Lavalle, a galope, gritando: "Mataram o general!".

Tentava pensar, mas sua cabeça estava repleta de chumbo líquido e imundícies. Vai passar, menino, vai passar — dizia-lhe. Sua cabeça doía como uma caldeira pressionada por gases de alta pressão. Como por entre velhas e vastas redes de teias de aranha, percebeu que estava num quarto desconhecido: diante da cama entreviu Carlos Gardel, de fraque, e outra foto, também em cores, de Evita e, debaixo, um vaso de flores. Sentiu a mão da mulher em sua testa, como se lhe tomasse a temperatura, como sua avó, infinitos anos atrás. Começou a ouvir o ruído de um fogareiro, a mulher se afastara para dar mais pressão ao bico do gás, e o chiado do fogareiro era cada vez mais enérgico. Também ouviu um choramingo, de bebê de poucos meses, ali ao lado, mas não tinha forças para olhar. Novamente foi esmagado pelo sono. Pela terceira vez a visão se repetiu. O mendigo avançava para ele, murmurando palavras ininteligíveis, botava a trouxa no chão, desamarrava-a, abria e mostrava seu conteúdo, que Martín se esforçava em discernir. Suas palavras eram tão desesperadamente indecifráveis como as de uma carta que *sabemos* ser decisiva para nosso destino, mas que o tempo e a umidade borraram, deixando-a ilegível.

No vestíbulo, banhado de sangue, jaz o corpo do general. Ajoelhada ao seu lado, abraçada a ele, Damasita Boedo chora. O sargento Sosa olha tudo aquilo como um menino que perdeu a mãe num terremoto.

Todos correm, gritam. Ninguém entende nada: onde estão os federalistas? Por que não mataram os outros? Por que não cortaram a cabeça de Lavalle?

"Não sabem quem mataram esta noite", diz Frías. "Atiraram no escuro." "É evidente", pensa Pedernera. Há que fugir antes que compreendam. Ele dá ordens enérgicas e precisas, o corpo é enrolado no poncho e colocado sobre o tordilho do general, e a galope chegam de novo às terras dos Tapiales de Castañeda, onde aguarda o resto da Legião.

Diz o coronel Pedernera: "Oribe jurou mostrar a cabeça do general na ponta de uma lança, na praça de la Victoria. Isso jamais acontecerá, companheiros. Em sete dias podemos alcançar a fronteira com a Bolívia, e lá repousarão os restos de nosso chefe".

Então, divide suas forças, ordena a um grupo de atiradores que defendam a retirada na retaguarda, e logo empreendem a marcha final rumo ao exílio.

Ouviu de novo o bebê choramingar. Quietinho, quietinho — disse a mulher, sem deixar de lhe dar o chá. Depois, quando terminou, ajeitou-o na cama e foi para o outro lado, para o lado de onde vinha o choro. Cantarolou. Martín fez um esforço e mexeu a cabeça: ela estava debruçada sobre alguma coisa, que, depois ele viu, era uma caixa. Nana, nenê, nana — dizia. E cantarolava. Acima da caixa que servia de berço havia um cromo: Cristo com o peito aberto, como numa prancha de anatomia, em cores, e mostrando seu coração com um dedo. Mais embaixo havia umas gravurazinhas de santos. E perto, em outra caixa, ficava o fogareiro Primus, com uma chaleira de mate em cima. Quietinho, quietinho — repetiu com voz cada vez mais apagada, cantarolando uma canção de ninar, cada vez mais imperceptível. Depois tudo ficou em silêncio, mas ela ainda esperou mais um minuto, sempre debruçada sobre o bebê, até ter certeza de que ele dormia. Depois, tentando não fazer barulho, virou-se para onde estava Martín. Você dormiu — disse-lhe, sorrindo. E depois, inclinando-se um pouco e pondo a mão na testa dele, perguntou: Está melhor? Sua mão era calosa. Martín fez um sinal afirmativo. Você dormiu três horas. Martín começava a ter mais lucidez. Olhou-a: os sofrimentos e o trabalho, a pobreza e a desgraça não haviam conseguido extinguir do rosto da mulher uma expressão doce e maternal. Você apagou. Então disse a eles que o trouxessem para cá. Martín enrubesceu e tentou se levantar. Mas ela o reteve. Espere um pouco, não há pressa. Sorrindo tristemente, acrescentou: Você falou muitas coisas, menino. Que coisas? — perguntou Martín, envergonhado. Muitas, mas não se entendia direito — a mulher respondeu, tímida, olhando e tocando na saia com cuidado, como se estivesse examinando um rasgão quase invisível. O tom de sua voz era o da suave admoestação que certas mães costumam ter. Ao levantar os olhos viu que Martín a observava com uma expressão de dolorosa ironia. Talvez o tenha entendido, pois disse: Eu também... não vá pensar que... Hesitou um instante. Mas pelo menos agora tenho trabalho aqui e posso ficar com o bebê. Aqui é realmente uma trabalheira. Mas tenho esse quartinho e a criança está aqui. Voltou a examinar o rasgão invisível e a alisar a saia. E depois — disse, sem levantar os olhos — tem tantas coisas bonitas na vida. Ergueu os olhos e de novo encontrou a expressão de ironia no rosto de Martín. E voltou a empregar o tom de admoestação, misturada à compaixão e ao temor. Olhe para mim, veja tudo o que eu tenho. Martín olhou a mulher, sua pobreza e sua solidão naquele casebre infecto. Tenho o bebê — ela prosseguiu, tenaz —, tenho esta vitrola velha com uns discos de Gardel; você não acha bonito "Madreselvas en flor"? E "Caminito"? Com ar sonhador, comentou: Não há nada tão bonito quanto a música. Deu uma olhada no retrato colorido do cantor: da eternidade, Gardel, deslumbrante em seu fraque, também parecia lhe sorrir. Em seguida, virando-se para Martín, prosseguiu com o inventário: E depois tem as flores, os pássaros, os cachorros, sei lá mais o quê... Pena que o gato do bar tenha comido o meu canarinho. Era uma boa companhia. *Não fala do marido*, pensou Martín, *não tem marido, ou ele morreu ou a trocou por outra qualquer*. Quase com entusiasmo, disse: É tão lindo viver! Olhe, menino: eu tenho vinte e cinco anos e já fico com pena porque um dia vou morrer. Martín a olhou: imaginara que tivesse quarenta anos. Fechou os olhos e ficou pensativo. A mulher achou que ele estava passando mal de novo e se aproximou e pôs novamente a mão em sua testa. Martín voltou a sentir a mão coberta de calos. E Martín reparou que, tranquilizada, a mão permanecia um segundo a mais, rude mas terna, numa pequena carícia tímida. Abriu os olhos e disse: Acho que o chá me fez bem. A mulher pareceu sentir uma extraordinária alegria. Martín sentou-se na cama: Vou embora — disse. Sentia-se muito fraco e muito enjoado. Está se sentindo bem? — ela perguntou, preocupada. — Perfeitamente bem. Como você se chama? Hortensia Paz ao seu dispor. Eu me chamo Martín. Martín del Castillo.

Tirou um anel que usava no dedo mindinho, presente de sua avó. Deu-lhe o anelzinho. A moça ficou vermelha e recusou. Você não me disse que a vida tem muitas alegrias? — Martín perguntou. Se aceitar esta lembrança terei uma grande alegria. A única alegria que terei tido ultimamente. Não quer me ver contente? Hortensia continuava hesitante. Então, pôs o anel na mão dela e saiu correndo.

6.

Quando chegou ao quarto, estava amanhecendo. Abriu a janela. A leste, o Kavanagh ia se recortando aos poucos contra um céu cinzento.

Como Bruno tinha dito uma vez? Uma guerra podia ser absurda ou equivocada, mas o pelotão a que se pertencia era algo de absoluto.

Havia D'Arcángelo, por exemplo. Havia a própria Hortensia.

Um cachorro bastaria.

A noite está gelada e a lua fria ilumina a quebrada. Os cento e setenta e cinco homens estacionam em bivaque, pendentes dos rumores do sul. O rio Grande serpenteia como mercúrio brilhante, testemunha indiferente de lutas, expedições e matanças. Exércitos do Inca, caravanas de cativos, colunas de conquistadores espanhóis que já traziam o meu sangue (pensa o alferes Celedonio Olmos) e que quatrocentos anos depois viverão secretamente no sangue de Alejandra (pensa Martín). Depois, cavalarias patriotas repelindo os godos para o norte, em seguida os godos voltando a avançar para o sul, e mais uma vez os patriotas repelindoos. Com lança e carabina, espada e faca, mutilandose e degolandose num furor fratricida. Depois, noites de silêncio mineral em que volta a se ouvir apenas o sussurro do rio Grande, impondose de forma lenta mas segura aos combates sangrentos — mas tão passageiros! — entre os homens. Até que novamente ecoam os gritos de morte e as águas voltam a se tingir de vermelho e populações inteiras fogem a jusante, fazendo tábula rasa, incendiando suas casas e destruindo suas fazendas, para retornarem mais tarde, uma vez mais, à terra eterna em que nasceram e sofreram.

Cento e setenta e cinco homens no bivaque, pois, na noite mineral. E uma voz abafada, num leve rasgado de guitarra, canta:

Palomita blanca,
vidalitá,
que cruzas el valle,
vé a decir a todos,
vidalitá,
que ha muerto Lavalle.

E quando chega o novo dia eles reiniciam a marcha para o norte.

Agora, o alferes Celedonio Olmos cavalga ao lado do sargento Aparicio Sosa, que anda calado e pensativo.

O alferes o olha. Há dias tem se perguntado. Sua alma foi murchando nos últimos meses como uma flor delicada num cataclismo planetário. Mas começou a compreender, na medida em que é ainda mais absurda esta última retirada.

Cento e setenta e cinco homens galopando furiosamente durante sete dias por causa de um cadáver.

"Oribe nunca terá a cabeça", disselhe o sargento Sosa. Assim, no meio da destruição daquelas torres, o alferes adolescente começava a entrever outra, resplandecente, indestrutível. Uma só. Mas por ela valia a pena viver e morrer.

Lentamente ia nascendo um novo dia na cidade de Buenos Aires, um dia como qualquer um dos inúmeros dias que nasceram desde que o homem é homem.

Da janela, Martín viu um garoto correndo com os jornais

matutinos, talvez para se aquecer, talvez porque nesse trabalho tem de se andar depressa. Um cachorro vagabundo, não muito diferente do Bonito, remexia numa lata de lixo. Uma moça como Hortensia ia para o trabalho.

Pensou também em Bucich, em seu caminhão Mack com um reboque.

Assim, pôs as coisas na sacola de marinheiro e desceu os degraus da escada cambaia.

7.

Chuviscava, a noite estava fria. Um vento devastador arrastava em rajadas furiosas os papéis da rua e as folhas secas que iam deixando nus os galhos das árvores.

Diante do galpão cuidavam dos últimos preparativos. A lona, disse Bucich, com a guimba apagada, pode chover forte, sabe. Amarravam as correias, encostando uma perna no caminhão, fazendo força. Passavam operários, conversando, contando piadas, uns em silêncio e cabisbaixos. Puxe daí, garoto, dizia Bucich. Depois entraram no bar: homens de macacão azul e casacos de couro, de botas e borzeguins, conversavam ruidosamente, tomavam café e aguardente, comiam enormes sanduíches, trocavam recomendações, falavam de gente da estrada: o Magro, o Cara de Entrerríos, o Gonzalito. Davam-lhe enormes tapas no ombro, em cima da jaqueta de couro, chamavam-no de Puchito Velho de Guerra, e ele sorria, sem falar. E depois, ao terminar o salaminho e o café preto, disse a Martín agora pé na estrada, garoto, e, saindo, subiu na boleia e pôs o motor para funcionar, acendeu os faróis baixos e começou o trajeto para a ponte Avellaneda, iniciando a viagem interminável para o sul, primeiro atravessando na madrugada fria e chuvosa aqueles bairros que tantas recordações traziam a Martín; em seguida, cruzando o Riachuelo, e os bairros industriais, e depois, pouco a pouco, a estrada mais larga para o sudeste; até que, após o entroncamento de La Plata, direto para o sul, por aquela estrada número 3 que terminava na ponta do mundo, lá onde Martín imaginava tudo branco e gelado, naquela ponta que se inclinava para a Antártida, varrida pelos ventos patagônicos, inóspita mas limpa e pura. *Enseada da* Última *Esperança, Baía Inútil, Porto-Fome, Ilha Desolação*, nomes que ele olhara ao longo dos anos, desde a sua infância lá no sótão, em longas horas de tristeza e solidão; nomes que sugeriam distantes e solitárias regiões do mundo, mas limpas, duras e puríssimas, lugares que pareciam não ter sido ainda conspurcados pelos homens, e muito menos pelas mulheres.

Martín lhe perguntou se conhecia bem a Patagônia, Bucich disse bom, sorrindo com benévola ironia.

— Eu sou do ano 1, garoto. E pode-se dizer que desde que parei de engatinhar comecei a andar pela Patagônia. Sabe, meu velho era marinheiro e no barco alguém lhe falou do sul, das minas de ouro. E aí o velho embarcou em Buenos Aires num cargueiro que ia pra Puerto Madryn. Lá conheceu um inglês, o Esteve, que também andava querendo encontrar ouro. E aí continuaram a viagem pro sul. Do jeito que desse: a cavalo, de carreta, de canoa. Até que ficou em Lago Viedma, perto do Fritzroy. Foi lá que eu nasci.

— E sua mãe?

— Ele conheceu ela lá, uma chilena. Albina Rojas.

Martín o olhava, fascinado. Bucich sorria pensativo, consigo mesmo, sem tirar o olho da estrada, com a guimba apagada. Perguntou-lhe se fazia muito frio.

— Depende. No inverno chega a fazer até trinta abaixo de zero, sobretudo entre Lago Argentino e Río Gallegos, durante a travessia. Mas no verão fica lindo.

Um pouco depois falou de sua infância, das caçadas de pumas e guanacos, raposas, javalis. Das expedições com seu pai, de canoa.

— Meu velho — acrescentou, rindo — nunca desistiu da ideia do ouro. E mesmo trabalhando com umas ovelhas e mesmo sendo colono, assim que podia, pimba, tinha uma recaída. Em 1903 deu um jeito para ir junto com um dinamarquês, o Masen, e um alemão, o Oten, lá pra Terra do Fogo. Foram os primeiros brancos que atravessaram o Río Grande. Depois voltaram para o norte por Última Esperança até chegar nos lagos. Procurando ouro, o tempo todo.

— E encontraram?

— Que encontraram que nada! Tudo isso era conversa-fiada.

— E como viviam?

— Do que caçavam e do que pescavam, ora bolas! Depois, meu velho conseguiu ir trabalhar com o Masen na Comissão de Fronteiras. E, quando estava perto de Viedma, conheceu um dos primeiros colonos de lá, um inglês, o Yac Liveli, que disse pra ele don Bucich isso aqui tem muito futuro, vá por mim, por que o senhor não fica aqui em vez de ficar procurando ouro, aqui o ouro são as ovelhas, eu sei do que estou falando.

E depois se calou.

Na noite silenciosa e gelada podemse ouvir os cascos da cavalaria em retirada. Sempre para o norte.

— Em 21 eu trabalhava de peão em Santa Cruz, quando teve a grande greve. Foi uma baita matança.

Voltou a ficar pensativo, mastigando o charuto apagado. Às vezes cumprimentava um caminhoneiro que vinha em sentido contrário.

— Pelo visto, o senhor é muito conhecido — Martín comentou.

Bucich sorriu com orgulhosa modéstia.

— Garoto, faz mais de dez anos que eu ando na estrada número 3. Conheço ela como a palma da minha mão. Três mil quilômetros de Buenos Aires até o estreito. É a vida, garoto.

Cataclismos colossais levantaram aquelas cordilheiras do noroeste e há duzentos e cinquenta mil anos ventos vindos das regiões que ficam mais para lá dos cimos ocidentais, no lado da fronteira, escavaram e trabalharam formidáveis catedrais misteriosas.

E a Legião (os restos da Legião) segue seu galope para o norte, perseguida pelas forças de Oribe. Em cima de seu tordilho de batalha, enrolado em seu poncho, apodrecendo, vai o corpo inchado do general.

O tempo tinha mudado, parara de chuviscar, soprava um vento forte de dentro (dizia Bucich) e o frio era cortante. Mas agora o céu estava transparente. À medida que avançava para o sudoeste o pampa se abria cada vez mais, a paisagem ficava imponente e, para Martín, o ar parecia mais puro. Agora, também se sentia útil: tiveram de trocar um pneu, ele cevava mate, preparava o fogo. E assim chegou a primeira noite.

Faltam trinta e cinco léguas. Três dias de marcha a galope batido, com o cadáver que fede e destila os líquidos da podridão, com uns atiradores na retaguarda que cobrem a retirada, que talvez estejam sendo pouco a pouco dizimados e lanceados ou degolados. De Jujuy a Huacalera, vinte e quatro léguas. Só mais trinta e cinco léguas, dizem para si mesmos. Só mais quatro ou cinco dias de marcha, se Deus nos ajudar.

— Porque eu, garoto, não gosto nada de comer nos restaurantes — disse Bucich enquanto botava o caminhão num desvio de terra.

As estrelas refulgiam na noite dura e fria.

— É o meu jeito, garoto — explicou com orgulho, dando umas batidinhas com as manzorras no caminhão Mack, como se fosse o cavalo predileto. — Quando chega a noite, eu paro. A não ser no verão, que aí é melhor dirigir com o fresco. Mas é sempre perigoso: você se cansa, pega no sono e paf! O que aconteceu com o gordo Villanueva, no verão passado, perto de Azul. E vou ser sincero, não é por causa da gente, não, é por causa dos outros. Imagine um caminhão que nem este. A cacetada que não vai ser. Martín começou os preparativos para fazer a fogueira.

Enquanto o caminhoneiro estendia a carne em cima da grelha, comentou:

— Umas costelinhas, daqui, ó!, você vai ver. Meu negócio é comprar a carne quando acabaram de abater. Nada de frigorífico, garoto, tenha sempre isso na cabeça: lá eles tiram o sangue. Se eu fosse do governo, juro por esta cruz que proibia a carne congelada. Vá por mim, por isso é que tem tanta doença hoje em dia.

Mas e sem os frigoríficos a carne não apodrecia, nas grandes cidades? Bucich tirou o charuto da boca, negou com o dedo e disse:

— Mentira, tudo isso é lorota. Se vendessem logo a carne não aconteceria nada, entende? Tem que comprar assim que for abatida. Como é que vai apodrecer? Quer me explicar?

Enquanto ajeitava a carne para que o vento não a queimasse, prosseguiu, como se continuasse a pensar naquilo:

— Vou te dizer uma coisa, garoto: antigamente as pessoas eram mais saudáveis. Sabe quantos anos tem meu velho?

Não, Martín não sabia. Na luz do fogo, olhava Bucich sorrindo, de cócoras, com o charuto apagado, orgulhoso de antemão.

— Oitenta e três. E eu mentiria se te dissesse que ele algum dia viu um médico. Dá pra acreditar?

Depois se sentaram em cima de uns caixotezinhos, perto do fogo, calados, esperando que a carne estivesse no ponto. O céu estava puríssimo, o frio intenso. Martín observava as chamas.

Pedernera ordena fazer alto e fala com os companheiros: o corpo está inchando, o cheiro é insuportável. Será preciso descarnálo para conservar os ossos e a cabeça. Oribe nunca a terá.

Mas quem quer fazêlo? E, sobretudo, quem poderá fazêlo? O coronel Alejandro Danel fará.

Então descem o corpo, colocamno na beira do riacho, é preciso rasgar a faca a roupa do general, esticada por causa do inchaço. Depois Danel ajoelhase a seu lado e desembainha a faca de mato. Por instantes contempla o cadáver disforme de seu chefe. Também o contemplam os homens que formam um círculo mudo. E então Danel finca a faca onde a podridão já começou seu trabalho. O riacho Huacalera arrasta os pedaços de carne, água *abaixo, enquanto os ossos vão sendo amontoados sobre o poncho.*

A alma de Lavalle percebe as lágrimas de Danel e reflete assim: "Você sofre por mim, mas deveria sofrer por si mesmo e pelos camaradas que continuam vivos. Eu já não me importo. O que em mim se estragava você está arrancando e as águas deste rio o levarão para longe, e depois isso ajudará uma planta a crescer, talvez com o tempo ela se transforme em flor, em perfume. Como vê, isso não deveria entristecêlo. E, aliás, assim só restarão de mim os ossos, a única coisa que nos aproxima da pedra e da eternidade. E confortame que guardem meu coração. Tão lealmente me acompanhou na adversidade! E a cabeça também, sim. Esta cabeça que aqueles doutores diziam não valer nada. Talvez tenham dito porque me repugnava aliarme com estrangeiros ou porque acharam absurda e sem razão de ser esta longa retirada, porque não me decidi a atacar Buenos Aires quando suas cúpulas estavam à vista: esses intelectuais não sabiam que, naqueles dias em que voltei a ver os campos onde fuzilei Manuel Dorrego, sua lembrança me atormentou, e agora me atormenta mais ainda, pois vi que o povo do campo estava com ele e não conosco, quando cantava

Cielo y cielo nublado
Por la muerte de Dorrego...

Sim, companheiros, esses cavalheiros que me fizeram cometer um crime, pois na época eu era muito jovem, e acreditei realmente que prestava um serviço à minha pátria, e embora me doesse terrivelmente, porque eu amava Manuel, porque sempre tive admiração por ele, assinei a sentença que tanto sangue trouxe nestes onze anos. E aquela morte foi um câncer que me devorou no exílio e depois nesta estúpida campanha. Você, Danel, que estava comigo naquele momento, sabe muito bem quanto me custou fazêlo, quanto eu admirava a coragem e a inteligência de Manuel. E Acevedo também sabe, e muitos companheiros que, agora, olham aqui meus restos. E você também sabe que foram eles, os homens de cabeça, que me induziram a fazêlo, com cartas insidiosas, cartas que aliás queriam que eu logo destruísse. Foram eles. Não você, Danel, nem você, Acevedo, nem Lamadrid nem nenhum dos nossos, que não temos mais do que um braço para empunhar o sabre e um coração para enfrentar a morte".

(Os ossos já foram enrolados no poncho que um dia foi azulclaro mas hoje, como o espírito destes homens, é pouco mais do que um trapo sujo; um trapo que não se sabe muito bem o que representa; esses símbolos dos sentimentos e das paixões dos homens — azulclaro, vermelho — que terminam enfim voltando à cor imortal da terra, cor que é mais ou menos a cor da sujeira, porque é a cor de nossa velhice e do destino final de todos os homens, sejam quais forem suas ideias. O coração já foi posto num pequeno frasco com aguardente. E aqueles homens guardaram em algum bolso esfarrapado uma pequena recordação do corpo: um ossinho, uma mecha de cabelo.)

"E você, Aparicio Sosa, que nunca tentou entender nada, porque simplesmente se limitou a ser fiel, a crer sem razões no que eu dissesse ou fizesse, você, que cuidou de mim desde que fui um cadete malcriado e atrevido; você, o calado sargento Aparicio Sosa, o negro Sosa, o Sosa bexiguento, o que me salvou em Cancha Rayada, o que nada possui além do amor por este pobre general derrotado, além desta pátria desgraçada e cruel: gostaria que pensassem em você. Quero dizer..."

(Os fugitivos agora colocaram o pacote com os ossos na maleta de couro do general, e a maleta em cima do tordilho de batalha. Mas

hesitam em relação ao frasquinho, até que Danel o entrega a Aparicio Sosa, o mais desamparado com a morte do chefe.)

"Sim, companheiros, o sargento Sosa. Pois é como falar desta terra, desta terra cruel, regada com o sangue de tantos argentinos. Deste vale por onde vinte e cinco anos atrás Belgrano subiu com seus soldadinhos improvisados, generalzinho improvisado, frágil como uma criança, unicamente com a força de sua coragem e de seu fervor, tendo de enfrentar as forças aguerridas da Espanha por uma pátria que ainda não sabíamos claramente o que era, que ainda hoje não sabemos o que é, até onde se estende, a quem pertence de verdade: se a Rosas, se a nós, se a todos juntos ou a ninguém. Sim, sargento Sosa: você é esta terra, este vale milenar, esta solidão americana, este desespero anônimo que nos atormenta no meio deste caos, nesta luta entre irmãos."

(Pedernera dá ordem de montar. Já se ouvem, perigosamente próximos, os tiros na retaguarda, perdeuse demasiado tempo. E diz a seus companheiros: "Se tivermos sorte, em quatro dias chegaremos à fronteira". Isto é, trinta e cinco léguas que podem ser percorridas em quatro dias de desesperado galope. "Se Deus nos acompanhar", acrescenta.

E os fugitivos desaparecem no meio da poeira, sob o sol intenso do vale, enquanto atrás outros companheiros morrem por eles.)

Comeram calados, sentados sobre os caixotinhos. Depois do jantar, Bucich preparou de novo o mate. E enquanto o tomavam ele olhava o céu estrelado, até que se animou em confessar o que, havia tempo, queria confessar:

— Vou te dizer uma coisa, garoto. Eu gostaria de ter sido astrônomo. O quê? Acha esquisito?

Pergunta que acrescentou por puro medo de se expor ao ridículo, pois nada no rosto de Martín poderia induzi-lo a pensar isso.

Martín disse que não. Por que acharia esquisito?, disse.

— Toda noite, quando eu viajo, olho as estrelas e digo: quem é que viverá nesses mundos? O alemão Mainsa diz que vivem milhões de pessoas, que cada uma delas, das estrelas, é que nem a Terra.

Acendeu o charuto, aspirou longamente a fumaça e ficou matutando.

Depois continuou:

— Mainsa. Ele me disse também que os russos têm umas invenções incríveis. De repente a gente está aqui, tranquilo, comendo as costelinhas, e eles mandam uma espécie de raio e, ó, adeus! O raio da morte.

Martín passou-lhe o mate e perguntou quem era Mainsa.

— Meu cunhado. O marido da minha irmã Violeta. E como sabia de todas essas coisas?

Bucich chupou o mate, com calma, e depois explicou com orgulho:

— Faz quinze anos que ele é telegrafista em Bahía Blanca. Por isso é que conhece a fundo todo esse negócio de aparelhos e raios. É alemão, não precisa dizer mais nada.

Depois se calaram, até que Bucich se levantou e disse: "bem, garoto, a gente tem que dormir", foi buscar a moringa de aguardente, deu um gole, olhou o céu e prosseguiu:

— Ainda bem que não choveu por aqui. Amanhã vamos ter que fazer trinta quilômetros em estrada de terra. Que nada, mentira minha: sessenta! Trinta e trinta.

Martín o olhou: estrada de terra?

— É, a gente tem de se afastar um pouco, preciso ir ver um amigo perto da estação de La Garma. Um afilhado meu que está doente, lá. Estou levando um carrinho pra ele.

Foi à boleia, tirou uma caixa, abriu e mostrou-lhe o presente, sorrindo orgulhoso. Deu corda e tentou ver se o carrinho andava no chão.

— É claro, na terra não anda direito. Mas no chão de madeira ou de cimento anda que é uma maravilha.

Guardou-o cuidadosamente, enquanto Martín o observava, perplexo.

Galopam desembestados para a fronteira, porque o coronel Pedernera disse: "Esta noite mesmo devemos estar em terra boliviana". Lá atrás ouvemse os tiros da retaguarda. E aqueles homens pensam quantos camaradas e quais dos que cobrem a fuga de sete dias terão sido atingidos pela turma de Oribe.

Até que no meio da noite cruzam a fronteira e podem se jogar no chão e enfim descansar e dormir em paz. Uma paz, entretanto, tão desolada como a que reina num mundo morto, num território arrasado pela calamidade, percorrido por caranchos silenciosos, lúgubres e famintos.

E quando na manhã seguinte Pedernera dá ordem de montar e reiniciar a marcha para Potosí, os homens montam a cavalo mas permanecem um longo tempo olhando para o sul. Todos (o coronel Pedernera também), cento e setenta e cinco rostos, homens pensativos e calados e também uma mulher, olhando para o sul, para a terra que se conhece com o nome de Províncias Unidas (Unidas!) do Sul, para a região do mundo onde estes homens nasceram, e onde ficam seus filhos, seus irmãos, suas mulheres, suas mães. Para sempre?

Todos olham para o sul. O sargento Aparicio Sosa, com seu frasquinho, com aquele coração apertado contra o peito, também olha para lá.

E também o alferes Celedonio Olmos, que aos dezessete anos de idade se juntou à Legião, com o pai e o irmão, agora mortos em Quebracho Herrado, para lutar por ideias que se escrevem com maiúsculas; palavras que depois vão se apagando e cujas maiúsculas, torres antigas e reluzentes, foram desmoronando pela ação dos anos e dos homens.

Até que o coronel Pedernera percebe que já basta e dá a ordem de marcha, e todos puxam suas rédeas e fazem as cavalgaduras se virar para o norte.

Já estão se afastando no meio da poeira, na solidão mineral, na desolada região planetária. E logo será impossível distinguilos, poeira na poeira.

No vale, nada mais sobra da Legião, dos míseros restos da Legião: o eco de suas cavalgadas se apagou, a terra que levantaram com seu galope furioso voltou a assentar, lenta mas inexoravelmen-

te; a carne de Lavalle foi arrastada para o sul pelas águas de um rio (para transformarse em árvore, *em planta, em perfume?). Só permanecerá a lembrança vaga e cada dia mais imprecisa daquela Legião fantasma. "Nas noites de lua — conta um velho* índio *— eu também os vejo. Primeiro a gente ouve as nazarenas e o relincho de um cavalo. Depois ele aparece, é um cavalo muito garboso, e quem o monta é o general, branco como a neve (assim o* índio *vê o cavalo do general). Ele porta um grande sabre de cavalaria e um morrião alto, de granadeiro." (Pobre* índio, *pois se o general já era um camponês maltrapilho, com um chapelão de palha suja e um poncho que já esquecera a cor simbólica! Pois se aquele infeliz não tinha nem uniforme de granadeiro nem morrião, nem nada! Se era um miserável entre miseráveis!)*

Mas é como um sonho: mais um instante e ele desaparece na sombra da noite, cruzando o rio rumo às montanhas do poente...

Bucich lhe mostrou o lugar de dormir, no reboque, estendeu os colchonetes, acertou o despertador, disse "tem de botar pras cinco", e depois se afastou uns passos, para urinar. Martín achou que era seu dever fazer o mesmo, perto do amigo.

O céu estava transparente e duro como um diamante negro. Na luz das estrelas, a planície estendia-se pela imensidão desconhecida. O odor quente e acre da urina se misturava com os odores do campo. Bucich disse:

— Como o nosso país é grande, garoto...

E então Martín, contemplando a silhueta gigantesca do caminhoneiro contra o céu estrelado, enquanto urinavam juntos, sentiu uma paz puríssima entrando pela primeira vez em sua alma atormentada.

Observando o horizonte, enquanto se abotoava, Bucich concluiu:

— Bem, pra cama, garoto. Às cinco, pé na estrada. Amanhã a gente atravessa o Colorado.

POSFÁCIO

Ernesto Sabato — entre a ciência e a literatura[1]

Nascido em 1911 em Rojas, formado em matemática e física, o argentino Ernesto Sabato pertenceu a uma geração que cultuou a fé na razão e no progresso. Trabalhava em Paris, no laboratório de Irene Joliot-Curie, quando em 1938 foi descoberta a fissão atômica que abriu as portas à bomba nuclear. Terrivelmente chocado, foi aos poucos se afastando da ciência racional para se dedicar ao irracional literário. A literatura foi sua maneira de mergulhar na condição humana e seus fantasmas, suas contradições, seus sonhos. A isso Sabato dedicou os únicos três romances, publicados um a cada treze anos. *O túnel*, de 1948, recebeu elogiosas referências de Albert Camus e de Thomas Mann, numa época em que a ficção latino-americana estava longe do apogeu que conheceria mais tarde. Seguiu-se, em 1961, *Sobre heróis e tumbas*, a história de uma cidade às voltas com a crueldade de uma seita de cegos. Em 1974, *Abadon, o Exterminador* falava de uma juventude suicidária. Como ensaísta, Sabato publicou as coletâneas *Uno y el universo* (1945), *Hombres y engrenajes* (1951), *O escritor e seus fantasmas* (1963), *Apologías y rechazos* (1979). Em 1984 ele presidiu a comissão que, não sem dificuldade, in-

1 Entrevista feita em 1981 e publicada pela primeira vez em *Sempre Paris: Crônica de uma cidade, seus escritores e artistas* (Companhia das Letras, 2023)

vestigou o destino dos desaparecidos e os crimes da ditadura militar argentina. Ernesto Sabato morreu em 2011, prestes a completar cem anos.

Em setembro de 1981, ele e a mulher Matilde estavam em Biarritz, convidados do Festival de Cinema Ibero-Latino-Americano. Seu filho, o cineasta Maria Sabato, concorria com o filme *O poder das trevas*, adaptação do "Relatório sobre os cegos", essa novela encaixada no romance *Sobre heróis e tumbas*. Maria ganhou o prêmio de melhor direção. Nosso encontro ocorreu numa manhã de sábado, no salão do Hôtel du Palais. Fazia algum tempo que Sabato já não escrevia. Uma lesão na retina o estava deixando cego. Os óculos de lentes grossas e escuras debaixo da testa franzida, o ar de aparente ausência passavam uma impressão de angústia e tensão. Garantiu que encontrara outras distrações para compensar a perda da visão. Em sua casa de Santos Lugares, nos arredores de Buenos Aires, dividia o tempo entre a pintura, os netos, a televisão — ele e dona Matilde lamentavam estar perdendo os capítulos da novela *Escrava Isaura* — e os muitos jovens que, sufocados pela ditadura militar, iam a seu encontro à procura de um esteio moral para enfrentar aqueles tempos de tormenta.

Eu estava em Biarritz com meu marido, que conhecera Sabato em Paris no final dos anos 1940. O reencontro prolongou-se por passeios pela cidade, com paradas na catedral ortodoxa russa e nos casarões da belle époque. No dia seguinte, uma chuvosa manhã de domingo, fomos ao Palácio do Festival assistir a *A idade da terra*, o filme de Glauber Rocha que passava hors concours em homenagem ao cineasta falecido pouco antes. Sabato desculpou-se no meio do filme e saiu do cinema.

Entrevista

No final de Abadon, o Exterminador, *lê-se que este será o último romance de um escritor chamado Ernesto Sabato. Por que o senhor decidiu abandonar a literatura?*

Abadon é, de certo modo, um romance em segunda potência. É um romance sobre o romance. Parece-me até eticamente repudiável que eu volte a escrever. Já disse praticamente tudo o que queria sobre os temas que me apaixonam: a morte, a esperança, a angústia, a solidão, a frustração, a justiça, a liberdade. Não sei o que mais poderia dizer que não fosse reiteração. Além disso, esta lesão na retina veio confirmar — confirmação tenebrosa — o que escrevi nas últimas páginas de *Abadon*. É como se eu tivesse tido uma premonição. Por último, voltou-me a paixão, que tenho desde criança, pela pintura.

A pintura tem a mesma força de expressão que a literatura?

São atos complementares. Tanto a pintura quanto a literatura têm impossibilidades. Sempre pensei que se Van Gogh tivesse escrito romances — e ele possuía grande talento para isso, como vimos em sua correspondência — teria se salvado da loucura. Há várias hipóteses para a morte de Van Gogh. Pessoalmente, acho que ficou louco por causa da imensa angústia interior. Ele arrebentava, literalmente, vivia uma situação-limite, e para os temas metafísicas a pintura não tem a mesma capacidade da literatura. Inversamente, se Dostoiévski tivesse se dedicado a pintar não teria enlouquecido.

O que distingue a literatura?

Ela é uma das poucas expressões humanas que tem um pé no pensamento puro, na razão — que lhe permite veicular ideias — e outro pé no pensamento mítico — que lhe permite cobrir a outra zona da realidade do homem. Por isso os romances são tão catárticos. Não sei se a pintura permite essa catarse. Mas sei que pintando eu sinto uma euforia que não sentia escrevendo. A pintura tem um lado artesanal que resgata algo que a civilização in dustrial pôs a perder: a unificação do espírito com a mão. O cheiro da terebintina, o manuseio do pincel, as untuosidades da tinta a óleo me proporcionam uma felicidade que a literatura não foi capaz de me dar.

Os pintores são mais felizes?

Já observei que são muito mais felizes do que os escritores. Os pintores são cheios de vida. E como duram! Picasso, Miró, Chagall são exemplos recentes. No passado tivemos Tintoretto. Todos tinham uma vitalidade excepcional, viveram noventa anos pintando. Isso na literatura é raro. Para um Walt Whitman, que era um homem eufórico, temos centenas de escritores e poetas tristes.

O senhor pinta tão pouco quanto escreve?

É verdade que sempre publiquei muito pouco. Apenas três romances e, mesmo assim, *Sobre heróis e tumbas* esteve prestes a ser queimado. Só não o fiz porque minha mulher Matilde adoeceu seriamente e resolvi publicá-lo. Sempre fui destrutivo. Mas escrevi uma quantidade equivalente a dez ou quinze romances. Quanto à pintura, como não penso em "publicá-las", não tenho esse problema. Porém, antes de vir para a Europa deixei uma carta a meus filhos estipulando que, em caso de morte — as viagens, nunca se sabe —, guardem apenas os quadros que estão assinados. Os outros, que queimem. Sempre fui um piromaníaco com o que produzo.

Uma constante em seus três romances é o confronto do homem com as forças do mal. O tema pode ser atribuído a que o senhor, físico de formação, pertence à geração dos que legaram à humanidade a bomba atómica?

É primeira vez que me fazem essa pergunta. Agora que você me dirige essa questão, penso que sim, penso que talvez minha literatura reflita essa angústia em face da bomba atômica. O mal é uma constante da condição humana. Existiu nos tempos bíblicos, no Renascimento, existe hoje. Mas atualmente ele se manifesta de maneira mais brutal e em escala planetária. A manifesta ção do mal através da energia atômica me parece um símbolo. No caso do átomo, essa agressão à natureza que sempre caracterizou os ocidentais chega à mais profunda intimidade da matéria e desata uma força oculta que ameaça destruir a humanidade inteira. E nada melhor para demonstrar a perversidade desse progresso demoníaco do que a bomba de nêutrons, que se jacta de ser limpa porque destrói "apenas" a raça humana, deixando intactos os edifícios.

Mas a agressão à natureza não seria inerente a todos os homens?

Constato que não. Todo desenvolvimento científico que se deu na Europa, toda a técnica trazida pela ciência positiva foram tentativas de dominar a natureza. Em outros mundos, como o chinês, foi diferente. Pode-se perguntar, por exemplo, por que os chineses não desenvolveram ciências como a física, a química, se tinham condições para isso. Conheciam a pólvora, a bússola, acu mularam grande quantidade de conhecimentos técnicos. Não há motivo para, sendo tão inteligentes, não terem desenvolvido as ciências como nós, ocidentais, o fizemos. É que tinham outra filosofia, consideravam a natureza como algo sagrado. Hoje, essas civilizações são chamadas de primitivas. Pois eu considero que foram culturas muito sábias. Elas permitiam ao homem viver em harmonia com o cosmos. Perguntaram-me um dia se eu era um ingênuo que queria voltar às culturas primitivas onde, como na África ou na Polinésia, existem leprosos. Respondi que havia leprosos, mas não havia psicanalistas.

O senhor é contra a psicanálise?

Não digo que a psicanálise seja ruim, digo que é o resultado desta civilização. Ela nasceu promovida por uma cultura cheia de angústias e é a expressão desta formidável neurose contemporânea que, em alguns momentos, alcança o grau de psicose. No final da Idade Média, havia pelas estradas europeias quantidades de rapazes barbudos e cabeludos que dançavam desenfreadamente, caíam como epilépticos. É curioso que a nossa civilização tenha tantos jovens drogados, pessoas que busquem em filosofias e religiões esotéricas a paz que lhes foi negada. São indícios de que algo está chegando ao fim.

Como o senhor reagiu às primeiras pesquisas atómicas?

Eu estava trabalhando no laboratório Curie quando se deu, em 1938, o descobrimento da fissão atômica. Os físicos corriam alvoroçados. Senti naquele momento que começava o fim da história ocidental. Coloquei um pouco desse sentimento em *Abadon*, num capítulo sobrenatural — melhor dizendo, sobrenaturalista — passado no laboratório Curie. Naquele ano de 1938 tive um enorme choque. Era como se a ciência estivesse nas mãos do demônio.

Estudei física como podia ter estudado outra coisa. Fui um adolescente caótico, desequilibrado, neurótico. Quando cheguei ao estudo dos teoremas, no curso secundário, fiquei subjugado pela ordem e pela harmonia das matemáticas. Daí encaminhei-me para a física. Mas sempre tive paixão pela literatura e pela pintura. Com os anos, compreendi que a física não era o meu caminho e que jamais encontraria a paz numa atividade puramente racional.

O que acha dos homens de ciência?

Em geral não tenho boa opinião dos cientistas. Mas devo assinalar em seu benefício que alguns deles, eminentes, abandonaram a profissão, horrorizados, diante do fato consumado da bomba de Hiroshima. Oppenheimer, genial matemático, foi se dedicar à música. Schiller, um físico húngaro que também trabalhou na bomba, trocou a física pela biologia, uma ciência da morte por uma ciência da vida. O próprio Einstein morreu entristecido pelo que havia desencadeado. A ciência é amoral, é alheia aos valores éticos. Isso é um fato, não é uma acusação. A ciência cinde o homem, separa o abstrato do concreto, o racional do irracional, o corpo da alma. É uma espécie de alienação.

O que tanto o fascina na irracionalidade?

O mundo dos conceitos não consegue explicar o espírito impuro do homem. Deus pode ter sido um grande cientista ao ordenar o universo. Deus jamais seria um romancista. São as forças ir racionais, reverenciadas pelas velhas culturas, que constituem a essência da condição humana. O racional é uma pequeníssima fração que serve para a lógica, para a matemática. Todo o resto — as paixões, os sentimentos, os ódios —, todo o mundo mítico que temos dentro de nós e se manifesta em nossos sonhos, foi desprezado, desde Descartes, pela filosofia científica. Os cientistas não sabiam que o irracional é um mundo indestrutível. Os fantasmas expulsos pela porta entraram pela janela, pelas janelas da literatura. O romance moderno é um fenômeno contemporâneo e correlato ao desenvolvimento da ciência. É a contrapartida da mitologia que os cientistas quiseram eliminar. Do mito pode-se dizer tudo, menos que seja mentira. Ele representa algo profundo para a humanidade. É como o sonho, algo essencialmente verdadeiro para a atividade do homem. Só que sua mensagem é quase sempre obscura e ambígua. Isso também se passa com certos romances. O que Kafka quis dizer com O processo? É a história de um judeu da Europa Central? É o problema do homem na sociedade abstrata e anônima? É a ausência de Deus? É tudo isso e cada uma dessas coisas. Mas é, sem dúvida, uma verdade profunda.

Bruno, personagem de Abadon, *indaga se os que escrevem não são os incapazes, como ele, de atos absolutos de paixão ou de heroísmo. É o que resta à literatura?*

Quis dizer que aquele que não pode fazer algo de absoluto escreve. Mas seria uma injustiça afirmar que a literatura se limita a ser uma escapatória para os incapazes de gestos absolutos. Po demos fazer atos absolutos com a arte. Uma sonata de Mozart é algo absoluto. A frase de Bruno não é taxativa. Ele é um abúlico, e disso se lamenta. Seria incapaz de um ato de heroísmo como foi o de Guevara. No máximo, conseguiria escrever sobre o assunto. Mas quem diz isso é ele, não eu. Bruno tem uma carga autobiográfica, mas os personagens de um romance não representam necessariamente as ideias e opiniões do autor. Ao contrário, muitas vezes o contradizem. Um escritor religioso tem personagens ateus, e vice-versa.

A omissão e o escapismo intelectual de muitos de sua geração te riam contribuído para a atual situação política argentina?

Estou convencido que sim. O processo argentino foi tão complicado quanto o brasileiro, mas é certo que na Argentina chegamos a este ponto porque muitos homens eminentes se negaram a participar da vida política. Era tradicional, na Argentina como em muitos outros países, a ideia de que a política é suja. A política é real, e a realidade é suja. Só o mundo platônico é limpo. Temos sempre que sujar as mãos. A arte mais perfeita está vinculada à sujeira, seja através das lutas de clãs, das rivalidades, das invejas. Do momento em que age, o homem já está fazendo algo imperfeito. Por isso, creio que na América Latina todas as pessoas eminentes devem fazer política, de um jeito ou de outro. Interessei-me pela política, no sentido amplo da palavra, desde jovem. Tenho muitos defeitos, mas não me acho mesquinho. Sou um ser comunitário e nunca pude suportar a injustiça social. Meu pai era industrial, o que pesou para eu perceber ainda mais as injustiças. Na adolescência, vinculei-me aos anarquistas de La Plata, um dos centros do anarquismo argentino. Depois ingressei no movimento comunista, no qual atuei durante cinco anos. Minha mulher e eu passamos perigo de morte, fui perseguido, estive em vários países. Mas nunca fui comunista de salão. Tampouco nunca fui revolucionário de bar. Por isso, quaisquer que sejam as diferenças que tenha com Guevara, coloco-me de pé diante de um homem como ele.

Por que o senhor se afastou do comunismo?

Abandonei o comunismo na época em que começaram os processos de Mascou. Meus ideais de juventude não coincidiam com aquele realismo brutal, sinistro e policial da ditadura stalinista. Desde então, nunca mais participei da política no sentido estrito. Sempre dei declarações, participei de organizações em defesa dos presos políticos, mantive minha velha paixão pela justiça social. Não quero liberdade apenas, pois seria uma liberdade hipócrita que vale para poucos. Tampouco quero justiça social sem liberdade, pois seria substituir a escravidão da miséria pela escravidão do Politburo. Não quero crianças que tenham sapatos, e nada mais que sapatos, se vão ser escravas de um país totalitário. Não quero crianças de pés descalços, embora sejam livres. Quero crianças livres e calçadas. Quero justiça social e liberdade, e por este ideal lutarei até a minha morte.

Que análise faz dos governos militares que têm sido tão maléficos para a América Latina?

Talvez por aquele escapismo intelectual a que você se referia, os militares vivem eufóricos à cata de uma possibilidade de preencher o vazio do poder. Mas, à parte o argumento da força, não são capazes de governar. Na melhor das hipóteses, um militar serve para fazer a guerra. Digo "na melhor das hipóteses" porque em alguns casos nem para isso serve. A guerra, disse Clemenceau, é assunto demasiado grave para ficar nas mãos dos militares. Como um homem que esteve nas escolas com o exclusivo propósito de saber destruir, mediante guerras, o inimigo, pode ter capacidade para tarefas ligadas à educação, à economia? É uma loucura. Se amanhã um governo civil me nomeasse comandante do I Exército da Argentina, haveria levantes nas Forças Armadas. É exata mente isso, às avessas, que os militares estão fazendo no poder. E ninguém se surpreende. No caso argentino, houve algumas mudanças, houve melhoras, mas até que se instale um Estado de direito pleno, até que apareçam os desaparecidos, até que se restabeleçam as garantias da Constituição que temos desde o século passado, e que foi reiteradamente violada pelo governo atual, não teremos paz. A multidão que compareceu recentemente ao enterro de Ricardo Balbín, grande caudilho radical, foi a demonstração emocional de que a Argentina está farta dos militares.

Há algum tempo foi publicado um diário de Thomas Mann, no qual ele faz referências elogiosas a seu primeiro romance. Mann foi um dos seus mestres?

Acredito ter sido uma espécie de discípulo seu em algum momento. Minha geração esteve muito marcada por Thomas Mann. Era um escritor de enorme peso e em particular *A montanha mágica* influenciou muita gente. Na época de sua publicação, eu era um jovem que me formava em literatura.

Não sei se a influência ainda é visível, talvez em algum fragmento dos meus livros. Faz pouco tempo que soube dessa passagem do diário de Mann. Nunca poderia imaginar que ele tivesse lido *O túnel*, em inglês, como o fez no ano de 1951. Essa referência foi um dos maiores estímulos que recebi na minha vida, pois Mann era tão duro em seus julgamentos!

Que contribuição a América Latina deu à literatura universal?

A literatura ibero-americana, e digo ibero porque incluo o Brasil, é atualmente a mais importante do mundo. Não sei a que isso se deve. Estou falando de um fato, e não de uma teoria. Assim como depois da Primeira Guerra a literatura mais importante foi a norte-americana, com John Dos Passos, William Faulkner, de pois da Segunda Guerra foi a ibero-americana, com escritores da magnitude de um Guimarães Rosa, de um Graciliano Ramos. Cito esses dois brasileiros porque os novos não conheço. Faz muitos anos que não leio nada. Creio que isso se passa com todos os escritores depois de certa idade.

Existe uma temática típica do continente?

Não. A temática latino-americana é tão diversa quanto a europeia. O que tem a ver um romance búlgaro com um inglês? Conosco se passa o mesmo. A temática de Borges nada tem a ver com a de García Márquez. Existe uma certa unidade, pois tivemos, com exceção do Brasil, uma história bastante comum. Posso usar a metáfora da orquestra. Só um louco teria uma orquestra inteira de oboés. Há países que tocam oboé, outros, trombone, outros, a percussão. Todos seguem a mesma partitura, mas cada um no seu instrumento. É a unidade dentro da diversidade. Certa vez me pediram para definir a América Latina. Parodiei então a frase de Santo Agostinho sobre o tempo. Quando me perguntam o que é, não sei. Mas se não me perguntam, sei o que é.

Os três autores mais lidos na Argentina — Borges, Cortázar e o senhor — parecem sempre muito preocupados com temáticas universais, enquanto os escritores brasileiros parecem valorizar mais questões do próprio país. O senhor concorda?

A grande diferença é que vocês tiveram uma herança ímpar - a forte injeção de sangue negro e indígena. A raça negra é cheia de força, de musicalidade, de ritmo, de uma religiosidade essencial. Os negros chegaram às Américas depois de uma seleção brutal. Os europeus caçavam os melhores exemplares da raça. Estive na ilha de Goré, no Senegal, onde se concentraram milhões de futuros escravos. Muitos morriam ali mesmo, em consequência dos maus-tratos típicos da perversidade da raça branca. Dos que embarcavam, um terço ou mais morria naqueles barcos horrendos. Necessariamente, os que chegavam eram super-homens físicos, e essa terrível seleção genética deixou suas marcas nos descendentes, os Pelés, os Cassius Clay. Foi essa vitalidade que produziu, nos Estados Unidos, o jazz, a maior revolução da música contemporânea, e, no Brasil, uma alegria que nós, argentinos, não temos. Com toda essa herança tão diversificada, é natural que a literatura brasileira se debruce muito mais sobre a temática nacional.

O elemento europeu não levou nenhuma alegria para a Argentina?

É muito curioso, mas não levou. Poderia ter deixado suas marcas, já que os países de origem de muitos imigrantes, como a Itália, têm uma inegável alegria. Somos um povo cheio de ressentimentos. A presença dos colonizadores espanhóis e dos imigrantes criou desavenças de toda ordem. Ressentimentos entre as classes sociais, ressentimentos do homem simples dos pampas contra a oligarquia, ressentimento da população indígena contra o colonizador, sem contar a natural nostalgia que os imigrantes nutriam pela terra natal. De nossa formação histórica resultou um fato: os argentinos são um povo triste. É uma tristeza que se revela até neste subúrbio da literatura que é o tango. As melhores letras de tango sempre exprimem a propensão metafísica do argentino. Tratam de problemas de solidão, morte, desencontro e frustração. Compare nossas músicas — alguém já disse que o tango é um pensamento triste que se dança — com a brasileira. Es crevi um ensaio que se chama "A metafísica do tango": no qual desenvolvo estes temas. Seria impossível escrever a metafísica do samba, você não acha?

Apoiadores

O livro não seria possível sem os 490 apoiadores da campanha de financiamento coletivo realizada entre os meses agosto e setembro de 2025 na plataforma Catarse. A todos, um grande obrigado da equipe Pinard.

Adalberto Rafael Guimarães

Ademar De Castro Neto

Adriana Lisboa

Adriane Cristini De Paula Araújo

Ágabo Araújo

Aisha Morhy De Mendonça

Alan Dos Anjos Ramos

Alan José Guedes

Alessandra Conradt

Alessandro Lima

Alex Fialho Rezende De Camargo

Alexandre Boide Santos

Alfredo Marrucho

Alice Antunes Fonseca

Alice M Marinho Rodrigues Lima

Allison De Jesus Cavalcanti De Carvalho

Amílcar Mielmiczuk

Ana Beatriz Ligo

Ana Carolina Macedo Tinós

Ana Carolina Silva Chuery

Ana Cristina Schilling

Ana Gabriela Barbosa

Ana Helena Branco Maia

Ana Laura Marques Silveira

Ana Luísa Fernandes Fangueiro

Ana Luiza De Assis Andrade

Ana Luiza Vedovato

Ana Maria Pupo

André Cupone Gatti

André Filipe Dos Santos Leite

André Junqueira Wolff

André Luciano

André Luis Machado Galvão

André Luiz Silva Ramos

Andrea Carla Pereira Cavalcante

Angela Neto

Anna Caroline Gs De Freitas

Anna Heloisa Segatta

Anna Livia De Lemes Bertuolo

Antonio Paulo Brasil Neves

Antonio Xerxenesky

Ariane Berg Albuquerque

Ariane Santana

Arianni Ginadaio

Arthur.Fjas@Hotmail.Com

Auce Luiz Viana De Souza

Barbara Burgos

Barbara Molinari Ribeiro Teixeira

Breno De Souza Juz

Bruna Dos Santos Pinheiro

Bruna Krug

Bruno Cavalcante Pereira

Bruno Cunha

Bruno Ferrari

Bruno Novaes Bezerra Cavalcanti

Bruno Pinheiro

Bruno Pinheiro Ivan

Bruno Santiago Portugal

Cadmo Soares Gomes

Caio Jean Matto Grosso Da Silva

Caleb Do Valle Macedo

Camila Karen De Oliveira Barbosa

Camila Pontes Torres

Camila Vieira Da Silva

Carla Hilst

Carlos Augusto Hosken

Carlos Doretto

Carlos Gustavo Galvão

Carlos José Baqueiro Batista

Carmelo Ribeiro Do Nascimento Filho

Carmen Rita Elton Silva

Carol Melo

Carolina Araújo

Caroline Domingos De Souza

Caroline Tomazelli

Catharino Pereira Dos Santos

Celso Correa Pinto De Castro

Charles Cooper

Cintia Cristina Rodrigues Ferreira

Clara Inacio

Claudia Avila Klein

Claudia Chalita Az

Claudio Gonçalves Tiago

Conrado Ramos

Consuelo Cardoso Selva

Cyntia Micsik Rodrigues

Dafne Takano Da Rocha

Daiana Gomes

Daniel A. De Jesus Figueiredo

Daniel Tomaz De Sousa

Daniela Maia

Daniela Nascimento Da Silva

Daniela Vivian

Daniele Cristina Godoy Gomes De Andrade

Daniele Nayara Freire De Oliveira

Danielle Da Cunha Sebba

Danielle Nunes

Darwin Oliveira

David Miguel Costa

Debora Mei Shen

Diego Domingos

Dieguito

Dili Lim

Diogo Gomes

Diogo Vasconcelos Barros Cronemberger

Douglas Castanha

Echellen Dantas De Souza Campos

Edgar Seith Zambrana

Edielton De Paula

Editora Pinard Ltda.

Edson Augusto Vicente

Eduardo Etcheverry

Eduardo Vasconcelos

Eliane Maria Pedroso de Mendonça

Elis Mainardi De Medeiros

Elisa Clavery

Elysandra Figueredo Cypriano

Emilia Brenha Ribeiro

Erick Dias

Érico Zacchi

Erika Gutierrez

Estenio Façanha Furtado

Evandro José Braga

Fabiano Costa Camilo

Fábio Campos Aranha

Fabrício Cardoso

Felipe Cuesta

Felipe Da Silva Mendonça

Felipe Milach

Felipe Nomura Honorato

Felipe Pessoa Ferro

Felipe Svaluto Paúl

Felipe Toledo Duarte

Felippe Cesar Marins

Fernanda Da Conceição Felizardo

Fernanda Martinez Tarran

Fernanda Oliveira

Fernando Bueno Da Fonseca Neto

Fernando Da Silveira Couto

Fernando Henrique Marques

Fernando Luz

Flávia Silveira Amaral

Francine Luz Da Luz

Francisca Cely Braga Carneiro

Francisco Das Chagas Da Conceição

Francisco De Albuquerque Nogueira Junior

Francisco De Assis Rodrigues

Francisco J B Cavalcanti

Francisco Serpa Peres

Fred Vidal Santos

Gabriel Rodrigues Da Costa Farias

Gabriel Souto

Gabriel Tavares Cezar Camara

Gabriela De Andrade Pereira Arruda

Gabriela Rabaça

Gabriela Salazar

Geraldo Penna Da Fonseca

Germana Lúcia Batista De Almeida

Germana Marques

Geth Araújo

Getúlio Nascentes Da Cunha

Gilmar José Taufer

Giovana Sachett

Giovanna Atolini Setter

Giovanna Fiorito

Giovanna Romiti

Gladimir Cunha De Andrade

Glaucia Alves

Glayson

Gloria Castagnino

Graciane Aparecida de Paula

Guilherme Carvalho Junior

Guilherme Faraj

Guilherme Magalhães

Guilherme Mayer Amin

Guilherme Onofre Alves

Guilherme Rocha Sartori

Guilherme Salvador Banzato Facco

Guilherme Torres Costa

Guilherme Zaccaro

Gunnar Jorg Kelsch

Gustavo Bastos Neiva

Gustavo Henrique Peres

Gustavo Jansen De Souza Santos

Gustavo Peixoto

Hailton Jyan Kruger Da Silva

Haymone Leal Ferreira Neto

Heitor Carlos De Siqueira Ferreira Junior

Helaine Cristina De Jesus

Helena Coutinho

Heniane Passos Aleixo

Henrique De Carvalho

Henrique Santiago

Hevelly Acruche

Hugo César Rocha De Paiva

Iago Silva De Paula

Igor Montenegro

Isabela Cristina Agibert De Souza

Isabella Arca Vieira

Isadora Soares

Isaías Gonçalves Ferreira Lima

Ítalo Lennon Sales

Iury Almeida e Belchior

Izai Moura

Jade Martins Leite Soares

Jamile Almeida Silva

Janete Yamazato

Janine Soares De Oliveira

Janine Vieira Teixeira

Jaques Sztajnbok

Jaurez Teixeira Silva Valença

Jéssica Caliman

Jessica Mour

Jheyscilane Cavalcante

Joana Pereira de Carvalho Ferreira

Joao Antonio Baptista De Oliveira

João Artur De Oliveira Almeida

João Batista Lopes Da Silva

João Bonetto

João Moura

João Pedro Fahrion Nüske

João Umberto Ciocca De Almeida

João Vianêis Feitosa De Siqueira

Joao Vitor Tsuyoshi Sato

Joeser Silva

Jonata Oliveira Meneses

Jonathan Gs

Jorge Luiz Valença Mariz

José Antonio Assis

José Antonio Veras Júnior

José De Carvalho

José Guilherme Pimentel Balestrero

José Luis Mixtro

Jose Manoel Martins

José Maurício Da Silva Gonçalves

José Paes De Almeida Nogueira Pinto

Jose Roberto Almeida Feitosa

Josiane Nava

Joviana Fernandes Marques

Joyce K. Da Silva Oliveira

Juan Nogueira

Juanez Strapasson

Jucélia Kátia Da Silva Barbosa Franca

Júlia Arnhold Rombaldi

Júlia Eléguida

Juliana Nasi

Juliana Salmont Fossa

Juliano Carvalho

Juliano Goes

Júlio Canterle

Júnior Cunha

Karina Aimi Okamoto

Karina Pontes Casanova

Kelfrenn Teixeira Rodrigues De Menezes

Kevin Rodrighero

Kevynyn Onesko

Kleber Augusto Dos Santos Batista

Laeticia Maris

Laís Nolasco Macedo

Laleska Fernanda Costa Gonçalves

Lana Raquel Morais Rego Lima

Lara Almeida Mello

Larissa De Almeida Isquierdo

Larissa De Andrade Defendi

Larissa Sanches Paulino

Laura Hanauer

Lauriete Aparcida Pereira

Lázaro Marques De Oliveira Neto

Leandro Ferreira Da Silva

Leandro Schuch Palmeiro

Leila Magaly Valois Durso

Leonardo Da Costa Serran

Letícia Afonso

Leticia Aguiar Cardoso Naves

Lídia Maria De Melo

Livia Marinho

Livia Marques Siqueira

Lourenço Henrique Moretto

Luan Vinícius De Aguilar Couto

Lucas Do Couto Gurjão

Lucas Eduardo Guimaraes

Lucas Ferreira Vieira

Lucas Freitas

Lucas Gabriel Rocha Menezes

Lucas Josijuan

Lucas Marchesini Palma

Lucas Petry Bender

Lucas Santos Fonseca

Lucas Silva De Souza

Lucca Farias Esposito

Lucia Helena N. Pessanha Lourenço

Luciana Almeida Piovesan

Luciana Braga Luz De Mendonça

Luciana Harada

Luciana Luzia Prado Cardoso

Luciana Vasconcellos

Luciene Assoni Timbó De Souza

Luis Barbon/Roseli

Luís Eduardo Lopes Gonçalves

Luís Fernando Abidu Figueiredo Santos

Luis Morales

Luís Otávio Felipe Ribeiro

Luisa Müller Cardoso

Luiz Antonio Capelas

Luiz Antônio Correia De Medeiros Gusmão

Luiz Eduardo Lima

Luiz Guilherme Barbar Fabrini

Luiz Hideki Sakaguti

Luiza Pimentel De Freitas

Lygia Beatriz Zagordi Ambrosio

Lygia Maria Ventura Moura

Maiquel Luis Pruinelli

Manoella Carneiro Leão De Aguiar Lira

Marcelo Lima

Marcelo Medeiros

Marcelo Novo E Trigueiros

Marcelo Ottoni

Marcelo Vinicius Vieira

Marcia Ferreira Mathias

Marcia Oliveira

Marcio Bernardi

Marco Antonio Da Costa

Marco Antonio De Toledo

Marco Aurélio Amaral

Marcos Kopschitz Xavier Bastos

Maria Almeida

Maria Antonieta Rigueira Leal Gurgel

Maria Celina Monteiro Gordilho

Maria Clara Modesto

Maria Helena Firmbach Annes

Maria Izabel Vidotti

Maria Paula Villela Coelho

Mariana Aguirre

Mariana Castro

Mariana Moro Bassaco

Mariana Pairé Rosa

Mariane Cortat

Marianne Teixeira

Marília Nadir

Marina Dieguez De Moraes

Marina Risther Razzo

Marina Telles Marques Da Silva

Marjorie Sommer

Mateus Sanches

Mateus Pinho Bernardes

Matheus Arcanjo

Matheus Lolli Pazeto

Matheus Sanches

Mathias Vinicius Santos Rocha

Mauricio Bergamo

Mauricio Leta

Mayara Mendes Neres

Micheli Andrea Lamb

Miguel De Jesus Velani

Mirella Maria Pistilli

Miriã Alves Hassmann

Miriam Borges Moura

Miriam Paula Dos Santos

Miro Wagner

Misael Domingues Rodrigues

Moniege Almeida

Morgana De Melo Feijão De Nogueira Fernandes

Murillo Dias Winter

Naila Sessa Pereira

Natália P.

Nathalia Costa Val Vieira

Nathália Faria Cairo De Oliveira

Nathalia Lippo

Nathália Torrente Moreira

Neidil Espinola da Costa

Nelson Monteiro

Nielson Saulo Dos Santos Vilar

Nora M Rachman

Norma Venancio Pires

Olival Cardoso Do Lago

Pablo Otto

Pamella Xavier

Paola Lili Lucena

Patricia Borba

Patricia Monica Fortunato

Patricia Moraes Dos Santos

Patricia Rudi

Paula Araújo

Paula Lemos

Paulo Cezar Mendes Nicolau

Paulo Fernando Tomazinho

Paulo Henrique Augusto De Carvalho

Paulo Lucas

Paulo Olivera

Paulo Ricardo Rocha Lima

Pedro Américo Melo Ferreira

Pedro Dolav Da Cunha

Pedro Fernandes De Oliveira Neto

Pedro Henrique Azevedo

Pedro Nathan

Pedro Sant'Angelo

Priscila Lima

Prof. Cezar Tramontini

Queniel De Souza Andre

Querubina Bezerra

Quim Douglas Dalberto

Quintino Andrade

Rafael Amorim

Rafael Arms

Rafael Leite Mora

Rafael Machado

Rafael Martins

Rafael Müller

Rafael Nascimento Gomes

Rafaela De Oliveira Maciel Nascimento

Raissa Barbosa

Raissa Monteiro De Castro

Raiza Mariana Silva De Sousa

Ranulpho Souza

Raphael Falcao Argolo

Raphael Scheffer Khalil

Raquel Silva Do Rosario

Raquelle Barroso De Albuquerque

Rebeca Lopes Cavaletti Sako

Regina A Brandão

Regina Dos Santos

Regina Kfuri

Regina Maria Teixeira Makarem

Renata Sanches

Renato Oliveira Rossi

Renato Teixeira Mendes Vieira

Ricardo Bechelli Barreto

Ricardo Eduardo Neto

Ricardo Henrique Carvalho Lara

Ricardo M. Kato

Ricardo Munemassa Kayo

Ricardo Vasconcelos Pierozan

Roberta Mateus

Roberto De Souza Oliveira

Roberto Panarotto

Rodolfo Alves De Macedo

Rodrigo Jaime Viegas

Rodrigo Mineiro

Rodrigo Soares

Rogerio Santana Freitas

Romildo Gregorio De Lira

Romulo Cabral De Sá

Ronaldo Nelson Günther

Rudi Ricardo Laps

Sabrina Dos Santos

Salomão Miguel De Sousa

Samantha Da Silva Brasil

Samuel Caetano

Samuel Da Silva Sobral

Samuel Lucas De Campos Abilio

Sandro Cardoso

Sandy Pombo

Sérgio Yanagui

Silvia Helena Temporini Gonçalves

Simone Brito

Sizue Itho de Freitas

Sonia Aparecida Speglich

Sophia Duarte Porto

Suely Abreu De Magalhães Trindade

Suely Custodio

Suzana Aquino Cata Preta

Sylvio Cesar Alves Pedreti

Tácio Azevedo Da Fonseca Tinoco

Tadeu Meyer Martins

Tais Abenassif

Tânia Maria Florencio

Tarcisio Ferreira

Tati Bonini

Tereza Raquel Pereira Da Costa

Thales Veras Pereira De Matos Filho

Thélio Farias

Thiago Bonna

Thiago D'Martin Maia

Thiago De Souza Rodrigues

Thiago Tonoli Boldo

Thomas Humpert

Tiago João De Castro

Tiago Nogueira De Noronha

Tiago Pavinato Klein

Tiago Rech

Túlio Costa

Túlio Monteiro

Ubiratan Brasil Matta

Uilma Santos

Urraca Miramuri De Figueiredo Mendes

Vagner Reis

Valeria Pinto Fonseca

Valquiria Gonçalves

Vanessa Huenerwadel

Vanessa Panerari Rodrigues

Vicente Florêncio

Victor Carvalho

Victor Cruzeiro

Victor Hugo Siqueira

Victor Wanderley Costa

Vinicius Eleuterio Pulitano

Vinícius F. Ribeiro

Vinicius Lazzaris Pedroso

Vinicius Letti Flores

Vinícius Monteiro Lhamas

Viviane Silveira Amaral

Wagner Geraldo Da Silva Campos

Wasislewska Ramos

Wesley Santos Rocha

Zeiss Teixeira Dos Reis

Coleção Prosa Latino-americana

Originária do latim, a palavra *prosa* significa o discurso direto, livre por não ser sujeito à métricas e ritmos rígidos. Massaud Moisés a toma como a expressão de alguém que se dobra para fora de si e se interessa mais pelos outros "eus", pela realidade do mundo exterior. A prosa está no cotidiano, no rés do chão, nas vizinhas que conversam por cima do muro, nos parentes que plantam cadeiras nas calçadas para tomar ar fresco e ver a vida lá fora. Se ouvimos dois dedos de prosa, já sabemos que estamos em casa. Em "Las dos Américas", escrito em 1856, o poeta colombiano José María Torres Caicedo apresenta pela primeira vez a ideia de latino-americano ao falar de uma terra merecedora de futuro glorioso por conter "um povo que se proclama rei". Hoje o termo diz respeito a todo o território americano, exceto os Estados Unidos, abrangendo os 12 países da América do Sul, os 14 do Caribe, os 7 da América Central e 1 país da América do Norte. É a nossa casa. Dona de uma literatura rica pela diversidade, mas ainda com muitos títulos desconhecidos pelos leitores brasileiros, a prosa latino-americana vem composta pelos permanentes ideais de resistência, sendo possuidora de alto poder de contestação, dentro de uma realidade que insiste em isolá-la e esvaziá-la. Com esta coleção cumpre-se o objetivo de ampliar nosso acervo de literatura latino-americana, para corrermos e contemplarmos a casa por dentro, visitá-la em estâncias aconchegadas, de paredes sempre bem revestidas.

1. Dona Bárbara, de Rómulo Gallegos
2. O aniversário de Juan Ángel, de Mario Benedetti
3. A família do Comendador, de Juana Manso
4. Homens de Milho, de Miguel Ángel Asturias
5. Eu o Supremo, de Augusto Roa Bastos.
6. Museu do romance da Eterna, de Macedonio Fernández
7. O Caudilho, de Jorge Guillermo Borges
8. Huasipungo, de Jorge Icaza
9. Sab, de Gertrudis Gomez de Avellaneda
10. Raça de bronze, de Alcides Arguedas
11. Avalovara, de Osman Lins
12. A semana das Cores, de Elena Garro
13. O Recurso do Método, de Alejo Carpentier
14. Quão caro foi o açúcar?, de Cynthia McLeod
15. A morte de Artemio Cruz, de Carlos Fuentes
16. María, de Jorge Isaacs
17. Sobre heróis e tumbas, de Ernesto Sabato

Grafia atualizada segundo o Acordo Ortográfico da Língua Portuguesa de 1990, que entrou em vigor no Brasil em 2009

EDIÇÃO
Igor Miranda e Paulo Lannes

ASSISTENTE DE EDIÇÃO
João Mac Dowell

TRADUÇÃO E ENTREVISTA
Rosa Freire D'Aguiar

PREPARAÇÃO
Eliane de Abreu Santoro

REVISÃO
Karina Okamoto, Maysa Monção e Ana Maria Barbosa

COMUNICAÇÃO
Bruna Krug e Chico Spagnolo

ILUSTRAÇÕES E DIAGRAMAÇÃO
Gabriela Heberle

PROJETO GRÁFICO
Luisa Zardo

DADOS INTERNACIONAIS DE CATALOGAÇÃO NA PUBLICAÇÃO (CIP)

(Câmara Brasileira do Livro, SP, Brasil)

Sabato, Ernesto, 1911-2011
Sobre heróis e tumbas / Ernesto Sabato;
tradução Rosa Freire D'Aguiar. -- São Paulo: Pinard, 2025.
Título original: Sobre héroes y tumbas.
ISBN 978-65-83919-01-4 1. Ficção argentina I. Título.
Índices para catálogo sistemático:
1. Ficção : Literatura argentina Ar863
Eliane de Freitas Leite - Bibliotecária - CRB 8/8415

PINARD

contato@pinard.com.br
instagram – @pinard.livros

PINARD

Impresso em setembro de 2025, momento
em que as relações entre Argentina e Brasil
melhoram após anos de crise política. Graças
à guerra comercial promovida pelos Estados
Unidos, ambos os países sul-americanos
ampliam as vendas e fortalecem o Mercosul.

Composto em
HK GOTHIC E DANTE

Impressão
GRÁFICA PALLOTTI

papel
LUX CREAM 70g